놀아주는
여자

놀아주는 여자 1

1판 1쇄 발행 2024년 9월 9일

지은이 박수정 | 펴낸이 윤혜준 | 편집장 구본근 | 디자인 오필민디자인

펴낸곳 도서출판 폭스코너 | 출판등록 제2018-000115호(2015년 3월 11일)
주소 서울시 마포구 대흥로 6길 23 3층 (우 04162) | 전화 02-3291-3397 | 팩스 02-3291-3338
이메일 foxcorner15@naver.com | 페이스북 /foxcorner15 | 인스타그램 /foxcorner15
종이 일문지업(주) | 인쇄·제본 수이북스

ⓒ박수정, 2024   ISBN 979-11-93034-20-0 04810

놀아주는 여자

1

박수정 장편소설

폭스코너

차례

1

처음 만난 남자를,
눕혀버렸다

'도대체 여기는 무슨 회사인 거야?'

복도 바닥을 대걸레로 닦으며, 은하는 의문에 빠져 있었다.

아르바이트 파견 회사에서 은하를 이 건물로 보낸 것은 일주일 쯤 전의 일이었다. 10층짜리 건물에 여러 회사들이 입주해 있는데, 은하는 그중 5, 6, 7층의 청소 담당이다.

5층에는 그냥 평범한 사무실들이 모여 있는데 수상한 것은 바로 6층과 7층을 통째로 사용하고 있는 회사였다. 명패에는 '㈜목마른 사슴'이라고 쓰여 있는데, 도대체가 뭐 하는 회사인지를 모르겠는 거다.

뭐랄까, 드나드는 사람들이 하나같이 좀 위험해 보인다고 할까? 인상은 대부분 험상궂어 보이고, 팔뚝 굵기가 마동석 뺨치는 사람도 있고, 팔다리는 물론이고 목덜미까지 알록달록한 문신이 보이는 사람도 있다.

'혹시 조폭 같은 거 아냐?'

그렇게 생각하다 은하는 금세 고개를 저었다.

'에이 설마, 요즘 세상에….'

"아, 니미 씨발 좆됐네!"

그 순간, 마침 비서실이라고 쓰인 사무실 안에서 욕설이 터져 나오는 바람에 은하는 기겁해서 하마터면 대걸레를 놓칠 뻔했다.

"이래서 내가 도박쟁이는 안 된다고 했던 건데, 이런 염병!"

성난 남자의 목소리가 고래고래 고함을 질렀다.

은하는 이래 봬도 사실 곱게 자란 몸이었다. 방금 30초 사이에 들은 욕이 평생 들은 욕보다 더 많았다.

"됐고. 큰형님 아시기 전에 당장 애들 풀어서 잡아와. 못 잡으면 니미, 우린 다 죽은 목숨이다."

은하는 벌벌 떨면서 대걸레질을 다시 시작했다.

'아무리 알바 자리 구하기 어려워도 여긴 안 되겠다. 다른 데로 보내달라고 해야지.'

스물일곱이나 돼서 여태 알바를 전전해야 하는 제 신세가 새삼 원망스러웠다. 한 달에 회사에서 받는 월급이 70만 원인데, 그 돈으론 먹고살 수가 없으니까 알바를 병행할 수밖에 없는 거다. 아니 최저 시급이 1만 원을 돌파했다는 뉴스가 나오고 있는 이 마당에 대체 무슨 회사가 월급이 70만 원이냐고? 그 얘기는 조금 이따 하도록 하자. 어쨌든 지금은 걸레질이 먼저니까.

마침 내일이 일주일 치 알바비 받는 날인데, 튈 때 튀더라도 맡은 바 임무는 다해야 돈을 받지 않겠는가.

빨리 끝내야지, 하는 일념에 은하는 팔이 아플 만큼 빠르게 대걸레로 바닥을 박박 문질렀다.

"윽!"

갑자기 들려온 신음 소리에 뭔가 싶어 돌아봤다가 은하는 깜짝 놀랐다. 30대 초반 정도로 보이는 젊은 남자가 등 뒤에 서서 가슴께를 움켜쥐고 있었다.

놀란 이유는 일단 남자의 범상치 않은 피지컬 때문이었다. 체격 자체가 어마어마했다. 여성향 순정 만화에서나 나올 것 같은 넓은 어깨와, 입고 있는 검정 슈트 위로 느껴지는 두터운 가슴팍. 얼굴을 올려다보는데 목 디스크 올 것 같은 느낌이 드는 게, 키도 최소한 190센티미터 이상 되는 것 같았다.

양복을 입고 있는데도 조금도 숨겨지지 않는 건장하고 탄탄한 느낌. 마치 폭발하는 힘의 덩어리를 꽉 짜인 검정 슈트 안에 욱여넣어 억지로 가둬놓은 모양새였다. 한마디로 설명하자면 양복 입은 운동선수 같았다.

다 제쳐놓고 그냥 얼굴로만 논하자면 무척 잘생긴 얼굴이기는 했다. 체격에 비해 별로 험상궂게 생기지도 않았고, 오히려 이목구비가 단정하고 또렷해서 빼어난 미남이라고 할 수 있겠다.

그런데 문제는 인상이 너무 무서웠다!

짙은 눈썹 아래의 눈매는 날카롭게 확 치켜올라가 있고, 높이 솟은 콧날은 베일 듯이 날카로워서 인간미라고는 손톱만큼도 느껴지지 않았다. 결정적으로 남자의 인상을 무섭게 만들고 있는 것은 왼쪽 뺨에 나 있는 커다란 흉터 자국이었다. 마치 칼로 길게 베인 듯한.

'이 사람들 진짜로 조폭 맞나 봐!'

은하가 거기까지 생각하는 동안에도 남자는 내내 고통스러운 표정으로 가슴께를 움켜쥐고 있었다.

"왜 그러세요? 어디 안 좋으세요? 네?"

혹시 급성 심근경색 같은 건가 싶어 겁이 나서 묻자 남자는 신음을 흘리며 손가락으로 무언가를 가리켰다. 바로 은하가 들고 있는 대걸레였다.

"아니, 제 걸레가 무슨 상관…."

하다가 은하는 헉, 하고 숨을 멈췄다.

아까 대걸레 끄트머리가 뭔가에 부딪히는 거 같더라니!

"큰형님!"

어디선가 고함이 들려오더니 순식간에 검정 양복을 입은 남자들 몇이 사무실에서 우르르 달려 나와 남자를 둘러쌌다.

"어떻게 된 겁니까, 큰형님? 왜 말씀을 못 하십니까?"

"예? 갑빠가 왜요? 갈비라도 나가신 겁니까?"

"어떤 간 큰 놈이 감히 우리 큰형님 갈비를!"

그러니까 은하가 빠르게 유추한 상황은 이랬다. 방금 자신이 조폭 두목의 갈비뼈를 대걸레 자루로 강타해서 부상을 입히고 만 것이다!

한동안 고통에 눈도 제대로 못 뜨고 있던 남자가 잠시 후에야 간신히 실눈을 떴다. 은하와 눈이 마주친 순간 남자는 갑자기 흠칫 놀란 얼굴을 했다. 그는 눈을 크게 뜨고 은하의 얼굴을 뚫어져라 쳐다보더니 가까스로 입을 열었다.

"저, 혹시….'"

은하의 귀에는 이렇게 말하려고 하는 것처럼 들렸다.

'저, 혹시 뒷산에 묻히는 거 좋아해?'

겁을 먹고 슬슬 뒷걸음질을 치는 은하에게 남자가 손을 내밀며 다가오려 했다.

"잠깐만….'"

그 순간 방금 걸레질한 타일 바닥에 남자의 구둣발이 쭉 미끄러졌다. 거대한 몸이 만화에서처럼 공중에 붕 뜨더니, 곧이어 남자들의 입에서 동시에 비명이 터졌다.

"큰형님!"

조폭 두목이 죽었는지 살았는지, 은하는 그 뒤의 일은 잘 모른다. 왜냐하면 대걸레를 내던지고 걸음아 나 살려라, 하고 도망을 쳤으니까.

♤ ♥ ♧

하늘색에 흰 구름이 둥실둥실 떠다니는 배경의 스튜디오.

은하는 거울 앞에 서서 복장과 헤어를 다시 한번 점검했다. 귀여운 퍼프 소매의 핑크색 티셔츠, 발랄해 보이는 살짝 웨이브 진 갈색 머리. 옷깃에 마이크가 제대로 달려 있는지 확인하고, 거울을 향해 환하게 미소를 지어보고 나서 마지막으로 머리띠를 착용했다. 트레이드마크인 머리띠는 그날그날 바꿔 매는데, 오늘은 미키마우스처럼 귀여운 귀와 리본이 달린 머리띠였다.

　책상 앞에 앉자 이윽고 카메라 감독이 녹화 시작 신호를 보냈다.

　"친구들, 안녕? 미니 언니예요!"

　은하는 카메라를 향해 두 손을 흔들며 활짝 웃음을 지었다.

　"오늘은 이 찰흙으로 이순신 장군님과 거북선을 만들어서 놀이를 해볼 거예요. 그럼 시작해볼까요?"

　커다란 찰흙 덩어리를 떼어 이순신 장군을 만들기 시작했다.

　"자, 이렇게 커다란 칼도 만들어 붙이고… 어때요? 멋지죠, 친구들?"

　사실상 만들어진 것은 진짜 이순신 장군님이 보셨다가는 무덤을 박차고 뛰쳐나오실까 봐 두려워지는 퀄리티였지만, 그쯤이야 별문제가 되지 않는다. 〈미니와 친구들〉 채널의 꼬마 구독자들은 상상력이 풍부하고 또 관대하니까.

　"나는 끝까지 조선을 지키겠다! 덤벼라, 왜적들아!"

　정신없이 신나게 놀고 있는데 카메라 감독이 눈짓으로 은하를 향해 신호를 보냈다.

　'은하 씨, 슬슬 끝내야지!'

　그제야 은하는 정신을 차렸다.

　'이런, 또 정신줄 놓고 놀아버렸네.'

　영유아들은 너무 긴 영상에 집중하지 못한다. 길어야 15분 정도 안에 끊어야 하는데, 정작 은하 자신이 너무 노는 데 푹 빠져드는 바람에 이렇게 시간에 쫓기는 일이 허다했다.

　은하는 방긋 웃으며 카메라를 향해 양 엄지를 치켜들고 꾹꾹 누르는 시늉을 했다.

"구독 꾹, 좋아요 꾹, 눌러주기 잊지 마세요! 그럼 친구들, 다음 시간에 또 만나요!"

카메라가 멈췄다.

"은하 씨, 수고했어!"

은하는 긴 한숨을 내쉬며 머리띠를 벗었다. 어린이들의 친구 미니 언니에서 스물일곱 살 고은하로 돌아가는 순간이다.

이쯤 되면 은하의 직업에 대해 눈치들 채셨으리라 믿는다. 그렇다, 은하는 유튜브 채널 〈미니와 친구들〉의 키즈 크리에이터다. 아이들을 상대로 놀아주는 영상을 찍어서 동영상 스트리밍 사이트에서 서비스하는, 흔히들 키즈 유튜버라고 하는 그거.

아니, 요즘 유튜버들이 돈을 그렇게 잘 번다는데 왜 월급이 70만 원이냐고? 그거야 저 피라미드 꼭대기 위에 있는 극히 일부의 얘기고, 은하는 아직 구독자 일만 명 남짓의 무명 유튜버였다. 사실 한 달에 70만 원 받는 것조차도 회사에서 손해 보고 주는 지경이다.

녹화를 마친 은하는 멍하니 앉아 어제 일을 떠올렸다.

'괜찮을까? 그 사람.'

넘어진 거야 본인이 실수한 거라 해도, 갈비뼈는 나 때문에 다친 게 맞는데 도의상 병원비라도 물어줬어야 하는 거 아닐까. 죄책감이 들었지만, 은하는 얼른 고개를 저어 생각을 떨쳐버렸다.

'바보야, 병원비 물어주려다가 쥐도 새도 모르게 뒷산에 묻힐 일 있어?'

선량한 시민 그 누구라도 그 상황에 처했다면 자신과 똑같이 행동했을 것이다. 게다가 은하는 어릴 때 하마터면 조폭에게 잡혀 죽을 뻔했던 경험이 있었다. 그래서 〈신세계〉니 〈범죄도시〉니 하는 영화가 유행할 때조차도 한 번도 못 봤다. 세상에 조폭이 얼마나 무서운 인간들인데, 그걸 영화로까지 봐야 해?

'아직 현우 오빠도 못 찾았는데 죽을 순 없잖아?'

그렇게 스스로를 합리화하다 조폭 두목의 날카로운 눈빛이 떠오르는 바람에 등골이 다 오싹했다.

"어휴!"

몸서리를 치면서 은하는 속으로 기도했다. 괜히 잡으러 오면 무서우니까 많이 다치지는 않았기를!

♤ ♥ ♧

(주)목마른 사슴은 전국에 세 군데의 공장을 둔, 사원 수만 해도 무려 천 명에 육박하는 대형 육가공 전문 회사다.

이 회사의 특이한 점은 임직원의 90퍼센트 이상이 전과자들이라는 것이었다. 갱생의 의지가 확고한 전과자에게 양질의 일자리를 제공하여 건실한 사회의 일원으로 만드는 역할을 하고 있으며, 그 공로로 정부로부터 정식 인증까지 받은 어엿한 사회적 기업이다.

목마른 사슴에 가면 확실하게 갱생시켜준다, 복지도 좋고 월급도 많이 준다는 소문이 퍼져서 전과자들이 가고 싶어 하는 회사 1순위가 되어 있었다. 말하자면 음지의 삼성이랄까?

이 회사의 사장은 바로 올해 갓 서른이 된 젊은 사내였다. 원래 '불독파'라고 불리던 서남부 최대 조직폭력집단 보스의 외아들로, 부친 사망 후 본인이 조직을 물려받자마자 깨끗이 해산시켜버리고 대신 이 회사를 세운 것이다.

엄청난 피지컬. 무시무시한 전투력. 눈이 마주치는 순간 심장까지 얼어붙게 만드는 살벌한 분위기. 잘나가던 조직을 하루아침에 해산시켜버릴 정도의 결단력. 현역 건달들 사이에서는 지금도 이 사람의 일화가 전설처럼 내려오며 존경받고 있었는데….

그 전설의 주인공이 지금 이 순간, 병원의 VIP 특실 침대 위에 죽은 듯이 누운 채로 부하들에게 둘러싸여 있었다.

"어쩌다가 큰형님이 이런 꼴을!"

개중 한 사람이 손가락으로 눈물을 찍어냈다.

큰형님, 서지환은 그들에게 제2의 부모와도 같은 존재였다. 사회의 그늘에서 독버섯처럼 살아온 그들을 사람답게 살게 해준 사람.

그 소중한 큰형님이 백주 대낮에, 그것도 회사 복도에서 불시에 누군가의 공격을 받고 사경을 헤매고 있는 것이다. 병명은 갈비뼈 골절에 이은 뇌진탕.

우리 큰형님이 이렇게 호락호락 당하실 분이 아닌데, 대체 누가!

덩어리들—대부분 체격이 좋으니 편의상 덩어리들이라고 부르자—은 머리를 맞댔다.

"야옹이파 놈들 짓이 틀림없겠죠?"

"그놈들밖에 더 있겠어?"

지환의 비서이자 오른팔인 일영이 이를 갈며 내뱉었다.

"니미 전쟁이다."

모두의 표정이 비장해진 그때, 침대에서 희미하게 신음 소리가 들려왔다.

"형님!"

놀란 덩어리들은 얼른 달려가 침대를 에워쌌다.

"괜찮으십니까, 형님?"

"잘못되는 줄 알고 깜짝 놀랐잖습니까!"

한참 울고 웃고 하다가 덩어리들은 당면한 문제에 생각이 미쳤다.

"대체 어떤 놈 짓입니까?"

"야옹이파 놈들 아닙니까, 형님?"

지환이 힘겹게 입술을 달싹거렸다.

"…여자."

"예? 여자라니요?"

"그… 회사에서 청소하던….."

그제야 청소한다고 가끔 복도에서 얼쩡거리던 젊은 여자를 떠올린 덩어리들은 일제히 눈이 휘둥그레졌다.

"그 쥐방울만 한 여자 말입니까?"

키도 작고 강아지처럼 순하게 생긴 게 바퀴벌레 한 마리 못 죽일 것 같은데, 그 여자가 바로 자객이었다니!

어쨌든 큰형님이 하마터면 돌아가실 뻔한 마당에 그냥 넘어갈 수는 없다. 어떻게든 그 여자를 잡아다 족쳐서 야옹이파의 사주가 맞는지 알아내야 했다. 물론 응징도 함께.

"걱정 마십쇼, 형님. 저희가 지옥 끝까지 쫓아가서라도 찾아내겠습니다."

지환을 안심시키고 나서 덩어리들은 자기들끼리 침대 위로 머리를 맞댔다.

"흥신소에 의뢰하자."

"아니, 아무리 흥신소라도 그렇지 이름도 몰라요, 성도 모르는데 어떻게…."

"…고은하."

다시 들려온 목소리에 모두가 지환을 내려다보았다. 말할 때마다 가슴에 통증이 느껴지는지, 그는 다시 한번 힘겹게 중얼거렸다.

"그 여자 이름. 고은하."

덩어리들은 놀랐다.

"아니, 이름은 또 어떻게 아십니까?"

그러나 지환은 지친 듯 도로 눈을 감았을 뿐, 대답이 없었다.

"맡겨만 주십쇼, 형님. 반드시 그년을 잡아다가 꽁꽁 묶어서 형님 앞에 데려다 놓겠… 억!"

비장하게 말하는 일영의 머리에 큰형님의 불주먹이 작렬했다.

"털끝 하나라도 건드리면 죽는 줄 알아라."

누워 있는데도 그의 목소리는 살벌했다.

"찾거든 내가 뵙고 싶어 한다고 전하고 정중하게 모셔와."

큰형님으로 말할 것 같으면 세상에 무서운 거라곤 없는 분이셨다. 그런 형님께서, 이 꼴을 당하고도 복수는커녕 잔뜩 쫄아서 정중하게 모셔오라고 하다니. 덩어리들은 생각했다. 필시 그 여자는 생긴 것과는 달리 무시무시한 실력을 가진 킬러일 거라고!

♤ ♥ ♧

"뭐? 조폭?"

미호가 눈을 더욱더 크게 뜨고 되물었다.

"글쎄, 그렇다니까."

미호는 음하의 고등학교 동창이자 지금껏 친하게 지내고 있는 친구로, 현재는 헤어디자이너가 되기 위해 미용실에서 일하고 있었다.

"근데 조폭인지는 어떻게 알았어? 뭐 마빡에 조폭이라고 쓰여 있기라도 해?"

"보면 딱 감이 와. 너도 보는 순간 아, 할걸?"

미호가 눈을 반짝이며 다가앉았다.

"대체 어떻게 생겼는데 그래?"

은하는 최대한 제가 본 그대로 전달하려 노력했다.

"키가 190도 훨씬 넘어 보이고! 어깨는 무슨 미식축구 선수 같고! 눈은 이렇게, 쫙 찢어져 있고! 얼굴에는 칼자국까지 있어. 인상 완전 살벌하단 말이야."

남은 생각만 해도 등골이 오싹해 죽겠는데 미호는 턱받침을 하더니 눈을 반짝반짝 빛내며 엉뚱한 소리를 했다.

"한번 보고 싶다. 키 크고 몸 좋은 남자, 완전 내 취향인데."

"조폭이라니까, 글쎄?"

"뭐 어때, 나쁜 남자 매력 있잖아."

은하는 펄쩍 뛰었다.

"너 미쳤어? 나쁜 남자가 아니라 범죄자야, 사회악이라고!"

"너는 옛날부터 조폭이라면 그렇게 치를 떨더라? 고등학교 때 수능 끝나고 다 같이 〈범죄도시〉 보러 갈 때도 너 혼자만 빠졌잖아."

"글쎄, 나 어릴 때 조폭 만나서 죽을 뻔한 적 있다니까?"

"에이 설마, 아무리 조폭이라도 어린애한테 손을 댈까."

미호는 믿지 못하는 듯했지만 은하는 잘 알고 있었다. 그들은 충분히 그럴 수 있는 인간들이라는 걸.

"근데 은하야, 혹시 그 보스가 너한테 첫눈에 반했으면 어떡하지? '내 갈비뼈를 부러뜨린 여자는 네가 처음이야' 하면서."

농담이라는 걸 알면서도 소름이 쫙 끼쳤다.

"너 한 번만 더 그런 소리 하면 절교할 거야."

은하는 정색했다. 세상에 어디 남자가 없어서 조폭 두목 따위를!

"그러니까 은하 너도 남자 좀 사귀고 그러라고. 스물일곱씩이나 돼서 모태 솔로는 좀 너무하지 않냐?"

미호가 뭔가 생각났다는 듯 은하를 향해 바싹 다가앉았다.

"너 소개팅 할래? 우리 과 선배인데 대기업 다니고, 성격도 괜찮은데."

은하는 딱 잘라 거절했다.

"나한텐 현우 오빠가 있거든?"

"하여튼 그놈의 현우 오빠 찾다가 처녀 귀신으로 늙어 죽겠다."

미호가 입술을 비쭉거렸다.

"대체 실존 인물이긴 한 거야?"

"당연하지."

은하는 힘주어 말하고는, 조금 망설이다 덧붙였다.

"어쩌면 곧 만날 수 있을지도 몰라."

"왜? 연락이라도 왔어?"

"의심 가는 사람이 있거든."

팔짱을 낀 미호가 못 말리겠다는 듯 고개를 절레절레 저으며 쳐다보았다.

"이게 벌써 몇 번째냐….."

♠ ♥ ♣

〈미니와 친구들〉의 영상은 일주일에 다섯 번 올린다. 10분에서 15분짜리 영상을 찍는 데 길면 두세 시간, 빠르면 30분 안에 끝나는 일도 있다. 일주일에 이틀 동안 몰아서 영상을 찍고 하루는 아이템 회의를 한다.

즉 주 3일 근무인 셈인데, 모르는 사람이 보면 날로 먹는 직업이라고 생각하겠지만 영상 찍는 것 외에도 이런저런 일들이 많다. 장난감 도매상을 돌면서 신상 장난감도 체크해야 하고, 댓글을 하나하나 읽으면서 참고하고 직접 피드백도 하고 팬 관리 차원에서 일일이 하트도 찍어줘야 한다.

그래야 구독자들이 어떤 걸 좋아하는지, 또 어떤 걸 보고 싶어 하는지 알 수 있으니까.

은하는 회사 컴퓨터 앞에 앉아 어제 올라간 '초콜릿 만들기' 영상에 달린 댓글들을 읽었다.

— 엄마가그러는대초콜릿은조와하는사람테주는거래요. 그래서저는
    미니누나한테주고싶어요.
— 미니 언니 외 이러케 얘뼈요? 꼭 답장 해주세요.
— 동생이랑 같이 만들어 볼꺼예요.

아이들이 고사리 같은 손가락으로 달아준 천진난만한 댓글들
에 절로 웃음이 났지만, 사실 은하가 찾는 댓글은 따로 있었다.
'오늘은 아직 안 왔나?'
스크롤을 내리던 은하의 얼굴에 한순간 환한 미소가 떠올랐다.
"아, 여기 있다!"
'Justice'라는 아이디로 쓰인 댓글이었다.

— Justice: 오늘도 재미있게 보았습니다.
    역시 〈미니와 친구들〉은 만들기 콘텐츠가 제일 어울리는 것 같습니다.
    힘든 점도 있겠지만 앞으로도 지금처럼 소신을 갖고 꾸준히 가시
    면 좋겠습니다.
    계속 응원하겠습니다.

맞춤법 하나 틀리지 않은 댓글은 늘 그렇듯 정중하고도 다정한
격려의 말이었다.
'혹시 이 사람이 진짜로 현우 오빠가 아닐까?'
가슴이 설레기 시작하는데, 뒤에서 부르는 목소리에 그만 찬물
이 확 끼얹힌 기분이 들었다.

"은하 씨, 잠깐 나 좀 보지?"

윽, 대마왕, 아니 대표님이다!

바로 은하가 소속된 MCN*의 대표였다. 늘 사업 확장이니 인터뷰니 회사 홍보니 바쁘게 뛰어다니는 분이라 회사에 나타나는 일은 별로 없다. 나타났을 때는 백 퍼센트 확률로 좋은 일이 아니다.

아니나 다를까, 대표는 들고 있는 알록달록한 상자를 내밀며 말했다.

"이것 좀 봐봐. 이게 이번에 나온 신상인데, 제품이 아주 괜찮아."

제일 질색하는 유아용 화장품 세트를 보고 은하는 즉시 철벽을 쳤다.

"아시잖아요, 저 화장품 안 하는 거."

"내가 벌써 다 알아봤어. 애들한테 나쁜 성분은 손톱만큼도 들어 있지가 않아요. 수성이라 물에 씻으면 금세 지워진다 이거야."

대표는 열심히 약을 팔았다.

"은하 씨, 비싼 장난감 질색하지? 이게 또 가격대도 아주 괜찮아요. 이 정도면 은하 씨 마음에 딱 들 거다, 생각하고 내가…."

"죄송해요, 대표님. 하여튼 저는 싫어요."

현재 시장에는 유아용 장난감 화장품류가 엄청나게 많이 나오고 있다. 하나같이 무해한 성분이라고 강조하고 있지만 확인할 방법은 없다. 정말로 무해하다 해도, 어릴 때부터 장난감 화장품에 익숙해진 아이들은 조금만 커도 자연스럽게 진짜 화장을 시작하게 된다. 그것도 성인용 화장품으로.

---

* 인터넷 방송인이나 인플루언서를 관리하는 회사.

"다른 채널들은 다 하고 있잖아. 언제까지 은하 씨만 이렇게 고집부릴 거야?"

"남들 다 하고 있는 걸 저까지 할 필요는 없잖아요."

회유가 통하지 않자 대표는 은하의 약점을 공격하기 시작했다.

"아니 이봐, 은하 씨. 벌써 시작한 지 2년이 다 돼가. 여태 구독자만 명밖에 안 되는데 언제까지 이렇게 선비 노릇만 하고 있을 거야, 응? 예나 씨 봐, 같이 시작해서 벌써 구독자 백만 명 찍었잖아!"

성적 얘기가 나오면 입이 열 개라도 할 말이 없어지는 은하였다.

"죄송합니다, 대표님. 정말 죄송합니다."

할 수 있는 일이라고는 그저 고개를 숙이는 것뿐이었다.

"대표님, 손님 기다리시겠어요."

사과만 반복하고 있는 은하가 불쌍했는지 실장이 은근슬쩍 끼어들었다.

"아 참, 그렇지!"

대표는 손목에 찬 굵은 금시계를 들여다보더니 서둘렀다.

"하여튼 은하 씨, 나중에 다시 얘기하자고."

대표가 나가고, 안도의 한숨을 내쉬는 은하에게 실장이 물었다.

"은하 씨, 오늘 병원 가는 날이지?"

은하는 종합병원의 어린이 병동에서 정기적으로 무료 공연을 하고 있었다. 병원 두 곳을 한 달에 한 번씩 가니까 2주에 한 번인 셈이다. 〈미니와 친구들〉 채널을 오픈할 무렵부터 시작해서 벌써 2년 가까이 계속하고 있다. 영상을 올리는 것만큼이나 은하가 중요하게 생각하는 일이기도 했다.

"내가 장난감 많이 모아놨어. 같이 차에 실어줄까?"

40대 중반의 여자 실장은 회사에서 유일하게 은하 편을 들어주는 사람이었다. 소속 크리에이터들이 촬영에 사용하고 난 장난감을 꼬박꼬박 모아주기도 했다.

"늘 감사해요, 실장님."

"아냐, 좋은 일 하는 건데 당연히 도와야지."

중고로 산 낡은 경차 뒷좌석에 장난감 상자를 가득 싣고, 은하는 병원으로 향했다.

♤ ♥ ♧

"와, 미니 언니다!"

리본 머리띠를 착용한 은하가 무대에 오르자 휠체어를 타고 링거를 단 아이들이 구름떼처럼 모여 앉아 열심히 박수를 쳤다. 일개 무명 유튜버인 은하도 여기서는 키즈 크리에이터계의 스타인 지니, 캐리, 유라도 부럽지 않은 슈퍼스타다.

아이들의 반짝거리는 눈망울을 보자 우울한 기분 따위는 한 방에 날아가버렸다. 은하는 양 손바닥을 빙글 돌려 입가에 대며 목소리를 높였다.

"안녕 친구들, 미니 언니예요! 보고 싶었어요?"

"네에에에!"

"어? 소리가 너무 작다. 친구들, 미니 언니 보고 싶었나요?"

"네에에에에에!"

은하, 아니 미니 언니는 생긋 웃으며 외쳤다.

"좋아요! 그럼 우리 오늘도 신나게 놀아볼까요? 렛츠 플레이!"

♤ ♥ ♧

부러진 갈비뼈는 잘 붙고 있었다. 다행히 뇌출혈 소견도 보이지 않는다고 했다. 의사가 이제 퇴원해도 된다고 했지만 후유증이라도 남으면 어쩌느냐고 동생들이 말려서 며칠 더 쉬고 있는 중이었다. 지환은 운동 삼아 복도를 천천히 걷다가 밖에서 들려오는 시끄러운 소리에 창밖을 내려다보았다.

"술래잡기할 사람 여기 붙어라!"

병원 뒤 작은 공원처럼 꾸며진 공간에서 환자복을 입은 아이들이 신나게 떠들며 놀고 있었다. 팔에 깁스를 한 아이도, 머리에 붕대를 감은 아이도 있어서 늘 굳어 있던 지환의 입가가 느슨해졌다.

저러고도 노는 게, 애들은 애들이구나.

'술래잡기는 나도 잘하는데.'

재미있게 노는 아이들 사이에 주책없이 한자리 끼고 싶어지는 자신을 깨닫고, 지환은 쓴웃음을 지었다. 몸은 다 커 갖고 여태 마음은 어린아이에 머물러 있으면 어쩐단 말인가.

지환은 제대로 된 어린 시절이라는 걸 갖지 못했다. 어릴 때는 어머니가 조폭 때려잡는 검사로 키우겠다며 혹독하게 공부를 시켰고, 초등학교 6학년 때 그를 데려간 아버지는 조직을 물려받을 후계자로 키우겠다며 강제로 싸움을 가르치고 몸을 단련시켰다. 그래서일까, 지금도 아이들만 보면 눈을 떼지 못하게 된다. 물론 멀리서 이렇게 바라볼 뿐 감히 가까이 다가가지는 못한다. 그랬다가는 모두들 겁을 먹고 도망쳐버릴 테니까.

지환이 미소를 머금고 창밖을 내려다보고 있는데 비서인 일영이 다가와서 허리를 숙였다.

"그 여자 말입니다, 형님."

일영의 보고에 지환은 바짝 긴장했다.

"찾았어?"

"좆됐습니다. 인력 파견 회사에 연락해봤는데 개인정보보호법인지 개밥인지 때문에 절대 못 알려주겠답니다. 정식으로 경찰서에 고소하면 그때 가서 협조하겠다는데요?"

경찰의 경 자만 들어도 끔찍하다는 듯, 일영은 몸서리를 치며 보고를 마쳤다. 물론 고소할 생각도 없었지만, 지환 역시 경찰과 얽히는 건 딱 질색이었다. 실망감에 어깨가 축 처졌다.

'혹시 이대로 두 번 다시 만나지 못하게 되는 건 아닐까?'

그만 초조해졌다가, 문득 그런 자신이 우스웠다.

'하긴 만나서 뭘 어쩌겠다고.'

자신을 쳐다보던 잔뜩 겁에 질린 은하의 표정을 떠올리자 생각이 굳어졌다. 역시 만나지 않는 게 좋겠다.

"고소 대신 흥신소에 의뢰할까 합니다. 반드시 찾아낼 테니까 조금만 기다려주십쇼, 형님."

지환은 쓴웃음을 지으며 고개를 저었다.

"됐다, 그만둬라."

흥신소까지 동원해서 찾아내면 그 애가 얼마나 무서워할까.

"그만두다뇨? 배후가 누군지 캐내서 단단히 조져놔야 두 번 다

26

시 이런 짓을…."

일영이 거기까지 말했을 때였다.

"와아아!"

환자복을 입은 아이들 한 떼가 복도 저만치서부터 소리치며 우르르 달려오다, 그만 한 아이가 지환과 정통으로 부딪치고 말았다. 하필이면 부러진 갈비뼈에 충격이 가해지는 바람에 지환은 통증에 얼굴을 찡그렸다.

"이놈의 자식들, 위험하게 복도에서 막 뛰고!"

일영이 목소리를 높이자 아이들이 움찔해서 걸음을 멈췄다.

"혼나볼래, 엉?"

무섭게 야단을 치는 일영을, 지환은 아픔을 참고 만류했다.

"놔둬라, 애들 놀라겠다."

그는 허리를 잔뜩 굽혀서 자신과 부딪친 아이와 눈을 맞추고 부드럽게 물었다.

"어딜 그렇게 열심히 가니? 아저씨도 좀 알자."

"미니 누나 보러요…."

"미니 누나?"

하지만 아이는 채 대답하지 못했다.

"이리 와!"

뒤늦게 나타난 엄마가 하얗게 질려서는 아이 손을 확 낚아챈 뒤 저만치 끌고 갔다.

"엄마가 모르는 사람하고 함부로 얘기하는 거 아니라고 했지? 응?"

엄마에게 끌려가는 아이의 뒷모습을 보는 지환의 얼굴에 잠시 쓸쓸함이 스쳐갔다.

거대한 체격과 매서운 인상, 얼굴에 남은 커다란 흉터. 지환을 처음 보는 사람들의 반응은 으레 저런 식이었다. 하도 많이 당해서 이제는 익숙해진 일이지만, 그래도 역시나 괴물 취급을 당하는 순간의 쓸쓸함은 어쩔 수가 없다.

"저 이 씨, 우리 형님이 뭘 어쨌다고. 이것 보쇼, 아줌마…!"

즉시 눈을 부라리며 따지러 가려는 일영의 팔을 붙잡고, 지환은 조금 엄하게 말했다.

"성질 좀 죽이라고 대체 몇 번을 얘기하냐?"

"죄송합니다, 형님."

일영은 금세 순한 양이 되어 고개를 숙였다.

"목마르다, 가서 음료수나 좀 뽑아와라."

"예, 형님."

조용해진 복도에 우두커니 앉아 있는데 어디선가 아이들의 웃음소리가 들려왔다. 지환은 소리에 이끌리듯 일어났다. 웃음소리는 1층 로비에서 들려오는 것이었다. 소리를 따라 계단을 내려가 보자 로비 한가운데 작은 무대가 설치되어 있고, 환자복을 입은 아이들이 무대를 빙 둘러싸고 있었다.

무대 가운데 놓인 테이블에 아담한 체구의 여자가 앉아 있었다. 핑크색 티셔츠에 리본이 달린 머리띠를 한 여자의 얼굴을 본 순간, 지환은 숨을 멈췄다.

"하하하, 내가 너를 아프게 해주겠다!"

"흥, 내가 너한테 질 것 같아?"

양손에 인형을 들고 발랄한 말투로 1인 2역을 하고 있는 사람은….

하얀 얼굴에 꽉 들어찬 환한 미소. 제 나이보다 조금은 어려 보이게 만드는 살짝 통통한 뺨. 예쁜 강아지의 그것처럼 순한 눈매와 동그란 코끝.

그러나 날카로울 정도로 또렷한 눈동자와 생기가 넘치는 목소리는, 이 여자가 그저 순하고 무른 성격만은 아니라는 걸 말해주고 있었다. 가녀린 어깨에 작은 몸집이지만, 누구도 눈을 떼지 못하게 만드는 힘이 있는 여자였다.

"에잇, 정의의 이름으로 널 용서하지 않겠다! 파바바박!"

"으윽, 건강맨… 내가 졌다."

파란 인형의 맹렬한 공격에 결국 빨간 인형은 맥없이 쓰러지고 말았다. 은하가 양팔을 들어 뽀빠이처럼 주먹을 불끈 쥐어 보였다.

"우리 친구들도 이렇게 힘내서 싸우면 나쁜 병을 꼭 이겨낼 수 있을 거라고 믿어요. 미니 언니가 응원할게요!"

환호와 함께 아이들의 힘찬 박수가 쏟아졌다. 무대에서 내려와 아이들 사이를 돌며 하나하나 손을 잡고 머리를 쓰다듬어주는 은하에게서, 마치 빛이 나는 것처럼 밝은 기운이 뿜어져 나오고 있었다.

지환은 눈을 깜빡이는 것도 잊고 은하를 바라보았다.

'찾았다.'

♠ ♥ ♣

병원 로비에서 공연을 마친 은하는 이어서 병실로 올라갔다. 중

환자실이야 어차피 들어갈 수 없지만, 일반 병실에도 도저히 내려와서 공연을 볼 수 없을 정도로 아픈 아이들이 남아 있기 때문이었다.

은하는 간호사들의 도움을 받아서 선물을 가지고 병실을 돌기 시작했다.

"와, 미니 언니다!"

아파서 입술 색깔마저 거무죽죽해진 아이들도 은하를 보면 팔짝팔짝 뛰며 좋아한다. 물론 보호자들도 무척 기뻐하고. 손을 잡고 고맙다며 눈물을 글썽이는 엄마들을 볼 때마다 은하는 마음 깊이 생각하곤 했다. 아, 이 일을 선택하길 잘했구나.

"미니 언니!"

은하를 보자마자 눈을 반짝이며 반가워 어쩔 줄 모르는 이 아이는 여섯 살배기 서현이다. 처음 이 병원에 공연하러 왔을 무렵부터 봤던 소아암 환자인데, 만날 때마다 점점 안 좋아지더니 오늘은 공연을 보러 내려오지도 못했다.

서현이가 보이지 않아서 아까부터 계속 마음에 걸렸던 차였다.

"언니가 서현이 주려고 콩순이 색칠북 가져왔지!"

서현이처럼 오래 본 아이들은, 그 아이가 좋아하는 캐릭터까지도 자연스럽게 외우게 된다.

"와아, 콩순이다!"

아이와 한바탕 색칠놀이를 하며 신나게 놀아주고 나서 은하는 일어났다.

"다음에 또 올게, 서현아. 그때까지 엄마 말씀 잘 듣고 씩씩하게 있어야 해. 밥 잘 먹고!"

"미니 언니 또 와요, 안녕."

서현이는 가지 말라고 떼를 쓰거나 울지 않았다. 서운한 기색이 역력한 얼굴을 하면서도 그저 안녕, 하고 착하게 손을 흔들 뿐. 아픈 아이들은 이렇게 어른스러울 때가 많다.

은하가 슬그머니 눈짓을 하자 서현이 엄마가 병실 밖으로 따라 나왔다.

기나긴 마음고생 때문일까. 올해 겨우 스물일곱, 은하와 동갑인 서현이 엄마의 얼굴은 무척이나 지치고 나이 들어 보였다.

"서현이, 많이 안 좋아졌나요?"

소리를 죽여 묻자 서현이 엄마의 얼굴에 드리워진 그림자가 한 층 더 짙어졌다.

"아무래도 마음의 준비를 해야 할 것 같아요."

은하는 가슴이 내려앉는 것을 느꼈다. 서현이는 올해 겨우 여섯 살인데.

"어떻게 방법이 없는 건가요?"

"중입자치료를 받으면 희망이 있다고는 하는데요."

귀가 번쩍 뜨이는 것 같았다.

"그럼 그 치료, 받으면 되는 거 아닌가요?"

서현이 엄마는 파리한 얼굴로 고개를 저었다.

"우리나라엔 아직 중입자치료를 하는 병원이 한 군데뿐이라 언제 치료받을 수 있을지 기약이 없어요. 그래서 일본이나 독일까지 가야 하는데, 치료비는 물론이고 이것저것 기타 경비도 엄청날 거예요. 서현이 치료비 대느라 벌써 전세금도 다 날렸고, 남편 퇴직금까지 미리 정산 받아서 다 써버렸어요. 저희로선 도저히 돈을 마련할 수가….”

결국 울음을 터뜨리고 마는 서현이 엄마를 보고 은하는 입술을 꽉 깨물었다. 세상이 왜 이렇게 불공평한지 모르겠다. 어떤 아이는 생일파티 한 번에 수천만 원씩 쓰는데, 또 어떤 아이는 돈이 없어서 치료도 못 받고 죽을 날만 기다려야 하다니.

“얼마나 드는데요?”

아르바이트로 겨우 생활비나 버는 게 고작인 주제에 묻지 않고는 견딜 수가 없었다.

“가까운 일본으로 간다고 해도, 최소한 1억 정도는 있어야….”

차마 상상하기도 힘든 금액이라는 듯이, 서현이 엄마는 힘겹게 중얼거렸다.

‘제가 어떻게든 마련해볼게요.’

그 말이 몇 번이나 입안을 맴돌았지만 끝내 밖으로 꺼낼 수가 없었다. 은하 역시 그 돈을 구할 길이 없기는 마찬가지였기 때문에.

결국 은하는 차마 힘내라는 말조차 못 하고 그대로 돌아설 수밖에 없었다. 고개를 푹 숙인 채 복도를 걷다 몇 걸음도 못 가서 그만 누군가와 정면으로 부딪치고 말았다.

“죄송합니다!”

얼른 사과하며 고개를 들었는데 원래 사람의 얼굴이 있어야 하는 위치에 엉뚱하게도 환자복을 입은 가슴이 보였다. 떡 벌어진, 두터운 남자의 가슴팍이. 어찌나 키가 큰지, 세 걸음이나 뒷걸음질을 쳐서 고개를 들자 그제야 겨우 상대의 얼굴이 눈에 들어왔다.

동시에 은하는 얼어붙어버렸다. 한쪽 뺨에 커다란 흉터가 있는 남자. 꿈에 볼까 무서울 정도로 날카로운 눈초리가 자신을 향하고 있었다.

은하는 금세 사태를 알아차렸다. 며칠 전 자신이 저지른 일로 이 조폭 보스는 입원까지 했고, 하필이면 그게 이 병원이었던 것이다!

"고은하 씨?"

상대의 입에서 제 이름이 튀어나오는 순간 눈앞이 캄캄해졌다.

'역시나 나를 찾고 있었구나.'

어쨌든 사과부터 하고 봐야 한다고 생각한 은하는 가까스로 입을 열었다.

"정말 죄송합니다. 사람을 다치게 해놓고 그렇게 무책임하게 도망치면 안 되는 거였는데, 그땐 너무 무서워서, 그만…."

말하다 결국은 왈칵 눈물이 터져 나오고 말았다. 무서운 것도 무서운 거였지만 아까부터 서현이 때문에 계속 눈물을 참고 있었던 것이다.

당황한 듯한 목소리가 돌아왔다.

"아니, 그런 게 아니라…."

커다란 손이 얼굴을 향해 뻗어오는 바람에 은하는 기겁을 하고 얼굴을 가리며 몸을 한껏 움츠렸다.

"안 돼요!"

남자의 손이 움찔하며 멈췄다.

"어, 얼굴에 멍들면 아이들이 걱정해요."

지은 죄가 있으니까 한두 대쯤 맞는 거야 어쩔 수 없다 해도 꼬마 친구들을 놀라게 만들고 싶지는 않았다.

"그러니까 얼굴은 피해서 때려주셨으면 좋겠어요."

은하는 그렇게 말하고 눈을 질끈 감았다. 어디 한 군데 부러져도 어쩔 수 없다고 생각하면서.

"…."

하지만 아무리 기다려도 아픔은 느껴지지 않았다. 살짝 실눈을 뜨고 쳐다보자 조폭 보스는 복잡한 눈으로 은하를 쳐다보고 있었다.

갑자기 어디선가 날카로운 고함 소리가 날아왔다.

"우리 미니 누나 괴롭히지 마, 이 악당아!"

환자복 입은 아이들 한 떼가 나타나서 남자를 둘러싸고는 고사리 같은 주먹세례를 퍼부었다. 태권도장을 다니는지 이얏, 이얏, 하면서 제법 발차기 흉내를 내는 아이도 있었다.

"미니 언니, 빨리 도망가요!"

"악당은 우리가 상대할게요!"

아이들이 은하를 향해 외쳤다. 남자가 당황해하는 사이에 은하는 또다시 도망쳤다. 이번에 붙잡히면 정말이지 죽을 수도 있을 것 같았으니까.

♤ ♥ ♧

환자복을 입은 지환이 침대에 앉아 세상 시름은 다 짊어진 듯한 얼굴로 중얼거렸다.

"1억… 1억을 대체 어떻게….""

그의 곁을 지키고 있던 덩어리들은 차오르는 눈물을 꾹 참아야했다. 큰형님께서 벌써 며칠째 하루 종일 "1억, 1억"을 중얼거리며 고뇌에 찬 얼굴을 하고 있는 것이다.

㈜목마른 사슴은 연 매출 천억이 훌쩍 넘는 회사다. 전 보스, 그러니까 큰형님의 돌아가신 부친이 남긴 재산도 어마어마했다. 그런데 그까짓 푼돈을 가지고 대체 왜 저렇게 고민을! 이건 분명 얼마 전 머리를 다친 후유증이 틀림없었다.

"괜찮다고 퇴원하라더니 의사가 돌팔이인가 봅니다."

"젠장, 묻어버릴까?"

새사람이 된 지 오래이건만, 큰형님의 일만 되면 저도 모르게 과격해지는 이들이었다.

물론 덩어리들의 걱정과는 달리 지환은 극히 멀쩡했다. 그가 고민하고 있는 것은 '1억을 어떻게 마련하느냐'가 아닌 '1억을 어떻게 주느냐'였다.

— 이것저것 합하면 1억 정도는 있어야….

아픈 아이의 엄마가 하는 얘기를 듣고, 은하가 안타까운 듯 입술을 깨물고 있는 것을 지환은 똑똑히 보았다. 어떻게든 자기가 마련해보겠다고 말하고 싶은 걸 억지로 참고 있는 눈치였다. 하기야 건물 청소까지 하고 있는 여자가 그런 큰돈이 있을 리 만무하니까.

물론 지환에게는 푼돈일 뿐이었다. 하물며 아픈 아이를 살리는 길이라니 당장이라도 주고 싶은데, 문제는 주는 방법이었다.

— 정말 죄송합니다. 그땐 너무 무서워서, 제가 그만….

그녀는 입술까지 새파랗게 질려서 벌벌 떨고 있었다. 눈에 고인 눈물이 안타까워서 저도 모르게 달래주려고 손을 뻗자, 기겁하면서 몸을 한껏 움츠리며 이렇게 말했다.

— 얼굴은 피해서 때려주셨으면 좋겠어요.

그때 지환은 마치 가슴을 칼로 도려내는 것 같은 느낌을 받았다. 아, 네 눈에는 내가 그렇게 보이는구나. 나보다 훨씬 작은 여자를 아무렇지 않게 때릴 수 있는, 그런 사람으로.

그토록 자신을 무서워하는 여자가, 1억이란 돈을 준다고 덥석 받을 리 없지 않은가. 게다가 분명 조폭의 검은 돈 정도로 생각할 텐데.

'집을 알아내서 현관 앞에 1억을 몰래 놔둬?'

하지만 지환은 곧 고개를 저었다. 은하 성격에 분명히 경찰서에 가져다줄 것 같았다.

'대체 1억을 어떤 방법으로 주어야 거절당하지도, 부담스럽지도 않을까….'

사실 은하를 통하지 않고 직접 아픈 아이의 엄마에게 주면 그만일 것을, 머릿속에 은하만 가득한 바람에 미처 거기까지는 생각도 못 하고 그저 답도 안 나오는 고민만 되풀이하고 있는데, 일영이 와서 보고했다.

"형님, 흥신소에서 사람이 왔는데요."

그제야 지환은 흠칫 놀라 일영을 쳐다보았다.

"내가 됐다고, 그만두라고 했잖아?"

하지만 일영은 단호하게 대꾸했다.

"그냥 넘어갔다가 또 무슨 일이 벌어질지 어떻게 압니까? 무조건 잡아서 어떤 놈의 사주인지 알아내야 뿌리를 뽑죠."

지환은 한숨을 내쉬었다. 이렇게 된 거, 어쩔 수 없다.

"들어오라고 해."

흥신소 직원이 잔뜩 긴장한 표정으로 병실에 들어왔다.

"이름은 고은하, 나이는 스물일곱 살."

흥신소 직원이 보고서를 펼쳐 들고 말하기 시작했다.

"한국여대 수학과 졸업 후 한국대 대학원에서 석사까지 취득했습니다. 다섯 살 위의 언니는 소아과 전문의, 세 살 위의 오빠는 현직 검사입니다. 모친은 대학교수이며 부친은 판사 출신의 변호사입니다. 고은하 본인을 제외한 가족 모두가 한국대 졸업생이며, 외가와 친가 쪽 친척을 통틀어 한국대 출신이 열여섯 명, 카이스트 출신이 네 명, 포항공대 출신이 두 명에 옥스퍼드…."

듣고 있던 덩어리들이 혀를 내둘렀다.

"가방끈 한번 겁나게 긴 집안이네."

"그런 엘리트 집안에서 그렇게 무시무시한 킬러가 나왔단 말이야?"

놀라지 않는 것은 오로지 지환뿐이었다. 은하는 어릴 때부터 영어니 수학이니 바이올린이니 배우러 다니느라 하루 종일 바빴다. 그럴 만한 집안이어서 그랬구나, 싶었다.

"원래는 박사과정까지 밟을 예정이었으나, 석사학위 취득 후 돌연 키즈 크리에이터가 되면서 부모와 불화가 생겨 집에서 쫓겨난 모양입니다."

"키즈 크리에이터가 뭐요?"

덩어리들 중 한 명이 손을 들고 물었다.

"유튜브 같은 동영상 사이트에 장난감 같은 걸 가지고 노는 영상을 올리는 직업입니다. 주로 유아나 어린이들이 시청하며, 광고로 수익을 얻습니다."

아, 그런 거였구나. 지환은 고개를 끄덕였다. 병원에서 공연하는 건 봤지만 대체 직업이 정확히 뭔지 알 수가 없어서 내내 궁금했었다. 그렇다고 아이들이나 보호자에게 물을 수도 없는 게, 그가 다가가면 다들 무서워서 표정부터 굳어버리니까.

"부모의 보유 부동산이 총 50억대, 주식과 현금성 자산을 합쳐약 20억 원에 달하며 부채는 없습니다. 부동산은 공시지가 기준이므로 실제 재산은 총 100억 원대 정도라고 볼 수 있겠습니다."

흥신소 직원이 보고를 계속했다.

"고은하 본인은 부모의 지원을 받지 못해 재정 상태가 좋지 않습니다. 유튜브에 〈미니와 친구들〉 채널을 개설한 지 2년 가까이 됐고, 현재는 키즈 크리에이터 전문 매니지먼트 회사에 소속되어 있으나 별 성과는 없습니다. 채무는 없지만 수입이 극히 적어서 계속 아르바이트를 병행하고 있는 것으로 보입니다. 집에서 나온 후 처음에는 고시원에 살다가, 현재의 회사와 계약한 후 회사가 제공하는 오피스텔로 옮겨 살고 있습니다."

지환의 의문이 하나씩 풀리고 있었다. 분명 부잣집 딸로 기억하는데 건물 청소 아르바이트를 하고 있어서 어떻게 된 일인가 했더니, 그런 거였구나.

"최근에 알 수 없는 이유로 급전이 필요해진 모양입니다. 은행권은 물론 제2금융권과 3금융권에도 몇 군데나 상담을 받아본 기록이 있습니다. 물론 재산도 담보도 없으므로 모두 거절당했고, 결국은 사채까지 알아본 것 같습니다."

"사채?"

지환은 저도 모르게 자세를 고쳐 앉았다.

"네. 직접 찾아가서 상담도 받았답니다."

사채 쓰다 인생 망치는 사람들을 숱하게 본 지환은 더럭 걱정이 되었다. 특히나 조직에서 운영하는 사채 같은 건 함부로 빌릴 게 아니다. 엄청난 속도로 이자가 불어나는데, 갚지 못했다간 여자는 술집에 팔아넘겨지고, 남자는 장기로 갚아야 하는 꼴이 되는 것이다. 여태껏 그가 구해준 사람만도 몇인지 모른다.

"상담을 받아보고 이자율에 놀랐는지 결국 빌리지는 않았다고 합니다."

그제야 지환은 안도의 한숨을 내쉬었다. 하기야 똑똑하기가 둘째가라면 서러운 애가.

"정작 돈이 왜 필요한지, 그 이유까지는 알아낼 수 없었습니다. 죄송합니다."

"혹시 필요한 돈이 1억이라고 안 합니까?"

지환의 물음에 흥신소 사람은 놀란 얼굴로 고개를 끄덕였다.

"예, 맞습니다."

역시나 은하는 그 돈 1억을 구하러 백방으로 뛰어다니고 있는 거였다. 다행히도 일단 사채는 피했다지만 아이 목숨이 걸린 일이다. 절박한 심정에 결국 다시 찾아가지 않으리라는 법이 없지 않은가. 사채 사무실에서 사인을 하고 있는 은하의 모습이 떠올라 지환은 초조해졌다.

그때 흥신소 직원이 다시 말했다.

"오늘 오후 3시부터 본인이 소속되어 있는 회사에서 자선경매 행사를 진행한다고 하는데, 고은하도 거기 참석할 예정이랍니다."

"경매?"

"예, 소아암 어린이를 돕기 위한 소장품 경매랍니다."

다음 순간, 병실 안에 있던 사람들은 모두 깜짝 놀랐다.

큰형님께서 갑자기 자리를 박차고 일어나더니 환자복 단추를 풀어헤치기 시작했기 때문이었다.

"일영아."

지환은 환자복을 벗어 던지며 말했다.

"가서 현금으로 1억 가져와라."

♤ ♥ ♧

서현이를 만나고 온 후 은하는 능력 없는 자신이 새삼스럽게 원망스러웠다.

월급 70만 원에 아르바이트비 40만 원을 더하면 한 달 수입이란 게 겨우 100만 원이 조금 넘는데, 매달 생활비 쓰고 중고로 산 경차 할부금 갚고 기름값 하면 남는 게 없었다. 그나마 회사에서 제공하는 오피스텔에 살고 있어서 월세는 내지 않았지만, 그래도 모은 돈이라고는 거의 없는 실정이었다.

돈을 구하러 백방으로 뛰어다녀봤지만, 사회의 냉혹함만 뼈저리게 느꼈을 뿐이었다. 한 달 월급 70만 원인 젊은 여자에게, 정상적인 대부업을 하는 그 어느 곳에서도 1억이나 되는 돈을 빌려주려 하지 않았다.

결국은 사채업자에게까지 찾아가봤는데, 대출 약정서랍시고 내민 종이에 쓰인 이율을 보고는 치를 떨며 도망 나왔다. 이자율만 보면 12프로로, 일반적인 제2금융권과 비슷한 수준이었지만 함정은 연 12프로가 아닌 월 12프로라는 데 있었다. 게다가 가장 큰 문제는 복리라는 거였다.

비록 집안에서 제일 공부를 못하는 은하였지만, 단 하나 천재 수준으로 잘하는 것이 있었으니 바로 수학이었다. 그중에서도 특기는 암산. 마치 머릿속에 계산기라도 들어 있는 것처럼 수식을 입력하면 바로 답이 나와버리는 것이다. 대출 조건을 보는 순간 머릿속 계산기가 작동했다.

1억을 빌리면, 1년 후에 갚아야 할 돈은 3억 8,959만 7,599원!

결국 사채 쪽은 깨끗이 접기로 했다. 성과라고는 친구인 미호가 적금 깨서 천만 원을 빌려주겠다고 나선 게 전부였다.

회사에 가불을 부탁해봤지만 역시나 거절당했다. 하기야 조회 수도 안 나오고 광고비도 거의 없다시피 한데 가불 얘기를 꺼낸 것부터가 뻔뻔한 일이었다는 걸 은하 역시 모르지 않았다. 그나마 실낱같은 희망은, 은하에게 늘 잘해주시는 실장님이 회사 대표에게 대신 얘기해준 덕분에 자선 행사를 열 수 있게 된 것이었다.

— 아픈 아이도 돕고, 우리 회사 홍보 효과도 얻고, 두루 좋지 않
겠어요?

— 오, 그럼 한번 진행해볼까?

대표님의 승낙을 얻어서 회사 소속 크리에이터들이 다 함께 참
여하는 소장품 경매 행사를 열게 된 것까지는 좋았는데, 문제는
그 후에 벌어졌다.

"어쩌지? 예나 씨가 자긴 참가 안 하겠대."

실장이 곤란한 표정으로 전하는 말에 은하는 가슴이 철렁했다.

"네? 왜요?"

"글쎄, 그냥 막무가내로 안 하겠다는데. 은하 씨가 가서 좀 얘기
해볼래?"

솔직히 내키지 않았지만 제일 잘나가는 예나가 빠지면 모금액
이 확 줄어들 터였다.

"네, 그럴게요."

서현이를 위해서야. 그렇게 생각하며 은하는 예나가 촬영 중인
스튜디오로 향했다. 스튜디오 안에서는 머리를 양 갈래로 묶은 발
랄한 인상의 예쁜 여자가 생글거리며 장난감을 갖고 놀고 있었다.

〈예나랑 놀아요〉 채널의 크리에이터, 강예나다.

"친구들, 안녕! 또 만나요!"

카메라가 멈추자마자 예나의 얼굴에서는 미소가 싹 가셨다.

"아, 피곤해."

10만 원도 넘는 고가의 장난감을 예나는 볼일 끝났다는 듯이 세
트 구석에 아무렇게나 던져버렸다.

만들기를 주로 하는 은하와 달리 예나는 최근 장난감 언박싱*을 주로 하고 있었다. 잘나가는 만큼, 장난감 협찬이 워낙 많이 들어오니까.

〈예나랑 놀아요〉는 채널 개설 약 2년 만에 구독자 백만 명을 돌파했다. 예나는 얼마 전에는 무려 3천만 원을 받고 무슨 대기업 회장 집 손자의 생일파티에 다녀오기도 했다. 아이가 예나의 열혈 팬이라나. 그 일 이후로 예나의 콧대는 한층 더 높아졌다.

예나는 은하보다 두 살 아래, 올해 스물다섯 살이었다. 비슷한 시기에 이 일을 시작해서 언니 동생 하면서 서로 격려하고 친하게 지냈었는데, 언젠가부터 멀어지는 것 같더니 그 사건 이후로는 아예 말 섞는 일조차 없어졌다. 마치 내가 너랑 놀 급이 아니라는 듯한 태도라고 할까. 회사에서 제공하는 같은 오피스텔에 살면서도, 엘리베이터에서 마주치면 힐끗 쳐다만 볼 뿐 인사도 하는 둥 마는 둥 하곤 했다. 쓸쓸하긴 했지만 은하도 굳이 말을 걸 필요성을 느끼지 못했기 때문에 서로 데면데면하게 지내고 있었다. 그런데 갑자기 아쉬운 소리를 하려니 말이 잘 나오지 않았다.

"수고 많았어, 예나야."

옷깃에서 마이크를 떼는 예나에게 다가간 은하는 어색하게 말을 걸었다.

"저기, 자선 경매 행사에 참석 안 한다고 했다며. 그날 뭐 바쁜 일이라도 있어?"

예나가 앉은 채로 은하를 흘깃 쳐다보더니 대꾸했다.

---

* 상자를 개봉하는 과정부터 시작해서 제품을 소개하는 일.

"아니, 그냥 나가기 싫어서."

날 선 목소리였다.

"내가 왜 언니 팬 돕는 자선 행사에 동원돼야 하는데?"

"누구 팬인 게 뭐가 중요해. 아픈 아이를 돕는 건데."

애써 달래듯 말하자 예나가 한쪽 입꼬리를 올려 픽 웃었다.

"언니, 좀 뻔뻔한 캐릭터인 거 알아?"

"어?"

"그렇잖아. 평소에는 이 장난감은 비싸서 싫다, 저 장난감은 유해해서 못 하겠다, 별의별 걸 다 따지면서 다른 크리에이터들을 다 악당으로 모는 주제에 병원 갈 때는 남의 장난감은 또 싹 모아 가고. 자기 팬 돕자고 온 회사 크리에이터들 다 동원하고."

얼굴이 화끈거리는 동시에 속에서 무언가가 울컥 치밀어 올랐다. 나는 그냥 내 소신대로 일하고 있을 뿐인데 왜 이런 소리를 들어야 해.

그 소신에 대한 대가는 이미 충분히 치르고 있었다. 비슷하게 시작한 〈예나랑 놀아요〉가 구독자 백만 명을 돌파하는 동안, 〈미니와 친구들〉이 여태 구독자 일만 명 수준에서 놀고 있는 데는 이유가 있었다. 비싸고 화려한 장난감을 최대한 지양하고, 주위에서 쉽게 구할 수 있는 재료로 만들기를 많이 하기 때문에. 게다가 〈미니와 친구들〉은 유아용 화장품이나 해외 놀이공원 탐방 같은 것도 절대 다루지 않았다. 은하가 하도 강경하니까 회사에서도 지금은 포기하고 애초에 말도 안 꺼내는 분위기였다.

어린아이들도 다 보는 눈이 있다. 비싸고 화려한 장난감이나 멋진 외국 놀이공원에 먼저 눈이 가지, 찰흙으로 만든 인형 따위에 관심을 가질 아이가 몇이나 될까.

'내가 언제 다른 사람들 악당 취급했어?'

욱해서 대꾸하려다 은하는 금세 생각을 고쳐먹었다.

병원에 가져가는 장난감 대부분이 예나에게서 나오는 것이다. 사이가 멀어졌지만 이상하게도 예나는 은하가 자기 장난감을 가져다 병원 아이들에게 나눠주는 것만은 막지 않았다. 그 부분은 늘 고맙게 생각하고 있었다. 게다가 아쉬운 소리를 하러 온 마당에 똑같이 화를 낼 수도 없었다.

"그렇게 느꼈다면 미안해. 그냥 나 같은 크리에이터도 하나쯤은 있어야지, 하고 생각해주라."

은하는 고개를 숙여 사과했다.

"하긴 언니 같은 사람도 있어야지, 다들 똑같이 하면 경쟁 심해서 어디 살아남겠어."

의외로 예나가 순순히 수긍해서 은하는 귀가 번쩍 뜨였다.

"그럼 자선 행사, 와줄 거야?"

"대신 나도 부탁 하나만 하자, 언니."

갑자기 예나가 눈을 반짝이며 물었다.

"언니 전에 청소 알바 한다고 그러지 않았나?"

은하는 영문을 모르면서도 고개를 끄덕였다.

"응, 건물 청소. 근데 왜?"

"나 조금 있으면 이사 가는 거 알지?"

회사 소속 크리에이터들에게 제공하는 오피스텔 중에서도 제일 넓은 평수에 살면서도, 예나는 늘 좁아터졌다고 불평하곤 했다. 그러더니 최근에는 아예 따로 집을 샀다는 얘기를 실장님에게 전해 들은 적이 있다.

"들었어, 그게 왜?"

"요즘 내가 행사를 너무 많이 다니는 바람에 집 안이 완전 엉망이거든. 이사 준비도 해야 하는데 도저히 청소할 시간이 안 나서. 언니가 한번 와서 대청소 좀 해줄래? 내가 일당도 쳐줄게."

은하는 당황했다. 여태 이런저런 청소 아르바이트를 많이 해온 것은 사실이지만 아는 사람, 그것도 예나네 집에 가서 청소라니. 그렇게까지 자존심 상하는 일을 할 엄두가 나지 않아서 망설이고 있자 예나는 자리에서 일어나며 말했다.

"뭐, 불편하면 관두고. 일요일에 다른 약속 잡아야겠네."

"아니야!"

예나의 팔을 붙잡고, 은하는 황급히 말했다.

"할게, 청소. 대청소 해주면 되지?"

그제야 예나가 미소를 지었다.

"고마워, 언니!"

♠ ♥ ♣

그 주 일요일, 지역 문화회관의 강당에서 자선 경매 행사가 열렸다. 회사 소속 크리에이터 모두가 참여해서 본인의 애장품이나 영상에서 갖고 놀았던 장난감들을 파는 것이다.

물론 가장 인기 있는 것은 예나가 갖고 나온 물건들이었다.

"5만 원!"

"7만 원!"

"10만 원!"

예나는 워낙 인기도 많지만 갖고 노는 장난감들이 모두 비싼 것들이었다. 아이들을 데려온 엄마 아빠들이 거침없이 지르는 가운데, 예나는 혼자서 500만 원이 넘는 판매고를 올리며 갖고 나온 물건들을 완판시켰다.

그 와중에 은하는 단 하나도 팔지 못한 채 우두커니 앉아 있었다. 그런 은하의 앞에는 액체 괴물과 색종이로 만든 바람개비, 그리고 찰흙으로 만든 이순신 장군님 따위가 여기저기 갈라진 채 초라하게 버티고 서 있었다. 다른 크리에이터들의 물건에 비하면 잡동사니, 심하게 말하면 쓰레기 정도로 보일 지경이었다. 처음으로 은하는 평소 지켜온 소신을 후회했다.

'가끔 좀 괜찮은 장난감도 갖고 놀걸. 내가 너무 고집을 부렸나?'

경매 시작가가 만 원인데, 은하가 갖고 나온 물건들은 제 눈으로 보아도 단돈 천 원에도 안 사갈 것 같은 것들뿐이었다. 여기 모인 사람들이, 혼자만 물건 하나 못 팔고 있는 나를 어떻게 생각할까. 앉아 있는 것조차 민망해서 쥐구멍에라도 기어들어가고 싶은 심정이었다.

'다른 사람들이라도 팔고 있으니 다행이지 뭐. 1억까지는 안 모이더라도, 천만 원이라도….'

자꾸 우울해지는 마음을 애써 다잡고 있는데 옆에 앉은 예나가 옆구리를 쿡 찔렀다.

"언니 뭐 해? 하나라도 팔아야 그 아이 도울 거 아냐?"

재촉을 해도 곤란할 뿐이었다. 아무도 안 사가는 걸 어떻게 팔란 말인가. 은하가 어쩔 줄 몰라 하고 있는데 예나가 사회자에게 손짓을 하더니 마이크를 받아 들었다. 그러더니 벌떡 일어나서는 은하의 앞에 놓여 있던 물건들 중 하나를 집어 들고 발랄한 목소리로 이야기하기 시작했다.

"자, 친구들. 여기 좀 보세요. 〈미니와 친구들〉의 미니 언니가 직접 만든 멋진 이순신 장군님이에요!"

미처 말릴 겨를도 없었다.

"갑옷도 말도 너무너무 멋지죠? 어머 어떡해, 칼이 부러져버렸네?"

여기저기서 웃음이 터져 나왔다. 물론 모두가 웃지는 않았다. 개중에는 안됐다는 듯한 눈으로 쳐다보는 사람들도 있어서 오히려 그게 더 괴로웠다.

한바탕 신나게 은하의 찰흙 이순신 장군님을 소개하고 난 예나는 사람들을 바라보며 목소리를 높여 외쳤다.

"자, 시작가는 만 원이에요. 사실 분은 가격을 외쳐주세요!"

아무 반응도 없는 장내를 차마 볼 수가 없어서 은하는 두 눈을 질끈 감았다.

'만 원!'

외치는 소리는 역시나 들려오지 않고 정적만이 흘렀다. 1초, 1초가 마치 영원처럼 느껴지는 그때.

"1억."

어디선가 들려온 낮은 목소리에 은하는 흠칫 눈을 떴다.

언제 들어왔을까. 검은 슈트 차림의 키 큰 남자 2인조가 장내 가운데에 떡 버티고 서 있었다.

두 남자의 등장에 장내가 술렁였다.

"…!"

한쪽은 거대한 체격에 뺨에 칼자국까지 있는 젊은 남자. 대단한 미남이었지만, 안타깝게도 얼굴을 감상하기는 그리 쉽지 않았다. 잘생긴 것의 몇 배로 인상이 살벌해서, 보는 사람으로 하여금 절로 눈을 내리깔게 만들기 때문에.

나머지 한 명은 늘씬한 체격의 남자였는데, 이쪽은 전혀 다른 종류의 미모였다. 첫눈이 내려앉은 듯 희고 고운 피부와 맑은 갈색 눈동자. 뭘 바른 것 같지도 않은데 자연스레 불그스름한 입술. 세상의 밝고 맑고 고운 것은 온통 다 이 남자의 얼굴에 모여 있는 것 같다고 할까. 잘생겼다기보다 예쁘다는 말이 어울리는 미모는, 아이돌 서바이벌 프로그램에 나가면 얼굴만으로 충분히 데뷔조 입성이 가능할 듯했다.

두 사람이 풍기는 강렬한 포스에 마치 모세의 기적처럼 사람들이 양쪽으로 쫙 갈라지고, 두 남자는 회장 맨 앞까지 뚜벅뚜벅 걸어 나와서 버티고 섰다.

은하는 숨도 못 쉴 지경이었다.

'그 조폭 보스!'

환자복이 아닌 양복 차림인 걸 보면 퇴원을 한 모양인데, 그러니 이제 앙갚음을 하러 찾아온 것이다.

'왜 하필 이때?'

가뜩이나 망신살이 뻗친 와중에 조폭 보스가 복수하러 오기까지 할 건 뭐란 말인가. 은하는 그만 기절할 것만 같았다.

한편 두 남자의 압도적인 존재감에 사람들은 일제히 겁을 먹었다.

"엄마, 저 아저씨들 조폭이야?"

"쉿!"

사색이 돼서 허겁지겁 아이 입을 막는 엄마도 있었다. 모두가 숨죽여 눈치를 보고 있는 그때, 거대한 체격의 남자가 다시 입을 열었다.

"1억."

금액이 너무 얼토당토않았기 때문에, 이 말을 금세 알아들은 사람은 아무도 없었다. 물론 은하 본인도 갑자기 저게 무슨 소리지, 하고 생각했을 뿐이다.

아무도 대답하지 않자 거대한 남자의 옆에 서 있던, 미모의 남자가 입을 열었다.

"지금 이순신 장군, 경매 중인 거 아뇨?"

험악한 말투에 모두들 제 귀를 의심했다. 아니, 저 예쁜 얼굴에서 어떻게 저런 말투가 나와?

아침 이슬을 함초롬히 머금은 수선화마냥 청초한 얼굴을 한 남자가, 다시 한번 살벌하게 으르렁거렸다.

"아, 말귀 더럽게 못 알아듣네. 우리가 산다고, 그거."

정작 이순신 장군을 들고 있는 예나는, 웬일인지 아까부터 눈을 크게 뜨고 보스의 얼굴을 뚫어져라 쳐다보고 있었다. 마치 귀신이라도 본 사람처럼.

사회자가 예나에게서 마이크를 받아 들고 더듬거리며 말했다.

"아, 예. 시작가는 만 원입니다. 그러니까 만 원부터…."

말이 채 끝나기도 전에 다시 보스가 입을 열었다.

"제가 1억에 사겠습니다."

낮고도 차분한 목소리가 조용해진 장내에 울려 퍼졌다.

♤ ♥ ♧

성북동에 있는 지환의 집은 요즘 세상에 보기 드문 대저택이었다. 대지가 600평 가까이에 지하 1층, 지상 2층의 연면적이 무려 300여 평. 침실만도 열 개가 넘고 별채까지 따로 있는, 모던한 외관을 가진 현대식 주택이다.

생전에 그의 아버지는 사는 집의 규모가 곧 보스의 위엄이고 품격이라고 굳게 믿었다. 그래서 일부러 재벌 회장들이 모여 사는 동네에다가 보란 듯이 집을 지은 것이었다. 물론 지환은 아버지와 생각이 달랐지만, 여태 그 집에 살고 있는 것은 현실적으로 필요했기 때문이다.

아버지의 협박에 의해 강제로 조직 생활을 하게 된 후 지환의 목표는 오로지 한 가지였다. 최고의 자리에 오르는 것. 최고가 되어서, 자기 사람들을 사람답게 살게 하는 것. 보스가 되는 순간, 그는 그렇게 했다.

— 불독파는 오늘부로 해산합니다. 손 씻고 새 삶을 살 사람들만 저를 따라오십시오. 밥은 굶지 않게 하겠습니다.

그를 따라온 조직원들은 대부분 혈기왕성한 젊은 축이었다. 지금은 모두들 목마른 사슴에서 정형사(식육처리기능사)로 성실하게 일하고 있지만, 옛말에 배운 게 도둑질이라 하지 않던가. 유혹에도 약하고 욱하는 성질들도 여전했다. 언제 또 나쁜 길로 빠질지 알 수 없으므로, 가까이서 감시하며 행동을 단속하기 위해 지환은 그들을 한집에 데리고 살고 있는 중이었다. 물론 숙적 야옹이파가 언제 지환을 노릴지 모르기 때문에 신변 보호가 필요하기도 했고.

고깃집을 차린 녀석이나 결혼해서 가정을 꾸린 녀석 등 몇 명이 독립을 해서 나가기도 했지만, 아직도 남은 인원이 지환을 빼고 열한 명이나 되었다. 즉 이 집엔 남자만 열두 명이 산다. 식사와 요리, 청소 등도 각자 당번을 맡아 돌아가면서 하고 있기 때문에 도우미도 필요치 않아서, 집에 여자가 출입하는 일이라곤 없었다. 고상하게 말하면 '금녀의 집', 나쁘게 말하면 냄새 나는 사내놈들의 소굴이다.

활짝 편 날개 로고가 붙은 검은 차가 미끄러지듯 대문 앞에 멈추자, 일렬로 서서 기다리고 있던 열 명의 덩어리들이 일제히 허리를 숙였다.

"다녀오셨습니까, 형님!"

비서 겸 오른팔인 일영만 데리고 외출했던 큰형님이 돌아온 것이다. 뒷좌석에서 내린 지환은 웬 종이 상자를 안고 있었다.

"갖다가 거실 장식장에 잘 올려둬."

덩어리들에게 상자를 건네며 그는 당부했다.

"부서지지 않게 조심해. 1억짜리다."

"예, 형님."

장식장에 올려두라는 걸 보니 예술품 같은 건가 본데. 크기도 작아 보이는데 뭔데 1억씩이나 할까?

두근거리며 상자를 연 순간, 덩어리들의 표정이 일제히 썩어들어갔다.

♠ ♥ ♣

1억 원짜리 이순신 장군—이라는 것도 일영이 형님이 설명해 주신 덕분에 알았지, 처음 봤을 때는 외계 생물인 줄 알았다—을 둘러싸고, 덩어리들은 심각하게 이야기를 나누었다.

"큰형님 대가…, 아니 머리에 문제가 있어도 단단히 있는 게 틀림없습니다."

"강제로라도 도로 입원시켜야 하는 거 아닐까요?"

동생들이 한마디씩 하는 걸 지켜보다 입을 연 것은 일영이었다.

"그 여자가 만든 거야."

그래도 여전히 의문은 풀리지 않았다.

"그러니까 정상이 아니신 거 같단 말입니다, 형님. 피의 복수를 해도 모자랄 마당에 1억씩이나 주는 게 말이 됩니까?"

그제야 일영이 혀를 차며 말했다.

"멍청한 새끼들아, 대가리가 있으면 좀 생각이란 걸 해라."

"예?"

"스카우트하시려는 거 아니냐!"

덩어리들의 시선이 집중되자 일영은 자신 있게 말했다.

"그 여자를 뒷산에 갖다 묻어봤자 우리한테 무슨 이익이 있겠냐? 마침 돈이 급하다니까 그 돈 해주고 우리 사람으로 만드는 게 낫지!"

덩어리들은 오오, 하며 일제히 고개를 끄덕였다.

"역시 일영이 형님께선 큰형님의 의중을 잘 꿰뚫고 계십니다."

"큰형님다운 생각이십니다."

동생들의 감탄 어린 눈빛에 일영이 우쭐했다.

"게다가 그 여자가 가방끈도 존나게 길다잖아. 우리 편으로 끌어들이면 분명 도움이 될 때가 있을 거란 말이야."

그제야 걱정을 덜 던 덩어리들은 새삼 은하에게 감탄했다.

"그나저나 그 여자, 진짜 프로인가 봅니다."

"그런 식으로 본업을 위장하고 있다니요."

원래 영화에서도 악당일수록 번듯한 직업으로 자신의 진짜 모습을 감추는 법 아닌가. 천하의 서지환을 한 방에 입원시켜버릴 정도로 대단한 실력을 가진 킬러의 직업이 다름 아닌 아이들과 놀아주는 키즈 크리에이터라니, 위장 한번 기가 막히다.

"당연하지, 큰형님께서 아무나 스카우트하시겠냐?"

그때 구석에서 덩어리 하나가 쭈뼛거리며 손을 들었다.

"저기, 형님들."

열한 명 중에서 제일 어린 막내 덩어리, 민규였다.

"왜?"

"아까 퇴원하시고 집에 옷 갈아입으러 오셨을 때 말입니다. 큰형님께서 옷을 30분 동안 고르셨는데요."

"그게 뭐?"

"아니, 자꾸만 거울을 보고 또 보시는 게…."

성질 급한 덩어리 하나가 소리를 버럭 질렀다.

"이 자식이 근데 진짜, 그러니까 그게 뭐 어쨌냐고!"

결국 말을 꺼낸 막내 민규는 움찔해서 고개를 저었다.

"아, 아무것도 아닙니다."

♤ ♥ ♧

"그래서, 1억을 진짜 받았다고? 그 조폭한테?"

미호가 놀란 듯이 물었다.

"응. 현금으로 그 자리에서 주고 갔어."

비서라는 미모의 남자에게서 돈이 든 상자를 건네받고, 은하는 그때 처음 알았다. 박카스 상자를 5만 원짜리 지폐로 채우면 1억이 들어간다는 것을. 한 아이의 목숨값이라 생각하니까 그 작은 상자가 얼마나 무겁게 느껴지던지.

"돈은 어떻게 했어? 서현이네 갖다 줬어?"

"응, 어젯밤에 바로."

돈은 어제저녁에 상자째 그대로 서현이 부모님에게 전달했다. 상자를 열어본 서현이 엄마가 한마디 말도 못 하고 울음을 터뜨리는 바람에 은하도 눈물을 참느라 혼났다. 앞으로 무슨 일이 벌어지든 그 순간만은 아무것도 무섭지 않았다. 선뜻 큰돈을 내준 남자가 진심으로 고맙기까지 했다.

"돈이 없어서 못 하고 있었던 거지, 계속 알아보고는 있었나 봐.

바로 일본으로 가서 치료 적합한지 검사받을 거래. 제발 치료받을
수 있어야 할 텐데."

"잘될 거야. 미니 언니가 조폭 보스한테 몸 바쳐 벌어온 돈인데
당연히 잘돼야지."

그 말에 은하는 겁이 덜컥 났다. 급한 불을 끄고 나니까 이제는
슬슬 목숨이 아까운 거였다.

"있잖아, 대체 그 사람이 나한테 원하는 게 뭘까?"

물론 그런 찰흙 덩어리 따위에 1억이나 낼 리가 없다. 행사가 끝
난 후에 은하네 회사 대표가 직접 만나서 얘기를 나눠봤더니, 역
시나 목적은 이순신 장군 찰흙 인형이 아니고 다른 조건이 있었
다고 한다. 은하가 자기랑 딱 세 번만 만나서 놀아주면 좋겠다고
했다나.

"도대체 놀아달라는 게 무슨 뜻인지를 모르겠어. 설마하니 나한
테 액체 괴물 만드는 거 가르쳐달라고 할 것도 아니고."

미호가 실실 웃으며 대꾸했다.

"글쎄, 뭐 밀가루 대신 수상한 하얀 가루로 오감놀이? 아니면 신
체 장기 재배열 놀이 같은 거?"

은하는 몸을 부르르 떨었다.

"넌 지금 그걸 드립이라고 치냐? 가뜩이나 사람 불안해 죽겠는
데!"

"뭘 그렇게 불안해하고 그래. 놀아달라는 걸 보면 네 팬인가 본데.
까짓것 덩치만 좀 큰 어린애다, 생각하고 놀아주면 되는 거 아냐?"

은하는 진지하게 부탁했다.

"혹시 나한테 무슨 일이라도 생기면 네가 우리 집에 꼭 연락해 주라."

부모님 얘기가 나오자 미호의 얼굴에서 그제야 장난기가 가셨다.

"너희 엄마 아빠, 여태 연락 없으셔?"

"응."

"하여튼 너희 부모님도 대단들 하시다. 세상에 시집도 안 간 딸자식을 길거리로 쫓아내고 나선 죽었는지 살았는지 관심도 없으시고."

미호가 못마땅한 듯이 입술을 삐죽거렸다.

"나 때문에 평생의 계획이 물 건너간 거나 마찬가지니까, 뭐."

은하는 씁쓸하게 대꾸하며 맥주잔을 들어 마셨다.

은하의 부모님은 자식들이 어렸을 때부터 이미 계획을 세우고 계셨다. 셋 다 최고의 대학인 한국대를 졸업시켜서 하나는 의사, 하나는 법조인, 하나는 교수로 만드는 거. 언니와 오빠는 부모님의 기대에 한 치의 어긋남도 없이 한국대 의대와 법대에 각각 진학했는데, 막내인 은하에게 와서 그만 계획에 차질이 생겼다. 은하가 한국대가 아니라 한국여대에 붙어버린 것이다.

— 세상에 한국여대라니, 그걸 대학이라고 가?

당시 집안은 그야말로 초상집 분위기였다. 엄마는 친척들 보기 창피해서 살 수가 없다면서 머리 싸매고 드러누웠고, 아버지는 며칠 동안 은하의 얼굴조차 보지 않으셨다.

"우리 집 같았으면 아파트 앞에 플래카드 걸었을 텐데. '자랑스러운 내 딸 구미호 한국여대 합격!' 하고."

"알잖아, 우리 집안에선 한국대 이하는 대학 아닌 거."

부모님이 대학원이라도 반드시 한국대로 가야 한다고 하도 닦달을 하는 바람에, 은하는 대학교 4년 내내 그 흔한 소개팅 한번 못 해보고 고3처럼 공부만 하며 지냈다. 그사이에 의대생인 언니는 전문의까지 되었고, 오빠는 우수한 성적으로 로스쿨을 졸업해 검사님이 되셨다.

다행히 은하도 한국대 대학원에 붙어서 석사학위를 따는 것으로 학벌 세탁에 성공은 했다. 그러니 이제 박사과정까지 마치고 교수가 되면 부모님이 원했던 그림이 완성되는 거였는데, 문제는 은하가 석사를 따자마자 키즈 크리에이터라는 엉뚱한 길로 빠져버린 거였다.

— 장난감이나 갖고 놀라고 여태 돈 처들여 공부시킨 줄 알아!

은하를 집에서 쫓아낼 때 아버지가 내뱉은 말이었다.

"난 우리 아빠 중졸이어서 어릴 때 솔직히 좀 부끄러웠는데, 너처럼 너무 대단한 집안에 태어나도 문제구나."

미호가 한숨을 쉬며 위로하듯 말했다.

"힘내. 열심히 하면 언젠가는 너희 부모님도 인정해주실 거야. 우리 엄마 아빠도 나 미용사 된다고 했을 때 첨에 엄청 반대하셨잖아. 근데 곧 가위 잡을 수 있을 것 같다고 하니까 엄청 기뻐하시더라고."

정말 그런 날이 오기는 할까. 언젠가는…. 울컥 치미는 눈물을, 은하는 맥주와 함께 꿀꺽 삼켜버렸다.

♤ ♥ ♧

"오빠, 오빠! 우리 나가서 모래놀이 하고 놀자!"

은하가 조르자 하얀 얼굴에 귀공자처럼 잘생긴 소년이 다정하게 은하를 달랬다.

"곧 선생님 오실 거야. 끝나고 놀아줄 테니까 조금만 참자, 은하야."

"잠깐만, 응? 진짜 조금만 놀고 들어오면 되잖아."

은하가 울상을 하자 소년은 곤란한 얼굴을 하면서도 결국 은하에게 져주었다.

"그럼 딱 10분 만이다?"

은하는 신이 나서 소년의 손을 잡고 미리 봐둔 공사장으로 이끌었다. 공사장 한편에 산더미처럼 쌓여 있는 건축용 모래는 좋은 놀이 재료였다. 은하는 버려진 우유팩에 물을 담아다가 모래에 부어서 성을 만들기 시작했다.

"이건 뭐야?"

"여기는 공주님이 사는 방이야."

"은하처럼 예쁜 공주님이겠네?"

은하의 볼이 발그레해졌다.

열세 살, 초등학교 6학년인 이 오빠의 이름은 서현우. 은하와 같은 학원에 다니는 현우는 개구쟁이인 다른 오빠들과는 전혀 달랐다. 세 살이나 어린 꼬맹이 은하를 귀찮아하지 않고 잘 놀아주고, 예의 바르고, 의젓하고 또 다정하고. 게다가 피아노도 잘 쳐서 어린 은하는 진심으로 생각했다. 세상에 진짜로 왕자님이 있다면 아마 현우 오빠 같은 사람일 거라고.

"창문도 만드는 거야?"

"응. 왜냐면 왕자님이 놀러 와서 창문을 두드릴 수도 있잖아."

둘이 머리를 맞대고 열심히 성을 만들고 있는데, 갑자기 모래성이 파삭, 하고 부서졌다. 누군가가 애써 만든 성을 구둣발로 짓밟아버린 것이다. 깜짝 놀라 올려다보니 거대한 체격의 남자가 버티고 서서 내려다보고 있었다. 날카로운 눈매에, 한쪽 뺨에 흉터가 있는 무서운 인상의 남자.

"잡았다."

솥뚜껑처럼 커다란 손이 이쪽을 향해 뻗어오는 순간, 은하는 비명을 질렀다.

"꺄악!"

♤ ♥ ♧

"꺄악!"

은하는 식은땀을 흘리며 잠에서 깨어났다. 심장이 터질 것처럼 뛰었다. 떨리는 손으로 머리맡의 물컵을 들어 단숨에 꿀꺽꿀꺽 마시고 나서도 한참이나 마음이 진정되지 않았다.

"아, 현우 오빠 꿈 진짜 오랜만에 꾼 건데."

길게 한숨을 내쉬며 은하는 투덜거렸다.

서현우는 은하의 어린 시절 첫사랑이었다. 비록 헤어진 지 20년 가까이 됐지만 여태 은하의 이상형은 현우 오빠의 이미지에 고정

되어 있었다. 의젓하고 다정한 모범생에, 늘씬하고 하얗고 가녀린 미소년. 지금도 가뭄에 콩 나듯 현우 오빠가 꿈에 나타나면 하루 종일 기분이 좋았다.

오랜만에 현우 오빠 꿈을 꾸는데, 하필이면 막판에 그 흉악한 얼굴이 나타날 건 뭐란 말인가.

이유는 뻔했다. 오늘이 바로 그 조폭 보스와 처음 놀아주기로 한 날이니까!

긴장한 나머지 새벽녘에야 겨우 잠들었는데, 심지어 악몽까지 꾼 것이다. 은하는 어제 실장님한테서 전달받은 그 사람의 명함을 꺼내보았다.

육가공 전문 기업 (주)목마른 사슴

회사 이름과 로고 아래 남자의 이름이 쓰여 있었다.

대표이사 서지환

어제 명함을 받았을 때도 그랬지만, '육가공'이라는 글자를 보는 순간 또다시 소름이 쫙 끼쳤다.

'그 회사에서 가공하는 고기가 무슨 고기인지 알 게 뭐람?'

끔찍한 상상이 떠올라 은하는 몸서리를 쳤다. 뭐, 설마하니 정말로 터무니없는 고기를 가공하는 거야 아니겠지만, 피 튀기는 일을 숨기기에는 딱 좋은 업종처럼 보였다. 예를 들면 장기 밀매라든가 하는 거!

'제발 오늘 열 손가락 멀쩡히, 내장 한 군데 비는 곳 없이 집에 돌아올 수 있게 해주세요.'

속으로 간절히 기도하며 은하는 외출 준비를 했다.

♠ ♥ ♣

문제의 여자를 스카우트하기 위해 만나러 가는 날. 큰형님이 아침 일찍부터 일어나 목욕재계하고 새 옷에 새 구두까지 신는 것을 보고 덩어리들은 또다시 생각했다. 대체 그 여자가 얼마나 무시무시한 인물이면 큰형님이 이렇게까지 예의를 갖춘단 말인가?

그것도 모자라 큰형님은 일영을 재촉해서 머리까지 하러 갔다.

"다 왔습니다, 형님."

일영이 차에서 내려 공손히 뒷좌석 문을 열었다.

도착한 곳이 늘 가던 단골 이발소인 것을 보고 큰형님이 눈썹을 살짝 찌푸렸다.

"여기 말고 오늘은 다른 데 가자."

"다른 데 어디 말씀이십니까, 형님?"

"왜 그 있잖아. 미용실… 헤어숍이라고 하는."

일영이 어리둥절한 눈으로 지환을 쳐다보았다.

"예? 남자가 미용실엔 왜 갑니까, 형님?"

예쁜 얼굴을 한 주제에 남자병이 매우 심한 일영이었다.

일영의 상식선에서 남자란 머리가 좀 길었다 싶으면 이발소에 가서 7천 원 내고 박박 깎으면 그만인 것이지, 미용실 따위에는 가본 적도 없으며 물론 갈 생각도 해본 적이 없었다.

"그냥 가라면 가."

지환이 으르렁거리는 바람에, 일영은 즉시 입을 다물었다.

"알겠습니다, 형님."

♤ ♥ ♧

은하와 같은 회사의 키즈 크리에이터, 예나는 은하를 좋아하지 않았다. 친하게 지냈던 건 처음에 아주 잠깐뿐이고 그 후로는 쭉 싫어했다.

일단은 혼자서 착한 척하는 게 무척 아니꼬웠다. 초반에 회사에서 예나와 은하가 함께 미국 디즈니랜드에 가는 기획안을 내놓은 적이 있었는데, 그때 은하는 자기는 하고 싶지 않다면서 이렇게 말했다.

— 디즈니랜드는 가고 싶다고 갈 수 있는 곳이 아니잖아요. 그걸 본 아이들은 얼마나 가고 싶겠어요? 애들이 조르는데 들어주지 못하는 부모님 마음은 또 어떨까요?

하지만 예나의 생각은 달랐다. 어차피 모두가 디즈니랜드에 갈 수 없다면, 못 가는 아이들에게 영상으로라도 보여주는 게 뭐가 나쁘단 말인가. 결국 디즈니랜드에는 예나 혼자 다녀왔고, 그때부터 구독자가 쭉 늘었다.

그 후로도 은하는 사사건건 그랬다. 유아용 화장품이나 비싼 장난감은 철저하게 마다했고, 그 덕분에 신상 장난감 협찬은 번번이 예나에게 돌아왔다. 회사도 툭하면 이건 싫다, 저건 안 하겠다고 버티는 은하보다는 말 잘 듣는 예나에게 더 많은 기회를 주었다.

그러니 〈예나랑 놀아요〉가 이토록 빠르게 성장한 것은 어떻게 보면 〈미니와 친구들〉에게서 반사이익을 얻은 거라고 볼 수도 있겠지만, 예나는 그저 은하가 얄밉기만 했다.

'혼자 착한 척하긴.'

우연히 은하가 수학과 석사학위 소지자라는 걸 알게 된 후부터는 더욱더 그랬다.

'뭐야, 배웠다고 잘난 척하는 거였어?'

학창시절부터 공부에 취미가 없었던 예나다. 대학은 삼수 끝에 포기했고, 배우를 지망해서 연기 학원을 다니다가 우연히 키즈 유튜버가 돈을 잘 번다는 얘기를 듣고 시험 삼아 시작했던 일이다. 원래 아이들을 무척 좋아해서 유아교육과에 가고 싶었고, 연기에도 자신이 있었으니까.

다행히 얼마 안 가 전문 매니지먼트의 눈에 띄어 계약할 수 있었고, 회사의 기획을 잘 따른 덕분에 〈예나랑 놀아요〉는 대박이 났다. 더는 〈미니와 친구들〉 따위는 신경 쓰지 않아도 될 정도로.

그런데도 예나는 여전히 은하가 거슬리고 눈엣가시처럼 느껴졌다. 스스로도 왜 그런 건지 신기할 정도였는데 이제는 알 것 같았다.

'이러려고 그랬나 보네.'

몇 년 전 지환을 처음 만난 후 예나는 단 하루도 그를 잊어본 적이 없었다. 얼굴과 이름밖에 모르는 남자와 다시 만나서 사랑에 빠지는 상상을 수천 번도 더 했다. 그래서 며칠 전 지환이 눈앞에 나타났을 때 예나는 온몸에 전율을 느꼈다. 이건 운명이 틀림없다고 생각했다. 하지만 정작 지환은 엉뚱하게도 자신이 아닌, 은하를 바라보고 있었다.

— 제가 1억에 사겠습니다.

제 눈으로 목격한 그 장면이 며칠 동안 예나를 미치게 만들었다. 게다가 서지환이 1억의 대가로 은하에게 세 번 만나달라고 했다니!

'대체 둘이 무슨 사이야?'

예나는 신경질적으로 입술을 짓씹었다.

2

세 번의
만남

조폭 보스를 만나러 나가는 길. 은하는 길거리 가게의 쇼윈도에 비친 제 모습을 보고 만족스럽게 중얼거렸다.

"음, 제법 후줄근하군."

— 근데 은하야, 혹시 그 보스가 너한테 첫눈에 반했으면 어떡하지? '내 갈비뼈를 부러뜨린 여자는 네가 처음이야' 하면서.

미호의 말이 떠오르는 바람에 최대한 추레하게 보이도록 신경 쓴 결과였다. 머리는 아침에 일어난 그대로, 화장은 생략하고, 옷은 대충 티셔츠 쪼가리에 청바지를 걸쳐 입고 운동화도 최대한 낡은 걸로 신었다. 괜히 조폭 보스 눈에 예쁘게 보여서 〈조폭 마누라〉 찍을 생각은 추호도 없었으므로.

보스는 약속시간에 맞춰 회사 앞에서 기다리고 있었다. 9월 초라고는 하지만 아직 낮에는 한여름처럼 더운데 이 사람은 오늘도 검은 슈트 차림이었다. 보기만 해도 더워 죽겠다.

"안녕하세요, 고은하라고 합니다."

벌써 몇 번이나 마주쳤지만, 통성명은 처음이다. 은하가 인사하자 남자가 정중하게 마주 고개를 숙였다.

"서지환입니다."

제법 부드러운 목소리였지만 그렇다고 긴장이 풀리는 건 아니었다. 계속 말하지만 이 사람은 기본적으로 인상 자체가 살벌하다고!

속으로는 무척 떨렸지만, 은하는 애써 보스의 눈을 바라보며 방긋 필살 미소를 날렸다.

"지난번에는 제가 너무 실례가 많았죠? 먼저 사과부터 드릴게요."

웃는 얼굴에 침 뱉는 사람 없다는 말을 믿고 세워본 생존 전략이었는데, 돌아온 것은 바란 것과는 정반대의 결과였다. 은하가 눈을 보며 웃는 순간, 보스는 매우 불편한 듯 얼른 시선을 피하고 먼 곳을 쳐다본 채로 대꾸하는 것이었다.

"큰 부상도 아니었으니 신경 쓰지 않으셔도 됩니다."

이크, 안 통하는구나. 은하는 얼른 전략을 수정했다.

"진심으로 감사드립니다. 덕분에 아픈 아이가 치료를 받을 수 있게 됐어요."

예의 바르게 인사하자 지환이 그제야 다시 은하를 쳐다보았다.

"도움이 될 수 있어 다행입니다."

그렇게 대답하고 지환은 되물었다.

"혹시 점심 식사는 하셨습니까?"

"아니요."

하도 긴장을 해서 점심은커녕 어제저녁부터 쫄쫄 굶은 차였다.

"그럼 식사부터 하시죠. 혹시 뭘 좋아하시는지?"

좋아하는 거야 있지만 지금은 뭘 먹어도 체할 게 틀림없었다.

"전 아무거나 괜찮아요."

"그럼 근처의 제가 아는 곳으로 모시겠습니다."

지환이 돌아서서 걷기 시작해서 은하는 어색하게 그를 따라 걸었다. 이렇게 옆에 서 있으니 상대가 정말 무지막지하게 크다는 게 새삼 느껴졌다. 키 자체가 크기도 하지만 워낙 체격이 좋으니까 한층 더 커 보이는 것이다.

주말의 길은 인파로 꽤 북적이고 있었지만 걷는 동안 마주 오는 사람들과 어깨 한 번 부딪치는 법이 없었다. 맞은편에서 오는 사람들이 지환을 보고 알아서 얼른 길을 비켰기 때문에.

가는 길에 문득 은하의 시선을 끄는 것이 있었다. 아이들이 영상에 더 호기심을 가질 수 있도록, 늘 색다른 머리띠를 하는 것이 미니 언니의 트레이드마크다. 그래서 어딜 가든 특이한 머리띠를 파는 곳이 있으면 유심히 보곤 했는데, 마침 길가의 노점상에서 개구리 눈이 달린 머리띠를 팔고 있는 거였다.

'개구리 알 만들기 영상 찍을 때 딱이겠다!'

당장이라도 사고 싶었지만, 차마 조폭 보스를 불러 세워서 개구리 눈 달린 머리띠 사게 좀 기다려달라는 말을 할 용기가 나지 않았다. 결국 은하는 눈물을 머금고 노점상을 지나치고 말았다. 웬만하면 일행으로 보이고 싶지 않아서 눈치채지 않을 만한 범위 내에서 가급적 떨어져 걷는데, 갑자기 지환이 걸음을 뚝 멈췄다.

'들켰나?'

가슴이 철렁하는데, 지환의 날카로운 눈초리는 다행히도 은하가 아닌 다른 곳을 향하고 있었다. 그의 시선의 끝에서는 대학생쯤으로 보이는 예쁘장한 여자가 '야옹머니'라고 쓰인 건물 앞에서서 안에 들어가려다 머뭇거리고 있었다.

"…"

잠시 말없이 여자를 쳐다보던 지환이 도로 걸음을 옮기기 시작했다. 별일 아닌가 보다, 하고 은하도 다시 따라 걷기 시작했다.

그러나 겨우 1분쯤 걸었을까, 지환은 또다시 멈춰 섰다.

"젠장."

입속으로 낮게 뇌까리는 말에 온몸의 솜털이 곤두서는 느낌이었다. 뭐, 뭐가 마음에 안 든 거야?

"실례지만 혹시 5분만 주실 수 있겠습니까?"

지환이 불쑥 물어서 은하는 이가 부딪치도록 고개를 끄덕였다.

"네? 네! 그럼요! 얼마든지요!"

지환은 길가의 버스정류장에 놓인 벤치를 턱짓으로 가리키며 말했다.

"따라오지 마시고 잠시만 여기 앉아 계십시오. 금세 돌아오겠습니다."

그러더니 등을 돌려 뚜벅뚜벅 온 길을 되돌아가는 게 아닌가!

'대체 뭐지?'

아무리 생각해도 조폭 보스가 길에서 마주친 여자의 뒤를 쫓아갔는데 좋은 일이 있을 것 같진 않았다. 언젠가 영화 소개 프로그램에서 보았던 영화도 떠올랐다. 깡패 두목이 길에서 마주친 예쁜 여자 대학생한테 한눈에 반하는 바람에, 결국 그 여자의 인생이 망가지고 마는 내용이었다.

'혹시 얼굴이 예쁘장하니까 잡아다 어디 팔아넘기려고 그러나?'

가슴이 철렁했다. 터무니없는 상상만도 아닌 게, 은하는 어릴 적에 실제로 조폭들이 비슷한 모의를 하는 걸 제 귀로 들은 적이 있었다. 그때 죽을 뻔하고 나서 여태 조폭이라면 질색인 거다.

'어떡하지?'

은하는 안절부절못했다. 뭔지 몰라도 말려야 할 거 같은데, 상대는 조폭 보스였다. 아마 그가 손가락 하나만 튕겨도 은하쯤은 가볍게 날려버릴 수 있을 거였다. 그렇다고 보고도 모른 체할 수도 없었다. 대학생 같아 보이던데, 인생 망치는 꼴을 어떻게 못 본 척한단 말인가.

'일단 무슨 일인지 확인부터 하자.'

그렇게 결심하고, 은하는 지환이 간 길을 뒤따라 갔다. 1분쯤 길을 되돌아가자 아까 그 여자가 서성거리던 건물이 나왔다.

야옹머니라는 핑크색 간판이 붙어 있는 작은 사무실이었다. 문 앞에, '여자의 친구, 야옹머니'라는 문구와 함께 귀여운 고양이 캐릭터가 그려진 배너가 세워져 있어서 친근한 느낌을 주었다.

은하는 살금살금 다가가서 살짝 문을 열고 문틈으로 안을 들여다보았다. 커피 향기가 코끝에 훅 끼쳐오면서, 아기자기한 파스텔톤으로 꾸며진 내부가 눈에 들어왔다.

'케이블 TV에서 광고하는 여성 전용 대부업체 같은 건가?'

그렇게 생각하는 순간, 살벌한 목소리가 날아와 귀에 꽂혔다.

"여태 이따위로 장사를 하고 있네."

지환이 종이를 들여다보며 중얼거리고 있었다.

♠ ♥ ♣

다행히도 여자가 대출약정서에 사인하기 직전에 빼앗을 수 있었다.

"누구세요?"

약정서를 빼앗긴 여자가 당황한 눈으로 지환을 쳐다보았다. 고양이 귀 머리띠를 한 여직원은 얼굴이 시퍼레져서 급히 수화기를 들었다.

"네, 실장님. 맞아요, 얼굴에 흉터 있는 사람이요. 빨리 좀 와주세요!"

그러거나 말거나 지환은 여자를 향해 물었다.

"사연이 뭡니까?"

"네?"

"얼마나 대단한 사연이 있기에 이런 데서 돈을 빌리는지 궁금해서."

대학생 정도로 보이는 어린 여자는 영문도 모르고 천진하게 대답했다.

"방학 때 친구들이랑 여행 가려고요."

지환의 복장이 소리 없이 터져 나갔다. 차라리 대단한 사연이라면 이해를 하겠다. 가족의 수술비가 필요하다든가, 뭐 그런 급한 사정이 있는데 금융권에서는 돈을 빌릴 수가 없었다면 여기까지 올 수도 있겠지. 그런데 대부분은 이렇게 어이없는 이유로 제 인생을 망치는 것이다. 자기가 뭘 하는 줄도 모르고!

"여기서 돈 빌렸다가는 자칫 인생 망칩니다."

지환은 대출약정서를 찢어버리며 일부러 무서운 얼굴로 말했다.

"운 좋은 줄 알고 빨리 집에 가요. 두 번 다시 사채 같은 거 쓸 생각 말고."

보통은 제가 이렇게 말하면 겁이 나서라도 따르기 마련인데, 이 여자는 쓸데없이 용감한 타입이었다.

"저기요, 지금 뭐 하시는 거예요?"

도끼눈을 하고 따져오는 바람에 지환은 기가 막혔다.

야옹머니는 조폭 야옹이파가 운영하는 대부업체였다. 야옹이파는 이름만 귀엽지, 하는 짓은 조금도 귀엽지 않은 놈들이었다. 주로 순진한 사회 초년생들이 멋도 모르고 소액을 빌렸다가 인생을 망치곤 한다. 차마 모른 척할 수가 없어서 되돌아와 구해준 건데 고마워하기는커녕 화를 내다니. 무식하면 용감하다더니 옛말이 틀린 게 없었다.

"왜 남의 일에 참견인데요? 그쪽이 내 여행비 내줄 거예요?"

여자는 턱을 한껏 치켜들고 대들었다. 차라리 깡패들하고 치고받고 싸우는 게 낫지, 저보다 훨씬 작은 여자와 말싸움을 하는 데는 전혀 자신이 없었다. 움찔해서 한 걸음 뒤로 물러나자 여자는 더욱더 기세등등해서 따지고 들었다.

"그쪽이 대신 300만 원 빌려줄 거냐고요? 네?"

이쯤 되자 지환도 참을 수가 없었다.

"이것 봐요. 300만 원 빌려서 이자가 주당 12퍼센트, 그것도 복리로 늘어나면 대체 얼마를 갚아야 하는 줄이나 압니까?"

이게 실수였다.

"얼만데요?"

여자가 기다렸다는 듯이 되묻는 바람에 지환은 그만 꿀 먹은 벙어리가 되고 말았다. 복리계산이라는 게 그리 쉬운 게 아니다. 머릿속에 계산기를 갖고 다니는 것도 아니니 물론 곧바로 대답이 나올 리 만무한 것이다.

지환이 머뭇거리자 여자가 또다시 대들었다.

"얼마냐고요, 어? 왜 말을 못 하는데요?"

그때 엉뚱한 곳에서 대답이 들려왔다.

"한 달 후면 472만 558원이요."

지환이 흠칫 놀라 돌아보자 언제 따라왔는지, 은하가 서 있었다.

"두 달 후면 742만 7,890원이 되고요."

방금 지환이 찢어버린 대출약정서 조각을 주워 들고 들여다보며, 그녀는 다시 한번 말했다.

"조기상환이 가능해지는 석 달 후면 1,168만 7,928원. 거의 1,200만 원 가까이 되겠네요."

♤ ♥ ♧

"운 좋은 줄 알고 빨리 집에 가요. 두 번 다시 사채 같은 거 쓸 생각 말고."

밖에서 보고 있던 은하는 어이가 없었다.

'뭐야, 나쁜 짓 하는 줄 알고 따라와봤더니 그 반대잖아?'

사채의 무서움에 대해서는 은하도 잘 알고 있었다. 왜냐하면 얼마 전에 서현이 치료비 때문에 돈을 빌릴까 해서 알아봤었으니까. 말도 안 되는 대출 금리와 조건을 듣고 도망치듯 나오면서 생각했었다.

'세상에 이 조건을 듣고도 사인할 사람이 있을까?'

그런데 있었다, 그것도 바로 눈앞에. 심지어 여자는 용감하기까지 했다.

"왜 남의 일에 참견인데요? 그쪽이 내 여행비 내줄 거예요?"

지환이 기가 질린 듯 슬슬 뒷걸음질을 치는 바람에 더욱더 어이가 없었다.

"그쪽이 대신 300만 원 빌려줄 거냐고요? 네?"

아니, 생긴 거는 황소도 때려잡을 것같이 생겨 가지고 왜 자기 몸집 반밖에 안 되는 여자한텐 대꾸 한마디 제대로 못 하는 건데? 왠지 은하는 화가 치밀었다. 내가 들어가서 한마디 해줘야 하나, 하고 고민하고 있는데 지환이 말했다.

"이것 봐요. 300만 원 빌려서 이자가 주당 12퍼센트, 그것도 복리로 늘어나면 대체 얼마를 갚아야 하는 줄이나 압니까?"

문제가 주어지는 순간, 머릿속에서 즉시 답이 튀어나왔다.

"한 달 후면 472만 558원이요."

문을 열고 들어가서 대답하자 지환이 놀란 듯이 뒤를 돌아보았다.

"두 달 후면 742만 7,890원이 되고요."

은하는 허리를 굽혀 갈기갈기 찢어진 대출약정서 조각을 주워 들었다. '12프로'라고 대문짝만 하게 쓰인 글자 바로 앞에 깨알만 한 글씨로 '주당'이라고 쓰여 있는 것이 눈에 들어왔다. 그 뒤에도 똑같이 깨알만 하게 '90일 후부터 중도상환 가능'이라고 쓰여 있었다.

일부러 석 달 후부터 갚을 수 있게 만들어둔 것이다. 석 달이면 이미 원금의 몇 배가 돼버리니까!

"조기상환이 가능해지는 석 달 후면 1,168만 7,928원. 거의 1,200만 원 가까이 되겠네요."

일부러 천천히 또박또박 숫자를 읊어주자 여태 기세등등했던 여자가 그제야 한풀 꺾였다.

"진짜요?"

여자는 믿을 수 없다는 듯이 되물었다.

"300만 원 빌렸는데 석 달 만에 1,200만 원이 된다고요?"

"그 정도는 푼돈이죠. 6개월을 26주라고 치고, 여섯 달 뒤에는 5,700만 원이 넘어요. 그럼 1년 후엔 얼마가 될까요?"

새하얗게 질린 여자의 눈을 똑바로 쳐다보며 은하는 일부러 한 글자 한 글자 힘주어 말했다.

"10억 8천 7백 5십 7만 3천 4십 1원."

기어이 여자가 울먹이기 시작했다. 이제야 제가 얼마나 큰일을 저지를 뻔했는지 깨달은 모양이다.

"저, 저는 이게 그렇게 무서운 건지 몰랐어요. 그냥 친구들이랑 여행 가고 싶어서, 갔다 와서 알바해서 갚으려고 한 건데⋯."

눈물을 글썽이는 걸 보면서도 하나도 불쌍하지 않았다.

'친구랑 여행 가려고 사채를 쓰냐? 하다못해 약정서도 제대로 안 읽고, 계산기 한번 안 두드려보고?'

은하는 차갑게 말했다.

"방금 인생 망칠 뻔하신 거예요. 자기 일도 아닌데 끼어들어 말려준 사람한테 고맙게 생각하세요."

더 말 섞기도 싫어서 은하는 지환을 향해 고개를 돌렸다.

"가요, 저 배고파요."

아까까지 분명 잔뜩 쫄아 있었는데, 신기하게도 지금 이 순간만은 남자가 별로 무섭지 않았다.

"점심 먹으러 가자면서요?"

그제야 지환이 당황한 듯 얼른 대답했다.

"예. 가시죠."

그때 갑자기 밖이 떠들썩해졌다.

"뭐, 서지환이 왔다고?"

곧이어 남자들 몇 명이 사무실 문을 박차고 들어왔다. 화려한 프린트의 티셔츠, 싯누런 금목걸이, 굵은 팔뚝에 그려진 문신, 반들거리도록 깎은 대머리. 하나같이 한눈에 직업을 짐작할 만한 사람들이었다.

원래부터 조폭 알레르기가 심한 은하는 그만 간이 콩알만 해졌다. 얼굴이 굳어지며, 지환이 재빨리 은하의 팔을 붙잡아 제 등 뒤로 숨기듯 돌려세웠다.

개중 한 사내가 앞으로 나섰다.

"지환 형님께서 저희 업장에는 웬일이십니까?"

어딘가 긴장한 듯한 목소리였다.

"어, 오랜만이다. 지나가다 커피나 한잔 얻어 마실까 해서 들렀지."

정반대로 지환은 어디까지나 여유로웠다.

"그럼 곱게 커피나 자시고 가지 왜 남의 장사에 참견을 하십니까, 하시기를."

사내의 말투가 살벌해졌다.

"이젠 한 식구도 아닌데 자꾸 이런 식으로 간섭하시면 되겠습니까?"

상대는 자그마치 일곱 명. 금방이라도 달려들듯 험악한 분위기를 풍기는 사내들에 둘러싸여서도 지 환은 조금도 주눅 들지 않았다. 아까 여자가 사납게 대들자 주춤하던 모습과는 전혀 달랐다. 어디 덤빌 테면 덤벼보라는 듯이 턱을 치켜들고 대꾸하는 것이었다.

"그럼 장사를 좀 똑바로 하든가."

하긴 피지컬부터가 급이 달랐다. 상대도 하나같이 한 체격 했지만, 지환의 앞에서는 겨우 어른 앞에 선 꼬맹이 정도로밖에 보이지 않았다. 자그마치 7 대 1인데도 오히려 깡패들 쪽이 주눅 드는 눈치였다.

"쪽수가 모자랍니다, 형님."

"그렇지? 마침 연장도 하나 없고…."

자기들끼리 속닥거리더니 덤비지 않기로 결론을 내린 모양이다. 형님이라 불린 남자가 지환의 등 뒤에 숨어 있는 은하를 힐끗 보더니 말했다.

"오늘은 일행도 있으신 모양이니 곱게 보내드리겠습니다. 근데 자꾸 이런 식으로 하시면 저희 큰형님의 인내심에도 한계가 오겠죠?"

자기들 쪽에서 겁먹고 못 덤비는 주제에 끝까지 허세를 부리는 상대를 보고 지환은 픽 웃었다.

"야옹이 형님한테 전해. 나이 처먹고 추하니까 작작 정신 좀 차리시라고."

개중 육중한 몸집의 대머리가 벌컥 화를 내며 달려들었다.

"이 새끼가, 뭐가 어쩌고 저째?"

지환은 귀찮다는 듯이 한쪽 다리를 슬쩍 들었다. 그뿐이었다.

"커억!"

일부러 힘주어 걷어찬 것도 아니고, 보기에는 진짜로 그냥 가볍게 툭 찼을 뿐인데 놀랍게도 대머리는 뒤로 몇 미터나 날아가서 나뒹굴었다. 마치 스턴트 연기라도 하는 것처럼.

은하는 제 눈으로 보고도 도저히 믿을 수가 없었다. 사채를 쓰려던 여자도 마찬가지로 깜짝 놀랐는지 입을 딱 벌린 채 얼어붙어 있었다.

"또 누구?"

지환은 그 날카로운 눈으로 나머지 깡패들을 둘러보았다. 모두들 눈을 내리깔 뿐 누구도 감히 나서지 못했다.

그제야 지환은 조용히 말했다.

"가시죠, 은하 씨."

은하는 정신을 차리고 여태 얼어붙은 채로 서 있는 여자의 팔을 잡아끌었다.

"우리 나가요, 빨리."

사람들이 많이 다니는 대로로 나오자 마음이 놓이며 다리에 힘이 탁 풀렸다. 넘어질 듯 휘청거리는 은하를, 놀란 지환이 재빨리 받아 안았다.

"은하 씨!"

순간 상쾌한 민트 향기 같은 것이 코끝에 끼쳐오면서, 동시에 상대의 몸의 감촉이 느껴졌다. 굵고 강한 팔, 단단하고 넓은 가슴. 얼굴이 확 붉어져서, 은하는 얼른 화들짝 놀라 그의 품을 빠져나왔다.

"괜찮으십니까?"

"아, 네. 그냥 잠깐 어지러워서…."

그러고 있는데 등 뒤에서 목소리가 들렸다.

"저기요."

방금 지환이 구해준 여자였다.

"아깐 정말 죄송했어요. 제가 너무 감사해서, 언제 밥이라도 사고 싶어서요. 연락처 좀…."

수줍은 듯이 발그레해진 뺨을 보고 은하는 어이가 없었다.

'아까는 그렇게 잡아먹을 듯이 대들더니, 뭐 하자는 거야?'

지환이 날카로운 눈으로 여자를 빤히 쳐다보았다.

"방금 그렇게 혼나고도 정신 못 차리나?"

"네?"

"왜, 나는 저 사람들이랑 좀 달라 보입니까? 위험해 보이고, 싸움 잘할 것 같으니까 멋있어 보여요?"

당황한 여자에게, 그는 가차 없이 몰아붙였다.

"영화에 나오는 그런 멋진 조폭은 세상에 없어. 정신 똑바로 차리고 살아요."

얼음장 같은 목소리에 은하는 하마터면 짝짝, 하고 박수를 칠 뻔했다. 여자를 본체만체하고 등을 돌린 지환은 다시금 은하를 쳐다보았다.

"은하 씨."

방금과는 전혀 다른, 부드러운 목소리였다.

"아무래도 저는 회사에 들어가봐야 할 것 같습니다. 혹시 저놈들이 사무실 쪽으로 들이닥칠지 몰라서…. 정말 죄송합니다."

허리를 거의 구십 도로 숙여 사과하는 바람에 은하는 두 손을 다 내저었다.

"아, 아니에요. 미안해하실 거 전혀 없어요!"

애초에 하고 싶지도 않았던 식사인데 도리어 고마운 일이다. 은하에게 몇 번이나 죄송하다고 말한 후에야 지환은 아쉬운 듯이 돌아섰다.

"그럼 다시 연락드리겠습니다."

하마터면 안 하셔도 된다고 대답할 뻔했다.

♠ ♥ ♣

집에 돌아와서 마음을 가라앉히고 찬찬히 상황을 생각해보니 그랬다. 자칫하면 사채 때문에 인생 망칠 뻔한 여자 하나를 구해 준 거다, 그 남자가.

'대체 왜?'

그게 의문이었다.

'혹시 생긴 게 살벌해서 그렇지, 사실은 좋은 사람 아닐까? 서현이 치료비도 줬잖아.'

그렇게 생각하다 은하는 퍼뜩 정신을 차렸다.

'뭐라는 거야, 세상에 좋은 조폭이 어딨어?'

— 왜 남의 장사에 참견을 하십니까, 하시기를.

얘기하는 걸 듣자니 별로 안 좋은 쪽으로 아는 사이인 모양인데. 혹시 사람을 구하려고 한 게 아니라, 라이벌 조직의 장사를 방해하려고 한 일이 아닐까? 은하는 그 정도로 생각을 정리했다.

문제는 그때 일이 좀처럼 머릿속에서 떠나지 않는 거였다. 깡패들이 나타나자 얼른 은하부터 끌어다 자기 등 뒤로 숨겨주던 손길.

— 또 누구?

험악한 깡패 일곱 명을 앞에 두고도 조금도 밀리지 않던, 압도적인 무력과 자신감.

— 은하 씨!

쓰러질 뻔한 자신을 잽싸게 받아 안아주던, 두터운 팔뚝과 넓은 가슴과…. 거기까지 생각하던 은하는 그만 얼굴이 새빨개져서 머리를 마구 헝클어뜨렸다.

"와, 고은하, 미쳤다, 미쳤어!"

세상에 어디 남자가 없어서 조폭 두목 따위나 떠올리고 있다니!

아무래도 미호 말대로 남자를 너무 안 만났나 보다.

'빨리 현우 오빠를 찾아야지, 안 되겠어.'

현우를 마지막으로 본 게 열 살 때니까, 헤어진 지 벌써 17년. 하지만 여태 은하는 포기하지 않고 있었다. 사실 크리에이터가 된 데는 현우를 찾으려는 목적도 있었다. 요즘 유명 크리에이터들은 연예인이나 마찬가지니까, 혹시 자신도 그렇게 되면 현우가 보고 연락해오지 않을까 하는 생각이 들어서.

물론 현실은 무명에 불과하지만, 다행히도 얼마 전부터는 작은 희망이 생겼다. 새 동영상이 올라올 때마다 댓글을 달아주는 Justice라는 사람.

Justice가 은하의 채널에 댓글을 달기 시작한 것은 약 석 달 전부터였다.

– 우연히 보게 되었는데 무척 유익하고 재미있네요. 앞으로 꾸준히 구독하겠습니다.

부모가 아이와 함께 보다가 재미있다고 댓글을 다는 경우는 많지만, 어른 본인이 팬인 경우는 그리 많지 않아서 자연히 기억에 남았다. 그때부터 Justice는 새 영상이 올라올 때마다 꼬박꼬박 댓글을 달고 있었다.

– 미니 언니의 웃는 얼굴을 보면 하루의 피로가 날아가는 것 같습니다. 고맙습니다.

석 달 동안 은하는 Justice에 대해서 몇 가지 사실을 알게 되었다. 일단 성별은 남성, 나이는 은하보다 위.

– 남자니까 미니 누나라고 불러야 할 것 같은데, 제 나이가 더 많은 것 같으니 누나도 아니고. 그러니까 다른 꼬마 친구들처럼 그냥 미니 언니라고 부르겠습니다.

그리고 미혼.

– 저도 결혼해서 아이가 생기면 꼭 〈미니와 친구들〉을 보여주고 싶네요.

왠지 이 사람이 현우 오빠가 아닐까, 하는 생각이 자꾸만 드는 거였다. 연락처라도 물어봐 알아보고 싶었지만, 팬과 개인적으로 연락하는 것은 회사에서 강력히 금지하고 있어서 그럴 수도 없었다. 물론 정말 현우 오빠가 맞다면 금지고 뭐고 당장 연락하겠지만, 아직은 단순한 느낌 외에는 근거가 없으니까.

'힌트가 조금만 더 있으면 좋을 텐데….'

그렇게 생각하며 가장 최근에 올린 동영상에 달린 댓글들을 체크하던 은하는, 문득 눈을 크게 떴다.

"어?"

Justice가 드물게 긴 댓글을 남긴 것이었다.

– 오늘도 재미있게 보았습니다. 단, 용어의 사용이 적절치 못한 부분

이 있어 정정해 드리고자 합니다.

어제 올린 동영상은 뽀로로 경찰이 도둑인 에디를 잡는 내용이었다.

— 체포란 체포영장을 발부받아 최대 48시간 동안 피의자를 구속시킬 수 있는 제도입니다. 또한 구속은 구속영장을 발부받아 '장기간' 피의자 또는 피고인을 구속시킬 수 있는 제도를 말합니다. 이 사건의 경우 현행범이므로 영장 없이 체포를 행할 수 있으나, 구속에는 반드시 구속영장이 필요합니다.
즉 뽀로로는 '널 구속하겠다'가 아니라 '널 체포하겠다'라고 말하는 것이 맞겠습니다. 또한 현행범 체포의 경우에도 반드시 미란다 원칙을 고지해야 하며….

어린 시절 현우 오빠의 꿈은 검사가 되는 거였다. 학원에 상담을 왔던 그의 어머니가 원장에게 말하는 것도 들었었다.
— 우리 현우는 장래 검사가 될 거니까, 그렇게 아시고 잘 지도해주세요.
지금쯤 현우가 어떤 어른이 되어 있을까, 하고 상상할 때 은하는 늘 자연스럽게 법복을 입은 모습을 떠올리곤 했다. 현우라면 분명 멋진 검사님이 되어 있을 거라고 생각했다.
그런데 이 Justice는, 말하는 걸로 보아 전문적인 법률 지식을 가진 사람 같았다.

'정말 이 사람이…?'

은하의 가슴이 마구 두근거리기 시작했다.

♤ ♥ ♧

— 아무래도 저는 회사에 들어가봐야 할 것 같습니다.

그렇게 헤어진 후로 일주일, 아직도 지환에게서는 연락이 없었다.

'혹시 그 야옹머니에서 봤던 조폭들이 진짜 회사로 쳐들어간 걸까?'

이 생각 저 생각에 안절부절못하다가 은하는 문득 어이가 없었다.

'아니 조폭끼리 싸우든 말든 내가 왜 걱정을 하고 있어?'

이건 걱정하는 게 아니야, 하고 은하는 스스로에게 말했다. 어쨌든 1억이나 받았으니까, 그 대가로 세 번 만나기로 했으니까 약속은 지켜야 마음이 편해질 것 같아서 그러는 것뿐이다.

'먼저 연락을 해봐야 하나?'

고민하면서 회사에 가려고 집에서 나오는 길에 마침 엘리베이터에서 예나와 마주쳤다. 평소에는 마주쳐도 소 닭 보듯 하던 예나는, 은하를 보자마자 손목을 끌고 엘리베이터에서 내렸다.

"언니, 잠깐 나 좀 봐."

"왜 그래?"

예나는 은하를 사람이 없는 비상계단까지 데려가서야 겨우 놓아주었다.

"그 사람, 서지환 씨 맞지?"

은하는 놀랐다.

"이름은 또 어떻게 알았어?"

예나는 질문에는 대답하지 않고 재차 물었다.

"서지환 씨가 왜 언니한테 1억씩이나 주는 건데?"

추궁하는 것 같은 말투에 은하는 뭔가 석연치 않은 것을 느꼈다.

"나한테 준 게 아니잖아, 기부한 거지. 덕분에 서현이가 치료받게 됐고."

"장난해?"

예나가 목소리를 높였다.

"일부러 언니 물건 사준 거잖아. 그것도 세 번 만나달라는 조건까지 걸면서!"

스타가 되고 난 후 예나는 늘 여유만만해 보였다. 그런 예나가 자기 앞에서 이렇게 초조해 보인 것은 처음이었다.

"대체 만나서 뭘 한 거야?"

이쯤 되자 은하도 기분이 상했다.

"딱 한 번 만나서 밥 먹으러 갔어. 근데 가는 길에 그 사람이 회사에 급한 일이 생겼다면서 도로 돌아가버리는 바람에 결국 먹지도 못하고 헤어졌고, 그 후론 아직 연락 없어. 됐어?"

은하는 정색하고 말했다.

"그 사람이 왜 그런 조건을 걸었는지는 나도 모르겠는데, 그렇다고 무슨 사이인 건 아니니까 괜한 오해는 말아줘."

그제야 예나도 은하의 말을 믿는 눈치였다.

"그러니까 언니랑은 아무 사이도 아니다, 이거지?"

"당연하지."

은하는 힘주어 말했다. 상대는 조폭 보스다. 아무 사이도 아니고, 물론 앞으로도 아닐 예정이었다.

"그럼 내가 그 사람 만나도 되는 거네?"

"뭐?"

은하는 허를 찔렸다.

"아무 사이 아니라면서. 그럼 내가 연락해도 되는 거잖아?"

예나의 말투는 대놓고 의미심장했다. 대체 어떻게 지환을 아는 건지는 모르겠지만, 그에게 관심을 품고 있는 게 틀림없었다. 지환의 곁에 서 있는 예나의 모습을 떠올리는 순간, 은하는 왠지 기분이 확 나빠졌다.

'싫은데?'

하마터면 그렇게 말해버릴 뻔하자 은하는 화들짝 놀랐다. 둘이 연락을 하든 만나든 나랑 무슨 상관이라고!

"그거야 네 맘이지, 왜 나한테 물어봐?"

"됐어, 그럼."

그제야 예나가 표정을 풀었다.

"이제 두 번 남은 거지? 언제 또 만나?"

"모르겠어. 연락이 와야 만나지."

"세 번 다 만나고 나면 나한테 얘기 좀 해줘. 그럼 내가 연락하게."

"알았어."

더 말을 섞기도 싫어서 돌아서려는데 예나가 한마디를 덧붙였다.

"혹시 언니, 내가 그 사람 만나겠다니까 일부러 시간 끌고 그럴 건 아니지?"

순간 울컥하는 것을, 은하는 애써 꿀꺽 삼켜버렸다. 회사와의 계약 기간도 거의 끝나가는데 재계약을 생각하면 예나와 부딪쳐서 좋을 게 없으니까.

"최대한 빨리 끝내고 나서 얘기해줄게."

예나의 얼굴은 보지도 않은 채 빠르게 말하고, 은하는 돌아섰다.

♠ ♥ ♣ ♧

목마른 사슴이 전과자를 주로 채용하는 기업이라고 하지만, 물론 아무나 뽑지는 않았다. 성범죄라든가 아동 학대, 약자를 대상으로 한 폭행이나 협박 등의 흉악범들은 철저히 걸렀다. 그런 놈들은 열 번 죽었다 깨어나도 사람 못 된다는 게 지환의 지론이었다.

작년에 채용을 하느냐 마느냐로 의견이 갈린 지원자가 있었으니, 바로 도박 전과 7범의 40대 남자였다.

— 어린 딸이 있습니다. 딸을 위해서라도 이번에야말로 도박 끊고 새출발하고 싶습니다.

남자는 눈물을 뚝뚝 흘리며 호소했다.

— 안 됩니다, 형님! 도박 끊겠다고 손가락 자르면 발가락으로, 발가락 자르면 입으로라도 하는 게 도박쟁이들인 거 아시지 않습니까?

오른팔이자 비서인 일영은 격렬히 반대했지만, 지환은 딸 얘기에 결국 마음이 약해져서 채용하고 말았다. 입사 후 또다시 도박에 손을 대면 손목을 잘라버리겠다는 각서를 받고. 물론 진짜로 자를 건 아니었지만, 워낙 지환을 비롯한 이 회사의 주축들 자체가 출신이 출신인지라 각서를 받는 것만으로도 충분히 경고의 효과가 있으리라 생각했다.

실제로 그랬는지, 도박쟁이는 1년 동안 결근은커녕 지각 한 번 없이 착실하게 잘 다녔다.

— 다 대표님 덕분입니다.

가끔 지환이 공장에 갈 때마다 휴일에 딸과 같이 놀이공원이니 수족관이니 놀러 갔다 온 사진을 보여줘서 마음을 흐뭇하게 하곤 했었다.

그런데 이게 웬일인가. 얼마 전에 이 도박쟁이가 어머니 수술비가 필요하다며 월급 석 달 치를 가불해달라고 하더니, 그만 그 돈을 받아서 잠수를 타버린 거였다.

"그래서, 잡으면 어떻게 할 생각이십니까, 형님?"

"어떻게 하긴 뭘 어떻게 해?"

지환은 잔뜩 화가 나서 내뱉었다.

"신체 포기 각서 받았잖아, 손목 잘라야지."

"잘 알겠습니다, 형님."

고개를 숙여 보인 일영이 슬그머니 눈치를 보며 화제를 돌렸다.

"그런데 형님, 그 여자 말입니다. 두 번 더 만나셔야 하지 않습니까?"

만나야 하는데, 혹시 은하가 위험해질까 봐 연락을 못 하고 있었다.

지난 일주일 동안은 초긴장 상태였다. 지환과 함께 사는 덩어리들은 대부분 평일이면 통근용 미니버스를 타고 가장 거리가 가까운 경기도에 있는 공장으로 출근한다. 서울에 있는 본사에는, 평소 지환과 일영을 포함해서 서너 명 정도만 출근하는 게 보통이었다.

그러나 얼마 전에 지환이 야옹머니 사무실까지 가서 한바탕하고 온 이후로, 열한 명의 덩어리들은 공장 대신 전원 본사로 출근해서 지환의 곁을 지켰다. 전에도 여러 번 야옹이파의 사업을 방해했지만, 지금까지는 직접 부딪친 적은 없었다. 그래서 녀석들도 벼르면서도 일단은 모른 척하고 있었을 것이다. 웬만하면 지환을 건드리기 싫었을 테니까. 하지만 이번에는 대놓고 업장에 쳐들어가서 계약을 망쳐놓았으니 이건 자존심 문제일 터였다. 자존심 빼면 시체인 것이 건달이다. 녀석들이 언제 복수하러 들이닥쳐도 이상할 게 없었다.

다행히 지난 일주일 동안 아무 일도 없었고, 야옹이파에서도 별다른 낌새를 보이지 않았다. 그래서 오늘부터는 비서인 일영만 남기고 도로 다 공장으로 출근을 시킨 상태였다. 숙련된 정형사인 동생들이 일주일씩이나 자리를 비워 공장 일에 차질이 많이 생겼을 테니까.

그렇지 않아도 이제 한숨 돌렸으니까 은하에게 연락해야지, 하고 생각하는 중이었다.

"만나야지."

대꾸하며 지환은 생각했다.

'만나서 지난번에 못 먹은 밥을 먹으면서, 혹시 나를 기억하는지 슬쩍 떠봐야….'

거기까지 생각했을 때 똑똑, 하고 노크 소리가 들렸다. 오늘은 녀석들 모두 공장으로 출근했는데 무슨 일이지? 지환과 일영 둘이 동시에 긴장했다.

"누구쇼?"

일영이 묻자 문밖에서 긴장한 것 같은 여자 목소리가 들려왔다.

"저, 고은하라고 하는데요."

은하 씨?

지환은 당황해서 어쩔 줄 몰랐다.

'잠깐만!'

문을 열려는 일영을 황급히 손짓으로 제지하고, 얼른 거울 앞으로 달려가 굳은 얼굴을 풀며 표정에서 살기를 지웠다. 그래 봤자 워낙 살벌한 인상이 단번에 순둥이가 되는 건 아니었지만, 그래도 은하가 조금이나마 덜 무서워했으면 싶어서.

"들어오시죠."

일영이 문을 열자 지난번에 봤을 때보다 얼굴이 한층 하얗게 된 은하가 서 있었다.

♤ ♥ ♧

은하는 (주)목마른 사슴의 '사장실'이라 쓰인 사무실 문 앞에 서 있었다. 전에 청소하다가 지환의 갈비뼈를 부러뜨리고 나서 한참 만에 다시 오는 곳이었다.

— 혹시 언니, 내가 그 사람 만나겠다니까 일부러 시간 끌고 그럴 건 아니지?

예나의 말에 그렇게 기분이 나쁠 수가 없었다. 애초에 내가 원해서 만나는 게 아닌데 왜 그런 말까지 들어야 하느냔 말이다.

은하는 결심했다.

'매도 먼저 맞는 게 낫다는데, 최대한 빨리 세 번 채우고 끝내야지!'

그래서 아예 전화도 생략하고 무작정 회사로 찾아온 거였다. 긴장되기는 했지만, 처음처럼 무섭지는 않았다. 물론 라이벌 조직의 사업을 방해하려고 한 일이겠지만, 그래도 그가 아무 상관도 없는 여자를 구해주는 걸 보았기 때문일까.

'뭐, 좋은 조폭이란 건 세상에 없지만 조금 덜 나쁜 조폭 정도는 있을 수도 있지.'

말하자면 그 정도 생각을 하고 있었다.

은하가 심호흡을 하고 사무실 문을 노크하려는 순간.

"잡으면 어떻게 할 생각이십니까, 형님?"

"어떻게 하긴 뭘 어떻게 해."

안에서 냉혹하기 그지없는 목소리가 들려왔다.

"신체 포기 각서 받았잖아, 손목 잘라야지."

순간 은하는 온몸의 피가 다 얼어붙는 것 같은 기분이 들었다.

'이게 영화 대사가 아니라 실제 대화라니!'

온몸이 벌벌 떨리면서 심장이 미친 듯이 뛰었다. 역시나 세상에 좀 덜 나쁜 조폭 따위는 존재하지 않는 것이다. 지금이라도 경찰서에 달려가서 신고하고 싶었지만, 은하는 겨우 마음을 고쳐먹었다. 서현이의 목숨이 달려 있지 않은가. 자신이 약속을 지키지 않으면 이 사람들은 수단 방법을 가리지 않고 돈을 회수할 텐데, 그렇게 되면 서현이는 실낱같은 희망마저 잃게 된다.

은하는 눈 딱 감고 노크를 했다.

"저, 고은하라고 하는데요."

문을 열어준 것은 예의 그 아이돌 미모의 부하였다.

"들어오시죠."

대표이사 서지환이라고 써진 명패가 놓인 커다란 책상 앞에 앉아 있던 지환이 얼른 일어나서 가까이 다가왔다.

"어서 오십시오. 은하 씨가 여긴 어떻게?"

은하는 최대한 떨지 않으려고 노력하며 대답했다.

"그날 이후로 연락이 없으셔서 혹시나 싶어 와봤어요."

지환은 조금 놀란 얼굴을 했다.

"걱정해주신 덕분에 별일 없었습니다."

어디까지나 부드러운, 심지어 조금 기쁜 듯한 목소리였지만 은하는 속지 않았다. 1분 전에 바로 이 목소리로 사람 손목을 자르라고 했다고!

그때, 갑자기 책상 위에 놓인 전화가 울렸다. 웬지 그 순간 지환과 일영 둘 다 동시에 흠칫 놀라는 눈치였다. 재빨리 전화를 받은 일영이 금세 전화를 끊더니 지환에게 목소리를 죽여 말했다.

"형님, 놈들이 30분 전에 이쪽으로 향했답니다. 열 명쯤 된답니다."

지환의 얼굴이 대번에 굳어졌다.

"근데 왜 이제 연락을 해?"

"주위에 계속 보는 눈이 있어서 연락이 늦었답니다. 하여튼 곧 들이닥칠 것 같습니다."

"젠장, 하필이면 이럴 때."

입속으로 뇌까린 그가 곧 빠르게 말했다.

"은하 씨는 잠깐 피해 계십시오. 일영아, 모셔라."

"이쪽으로 오시죠."

일영이 은하의 손목을 잡아끌었다. 사무실 안에 어디 피할 데가 있다는 걸까, 생각하는데 일영이 벽에 세워져 있는 책장에 손을 가져가더니 힘껏 옆으로 밀었다. 책장 뒤에 사람 한둘이 들어갈 만한 공간이 나타났다. 은하는 영문도 모르고 일영과 함께 그 안으로 들어가서 숨었다. 책장이 도로 제자리로 돌아가는 것과 거의 동시에 문을 박차고 들어오는 소리가 들렸다.

"지환아, 형님들 오셨다!"

파이프와 각목 등을 든 험상궂은 남자들 한 무리가 들어오는 것이 책장 사이로 보였다. 몇몇 얼굴이 눈에 익었다. 바로 지난번 야옹머니에서 지환에게 시비를 걸던 놈들이었다.

"언제까지 남의 장사 방해할 거야? 어? 손 씻었으면 조용히 살아야지, 새끼야."

열 명이나 되는 남자들과 마주 선 지환이 눈썹 하나 까딱하지 않고 대꾸했다.

"장사를 똑바로 하면 방해할 일이 없지."

"그래서, 앞으로도 계속 방해를 하시겠다?"

"그러겠다면?"

개중 제일 서열이 높아 보이는 거구의 남자가 쇠파이프로 제 손바닥을 툭툭 치며 말했다.

"상황 파악이 안 되는 모양인데. 너 지금 맨손이야, 이 새끼야."

일영이 씹어뱉듯 중얼거렸다.

"니미, 하다못해 각목 하나만 있었어도."

그러더니 목소리를 죽여 은하의 귓가에 소곤거렸다.

"어떻게 좀 해보쇼."

"네? 제가요?"

은하는 기겁했다.

"아무리 우리 큰형… 대표님이라도 맨손으로 열 명은 무립니다. 1억이나 받았으니까 실력 발휘를 좀 해보시라 이겁니다."

"아니, 그러니까 무슨 실력을 말씀하시는 건지…."

"그럼 믿겠습니다."

말이 끝나자마자 눈앞이 환해졌다. 일영이 책장을 열어버린 것이다. 그것도 반만!

갑자기 책장이 열리고 그 안에서 여자가 나타나자, 지환을 둘러싸고 있던 야옹이파 대원들이 일제히 흠칫 놀라며 은하를 쳐다보았다.

시선이 집중되는 순간, 은하의 입에서 반사적으로 가장 익숙한 대사가 튀어나왔다.

"안녕 친구들, 미니 언니예요!"

덩치가 많이 큰 친구들이 어이없는 눈으로 은하를 쳐다보았다.

사실 입에서 그 말이 튀어나온 순간, 누구보다 제일 당황한 것은 바로 은하 본인이었다. 미친 여자 보듯 쳐다보는 험악한 남자들의 시선에 간이 콩알만 해졌다. 무섭고 당혹스러운 와중에서도 단 한 가지 알 수 있는 것은, 이제 지환과 자신은 한배를 탄 사이가 됐다는 거였다. 만약 이 사람들이 지환을 해친다면 목격자인 은하인들 무사할 리 없지 않은가?

어차피 물러날 곳은 없었다.

'무서워할 거 없어. 그냥 덩치 큰 어린애들이 위험한 장난감을 갖고 놀고 있을 뿐이야.'

은하는 마음을 독하게 먹고 자신을 세뇌했다.

"친구들, 그렇게 위험한 물건을 갖고 놀면 다칠 수 있어요. 아무리 친구와 사이가 나빠도 서로 때리거나 하면 안 돼요."

검지를 흔들며 짐짓 엄하게 말하자 거구의 깡패가 살벌하게 욕설을 내뱉었다.

"뭐야, 이 미친년은?"

이들 중 제일 우두머리로 보이는 남자였다. 은하는 너무나 놀랍다는 듯이 눈을 둥그렇게 뜨고 남자를 가리켰다.

"친구들! 저렇게 나쁜 말을 하면 될까요, 안 될까요?"

너무나 자연스러운 은하의 말에, 몇몇이 마치 최면에 빠진 것처럼 순순히 대답했다.

"안-돼-요-오."

비록 목소리는 걸걸했으나 대답의 톤만은 미취학 아동들의 그것 그대로였다. 졸지에 부하들에게 비난을 당한 남자가 움찔했다.

"좋아요. 우리 착한 친구들은 저얼대! 따라 하지 말도록 해요. 알았죠, 친구들?"

"네에에에에!"

칭찬을 받자 아까보다 대답 소리가 한층 커졌다. 옳거니 이제 거의 다 넘어왔다. 이럴 때는 생각할 틈을 줘서는 안 된다. 은하는 숨 쉴 틈도 없이 회심의 필살기를 날렸다.

"자, 우리 친구들! 이제 다 같이 미니 언니 따라 해볼까요? 다 같이 손을 머리 위로!"

대부분의 남자들이 양손을 머리 위로 올렸다. 방금 나쁜 친구라고 맹비난을 당했던 남자에게도 너는 왜 안 하냐는 듯 찌릿, 하고 쳐다보자 그 역시 움찔하며 머뭇머뭇 손을 올렸다.

때는 이때다. 은하는 손바닥을 쫙 펴서 양쪽으로 잘게 흔들며 외쳤다.

"반짝반짝!"

남자들이 반짝반짝, 하고 은하를 따라 하는 동시에 손에서 무기들이 뚝뚝 떨어졌다.

댕그랑!

남자들이 화들짝 놀라 제정신으로 돌아오는 순간, 지환이 번개같이 움직였다. 바닥에 떨어진 쇠파이프를 잽싸게 주워 든 것이었다. 순식간에 전세가 역전되었다. 황급히 도로 무기를 주워 들려는 남자들의 귀에 느긋한 목소리가 날아들었다.

"먼저 움직이는 놈부터 죽는다."

아까 상대가 했던 그대로, 지환이 쇠파이프로 제 손바닥을 툭툭 치며 말하고 있었다. 누구 하나 섣불리 무기를 집어 들 엄두를 내지 못하는 사이에, 책장 뒤에서 일영이 나와 휘파람을 불며 떨어진 무기를 일일이 주웠다.

"어이쿠, 월척이네, 월척이야."

무기를 한 아름 안아다 저만치 치워놓는 일영에게, 지환이 지시했다.

"일영아, 가서 로프 가져와라."

"예, 형님."

결국 야옹이파 대원들은 일렬로 선 채 일영의 손에 주르르 묶이는 꼴이 되고 말았다.

"자, 이제 가서 야옹이 형님한테 전해."

굴비 엮듯 한 줄로 잘 엮인 깡패들을 밖으로 내몰며, 지환은 말했다.

"방해받고 싶지 않거든 장사 똑바로 하라고."

♤ ♥ ♧

일영의 얘기를 듣고 덩어리들은 하마터면 심장이 멎을 뻔했다. 하필이면 놈들이 지환과 일영 단둘만 있을 때 쳐들어오다니!

"하마터면 큰형님께서 큰일을 당하실 뻔했다."

지금 생각해도 감탄스럽다는 듯, 일영이 고개를 천천히 저으며 설명했다.

"무장한 야옹이파 놈들 열 명한테 둘러싸였는데 조금도 쫄는 기색이 없었어. 세상에 그렇게 간덩이가 큰 여자는 처음 봤다. 대단한 누님이셔."

원래 '그 여자'였던 호칭이 어느샌가 자연스럽게 '누님'으로 바뀌어 있었다. 일영 나름의 존경의 표시였다.

이야기를 들은 모두가 감탄했다. 그 많은 사내들을 상대로 피 한 방울 흘리지 않고 전세를 역전시키다니, 킬러로서의 실력뿐 아니라 머리도 엄청나게 좋은 여자다. 은하가 소중한 큰형님의 갈비뼈를 부러뜨렸던 원한 따위는 깨끗이 잊어버렸다. 형님 모가지를 지켰는데 까짓것 갈비가 뭐라고! 큰형님의 은인은 곧 나의 은인. 이들은 즉시 은하에게 마음을 활짝 열고 누님으로 모시기로 결심했다.

그때 누군가가 생각났다는 듯이 말했다.

"저, 형님들! 우리 아예 그 누님을 형수님으로 모시는 게 어떻겠습니까?"

덩어리들은 동시에 무릎을 탁 쳤다.

"왜 진작 그 생각을 못 했을까?"

올해 서른 살이 된 큰형님이 전혀 여자에 관심을 갖지 않는 것이 그들의 평소 고민거리였다. 정말 여자가 싫어서가 아니라, 아마도 자신들을 돌보느라 연애고 결혼이고 포기한 눈치였다. 물론 덩어리들로서는 저희 때문에 큰형님을 총각 귀신으로 만들 수는 없는 노릇이므로, 어떻게 하면 큰형님을 장가보낼 수 있을까 하고 늘 골치를 썩이고 있었다. 그러던 와중에 완벽한 형수님 후보가 나타난 게 아닌가.

"실력이 뛰어나니 유사시에 큰형님을 지켜드릴 수 있을 거고."

"가방끈도 길고 머리도 좋고."

"얼굴도 귀엽고 예쁘지 않습니까?"

이거야말로 문무에 재색까지 겸비한 셈이었다. 덩어리들은 한 마음으로 그녀를 형수님으로 모시기로 결의했다. 문제는 당사자의 의사였다.

"누님한테 남자가 있던가?"

"글쎄요, 그때 흥신소에선 그런 말은 없었던 거 같은데요?"

"다시 연락해서 그쪽으로도 좀 파보라고 해."

덩어리들은 분주히 움직였다.

"큰형님께서도 누님이 마음에 드셔야 하지 않겠습니까?"

"그러게 말이야."

"근데 보자마자 자기를 입원까지 시켜버린 여자가 어디 여자로나 보이겠습니까?"

어떻게 두 사람을 이어준다?

덩어리들이 고민에 빠져 있는 가운데, 덩어리 하나가 머뭇머뭇 손을 들었다. 바로 지난번에 '큰형님이 갈아입을 옷을 30분 동안 고르시더라'고 말했던 막내 민규였다.

"저, 형님들."

막내는 조심스럽게 말했다.

"그 여자, 아니 누님한테 1억을 주면서 큰형님께서 조건을 걸지 않았습니까? 세 번만 만나달라고 말입니다."

"그게 뭐?"

"왜 그러셨을 거 같습니까?"

덩어리들은 머리를 맞대고 고민했다. 그러게 큰형님이 왜 그러셨지?

당연하다는 듯이 입을 연 것은 역시 오른팔인 일영이었다.

"실력을 좀 전수해달라 이거 아니겠냐?"

"오호!"

덩어리들은 입을 모아 감탄했다.

"역시 큰형님 맘을 아는 건 일영이 형님뿐이십니다."

"여자에게도 서슴없이 배움을 청하다니, 역시 큰형님답습니다."

뭐라고 말하려던 막내 덩어리는 또다시 입을 다물고 말았다. 주먹세계에서만 살아왔던 이 남자들, 사실 연애에는 몽땅 일자무식이었다.

♤ ♥ ♧ ♣

시내에 있는 골프연습장.

40대 중반 정도로 보이는 한 사내가 샷을 날리고 있는 한쪽에서, 건장한 사내들 십여 명이 뒷짐을 진 채 머리를 땅바닥에 박고 엎드려뻗쳐를 하고 있었다.

"으윽."

여기저기서 고통의 신음이 흘러나왔지만 남자는 공의 궤적만 쳐다볼 뿐 신경조차 쓰지 않는 눈치였다.

"아, 이거 자꾸 슬라이스네."

마음에 안 들었는지, 혼자 한참 혀를 차고 나서야 겨우 그는 뒤를 돌아보았다. 등 뒤에 서 있던 행동대장이 움찔하며 고개를 숙였다.

"그래서, 깡패 새끼 열 명이 계집애 하나를 못 이기고 왔다?"

평균보다도 작은 키에 왜소한 체격의 사내인데도, 근육질에 덩치 큰 행동대장이 오히려 쩔쩔매는 분위기였다.

"면목이 없습니다, 형님."

뱀의 그것을 닮은 눈빛과 얄팍한 입술을 가진 이 남자의 이름은 고양희. 바로 본인의 별명을 따서 이름 붙인, 야옹이파의 두목이다. 구 불독파의 부두목 출신으로, 불독파 보스의 외아들이자 행동대장이었던 서지환과는 옛날부터 앙숙이었다.

부친 사망 후 새 보스의 자리에 앉게 되었을 때 서지환은 조직원 전부를 모아놓고 말했다.

— 불독파는 오늘부로 해산합니다. 손 씻고 새 삶을 살 사람들만 저를 따라오십시오. 밥은 굶지 않게 하겠습니다.

지환 쪽으로 붙은 것은 대부분 서열이 낮은 젊은 축이었고, 고양희를 비롯한 조직 간부들은 일제히 반발했다.

— 한번 건달이면 평생 건달이지. 자존심도 없는 새끼!

그렇게 태어난 것이 바로 야옹이파였다. 즉 구 불독파에서 악질적인 부분만 남은 것이 바로 야옹이파라고 할 수 있다.

사실 고양희는 처음부터 서지환이 마음에 들지 않았다. 녀석은 열세 살 때 강제로 제 어미와 떨어져 아버지인 불독 형님에게로 왔다. 제 어미가 워낙 안 먹인 탓에 처음에는 웃자란 풀처럼 늘씬했지만, 아버지를 닮아 타고난 골격이 어디 갈 리 없었다. 혹독한 훈련을 시키며 강제로 몸을 키우자 청소년기에는 이미 인간 병기 수준이 되어 있었다.

— 아버지, 저는 싸우기 싫어요. 공부하고 싶어요.

타고난 싸움꾼의 몸으로 계집애처럼 나약하게 구는 게 꼴 보기 싫었다.

'근성 없는 새끼.'

못마땅했던 고양희는 직접 서지환에게 근성을 가르쳐주기도 했었다.

불독 형님은 전 부인인 지환의 어머니를 인질로 삼아 아들에게 자신의 후계자가 되기를 강요했고, 선택지가 없다는 것을 깨닫자 서지환은 무서운 속도로 조직에 적응했다. 20대 초반에는 이미 조직의 실세가 되어 있었다. 압도적인 전투력도 전투력이지만, 젊은 축들이 모두 서지환에게 목숨을 바쳐 충성하고 있었기 때문에 두목이자 아버지인 불독 형님도 아들 눈치를 슬슬 볼 정도였다.

불독파가 한물가기 시작한 게 그때부터라는 게 고양희의 생각이다. 뭐 사업 좀 해보려고 하면 실세인 서지환이 사사건건 방해를 하는 바람에 할 수가 없었다. 특히 서지환은 여자나 미성년자를 건드리는 일은 딱 질색을 해서, 손해가 이만저만이 아니었다.

물론 야옹이파가 된 후로는 서지환이 없으니 거리낄 게 없다. 불독파가 하던 불법적인 사업도 고스란히 이어받았고, 거기서 더욱더 발전시키고 있다.

문제는 서지환이 회사를 차려 사업가로 변신한 후로도 틈틈이 야옹이파의 사업을 방해한다는 거였다. 사채를 빌미로 잡아 여자들을 술집에 팔아넘기면, 며칠 되지도 않아 업주들이 울상을 해서 찾아오는 거였다.

— 애들 차용증 갖고 오라고 하더니 원금만 달랑 내놓고는 다 갚았다며 찢어버리지 뭡니까?

서지환과 부하들이 와서는 날도둑놈 짓을 하고 여자들을 돌려

보내더라는 거였다. 그뿐인가. 야심 차게 시작한 인터넷 도박 사업은 벌써 몇 번이나 사이트가 망가졌는지 모른다. 경찰의 추적을 피하기 위해 서버도 일부러 해외에 두고 영업하고 있는데, 사이트만 만들었다 하면 귀신같이 해커가 등장해서 아작을 내놓는 것이다. 이 정도 실력의 해커를 고용하려면 돈이 한두 푼 드는 게 아닐 텐데, 누구 짓인지는 뻔했다.

늘 벼르고는 있었지만, 워낙 서지환의 부하들이 충성스러운 데다 본인의 전투력도 무시무시하기 때문에 섣불리 건드릴 엄두를 내지 못하고 있었는데, 드디어 얼마 전 도저히 간과할 수 없는 사건이 발생했다. 업장까지 직접 쳐들어와서 장사를 훼방 놓았다는 게 아닌가! 그것도 웬 쥐방울만 한 계집애 하나만 달랑 데리고 왔더라는 말에 고양희는 격노했다.

— 이 건방진 새끼가 우리를 얼마나 우습게 봤으면!

당장은 방비를 단단히 할 게 뻔하니까, 일부러 일주일쯤 지나서 방심할 때를 노려 부하들을 보냈던 것인데. 자그마치 열 명이 달랑 어린 계집애 하나한테 지고 돌아왔다니. 보고를 받고도 고양희는 도저히 믿을 수가 없었다.

"아무래도 그년이 최면술을 쓰는 것 같았습니다."

한참 고개를 들지 못하던 행동대장이 변명처럼 말했다.

"최면술?"

어이가 없어서 되물었지만, 행동대장은 진지했다.

"절대 보통 계집애가 아닙니다. 서지환이 저희 업장에 왔을 때 달랑 그년 하나만 데리고 왔던 걸 봐도 알 수 있지 않습니까?"

"그래?"

믿기는 힘들지만 실제로 부하들 열 명이 쪽도 못 쓰고 돌아오지 않았는가. 아무래도 범상한 여자는 아닌 모양이라고 고양희는 생각했다.

"뭐 하는 년인지, 서지환이랑은 무슨 관계인지 알아봐."

"예, 형님."

소리 없이 안도의 한숨을 내쉬며 고개를 숙였던 행동대장이, 갑자기 신음과 함께 바닥에 나뒹굴었다.

"억!"

골프채가 날아와 옆통수를 인정사정없이 후려갈긴 것이다. 머리가 터져서 피를 흘리며 신음하는 부하를 본체만체하고, 고양희는 다시 골프채를 쥐고 자세를 잡으며 혼잣말을 했다.

"어드레스, 어드레스. 머리 고정하고."

♤ ♥ ♧

지환은 생각에 잠겨 노트북 화면을 바라보고 있었다. 화면 속에서는 커다란 뿔이 달린 머리띠를 한 은하가 생글거리고 있었다.

– 친구들, 오늘은 미니 언니랑 화산 폭발 놀이를 해볼 거예요!

그저 귀엽고 발랄한 아가씨로만 보이지만, 지난 두 번의 만남을 통해서 지환은 알게 되었다. 고은하라는 여자는 겉으로 보이는 모습이 전부가 아니라는 걸.

지환은 지금껏 살면서 누군가에게 보호받는 입장이 되어본 적이 없었다. 하다못해 부모조차도 그를 보호하지 않았다. 어머니는 학대 수준으로 지독하게 공부를 시켰고, 어머니에게서 그를 데려간 아버지는 두들겨 패며 혹독하게 몸을 키우고 싸움을 가르쳤으니까. 어른이 된 후로도 워낙 전투력이 월등하니 늘 남을 보호하거나 구출하는 쪽이었다. 지금은 더 이상 싸움은 하지 않지만, 동생들을 보호하고 돌보는 입장이기는 마찬가지였다.

— 자기 일도 아닌데 끼어들어 말려준 사람한테 고맙게 생각하세요.

은하가 제 편을 들어준 그 순간, 평생 처음으로 지환은 누군가에게 보호받는 기분을 느꼈다. 저보다 훨씬 작은 여자의 등이 왜 그렇게 믿음직하게 보이던지.

그뿐인가. 열 명이나 되는 야옹이파 조직원들에게 둘러싸여서도 은하는 눈 하나 깜짝하지 않았다.

— 친구들, 그렇게 위험한 물건을 갖고 놀면 다칠 수 있어요.

세상에 어떤 여자가 무장한 깡패 무리를 향해 그런 말을 할 수가 있을까. 까딱하면 본인도 다칠 게 분명한데도. 내색을 안 했을 뿐이지, 사실 그 순간에는 지환도 무척이나 무서웠다. 싸울 때마다 사실은 늘 속으론 겁을 먹고 있었다. 자신이 다치는 것도 싫지만, 남을 다치게 하는 것은 더욱 무섭다.

'나같이 평생 싸움을 해온 사람도 이렇게 무서운데, 대체 그 애는 어떻게….'

– 앗! 친구들, 방금 이건 실수예요. 미니 언니 따라 하지 말도록 해요,
알았죠?

화면 속에서 까르르 웃음을 터뜨리는 그녀를, 지환은 물끄러미
바라보았다. 저 작고 발랄해 보이는 여자의 어디에 그런 강한 마
음이 숨어 있는 걸까.

문득 화면에 노트북 배터리가 거의 다 되어간다는 알림이 떠서
지환은 흠칫 놀랐다. 몇 시간 동안이나 은하의 채널을 보면서도
시간 가는 줄 모르고 있었던 것이다.

애초에 세 번 만나달라 했던 건 단순히 기억 속 꼬맹이가 어떻
게 컸는지 궁금해서였다. 혹시 만나다 보면 나를 알아볼까, 그것
도 궁금했고. 그런데 어느덧 정신을 차려보니 하루 종일 은하 생
각만 하고 있는 거였다.

노트북을 닫아버리며 지환은 생각했다.

'남은 만남은 이제 단 한 번. 너는 나를, 기억해낼 수 있을까?'

♤ ♥ ♧

체육 시간, 마침 운동장에는 6학년들도 나와서 체육 활동을 하
고 있었다. 담임선생님이 제기차기 연습을 하라고 시켰는데, 정작
은하는 연습 따윈 뒷전이었다. 저만치서 자기 반 친구들과 발야구
를 하고 있는 현우 오빠를 쳐다보고 있느라.

현우가 공을 한 번 잡아 던질 때마다 어김없이 한 명씩이 아웃되
어 나갔다. 하다못해 운동까지 잘하다니, 정말이지 왕자님 같다.

시선을 느꼈는지, 문득 현우가 이쪽을 돌아보았다.

"어, 은하야?"

현우가 반가운 표정을 하는 순간, 옆에서 누가 큰 소리로 외쳤다.

"현우 형, 은하가 형 좋아한대요!"

은하와 같은 반인 짓궂은 남자아이 짓이었다. 6학년 언니 오빠들까지 모두 놀라서 이쪽을 쳐다보는 바람에 은하는 울고 싶어졌다. 잘생기고 공부도 잘하고 다정한 현우 오빠는 6학년 언니들에게도 인기 폭발이었다. 자기처럼 키도 작은 3학년 꼬맹이 따위가 주제도 모르고 현우를 좋아한다니 얼마나 우스울까.

역시나 모두들 웃음을 터뜨렸다.

"쟤 뭐야, 쪼끄만 게."

웃지 않는 것은 오로지 당사자인 현우, 한 사람뿐이었다.

"그래? 나도 은하 좋은데."

일러바친 아이는 그만 김이 샌 모양이었다.

"은하가요, 형이랑 결혼하고 싶다는데요?"

현우가 다가와서 허리를 굽혀 울상이 된 은하와 눈높이를 맞췄다.

"정말이야?"

화난 기색이라고는 조금도 없는 다정한 눈동자. 부끄러웠지만 은하는 용기를 내서 고개를 끄덕였다.

"응."

정말이지 은하는 현우 오빠가 너무너무 좋았다. 혼자서 소꿉장난을 할 때도 아빠는 늘 현우 오빠, 엄마는 늘 은하일 정도로.

"그럼 나중에 어른이 되면, 진짜로 은하가 내 신부가 돼줄래?"

"정말?"

현우가 미소를 지으며 고개를 끄덕였다.

"그럼, 우리 약속할까?"

현우가 내민 새끼손가락에 은하는 조심스럽게 제 새끼손가락을 걸었다. 마음이 둥실둥실 떠올랐다. 현우 오빠가 약속을 어길 리 없다. 어른이 되면, 은하는 정말로 현우 오빠의 신부가 되는 것이다!

"좋아, 약속한 거야."

갑자기 굵고도 낮은 어른의 목소리가 들려오는 바람에 깜짝 놀라 올려다보자, 이미 현우 오빠는 온데간데없었다.

은하와 새끼손가락을 걸고 서 있는 것은 바로 지환이었다.

♤ ♥ ♧ ♣

"꺄악!"

은하는 식은땀을 흘리며 잠에서 깨어났다.

"아니, 대체 왜 현우 오빠 꿈만 꾸면 자꾸 나타나?"

자주 꾸는 꿈도 아닌데 번번이 나타나서 산통을 깨놓는 지환이 얄미워 죽을 지경이었다. 가뜩이나 그 인간 때문에 십 년 감수했는데!

그날, 일영이 운전하는 차를 타고 집에 돌아온 은하는 꼬박 이틀을 앓아누웠다. 혼자서 야옹이파를 상대한 후유증이 심하게 왔던 것이다. 조폭 한 명도 무서운데 무려 열 명이었다고!

몸살이 어찌나 심한지 녹화 스케줄도 걸렸다. 다행히 미리 찍어

둔 영상이 있어서 업로드는 정상적으로 할 수 있었지만, 살아생전에 두 번 다시는 하고 싶지 않은 경험이었다. 세상에 조폭 간의 세력 싸움에 끼다니.

'애초에 조폭 보스 따위랑 얽히지 말았어야 했어.'

은하는 마음 깊이 생각했다. 이미 얽혀버린 건 어쩔 수 없으니까, 최대한 빠르게 마지막으로 한 번 더 만나고 나서 연을 끊어버려야지, 하고.

— 혹시 그 보스가 너한테 첫눈에 반했으면 어떡하지? 내 갈비뼈를 부러뜨린 여자는 네가 처음이야, 하면서.

문득 미호가 농담처럼 했던 말이 떠올라서 은하는 몸을 부르르 떨었다. 혹시 자신에게 호감이 있는 거라면, 그래서 1억이나 주고 만나자고 한 거라면 단순히 세 번 만난 걸로 만족할 리가 없을 텐데.

'세 번 다 만나고 나서도 계속 연락하면 어떡하지?'

덜컥 겁이 났지만 은하는 긍정적으로 생각하려고 애를 썼다.

'경찰에 신고하면 신변 보호 같은 거 해주려나?'

그러다가 하나의 생각이 떠올라 은하의 얼굴이 확 밝아졌다.

"아 맞다, 오빠가 검사님인데 뭐가 걱정이야?"

비록 어릴 때부터 데면데면한 사이였지만, 그래도 오빠는 오빠다. 친동생이 조폭 보스에게 스토킹을 당한다고 하면 뭐라도 해주겠지. 범죄자들이 가장 무서워하는 게 검사 아니겠는가? 비록 강력부 검사는 아니지만, 아마 친오빠가 검사라는 사실만 말해도 효과가 있을 게 틀림없었다.

게다가 여차하면 Justice도 있으니까. 지난번에 길게 댓글을 남겼을 때, 그는 끝에 법률적 조언이나 도움이 필요한 일이 있으면 언제든 얘기하라고 말했다.

그가 정말 현우 오빠인지는 아직 모르지만, 최소한 법률 전문가인 건 분명했다. 유사시 도움이 되어줄 의사도 충분해 보였다. 여기까지 생각하고 나자 은하는 한결 마음이 편해졌다.

"자, 그럼 전화를 해볼까?"

밀린 숙제를 끝내는 기분으로 은하는 휴대폰을 들었다.

♠ ♥ ♣

9월이 뭐냐, 가을은 다 뭐냐는 듯이 한낮의 햇살은 여전히 뜨거운데 역시나 오늘도 지환은 검정 슈트 차림이었다. 조폭 보스는 검정 슈트 이외에는 못 입도록 헌법에 쓰여 있는지 궁금할 지경이다.

"지난번에는 은하 씨 덕분에 위기를 면했습니다. 정말 고맙습니다."

지환이 허리를 숙여 인사를 했다.

'고마운 줄 알면 남은 한 번은 좀 없던 일로 해주지.'

속으로만 그렇게 투덜거리며 은하는 웃어 보였다.

"아니에요, 뭐라도 하지 않았으면 저도 위험해졌을 테니까요."

대답하고 나서 은하는 조심스럽게 물었다.

"저번에 그 사람들 맞죠? 야옹머니."

"예. 그렇지 않아도 쳐들어올 것 같아서 철저히 경계를 하고 있었습니다. 그런데 일주일이 지나 그만 방심한 사이에…. 은하 씨가 아니었으면 손도 못 쓰고 그대로 당했을 겁니다."

지환은 진지한 얼굴로 물었다.

"은하 씨는 무슨 생각으로 그렇게 했습니까?"

"행사 같은 거 하면 부모님들도 아이들이랑 같이 오세요. 그런데 '친구들 이렇게 해볼까요?' '친구들 저렇게 해볼까요?' 하면 오히려 꼬마 친구들보다 부모님이 더 열심히 따라 하시거든요."

그래서 실낱같은 가능성에 기대를 걸어본 거였다. 생각할 겨를을 주지 않고 시키면 어어, 하면서 얼떨결에 따라 하지 않을까 하고.

"다행히 먹히더라고요. 덩치가 커서 그렇지, 순진한 사람들인가 봐요."

웃으며 한 말에, 지환은 따라 웃지 않았다.

"순진한 게 아니라 위험한 사람들입니다. 살면서 절대 얽히는 일이 없도록 조심하시는 게 좋습니다."

심각한 얼굴로 말하는 바람에 그만 민망해졌다.

'아니, 꼭 본인은 조폭 아닌 것처럼 얘기하고 그래?'

물론 그 말을 입 밖에 내지는 않았다.

"저, 오늘은 뭐 할까요?"

은하가 묻자 지환은 망설였다. 본인도 별로 생각해놓은 게 없는 모양이었다.

"은하 씨는 뭐 하고 싶은 거 있으십니까?"

"음, 아직 식사하기에는 시간이 이르고요. 근처에 영화관이 있는데 괜찮으시면 같이 영화 보러 안 가실래요?"

"저하고 말입니까?"

지환이 놀란 듯이 되물어서 은하는 또 민망해졌다.

사실은 처음부터 영화 보러 가자고 할 생각이었다. 왜냐, 영화 보는 시간 동안은 말을 안 섞어도 되니까! 너무 깊게 엮이기 싫어서 나름대로 머리를 굴린 결과였던 거다.

"싫으시면 말고요."

"아, 아닙니다! 가시죠."

지환이 얼른 말하고 앞장섰다.

역시나 오늘도 가는 길은 순조로웠다. 맞은편에서 오는 사람들이 지환을 보자마자 사색이 되어 얼른 비켜 갔기 때문에. 영화관에 도착해서도 일사천리였다. 사람들로 꽉 찬 엘리베이터에서는 주위에 둥그렇게 원이 생겨 쾌적하기 그지없었고, 팝콘을 살 때도 줄을 선 사람들이 화들짝 놀라 비켰다.

"와, 〈새벽의 좀비 3〉가 나왔네요?"

영화관의 모니터에 떠 있는 상영 시간표를 보고 은하는 손뼉을 쳤다. 공포영화 마니아인 은하였다. 귀신, 연쇄살인마, 괴수, 가리지 않고 다 좋아하지만, 그중에서도 제일 좋아하는 건 역시 좀비. 특히 '새벽의 좀비' 시리즈는 몇 번이나 봤을 정도로 마니아였다.

"우리 이거 봐요."

반쯤 피 칠갑이 되어 있는 영화 포스터를 가리키자 지환이 흠칫했다.

"좀비 영화 말입니까?"

"왜요, 싫어하세요?"

"…아닙니다."

지환은 고개를 저었다.

잠시 후 영화 시작과 함께 공포의 시간이 찾아왔다. 무슨 놈의 영화가 기승전결도 없고 강중약도 없었다. 그냥 처음부터 강강강으로 계속 무섭고 계속 끔찍하고 계속 놀라게 만들었다.

딱 좋다, 완전 좋다!

"으악!"

"꺄악!"

여기저기 놀란 사람들이 팝콘을 떨어뜨렸다. 벚꽃처럼 휘날리는 팝콘 속에서 은하는 눈을 반짝거리며 스크린에 집중했다.

드디어 영화의 하이라이트인 인간 대 좀비 떼의 사투가 시작되었다.

꿰에에엑!

여기저기서 좀비의 처절한 비명과 함께 살점이 튀고 팔다리가 마구 날아갔다. 이 맛에 보는 게 좀비 영화지! 손에 땀을 쥐고 보다가 흘깃 옆을 쳐다본 은하는 깜짝 놀랐다. 스크린 불빛에 비친 지환의 얼굴이 완전히 굳어 있었던 것이다.

'무서워서 저러나?'

에이 설마, 덩치가 저렇게 큰 남자가. 하지만 은하는 곧 눈치챘다. 팔걸이에 얹힌 커다란 손이 눈에 띄게 떨리고 있는 것을.

"괜찮으세요?"

귓가에 대고 물었지만 대답은 돌아오지 않았다. 아예 말이 들리지도 않는 것 같았다. 안 되겠다고 생각한 은하는 얼른 지환의 팔을 붙잡고 일어났다. 데리고 나와서 밝은 데서 보자 역시나 얼굴이 새하얗게 질려 있었다. 비틀거리며 계단에 무너지듯 주저앉는 지환의 옆에, 은하는 재빨리 따라 앉아서 사과했다.

"죄송해요. 이런 거 안 좋아하시면 말씀을 하시지."

그러나 역시 들리지 않는지, 그는 잔뜩 웅크리며 제 몸을 감쌌다. 커다란 어깨가 부들부들 떨리고 있었다. 어째서일까, 그 순간 은하의 눈에는 지환이 마치 덩치 큰 어린아이처럼 보였다.

"괜찮아요. 그냥 영화잖아요. 네?"

등을 토닥거리며 달래도 좀처럼 떨림이 멈추지 않아서, 생각다 못해 머리를 제 어깨에 기대게 하고 어깨를 꼭 껴안아주었다.

"좀비 그까짓 거, 나타나면 제가 다 때려잡아 드릴게요!"

제 두 배는 될 법한 커다란 어깨를 겨우겨우 껴안고, 은하는 계속해서 위로했다.

"무서워하지 마세요, 네?"

♤ ♥ ♧

— 괜찮아요. 그냥 영화잖아요. 네?

며칠이 지나도 상냥하고 씩씩한 그 목소리가 자꾸만 생각났다.

— 좀비 그까짓 거, 나타나면 제가 다 때려잡아 드릴게요!

은하는 지환이 무서워한다고 생각한 모양이었지만, 사실 무서운 것과는 좀 달랐다.

지환이 처음 조직 간의 싸움에 끼였던 것은 겨우 열여섯 살 때였다. 그때 지환은 보았다. 쇠파이프에 사람의 머리가 터져나가고, 회칼에 살갗과 뼈가 잘려나가는 장면을. 스크린 속에서 피와 살점이 튀고 좀비의 팔다리가 날아가는 걸 보는 순간, 저도 모르게 그때로 돌아간 것 같은 기분이 되었다. 너무나 무섭고 끔찍한 나머지, 아무것도 못 하고 그저 굳어만 있었던 열여섯 살 때로.

물론 자신처럼 덩치 큰 남자가 그러고 있었으니 꽤 꼴불견이었을 것이다. 그런 모습을 보고도 은하는 한심해하기는커녕 열심히 달래고 위로해주었다.

— 무서워하지 마세요, 네?

떨리는 제 어깨를 힘껏 안아주던 가느다란 팔을 떠올릴 때마다 괜히 마음이 들떴다. 혹시 조금, 아주 조금이라도 내게 호감이 있는 건 아닐까.

'그냥 워낙 착한 애라 그랬겠지. 착각은.'

그렇게 자신을 꾸짖어도 얼마 못 가서 또 저도 모르게 떠올리고 있었다. 발랄한 목소리를. 별을 박은 듯 반짝거리는 눈을. 보는 사람까지 행복한 기분으로 만드는 밝은 미소를.

하지만 은하는 끝내 자신을 기억해내지 못했다.

'또 만나자고 해도 안 만나주겠지?'

마지막 세 번째 만남이었는데, 좀비 영화 따위에 놀라서는 영화 끝나고 식사는커녕 제대로 인사도 못 하고 헤어진 걸 생각하면 스스로가 한심했다.

'그냥 친구처럼 지내자고 하면 혹시 가끔 만나주려나…'

생각에 빠져서 집 안 1층의 복도를 걷다 지환은 문득 걸음을 멈췄다. 굳게 닫힌 문 안에서 사람 목소리 같은 것이 들려와서였다. 뭔가 하고 방문을 슬쩍 열고 들여다보니 전에 병원에 왔었던 홍신소 직원이 종이를 들고 서 있고, 그 주위에 동생들이 옹기종기 모여 있었다. 사태를 금세 파악하고 지환은 눈살을 찌푸렸다.

'내가 그렇게 은하 뒷조사하지 말라고 했는데, 이 녀석들이?'

누가 제 뒤를 캐고 있다는 걸 알면 은하가 얼마나 놀라고 무섭겠는가. 들어가서 당장 집어치우라고 화를 내려던 지환은, 다음 순간 들려온 말에 멈칫했다.

"남자친구는 지금껏 한 번도 없었고, 현재도 솔로라고 합니다."

홍신소 직원이 말했다.

"대학 시절 친구의 말에 의하면, 고백하는 남자가 있어도 거절했다고 합니다. 미팅이나 소개팅에도 물론 한 번도 나간 적이 없답니다."

"누님이 눈이 높으신가?"

덩어리들이 서로 얼굴을 쳐다보는데, 홍신소 직원이 다시 말했다.

"결혼할 사람이 있다고 말한 적이 있다고 합니다."

지환의 심장이 소리 없이 내려앉았다. 덩어리들도 놀라서 한마디씩 했다.

"약혼자가 있다고?"

"뭐 하는 놈이랍디까?"

"그게, 그 약혼자를 실제로 본 친구가 아무도 없어서 누군지는 알아낼 수가 없었습니다."

대학생 때 이미 약혼자가 있었다는 말에도 지환은 전혀 놀라지 않았다. 은하네 같은 부자에 엘리트 집안이라면 그럴 만한 일이었다. 돌아가신 지환의 어머니 역시 명문가의 딸이어서 부모님이 정해준 약혼자가 있었다. 비록 깡패인 지환의 아버지를 만나서 사랑에 빠지는 바람에 파혼이 돼버렸지만.

은하네 부모님이 일찌감치 딸의 짝으로 정해놨을 정도면 남자 쪽도 엄청난 엘리트가 틀림없다.

'의사? 아니면 법조인?'

뭐가 됐든 지환에게 있어서는 먼 나라 이야기일 뿐이었다. 확인사살을 당한 기분이었다. 은하가 저와는 다른 세상 사람이라는 사실을.

'그렇지. 내가 감히 쳐다볼 사람이 아니었지.'

쓸쓸하게 돌아서며, 지환은 자꾸만 떠오르는 은하의 모습을 억지로 지워버렸다. 세 번이나 만났으니까 됐다. 예쁘게 잘 자라서 하고 싶은 일 하면서 멋있게 살고 있는 거 봤으니까 됐다.

♤ ♥ ♧

몇 번을 생각해도 우스웠다. 아니, 그 덩치에 좀비 영화가 무서워서 새하얗게 질려가지고 벌벌 떨다니.

'은근히 귀여운 데가 있는 거 같기도 하고.'

지환을 떠올리며 미소를 짓고 있는 자신을 깨닫고, 은하는 화들짝 놀랐다.

"또, 또 정신 못 차리지, 고은하!"

상대는 조폭이고 범죄자다. 사회악이란 말이다. 사람 손목을 막 자른다고! 은하는 양손으로 주먹을 쥐어 제 머리를 콩콩 쥐어박았다. 하지만 애써 떨쳐버리려 해도, 조금만 시간이 나면 저도 모르게 또 그 남자 생각을 하고 있었다.

영화관에서 나와 일영이 데리러 온 차에 타며, 그는 그 정신없는 와중에도 은하에게 웬 종이가방을 건넸다.

— 이게 뭐예요?

— 전에, 은하 씨가 길에서 자꾸 쳐다보시는 것 같아서…. 혹시 제 착각이었다면 죄송합니다.

차가 떠나고 나서 열어보자 안에는 개구리 눈이 달린 머리띠가 들어 있었다. 은하가 차마 사고 싶다는 말을 못 꺼내서 그냥 지나쳐버렸던.

'아무래도 나쁜 사람 같진 않은데…. 근데 조폭이니까 나쁜 사람이 맞단 말이지.'

답도 없는 생각을 되풀이하다가 은하는 그만 지쳐버렸다. 다음에 만나면 그냥 대놓고 물어봐야겠다.

'하는 일이 정확히 뭐예요? 정말 사람 손목도 자르고 그래요?'

그렇게 묻는다고 지환이 벌컥 화를 내며 제 손목도 자르려 들 것 같지는 않았다. 세 번 만나고 나서, 은하가 서지환에 대해서 딱 한 가지 확신할 수 있는 게 있다면 그거였다. 그가 어떤 사람이든, 뭘 하는 사람이든 간에 은하에게만은 무척 상냥하다는 거. 그래서 어느덧 겁을 상실하고 있는 거였다.

문제는 영화관에서 헤어진 후로 며칠이 지나도록 연락이 없었다. 물론 따지고 보면 이미 세 번 다 만난 게 맞지만, 만날 때마다 뭔가 사건이 벌어지는 바람에 정작 밥 한 끼 같이 먹어본 적이 없다. 1억씩이나 내고서 이대로 끝낼 리가 없을 텐데, 연락이 뚝 끊겨버린 것이다.

'무슨 일이라도 생겼나?'

며칠이 지나도 연락이 없는 지환에게 계속 신경이 쓰이고 있을 때, 마침 회사에서 마주친 예나가 물었다.

"언니, 그 사람 몇 번 만났어?"

거짓말은 하고 싶지 않아서, 은하는 내키지 않으면서도 대답했다.

"세 번 다 만났어."

"연락은? 그 후로도 계속하고 있어?"

"아니."

"고마워, 언니!"

예나는 그 이상 말하지 않고 가버렸지만 은하는 마음이 복잡했다.

— 세 번 다 만나고 나면 나한테 얘기 좀 해줘. 그럼 내가 연락하게.

전에 말했듯, 예나는 진짜로 지환에게 연락하려는 것이다. 왠지 모르게 마음이 조급해졌지만, 그렇다고 할 수 있는 일도 없었다.

♤ ♥ ♧

"하나, 둘 셋, 넷….."

단골 술집에 마주 앉자마자, 미호는 은하의 손을 붙잡고 손가락을 들여다보며 숫자를 셌다.

"너 뭐 하냐?"

"열 개 다 있나 세어봤지. 다행히 다 있네."

용건 끝났다는 듯이 은하의 손을 가차 없이 내동댕이치고, 미호가 호기심 가득한 눈으로 물었다.

"어땠어, 조폭 보스와의 세 번의 데이트는?"

은하는 손가락을 꼽으며 말했다.

"첫 번째는 라이벌 조직이 운영하는 사채 사무실에 쳐들어가서 인생 망칠 뻔한 어린 양을 구했고, 두 번째는 그 조직에서 복수하러 오는 바람에 내 눈앞에서 그 사람 죽는 거 볼 뻔했고."

미호의 눈이 왕방울만 해졌다.

"실화냐?"

"실화야, 놀랍게도."

"그럼 세 번째는 뭐 했는데?"

"같이 좀비 영화 봤는데 하도 무서워해서 중간에 나와 괜찮다고 달래줬지."

"누가 누구를?"

"내가 그 사람을."

"헐!"

한동안 입을 다물지 못하던 미호가 말했다.

"그 남자, 캐릭터 되게 특이하다. 매력 있는데?"

"매력은 무슨, 범죄자라니까."

심드렁하게 대꾸하던 은하는, 탁자 위에 올려놓았던 휴대폰이 작게 진동하는 소리에 빛의 속도로 반응해서 즉시 내용을 확인했다.

— 대★출※광§고◎무/담/보/당/일/입/금

"에이 씨, 진짜!"

스팸 문자인 것을 알고 투덜거리며 도로 휴대폰을 내려놓는 은하를, 미호가 미심쩍은 눈으로 바라보았다.

"그래서, 다음번엔 언제 만나는데?"

"다음번이 어딨어? 세 번 만나기로 했고 세 번 다 만났는데."

"연락도 없고?"

"어."

미호가 고개를 갸웃거렸다.

"이상하다. 1억씩이나 줬다길래 분명히 너한테 관심 있는 줄 알
았는데…?"

은하는 귀가 번쩍 뜨여서 다가앉았다.

"그치? 관심 있는 거 맞지? 그럼 다시 연락 오지 않을까?"

"왜, 너도 그 남자한테 관심 있어?"

"아니거든?"

은하가 버럭 소리를 질렀다.

"나한텐 현우 오빠밖에 없다고 몇 번을 말해야 하냐?"

"왜 화를 내고 그래, 수상하게."

미호가 눈을 흘기며 투덜거렸다.

"하여튼 너도 진짜 연구대상이다. 세상에 초등학교 3학년 때 좋
아했던 동네 오빠를 여태 찾고 있는 게 정상이냐?"

정상이 아니라는 말에 순간적으로 울컥했지만, 은하는 꾹 참았
다. 미호는 속사정까지는 모르니까 당연히 그렇게 보이겠지.

"어쨌든 난 현우 오빠 외엔 아무한테도 관심 없어."

고집스레 말하자 미호가 턱짓으로 휴대폰을 가리켰다.

"그럼 대체 왜 휴대폰은 10초에 한 번씩 쳐다보고 있는데?"

"내가 언제?"

딱 잡아떼고 은하는 휴대폰을 꺼버렸다.

'연락이 오든 말든, 그 사람이 예나랑 만나든 말든, 나랑은 상관없는 일이야.'

속으로 다짐하듯 중얼거리면서.

♠ ♥ ♧

3년 전, 예나는 인생 최대의 위기에 처해 있었다. 삼수에 실패하자 화가 나신 부모님이 용돈을 끊어버린 거였다. 여성 전용 대출이라는 인터넷 광고를 보고 찾아가서 200만 원을 빌렸는데, 나중에 알고 보니 이게 야옹이파라는 조폭이 운영하는 악질 사채였다. 정신을 차렸을 때는 200만 원이 무려 2천만 원으로 불어나 있었다.

"우리 이렇게 하자, 예나 씨. 나랑 친한 가게에 요즘 일손이 모자라서 난린데, 가서 딱 한 달만 도와주면 2천만 원 갚은 걸로 칠게."

험악하게 생긴 실장이란 사람이 협박과 회유를 섞어 말한 끝에, 예나는 술집에 나가게 되었다. 눈 딱 감고 한 달만 일하자고 생각하고.

그러나 출근하고 나서 다른 아가씨들이 수군대는 것을 듣고서야 알게 되었다. 야옹이파는 2천이 아닌 4천만 원에 자신을 가게에 넘겼고, 지각비니 미용실비니 뭐니 해서 빚은 계속 늘어만 갈 뿐 갚아도 갚아도 끝이 없다는 사실을. 그렇다고 도망갈 수도, 경찰에 신고할 수도 없었다. 이미 야옹이파가 제 신상은 물론, 가족들 신상까지 다 파악하고 있었으니까.

절망에 빠져 출근한 지 일주일 만에 가게에 특이한 손님이 왔다. 얼굴에 칼자국이 있는, 무척 잘생겼지만 그 이상으로 무서운 인상에 엄청난 체격의 남자였다. 겉모습을 봤을 때 이 사람도 틀림없는 조폭 같아서, 예나는 그의 옆에 앉으며 잔뜩 겁을 먹었다. 그러나 술을 가져오라는 얘기 대신에 남자는 다짜고짜 예나에게 물었다.

"아가씨는 얼마 빌렸죠?"

"200만 원이요."

남자는 가게 부장을 부르더니 지갑에서 100만 원짜리 수표 석 장을 꺼내놓으며 말했다.

"가서 이 아가씨 차용증 가져와요. 100만 원은 이자로 받아두고."

물론 4천만 원에 데려온 아가씨를 300만 원 받고 풀어줄 리 없었다.

"뭐야, 이 미친놈은?"

부장은 당장 가게 뒤를 봐주는 깡패들을 불렀고, 그들은 5분도 못 가서 전원 남자의 발아래 나뒹구는 신세가 되었다. 숨결 하나 흐트러지지 않은 채 남자는 다시 한번 말했다.

"차용증."

남자가 제 차용증을 갈기갈기 찢어버리는 걸 보면서도 예나는 전혀 기쁘지 않았다. 이제는 이 남자가 자신을 산 꼴이 아닌가.

'대체 날 어떻게 할 셈인 거지?'

두려움에 떠는 예나에게, 남자는 조용히 말했다.

"집에 가요. 앞으론 아가씨 건드리지 못할 테니까 안심하고."

몇 번이나 재촉을 받은 후에야 예나는 겨우 남자가 진심이라는 것을 알았다. 안도의 눈물과 함께 걷잡을 수 없는 감사한 마음이 흘러넘쳤다.

"몇 달만 기다려주세요. 돈은 제가 일해서 꼭 갚을게요."

"돈은 됐으니까 부탁 하나 합시다."

남자는 정색하고 말했다.

"다시는 사채 같은 거 쓰지 말고, 살면서 절대 나 같은 사람들하고 엮이지 말아요."

그 후로 예나는 지환을 하루도 잊어본 적이 없었다. 하지만 아는 거라고는 그에게 제압당한 조폭이 신음처럼 내뱉던 '서지환'이라는 이름 하나뿐, 도통 찾을 방법이 없어서 헛되게 시간만 보냈던 건데. 이렇게 만났으니 이제 예나는 절대 지환을 놓치지 않을 생각이었다. 처음엔 은하 때문에 긴장했지만, 세 번 만난 후로는 연락도 안 한다는 걸 보니 다행히 별거 아니었던 모양이고.

'만나다 보니까 확 깬 거 아냐?'

웃음이 나면서 자신감이 솟아올랐다. 비록 그때는 사채 한번 잘못 썼다가 술집에 팔려간 신세였지만 지금은 다르다. 지금의 자신은 월수입 수천만 원에 달하는 인기 크리에이터니까.

예나는 할 수 있는 한 가장 예쁘게 꾸미고, 회사 대표에게서 얻어낸 지환의 명함에 쓰인 사무실로 향했다.

♤ ♥ ♧

지환이 점심에 동생들 몇과 함께 근처 식당에서 식사를 하고 돌아오는데, 남아서 사무실을 지키던 덩어리가 달려오더니 상기된 표정으로 말했다.

"손님이 와 계십니다, 형님."

"무슨 손님?"

최근에 반갑지 않은 손님을 떼로 맞이한 적이 있어서 지환은 자연스럽게 긴장했다. 그러나 녀석은 싱글벙글하며 대답했다.

"엄청 예쁜 여자분인데, 크리… 뭐라더라? 크리스마스?"

순간 가슴이 철렁했다.

"크리에이터?"

녀석이 반색을 했다.

"예, 형님! 그겁니다!"

지환은 황급히 물었다.

"어디 계시는데?"

"손님방에서 기다리고 계십니다."

잰걸음으로 복도를 걷는 지환의 심장이 튀어나올 듯이 뛰었다. 분명히 약속한 세 번의 만남은 모두 끝났다. 그런데도 다시 찾아왔다는 건, 혹시….

금세 김칫국을 마시기 시작하는 자신을, 지환은 얼른 꾸짖었다.

'다른 생각이 있을 리가 없나. 뭐 나한테 부탁할 일이라도 생겼나 보지.'

그 아픈 아이의 치료비가 모자란다든가, 아니면 뭔가 힘으로 해결해야 할 귀찮은 일이 생겼다든가, 그런 게 아닐까. 어떤 이유라도 은하가 자기를 다시 찾아준 게 지환은 그저 반갑기만 했다. 손님 접대용으로 쓰는 사무실의 문을 열 때는 이미 결심하고 있었다. 뭘 부탁하든지 간에 들어주겠다고.

"오셨어요?"

그러나 정작 소파에 앉아 있다가 지환을 보고 반가운 얼굴로 일어나는 것은 엉뚱한 여자였다. 온몸에서 기운이 쭉 빠져나가는 듯한 기분이었다.

"연락도 없이 불쑥 찾아와서 죄송해요."

너무 실망한 나머지, 지환이 여자를 알아보는 데는 약간의 시간이 걸렸다. 자선 경매 행사 때 본 얄미운 여자다.

― 자, 친구들. 여기 좀 보세요. 〈미니와 친구들〉의 미니 언니가 직접 만든 멋진 이순신 장군님이에요!

이 여자가 신나게 떠드는 동안, 은하는 붉어진 얼굴로 입술을 꾹 깨물고 있었다. 그 표정을 보고 얼마나 화가 나던지.

― 제가 1억에 사죠.

저도 모르게 입이 움직이고 있었다. 물론 처음부터 1억에 사주려고 간 거였지만, 그 순간만은 아픈 아이의 치료비라는 명분 따위는 깨끗이 잊어버리고 한 말이었다.

"누구신지 모르겠지만 용건부터 말씀하시죠. 제가 일이 좀 바빠서."

맞은편에 털썩 앉으며 퉁명스럽게 묻자 여자는 조금 당황한 얼굴을 했다.

"저, 은하 언니랑 같은 회사 소속 크리에이터인 강예나라고 해요. 〈예나랑 놀아요〉라는 채널을 맡고 있어요."

"그래서?"

"몇 년 전에 저 보신 적 있는데, 혹시 기억 안 나세요?"

지환은 여자의 얼굴을 다시 쳐다보았다. 하지만 얼마 전의 그 밉살스러웠던 장면 외에는 기억나는 게 없었다.

"모르겠습니다만?"

목소리에 노골적으로 짜증이 실렸다. 재촉하듯 쳐다보자 예나는 한참 머뭇거리더니 어렵게 말했다.

"왜 예전에, 청담동에 있는 룸살롱에서… 아주 잠깐, 일한 적이 있거든요."

그제야 지환은 알아들었다. 야옹머니에서 돈을 빌렸다가 술집에 팔려간 여자들을 원금만 대신 갚아주고 빼내준 적이 몇 번 있는데 이 여자가 그중 하나인가 보다. 물론 한두 명이 아니었기 때문에 하나하나 기억할 리가 없었다.

"그때 저 출근한 지 일주일 되는 날이었어요."

예나는 부끄러운 듯 얼굴을 붉혔다.

"꼭 한번 감사하다고 인사드리고, 그때 대신 갚아주셨던 300만 원도 돌려드리고 싶었는데 찾을 방법이 없더라고요."

"아아."

알겠다는 듯이 고개를 끄덕이자 예나가 반색을 했다.

"기억나세요?"

지환은 딱 잘라 대꾸했다.

"아니, 그쪽 같은 여자가 어디 한둘이어야지."

순간 예나는 허를 찔린 듯한 표정을 했다.

"네?"

예나가 되물었지만 지환은 이미 자리를 박차고 일어나고 있었다.

"조심해서 가십시오. 일영아, 손님 가신다!"

얼어붙은 여자를 뒤로하고 사무실을 나오는 지환의 입술 사이로 헛웃음이 새어나왔다. 나와는 다른 세상 사람이다, 세 번 만났으니까 그걸로 됐다, 그렇게 다짐한 주제에 은하가 찾아온 줄 알고 대책 없이 설레기부터 했던 자신이 한심했다.

'다시 만나서 뭘 어쩌겠다고.'

스스로를 꾸짖으며 지환은 양복 앞섶 단추를 단단히 여몄다. 말도 안 되는 마음 따위, 감히 커질 엄두도 내지 못하도록.

♠ ♥ ♣

조직에 몸담고 있었을 때는 물론이고, 손을 씻은 후로도 지환은 여자에 관심이 없었다. 물론 신체 건강한 젊은 남자가 정말로 여자한테 관심이 없을 리는 없고, 사실은 일부러 갖지 않으려 하는 거였다. 당시에는 괜히 멀쩡한 여자 신세 망치고 싶지 않아서 그랬고, 지금은 조금 다른 이유였다.

그에게는 한집에 데리고 사는 열한 명의 동생들이 있다. 좋아하는 여자가 생기면 결혼하고 싶어질 텐데, 세상에 어떤 여자가 전직 깡패들이 우글거리는 집에서 결혼 생활을 하려고 하겠는가. 결국은 따로 살아야 할 텐데, 엄격한 규율로 통제하는 지환이 없으면 동생들은 언제 또 예전 생활로 돌아갈지 몰랐다.

저 하나 행복해지겠다고 열한 명이나 되는 동생들을 버릴 수는 없다. 그래서 내심 연애나 결혼 따위는 포기하고 있었지만, 물론 이런 지환의 생각을 모를 녀석들이 아니었다. 녀석들이 틈만 나면 '형님, 연애 안 하십니까', '형님, 여자 안 만나십니까' 하면서 명절 때 마주친 친척이라도 되는 양 들볶는 게 바로 그래서다.

"형님, 요즘은 왜 연락 안 하십니까?"

자기 방 소파에 앉아 신문을 보고 있는 지환의 앞에 커피 잔을 놓아주면서, 일영이 은근히 물었다.

"누구?"

"은하 누님 말입니다."

질문의 의도가 빤히 들여다보였다.

'어쩐지 이놈들이 은하한테 누님, 누님 하더니 꿍꿍이속이 다 있었던 거구나.'

다 알면서도 일부러 지환은 영문을 모르겠다는 듯이 되물었다.

"내가 왜 연락을 해야 하는데?"

"그 누님이 여러모로 대단한 분 아닙니까. 친하게 지내시면 좋을 거 같아서요."

그제야 시선을 들어 일영을 쳐다보고, 지환은 조용히 말했다.

"한 번만 더 그 얘기 꺼내면 PT 8번 100회 실시다."

정색을 하는 것도 아닌, 그저 평온하기 그지없는 말투였지만 일영은 곧바로 입을 다물었다.

"예, 형님."

물러나가는 일영의 뒷모습을 지환은 살짝 노려봐주었다.

'남의 속도 모르고, 이 녀석들이.'

♤ ♥ ♧

"좆됐다. 아예 말도 못 꺼내게 하시는데?"

방에서 나온 일영은 그를 조마조마하게 기다리고 있던 동생들과 머리를 맞댔다.

"생명의 은인인데도 저렇게 질색을 하시다니."

"역시나 은하 누님은 큰형님 타입이 심하게 아닌가 봅니다, 형님."

하긴 옛날 불독파 시절, 지환이 관리하던 술집들에 그를 짝사랑하던 여자들만 한 트럭이었다. 하나같이 미모로 따지면 연예인 저리 가라 할 아가씨들이었는데, 그에 비하면 은하는 예쁘고 귀엽긴 하지만 어쨌든 일반인 수준 아닌가.

그러나 이미 덩어리들은 마음 깊이 은하를 형수님으로 모시기로 결심한 상태였다.

"그럼 어쩌죠? 우리 형수님 되실 분은 은하 누님뿐이신데."

걱정이 오가는 가운데, 아이디어를 낸 것은 역시 막내 덩어리 민규였다.

"저, 형님들. 이렇게 하면 어떻겠습니까?"

얘기를 들은 덩어리들의 눈이 일제히 커졌다.

"오!"

3

냉동 창고의
미니 언니

세 번째 만남 이후 지환에게서는 끝내 연락이 오지 않았다. 왠지 이렇게 끝내면 안 될 것 같은 생각이 자꾸만 들었지만, 그렇다고 할 수 있는 일도 없었다. 열흘쯤 지나자 은하도 더 이상 휴대폰만 쳐다보고 있지는 않게 되었다.

'정말 그게 마지막이었나 보구나.'

그렇게 조폭 보스와의 세 번의 만남은 마치 꿈속의 일이었던 것처럼 지나가버리고, 은하는 현실로 돌아왔다. 꿈에서 깨자 가장 시급한 현실이 닥쳐와 있었다. 돈 문제.

애초에 회사에서 주는 월급만으론 생활이 안 되니까 청소 아르바이트를 해서 겨우 충당하고 있었던 건데. 지환에게 부상을 입히고 난 후 이런 일 저런 일 겪느라 한 달 넘게 아르바이트를 못 했더니 가뜩이나 빈약했던 통장이 아예 텅 비어버리고 말았다. 이러다간 자칫 아이들 병원에 갈 기름값마저 없을 지경이라, 은하는 당장 아르바이트를 찾기 시작했다.

하지만 일자리 구하기는 쉽지 않았다. 원래는 늘 파견 회사를 통해서 소개를 받았는데, 지환과 얽인 사건 이후 일방적으로 계약 해지 통보를 받았다. 아마도 은하를 찾겠다고 지환의 부하들이 꽤 들볶았던 모양이었다. 그러니 이제는 스스로 일자리를 찾아야 하는데, 본업이 따로 있다 보니 시간이 맞는 자리를 구하기가 그리 쉽지 않았다.

뜻밖의 손님이 찾아온 것은 은하가 며칠째 아르바이트를 구하지 못해서 초조해하고 있을 때였다. 녹화를 마치고 나오는 은하에게 어시스턴트가 다가와서 말했다.

"미니 누나, 누가 밖에서 기다리고 계신데요?"

"응? 누군데?"

"엄청 잘생긴 남자분이던데. 회사 앞에서 기다릴 테니 끝나면 내려와달래요."

순간 머릿속에 떠오른 것은 지환이었다. 은하는 얼른 머리띠를 벗어서 내동댕이치다시피 하고 밖으로 나갔다. 회사 정문 앞에 커다란 검은 자동차가 서 있었다.

'왔구나!'

심장이 마구 두방망이질 치기 시작하는데, 운전석 문이 열리고 사람이 내렸다. 얼핏 체격이 너무 늘씬하다 했더니 역시나 다가오는 것은 지환이 아닌 일영이었다.

은하의 어깨에서 힘이 빠져나갔다. 다가온 일영이 고개를 깊이 숙였다.

"잘 지내셨습니까, 누님."

정중한 말투에 괜히 살짝 부끄러워졌다. 아이돌 같은 미모인데 실상 진짜 아이돌 중에도 이 정도로 예쁜 사람은 못 본 것 같다.

"아, 네, 덕분에요."

내가 언제부터 누님이었더라, 하고 생각하면서도 은하는 대답했다.

"다름이 아니라 누님께 긴히 부탁드릴 일이 있어서 왔습니다."

"저한테요? 뭔데요?"

"저희의 선생님이 돼주실 수 없겠습니까?"

은하는 놀라서 되물었다.

"네? 선생님이요?"

일영이 대답했다.

"예, 누님. 저하고 회사 직원들 몇 명이서 검정고시를 볼까 하는데, 아시다시피 저희는 대가리가 빠가라 선생님이 필요합니다."

극히 정중한 말투 속에 말도 안 되는 비속어가 섞여 있어서 듣다가 깜짝깜짝 놀라게 된다.

"무슨 검정고시를 말씀하시는 건지…."

"중학교 검정고시입니다."

은하는 깜짝 놀라 되물었다.

"그럼 초졸이시라고요?"

"예."

일영은 아무렇지도 않게 대답했다.

즉 과외를 해달라는 얘기인데, 은하는 대학교 1학년 때 딱 한 번 수학 과외를 해본 적이 있었다. 용돈 정도는 스스로 벌어 쓰고 싶어서 했던 건데 학생이 영 좋지 못했다. 재수생이라 동갑내기인 남학생이었는데, 수업에는 관심이 없고 자꾸만 치근거리는 바람에 겨우 한 달 채우고 치를 떨며 그만뒀던 기억이 있다.

— 그러게 누가 너더러 푼돈 벌이 하라든? 그럴 시간이 있으면 공부를 한 자 더 할 것이지.

나중에 아신 부모님도 핀잔을 주었고. 그때 하도 크게 데어 그 후론 과외를 해본 적이 없었다. 지금까지도 차라리 청소 아르바이트를 하면 했지 과외를 할 엄두는 안 나서 못 하고 있었던 건데.

'일반인도 아니고 조폭을 가르치라고? 그것도 몇 명이나?'

조폭이라면 일반 사람보다도 훨씬 더 질색인 은하로서는, 생각만 해도 몸서리가 쳐지는 일이었다.

은하의 표정을 눈치챘는지 일영이 다시 말했다.

"보수는 섭섭하지 않게 드리겠습니다."

돈이 필요한 것도 사실이었지만 역시나 가르칠 자신이 없었다. 은하는 힘들게 입을 뗐다.

"저, 죄송하지만….”

거절하려는 순간 일영이 다시 말했다.

"수업은 저희 큰형…, 아니 대표님 댁에서 해주시면 됩니다.”

대표님이라는 말에 은하는 저도 모르게 귀가 번쩍 뜨였다.

"혹시 대표님도 같이 과외 받으시는 건가요?”

"그건 아닙니다.”

잠시 실망했지만 은하는 금세 생각을 고쳐먹었다. 어쨌든 지환의 집에서 수업을 하게 되면, 그를 다시 볼 수 있다는 거 아닌가.

'만나서 뭘 어쩔 건데?'

마음속에서 또 하나의 자신이 다그쳤다.

'모르겠어, 나도. 그런데 만나야 할 것 같아.'

꼭 확인하고 싶은 게 있었다. 서지환은 나쁜 사람인지, 좋은 사람인지. 좋은 사람이라면 어쩌다가 조폭 따위가 된 건지. 이렇게 세 번 만나고 칼같이 딱 끊어버릴 거면, 왜 나한테 1억이나 줬던 건지.

결국 은하는 고개를 끄덕이고 있었다.

"수업은 언제부터 시작하면 될까요?"

♤ ♥ ♧

— 제가 모시러 갈까요?

— 아니에요. 제가 알아서 찾아갈게요.

— 이쪽으로 오시면 됩니다.

첫 과외수업을 하기로 한 날, 은하는 근처의 버스 정류장에 내려 지도 앱을 켜고 일영이 건네준 주소대로 지환의 집을 찾아갔다. 병원에 봉사 다닐 때 쓰는 경차가 있기는 하지만 그건 장난감을 싣고 다니기 위한 용도고, 기름값을 아끼기 위해서 평소에는 버스를 타고 다니곤 했다.

잠시 후 도착한 집 앞에 서서 은하는 할 말을 잃었다.

'아니, 무슨 재벌 회장이야?'

온통 담쟁이덩굴이 뒤덮고 있는 담은 은하의 키보다 족히 두 배는 높아서, 담이라기보다는 마치 성벽 같았다. 물론 안에 뭐가 있는지도 하나도 안 보였다. 성문을 연상시키는 육중하고 커다란 대문 옆에 달린 초인종을 누를까 말까, 망설이고 있는데 갑자기 대문이 철컥 하고 열리는 바람에 은하는 하마터면 기절할 뻔했다.

"오셨습니까, 누님."

일영이 정중하게 허리를 숙이며 맞이했다.

"들어가시죠."

대문 안으로 들어선 은하는 또 한 번 깜짝 놀랐다. 밖에서 볼 때 상상한 것보다도 안은 훨씬 더 넓었다. 거짓말 조금 보태서 정원에다 골프장을 차려도 될 것 같았다. 집을 나오기 전까지는 은하도 강남에 있는 70평대 아파트에 살았고, 친척들도 다 잘사는 편이었지만 이 정도 규모의 저택은 한 번도 본 적이 없었다.

'도대체 이 집 사람들은 짜장면을 어떻게 시켜 먹지? 현관까지 오기 전에 다 불어터지겠다.'

엉뚱한 생각을 하며 은하는 일영을 따라서 넓은 정원을 지나 저만치 멀리 보이는 서양식 2층 건물로 향했다. 건물의 외관이 주택이라기보다 마치 미술관처럼 생겼다 했더니, 안에 들어가서도 분위기는 마찬가지였다. 샹들리에 불빛 아래 바닥에 깔린 대리석이 우아하게 빛나고, 집 안 여기저기 그림과 조각 등 미술작품들이 전시되어 있었다.

은하는 점점 어깨가 움츠러드는 것을 느꼈다. 그러다 복도 정면의 벽에 걸려 있던 커다란 수사슴 머리와 정통으로 눈이 마주치는 바람에, 하마터면 비명을 지를 뻔해 황급히 입을 다물어야 했다. 누가 봐도 집주인이 평범한 사람은 아닌 게 뻔했다. 그야 조폭 보스의 집이니까!

'나는 대체 무슨 생각으로 조폭 소굴에 뛰어든 거지?'

뒤늦게 기가 막혔지만 물론 이미 늦은 일이었다.

'이럴 때 그 사람이라도 있으면 좀 덜 무서울 텐데⋯'

일영의 뒤를 따라가며 주위를 둘러보다 은하는 문득 스스로에게 어이가 없어졌다.

'아니, 그 사람이 이 조폭들 중에서도 보스인데 무슨 생각을 하는 거야?'

그런데도 역시나 지환의 얼굴을 보면 좀 안심이 될 것만 같았다. 왠지 그 사람은 절대로 자신을 해치지 않을 것만 같아서. 혹시 누가 해치려 하더라도 그가 곁에 있으면 막아줄 것 같아서. 하지만 아무리 둘러봐도 지환의 모습은 그림자조차 보이지 않았다.

일영은 은하를 데리고 1층의 긴 복도 맨 끝에 있는 방으로 들어갔다.

"얘들아, 누님 오셨다."

방에 앉아 있던 젊은 남자 세 명이 일제히 벌떡 몸을 일으켰다.

"잘 부탁드립니다, 누님!"

절도 있게 합창을 하며 구십 도로 허리를 굽혀오는 바람에 은하는 간이 떨어질 정도로 놀랐다.

"저까지 총 네 명입니다."

일영이 말하며 하나씩 소개해주었다.

"이 친구는 정근이, 이쪽은 윤섭이, 그리고 얘가 저희 막내 민규입니다."

일영 외의 나머지 세 명은 하나같이 덩치가 좋았다. 특히 막내라는 민규는 지환과는 전혀 다른 의미로 거대한 덩치의 소유자여서, 은하는 내심 이들을 덩어리라고 부르기로 결심했다.

"안녕하세요, 고은하라고 합니다."

그래도 명색이 선생인데 겁먹은 걸 들키면 안 되겠지? 은하는 굳은 얼굴에 애써 미소를 지었다.

"모두들 잘 부탁드려요."

"예, 누님!"

일렬로 서서 뒷짐을 진 덩어리들이 고개를 숙여 또다시 합창을 했다.

"여기 마이킹* 입니다."

일영이 안주머니에서 봉투를 꺼내 정중하게 건넸다.

"고맙습니다."

건네받은 봉투가 이상하게 두꺼워서 은하는 안을 슬쩍 들여다보았다가 제 눈을 의심했다. 이게 다 뭐지?

— 수업은 일주일에 두 번씩 부탁드립니다. 과외비는 얼마나 드리면 되겠습니까?

일영의 물음에 은하는 최대한 양심적인 금액을 불렀다.

— 40만 원 정도면 될 것 같아요.

어차피 중학교 과정이니 크게 수업 준비를 할 필요도 없을 테

• '선금'을 뜻하는 은어.

고, 과외 경력도 없다시피 하니까 그 정도면 적당하겠다 싶었다.
그런데 정작 봉투 안에는 열 장도 넘어 보이는 100만 원짜리 수표
가 들어 있었다.

"이, 이게 뭐예요?"

"돈이 안 맞습니까? 민규 너 인마, 계산을 어떻게 한 거야?"

일영이 막내 민규를 째려보았다.

"한 달에 여덟 번, 40만 원씩 네 명치 계산했습니다, 형님."

즉 40만 원×8번×4명=1,280만 원이란 뜻이다. 야옹머니 이자
뺨치는 기적의 계산법에 은하는 할 말을 잃었다. 은하의 표정이 굳
어져 있자 덩어리들은 안절부절못하고 저희들끼리 수군거렸다.

"야 인마, 얼마를 넣었길래 누님이 저러셔?"

"1,280만 원 넣었습니다, 형님. 40만 원씩 여덟 번에 네 명이니
까 맞지 않습니까?"

옆에 앉아 있던 덩어리 하나가 휴대폰을 꺼내 계산기를 두들겨
보더니 막내의 뒤통수를 인정사정없이 후려갈겼다.

"야, 이런 븅신 새끼야. 4, 8에 36인데 거기다 4를 곱하면 어떻게
1,280이 나오냐? 1,440이지!"

4, 8에 36! 은하는 그야말로 컬처 쇼크를 먹었다. 얻어맞은 막내
덩어리가 계면쩍은 얼굴로 뒤통수를 긁적이는 바람에 더욱더 기
가 막혔다.

"아, 맞다."

맞긴 뭐가 맞아!

"휴대폰 계산기가 불량인가 봅니다, 형님."

"그러니까 회계사한테 맡기자고 했냐, 안 했냐?"

"죄송합니다, 누님. 차액은 정확히 계산해서 다시 드리겠습니다."

저희들끼리 옥신각신하는 와중에, 은하가 조심스럽게 끼어들었다.

"저기, 다들 초등학교는 졸업하신 거 맞죠?"

그 순간 덩어리들은 전원 각기 다른 곳을 쳐다보며 딴청을 피웠다. 잠시 후에야 일영이 대표로 말했다.

"나오긴 나왔는데, 뒷문으로 나왔습니다."

은하는 한숨이 나오려는 걸 겨우 참았다. 일단 오해는 나중에 풀어야겠다.

"우선 여러분 수준을 파악해야 할 것 같아서요. 받아쓰기부터 할게요."

받아쓰기! 야옹이파가 쳐들어온다는 말이라도 들은 것처럼, 덩어리들이 일제히 긴장한 얼굴로 침을 꿀꺽 삼키며 자세를 고쳐 앉았다. 그들이 연필을 잡는 것을 확인하고 나서 은하는 문제를 불렀다.

"1번. *큰형님이, 눈을, 부라리신다.*"

최대한 이들에게 익숙할 만한 예문을 부른 건데, 왠지 덩어리들은 얼굴이 굳어져서 몸서리를 쳤다.

"큰형님이 눈 부라리시면 존나 저승사자 같으신데."

"니미, 난 저번에 진짜 오줌 지릴 뻔했잖냐."

저희들끼리 수군거리는 것이, 상상만 해도 무서운 모양이었다. 이들에게 지환이 얼마나 무서운 존재인지 알 수 있었다. 괜히 겁먹게 만든 것 같아서 다음 예문은 좀 마음에 들 만한 것으로 골라

보았다.

"다 쓰셨으면 2번 갈게요. *야옹이파, 놈들에게, 치명타를, 입혔다.*"

역시 이번에는 마음에 들었는지, 덩어리들은 언제 겁을 먹었느냐는 듯이 시시덕거렸다.

"역시 우리 누님, 배우신 분."

"그 존만이들은 치명타 정도가 아니라 아주 그냥 조져버려야 되는데."

은하는 한숨을 쉬었다.

'공부도 공부지만 이 사람들은 말버릇도 고쳐야겠구나.'

앞날을 생각하니 살짝 눈앞이 캄캄해지는데, 문득 등 뒤에서 낮은 목소리가 들렸다.

"뭣들 하는 짓이야."

♤ ♥ ♧

토요일 오후, 지환은 제 방에 틀어박혀 스스로와 싸우고 있었다. 잠깐만 긴장을 늦추면 어김없이 손가락이 휴대폰을 꺼내 〈미니와 친구들〉 채널에 들어가려 하는 것이다. 하마터면 섬네일을 누를 뻔한 손가락을 몇 번째로 거두며, 지환은 한숨을 내쉬었다.

'…이거야 담배 끊는 것보다 더 어렵군.'

더는 연락하지 말자고 결심은 했지만, 은하의 채널만은 끊기가 쉽지 않았다. 정신을 차리고 보니 잠자고 밥 먹는 시간 빼고는 계속 그것만 보고 있었다.

봐주는 사람도 별로 없는 채널이지만 은하는 늘 열심히 했다. 진

심으로 즐거운 듯한 얼굴로. 왜 아직도 구독자가 일만 명밖에 안
되는지 지환은 도대체 이해가 안 갔다. 최소한 뒤에 0이 두 개 정
도는 더 붙어야 할 것 같은데.

　　– 예나 채널은 장난감도 개좋은 거 많이 나오는데 미니 채널은 왜 맨
　　　날 구린 것만 함?

가뜩이나 댓글도 몇 개 없는데, 한번은 초딩이 단 것 같은 악플
이 있어서 머리끝까지 화가 났다.

　　– 혼나기 전에 당장 지워라.

커다란 손으로 휴대폰을 쥐고 꾹꾹 자판을 눌러서 으름장을 놓
고는, 내친김에 〈예나랑 놀아요〉 채널에도 들어가보았다. 대체 그
강예나는 뭐가 그리 잘났는지 어디 한번 보자 싶어서. 그런데 어
른의 눈도 홀릴 것 같은 멋진 장난감을 갖고 놀고, 해외 놀이공원
과 테마파크까지 누비는 예나를 보고 나니 어느 정도 이해가 갔
다. 아, 이래서 〈미니와 친구들〉이 인기가 없는 거구나.
　그럴수록 지환은 안타까웠다. 은하가 훨씬 잘하는데, 진심으로
하고 있는데 왜 사람들이 알아주지 않을까. 안타까운 마음에 더 열
심히 봤다. 나라도 조회수를 올려주자 싶어서. 혹시 은하에게 도움
이 될까 해서 아무리 긴 광고라도 끊지 않고 끝까지 다 봤다.
　그러다 유독 눈에 띄는 한 구독자를 발견했으니, 바로 Justice라는

아이디였다. 영상마다 빠짐없이 댓글을 다는 걸 보면 은하의 팬인 모양인데, 문제는 말투가 아무래도 성인, 그것도 남자 같았다.

'이 자식, 혹시 은하한테 사심 있는 거 아냐?'

지고 싶지 않아서 지환도 댓글까지 달며 한층 더 열심히 은하의 영상들을 보았다. 그러다 보니 언젠가부터 가만히 있어도 목소리가 귀에 들리는 것 같았다.

— 친구들 안녕, 미니 언니예요!

눈을 감아도 생긋 웃는 얼굴이 눈에 선했다. 이러면 안 되겠다 싶어서, 담배 끊는 심정으로 유튜브를 끊어버린 게 바로 어제였다. 잡념을 떨쳐버리는 데는 몸을 혹사시키는 게 최고다. 아무 생각도 안 날 때까지 운동이라도 하자고 생각하고 지환은 방을 나왔다.

"자, 그럼 시작할게요!"

복도를 걷는데 갑자기 은하의 목소리가 들리는 바람에 지환은 흠칫, 걸음을 멈췄다.

'환청까지 들리다니, 이거 진짜 중증이군.'

그렇게 생각하며 쓴웃음을 짓는데, 목소리는 또다시 들려왔다.

"1번. 큰형님이, 눈을, 부라리신다."

지환의 얼굴에서 미소가 가셨다.

'잠깐, 이건 환청치고는 너무 리얼한데?'

소리가 들려오는 쪽으로 걸음을 옮기자 좀 더 확실하게 들려왔다. 이번에는 자못 엄한 목소리였다.

"어허, 옆 사람 거 훔쳐보시면 안 돼요."

닫힌 방문 안에서 들려오는 것은 분명 은하의 목소리였다. 지환은 떨리는 손을 뻗어 문을 살짝 열었다. 일영을 비롯한 동생들 네 명이 커다란 테이블에 나란히 앉아서, 세상 심각한 표정으로 열심히 종이에 뭔가를 쓰고 있는 중이었다.

맞은편에 앉아 있는, 눈에 띄게 작은 어깨. 등을 돌리고 있었지만 뒷모습만 봐도 심장이 뜨끔해졌다.

"다 쓰셨으면 2번 갈게요. 야옹이파, 놈들에게, 치명타를, 입혔다."

또박또박 불러주는 예문의 내용이 무척 마음에 드는지, 받아쓰기를 하던 녀석들이 헤벌쭉 웃었다.

지환은 도저히 제 눈앞에 펼쳐진 광경을 믿을 수가 없었다.

"뭣들 하는 짓이야?"

낮게 깔린 목소리에, 방 안에 있던 사람들이 그제야 화들짝 놀라 지환을 쳐다보았다. 은하도 깜짝 놀란 듯이 뒤를 돌아보았다.

"큰형님!"

얼른 연필을 놓고 자리에서 일어나는 동생들을 향해, 지환은 다시 한번 되풀이했다.

"뭐 하는 짓이냐고 묻잖아."

공손하게 두 손을 모으고 고개를 푹 숙인 덩어리들이 기어들어 가는 목소리로 대답했다.

"저희가 공부를 해보고 싶어서 과외 선생님을 모셨습니다, 형님."

"검정고시 볼까 합니다."

지환은 어이가 없었다.

평소에 읽는 글자라고는 신문에 실린 오늘의 운세 정도밖에 없는 녀석들이다. 덧셈, 뺄셈이 두 자리만 넘어가도 '계산기 주세요, 두통 온단 말이에요' 하고 비명을 지르는 놈들이란 말이다. 그런데 뭐, 공부를 해?

지환은 단번에 간파했다. 이건 녀석들이 은하와 자신을 엮으려고 머리를 굴린 결과라는 것을. 녀석들 나름대로는 자신을 생각해서 한 일이라는 건 알지만, 당장은 화가 머리끝까지 치밀었다.

'나는 유튜브도 끊으려고 애를 쓰고 있는데, 눈앞에까지 데려다 놔?'

화를 참느라 지환은 이를 악물고 말했다.

"가시죠."

"네? 아직 수업 안 끝났는데요."

은하가 당황한 듯이 말했지만 지환은 들은 체도 않고 눈을 돌려 일영에게 지시했다.

"은하 씨 댁에 모셔다 드리고 와라. 그런 다음에 이야기하자."

명령하고 나서 돌아서자마자 지환은 걸음을 멈출 수밖에 없었다.

"잠깐만요."

은하가 쪼르르 달려와서는 앞을 막아선 거였다.

"진짜 나쁜 사람이네요, 대표님."

예쁜 얼굴이 잔뜩 화가 나 있었다.

"왜 배우겠다는 사람들을 못 하게 해요? 열심히 하라고 격려는 못 해줄망정!"

제 몸집의 두 배는 족히 되는 큰형님에게 대드는 은하를 보고, 덩어리들이 일제히 숨을 삼켰다. 지환도 당황했다. 여태 은하가 이토록 무서운 표정을 하는 것을 처음 봤기 때문에.

"아니, 저 녀석들이 공부 따위를 할 놈들이 아니…."

저도 모르게 변명처럼 대꾸하는데, 은하는 더욱더 화난 표정으로 말을 가로챘다.

"그걸 왜 멋대로 판단하는데요? 본인들이 하겠다는데!"

그녀는 등을 돌려서, 눈이 화등잔만 해져 있는 덩어리들을 향해 손가락질을 했다.

"뒷일은 내가 책임질 테니까 솔직하게 말해봐요. 공부하고 싶어요, 안 하고 싶어요?"

동생들이 입을 모아 우렁차게 합창을 했다.

"하고 싶습니다!"

지환은 친형제와도 같다고 생각해온 동생들에게 처음으로 배신감을 느꼈다. 이놈들이?

"그것 봐요, 하고 싶다잖아요!"

은하가 기세등등한 얼굴로 다시 지환을 노려보았다.

"기특하다고 칭찬은 못 할망정."

그러더니 지환의 등을 떠밀어 내쫓고 문을 쾅 닫아버리는 거였다.

"수업 방해하지 말고 당장 나가요!"

♠ ♥ ♣

덩어리들이 은하에게 수업을 받고 있는 동안 지환은 거실 소파에 넋을 놓고 앉아 있었다.

― 진짜 나쁜 사람이네요, 대표님.

아까 은하가 자신을 노려보며 말한 순간, 그는 날카로운 무언가가 가슴께를 스치는 듯한 느낌을 받았다. 사실 좋은 사람이라곤 할 수 없겠지만, 그래도 은하에게 대놓고 나쁜 사람이라는 말을 들으니 그렇게 기분이 별로일 수가 없다. 문제는 나쁜 놈을 나쁜 놈이라고 했기로서니 왜 이렇게 기분이 바닥인가 하는 것이었다.

지환은 은하에 대한 제 감정을 다시 한번 생각해보았다. 단순히 어릴 때 알았던 여자애 정도가 아닌 건 확실하다. 자꾸만 습관처럼 은하의 채널을 보게 되고, 가만히 있으면 어느샌가 은하 생각을 하고 있고, 나쁜 놈이라는 말을 들으니까 한없이 우울하고.

불길한 생각이 점점 더 강하게 들었다. 아무래도 이건 더 진행되기 전에 빨리 끊어내야 할 감정이 맞는 것 같은데. 문제는 은하가 쉽게 떨어져나갈 기세가 아니라는 거였다. 유튜브로 보는 것도 피하고 있었는데, 이젠 집에서까지 얼굴을 보게 생겼으니 대체 이 일을 어쩐단 말인가?

동생들에게는 물론 은하에게도 화가 났다.

'우리 같은 놈들하고 엮여서 좋을 게 뭐가 있다고, 저 바보가!'

이제야 지환은 후회하고 있었다.

'처음부터 엮이는 게 아니었는데.'

그러면서도 한편으로는 바로 제집 안, 가까이에 은하가 있다고 생각하니 가슴이 설레는 것을 어쩔 수가 없었다.

이 생각 저 생각 하며 얼마나 앉아 있었을까. 문득 은하가 발소리를 쿵쿵 울리며 거실에 나타나는 바람에, 지환은 엉겁결에 군기 바짝 든 이등병처럼 소파에서 벌떡 일어났다.

'또 나쁜 놈이라고 하려나?'

은근히 겁을 먹는데, 은하의 입에서 엉뚱한 말이 튀어나왔다.

"저하고 내기 하나 하실래요?"

"예?"

"내년 4월에 검정고시가 있을 거예요. 그때까지만 저분들을 가르치게 해주세요."

무슨 소린가 싶어 쳐다보자 은하가 딱 잘라 말했다.

"제가 전원 시험 패스하게 만들게요."

지환은 기가 막혔다. 벌써 10월에 들어섰으니까 내년 4월이면 앞으로 약 반년 후다. 아까 그 자리에 있던 것은 동생들 중에서도 제일 가방끈이 짧은 녀석들이었다. 단순히 머리가 나쁘거나 무식한 게 아니라 아예 공부에 뜻이 없는 놈들이란 말이다. 그런데 초등학교도 아니고 중학교 과정을 반년 안에 가르치겠다니?

말도 안 되는 소리 하지 말라고 대꾸하려는 순간, 은하가 다시 말했다.

"만약 한 사람이라도 떨어지면, 제가 대표님 소원 하나 들어드릴게요."

은하의 말에 오히려 놀란 것은 지환 쪽이었다. 내가 무슨 소원을 말할 줄 알고 겁도 없이? 하지만 그녀는 어디까지나 자신이 있다는 듯한 표정이었다.

"대신 제가 이기면 고등학교 검정고시 과정까지 가르치게 해주세요."

기어이 녀석들을 고졸까지 만들어놓기로 결심한 모양이다. 물론 동생들을 누구보다 잘 아는 지환은, 자신이 질 리 없다는 것도 잘 알았다. 그리고 사람은 자신이 이기는 내기를 마다하지 못하는 법이었다. 결국 지환은 유혹에 지고 말았다.

"지면 뭐든지 들어주는 거, 맞습니까?"

아직은 무슨 소원을 이야기해야 할지 모르겠지만, 일단 이기고는 싶었다.

"물론이에요."

은하가 고개를 끄덕이고는 새끼손가락을 내밀었다. 제 손에 비하면 아기 손 크기만 한 작은 손가락에, 지환은 조심스럽게 손가락을 마주 걸었다.

"계약 성립이에요."

그제야 은하가 처음으로 웃어 보여서 지환은 저도 모르게 안도의 한숨을 내쉬었다. 그 순간, 그녀가 다시 정색을 하고 지환을 쳐다보았다.

"저 가고 난 다음에 저분들 야단치지 마세요."

은하가 협박하듯 말했다.

"그랬다간…!"

무서운 눈빛에, 지환은 긴장해서 침을 꿀꺽 삼켰다.

"다음 주에 올라갈 영상에 나오는 악당 이름을 서지환이라고 붙여버릴 거예요."

결국 지환은 괘씸한 동생들에게 아무 벌도 주지 못했다. 아까 '나쁜 사람'이라는 말을 듣고 나서 깨달았으니까.

…왠지 몰라도, 저 애한테 나쁜 놈 취급을 받으면 그렇게 속상

하더라고. .

♤ ♥ ♧

"왜 배우겠다는 사람들을 못 하게 해요? 열심히 하라고 격려는
못 해줄망정!"

누님이 큰형님한테 대드는 걸 본 순간 덩어리들은 간이 콩알만
해졌다. 서지환이 누구인가. 여태 같은 건달들 사이에서도 전설처
럼 전해지는 전투력의 소유자 아닌가?

그런데 한 주먹, 아니 한 손가락 거리도 안 되는 여자가 도끼눈
을 뜨고 큰형님에게 대들고 있으니 보는 사람이 다 간담이 서늘
했던 것이다. 물론 큰형님께서 여자를 때리실 분은 아니지만, 혹
시나 욱하는 성질에 머리보다 주먹이 먼저 움직이기라도 했다간
누님은 최소 전치 12주 확정이었다. 감히 큰형님 하시는 일을 말
릴 수도 없고, 그렇다고 미래의 형수님이 입원하는 꼴을 볼 수도
없고.

'이걸 말려야 하나?'

속으로 치열하게 갈등을 때리던 덩어리들은, 그러나 큰형님이
선생님한테 야단맞은 초등학생처럼 풀이 죽는 걸 보고 금세 기억
해냈다.

'아, 맞다. 누님 실력이 무시무시했지!'

겉보기에는 어디까지나 평범한 여자 같아서 그만 깜빡하고 있었
다. 첫 만남에서 큰형님을 입원시켜버렸던 누님의 화려한 전적을!

"수업 방해하지 말고 당장 나가요!"

역시나 누님에게 야단을 맞은 큰형님은 대꾸 한마디 변변히 하지 못한 채 어깨가 축 늘어져서 쫓겨났다. 큰형님을 따른 이래 단연코 처음으로 보는 약한 모습에, 덩어리들은 한층 더 은하에게 경외심을 품었다.

물론 큰형님이 누님한테 쫄았지 자기들에게 쫀 건 아니므로, 덩어리들은 수업 내내 조마조마해하고 있었다. 수업 끝나고 된통 깨질 게 뻔했기 때문에. 손을 씻은 이후로 지환은 절대 폭력을 쓰지 않았지만, 벌을 주는 방법이 비단 폭력만 있는 건 아니었다. 지금은 개과천선했다 해도 워낙 나쁜 생활에 익숙한 이들이었다. 가끔은 예전으로 돌아가고 싶은 유혹이 들기도 했고, 일탈에 가까운 행동을 할 때도 있었다. 그럴 때마다 큰형님은 가차 없이 가혹한 운동 - 을 빙자한 기합 - 으로 다스렸다. 다시 나쁜 길로 빠지지 않게 하려는 사랑의 채찍이란 건 알았다. 하지만 어찌나 힘든지 맞는 데는 이골이 나 있는 덩어리들로서는 차라리 맞는 게 낫겠다 싶을 때도 많았다.

'선착순 시키시겠지?'

'버피 아닐까요?'

수업 내내 덩어리들은 저희들끼리 걱정스러운 눈빛을 교환했다.

"잠깐만 그대로 앉아들 계세요."

은하 누님께서는 수업을 마친 후 방을 나가시더니 잠시 후 돌아와서 이렇게 말씀하셨다.

"큰형님이 야단 안 치실 거니까 걱정하지 마세요."

덩어리들은 설마, 하고 생각했다. 저희들이 저지른 짓은 말하자면 반역과도 같은 거였다. 큰형님이 대놓고 '그 여자 얘기 꺼내지 마라'고 하셨는데, 집 안에까지 끌어들이지 않았나. 옛날 조직 생활하던 시절이었다면 보스를 배반한 죄로 한나절은 차에 묶여 끌려다녔을 것이다.

그런데 이게 무슨 조화인가. 큰형님은 수업을 마치고 나오는 덩어리들을 잡아먹을 듯 노려보기만 할 뿐, 끝내 아무 벌도 내리지 않았다!

'대체 누님이 뭐라고 하셨기에?'

이유는 알 수 없었지만 어쨌든 은하가 자기들 목숨을 살려준 거나 다름없었다.

'역시 우리 형수님은 오로지 은하 누님뿐!'

덩어리들의 가슴속에 은하에 대한 존경심이 다시 한번 활활 타올랐다.

♤ ♥ ♧

과외를 하러 오는 길에 사실 은하는 속으로 은근히 기대했었다. 서지환 씨가 날 보면 뭐라고 할까?

'그렇지 않아도 연락하고 싶었는데, 혹시 싫어하실까 봐 못 하고 있었습니다.'

이러면서 반가워하지 않을까 생각했는데, 현실은 정반대였다.

— 은하 씨 댁에 모셔다 드리고 와라. 그런 다음에 이야기하자.

제 얼굴을 보고도 반갑다든가, 잘 지냈느냐는 말 한마디는커녕 험악한 얼굴을 하며 당장 꺼지라는 식으로 말하는 거였다. 마치

잡상인이라도 대하는 것처럼!

지환의 태도에 은하는 진심으로 화가 났다. 마지막으로 만난 후, 틈만 나면 그를 떠올리곤 했던 자신이 창피했다.

'이럴 거면 애초에 왜 1억씩이나 쥐가면서 세 번 만나달라고 한 거야?'

오기로라도 가르쳐야겠다고 은하는 생각했다.

'내가 그만두나 봐라. 와줄 거야, 일주일에 두 번씩. 꼬박꼬박!'

물론 집주인은 어디까지나 지환이므로 그의 허락 없이는 안 될 일이었다. 어떻게 허락을 받을까, 머리를 짜낸 끝에 나온 것이 바로 내기였다.

— 만약 한 사람이라도 떨어지면, 제가 대표님 소원 하나 들어 드릴게요.

첫 수업에서 간단히 테스트를 해본 결과 덩어리들의 수준은 참담했다. 그들 중에서도 제일 가방끈이 짧은 자들만 모였다곤 하지만, 진짜로 학력이 초등학생 이하였다.

– 큰형님이 눈을 부릅이신다.
– 야옹이파 놈들에게 침영타를 이펴다.

잠시 이 사람들이 웃기려고 이러나, 하고 의심했을 정도였다. 받아쓰기가 이 지경이니 기본적인 사칙연산이라고 제대로 될 리 없었다. '17+8'을 계산해보라고 하자 각자 연필을 놓고 손가락을 꼼지락거리다가, 하나둘씩 아래를 쳐다보는 거였다.

'아니, 손가락은 그렇다 치고 바닥은 왜 쳐다봐?'

자세히 보니 발가락을 꼼지락거리고 있어서, 복리계산도 암산으로 해내는 은하는 한참 동안 말을 잃었다.

'정말로 유치원생들이라고 생각하고 가르쳐야겠구나.'

그렇게 생각하니 오히려 마음이 편해졌다. 유아들을 대하는 게 바로 은하의 전문 분야 아닌가. 문제는 이 유아 수준의 어른들을 반년 안에 중학교 졸업생 수준까지 끌어올려야 한다는 거였다.

— 계약 성립이에요.

손가락까지 걸고 나서 밖에 나오자 비로소 정신이 번쩍 들었다.

'아니, 대체 그 사람이 무슨 소원을 말할 줄 알고?'

홧김에 질러놓고 뒤늦게 은하는 머리를 감쌌다. 어쨌든 뒷일이 무서워서라도 질 수 없는 내기가 되어버렸다.

'열심히 가르치면 잘될 거야. 세상에 해서 안 되는 게 어딨어?'

하지만 바로 그다음 수업에서 은하는 깨닫게 되었다.

— 아니, 저 녀석들이 공부 따위를 할 놈들이 아니….

지환의 말에 거짓말 따윈 한 점도 없었다는 것을.

♠ ♥ ♣

일영에게 물으니 수업은 일주일에 두 번, 화요일과 토요일에 한단다. 최대한 마주치고 싶지 않아서, 지환은 은하가 수업을 하러 오는 시간에는 방에만 틀어박혀 있기로 결심했다. 얼굴만 안 보면 그녀가 집에 오든지 말든지 상관없지 않겠는가.

…첫날에는 분명 그렇게 결심했다는 얘기고, 현실은 마음처

럼 되지 않았다. 은하가 두 번째로 수업을 하러 오는 날, 지환은 아침부터 안절부절못했다. 방에 틀어박혀 있기로 결심한 주제에 거울은 왜 자꾸 보게 되는지 모를 일이었다.

"오셨습니까, 누님!"

드디어 밖에서 우렁찬 인사 소리가 들려오는 순간부터는 도저히 진정이 되지 않아 앉아 있을 수조차 없었다. 은하는 어떤 식으로 수업을 할까. 어떻게 웃고, 어떻게 말할까. 방 안을 끝없이 서성거리다 정신을 차려보니, 어느새 길고양이처럼 몰래 복도에 나와서 엿듣고 있었다.

"아하하하!"

갑자기 방 안에서 은하의 웃음소리가 터져나오는 바람에, 지환은 저도 모르게 주먹을 불끈 쥐었다.

'대체 녀석들이 뭐라고 했길래 저렇게 웃지?'

지금 이 순간, 은하와 마주 앉아서 그녀의 웃는 얼굴을 보고 있을 동생들이 너무나도 얄밉고, 또 견딜 수 없이 부러웠다.

'나도 같이 공부해도 됩니까?'

금방이라도 들어가서 수업에 끼고 싶어지는 자신을 깨닫고, 지환은 화들짝 놀라 도망치듯 그 길로 집을 나와버렸다. 이대로 집안에 있다가는 정말 그렇게 말해버릴 것 같아서.

♠ ♥ ♣

덩어리들은 학력뿐 아니라 집중력도 유아에 준했다.

"'선영이는 개 여섯 마리를 키우는데 일주일에 사료를 세 포대씩 먹습니다. 그러면 한 달에 몇 포….' 야, 근데 개 여섯 마리가 일주일에 사료를 세 포대씩이나 먹냐?"

"개가 돼지같이 처먹나 봅니다, 형님."

"그럼 개돼지네."

겨우 한두 문제 푸는 척을 하다가 금세 딴소리를 시작하는 거였다. 참고로 첫날 잘못 받은 과외비는 40만 원만 남기고 모두 돌려주었는데, 이럴 거면 왜 그 많은 돈을 쥐가면서 과외를 해달라고 한 건지 이해가 안 갈 지경이었다.

"자, 옆 사람하고 떠들지 말고 문제에 집중…."

'애애애애앵.'

갑자기 어디선가 귀청이 터질 듯한 사이렌 소리가 들려오는 바람에 은하는 하마터면 심장이 멎을 뻔했다.

"불났나 봐요!"

일영이 긴장한 얼굴로 대꾸했다.

"긴급 소집 명령입니다."

뒤이어 문이 활짝 열리더니 사색이 된 덩어리 하나가 헐레벌떡 뛰쳐들어왔다.

"형님들, 큰일 났습니다! 밀리고 있습니다!"

일영이 이를 갈며 물었다.

"몇 마리나 되는데?"

"한 백 마리 정도가 한꺼번에 들이닥친 모양입니다."

은하는 생각만 해도 숨이 넘어갈 것 같았다.

'맙소사, 조폭이 백 명이라고?'

얼굴이 굳어진 일영이 재빨리 물었다.

"큰형님은?"

"모르겠습니다. 아까까지 분명히 계셨는데, 그새 어디 가셨는지 아무 데도 안 보입니다. 전화도 안 받으시고요. 집 안에 안 계신 모양입니다."

일영이 급하게 명령했다.

"전원 연장 챙겨서 나오라고 해. 차 대기시키고!"

아마도 지환이 없을 때는 비서인 일영이 지휘하는 모양이었다.

"예!"

보고하러 왔던 덩어리가 뛰쳐나가자 은하와 공부하던 덩어리들도 자리를 박차고 일어났다.

"어제 미리 칼을 갈아놓기를 잘했지."

"아주 그냥 뼈와 살을 확 분리해버릴랑게."

관절에서 뚜둑뚜둑 소리를 내며 하는 말에 온몸에 소름이 쪽 끼쳤다. 주인 없는 집에 혼자 남아 있을 이유도 없으므로, 은하도 뛰쳐나가는 덩어리들을 따라서 얼결에 밖으로 나왔다.

이 집에는 총 열두 명이 산다고 했었다. 대문 앞에 서 있는 미니버스에, 지환을 제외한 덩어리 열한 명이 하나씩 올라타기 시작했다. 꼭 싸워야 하느냐, 경찰에 신고하면 안 되겠느냐고 어떻게 말려보려는데 갑자기 일영이 말했다.

"타시죠, 누님."

"예? 저요?"

은하는 기겁을 했다. 조폭들끼리 붙는데 내가 왜 가?

"사람 하나가 아쉬운 상황입니다. 누님도 가서 좀 도와주십쇼."

"아니, 제가 뭘 할 줄 안다고요!"

그러고 보니 전에도 일영이 비슷한 부탁을 했던 게 기억이 났다. 야옹이파 조직원들이 지환의 사무실로 떼를 지어 쳐들어왔을 때, 일영이 은하의 귀에 속삭이지 않았던가.

— 어떻게 좀 해보쇼.

그러고는 다짜고짜 등을 떠미는 바람에 그만 무기를 든 야옹이파 조직원들과 정면으로 맞서야 했다. 이제야 은하는 어렴풋이 알아차렸다. 말끝마다 누님, 누님 해가면서 깍듯이 받들어 모시는 것도 그렇고, 이 사람들은 나에 대해서 뭔가 단단히 착각을 하고 있는 모양이다.

"저기, 뭘 잘못 아신 거 같은데 저는 그냥 평범한⋯."

그러나 은하는 채 말을 끝내지도 못했다. 일영이 다짜고짜 팔을 잡아채더니 그대로 은하를 버스에 태워버렸기 때문에!

문을 닫자마자 일영은 운전석에 앉은 덩어리에게 말했다.

"출발시켜."

이렇게 어린이들의 친구 미니 언니는, 졸지에 백 명의 조폭들(?)과 한판 붙으러 가는 신세가 되고 말았다.

♤ ♥ ♧

죽음을 향해 거침없이 질주하는 미니버스 안에서 은하는 치열하게 머리를 굴렸다.

'일단 진정하자, 진정. 호랑이에게 물려가도 정신만 차리면 산

다고 했잖아?'

목숨이 위험해지자 제일 먼저 떠오르는 것은 현우였다.

'현우 오빠를 찾기도 전에 죽을 순 없지!'

은하는 마음을 독하게 먹었다.

'지난번처럼 최면을 걸어볼까?'

하지만 금세 고개를 저었다.

'분명히 상대는 야옹이파일 텐데, 그 사람들도 바보가 아닌 이상 두 번 속겠냐. 그럼 경찰에 신고할까? 안 돼. 신고하면 우리 쪽 사람들도 같이 잡혀갈 거 아냐.'

어느덧 자연스럽게 야옹이파를 적으로, 지환과 그 부하들을 내 편으로 생각하고 있는 자신을 깨닫고, 은하는 흠칫 놀랐다. 둘 다 조폭이긴 마찬가진데 왜?

'야옹이파는 해도 해도 너무 나쁜 놈들이니까, 그래도 덜 나쁜 쪽이 나은 거지.'

금세 자신을 합리화하고, 은하는 고민을 계속했다.

'괜히 서로 피 흘리지 말고 수학으로 대결해보자고 할까? 픽이나 하자고 하겠다. 이 사람들 수준이라는 게 4, 8에 36인데. 그럼 미인계를 써봐? 미인계는 미인이 쓰는 거고, 멍청아!'

좀처럼 뾰족한 수는 생각나지 않았고, 그러는 사이에 그만 버스는 목적지에 도착하고 말았다. 어떻게든 버스에 남아보려고 자리에 앉은 채 은근슬쩍 뭉갰지만 역시나 이번에도 일영이 가차 없이 팔을 잡아끌었다.

"가시죠, 누님!"

이제는 어쩔 수 없다. 은하는 울며 겨자 먹기로 일영에게 떠밀려 버스에서 내렸다.

눈앞에는 커다란 탑차가 서 있었다. 운전석에서 사람이 내리더니 뒤로 돌아가서 탑차의 빗장을 열었다. 드디어 문이 활짝 열리고, 그 안에서 나타난 것은 흉기로 무장한 조폭 떼거리!

…가 아니라 가지런히 쌓여 있는 수십 개의 커다란 돼지고기 덩어리였다.

"…?"

은하가 제 눈을 의심하고 있는데, 일영이 어슬렁어슬렁 다가가서 불평을 했다.

"아니, 이 양반들아, 우리도 주말엔 좀 쉬어야지. 이렇게 갑자기 왕창 신고 들이닥치면 어떡하자는 거요? 한두 마리도 아니고."

상대가 허리를 굽실거렸다.

"죄송합니다. 갑자기 나라에서 양돈장에 무슨 전수조사를 들어온다고 해서, 신고한 두수 이상으로 사육하던 농장들이 죄다 비상이 걸렸어요. 갑자기 수십 마리씩 신고 들이닥치는 바람에 저희 도축장도 아주 지금 생난리가 났습니다."

이게 다 무슨 소리야. 멍해 있던 은하는 한참 후에야 진실을 깨달았다.

— 밀리고 있습니다!

작업량 얘기였냐.

— 한 백 마리 정도가 한꺼번에 들이닥친 모양입니다.

돼지 얘기였냐.

— 아주 그냥 뼈와 살을 확 분리해버릴랑게.

발골 작업 얘기였냐!

그렇다, (주)목마른 사슴은 말 그대로 진짜 육가공회사였던 것이다.

"자, 자, 뭐 하고 섰냐, 움직여야지!"

일영의 지시에 덩어리들이 일제히 달려들어 4등분한 돼지 지육을 탑차에서 내리기 시작했다.

"들어가시죠, 누님."

막내 덩어리, 민규가 은하를 데리고 공장으로 들어갔다.

은하의 상상 속 목마른 사슴의 분위기는 이러했다. 어두침침한 푸른색 조명이 찌직대는 소리와 함께 가끔씩 깜빡거리는 가운데, 피투성이 비닐이 아무렇게나 깔린 작업대 앞에서, 더러운 앞치마를 두른 험상궂은 작업자들이 담배를 문 채로 수상한 고기를 자르고 있는.

그러나 정작 눈앞에 펼쳐진 광경은 전혀 달랐다. 눈부시게 밝은 조명 아래 은빛으로 반짝이는 작업대 앞에서 새하얀 위생모와 방진복, 하얀 마스크에 장화까지 신은 사람들이 바쁘게 일하고 있었다. 어딜 봐도 티끌 하나 눈에 띄지 않을 정도로 청결해서 마치 반도체 공장 같은 분위기였다. 은하 역시 작업자들과 똑같은 복장을 하고, 세균세척기를 거친 후 몇 번의 에어샤워까지 통과하고 나서야 겨우 안으로 들어올 수 있었다.

사훈: 뼈에서 살을!

벽에 커다랗게 쓰인 글자 아래서, 방금 은하를 데리고 들어온 민규가 방진복 위에 비닐 앞치마를 두른 채 가방을 열어 날카로운 칼을 꺼냈다.

'칼 갈아놨다는 게 저거였구나.'

허무하게 생각하는데 갑자기 누가 은하의 등짝을 찰싹 때렸다.

"아얏!"

놀라고 아파서 비명을 지르며 돌아보자, 40대 후반쯤으로 보이는 아줌마가 서 있었다.

"신입인가 벼?"

가해자는 은하가 뭐라고 대꾸하기도 전에 팔을 붙잡더니 막무가내로 잡아끌고 어디론가 갔다.

"바빠 죽겠는데 멍하니 서서 뭐 햐, 어여 일루 와!"

♤ ♥ ♧

물론 덩어리들이 은하를 데려온 것은 일을 돕게 하기 위해서가 아니었다. 물량이 갑자기 밀려들었으니 일손이 모자란 건 사실이지만, 하늘 같은 예비 형수님께 공장 일 따위를 시킬 리 없지 않은가. 그들의 꿍꿍이는 따로 있었다.

"이참에 누님도 모셔가서 공장 구경을 시켜드리면 어떨까요, 형님?"

긴급 소집 명령으로 정신없는 와중에 덩어리 하나가 기발한 아이디어를 냈던 것이다.

"공장을 보시면 누님이 큰형님께 관심이 생길지도 모르지 않습니까?"

큰형님도 누님에게 관심이 없으시지만 그건 누님 역시 마찬가지인 것 같았다. 어디 사는 어떤 놈인지 모르지만 어쨌든 결혼할 남자도 있다고 하니까. 물론 덩어리들은 수단과 방법을 가리지 않고 은하 누님을 형수님으로 모실 생각이었다. 유사시 그 약혼자란 놈에게 뒷공작을 해서라도!

이제 가게 될 공장은 경기도에 있는데, (주)목마른 사슴의 공장 세 곳 중에서도 제일 최근에 지은 데라 설비도 최신식이고 부지도 아주 넓었다. 공장부지 부근에 갑자기 대규모 개발계획이 잡히는 바람에, 공장을 짓기도 전에 땅값이 하루아침에 열 배 가까이 오르기도 했다. 뚝심 있는 큰형님께서는 여기저기서 팔라는 유혹을 뿌리치고 원래 계획대로 공장을 지으셨지만. 즉 부지값만도 수백억대에 달하는 공장이었다.

"오, 좋은 생각이다!"

덩어리들은 무릎을 탁 쳤다. 우리 큰형님이 이렇게 능력 있는 남자라는 걸 알릴 수 있는 기회 아닌가.

"모시고 가서 공장 구경도 좀 시켜드리자."

"옆에서 땅값도 슬쩍 흘리고."

문제는 야심 차게 모셔온 누님이, 지육 하차 작업을 하는 동안에 그만 없어진 거였다.

"은하 누님은?"

"이상하다. 아까까지 여기 계셨는데요?"

놀란 덩어리들이 주위를 두리번거렸지만 은하는 온데간데없었다.

"냉동 창고 쪽에라도 가셨나?"

덩어리 하나가 그렇게 말하는 순간, 갑자기 누군가가 아! 하는 소리를 냈다. 바로 막내 민규였다.

"형님들."

시선이 집중되자 막내가 눈을 빛냈다.

"제가 방금 아주 좋은 생각이 났습니다."

♠ ♥ ♣

은하가 영문도 모른 채 끌려가서 도착한 곳은 공장 맨 구석이었다. 열 명가량의 사람들이 일렬로 서서 고기를 진공포장하고 있고, 그 옆의 작업대에서는 포장을 마친 고기에 라벨을 붙이고 있었다.

"자, 신입은 쉬운 것부터 해."

은하는 엉겁결에 라벨 작업을 맡게 되었다.

'나는 누구, 여긴 어디?'

반쯤 멍해진 상태로 라벨을 붙이고 있는데 옆에서 방금 은하를 데려온 아줌마가 은근히 물었다.

"근데 아가씬 아직 서른도 안 돼 보이는데, 어떻게 갔다 왔어?"

"네? 어디를요?"

"어딘 어디야, 학교*지."

은하는 곧이곧대로 대답했다.

"수능 보고 들어갔는데요?"

아줌마가 놀란 듯이 잠시 손을 멈췄다.

• '감방'의 속어.

"수능? 아니, 대체 수능 보다가 뭔 짓을 했길래 학교를 갔대?"

뭔 짓을 하긴, 문제 풀었지. 은하가 의아해하고 있자 옆에 있던 다른 아주머니가 거들어줬다.

"아유, 뭘 그렇게 꼬치꼬치 물어쌌고 그래? 각자 다 사연이 있는 거지."

"하긴 그렇지."

그제야 아줌마는 질문을 멈추고 타이르듯 말했다.

"하여튼 아가씨도 앞으론 맘 꽉 다잡고 열심히, 착하게 살아. 우리 대표님이 과거는 탓하지 않으셔도, 다시 나쁜 짓을 하면 절대로 용서 않는 분이시니까."

대표님이라는 말에 은하는 별생각 없이 되물었다.

"서지환 씨 말이죠?"

그 순간, 주변에 있는 모든 사람들이 일제히 손을 멈추고 이쪽을 쳐다보았다.

"아니, 누가 그렇게 대표님 이름을 막 불러싸?"

"젊은 아가씨가 버릇이라곤 없구먼."

누가 보면 무슨 5대조 할아버지 이름이라도 부른 줄 알겠다. 아니, 서지환 씨를 서지환 씨라고 불렀기로서니 이 반응은 뭔가 싶었지만, 은하는 일단 눈치 빠르게 사과부터 하고 봤다.

"죄송합니다. 제가 처음이라 아직 뭘 잘 몰라서요."

그제야 분위기가 조금 부드러워지고, 사람들은 다시 작업을 재개했다. 옆에서 아줌마가 위로하듯 말했다.

"아가씨가 이해해. 우리한텐 대표님이 워낙 은인 같은 분이시라 그래."

이쯤 되자 은하는 궁금해서 견딜 수가 없었다. 아무래도 서지환은 진짜 멀쩡한 육가공회사 사장이 맞는 거 같은데, 본인이나 주위 사람들 분위기는 또 영락없이 조폭인 이유가 뭘까.

"저기 서지…, 아니 대표님 말이에요. 원래 뭐 하셨던 분이세요?"

은하의 물음에 아줌마가 저만치서 진공 작업 중인 늙수그레한 남자를 턱짓으로 가리켰다.

"그거는 저기, 반장님한테 물어보면 잘 알아. 반장님! 여기 신입 교육 좀 해줘요."

"아이참, 바빠 죽겠구먼."

입으로는 투덜거리면서도, 아저씨는 기다렸다는 듯이 일손을 멈추고 은하에게 다가왔다. 반짝이는 눈빛이 심상치 않아서, 어디서 이런 눈빛을 본 기억이 난다 했더니 바로 그거였다. 최애 아이돌에 대한 얘기가 나왔을 때의 덕후의 눈빛!

걔네 이번 신곡 괜찮더라, 하고 별생각 없이 한마디하면 신이 나서 끝없이 떠들기 시작하는 것이다. 우리 아무개는 이렇게 노래를 잘하고, 무슨 무슨 상을 받았으며, 해외 유명 전문가에게 극찬을 받았고, 보컬뿐 아니라 댄스 실력도 뛰어나며, 성격은 또 얼마나 십덕이 터지는지 어쩌고저쩌고.

역시 이 아저씨도 마찬가지였다.

"원래 저어기 서울 서남부 지역에 불독파라고, 유명한 조직이 있었다 이거여. 우리 대표님께서 바로 불독파 보스의 외아들이신데…"

그렇게 시작된 이야기는 장장 한 시간 동안 계속되었다.

♤ ♥ ♧

은하를 피하기 위해 밖에 나갔던 지환은 세 시간쯤 후에 집으로 돌아왔다. 이때쯤이면 충분히 수업 끝나고 집에 갔겠지, 하고 생각했는데 집 안이 쥐 죽은 듯이 조용했다. 아예 집이 텅 빈 것이다. 놀라서 제 방에 두고 나갔던 휴대폰을 체크해보니 일영에게서 부재중 통화가 수도 없이 찍혀 있었다.

대체 무슨 일이 생긴 걸까. 조마조마해하며 전화를 걸자 잠시 후에 일영의 목소리가 들려왔다.

"예, 형님!"

"다들 어딜 간 거야?"

"저희 지금 경기도 공장입니다, 형님!"

"음? 거긴 왜 갔는데?"

"갑자기 돼지가 백 마리나 들어오는 바람에…."

설명을 듣고 지환은 안도의 한숨을 내쉬었다.

"난 또, 자리 비운 사이에 무슨 일이라도 난 줄 알았다."

"일은 무슨 일이 있겠습니까? 누님이 저희 곁에 버티고 계신데."

일영이 천하에 든든하다는 듯이 하는 대답에, 지환은 흠칫했다.

"누님이라니?"

지환은 저도 모르게 휴대폰을 다른 쪽 귀로 고쳐대며 다그쳤다.

"은하 씨를 거기 데려갔다는 거야?"

"예, 형님. 고양이 손이라도 빌려야 할 판이라 좀 모셔왔습니다."

맙소사, 하고 지환은 관자놀이를 감쌌다. 미니 언니를 데려다가 공장 일을 시키다니!

"당장 도로 댁에 모셔다 드려."

"형님도 참, 지금 여기 완전히 비상인데 제가 자리를 어떻게 비웁니까?"

"그럼 다른 녀석한테라도 모셔다 드리라고 해."

"다른 애들도 다 마찬가집니다, 형님. 지금 숨도 못 쉬고 작업 중인데요."

평소 같으면 순순히 따랐을 일영이, 오늘은 이상할 정도로 뻗댔다.

"정 그러시면 형님이 직접 오시는 수밖에 없겠습니다."

결국 지환은 한숨을 내쉬었다.

"알았다. 내가 간다."

♠ ♥ ♣

두 시간쯤 라벨 작업을 계속했을까, 슬슬 팔이 아파올 때가 되자 일영이 나타났다.

"여기 계셨습니까? 누님."

은하를 향해 정중하게 고개를 숙이는 일영을 보고, 같이 일하던 사람들이 놀란 눈초리로 은하를 쳐다보았다.

'대체 뭐 하는 아가씨야?'

표정에 그렇게 쓰여 있어서 은하는 살짝 궁금해졌다. 내가 대표님이랑도 아는 사이라는 걸 알면 이 사람들이 뭐라고 할까?

"일영 씨, 저 라벨 되게 많이 붙였어요!"

자랑삼아 얘기하는데 일영은 왠지 심각한 표정이었다.

"지금 이러고 계실 때가 아닙니다, 누님."

"네? 왜요?"

"드릴 말씀이 있으니 같이 좀 가시죠."

은하는 영문도 모르고 일단 따라갔다.

"무슨 일이에요?"

"누가 듣기라도 하면 큰일입니다. 조용한 데 가서 얘기하시죠."

일영이 은하를 데려간 곳은 커다란 창고였다. 문을 열자마자 냉기가 확 끼쳐와서 냉동 창고라는 걸 알 수 있었다. 역시나 안에는 돼지고기 덩어리들이 여기저기 걸려 있었다.

"아니, 무슨 얘긴데 그래요?"

안에 들어가자마자 물었는데 일영은 대답 대신 엉뚱한 소리를 했다.

"잠깐만 여기 계십쇼. 곧 오겠습니다."

"네?"

당황해서 되물었지만 일영은 이미 잰걸음으로 창고를 나가고 있었다.

혼자 남으니 갑자기 으스스해졌다. 조명도 어둡고, 여기저기 고깃덩어리도 걸려 있고, 거기다 춥기까지 하고.

'대체 뭐 하자는 거야?'

소름이 돋기 시작한 팔뚝을 문지르며 생각하는데 다행히도 금세 다시 문이 열렸다. 다급히 뛰어들어오는 사람이 일영이 아닌 엉뚱한 사람이어서 은하는 깜짝 놀랐다.

"어, 대표님?"

왠지 다급한 표정을 한 지환은 은하를 보더니 흠칫했다.

"은하 씨, 괜찮으십니까?"

"네? 제가 왜요?"

지환이 당황한 듯이 물었다.

"쓰러지신 거 아니었습니까?"

"저 멀쩡한데요?"

지환의 얼굴이 굳어졌다.

"…이놈들이."

그가 뇌까리는 동시에 어디선가 철컥하는 소리가 났다. 문이 잠기는 소리가.

♠ ♥ ♣

"제가 방금, 아주 좋은 생각이 났습니다."

막내 민규가 설명하기 시작했다.

"왜 영화에서 보면 그런 장면이 있지 않습니까? 젊은 남녀가 눈보라 속에 갇혀서 얼어 죽게 생기자 서로의 체온을 유지하기 위해…!"

민규는 그 이상 말하지 않고 대신에 의미심장하게 눈짓을 했다. 공부라면 질색이지만 이런 건 또 찰떡같이 잘 알아듣는 덩어리들이었다.

"아이 추워, 이러다 얼어 죽기라도 하면 오또카징?"

덩어리 하나가 콧소리를 섞어 말하자 다른 덩어리가 방진복 위로 단추를 푸는 시늉을 하며 목소리를 착 깔았다.

"이리 와."

"아이참, 부끄럽게 왜 이러세용."

"얼어 죽고 싶어?"

그러면서 터프하게 확 끌어당겨 품에 안았다. 형님들의 열연에 막내가 손뼉을 쳤다.

"바로 그거죠!"

방금 껴안았던 덩어리 둘이, 다음 순간 차마 못 할 짓을 했다는 듯 다급히 서로를 밀쳐내고는 정색을 했다.

"그런데 이게 뭐?"

"큰형님이랑 누님이 그 상황이 되면 어떨까 하는 거죠."

덩어리들이 일제히 눈을 흘겼다.

"이 자식이 날도 더운데 무슨 눈보라 타령이야?"

막내가 척하고 검지를 세웠다.

"우리에겐 냉동 창고가 있지 않습니까?"

그 순간 모두의 머릿속에 똑같은 장면이 떠올랐다.

"꺄아아아아!"

덩어리들은 소녀처럼 두 손으로 뺨을 감싸며 좋아했다.

"한 가지 문제가 있다."

잠시 후 일영이 심각한 얼굴을 했다.

"다 좋은데, 큰형님이 나오신 후에 우리를 살려두실 거 같으냐?"

덩어리들은 고민했다. 좋은 생각이긴 한데 실행 시 목숨은 버려야 하는 것이다.

"목숨은 하나밖에 없는데 그만두죠, 형님."

"큰형님도 한 분밖에 안 계시다."

목숨이냐, 큰형님의 장가냐! 뭣이 중헌가, 치열하게 고민하다 덩어리들은 구국의 결단을 내렸다.

"좋아. 가는 거다."

일단 결정하자 모의는 순조롭게 진행되었다.

"그런데 진짜 냉동 창고에 가뒀다가 자칫 결혼식보다 장례식 먼저 보는 거 아니냐?"

"해동실이면 되지 않겠습니까?"

"오, 좋아. 마침 어제 대부분 숙성실로 옮겨놨으니까 거의 비었을 거고."

일영이 고개를 끄덕였다.

"그럼 나는 큰형님 도착하실 때쯤 맞춰서 은하 누님을 해동실로 모시고 가겠다. 너는 큰형님 오시거든…."

♤ ♥ ♧

"…이놈들이."

지환은 이를 갈았다. 공장에 도착해서 방진복으로 갈아입으려 하는데, 동생 한 명이 헐레벌떡 뛰어오더니 외쳤던 것이다.

"큰형님, 큰일 났습니다!"

"왜 그래?"

"은하 누님이 냉동 창고에서 쓰러지셨습니다!"

"뭐?"

놀라서 방진복이고 뭐고 내던지고 단숨에 달려왔는데, 정작 은하는 멀쩡하지 않은가.

"쓰러지신 거 아니었습니까?"

"저 멀쩡한데요?"

지환은 속았다는 걸 깨달았다. 하긴 은하가 냉동 창고에서 쓰러졌으면 저희들이 업고 나왔겠지 굳이 나를 불렀을 리가. 조금만 생각해봐도 뻔한 거짓말인데, '은하'와 '냉동 창고', 그리고 '쓰러졌다'는 단어에 그만 눈이 확 돌아서 낚이고 만 것이다. 깨달았을 때는 이미 밖에서 문이 잠긴 후였다.

"설마 우리, 여기 갇힌 거예요?"

지환의 표정을 보고 그제야 사태를 알아챘는지 은하가 깜짝 놀라며 주머니를 더듬어 휴대폰을 찾는 시늉을 했다. 물론 방진복 차림이니 휴대폰이 있을 리 없었다.

"아 참, 아까 사물함에 넣었지. 대표님 휴대폰 없으세요?"

"있지만 소용없을 겁니다."

냉동 창고는 사방이 두꺼운 철판으로 둘러싸여 있어서 전파가 통할 리 없었다. 역시나 휴대폰을 꺼내보니 안테나가 모두 죽어 있었다.

"그럼 어떡해요?"

그제야 은하는 더럭 겁이 난 듯했다.

"우리 얼어 죽는 거예요?"

"여기는 해동실이니까 그런 일은 없을 겁니다."

이 냉동 창고는 냉동실, 해동실, 숙성실 등 여러 공간으로 나뉘어 있고, 그중 이들이 갇힌 곳은 해동실이었다.

"냉동실은 영하 20도 이하지만 여기는 영하 2도 정도밖에 안 됩니다."

게다가 은하는 전신 방진복을 입은 상태였다. 품질을 위해 공장 전체를 낮은 온도로 유지하고 있기 때문에 방진복에도 어느 정도 보온 기능이 들어가 있다. 어쨌든 추운 곳이니까 오래 있으면 저체온증이 와서 위험하겠지만, 죽이려고 가둔 게 아니니 그 전에 꺼내줄 거였다.

"어쩐지 냉동실치곤 덜 춥다 했네요."

그제야 은하는 조금 마음을 놓은 듯했다.

"그런데 일영 씨가 왜 이런 짓을 했을까요?"

은하가 얼마나 어이없어할까 싶어서 지환은 차마 사실대로 대답할 수가 없었다.

'녀석들이 저하고 은하 씨를 엮으려고 한 짓입니다.'

대답을 못 하고 있었더니 은하가 문득 헉, 하고 숨을 들이쉬었다.

"혹시 일영 씨가 야옹이파에 매수당했다거나, 그런 거 아녜요?"

동그래진 눈이 귀여워서 지환은 웃음을 꾹 참았다.

"며칠 전에 기합을 좀 심하게 줬더니 이러나 봅니다. 녀석들이 장난기가 심해서요."

짚이는 게 있는지, 은하가 후회스러운 얼굴을 했다.

"저는 숙제를 너무 많이 내준 게 문제였나 봐요."

"어쨌든 추워도 조금만 참으십시오. 곧 와서 꺼내줄 겁니다."

그렇게 말하고, 지환은 은하와 일부러 멀리 떨어져서 구석에 앉았다. 녀석들이 원하는 바대로 움직여주고 싶지는 않았으니까.

♤ ♥ ♧

얼마 못 가서 서서히 몸이 으슬으슬 떨리기 시작했다. 지환은 말없이 저만치 구석에 앉아 있을 뿐 가까이 다가오려고도 하지 않았다.

조용한 그의 옆얼굴을 보며, 은하는 아까 반장 아저씨가 해준 이야기를 떠올렸다. 장장 한 시간에 걸쳐서 들은 이야기를 한 줄로 요약해보면 이랬다. 그러니까 전직 보스이긴 한데, 지금은 부하들과 함께 회사를 차려 새 삶을 살고 있다는 거다. 이 회사는 전과자를 갱생시키는 공로로, 정부에서 사회적 기업으로 정식 인증까지 받았다고 한다. 즉 현재 서지환은 조폭 보스가 아니라, 건실한 회사의 사장이었다.

이야기 중간중간에 다른 사람들도 끼어들어 한마디씩 거들었다.

— 우리 같은 범죄자들 취직시켜주시고, 월급도 많이 주시고.

— 공장에 오실 때마다 가족들 안부 일일이 다 물어보시고, 손수 애들 선물까지 챙겨주시는 분이여, 우리 대표님이.

회사라기보다 서지환 팬클럽 같은 분위기였다.

숙적 야옹이파와의 관계에 대해서도 비로소 알게 되었다. 같은 구 불독파 조직원들 중에서 순도 백 프로 악당들만 남은 게 야옹이파라는 것이다.

— 불독파에서 부두목 해먹던 인간이 시방 두목인디, 그눔 이름이 고양희라서 야옹이파여.

은하가 무심결에 풋, 하고 웃었더니 아저씨가 정색을 했다.

— 웃을 일이 아니여! 아가씨 같은 젊은 여자들을, 돈 몇 푼 빌려 줘놓고 술집에다가 막 개 팔아먹듯 팔아먹는당께?

뒤늦게 야옹머니에서 돈을 빌리려던 여자가 떠올라 은하는 웃음기를 거뒀다. 지환이 진짜로 사람 하나를 구한 거였구나.

— 이젠 손 씻었으니까 그놈들이 뭔 짓을 하든지 모른 척하셔도 될 것을, 우리 대표님이 원체 착해빠지신 분이라 그냥 지나치지를 못하시는 겨.

아저씨는 천하에 안타깝다는 듯이 말했다.

진실을 모두 알고 나니 허탈했다. 단 하나, 전에 들었던 손목을 자른다는 둥 신체 포기 각서가 어쨌다는 둥 하는 얘기가 마음에 걸리긴 했지만 이쯤 되니 그것도 뭔가 속사정이 있으려니 싶었다.

'그동안 나 혼자 괜히 쫄아서 쇼했던 거네?'

돌아보니 지환에게 미안하기 그지없었다. 어쨌든 지금은 멀쩡한 일반인인데 겉모습만 보고 영락없이 조폭이라 오해하지 않았는가.

'다음에 만나면 꼭 사과해야지.'

그렇게 다짐했는데, 지환과 단둘이 냉동 창고에 갇혀버린 지금이 바로 그때인 것 같았다.

"죄송해요."

불쑥 중얼거리자 그제야 지환이 은하를 향해 시선을 돌렸다.

"뭐가 말입니까?"

"처음에 대표님 겉모습만 보고 나쁜 일 하는 사람일 거라고 생각했어요."

입을 열자 냉기가 스며들어서 절로 몸서리가 쳐졌다. 그는 마치 '난 또 뭐라고' 하는 듯한 표정을 했다.

"다들 그렇게 생각합니다."

마치 당연하다는 듯한 말투여서 은하는 조금 당황했다.

"아까 다른 직원분들한테 들었어요. 지금은 좋은 일 엄청 많이 하신다고요."

지환은 조용히 대답했다.

"그렇다고 전에 저질렀던 일이 없어지는 건 아닙니다."

무슨 뜻일까. 혹시 내가 잘못 말했나, 하고 조마조마해하는 가운데 또다시 침묵이 흘렀다.

시간이 지날수록 은하는 점점 몸이 얼어가는 것을 느꼈다. 얇은 장갑을 낀 손끝이 떨어져나갈 것처럼 아파서 호호 바람을 불어봤지만 소용없었다. 견디다 못해 몸을 동그랗게 말고 무릎을 끌어안아봐도 나아지지 않고, 떨림은 점점 심해져갔다.

'대체 언제쯤 열어줄 셈이지?'

부들부들 떨면서 초조하게 생각하는데, 저만치 앉아 있던 지환이 갑자기 벌떡 몸을 일으키는 바람에 은하는 움찔했다.

"나쁜 짓 좀 하겠습니다."

지환이 슈트의 단추를 풀기 시작해서 간이 콩알만 해졌다.

"대, 대표님. 왜 그러세요?"

상의를 벗어버리고 와이셔츠 바람이 된 남자가 성큼성큼 다가오는 바람에 놀라서 뒷걸음질을 쳤지만, 좁은 해동실 안이라 더 물러설 곳도 없었다. 그가 손을 뻗는 순간, 은하는 하마터면 비명을 지를 뻔했다.

"…!"

그러나 지환은 단순히 자기 슈트 상의를 은하의 어깨에 걸쳐줄 뿐이었다. 워낙 체격 차이가 크다 보니 어른 옷을 걸친 어린애 꼴이 돼버렸다.

'옷 벗어주는 게 왜 나쁜 짓이야?'

안도의 한숨과 함께 생각하는데 지환이 은하를 번쩍 안아 들었다.

"대표님?"

놀라서 부르자 그가 대답했다.

"뺨은 나가서 맞겠습니다."

그러더니 바닥에 책상다리를 하고 앉아서, 은하를 제 다리 위에 앉히고 품에 감싸듯 꼭 껴안는 것이었다. 강조하지만 은하는 여중, 여고, 여대를 나왔으며 스물일곱 평생 연애는커녕 소개팅이나 데이트조차 해본 적이 없다. 물론 남자라면 손조차 잡아본 적이 없었다. 아마도 초등학교 때 현우 오빠랑 손을 잡았던 게 마지막이었던 것 같다. 그렇게 하늘을 우러러 한 점 부끄러움 없는 모태 솔로인 은하가, 지금.

…남자 품에 폭 안겨 있는 거였다.

지환의 옷에 감싸인 채 안기기까지 하자 은하는 금세 따뜻해졌지만, 달랑 얇은 와이셔츠 한 장 걸치고 있는 남자는 다를 터였다.

"이러지 않으셔도 돼요. 대표님도 추우시잖아요."

"저는 괜찮습니다."

"그래도…."

은하의 목 주변에 냉기가 스며들지 않도록 제 옷자락으로 꼭꼭 여며주면서, 그는 입 다물라는 듯이 조금 엄하게 말했다.

"자꾸 말하면 체온을 빼앗깁니다."

은하는 입을 다물 수밖에 없었다. 이렇게 안겨 있으니 지환의 엄청난 체격을 새삼 실감하게 되었다. 그의 넓은 품이 느껴지자 마치 어린아이로 돌아간 것 같은 기분이었다. 방금까지 놀라고 불안했던 마음도 거짓말처럼 편안해졌다. 오히려 밖에서조차 느껴보지 못했던 편안함이었다.

비록 미운 오리 새끼 취급을 당하기는 했지만, 그래도 어디까지나 여태 부잣집 딸로 자라온 은하였다. 집을 나온 이후로는 어딘가 늘 쫓기듯 불안했다. 가진 돈도 없고, 미래는 불안하고, 기댈 곳도 없었으니까. 하지만 지환의 품에 안겨 있는 지금, 은하는 아주 오랜만에 마음 깊이 안도감을 느끼고 있었다.

완벽하게 보호받는 것 같은 기분.

아무리 무서운 일이 벌어져도 이 품 안에만 있으면 안전할 것 같은 기분.

어쩌면 평생 처음으로 느껴보는 것도 같은, 그런 기분.

대신 다른 문제가 있었다. 지환의 체온 덕분에 추위를 좀 잊어버릴 만하니까, 이젠 엉뚱한 것들이 의식되는 거였다. 꼭 껴안아 주고 있는 굵은 팔뚝이라든가, 머리칼을 간질이는 따뜻한 숨결이라든가, 전에도 그에게서 가끔 느꼈던 은은하고 시원한 민트 향기라든가, 달랑 와이셔츠 한 장 걸치고 있는 넓은 가슴의 감촉이라든가, 제 몸을 지탱하고 있는 단단한 근육질의 허벅지라든가, 뭐 그런 것들.

전에 한 번, 넘어질 뻔하는 바람에 그에게 안겼던 적이 있다. 아주 짧은 순간이었는데도 한동안은 그때의 감촉이 자꾸만 떠올라서 곤란했는데, 아예 이렇게 품에 폭 안겨 있으니 의식하지 않을 수 없었다.

'남자 몸이라는 건 이런 거구나….'

처음으로 그를 봤을 때, 그렇게 생각했었다. 마치 폭발하는 힘의 덩어리 같은 느낌이라고. 그 생각 그대로였다. 온몸이 모두 단단한 근육질이어서, 이 남자의 몸에 부드럽고 약한 부분이라고는 한 곳도 존재하지 않을 것 같았다.

이상한 점은 그렇게 단단한 몸인데도 안겨 있으니까 무척 포근하다는 거였다. 은하는 어느덧 추위도 잊어버리고 있었다. 춥기는 커녕 몸이 막 후끈거리는 것 같았다.

침묵이 흐르는 가운데 간헐적으로 모터 돌아가는 소리만이 들려왔다. 이러다가 자칫하면 제 심장이 뛰는 소리를 들키고 말 것 같아서 어쩔 줄 모르고 있는데, 문득 지환이 은하의 얼굴을 내려다보았다. 은하는 눈이 마주친 순간 하마터면 심장이 폭발할 뻔했다.

지환이 걱정스러운 듯 눈썹을 살짝 찌푸렸다.

"얼굴이 얼어붙나 보네요."

얼어서 빨개졌다고 생각하나 보다. 사실은 엉뚱한 생각을 하다가 달아오른 건데. 지환은 은하를 바짝 끌어당겨서 제 가슴에 한쪽 뺨을 단단히 붙이고, 나머지 한쪽 뺨은 커다란 손으로 감싸주었다. 가슴에 기대자 온기가 전해져오면서 동시에 심장 소리가 들려왔다. 두근, 두근, 두근.

규칙적인 소리를 듣고 있자니 조금씩 눈꺼풀이 무거워지기 시작했다. 조폭 백 명이랑 한판 붙는 줄 알고 무척 긴장하기도 했고, 한참 라벨 작업도 했고, 심지어 냉동 창고에 갇히기까지. 몸도 마음도 무척 피곤했던 것이다.

'근데 원래 심장이란 게 이렇게 빨리 뛰는 거였나…?'

그 생각을 마지막으로, 은하는 편안한 잠 속으로 빠져들었다.

♠ ♥ ♣

아마 녀석들은 지환과 은하를 냉동 창고에 가두면서 그렇게 생각했을 게 뻔했다. 해동실 정도는 별로 춥지 않으니까 괜찮겠지, 하고. 하지만 녀석들이 간과한 점이 있었다. 저희들은 워낙 운동을 한 몸인 데다 남자니까 별로 안 추운 거지, 여자 입장에서는 다르다는 걸.

역시나 그랬다. 지환은 좀 으슬으슬하구나 싶을 정도인데 은하는 금세 덜덜 떨기 시작하는 거였다.

'어쩌지.'

저만치서 잔뜩 웅크리고 있는 은하를 보면서 지환은 고민했다. 녀석들이 원하는 바대로 움직여주고 싶지도 않았지만, 사실은 그보다도 될 수 있는 한 은하를 멀리하고 싶은 마음이 더 컸다. 그래서 안 마주치려고 일부러 수업하는 동안 집 밖에 나가 있었던 건데. 하지만 은하의 새파래진 입술을 본 순간 생각보다도 몸이 먼저 움직였다.

"나쁜 짓 좀 하겠습니다."

당황하는 걸 본체만체하고 제 옷을 벗어서 감싸고 꼭 껴안았다. 나중에 뺨을 맞아도 어쩔 수 없다고 생각하면서. 다행히도 은하는 지환이 사심이 없다는 걸 알았는지 화내지 않고 얌전히 안겨 있어주었다.

사실은 사심이 아주 없지는 않았다. 정확히 말하자면 처음에는 없었는데, 안고 나니까 사심이 은근히 피어올랐다. 그야 남자니까.

세월은 그 작고 귀엽던 여자아이를 이렇게 예쁘고 성숙한 여자로 만들어놓았다. 보기에는 그냥 날씬하기만 한데, 정작 안아보니까 이게 은근히…. 익숙하지 않은 감촉이 자꾸만 제 몸에 닿아오는 바람에 그만 얼굴이 달아올라서, 지환은 저도 모르게 헛기침을 했다.

'혹시 이상하게 생각하진 않았겠지?'

걱정이 되어 슬쩍 눈치를 보자 은하는 어느덧 눈을 감고 있었다. 혹시 저체온증이 왔나 싶어서 겁이 더럭 났다.

'깨워야 하나?'

하지만 은하는 더없이 평온한 얼굴로 고른 숨을 내쉬고 있었다. 입술 색깔도 아까의 파란색이 아니라 원래의 예쁜 색깔로 돌아와 있어서, 지환은 안도의 한숨을 내쉬었다.

'그냥 잠이 든 거구나.'

조금이라도 더 편히 잘 수 있도록 지환은 은하를 조심스럽게 고쳐 안았다. 작은 몸을 품에 안고 있자 아주 오래된 일이 떠올랐다. 마지막으로 봤을 때, 은하는 딱 지금처럼 제 품에 안겨 있었다.

— 오빠, 나 무서워.

입술을 파르르 떨면서.

웃음도 많고 겁도 많은 아이였다. 학원에서 본 시험에서 한두 문제 틀리기라도 하면 금세 예쁜 눈에 눈물이 그렁해지곤 했다.

— 집에 가면 엄마한테 또 혼날 거야.

어린 마음에도 지켜주고 싶다는 생각을 했던 기억이 난다. 그래서 지환은 마지막 순간까지 그렇게 했다. 비록 혹독한 대가를 치러야 했지만 한 번도 후회한 적은 없었다.

지금 제 품 안에 있는 은하를 보자 새삼 잘했다는 생각이 들었다. 그때 그렇게 하지 않았더라면, 은하가 이렇게 예쁘게 자라 있지도 못했을 테니까. 아주 오랜만에 지환은 자신이 조금 자랑스러워졌다.

잠든 틈을 타서 지환은 은하의 얼굴을 실컷 바라보았다. 지환의 눈에 비친 은하의 모습은 그랬다. 세상의 더럽고 나쁘고 아픈 거라고는 모르는, 그저 선하고 순수하기만 한 순백의 공주님. 마치 하늘에서 내려온 천사가 지쳐서 잠시 날개를 접고 제 품에 안겨 쉬는 것 같았다.

감히 내가 너를 안아도 되는 걸까. 씻어도, 씻어도 피 냄새가 가시지 않는 이 손으로. 한편으론 두려웠지만, 그래도 놓고 싶지 않아서 지환은 이번 한 번만 비겁해지기로 했다. 이 정도는 하느님도 허락해주시지 않을까.

그 옛날 우리가 헤어지던 그날, 너를 지켜낸 것도 나니까.

♠ ♥ ♣

원래 덩어리들은 한 서너 시간쯤 지나서 두 사람을 꺼내줄 생각이었다. 그러나 지환과 은하가 해동실에서 구출된 것은 갇힌 지겨우 두 시간 만의 일이었다. 해동된 원육을 숙성실로 옮기려고온 직원들의 손에 의해서였다.

"대표님?"

해동실 문을 열자 고깃덩어리들 사이에서 존경하는 대표님이나타나는 바람에 직원들은 기겁을 했다.

"아니, 대표님이 왜 여기…."

지환이 쉿, 하고 입술에 손가락을 갖다 대고 나서야 그들은 한박자 늦게 알아차렸다. 대표님의 품에 웬 여자가 안겨 잠들어 있다는 것을!

직원들의 입을 막아놓고, 하늘 같은 대표님께서는 조심스럽게품 안의 여자를 안아 들었다. 자칫 깰세라 보물이라도 되듯 소중하게 품에 안고 나오는 것을 보고 직원들은 비명이 나올 것 같은입을 양손으로 틀어막았다.

'사모님이셨구나!'

♠ ♥ ♣

다음 날 아침, 지환의 집 거실.

소파에 앉은 큰형님께서 차갑게 노려보는 가운데, 열한 명의 덩어리들이 고개를 푹 숙이고 나란히 서 있었다. 맨 앞에 서 있던 일영이 대표로 말했다.

"벌은 달게 받겠습니다, 형님."

목소리에는 한 점 미련도 묻어 있지 않았다. 어차피 죽을 각오로 벌인 일이었으니까.

덩어리들을 한참 노려보던 큰형님은 한참 후에야 드디어 입을 열었다.

"…해동실에 있던 고기, 전부 집으로 가져와."

"예?"

"내가 소독도 안 하고 들어갔으니 판매용으로 쓸 수 없다. 그렇다고 멀쩡한 걸 버릴 순 없으니까 우리가 먹어 치워야 할 거 아냐."

"예, 형님."

듣고 보니 지당한 말씀이셨지만 물론 덩어리들의 관심사는 다른 데 있었다.

'그러면 벌은요?'

하는 눈빛으로 쳐다보자 큰형님이 다시 말했다.

"가서 해동실 싹 비우고 소독하고 대청소해."

"예, 형님."

대답하면서 덩어리들은 또다시 생각했다.

'그래서 벌은요?'

그러나 큰형님은 재촉하듯 눈썹을 치켜올릴 뿐이었다.

"뭐 해? 빨리들 공장으로 튀어가지 않고."

덩어리들은 그제야 깨달았다. 대청소가 벌이라는 것을!

믿을 수가 없었다. 저승이 보일락 말락 할 때까지 기합을 받을 줄 알았는데, 겨우 해동실 대청소가 벌이라니, 실화냐?

"다녀오겠습니다, 형님!"

죽었다 살아 돌아온 기분이었다. 행여 큰형님 마음이라도 변할까 봐 후다닥 뛰어나가는 동생들의 뒷모습을 보면서 지환은 미소를 지었다.

'이번 한 번만 봐준다.'

…너희가 아니었으면, 내 인생에 감히 그 애를 안아볼 일 같은 건 없었을 테니까.

♠ ♥ ♣

어제의 돼지 백 마리 습격 사태로, 공장에는 일요일에도 특근 중인 직원들이 많이 있었다.

"안녕하십니까."

줄줄이 들어서는 덩어리들을 보고 직원들이 인사를 했다.

"예, 수고들 많으십니다."

마주 인사하며 대청소를 위해 냉동 창고의 해동실로 향하는데, 문득 뒤에서 부르는 목소리가 들렸다.

"잠깐만요, 부장님들!"

별로 직책이라는 게 의미가 없는 회사긴 하지만, 공장 직원들은 편의상 덩어리들을 '부장님'이라 불렀다. 사실은 개중 일영을 비롯한 몇몇은 버젓이 이사로 등재되어 있다는 게 함정이다. 그야 법인 설립할 때 필요했으니까.

"부장님들!"

덩어리들을 부르며 종종걸음으로 다가온 것은 50대 초반의 아줌마 직원이었다.

"예, 여사님, 무슨 일입니까?"

평소 잘 알고 지내는 어머니뻘의 직원이라, 일영이 친절하게 대답했다.

"저기, 내가 말이야. 어제 사모님인 줄도 모르고 초면에 등짝도 때리고 아주 큰 실례를 했지 뭐야. 사모님 뵙거든 실례가 많았다고 꼭 좀 전해줘요, 응?"

간곡한 부탁에 덩어리들은 어리둥절했다.

"예? 사모님이라니요?"

"아, 왜 있잖아요, 어제 그 예쁘게 생긴 젊은 아가씨. 사모님 되실 분 아냐?"

덩어리들은 서로 얼굴을 쳐다보았다.

"누가 그런 소릴 했습니까?"

일영이 대표로 물었다.

"아니, 어제 해동실에 두 분이 같이 있는 걸 우리가 봤거든? 근데 대표님께서 아주 그냥 추울까, 감기 걸릴까, 자기 옷까지 벗어서 꼭 감싸 안고 계시더라고."

아줌마의 얼굴에 순간적으로 스무 살 처녀로 돌아간 듯한 홍조가 떠올랐다.

"세상에, 어찌나 애지중지하시는지!"

덩어리들의 얼굴이 활짝 피었다. 사실 이들이 해동실에 갔을 때는 이미 둘 다 사라지고 없었기 때문에, 대체 어떤 경로로 나왔는지, 둘이 어쩌고 있었는지는 여태 까맣게 몰랐던 것이다.

"성공이다!"

서로 껴안고 팔짝팔짝 뛰며 좋아하는 덩어리들을, 공장 직원들이 여기저기서 놀란 눈으로 바라보았다.

4

네가 찾는 사람이
바로 나였다니

집에 돌아오는 과정은 마치 꿈속의 일인 것처럼 어렴풋했다. 언제 잠들었는지도 모르겠는데 누군가가 자꾸 불러서 무거운 눈꺼풀을 겨우 들어 올려보니 차 안이었다.

"은하 씨, 댁 주소 좀 알려주시겠습니까?"

은하는 겨우 입술을 움직였다.

"××동… ○○오피스텔…."

"그쪽으로 가겠습니다. 더 주무셔도 됩니다."

부드러운 목소리에 마음을 놓고 도로 잠들었고, 집에 도착해서는 인사도 하는 둥 마는 둥 하고 들어와서 비틀비틀 침대에 기어 들어가자마자 또 정신을 잃듯이 잠에 빠졌다. 덕분에 다음 날인 일요일 아침에 일어났을 때는 날아갈 듯 상쾌했다. 정말 오랜만에 푹 잔 것 같은 느낌에 은하는 처음으로 깨달았다.

'그동안 내가 많이 지쳐 있었구나.'

생각해보니 스스로가 우스웠다. 얼마 전까지도 그렇게 무서워했던 남자의 품 안에서 그토록 꿀잠을 자다니.

'하지만 엄청 포근했단 말이야.'

누군가에게 안긴다는 게 이렇게 좋은 거구나, 하는 걸 처음으로 알았다. 하다못해 부모님조차도 그렇게 안아준 기억이 없었으니까.

주말 내내 은하의 머릿속은 지환에 대한 생각으로 꽉 차 있었다. 굳이 생각하려고 한 건 아닌데, 그냥 정신을 차려보면 어느샌가 자연스럽게 그에 관한 생각을 하고 있는 것이었다.

'일요일인데 지금쯤 뭐 하고 있으려나? 저녁은 먹었을까? 참, 근데 그 집은 누가 밥을 하는 거지? 동생분들을 많이 혼냈을까?'

한편으로는 지환에게 점점 더 미안해졌다. 첫 만남에서 갈비뼈를 부러뜨려놓고 도망간 주제에 미안한 마음조차 갖지 않았던 자신에게, 지환은 보복은커녕 뭐라고 말했던가?

─ 큰 부상도 아니었으니 신경 쓰지 않으셔도 됩니다.

그뿐인가, 그는 아픈 서현이를 위해 무려 1억이라는 큰돈까지 내놓았다!

'천사다.'

은하는 진심으로 생각했다. 체격이 엄청난 데다 인상이 살벌해서 그렇지, 속은 착한 사람이었던 거다.

─ 저 가고 난 다음에 저분들 야단치지 마세요. 그랬다간 다음 주에 올라갈 영상에 나오는 악당 이름을 서지환이라고 붙여버릴 거예요.

그렇게 협박했던 걸 떠올리자 쥐구멍에라도 들어가고 싶었다.

'악당이 되기 싫어서 손 썻은 사람한테 내가 무슨 소릴 한 거야?'

미안한 마음에, 은하는 월요일에 회사에서 영상을 촬영할 때 착한 인형의 이름을 지환이, 나쁜 인형의 이름을 양희라고 지었다. 검은 양복을 입은 남자 인형에다가 사인펜으로 입매와 눈매를 살짝 화난 듯이 만들고, 볼에는 빗금도 하나 찍 그어주자 제법 서지환처럼 보였다. 물론 당사자가 이걸 볼 리야 없겠지만, 은하 나름대로는 깊은 반성과 사과의 의미였다.

"수고하셨습니다!"

촬영을 마치고 나오자 예나가 스튜디오 앞에서 기다리고 있었다.

"무슨 일이야?"

"언니 요즘 되게 바빠 보인다? 뭐 만나는 사람이라도 있어?"

떠보는 듯한 말투에, 은하는 다시 한번 되풀이해서 말했다.

"무슨 일이냐니까."

"언니가 우리 집에 와서 대청소해주기로 했던 거, 혹시 잊어버렸나 해서."

내키지 않았지만 약속은 약속이었다.

"안 잊어버렸어. 언제 하면 되는데?"

"내일."

좋아, 하고 대답하려다 은하는 생각을 바꿨다. 내일은 화요일이니까 저녁에 덩어리들 과외를 하러 가야 하지 않는가. 대청소라면 꽤 오래 걸릴 텐데, 혹시나 늦을지도 모르는 일이다.

"미안하지만 내일은 내가 일이 있어서. 다른 날로 하자."

"무슨 일? 언니 내일 회사 안 나오는 날이잖아."

예나는 이상할 정도로 꼬치꼬치 캐물었다.

"또 알바하는 거야? 무슨 알반데?"

"무슨 알바든 너랑은 상관없잖아?"

딱 자르자 예나가 픽 웃었다.

"그래, 뭐 나랑은 상관없다 치고. 그래도 청소는 내일 해줘. 모레 친구들이 놀러 오기로 해서 그 전에 치워야 하거든."

타협 불가라는 듯한 말투였다.

"설마 언니 아쉬울 때 나 이용해먹고 딴소리할 건 아니지?"

더 실랑이하기도 싫어서 은하는 고개를 끄덕이고 말았다.

"알았어."

그제야 예나가 흡족한 얼굴을 했다.

"그럼 내일 12시 좀 넘어서 집으로 와."

내일 수업은 모레로 미뤄야겠다고 생각하며 은하는 한숨을 푹 쉬었다. 말하는 투를 보아하니 아주 작정한 모양인데, 그렇다면 집 안 상태도 정상일 리는 없었다. 청소야 어려울 게 없지만, 옆에서 예나가 자기는 손 하나 까딱 않으면서 이것저것 시켜댈 것을 상상하니 벌써부터 자존심이 상했다.

'무슨 자존심까지 따지고 있어? 예나가 서현이 치료비 모금하는 거 도와줬으니까, 고마운 동생네 집 하루 청소해준다고 생각하면 되지.'

애써 그렇게 자신을 다독였지만 별로 기분이 나아지지는 않았다.

♠ ♥ ♣

냉동 창고 사건 이후, 자꾸만 은하가 생각나기는 지환도 마찬가지였다.

"내일도 과외 수업 있지?"

화요일과 토요일에 수업이 있다고 들은 기억이 나서 은근슬쩍 물었다. 이번에 수업하러 오거든 우연히 마주친 척 얼굴 보고 인사라도 해야지, 싶어서. 그러나 김새게도 일영은 고개를 저었다.

"내일 수업 취소됐습니다, 형님."

"아니, 왜?"

"급한 일이 생기셨답니다. 대신 모레 같은 시간에 수업하기로 했습니다."

"무슨 급한 일?"

"친구 집에 청소를 해주러 간다고 하던데요?"

지환은 왠지 석연치 않은 것을 느꼈다. 친한 친구라면 그야 청소 정도는 도와줄 수 있겠지만, 정해진 과외 시간까지 미뤄가면서 할 만큼 급한 일은 아닌 것 같은데. 더구나 평생을 모범생으로 살아온 은하 같은 사람이라면.

"그 친구가 누군데?"

아무래도 이상하다고 생각한 지환이 캐물었지만, 일영도 잘은 모르는 모양이었다.

"죄송합니다, 형님. 거기까지는 누님께서 말을 안 하셨습니다."

모르겠다는데 더 물어봐야 소용이 없으니 지환도 그쯤에서 질문을 멈췄지만 속으로는 영 찜찜했다.

'대체 무슨 일이지?'

그때 일영이 갑자기 손가락을 튕겼다.

"아! 생각해보니까 친구가 아니었습니다, 형님."

"뭐?"

"직장 동료 집이라고 하셨습니다."

친구도 아니고 직장 동료 집에 가서 청소를 한다고? 고개를 갸웃거리던 지환의 안색이 한순간 확 변했다. 잠깐만, 직장 동료라면 혹시…?

"그때 흥신소에서 그러지 않았나? 은하 씨 사는 오피스텔이 회사에서 제공하는 거라고."

"예, 형님, 그랬던 거 같은데요."

그는 소파를 박차고 일어나며 대꾸했다.

"××동 ○○오피스텔에 연락해서 물어봐. 거기 강예나라고 사는지."

♤ ♥ ♧

예나네 집에 가서 청소를 해주기로 한 날 아침, 은하의 기분은 최악이었다.

— 이번에 예나 씨가 이사 가는 아파트 말이야. 신축인데 10억 원이 훌쩍 넘는대.

실장님이 다른 크리에이터와 이야기하는 걸 들은 기억이 났다.

'좋겠다, 강예나. 돈도 잘 벌고, 얼굴도 예쁘고, 인기도 많고.'

못난 생각이란 걸 알면서도 오늘따라 자꾸만 그런 생각이 들었다. 은하는 인기가 없어서 행사에 나가는 일도 별로 없지만, 가뭄에 콩 나듯 나가더라도 늘 예나와 함께였다. 그야 은하 혼자서는 섭외도 안 들어오고, 관객 동원도 안 되니까. 둘이 나란히 서 있어도 아이들은 예나만 쳐다보고 환호하곤 했다.

'잠깐만, 그러고 보니까 예나가 서지환 씨 만나러 간다고 했었잖아?'

벌써 한참 된 일이니 이미 만나고도 남았을 테다. 뒤늦게 심장이 불안하게 뛰었다.

'만나서 어떻게 됐을까?'

생각하자마자 헛웃음이 픽 났다.

'당연한 거 아냐? 내가 남자라도 예나 좋겠다.'

매달 예나가 회사에서 가져가는 돈은 유튜브 수익금만도 수천만 원대에 달했다. 거기에 행사 출연료와 장난감 광고비 등 이것저것을 합치면 훨씬 더 큰 금액이 될 것이다. 젊고 능력 있고 예쁘기까지 한 예나를 어떤 남자가 마다할까.

'혹시 내가 처음 과외하러 갔을 때 막 화내면서 쫓아내려고 한 것도 예나 때문인 거 아닐까?'

왠지 가슴 한구석이 텅 빈 것 같은 느낌이 들어서 은하는 애써 현우를 떠올렸다.

'에이, 나랑 무슨 상관이야. 나야 현우 오빠나 찾으면 됐지.'

그러나 오늘은 현우 생각도 별로 도움이 되지 못했다.

'찾았는데 오빠한테 이미 사귀는 사람이 있으면? 결혼이라도

했으면?'

지금까지 그 생각을 수천 번도 더 했지만 그때마다 은하는 다짐하곤 했다. 만약 그에게 이미 사랑하는 사람이 있다면 웃으며 행복을 빌어주자고. 잘 살고 있는 거 알았으니까 이제 됐다고, 툭툭 털고 일어서서 나도 내 사랑을 찾아가자고.

하지만 오늘따라 그럴 용기가 나지 않고 마음이 축 처지기만 했다. 내키지 않는 걸음을 겨우 옮겨서 은하는 간신히 위층에 있는 예나의 집으로 향했다.

"어, 언니 왔어?"

이미 외출 준비를 다 끝내고 기다리고 있었는지, 예나가 가방을 들고 서둘러 나왔다.

"나 오늘 녹화 2주치 한꺼번에 따야 하거든. 이따 저녁에나 들어올 거야. 쓰레기봉투는 사났으니까 그거 쓰면 되고, 분리수거도 좀 해주라. 그럼 잘 부탁해!"

뭐라고 대꾸할 틈도 없이 예나는 급하게 나가버렸다.

안에 들어서는 순간 뭐가 썩는 것 같은 냄새가 확 느껴졌다. 집 안을 둘러본 은하는 깜짝 놀랐다. 옷가지와 각종 쓰레기로 집 안이 발 디딜 틈이 없을 지경이었다. 일부러 늘어놓았을 거라고 예상은 했지만 이건 생각보다 훨씬 심했다.

'이걸 어느 세월에 다 치우지?'

한동안 말을 잃고 있는데 초인종 소리가 들렸다. 예나가 뭘 잊고 갔나, 싶었지만 다시 생각해보니 집주인이 초인종을 누를 리가 없다. 택배라도 왔나 보다, 생각하고 은하는 일단 현관으로 향했다.

"저기, 지금 집주인이 없는데…."

대답하며 문을 열었는데 사람의 얼굴이 있어야 하는 위치에 엉뚱하게도 가슴이 보인다. 요즘 여기저기 키 큰 사람이 많네, 하면서 고개를 들었다가 은하는 흠칫 놀랐다.

"대표님?"

문 앞에 서 있는 이는 바로 지환이었다.

"대표님이 여긴 어떻게 오셨어요?"

"청소하러 왔습니다."

은하는 당황했다. 예나가 지환을 따로 만나겠다고 했으니까 둘이 아는 사이인 것까지는 이해가 간다. 그런데 집에 청소까지 해주러 올 정도라니.

'벌써 그렇게 깊은 사이가 된 거야?'

가슴이 철렁하는데 지환이 다시 말했다.

"일영이한테 들으니 은하 씨가 오늘 직장 동료의 집을 청소하신다고 해서 도와드리러 왔습니다."

은하는 이번에야말로 놀랐다.

"절 도와주러 오셨다고요?"

"예."

"여기가 예나네 집인 건 어떻게 아시고요?"

"지난번에 은하 씨 모셔다 드릴 때 와봤었지요. 회사에서 제공하는 오피스텔이라고 들어서, 혹시나 싶어 관리인에게 물었더니 강예나 씨도 여기 산다고 말해주더군요."

그제야 은하는 이해했다.

'그럼, 예나한테 부탁받고 온 건 아니구나.'

왠지 모르게 마음이 놓였지만 문제는 다른 데 있었다. 엉망진창인 집에 도저히 지환을 들여놓을 엄두가 나지 않았다. 예나는 지환에게 마음이 있어도 한참 있어 보이던데, 어떻게 이런 집을 공개한단 말인가. 아무리 얄미운 예나라도 좋아하는 남자에게 망신을 당하게 하고 싶지는 않았다.

"마음은 감사하지만 저 혼자 할 수 있어요."

사양했지만 지환은 아랑곳하지 않았다.

"은하 씨도 저희 공장 일을 도와주셨으니까, 오늘은 제가 도울 차렙니다."

"아니, 정말 괜찮아요!"

그가 문을 열려고 해서 은하는 황급히 문손잡이를 잡아당기며 버텼지만 물론 힘으로는 상대가 되지 않았다.

"사양하실 것 없습니다."

결국 지환은 문을 활짝 열어젖히고 안으로 들어오고야 말았다. 집 안 꼴을 본 지환은 아까 은하가 그랬던 것처럼 말을 잃고 있다가, 한참 만에야 중얼거렸다.

"오기를 잘했군요."

잠시 후 둘이서 청소를 시작했다.

"그날은 무척 감사했어요."

집 안 여기저기 널린 빨랫감을 모으며 은하는 계속 입속에서 맴돌던 말을 꺼냈다.

"뭐가 말입니까?"

지환이 비닐장갑 낀 손으로 쓰레기를 주워서 봉투에 넣으며 대꾸했다.

"옷 벗어주셔서요. 혹시 저 때문에 감기 걸리신 건 아니죠?"

"저는 아무렇지 않습니다."

"그래도 대표님도 많이 추우셨을 텐데, 정말 감사해요."

문득 지환이 손을 멈추고 은하를 바라보았다.

"그럼, 부탁 하나만 해도 되겠습니까?"

"네?"

"그 대표님이라고 부르는 건 이제 그만했으면 좋겠습니다만."

사실 부르면서도 어색하긴 은하도 마찬가지였다. 단지 마땅한 호칭이 생각나지 않아서 일단 그렇게 부르고 있었던 건데, 상대도 어색한 모양이니 바꾸는 게 좋을 것 같았다.

"그럼, 뭐라고 불러드리면 좋을까요?"

"대표님만 아니면 은하 씨 편하신 대로 부르시면 됩니다."

마음대로 부르라는 식의 대답에 은하는 웃으며 농담을 했다.

"오빠?"

순간 지환이 눈에 띄게 움찔하는 바람에 은하는 얼른 말을 바꿨다.

"농담이에요!"

별로 친한 사이도 아닌데 농담이 지나쳤나 보다.

"저를 은하 씨라고 부르시니까, 그럼 저도… 지환 씨?"

조심스럽게 부르자 지환이 성실하게 대답했다.

"예."

이름으로 부르게 되니 갑자기 부쩍 가까워진 것 같은 느낌이 들었다. 사실상 여태 상대의 나이조차 모르는데도.

"지환 씨는 나이가 어떻게 되세요? 저는 스물일곱 살인데."

"올해 서른입니다."

그 말을 듣자마자 은하는 자연스럽게 현우를 떠올렸다.

"오빠랑 동갑이네."

조그맣게 중얼거린 말을 용케도 알아들었나 보다.

"혹시 약혼자 말씀이십니까?"

"어떻게 아셨어요?"

놀라서 지환을 쳐다보자 그는 시선을 피해 중얼거렸다.

"그냥, 은하 씨 회사 사람들이 그러더군요."

물론 은하도 초등학교 때 했던 약속을 지금까지 믿고 있을 정도로 중증은 아니다. 그러니 현우를 약혼자라고 말하는 건 정말로 그와 결혼할 생각으로 하는 말은 아니었다. 남자친구 왜 안 사귀냐, 소개팅할 생각 없느냐, 하는 귀찮은 질문을 원천적으로 차단하기에 좋은 대답이라서 대학 때부터 즐겨 써먹고 있을 뿐. 회사에도 그렇게 말하고 있는데 그게 어쩌다 지환의 귀에까지 들어간 모양이었다.

은하는 생각했다. 사실은 약혼자가 아니라 열 살 때 좋아했던 동네 오빠라고 하면, 지환이 뭐라고 할까. 아직도 그 오빠를 찾고 있다고 말하면.

— 세상에 초등학교 3학년 때 좋아했던 동네 오빠를 아직까지 찾고 있는 게 정상이냐?

누구든 미호처럼 반응하는 게 정상이겠지. 그래서 은하는 웃으며 얼버무렸다.

"못 만난 지 한참 됐어요. 오빠가 외국에 나가 있거든요."

"그렇군요."

지환은 그렇게 중얼거리고 나서 물었다.

"전에 보니 은하 씨는 수학을 무척 잘하시던데요."

"아, 제가 전공이 수학이거든요. 사실은 석사까지 땄어요."

암산이 특기라 한때는 신동 소리를 들은 적도 있었다. 단지 그 재능이 오직 수학에만 한정되어 있어서 정작 전체 성적은 그렇게 좋지 못했다. 결국은 부모님을 한층 더 실망시켰을 뿐.

"어쩌다가 유튜버가 되신 겁니까?"

"제가 어릴 때부터 혼자 뭐 만들면서 중얼중얼 떠들고 노는 걸 좋아했거든요."

부모님은 어린 시절 은하를 아침부터 밤까지 학원에 보내 공부시켰다. 물론 TV 따위는 보지 못하게 했었고, 이 학원 저 학원 다니느라 같이 놀 친구도 없었다. 그래서 혼자 노는 습관이 붙어버렸던 것이다.

"몇 년 전에 어쩌다 유튜브를 봤는데 딱 그런 직업이 있는 거예요. 장난감 갖고 노는 거. 보는 순간 이건 내 천직이다, 싶었죠."

키즈 크리에이터의 영상을 처음 봤을 때의 기분을 지금도 잊을 수가 없다. 콜럼버스가 신대륙 발견했을 때의 기분이 그랬을까. 그 채널의 구독자 수가 수십만이었다는 것도 은하의 의욕을 부채질했다. 난 저 사람보다 훨씬 더 재밌게 놀 수 있는데!

"그래서 용감하게 시작했던 거예요. 시작해보니까 생각처럼 쉬운 일은 아니었지만요."

사실은 크리에이터로 이름을 알려서 현우를 찾겠다는 목적도 있었지만, 그 얘기는 굳이 하지 않았다. 왠지 지환의 앞에서 다른 남자 이야기를 하고 싶지가 않아서.

"지환 씨는 왜 육가공 사업을 하게 되신 거예요?"

"돈은 못 벌어도 고기는 많이 먹을 수 있을 것 같아서요."

진지한 얼굴로 하는 대답에 웃음이 나왔다.

"고기 되게 좋아하시나 봐요?"

"어릴 때 못 먹어서 그런가 봅니다."

지환은 대수롭지 않게 대꾸했지만 은하는 가슴이 찌르르했다.

'집이 많이 가난했나 보구나.'

그가 민망해할까 봐 겉으로는 아무렇지 않게 웃어 보였다.

"저도 고기 엄청 좋아하는데, 혼자 살다 보니까 먹을 일이 잘 없네요."

종일 청소를 하며 은하는 지환과 계속 이런저런 이야기를 했다. 지환은 의외로 좋은 대화 상대였다. 본인은 별로 말이 없었지만, 은하가 하는 말에 귀 기울여 들어주어서 얘기할 맛이 났다. 어느덧 은하는 지환이 가깝게 느껴지기 시작했다.

"이거 갖다 버리고 올게요."

은하가 음식물 쓰레기가 담긴 봉투를 집어들자 지환이 어림없다는 듯이 빼앗아갔다.

"은하 씨는 이런 거 하지 마십시오."

"아니, 저는 음식물 쓰레기 좀 갖다 버리면 안 돼요?"

웃으며 묻자 지환은 딱 잘라 대답했다.

"예."

딱 한 음절에 단호한 의지가 담겨 있었다. 그러고 보니 지환은 청소하는 내내 은하가 쓰레기나 걸레 등 지저분한 것은 손도 못 대게 했다. 은하가 한 일은 겨우 빨래 모아다가 세탁기 돌리고, 지환이 치워놓은 곳을 청소기로 밀고, 어질러진 물건들을 정리한 정도였다.

생전 처음 받아보는 대접이 쑥스러워서일까, 묻지도 않은 말이 불쑥 튀어나왔다.

"저희 집에선 늘 제가 음식물 쓰레기 담당이었거든요."

"언니 오빠는 뭐 하고 막냇동생한테 그런 걸 시킵니까?"

조금 화난 듯한 목소리에 은하는 고개를 갸웃거렸다. 말한 적이 없는 거 같은데.

"언니랑 오빠 있는 건 어떻게 아셨어요?"

그 순간 지환은 눈에 띄게 흠칫했다.

"아, 저기… 동생들한테 들은 것 같습니다."

내가 덩어리들한테 말을 했었나? 그렇게 생각하면서도 은하는 대답했다.

"우리 집에서 막내 뜻이 뭔지 아세요? '막일은 내가 한다'는 뜻이에요."

웃으며 한 말에, 지환은 따라 웃지 않았다.

점심도 거르고 하루 종일 청소를 한 끝에 저녁 무렵이 다 되어서야 겨우 끝이 보였다. 아마 혼자 했으면 밤 12시까지 했어도 다

못 끝냈을 것 같다. 마지막으로 지환이 설거지를 하는 동안 은하는 냉장고 정리를 했다. 냉장실 정리를 끝내고 냉동실 문을 여는데, 열자마자 뭔가 묵직한 덩어리 같은 것이 뚝 떨어졌다. 깜짝 놀랐을 때는 이미 발등에 쇠망치로 힘껏 맞은 것 같은 충격이 가해진 후였다.

"아!"

비명을 지르며 주저앉자 지환이 놀라서 달려왔다.

"은하 씨? 왜 그러십니까?"

은하는 너무 아파서 대답은커녕 눈조차 뜰 수가 없었다. 지환은 옆에 나뒹굴고 있는 얼어붙은 고깃덩어리와, 은하가 붙들고 있는 발등을 보고 상황을 이해한 듯했다.

"혹시 뼈를 다쳤을 수도 있습니다. 혹시 이 근처에 정형외과가 있습니까?"

아픔을 참느라 식은땀을 흘리며 은하는 겨우 대답했다.

"요 앞 사거리에… 약국 2층에 있었던 것 같아요."

"업힐 수 있겠습니까?"

일어날 엄두도 나지 않아서 이를 악문 채 고개를 젓자 지환이 한숨을 쉬었다.

"잠시 실례 좀 하겠습니다."

그렇게 말하고 그는 은하를 번쩍 안아 들었다.

♠ ♥ ♣

― 그쪽 같은 여자가 어디 한둘이어야지.

지환에게 모욕을 당하고 쫓겨나듯 한 후에도 예나는 조금도 그가 싫어지지 않았다. 서지환은 예나의 은인이자 몇 년 동안이나 꿈에 그려온 남자였다. 차가운 태도에 물론 상처는 받았지만 그럴수록 더 갖고 싶어졌다. 그에게 푸대접을 받은 원한을, 예나는 은하에게 돌렸다.

'은하 언니가 서지환 씨한테 내 욕한 거 아냐?'

화가 난 예나는 그날부터 집 안을 마음껏 어질렀다. 빨래도 설거지도 잔뜩 쌓아두었다. 원래도 깨끗한 집은 아니었지만, 작정하고 어질러놓으니 발 디딜 틈도 없고, 음식물 썩는 냄새까지 나서 제 눈으로 보기에도 더럽기 그지없었다.

'골탕 좀 먹었겠지?'

저녁 무렵, 예나가 콧노래를 부르며 오피스텔 엘리베이터에서 내리는데, 마침 그 순간 제 집의 현관문이 열렸다. 나오는 사람을 보고 예나는 제 눈을 의심했다. 바로 그녀가 열렬히 원하는 남자, 그리고 그 남자의 품에 안겨 있는 은하였다.

공주님 안듯 은하를 안고 나오던 지환이 예나를 보고 걸음을 멈췄다. 싸늘한 눈빛이 예나를 향했다. 그냥 가만히 있어도 웬만한 사람은 얼굴도 똑바로 못 쳐다볼 정도로 살벌한 인상인데, 노려보니 그야말로 오금이 다 저렸다. 시선에서 조용한 분노가 느껴져 예나는 꼼짝달싹은커녕 숨도 쉴 수가 없었다. 마치 독수리 앞의 참새가 된 것 같은 기분이었다.

금방이라도 노성을 터뜨릴 것 같은 눈초리로 노려보던 남자는, 금세 예나에게서 시선을 거두고 서둘러 엘리베이터로 향했다. 예나의 옆을 스쳐 지나갈 때 그는 딱 한마디, 이렇게만 말했다.

"집이 아주 멋지더군요."

두 사람이 탄 엘리베이터 문이 닫히는 것과 동시에, 예나는 바닥에 털썩 주저앉았다.

♤ ♥ ♧

은하는 지환에게 안긴 채로 사거리에 있는 정형외과까지 갔다. 양말을 벗자 발등이 눈에 띄게 부어올라 있어서 겁이 났는데, 엑스레이를 찍어본 결과 다행히 뼈에 이상은 없다고 했다.

"단순 타박상 같지만 2, 3일 정도는 걸을 때 조심하시는 게 좋겠습니다."

의사가 말했다. 진료실을 나오자마자 도로 안아 들려는 지환에게 은하는 황급히 손을 내저었다.

"저 이제 그렇게까지 아프지 않아요. 걸을 수 있을 것 같아요."

통증도 많이 가라앉아 있었고, 괜찮다는 말을 들으니 안심도 되었다. 집까지는 걸어서 겨우 5분 거리였다. 하지만 엄청난 체격의 남자에게 공주님처럼 안겨서 병원에 오다 보니 거리에서 마주치는 모든 사람들이 다 쳐다봐 아픈 와중에도 민망했던 것이다.

하지만 지환은 어림없다는 얼굴을 했다.

"방금 2, 3일은 조심하라는 말 못 들었습니까?"

"아니, 걸을 때 조심하라고 했지, 걷지 말라고는 안 했…."

뭐라고 지껄이든 상관없다는 듯이 허리를 굽혀 안아 들려는 지환에게 은하는 황급히 외쳤다.

"저 그냥 업힐게요!"

그나마 업히는 게 공주님 안기보다는 나을 것 같아서였다.

"그러시죠."

지환은 즉시 등을 돌려댔다. 은하는 한숨을 쉬고 눈앞의 넓은 등에 업혔다. 끙, 하는 소리조차 없이 가볍게 은하를 들쳐 업고 지환은 몸을 일으켰다. 체격만큼이나 힘도 엄청난 모양이었다. 그래도 업혀 있는 사람 입장에서는 마음이 편하기만 할 리 없었다.

"많이 무거우시죠? 죄송해요."

"…처음도 아닙니다만."

들려오는 대답에는 약간 웃음기가 묻어 있는 듯했지만, 물론 표정은 보이지 않았다.

"네?"

"냉동 창고에서 나올 때도 제가 모시고 나왔죠. 은하 씨가 잠드시는 바람에."

그제야 은하는 그날의 일을 떠올리고 얼굴을 붉혔다. 잠들었다가 눈을 떠보니 차 안이었으니까 물론 누군가가 옮겨줬을 거고, 그게 지환이겠지.

"무척 피곤하셨나 봅니다."

"추운 데 있어서 그런가 자꾸 잠이 오더라고요."

넓은 품에 안겨 있으니까 왠지 모르게 무척 안심이 돼서 그랬다고는 말할 수가 없었다. 업혀 있는 지금도 사실은 마찬가지였다. 넓고 단단한 등이 너무 따뜻해서 저도 모르게 자꾸만 뺨을 기대고 싶어졌다. 이 사람은 온몸이 다 크고 강하고 단단한데, 왜 안기거나 업히면 이렇게나 포근한 건지 신기할 정도였다.

에이, 모르겠다, 본인이 괜찮다는데. 은하는 마음 턱 놓고 그의 등에 뺨을 붙이고 편하게 기댔다.

"근데요, 키가 얼마나 되세요?"

대답이 돌아오는 데는 조금 시간이 걸렸다.

"…189센티미터입니다."

이상하다, 190센티미터도 훌쩍 넘어 보이는데? 고개를 갸웃거리다 은하는 제 키를 떠올리고 납득했다.

'하긴 내가 한참 밑에서 보니까 더 커 보이기도 했겠다.'

지환은 은하를 업은 채 천천히 집을 향해 걸었다. 얼굴이 보이지 않으니 오히려 말하기 편해지는 부분이 있었다. 은하는 오늘 하루 종일 함께 청소를 하면서도 차마 묻지 못했던 질문을 꺼냈다.

"있잖아요… 저한테 왜 1억씩이나 주셨던 거예요?"

처음에는 미호 말대로 나한테 관심이 있는 게 아닐까 생각했지만, 세 번 만난 후 연락을 딱 끊어버렸던 걸 보면 그건 아닌 것 같아서 이유가 궁금했었다.

이번에는 대답이 돌아오는 데 아까보다도 더 오래 걸렸다.

"…제가 은하 씨 팬입니다."

은하는 놀라서 그의 등에 대고 있던 뺨을 떼었다.

"제 채널을 보고 계신다고요? 지환 씨가요?"

"예."

아무리 봐도 키즈 채널 따위를 볼 것같이는 안 생겼는데, 하고 생각하다 문득 가슴이 철렁했다.

"그럼 혹시 저스티스가 지환 씨예요? 자주 댓글을 달아주시는 분이 계신데, 그분도 어른이고 남자분인 것 같아서요."

지환은 딱 잘라 대답했다.

"아닙니다, 저는."

거짓말을 하는 것 같은 눈치는 아니어서 은하는 마음을 놓았다. 그러면 여전히 Justice가 현우 오빠일 가능성은 남아 있는 셈이니까.

조금 더 걷다가 이번에는 지환이 불쑥 은하를 불렀다.

"은하 씨."

왠지 진지해진 목소리였다.

"혹시 강예나 씨한테 약점 잡힌 거라도 있습니까?"

"어머, 아니에요!"

얼른 부정했지만 지환은 쉬이 믿으려 하지 않았다.

"솔직하게 말씀하셔도 됩니다. 제가 어떻게든 해결해드리겠습니다."

"정말 그런 거 아니에요. 전에 예나가 제 부탁 들어준 게 있어서 제가 대신 청소 도와주기로 한 거예요. 예나가 요즘 행사 때문에 많이 바빠서요."

"정말입니까?"

"그럼요."

이 말을 할까 말까 조금 망설이다가 하기로 했다. 그렇지 않아도 오늘 예나는 지환에게 이미지가 많이 망가졌을 테니까, 조금 편들어줘도 나쁠 건 없겠지.

"예나도 사실 그렇게 나쁜 애는 아니에요."

"집을 그 꼴로 만들어놓고 청소를 시키는데도 말입니까?"

어이없다는 듯한 목소리가 돌아왔다.

"제가 병원에 갈 때마다 애들한테 나눠주는 장난감, 대부분 예나 거예요. 예나가 언박싱을 제일 많이 하거든요. 협찬도 많이 들어오고."

"그런데요?"

"정말 저한테 심술을 부리고 싶으면 그거 못 가져가게 하는 게 제일 빠를 거예요. 그런데 한 번도 그렇게 한 적이 없거든요."

예나는 은하에게 대놓고 말한 적까지 있었다.

— 다른 크리에이터들 다 악당으로 모는 주제에 병원 갈 때는 남의 장난감은 또 싹 모아 가고.

그러면서도 정작 자기 장난감에는 손도 대지 말라는 소리는 안 하는 것이다, 단 한 번도.

"서현이 때문에 자선 경매 행사 할 때도, 결국은 나와줬잖아요."

나중에 집에 와서 청소를 해달라는 조건이 붙긴 했지만 어쨌든 예나는 나와서 열심히 해줬고, 덕분에 은하의 1억짜리 이순신 장군을 제외하면 제일 높은 판매고를 올렸다. 물론 그 돈도 고스란히 서현이 치료비로 전달되었다.

"저랑은 이래저래 안 맞긴 해요. 솔직히 오늘 일은 저 골탕 먹일 생각도 있었던 거 같고요. 하지만 어쨌든 예나도 아이들을 위하는 마음이 무엇보다 먼저인 거라고 생각해요."

그래서일까, 사이가 멀어진 후로도 은하는 예나가 싫지 않았다. 대놓고 밉살머리스럽게 굴 때는 물론 화가 났지만 진짜로 미워한

적은 없었다.

"은하 씨 눈에는 세상에 나쁜 사람이라곤 없겠습니다."

지환이 못 말리겠다는 듯이 중얼거려서, 은하는 정색하고 대꾸했다.

"있는데요?"

"누구?"

"야옹이파요."

이번에는 진짜로 쿡, 하고 작은 웃음소리가 들려와서 은하는 조금 놀랐다.

'웃을 줄도 아네?'

여태 은하는 한 번도 지환이 웃는 걸 본 적이 없었다. 이렇게 무섭게 생긴 사람이 웃을 때의 얼굴은 어떨까. 업혀 있는 바람에 얼굴이 보이지 않는 것을 속으로 안타까워하고 있는데, 문득 어디선가 어린아이의 울음소리가 들렸다.

"엄마아아아!"

놀라서 쳐다보니 동네 안에 꾸며진 작은 공원에, 너덧 살 정도 되어 보이는 사내아이가 혼자 서서 울고 있었다. 주위를 두리번거려봤지만 어른은 그림자도 보이지 않고, 아이의 것으로 보이는 파란 킥보드만 덩그러니 세워져 있었다.

"저 이제 진짜 괜찮으니까 내려주세요."

은하의 의도를 눈치챘는지, 지환은 주저앉아 조심스럽게 은하를 내려주고 나서 제 팔을 붙잡게 했다. 지환의 팔을 지팡이 대신 붙잡고, 은하는 살짝 발을 절며 다가가서 아이에게 자신 있게 말을 건넸다.

"자, 우리 친구 안녕? 미니 언니예요!"

그런데 이게 웬일인가, 씨알도 먹히지 않았다.

"으아아아앙!"

"친구야, 미니 언니 따라 해볼까? 두 손을 위로, 하나, 둘, 셋!"

일단 진정시키려고 해봤지만 아이는 따라할 생각은커녕 오히려 더욱더 목청을 높여 울었다. 아무래도 보호자와 떨어져서 많이 놀란 모양이다. 깡패들한테도 먹혔던 게 정작 아이한테 먹히지 않으니 은하는 민망해 죽을 지경이었다. 명색이 아이들과 놀아주는 게 직업인데 애 하나를 못 달래다니!

지환이 나선 것은 그때였다. 그는 쭈그려 앉더니 아이와 눈을 맞췄다.

"뚝."

단 한 글자의 말에 아이는 곧바로 울음을 뚝 그쳤다. 물론 겁에 질려서! 지환은 한술 더 떠서 목소리를 한껏 낮춰 말했다.

"너, 내가 누군지 알아?"

아니, 지금 애한테 겁을 줘서 진정시키려는 거야? 은하가 기겁해서 말리려는데, 지환이 아이의 귀에 속삭이듯 말했다.

"…티라노맨이야."

은하는 흠칫 놀랐다. 티라노맨이란 주로 남자아이들이 좋아하는 애니메이션 〈공룡전사 다이노스〉에 나오는 주인공 중 하나인데, 공룡의 기운을 받은 인간 전사였다.

"티라노 대장이요?"

놀란 아이가 신은 신발에 티라노맨 캐릭터가 그려져 있는 것이 그제야 은하의 눈에 들어왔다. 다섯 명의 공룡전사 중에 대장 격인 티라노맨은 덩치가 엄청나게 크고 힘이 센 것이 특징이다. 그래서 자기가 티라노맨이라고 했나 본데, 문제는 대체 지환이 그런 것까지 어떻게 알았는가 하는 거였다.

물론 아무리 애라도 자기가 티라노맨이라는 말이 쉽게 통할 리 없다. 아이는 경계의 눈초리로 지환을 쳐다보았다.

"티라노 대장은 얼굴에 흉터가 없는데요?"

지환이 귓가에 소곤거렸다.

"이건 얼마 전에 벨로키 녀석들이랑 싸우다가 난 상처야. 날카로운 발톱에 긁힌 거지."

은하는 또다시 놀랐다. 악당 이름까지 알아?

그제야 아이는 눈을 동그랗게 뜨고 물었다.

"아저씨 진짜 티라노 대장이에요?"

"그렇다니까. 볼래?"

지환은 몸을 일으켜 주위를 둘러보더니, 공원에 조경용으로 놓여 있던 커다란 바위를 두 손으로 번쩍 들어 올려 보였다. 은하는 제 눈으로 보고도 좀처럼 믿을 수가 없었다.

'아니, 저게 무슨 스티로폼 덩어리도 아니고, 든다고 들려?'

그제야 아이는 팔짝팔짝 뛰며 반가워서 어쩔 줄을 몰랐다.

"우와, 티라노 대장! 짱 좋아해요! 최고 멋있어요!"

바위를 내려놓은 지환이 다시 쭈그려 앉아 아이와 눈높이를 맞췄다.

"엄마는 어디 계시니?"

"대장이 우리 엄마한테 데려다줄 거예요?"

"그래. 혹시 엄마 전화번호 알아?"

아이는 고개를 저었다.

"그럼, 아까 엄마랑 어디에 있었는지 기억나?"

"백화점 앞이요."

은하는 얼른 말했다.

"저쪽으로 한 5분쯤 걸어가면 백화점이 있어요. 아마 거기 말하는 것 같아요."

"은하 씨, 걸으실 수 있겠습니까?"

"천천히 걸으면요."

고개를 끄덕이고, 지환은 아이를 번쩍 안아 들었다.

"자, 엄마한테 가자!"

지환에게 안긴 아이가 언제 울었냐는 듯이 신이 나서 돌고래 소리를 냈다.

"우와, 진짜 높다!"

아이의 킥보드를 끌고 지환을 따라가며 은하는 말했다.

"아마 킥보드 타다가 엄마랑 떨어졌나 봐요."

은하는 미혼이라 직접 겪어보지 않았지만, 아이들이 타는 킥보드가 생각보다 빨라서 미아가 자주 발생한다는 이야기는 들었다.

— 눈 깜빡하는 사이에 애가 감쪽같이 없어져서 기절초풍하는 엄마들이 한둘이 아니에요.

아이템 회의 때 두 아이의 엄마인 구성작가님이 그렇게 말했었다. 그래서 〈미니와 친구들〉에서 안전하게 킥보드 타는 법을 주제로 영상을 찍은 적도 있었다.

"근데 티라노 대장은 왜 여기 있는 거예요?"

"길을 잃은 아이가 있다고 해서 엄마 찾아주려고 왔지."

시치미를 뚝 떼고 잘도 대답하는 지환을 보며 은하는 기분이 알쏭달쏭했다.

'나보다 애랑 더 잘 놀아주네?'

우느라 많이 지쳤던 걸까. 잠시 조용하다 싶더니 아이는 지환의 넓은 가슴에 안긴 채 어느덧 잠이 들어 있었다. 은하는 목소리를 죽여 물었다.

"공룡전사 다이노스는 어떻게 아셨어요?"

"저희 공장마다 직장 어린이집이 있어서요."

잠든 아이를 깨울까, 조심스럽게 걸음을 옮기며 지환이 작은 목소리로 대답했다.

"가끔 가서 장난감도 나눠주고, 아이들 노는 것도 보고 그럽니다."

그때 어디선가 새된 소리가 들렸다.

"인성아!"

울어서 새빨개진 눈의 여자가 비명을 지르며 저만치서 달려와 지환의 품에서 아이를 빼앗아갔다. 그 서슬에 아이가 잠에서 깼다.

"엄마…?"

"어디 다친 데는 없어? 응?"

잠이 덜 깬 아이의 몸 여기저기를 살피고 나서야 엄마는 아이를 꼭 끌어안으며 울음을 터뜨렸다.

"이 녀석아! 엄마가 얼마나 걱정했는지 알아?"

아이가 없어져서 얼마나 놀랐는지 알 것 같았다. 보는 사람도 절로 눈물이 핑 도는 장면이었다. 은하가 다가가서 경위를 설명하려는 순간, 애 엄마가 갑자기 안색이 굳어지더니 잔뜩 경계하는 눈초리로 지환을 노려보았다.

"뭐예요, 그쪽?"

은하는 순간적으로 당황했다. 아이를 데려와줘서 고맙다고 인사를 받을 줄 알았는데, 이건 뭐지?

"누군데 우리 애를 데리고 있냐고요?"

경계와 불신에 가득 찬 눈초리가 지환을 향하는 바람에 은하는 그만 욱하고 말았다. 아니, 저 사람이 우는 애 달래느라 바위까지 들어 보이면서 쇼를 했는데 지금 유괴범 취급하는 거야? 이유는 알겠다. 딱 봐도 인상이 깡패 같으니까 그런 거겠지. 그래서 더 화가 났다. 마치 얼마 전의 자신을 보는 것 같아서.

"저기요, 아이를 데려다줬으면 고맙다고 인사부터 하는 게 먼저 아닌가요?"

참지 못하고 쏘아붙였는데도 아이 엄마는 여전히 똑같은 눈으로 지환을 보고 있었다.

"애가 아무한테나 가서 그렇게 덥석덥석 안기고 그러질 않는다고요. 어떻게 꼬신 거예요?"

이제 보니까 지환이 애를 꼬드겨서 데려갔다고 생각하는 모양이었다.

"말 다 했어요?"

한판 붙을 각오로 목소리를 높이는데, 그만 팔을 붙잡혔다. 지환이 은하를 향해 가만히 고개를 저었다. 그러지 말라는 듯이.

"많이 놀라셨겠습니다."

아이 엄마에게 위로하듯 말하고, 그는 아이를 쳐다보았다.

"엄마 말씀 잘 들어. 요즘 아이들을 괴롭히는 벨로키 놈들이 주변을 어슬렁거리고 있으니 앞으론 꼭 엄마 옆에 붙어 다니고."

아이가 척, 하고 지환을 향해 경례를 했다.

"네, 티라노 대장!"

그제야 아이 엄마가 당황한 얼굴을 했다.

"티라노 대장?"

아이에게 손을 흔들자마자 지환은 은하의 팔을 잡아끌고 돌아섰다.

"가시죠."

그러나 은하는 이미 머리끝까지 화가 난 상태였다.

"잠깐만 이것 좀 놔봐요."

가서 따끔하게 한마디 해주지 않으면 밤에 잠이 안 올 것 같다!

"괜찮으니까 갑시다."

"아니, 좀 놔보라니까요?"

하지만 지환은 은하의 팔을 놔주지 않았다.

"저기요, 어머님! 잠깐 저랑 얘기 좀 하세요!"

결국 지환은 한숨을 내쉬더니 은하를 달랑 들어서 어깨에 메버렸다.

"지환 씨!"

놀라서 다리를 버둥거렸지만 그는 아랑곳하지 않고 돌아서서 걸었다.

"죄송합니다."

결국 아까 아이와 마주쳤던 공원까지 와서야 지환은 겨우 어깨에 멘 은하를 내려놓았다.

"저런 소리 듣고 화도 안 나요?"

은하가 분통을 터뜨리자 지환이 오히려 달래듯 말했다.

"저는 괜찮습니다. 늘 겪는 일이어서요."

아무렇지도 않다는 듯한 표정에 더 화가 났다. 저게 어떻게 아무렇지 않을 수가 있을까.

"아니, 사람을 유괴범 취급하잖아요! 언제 봤다고!"

"누구라도 저를 보면 그렇게 생각하는 게 당연합니다."

"그게 어떻게 당연한 거예요?"

참다못해 목소리를 높이자 지환이 한숨을 내쉬었다.

"얼굴에는 그 사람이 살아온 인생이 새겨지기 마련이라고 하죠."

그는 조용히 말했다.

"이런 얼굴을 만들어온 것도 저 자신입니다. 그러니까 제가 감당해야 할 몫입니다."

공원의 가로등에 비친 얼굴은 어디까지나 고요했다.

♠ ♥ ♣

"누가 그랬니?"

두 어머니가 나란히 서서 현우와 은하를 노려보고 있었다. 어제

둘이서 모래놀이에 정신이 팔린 나머지 그만 학원 수업을 빼먹고 말았다. 오늘에야 학원에서 각자의 집에 연락해 알렸고, 자식 교육이라면 물불 가리지 않는 두 어머니가 나란히 학원으로 쫓아온 것이다.

"제가 그랬어요."

먼저 대답한 것은 현우였다.

"은하는 학원 빠지면 안 된다고, 절대 싫다고 했는데, 제가 놀자고 억지로 데리고 나간 거예요."

거짓말이었다. 현우는 처음부터 수업 때문에 곤란해했었다. 은하가 하도 조르는 바람에 결국 져준 것뿐.

"들으셨죠?"

은하 어머니는 의기양양한 표정이 되어, 반대로 얼굴이 굳어진 현우 어머니에게 말했다.

"아직 애들이니까 한 번은 그럴 수도 있다고 생각합니다만, 다시는 이런 일이 없도록 아드님께 철저히 주의 부탁드립니다."

현직 교수다운 우아하고 예의 바른 말투였지만, 그 속에 가시가 들어 있었다.

현우 어머니는 대답 대신에 아들을 노려보았다. 마치 귀신과도 같은 눈초리에 은하는 그만 간이 콩알만 해졌다. 은하는 알고 있었다. 이제 현우 오빠가 집에 가서 어떤 꼴을 당할지를. 시험만 보면 늘 1등만 하던 현우가 딱 한 번, 3등을 했다면서 원장이 선생님을 붙들고 한바탕 걱정을 한 적이 있었다.

"아휴, 서현우 어머님 극성이 이만저만 아니신데 어쩌면 좋아?"

그다음 날 오빠는 한여름인데도 긴팔 셔츠를 입고 학원에 왔다. 그때 은하는 소매 단추 안쪽으로 언뜻 보았다. 하얀 살갗에 새겨져 있는 검붉은 자국들을. 마치 제 마음에 생채기가 난 것처럼 아팠다. 그래서 은하는 용기를 내려고 했다.

'아니에요. 오빠가 아니라 제가 놀자고 한 거예요.'

하지만 마음과는 달리 목소리가 잘 나오지 않았다. 은하의 부모님은 은하가 잘못해도 때리지는 않았지만, 대신에 투명인간 취급을 했다. 언니와 오빠는 늘 학년 전체 1등이었지만, 은하는 반에서 5등 안에 드는 정도가 고작이었다. 시험 결과가 나올 때마다 부모님은 며칠씩 은하를 없는 사람 취급했고, 언니와 오빠도 그런 부모님의 행동을 그대로 따라 했다. 그럴 때마다 어린 은하는 얼마나 괴로웠는지 모른다. 다음번에는 꼭 시험 잘 봐야지, 하고 결심했지만 아무리 열심히 해도 언니와 오빠처럼 잘할 수는 없었다. 만약 학원을 빼먹자고 꼬드긴 게 은하라는 사실을 알게 되면, 보나 마나 온 가족이 또 투명인간 취급을 할 게 틀림없었다.

'내가 사실대로 말하지 않으면, 현우 오빠가 또 맞을 거야.'

그래도 은하는 억지로 용기를 쥐어짜냈다.

"어, 엄마. 그게 아니라…."

벌벌 떨면서 입을 여는 순간, 옆에 있던 현우가 은하의 팔을 붙잡았다. 올려다보자 현우가 보일 듯 말 듯 고개를 저었다.

'난 괜찮아, 은하야.'

그 눈빛을 어디선가 본 적이 있다고 생각한 순간, 현우의 얼굴이 바뀌었다.

바로 지환의 얼굴로.

♠ ♥ ♣

이번에는 비명을 지르지 않고 잠에서 깨어났다. 일어나 앉는 은하의 뺨에 한 줄기 눈물이 흘러내렸다. 은하를 감싸주었던 다음 날, 현우는 또 긴팔 셔츠를 입고 학원에 왔었다. 늘 그랬듯이 다정하게 웃으면서.

그때는 저보다 세 살이나 많고 키도 큰 현우가 어른처럼 보였다. 어릴 때는 한두 살 차이도 커 보이는 법이니까.

어른이 된 지금 와서 생각해보면 가슴이 먹먹해진다. 그래 봤자 현우도 겨우 6학년, 열세 살밖에 안 되었는데. 어린애이긴 마찬가지였는데, 엄마한테 매를 맞을 생각에 자기도 많이 무서웠을 텐데. 어떻게 그토록 망설임 없이 나를 감싸줄 수 있었을까.

비단 그때뿐만이 아니었다.

'현우 오빠는 마지막까지도 나를 감싸주다가…'

평소엔 애써 묻어두었던 기억이 생생하게 되살아나, 은하는 어두운 방 안에서 베개를 끌어안고 소리 죽여 울었다.

한참을 울고 나서 은하는 겨우 마음을 가라앉혔다. 왜 지환을 만난 이후로 현우가 유독 꿈에 자주 나타나는지 이제는 알 것 같았다. 생김새도 이미지도 체격도 전혀 다른 주제에 눈빛만은 무척 비슷해서였다. 다정하고 조용하고, 차분하게 가라앉아 있는 눈빛. 지환의 눈매는 보자마자 겁을 집어먹을 만큼 날카로운데, 정작 그 안의 눈동자는 그렇지가 않았다.

— 얼굴에는 그 사람이 살아온 인생이 새겨지기 마련이라고 하죠.

어제 그는 말했었다.

— 이런 얼굴을 만들어온 것도 저 자신입니다. 그러니까 제가 감당해야 할 몫입니다.

그렇지 않다고 대답해주고 싶었다. 얼핏 보면 무서워 보일 수 있지만, 당신의 눈은 그렇지 않다고. 전혀 나쁜 사람 같아 보이지 않는다고.

하지만 은하가 끝내 그 말을 하지 못했던 건 염치가 없어서였다. 자신 역시 바로 얼마 전까지 그가 조폭 두목이라고 오해하고 있었으니까.

— 저는 괜찮습니다. 늘 겪는 일이라서요.

그 눈빛을 떠올리는 순간, 마치 현우를 떠올릴 때처럼 가슴이 옥죄어왔다.

♤ ♥ ♧

— 아이를 데려다줬으면 고맙다고 인사부터 하는 게 먼저 아닌 가요?

은하가 잔뜩 화난 얼굴로 대들 때, 지환은 그 표정이 누군가와 무척 닮았다고 생각했다. 누구더라, 누구더라. 집에 돌아와서 한참 생각한 끝에야 깨달았다.

'아, 흰둥이.'

옛날에 아버지와 살게 된 지 얼마 안 돼서 키우기 시작했던 강아지였다. 어미에게 버림받았는지, 더러운 꼴로 길거리를 떠돌던 어린 강아지는 지환을 처음 본 순간부터 졸졸 쫓아다녔다. 개 주제에 은하를 꼭 닮았었다. 작은 체구가, 동그란 코끝이, 새하얀 얼굴이, 순한 눈매가. 제 뒤를 졸졸 쫓아다니는 것까지도. 은하랑 닮아서 데려와 키웠던 건데, 이제는 거꾸로 은하를 보고 흰둥이가 떠오르는 걸 보면 닮기는 닮았던 모양이다.

녀석은 은하처럼 작고 순하고 귀여웠지만, 사실은 꽤 강단이 있었다. 제 주인인 지환을 건드리면 당장 으르렁거리며 덤벼들어 바짓가랑이를 물고 늘어지곤 하는 거였다. 바로 그런 부분이 또 둘의 닮은 점이었다.

— 말 다 했어요?

지환을 유괴범 보듯 하는 아이 엄마에게, 은하는 싸울 기세로 따져들었다. 상대는 아이 엄마고 그녀는 키즈 크리에이터다. 자칫 알아보기라도 하면 본인에게 손해가 갈 수도 있는 일인데, 그런 것 따위는 안중에도 없어 보였다.

살면서 누가 이렇게 제 편을 들어주고, 대신 화내준 적이 얼마나 있었을까. 난 괜찮으니 가자고 뜯어말리면서도 사실 속으로는 무척 기뻤다.

지환은 한숨을 내쉬었다. 어째서일까, 저보다 훨씬 작은 여자에게 이렇게 몇 번이나 보호받는 느낌이 드는 건.

은하는 저와 다른 세상 사람이다. 게다가 약혼자까지 있다. 엮여봐야 좋을 게 없는 상대라는 걸 머리로는 분명 알고 있는데, 마음은 하루하루 속절없이 이끌려가기만 했다.

'그냥 놔둬볼까, 어디까지 가는지.'

제 마음과 싸우는 데 지쳐버린 남자는 힘없이 생각했다.

♤ ♥ ♧

은하가 수업을 하러 올 시간에 맞춰서 지환은 일부러 복도를 한참 서성거렸다. 잠시 후 복도 저 끝에 은하가 나타난 순간, 심장이 폭발할 것만 같았다.

은하는 휴대폰을 들여다보며 걷느라 맞은편에 지환이 있는 것도 미처 보지 못한 모양이었다. 지환도 일부러 못 본 척 고개를 숙이고 다가가다가, 복도 중간쯤에서 고개를 들고 이제야 발견한 척 걸음을 멈췄다.

"아, 은하 씨."

그제야 은하도 고개를 들어 지환을 보았다.

"안녕하세요."

오늘따라 그녀가 왠지 무척 예뻐 보여서, 지환은 하마터면 얼굴이 달아오를 뻔했다. 그는 헛기침을 하며 물었다.

"발은 좀 어떠십니까?"

"이제 괜찮아요."

다행히 걷는 걸 보니 아무렇지 않은 모양이어서 지환은 가슴을 쓸어내렸다.

— 저도 고기 엄청 좋아하는데, 혼자 살다 보니까 먹을 일이 잘 없네요.

함께 청소를 하던 날, 은하는 그렇게 말했었다. 그래서 오늘 은하가 오면 하려고 미리 준비한 말이 있었다.

'그날 냉동 창고에서 있었던 사건 때문에 집에 고기가 굉장히 많이 생겼습니다. 혹시 괜찮으시면 저녁 드시고 가지 않겠습니까?'

물론 그 고기들이야 일을 저지른 동생 녀석들이 처리할 일이고, 사실은 은하에게 먹이고 싶어서 따로 제일 좋은 고기를 구해다 놨다. 업종이 업종이다 보니 고기를 먹을 일이 자주 있어서, 아예 집에다 바비큐 시설까지 따로 마련해놓고 있었다. 좋은 고기를 좋은 숯불에 구워주면, 은하가 얼마나 맛있게 먹을까.

'와, 이거 진짜 맛있네요!'

기뻐하는 표정이 생생하게 떠올라 혼자서 마음이 부풀었었다.

"저…."

그러나 정작 은하는 지환이 채 얘기를 꺼낼 틈조차 주지 않았다.

"그럼, 전 수업하러 들어가볼게요."

고개를 살짝 까딱하더니 지환을 지나쳐 가버리는 것이었다. 일부러 무시를 했다기보다는 뭔가 다른 생각에 푹 빠져 있는 것 같았다.

'무슨 일이지?'

은하가 수업을 하고 있는 내내 지환은 거실에서 신경이 쓰여 어쩔 줄을 몰랐다.

'혹시 그 강예나란 여자가 또 뭐라고 했나?'

떠오르는 건 그것뿐이었다.

'안 되겠다. 한번 만나서 따끔하게 얘기를 해야….'

그렇게 생각하고 있는데, 갑자기 멀리서 비명 소리가 들려왔다.

"왔어요!"

은하의 목소리였다. 지환은 놀라서 튕기듯 일어나 달려갔다. 마침 방에서 복도로 뛰쳐나오던 은하가 지환을 보고 외쳤다.

"왔어요, 연락이 왔다고요!"

격정에 찬 예쁜 얼굴은 우는지 웃는지 잘 알 수 없었다.

"무슨 연락 말씀입니까?"

은하가 다시 외쳤다.

"오빠한테서 연락이 왔다니까요!"

그제야 지환은 알았다. 너무나 큰 기쁨에 그녀가 어쩔 줄을 몰라 하고 있다는 것을.

"오늘 저녁에 만나기로 했어요!"

그녀는 문득 시계를 보더니 헉, 하는 표정을 했다.

"이럴 때가 아니지. 집에 가서 화장도 해야 하고, 옷도 갈아입어야… 저 갈게요!"

초조하게 중얼거리던 은하는 다음에 보자는 말도 없이 급히 등을 돌려 뛰어가버렸다. 춤추는 듯한 발걸음에서 벅찬 설렘이 전해져오는 순간, 두 갈래로 찢어지는 것 같은 격렬한 통증이 지환의 가슴을 스치고 지나갔다.

♠ ♥ ♣

화요일, 은하는 과외 수업에 가기 위해 집을 나섰다. 버스를 기다리는 동안 습관처럼 유튜브에 들어가서 제 영상에 달린 댓글을 체크했다. 어제 올라간 영상은 '미니 언니랑 맛있는 거 먹으러 가요!'라는 제목으로, 우리나라 지도를 펴놓고 각 지방의 대표 음식들을 아이들 눈높이에 맞춰 소개하는 내용이었다.

오늘도 어김없이 Justice의 댓글이 있었다.

– 춘천 닭갈비, 생각나네요. 어릴 때 저도 춘천에 살아서 닭갈비 많이
먹었죠. 미니 언니도 어릴 때 많이 드셨을 것 같은데요.

"어?"

은하는 가슴이 철렁해서 생각했다.

'내가 어릴 때 춘천에 살았다는 얘기를 채널에서 했었나?'

아니, 하지 않았다. 〈미니와 친구들〉에서는 어디까지나 어린이
들의 친구 미니 언니이기 때문에, 고은하 개인의 이야기는 최대한
하지 않는다. 물론 어릴 때 어디 살았다는 얘기 역시 한 적이 없다
고 확신할 수 있었다. 그런데 이 사람은 은하가 춘천에 살았었다
는 사실을 알고 있다. 게다가 본인도 거기 살았었다고. 지금까지
막연하게만 생각해왔던 것이, 드디어 실체를 가지고 눈앞에 나타
나는 순간이었다.

'틀림없어!'

심장이 튀어나올 것처럼 뛰었다. 은하는 떨리는 손으로 창을 열
어 답글을 달았다.

– 안녕하세요, 〈미니와 친구들〉의 미니 언니, 고은하입니다. 댓글 내
용 보고 혹시 제가 어릴 때 알던 오빠가 아닌가 싶어서요. 혹시 맞
다면 제 채널 프로필에 적혀 있는 메일 주소로 연락주시면 감사하

겠습니다.

한 자 한 자 쓸 때마다 손가락이 너무 떨려서, 몇 번이나 다시 고쳐 써야 했다. 전송 버튼을 누르고 나서 은하는 뚫어져라 휴대폰 화면을 들여다보았다. 대답이 오기를 기다리는 시간이 마치 천년과도 같았다. 버스 안에서도, 내려서 걷는 길에도 은하는 계속 휴대폰만 들여다보았다.

어떻게 지환의 집까지 갔는지도 모르겠다. 복도에서 지환을 마주쳤지만 정신이 온통 딴 데 팔려 있는 바람에 인사도 제대로 못했다. 덩어리들에게는 미안하지만, 오늘만은 은하가 덩어리들보다 더 수업에 집중하지 못했다. 온 신경이 다 휴대폰에만 쏠려 있었으니까.

— 만나서 이야기했으면 좋겠습니다.

드디어 Justice에게서 답이 온 것은 수업이 거의 끝나갈 때쯤이었다.

— 오늘 저녁 6시에, 그랜드 서진호텔 1층 커피숍에서 뵐 수 있을까요?

메일을 확인한 순간 은하는 그만 정지 상태가 되어버렸다.
"누님, 무슨 일이십니까?"
덩어리들이 물었지만 물론 귀에도 들어오지 않았다. 은하는 벅

찬 기쁨에 휩싸여 방을 뛰쳐나왔다.

"왔어요, 연락이 왔다고요!"

정신없이 지환의 집을 나와서 택시를 잡아타고 집으로 향했다.

"왜 이렇게 옷이 없지?"

옷장을 홀랑 뒤집다시피 했지만, 죄다 촬영을 위해서 산 아이들 취향의 알록달록 파스텔톤 옷들뿐이어서 속상했다. 어엿한 예쁜 아가씨가 된 모습을 보여주고 싶은데, 이래서야 여태 어린애 같지 않은가. 아쉬운 대로 겨우겨우 옷을 고르고 나니 이번엔 빈약한 화장대가 한심스러웠다.

"립스틱이 이거 하나밖에 없었나?"

옷을 갈아입고 화장을 하는 손이 기대감과 흥분에 미세하게 떨렸다. 아무래도 성에 차지 않는 거울 속의 제 모습을 들여다보며 은하는 속으로 기도했다.

'부디 오빠가 날 보고 실망하지 않았으면.'

현우 오빠는 어떻게 자랐을까, 어떤 어른이 되어 있을까. 지난 17년간 수천수만 번을 상상했었다. 대부분은 법복을 입은 훤칠한 미남자의 모습이었지만 그렇지 않은 버전도 많이 있었다.

그때 이후로 더는 키가 자라지 않아서 지금은 자신보다 작을 수도 있다. 탈모가 일찍 진행돼서 대머리가 되었을 수도 있다. 어쩌면 불의의 사고로 몸이 불편해져 있을지도 모른다. 하지만 그 어떤 모습이라도 은하는 실망하지 않을 자신이 있었다. 겉모습이야 어떻게 변해 있더라도, 그 사람이 그저 서현우이기만 해준다면!

집에서 나와 다시 택시를 타고 약속장소에 도착한 것은 6시 15

분 전의 일이었다. 커피숍 안을 둘러보았지만 혼자 앉아 있는 젊은 남자는 보이지 않았다.

'아직 안 왔나 보네.'

은하는 자리에 앉아서 현우를 기다렸다. 1분, 1분 약속시간이 가까워질 때마다 심장이 점점 더 빠르게 뛰었다. 왠지 그가 어떻게 변해 있더라도, 첫눈에 알아볼 수 있을 것만 같은 느낌이 들었다.

'오빠는 나를 첫눈에 알아봤을까?'

미니 언니가 고은하라는 걸 알아봤기 때문에 채널에 댓글을 달아주기 시작한 건지, 아니면 처음엔 긴가민가하면서 보다가 나중에 확신하게 된 건지 궁금했다.

'날 뭐라고 부르려나?'

댓글에서는 '미니 언니'라고 부르지만, 얼굴을 보면 예전처럼 불러주지 않을까.

— 은하야.

지금도 가끔씩 꿈에서 듣곤 하는 그 다정한 목소리로.

'혹시 벌써 결혼한 건 아니겠지?'

문득 든 생각에 심장이 발아래로 뚝 떨어지는 기분이 들었다.

'에이, 요즘 세상에 설마 남자 나이 서른에 결혼을 했겠어.'

애써 그렇게 생각했지만 불안한 마음은 가라앉지 않았다. 현우를 찾았는데 이미 결혼했거나 연인이 있으면, 웃으며 축하해주자고 수없이 생각했다. 지금껏 그를 마음에 품고 있는 건 자신의 사정이지, 그가 알 바는 아니니까. 하지만 정작 진짜로 그를 만날 순간이 다가오자 애써 감춰두었던, 저도 미처 몰랐던 진심이 수면으로 떠오르고 있었다.

그가 혼자였으면 좋겠다. 그도 나를 좋아해줬으면 좋겠다.

…내가 지난 17년간 그래 왔듯이.

약속시간 1분 전. 은하는 긴장한 나머지 어느덧 무릎까지 덜덜 떨려오기 시작했다. 숨 쉬는 것조차 잊어버리는 바람에 숨이 넘어갈 지경이 되어서야 겨우 깨닫고 큰 숨을 몰아쉬기를 몇 번이나 반복했을까. 그러나 현우는 6시 정각을 넘겨서도 좀처럼 나타나지 않았다.

'설마 마음이 바뀐 건가?'

안절부절못할 때쯤 문득 양복을 입은 젊은 남자 한 명이 커피숍에 들어서서 안을 두리번거렸다.

'현우 오빠?'

순간 가슴이 철렁했지만 은하는 금세 고개를 저었다. 17년이나 되었지만 현우의 얼굴은 여태 생생하게 기억하고 있다. 단 하루도 잊지 않고 매일매일 머릿속에 되새겼으니까. 기억 속의 현우는 갸름한 얼굴형에 옆으로 긴 눈초리였는데, 지금 주위를 두리번거리고 있는 남자는 얼굴도 눈도 둥근 편이었다. 현우가 귀공자 같았다면, 이 남자는 전형적인 모범생 이미지랄까.

'아닌가 보다.'

실망해서 생각하는데 남자와 눈이 마주쳤다. 순간 남자의 얼굴에 반가운 미소가 번졌다.

그는 성큼성큼 다가와서 말했다.

"죄송합니다, 은하 씨. 갑자기 법원에 들어갔다 올 일이 생겨서 좀 늦었네요."

상대의 입에서 자기 이름이 나오는 바람에 은하는 숨을 멈췄다.

'그럼, 이 사람이 진짜 현우 오빠?'

그러나 상대는 은하의 건너편에 앉으며 말했다.

"처음 뵙겠습니다, 장태현이라고 합니다."

"네…?"

은하는 당황했다.

남자가 양복 안주머니에서 명함을 꺼내어 내밀었다. 누가 볼까봐 조심스럽다는 듯이 과장된 동작은, 그래서 한편으로 오히려 눈에 띄기를 바라는 것처럼도 보였다. 명함에는 청록색 마크 밑에 '검찰'이라는 글씨와 함께, '서울중앙지방검찰청 검사 장태현'이라고 쓰여 있었다.

"사실은 제가 은하 씨 오빠하고 연수원 동기여서 말씀 많이 들었습니다."

뒤통수를 세게 얻어맞은 듯한 기분이었다. 그것도 모르고 상대는 웃으며 말을 이어갔다.

"답글 달아주셔서 무척 놀라고 기뻤습니다. 그렇지 않아도 세훈이 녀석 졸라서 은하 씨 한 번만 만나게 해달라고 하고 싶었는데…"

남자가 뭐라고 지껄이든 은하의 귀에는 하나도 들어오지 않았다.

"그러니까 현우 오빠가 아니라고요…?"

방금 장태현이라고 자신을 소개한 남자가 의아한 얼굴로 되물었다.

"현우요?"

은하는 온몸에서 기운이 쭉 빠져나가는 것을 느꼈다. 이 사람은 서현우가 누군지도 모른다.

"죄송합니다. 이만 일어날게요."

"은하 씨?"

상대가 당황한 얼굴을 했지만 은하는 아랑곳하지 않고 커피숍을 나왔다. 엘리베이터 안에서 몇 번이나 주저앉을 뻔한 것을 겨우 참았다. 17년 만에 처음 가진 희망이었는데. 이번에는 정말 만날 수 있을 줄 알았는데.

은하는 터덜터덜 거리를 걸었다. 10월에 들어서면서부터 조금씩 떨어지기 시작한 가로수의 마른 이파리가 발밑에서 바스락거렸다.

…현우가 사라지고 열일곱 번째의 가을. 평소에 애써 누르고 있었던 감정이 한꺼번에 터져 나와 눈앞이 흐려졌다.

"오빠, 살아 있기는 한 거지?"

정신을 놓은 여자처럼 혼자 중얼거리며 걷는 은하를, 맞은편에서 오는 사람들이 당황한 눈으로 쳐다보며 피해 갔다. 그러나 은하는 관심을 두지 않고 계속해서 중얼거렸다..

"제발 한 번만 좀 나타나주라. 나 싫다고 해도 되고, 사랑하는 사람이 있다고 해도 괜찮으니까. 아니, 결혼해서 애가 있어도 좋으니까, 제발 한 번만…!"

물론 대답이 돌아올 리 없었다. 가슴이 터질 것같이 답답해서 주먹을 쥐고 제 가슴을 쾅쾅 쳤지만 조금도 후련해지지 않았다. 당장 누구에게라도 털어놓지 않으면 죽을 것만 같았다. 하지만 세상에 누가 이런 얘기를 이해해줄까, 대체 누가.

문득 떠오른 것은 지환이었다. 혹시 이해해주지 않을까, 현우와 닮은 눈빛을 한 그 남자라면.

♠ ♥ ♣

은하가 들떠서 뛰쳐나가고 나서 지환은 하루 종일 정신 나간 사람처럼 보냈다. 전에 약혼자에 대해 물었을 때 은하는 그렇게만 대답했다.

― 못 만난 지 한참 됐어요. 오빠가 외국에 나가 있거든요.

별로 길게 말하고 싶은 눈치가 아니어서, 지환은 조금은 저 좋을 대로 생각해보았다. 혹시나 집안에서 정해준 약혼자일 뿐 서로 좋아하는 사이는 아닌 게 아닐까. 지난날 자신의 어머니가 그랬듯이.

'그렇다면, 어쩌면 나한테도 약간의 희망이 있지 않을까.'

하지만 그렇지 않다는 걸 오늘 제 눈으로 확실히 보고 말았다.

― 연락이 왔어요!

환희에 가득 찬 그 표정이 말하고 있었다. 은하가 얼마나 그 남자를 많이 좋아하고 있는지.

처음으로 지환은 질투라는 감정이 뭔지 알았다. 울고 싶고, 매달리고 싶고, 애원하고 싶고, 소리치고 싶고, 뭐든지 손에 잡히는 대로 갈기갈기 찢어놓고 싶은 기분이었다.

큰형님이 저기압이자 동생들도 알아서 눈치를 슬슬 보며 피했다.

"형님, 저녁은…."

"생각 없으니 너희들끼리 먹어."

노크 소리가 들린 것은 지환이 저녁도 거르고 제 방에 틀어박혀 있을 때였다.

"형님."

문 너머로 조심스럽게 부르는 일영의 목소리에 지환은 무뚝뚝하게 대꾸했다.

"혼자 있고 싶다."

나 좀 가만히 놔두라는 소리였다. 그러나 왠지 일영은 끈질겼다.

"저 형님, 잠시만 좀…."

"혼자 있고 싶다고 했지."

목소리에 짜증이 섞이자 그제야 일영도 포기한 모양이었다.

"알겠습니다, 형님."

지환이 작게 한숨을 내쉬는 순간 일영의 목소리가 다시 들려왔다.

"죄송합니다, 누님. 아무래도 오늘은 형님께서 컨디션이 별로 안 좋으신 모양입니다."

누님? 지환은 튕기듯 일어나서 달려가 문을 열었다.

"다음에 다시 오시면…."

말하던 일영과, 마주 서 있던 은하가 동시에 흠칫하며 지환을 쳐다보았다. 울어서 새빨갛게 부어 있는 은하의 눈을 보고 지환은 심장이 멈출 것만 같았다. 아까 그렇게 들뜬 얼굴로 나갔던 여자가 왜 울고 돌아와?

"일영이 넌 가서 일 봐라."

"예, 형님."

지환은 애써 동요를 감추고 말했다.

"들어오십시오, 은하 씨."

방 안으로 데리고 들어와서 문을 닫자 은하는 고개를 푹 숙이고 중얼거렸다.

"불쑥 찾아와서 죄송해요. 그냥, 너무 속상하고 답답해서, 미칠 거 같아서, 누구한테든 털어놓고 싶은데 지환 씨밖에 생각나는 사람이 없어서…."

심하게 떨리는 목소리에 지환의 심장도 덩달아 주책없이 떨렸다. 속상하고 답답해서 미칠 것 같은 순간에 생각나는 사람이 나밖에 없었다니.

소파에 은하를 앉히고 지환도 옆에 조금 떨어져 앉았다.

"저한테 말씀해보십시오."

무슨 영문인지도 모르면서 눈물로 얼룩진 얼굴을 보니 마음이 찢어질 것만 같았다. 아까 은하가 얼마나 행복한 얼굴을 하고 나갔는지를 떠올리자 얼굴도, 이름도 모르는 상대를 죽이고 싶을 만큼 화가 났다. 나라면, 차라리 내가 죽는 한이 있어도 절대 은하의 눈에 눈물 한 방울 흘리지 않게 할 텐데.

"혹시 약혼자 되시는 분께서 서운하게라도 한 겁니까?"

애써 화를 참고 묻자 은하의 부은 눈에서 또다시 눈물이 흘러내렸다.

"사실은 약혼자가 아니에요. 그냥 제가 오랫동안 찾고 있던 사람이에요."

"찾는 사람?"

"네. 그런데 만나보니까 그 사람이 아니었어요."

무슨 말인지 하나도 이해가 되지 않아서 지환은 참지 못하고 물었다.

"그 사람이란 건 누굽니까?"

"어릴 때 저하고 같은 동네에 살았던 오빠예요."

은하가 대답했다.

'응?'

흠칫하는 순간, 은하가 목멘 소리로 중얼거렸다.

"…현우 오빠는 저보다 세 살 위였어요."

지환은 숨을 멈췄다.

♤ ♥ ♧

둘 다 학원 수업이 일찍 끝나 모처럼 같이 놀 시간이 생긴 날이었다. 그날은 학원에서 조금 떨어진 곳에 있는 낡은 창고에서 놀았다. 늘 담배꽁초나 소주병 따위가 굴러다니는 걸 봐서는 밤에는 불량한 사람들의 아지트가 되는 모양이었지만, 둘에게는 그냥 놀이터일 뿐이었다. 폐건축자재나 버려진 캐비닛, 책상 등이 잔뜩 쌓여 있어서 술래잡기하기에 딱 좋았으니까.

다정한 현우는 은하가 어디 숨어 있는지 뻔히 알면서도 모른 척해주곤 했다. 한 시간 정도 신나게 놀다가 현우가 말했다.

"늦었다. 이제 집에 갈까, 은하야?"

"응."

은하는 아쉬움을 참고 착하게 대답했다. 전에 수업 빼먹고 놀았다가 한바탕 혼이 난 이후로 둘은 같이 노는 걸 금지당했다. 괜히 늦었다가 또 같이 놀았다는 걸 들키면 부모님이 엄청 혼내실 테니까.

"제기랄, 대체 그년을 어디서 봤다는 거야?"

학원 가방을 챙겨 나가려는데, 갑자기 밖에서 험악한 남자 목소리가 들려와 현우와 은하는 깜짝 놀랐다. 어른들은 이 창고 근처에서 얼쩡대는 아이들을 보면, 애들은 이런 데서 노는 거 아니라며 한바탕 혼을 내 쫓아내곤 했다. 그렇지 않아도 얼마 전에 혼났던 일로 겁을 먹고 있던 둘은 놀라서 일단 숨기부터 했다.

낡은 사무용 책상 아래로 둘이 몸을 숨기자마자 누군가가 창고에 들어오는 기척이 났다.

"전국을 이 잡듯 뒤져도 없는 걸 어쩌라고 큰형님은 계속 닦달이신지, 염병할."

"분명 이 근처에서 봤다고 했는데, 그냥 닮은 년이었나 봅니다."

"청주 쪽에서도 비슷한 여자랑 애를 봤다는 사람이 있으니까 그쪽도 가보죠."

잔뜩 화가 난 남자를, 다른 남자 둘이 달래고 있는 것 같은 분위기였다.

"망할 놈의 애새끼, 큰형님만 아니었어도 찾아서 콱 그냥."

아버지가 판사, 어머니가 교수인 은하는 평생 이런 험악한 말을 들어본 적이 없었다.

"그런데 형님. 찾으면 애는 우리가 데려간다고 치고, 그럼 애엄마는 어떻게 합니까?"

"놔두면 애가 실종됐다고 경찰에 신고할 거 아냐. 같이 데려가면 큰형님이 알아서 하시겠지."

'이 사람들, 유괴범인가 봐!'

은하는 몸이 벌벌 떨리기 시작했다.

"오빠, 무서워."

소리 죽여 말하자 현우가 손을 뻗어 은하를 품에 꼭 안아주며 속삭였다.

"괜찮아. 조용히 있으면 곧 갈 거야."

하지만 남자들은 좀처럼 가려고 하지 않았다. 화제가 바뀌어 마약이 어쩌고 대금이 어쩌고 하는 이야기가 또 한참 동안 오갔다. 어린 은하로서는 잘 이해할 수 없었지만, 어쨌든 무척 위험한 이야기라는 것만은 알 수 있었다.

"오늘은 텄다, 가자. 올라가서 큰형님한테 보고드려야지."

"예, 형님."

라이터로 담뱃불을 붙이는 소리와 함께, 드디어 남자들이 돌아가려는 눈치를 보였다. 발소리가 둘이 숨어 있는 책상을 지나쳐 멀어질 때까지 현우와 은하는 숨소리마저 죽인 채 서로를 안고 있었다.

그때였다. 담배 연기가 불시에 은하의 코끝에 파고든 것은.

에쥐! 반사적으로 재채기를 하고, 은하는 그만 굳어버렸다. 황급히 입을 막았지만 이미 돌이키기엔 늦었다.

"들으셨습니까, 형님?"

멀어지던 발소리가 멈추고, 바짝 긴장한 목소리가 들려왔다.

"어디 쥐새끼가 있는 모양인데."

"어쩌죠, 형님?"

"뭘 어째, 찾아서 처리해야지."

여기저기 열어보고 뒤져보는 소리가 들리기 시작했다.

"여기 누구 있니? 좋은 말로 할 때 나오면 아저씨가 혼내지 않을게."

살살 꼬드기는 목소리에 소름이 끼쳤다. 목소리가 점점 둘이 숨어 있는 쪽을 향해 가까워졌다. 두 손으로 입을 틀어막고 있는 은하의 눈에서 눈물이 뚝뚝 떨어졌다. 문득 현우가 은하를 안았던 팔을 풀었다.

'오빠?'

놀라서 쳐다보자 현우가 입술에 손가락을 가져갔다.

'쉿.'

그러더니 은하의 두 손을 끌어다가 귀를 막아주었다.

'너는 귀 막고 있어.'

현우가 하려는 일을 눈치채고, 은하는 눈물을 흘리며 고개를 마구 저었다.

'안 돼, 오빠. 나가지 마!'

아까 저 사람들은 '찾아서 처리한다'고 했다. 그 말이 무슨 뜻인지, 아무리 은하가 어려도 모를 리 없었다.

현우가 지그시 은하를 바라보았다. 또 그 눈빛이었다. 악마 같은 표정을 한 어머니 앞에서도 은하를 감싸주던 그 눈빛.

'난 괜찮아, 은하야.'

♤ ♥ ♧

"그게 마지막이었어요."

은하는 울면서 현우와의 이야기를 끝맺었다.

"그날 이후로 한 번도 본 적이 없어요."

현우와 그의 어머니는 하루아침에 거짓말처럼 동네에서 사라졌다. 모자가 살고 있던 집은 짐을 그대로 남겨둔 채 텅 비어 있었고, 빚쟁이한테 쫓겨 야반도주를 했다는 소문만이 뒤에 남았다. 진실을 알고 있는 것은 은하뿐이었다.

"경찰에 신고하려고 했어요. 그런데 엄마가…."

은하의 얘기를 들은 어머니는 정색을 했다.

— 잘 들어, 은하야. 자칫하면 너는 물론이고 엄마도, 아빠도, 언니와 오빠도 죽어.

마침 당시는 아버지의 동료 판사가 자신이 감옥에 보낸 조직폭력단 보스의 부하에게 보복 폭행을 당해 중상을 입는 바람에 큰 이슈가 되었을 때였다.

— 하지만 현우 오빠가….

— 걔는 이미 틀렸어!

어머니는 은하의 어깨를 붙들고 무서운 눈으로 얼굴을 들여다보았다.

— 네 가족까지 쥐도 새도 모르게 죽게 만들고 싶니? 응?

늘 냉정한 어머니였지만 이렇게까지 무섭게 다그친 것은 처음이었다.

242

— 잘못했어요, 엄마. 아무한테도 말 안 할게요, 정말 안 할게요.

몇 번이나 맹세를 받아내고 나서야 어머니는 겨우 은하를 놓아주었다.

"17년 동안 찾았어요. 아무리 찾아도 없어서, 혹시 오빠가 날 찾아줄까 봐 유튜버까지 됐어요."

오랜 서러움이 북받쳐 올라, 은하는 얼굴을 감싸고 소리 내어 울음을 터뜨렸다.

"이번에는 정말 만날 수 있을 줄 알았는데…!"

지금껏 아무에게도, 가장 친한 미호에게조차도 하지 못한 얘기였다. 현우는 죽었을 거라고, 네가 죽인 거나 다름없다고 할까 봐 두려워서.

왠지 지환만은 자신을 탓하지 않을 것 같아서 털어놓은 건데, 정작 그는 은하가 지쳐서 울음을 멈출 때까지도 아무 말이 없었다. 그저 언제까지나 정지 화면처럼 굳어져 있을 뿐이었다. 덜컥 불안해진 은하는 눈물을 닦고 매달리듯 물었다.

"현우 오빠, 죽지 않았겠죠? 그렇죠?"

그제야 지환이 천천히 시선을 돌려 은하를 바라보았다.

"어린아이잖아요. 아무리 나쁜 사람들이라도, 설마 죽이기까지 했을까요?"

한참 만에야 그는 떨리는 목소리로 대답했다.

"아니… 아닐 겁니다."

귀가 번쩍 뜨였다.

"그렇죠? 현우 오빠, 죽지 않았겠죠?"

그는 다시 고개를 끄덕였다.

"예."

단 한마디였지만 은하는 그 말에 실린 강한 확신을 느낄 수 있었다. 가슴이 마구 두근거렸다. 지환은 조직 생활을 했던 사람이 아닌가. 심지어 보스까지 돼본 사람이니 누구보다 조직이 하는 일에 대해서 잘 알고 있을 터였다. 지환이 그렇게 생각한다면, 그럴 가능성이 높았다.

"저도 믿어요. 오빠는 절대 죽지 않았을 거예요."

은하는 애써 웃어 보였다.

"어디선가 씩씩하게 잘 살아 있을 거예요. 그때 말했던 대로 검사님이 됐을 수도 있고요. 아니면 판사나 변호사… 의사가 됐을 수도 있고요."

♠ ♥ ♣

"조심해서 모셔다 드려. 은하 씨, 또 뵙겠습니다."

일영에게 은하를 집까지 데려다주라고 지시하고 제 방으로 돌아온 지환은 쓰러지듯 소파에 주저앉았다.

은하가 그토록 애타게 찾고 있는 남자는… 바로 자신이었다.

'나 따위는 다 잊어버린 줄 알았는데.'

혹시 기억하더라도 그냥 어릴 때 알던 동네 오빠 정도일 거라 생각했다. 그런데 은하는 잊기는커녕 여태 자신을 찾고 있었던 것이다. 장장 17년 동안이나! 그 사실이 지환의 가슴을 벅차게도, 또 아프게도 만들었다.

지환은 소파에서 일어나 거울 앞에 섰다. 거울 속의 남자가 물끄러미 지환을 마주 쳐다보았다.

근육질의 거대한 몸, 뺨에 새겨진 커다란 흉터, 매서운 눈매. 누가 봐도 지옥의 한가운데를 헤치며 살아온 남자의 모습일 뿐, 은하가 묘사하는 다정하고 의젓한 미소년의 모습은 어디에도 남아 있지 않았다. 눈앞에 두고도 몰라볼 만하다.

이런 내가, 바로 그 현우란 걸 알면 은하가 어떻게 생각할까….

아까 은하는 울어서 부은 눈으로 애써 웃어 보였다.

— 어디선가 씩씩하게 잘 살아 있을 거예요. 그때 말했던 대로 검사님이 됐을 수도 있고요. 아니면 판사나 변호사… 의사가 됐을 수도 있고요.

검사도 판사도 의사도 아닌 한낱 전직 깡패는, 그래서 목구멍까지 치미는 그 말 한마디를 끝내 할 수가 없었다.

'나야, 은하야.'

♤ ♥ ♧

"대체 무슨 일입니까, 누님?"

집까지 데려다주는 길에 일영이 은근슬쩍 물었지만, 은하는 그저 빨갛게 부은 눈으로 고개만 저을 뿐이었다.

"별일 아니에요."

그나마 큰형님과 한참 얘기를 하고 나오고는 처음보다는 많이 진정된 것 같아서 다행이었다. 아까 불쑥 찾아와서 울며 큰형님을 찾을 때는 진짜 깜짝 놀랐는데.

"데려다줘서 고마워요, 일영 씨. 이거 받아요."

집 앞에 도착하자 은하는 핸드백을 열어 지갑을 꺼냈다.

"아닙니다, 누님. 괜찮습니다!"

일영은 얼른 손을 내저었다. 흥신소의 정보에 의하면 이 누님, 돈이라곤 없는 분 아닌가. 그나마 과외비라도 좀 많이 챙겨드리려고 했는데, 그것도 달랑 40만 원만 받고는 모두 돌려주셨다. 예쁘고 무력도 뛰어나고 담도 크고 가방끈도 길며 심지어 돈 욕심도 없다. 볼수록 완벽한 예비 형수님이라고, 일영은 내심 생각하고 있었다.

"내 마음이니까 부담 갖지 말고요."

은하는 기어이 지갑에서 꺼낸 것을 일영의 손에 쥐여주고 나서야 돌아섰다.

"감사합니다, 누님. 그럼 들어가십쇼."

허리를 깊이 숙이자 은하가 코를 훌쩍이며 말했다.

"다음 시간에 숙제 안 한 사람은 손바닥 때릴 거예요. 다른 분들한테도 전해주세요."

"예, 누님."

은하가 들어가고 나서야 일영은 은하가 쥐여준 것을 확인하고 당황했다.

"응?"

돈이 아니라 미용실 할인권이었다.

남자 커트 30퍼센트 할인

일영의 예쁜 얼굴에 미소가 번졌다.

'귀엽기까지 하시네, 우리 형수님.'

사실 중증의 남자병을 앓고 있는 일영에게 있어서 미용실이란 곳은 사내놈들이 갈 데가 아니었다. 하지만 얼마 전부터는 약간 생각이 바뀌었다. 남자 중의 남자인 큰형님도 일전에 미용실을 다녀오지 않았던가. 머리 모양도 제법 멋져서, 일영도 보고 '오 괜찮은데?' 하고 생각하던 차였다.

무엇보다 존경하는 (예비) 형수님께서 일껏 주신 건데 버릴 수 있나.

'마침 머리 깎을 때가 됐으니까 한번 가봐야겠다.'

그렇게 생각하면서 일영은 할인권을 주머니에 넣었다.

♠ ♥ ♧

미호는 아침부터 바짝 긴장하고 있었다. 지금 일하는 숍에 스태프로 들어온 지 2년, 차근차근 일을 배워서 염색과 펌을 하다가 드디어 정식으로 가위를 잡게 된 첫날이 바로 오늘이었다. 커트까지 할 줄 알아야 비로소 한 사람의 어엿한 헤어 디자이너가 되는 거였다.

미용사는 보통 남자 커트를 먼저 하게 된다. 즉 오늘 처음으로 오는 남자 손님이 미호의 미용 인생에서 정말 중요한 손님이었다.

오전 내내 여자 손님만 오다가 드디어 점심시간 조금 지나서 남자 손님 한 명이 들어왔다. 순간 미용실 안에 있던 모든 사람들이 깜짝 놀랐다. 들어오는 남자가 너무나 빼어난 미모였기 때문에.

늘씬한 키에 긴 다리가 마치 모델 같기도 하고, 예쁜 얼굴로 보면 아이돌 같기도 한 남자였다.

'연예인인가?'

미용실 직원들뿐 아니라 손님들까지도 그렇게 생각하는 순간, 남자가 숍 안을 휘 둘러보더니 첫마디를 내뱉었다.

"여기 머리 좀 깎아주쇼."

고운 입술에서 흘러나온 껄렁한 말투에 모두들 두 번 놀랐다.

"어서 오세요. 어떻게 해드릴까요?"

미호가 다가가서 묻자 손님은 아무렇지도 않게 대꾸했다.

"그냥 대충 짧게 박박 깎아주쇼."

남자를 자리에 앉히며, 미호는 속으로 기구한 제 팔자를 탓했다.

'하필이면 첫 손님으로 이런 사람이 올 건 뭐람.'

잘생기고 예쁜 손님일수록 머리 모양에도 신경을 엄청나게 쓰는 법이었다. 시술이 마음에 들지 않게 나오면 클레임을 거는 경우가 많다. 게다가 이 손님은 말투부터가 딱 봐도 호락호락한 사람이 아닌데, 자칫 마음에 안 들게라도 나오면 그때는…. 하지만 이제 와서 부담스러워서 못 하겠다고 할 수도 없었다.

'연습 많이 했으니까 잘할 수 있어.'

애써 마음을 가다듬고 미호는 가위를 잡았다. 하지만 손이 벌벌 떨리는 바람에 자꾸만 가위질이 빗나갔다. 게다가 저만치서 원장이 감시하듯 빤히 쳐다보고 있는 탓에 숨이 턱턱 막혔다. 가뜩이나 긴장한 상태에서 가위를 움직이는데….

"미호 씨, 그쪽 아직 덜 잘렸는데?"

갑자기 날아온 지적에 흠칫 놀라서 그만 가위를 떨어뜨려버렸다.

"…아."

짧은 신음 소리에 황급히 내려다보자 손님의 우뚝한 콧날 위에 1센티 정도 길이로 피가 배어 나와 있었다. 가위가 떨어지면서 하필이면 날이 콧등을 스친 것이다.

사고를 친 미호는 그만 얼어붙고 말았다.

"어머나, 어떡해!"

원장이 대번에 외치며 쪼르르 달려왔다.

"괜찮으세요? 많이 안 다치셨어요?"

"죄송합니다, 고객님. 정말 죄송합니다!"

미호는 허리를 굽혀 정신없이 사과했다.

"아니, 미호 씨! 대체 정신을 어디다 두고 일을 하는 거야?"

미호에게 야단을 쳐놓고, 원장은 변명하기에 급급했다.

"이 친구가 오늘 첫 출근이라 긴장했나 봐요. 제가 대신 이렇게 사과드립니다."

숍에 피해가 갈까 봐 걱정돼서 하는 거짓말이라는 건 알겠지만 눈물이 날 것 같았다. 2년 동안이나 궂은일 도맡아가면서 열심히 일했는데 첫 출근이라니.

"뭐 해? 빨리 손님 병원으로 모시고 가지 않고!"

그때 등 뒤에서 목소리가 들렸다.

"거 1절만 합시다, 좀."

방금 얼굴을 다친 손님이었다.

"남자가 얼굴에 기스 좀 날 수도 있지 그까짓 게 뭐 그리 큰일이라고 호들갑을 떨어요."

콧등에 맺힌 피를 손등으로 아무렇게나 쓱 닦으며, 남자는 퉁명스레 말했다.

"대일밴드 있으면 그거나 하나 주쇼."

미호는 정신이 반쯤 나간 채 손님에게 밴드를 가져다주었다. 거울도 안 보고 상처 위에 대충 밴드를 쓱 붙이더니 손님은 도로 의자에 털썩 앉았다. 예쁜 얼굴에 밴드를 붙여놓으니 남이 보기에도 안타까울 지경인데, 정작 본인은 별 상관 않는 모양새였다. 거울을 한번 힐끗 쳐다보더니 시선을 돌려 말하는 것이었다.

"머리나 마저 깎아주쇼."

"제가 마무리해드릴게요, 고객님."

원장이 다가갔으나 남자는 고개를 젓고 미호를 향해 손짓을 했다.

"깎던 사람한테 마저 깎읍시다."

단호한 말투에 결국은 미호가 다시 가위를 잡게 되었다.

어떻게 마무리했는지 모르겠다. 어찌어찌 간신히 커트가 끝나고, 드라이로 머리 모양까지 손질해주고 나자 남자는 거울을 요리조리 들여다보더니 중얼거렸다.

"거 인물 훤해졌네."

혼잣말이라기에는 커다란 목소리였다. 지갑을 꺼내며 계산대로 향하는 손님에게 원장이 황급히 손을 내저었다.

"아유, 손님 괜찮습니다. 저희 실수로 다치셨는데 어떻게 돈까지 받겠어요."

남자는 퉁명스레 물었다.

"내가 공짜로 머리나 깎으러 다니는 사람처럼 보여요?"

날카로운 눈빛에 원장이 화들짝 놀라며 입을 다물었다. 이어서 남자는 카운터 위에 10만 원짜리 수표 한 장을 턱 하고 올려놨다.

"감사합니다."

미호가 떨리는 손으로 거스름돈을 꺼내려는데 남자가 이어서 말했다.

"됐고. 나머진 케이크나 사 먹어요. 여자들은 단거 먹으면 기분 좋아진다던데."

"네…?"

"괜히 기죽고 그럴 거 없다고요. 사람이 첨엔 다 실수도 하고 그러는 거지."

왜 그때 눈물이 났는지 모르겠다. 왈칵 눈물을 쏟는 미호를 잠시 쳐다보다 남자는 돌아서서 나갔다.

♠ ♥ ♣

다음 날 저녁, 덩어리들은 큰형님의 눈을 피해서 대흥분 상태로 한데 모였다.

"누님이 울면서 찾아오셨다고요?"

"그렇다니까!"

일영이 흥분해서 말했다.

"어제 낮에 분명히 그 오빤지 오징언지 만나러 간다고 신나서 나가시는 거 너희들 봤지, 어?"

"봤죠."

"그런데 저녁에는 울면서 나타났다! 이게 무슨 뜻이겠어?"

덩어리들이 입을 모았다.

"헤어졌네, 헤어졌어."

이런 경사가 있나! 눈엣가시 같던 누님의 약혼자란 놈이 드디어 떨어져 나갔다니, 덩어리들은 춤이라도 추고 싶었다.

"근데 왜 헤어졌을까?"

막내 덩어리, 민규가 자신 있게 말했다.

"척 하면 삼천리 아닙니까. 울면서 오셔서는 큰형님부터 찾으시는데 이유가 뭐겠습니까?"

덩어리들의 입꼬리가 귀까지 올라갔다.

"역시 그 냉동 창고 안에서 역사가 이루어졌던 거야."

"오늘부터 1일인 거 아닐까요?"

새삼 두 사람을 냉동 창고에 가둔 자신들이 기특해지는 덩어리들이었다.

"이제 어쩌죠?"

"뭘 어째? 빼도 박도 못하도록 발바닥에 불이 나게, 눈썹이 휘날리게 진행시켜야지."

일영이 지시했다.

"너는 드레스 알아봐. 윤섭이는 결혼식장 수배하고, 민규는 프러포즈 반지 알아봐라. 송아지 눈깔만 한 걸로."

"예, 형님!"

♠ ♥ ♣

어떻게 해야 할까, 지환은 며칠을 고민했다. 딱 한 가지 확실한 것은 도저히 사실대로 말은 못 하겠다는 거였다.

'지환 씨가 현우 오빠라고요?'

현재의 제 모습에 혹 은하가 실망한다면, 차라리 그건 감당할 수 있었다. 문제는 지환에게 실망하는 게 아니라 거꾸로 자기 탓을 할 경우였다. 그렇지 않아도 은하는 장장 17년이 지나도록 죄책감을 품고 있었다.

— 그렇죠? 현우 오빠, 죽지 않았겠죠?

그녀의 표정은 더없이 간절했다. 죽지 않았다고 믿고 싶어 하는 것이 역력히 느껴졌다. 그렇다는 것은, 사실 마음 한편에서는 죽었을 수도 있다고 생각하는 거다. 만약 그녀가 찾는 현우가 바로 자신이라는 걸 안다면, 은하는 오히려 더 깊은 죄책감을 느끼게 될지 몰랐다.

'나 때문에 오빠가 인생을 망친 거야!'

아무래도 안 되겠다고 지환은 생각했다. 전직 깡패가 되어 있는 모습으로 확인사살시켜주느니, 그냥 검사님이 되어 있을 거라고 희망이라도 계속 품게 놔두는 게 나을 것 같았다.

우스운 것은, 그녀가 그토록 잊지 못하고 있는 남자가 바로 자신이라는 사실을 알고 나자 은근히 마음이 들뜬다는 거였다.

'나한테도 가능성이 있지 않을까, 어쨌든 그 서현우도 나니까.'

꼴에 저도 남자라고, 하면서 지환은 그런 자신을 애써 꾸짖었다.

'그 애가 기억하는 건 다정한 모범생이지, 우락부락한 깡패 새끼가 아니야.'

얼마나 많이 변했는지는 자신도 잘 알고 있었다. 딱 한 장 남아 있는 옛날 사진을 보면 스스로도 이게 내가 맞나 싶을 정도니까. 은하는 자신을 어릴 적 그 모습으로 기억하고 있을 터였다.

'하지만.'

스스로를 야단치면서도, 자꾸만 궁금해지는 것은 어쩔 수 없었다. 은하는 서현우가 아닌 '서지환'을 어떻게 생각하고 있을까.

— 죄송해요.

함께 냉동 창고에 갇혔을 때 그녀가 사과했었다.

— 대표님 겉모습만 보고 나쁜 일 하는 사람일 거라고 생각했어요.

그 얘기는, 지금은 다르게 생각하고 있다는 거 아닐까.

— 그냥, 너무 속상해서, 미칠 거 같아서, 누구한테든 털어놓고 싶은데, 지환 씨밖에 생각나는 사람이 없어서….

은하가 울면서 말했던 것까지 떠올리자 조금 더 희망이 생기는 것 같았다.

'서현우는 서현우고, 혹시 나한테도 조금은 관심이….'

이 생각 저 생각 하면서 방에서 나와 거실로 향하는데, 갑자기 어디선가 펑 하고 화약이 터지는 소리가 고막을 직격했다. 한순간 지환은 생각했다.

'야옹이파 이 막가는 놈들이 드디어 불법 총기에까지 손을 댔구나!'

그러나 머리 위로 알록달록한 색종이가 팔랑팔랑 떨어져서 올려다보니 종이로 만든 커다란 박이 두 쪽으로 갈라져 있었다. 얼이 빠져 있는데, 어디선가 방정맞은 노랫가락이 귀청이 터져라 들려왔다.

빰빠밤빠바 빰빠밤빠밤빰빠! 쿵짝짝짝!

동시에 머리에 종이 고깔모자를 쓴 덩어리들이 어디선가 우르르 몰려 나와 노래를 했다.

"축하합니다, 축하합니다, 큰형님 연애를 축하합니다. 축하합니다, 축하합니다, 큰형님 연애를 축하합니다!"

광란의 막춤과 곁들여서.

"형님, 축하드립니다!"

노래가 끝나고, 일영의 선창에 나머지 열 명이 뒤이어 합창을 했다.

"축하드립니다!"

내내 눈만 깜빡이고 있던 지환이 한참 후에야 제일 가까이 있던 막내 민규에게 물었다.

"연애?"

"예, 형님."

싱글벙글하며 대답하는 민규에게서 시선을 거둔 지환은 그 옆의 덩어리에게 물었다.

"누가?"

"큰형님께서요."

약간 자신 없어진 말투로 대답하는 덩어리에게서 시선을 옮겨, 또 그다음 덩어리에게 질문했다.

"누구랑?"

"은하 누님하고요."

이쯤 되자 아차 싶었는지 일영이 속삭이듯 물었다.

"아닙니까?"

일영의 눈을 들여다보며, 지환도 덩달아 속삭이듯 대꾸해주었다.

"아닌데?"

그제야 사색이 된 덩어리들이 화들짝 놀라 일렬로 서서 차렷 자세를 했다.

"…하여튼 쓸데없는 짓들을."

날카로운 눈초리로 한번 쭉 훑어봐주고, 지환은 바닥 여기저기 흩어져 있는 색테이프 뭉치를 발끝으로 찼다.

"치워라, 얼른."

"예, 형님!"

덩어리들이 합창을 했다.

"그리고."

돌아서서 가려던 지환이 문득 뒤를 돌아보고 경고를 날렸다.

"혹시라도 은하 씨한테 나에 대해서 얘기하지 마라. 특히 옛날 얘기는."

♠ ♥ ♣

마음을 가라앉히고 생각하자 은하는 새삼 부끄러웠다. 웬 남자를 만나러 간다고 신이 나서 나갔다가, 울면서 다시 찾아와서는 무작정 얘기 좀 들어달라고 했으니 지환이 얼마나 어이가 없었을까. 아마도 그에게 있어서는 천하에 관심 없는 얘기였을 것이다.

'내가 왜 이런 얘기를 듣고 있어야 합니까?'

한마디쯤 쏘아붙였을 법도 한데 지환은 그러지 않고 끝까지 들어주었다.

'괜찮아요, 그 사람은 아무 일 없이 잘 살아 있을 겁니다.'

이런 입에 발린 위로 따위는 하지 않았지만, 그래서 더 그 뒤의 말에 무게가 느껴졌다.

— 그렇죠? 현우 오빠, 죽지 않았겠죠?

— 예.

단 한 글자의 대답에 묵직한 확신이 실려 있었다. 전직 보스인 사람이 죽지 않았을 거라고 말하니 정말 그럴 것만 같았다. 그 덕분일까, 은하는 생각보다 쉽게 이번 사건의 충격에서 벗어날 수 있었다. 충격이 가시자 이번에는 화가 치밀었다. 바로 저스티스, 장태현이란 사람에게.

분명히 은하는 댓글로 '혹시 제가 어릴 때 알던 오빠가 아닌가 싶어서요. 혹시 맞다면 제 채널 프로필에 적혀 있는 메일 주소로 연락 주시면 감사하겠습니다' 하고 얘기했다. 그러면 '아니다, 그냥 은하 씨 오빠와 연수원 동기여서 얘기 많이 들었을 뿐이다'라고 사실대로 대답했으면 그냥 좀 실망하고 끝났을 거 아닌가.

'괜히 만나서 얘기하자고 해서 사람을 잔뜩 기대하게 만들고.'

이를 갈다가 은하는 고개를 갸우뚱했다.

'근데 오빠가 내 얘기를 했다고?'

공부를 때려치우고 무명 유튜버로 살고 있는 은하의 존재는 집

안의 수치나 다름없었다. 집 나온 지 2년이 다 돼가는데 부모님은 물론, 언니나 오빠도 연락 한 번 없을 정도니까. 그러니 오빠인 세훈이 먼저 나서서 내 동생이 바로 〈미니와 친구들〉의 미니 언니라고 말했을 리가 없다. 어릴 때 춘천에 살았다는 것까지 알고 있는 걸 봐서는 진짜로 오빠에게서 얘기를 많이 들은 모양인데, 그렇다면 그 태현이란 남자 쪽에서 꼬치꼬치 캐물은 게 틀림없었다.

'진짜 내 팬인가 보네?'

그렇게 생각하자 마음이 조금 누그러지긴 했지만, 그래도 말을 똑바로 안 해서 천국에서 지옥으로 떨어지는 기분을 맛보게 만든 데 대한 앙심이 다 사라지지는 않았다.

'하필이면 직업은 또 검사일 게 뭐람? 사람 착각하게.'

은하는 입술을 삐죽거렸다.

'분명히 현우 오빠가 훨씬 더 잘나가는 검사일 거야.'

사실 법조인은 인터넷에서만 찾아봐도 이름에 사진에 프로필까지 다 나온다. 수백 번도 더 검색해봤지만, 서현우라는 이름의 검사는 없었다.

그렇다고 현우가 검사가 되지 못했다는 뜻은 아니다. 그날 현우 모자가 사라진 것은 조폭이 납치한 것이 아니라, 조폭의 해코지를 피해 어디론가 도망친 거라고 은하는 믿고 있었다. 그렇다면 이름 정도야 개명했다고 보는 게 더 옳지 않을까? 어떤 이름이든, 어떤 모습이든, 혹은 어떤 직업이든, 현우 오빠는 건강하게 잘 살아 있을 거라고 은하는 다시 한번 믿었다.

어깨 깡패의
의미

은하가 가르치는 덩어리들에게 딱 한 가지 뛰어난 점이 있다면 바로 일관성이었다. 참으로 일관성 있게 수업에는 관심이 없는 것이다. 그 일관성을 반대쪽으로 발휘하면 좀 좋을까, 하고 덧없는 생각을 하다가 은하는 한숨을 내쉬며 지환과의 내기를 떠올렸다.

'이래서야 6개월 후는커녕 6년 후에도 합격 못 하겠네.'

그런데 내기에 질 경우를 상상한 순간, 불안해지는 게 아니라 반대로 가슴이 뛰기 시작하는 게 아닌가.

'자기가 이기면 나한테 뭐 해달라고 하려나?'

엉뚱하게도 떠오른 것은 며칠 전 드라마에서 남주인공이 했던 대사였다.

— 나랑 사귈래요?

그것도 지환의 얼굴, 지환의 목소리로!

'미쳤어, 진짜! 그게 여기서 왜 떠올라?'

순간 얼굴이 확 붉어지는 은하를 덩어리들이 수상한 눈으로 쳐다보았다.

"무슨 생각을 하셨길래 갑자기 얼굴이 빨개지십니까, 누님?"

이 사람들이, 공부는 못하면서 쓸데없이 이런 데만 눈치가 빨라!

"아무 생각 안 했는데요?"

오리발을 내밀었지만 이미 덩어리들은 건수 잡았다는 듯이 실실 웃고 있었다.

"에이, 딱 남자 생각 하신 표정인데요?"

"아니거든요?"

끝까지 시치미를 떼자 막내 덩어리, 민규가 정곡을 찔렀다.

"혹시 저희 큰형님 생각 하신 거 아닙니까?"

그 순간 은하는 귓불까지 확 뜨거워지는 것을 느꼈다.

"아니라니까요?"

저도 모르게 소리를 빽 지르자 덩어리들이 그제야 움찔해서 입을 다물었다.

"제가 왜 서지환 씨 생각을 하겠어요?"

은하가 화를 내자 왠지 덩어리들은 무척이나 겁을 먹은 듯했다.

"누님, 일단 진정, 진정하시고요. 예? 거, 욱하는 성질머리 무척 안 좋습니다."

일영이 달래듯 말했다.

"그냥 저희는 누님께서 큰형님을 어떻게 생각하시는지 궁금해서요."

어떻게 생각하느냐는 말에 제일 먼저 떠오르는 것은 품에 안겼을 때의 단단하고 넓고 포근한 감촉이었다. 그리고 현우를 닮은 차분하고 다정한 눈빛. 또다시 얼굴이 달아오를 뻔한 은하는 애써 표정 관리를 했다.

"어떻게 생각하긴요, 뭐. 그냥 사람이죠. 좀 무섭게 생기고… 어깨 깡패고, 그 정도?"

최대한 별 관심 없다는 듯이 말하고 은하는 재빨리 화제를 돌렸다.

"자, 받아쓰기할 거예요. 1번!"

♤ ♥ ♧

화요일 저녁에는 은하가 수업하러 집에 온다. 얼굴 보고 인사라도 나누고 싶어서 시간 맞춰 귀가할 생각이었는데, 이날따라 그만 처리할 일이 생기는 바람에 일영만 먼저 보내고 지환은 평소보다 늦어버렸다. 집에 돌아오자 이미 동생들이 은하와 수업을 하는 방문은 꼭 닫혀 있었다.

'벌써 수업이 시작된 모양이지.'

하다못해 은하 목소리라도 듣고 싶어서 지환은 발소리를 죽여 문 가까이 다가가 귀를 기울였다. 제일 처음 들려온 것은 일영의 목소리였다.

"그냥 저희는 누님께서 큰형님을 어떻게 생각하시는지 궁금해서요."

그 순간 지환은 숨 쉬는 것조차 잊어버렸다. 남자로서 호감을 가져주는 것까진 감히 바라지도 않는다. 그냥 나쁘게 생각하지만 않아준다면, 그렇다면 내게도 희망이….

"어떻게 생각하긴요, 뭐. 그냥 사람이죠."

잠시 후 은하의 목소리가 들려왔다.

"좀 무섭게 생기고… 어깨 깡패고, 그 정도?"

어깨 깡패. 생소한 단어의 조합을 잠시 생각해보다 지환은 가슴이 철렁했다. 그가 아는 '어깨'라는 말은 깡패라는 뜻이었다. 즉 은하는 자신을 그냥 깡패도 아니고 깡패×깡패라고 생각하고 있는 것이다. 지환은 눈앞이 캄캄해지는 것을 느꼈다.

♤ ♥ ♧

비록 공부 안 하고 뺀질거리는 게 주특기긴 하지만, 그래도 덩어리들을 가르치는 건 제법 즐거운 일이었다. 학력이 낮은 만큼이나 이 사람들은 어린아이처럼 순수했다. 한때는 무서운 일을 했던 사람들이 맞나 싶을 정도로. 가끔 내뱉는 엉뚱한 말 때문에 은하는 자주 배꼽이 빠질 뻔하곤 했다. 오늘은 문제를 풀게 한 후 채점하려고 답안지를 보았다가 하마터면 뿜을 뻔했다.

– 겉으로는 강해 보이지만 속은 부드럽다는 뜻의 말을 네 글자로 쓰세요.

물론 정답은 '외강내유'인데, 첫 사람의 답은 이러했다.

– 겉바속촉

'겉은 바삭, 속은 촉촉'을 뜻하는 신조어였다.

'뭐야? 치킨이야?'

웃음을 꾹 참고 그 옆 사람의 답을 보니 이렇게 쓰여 있었다.

− 것바속촉

그 옆의 덩어리는 이렇게 썼다.

− 겉바속촉

그걸 또 자기들끼리 베꼈어! 참다못해 은하는 웃음을 터뜨렸다.

"아하하하!"

한참을 배꼽이 빠지게 웃다가 마지막 일영의 답을 보았는데, 이렇게 쓰여 있었다.

− 큰형님♡

"이건 뭐예요?"

일영이 눈 하나 깜짝하지 않고 대답했다.

"네 글자가 안 되길래 하트로 채워봤습니다."

"아니, 그러니까 답이 왜 큰형님이냐고요."

"설명이 딱 큰형님인데요?"

일영이 당연하지 않느냐는 듯이 되물었다.

웃음 속에서 수업을 끝내고 나오니 이미 바깥은 한밤중이었다. 토요일 수업은 낮에 하지만, 화요일 수업은 덩어리들의 퇴근 후에 이루어지므로 7시에 시작해서 9시에야 겨우 끝났다.

"댁에 모셔다 드리겠습니다, 누님."

"아니에요, 괜찮아요. 저 오늘 차 갖고 왔어요."

일영이 데려다주겠다는 것을 은하는 끝내 사양했다.

"수고하셨습니다, 누님!"

덩어리들이 각자 제 방으로 돌아가는 것까지 보고 나서 은하는 집에 가는 척하다 슬쩍 2층으로 올라갔다. 지환과 인사라도 하고 가고 싶었던 것이다.

그러나 지환은 방에 없는지 노크를 해도 아무 대답이 없었다. 내려와서 주방과 거실 등 여기저기를 기웃거렸지만 아무 데도 보이지 않는 것이, 아무래도 집에 없는 것 같았다. 결국 은하는 지환의 얼굴조차 못 보고 도로 집을 나올 수밖에 없었다.

'저번에 현우 오빠 얘기 들어줘서 고맙다고 인사하려고 했는데, 왜 맨날 내가 수업만 하러 오면 집에 없는 거야?'

시무룩하게 땅바닥만 쳐다보며 걷다가 은하는 그만 뭔가에 정통으로 부딪혔다.

충격은 있었지만 아프진 않은 걸 보니 다행히 전봇대에 부딪힌 건 아닌가 보다. 고개를 들자 눈높이에 보인 것은 넓은 가슴팍. 상대가 지환이란 걸 깨달은 순간 심장이 크게 두근, 소리를 냈다.

"죄송해요!"

일단 사과하고 얼른 오른쪽으로 비켜서는데 하필 지환도 오른

쪽으로 비켰다. 황급히 왼쪽으로 비켜서자 또다시 지환도 왼쪽으로 움직였다. 그제야 은하는 지환이 일부러 제 앞을 막고 있다는 것을 알았다.

'왜 이러지?'

당황해서 고개를 든 은하는 그제야 지환의 얼굴을 보고 깜짝 놀랐다. 그는 은하가 처음 보는 표정을 하고 있었다.

평소 지환의 얼굴에는 빈틈이라곤 없었다. 눈빛은 날카로웠고, 입술은 늘 꾹 다문 채였으며, 어떤 일이 있어도 표정이 크게 변하지 않았다. 감정이라는 게 잘 드러나지 않는 얼굴이랄까. 그런데 지금은 전혀 달랐다. 바라보는 시선은 나른하고, 입가는 느슨해져 있었다.

"왜 그러세요?"

당황해서 묻자 그제야 지환이 중얼거렸다.

"…은하 씨."

느릿한 말투가 완연히 술주정뱅이의 그것이었다. 역시나 희미하게 달콤한 와인 향기가 풍겨와서 은하는 놀랐다.

"술 드셨어요?"

"예, 좀 먹었습니다."

고개를 끄덕이는 남자는 혀까지 살짝 꼬여 있었다.

"앉아서 얘기해요, 우리."

서 있는 것조차 위태로워 보여서 은하는 일단 지환의 팔을 끌어다 정원 구석에 있는 벤치에 앉혔다. 산만 한 덩치가 쓰러졌다가는 자칫 크게 다칠 것 같아서.

"무슨 일 있었어요?"

아무래도 뭔가 단단히 속상한 일이 있었던 모양인데, 얘기 들어주고 위로해주고 싶었다. 그가 저번에 제 얘기를 들어주었듯이.

그러나 왠지 지환은 대답 대신에 원망스러운 눈으로 은하를 빤히 쳐다보았다. 잠시 후 주머니를 뒤지더니 지환은 뭔가를 꺼내 불쑥 내밀었다.

"저 이런 사람입니다."

벤치 옆에 서 있는 키 큰 조명에 비친 글씨를 보니 명함이었다.

"이거 전에 받았는데요?"

그는 명함을 손가락으로 한 글자 한 글자 짚어가며 말했다.

"봐요, 서. 지. 환. 여기 내 이름 쓰여 있잖아."

"그런데요?"

"지금은 회사 다닌단 말입니다, 멀쩡한 회사."

그걸 누가 모르나, 그 회사 사장이 본인인데.

어안이 벙벙해서 쳐다보자 지환이 다시 말했다.

"예전에 그랬던 거지… 지금은 깡패 아니라고."

억울하고 슬픈 목소리에 가슴이 철렁하는데, 갑자기 그가 스르르 눈을 감더니 은하에게로 얼굴을 가까이했다.

'뭐, 뭐야?'

이러면 안 되는데, 하고 머리로는 분명 생각했지만, 몸이 얼어붙는 바람에 채 피할 수조차 없었다. 심장이 두근, 하고 비명을 지르는 순간. 지환의 입술은 아슬아슬하게 은하의 입술을 지나쳐 엉뚱하게도 어깨로 향했다.

은하의 어깨에 얼굴을 묻고, 지환은 계속해서 중얼거렸다.

"나 깡패 아니야. 아니란 말이야…."

♠ ♥ ♣

노크 소리에 지환은 가까스로 눈을 떴다. 일영이 쟁반에 꿀물을 받쳐 들고 들어왔다.

"형님, 속은 괜찮으십니까?"

"어."

부스스 몸을 일으키며 대답하자 일영이 걱정스럽게 물었다.

"대체 술을 얼마나 드신 겁니까?"

"와인 석 잔."

일영이 튀어나올 것 같은 눈을 했다. 와인 한 잔 마시면 알딸딸 해지는 게 지환의 평소 주량이었으므로, 석 잔이면 거의 치사량에 가까운 폭음이었다.

"뭐 속상한 일이라도 있으셨습니까?"

대답 대신에 지환은 대접을 들어 단숨에 꿀꺽꿀꺽 마셔버리고 손등으로 입술을 닦았다. 그래도 제 나름대로는 손 씻고 열심히 살고 있다고 생각했는데, 은하는 인정사정이 없었다.

— 좀 무섭게 생기고… 어깨 깡패고, 그 정도?

그 말을 들은 순간 저 밑바닥까지 끝없이 추락하는 듯한 기분이 었다.

— 저, 제가 사과드릴 게 있어요.

함께 냉동 창고에 갇혔을 때, 은하는 말했었다.

― 처음에 지환 씨 겉모습만 보고 나쁜 일 하는 사람일 거라고 생각했어요.

그래서 조금은 나를 보는 시선이 바뀌지 않았을까, 했는데 그게 아니었던 것이다. 그녀가 보는 자신은 여태 깡패일 뿐이었다. 그 냥 깡패도 아니고 어깨 깡패, 즉 깡패×깡패!

너무 속이 상해서 제 방으로 돌아와 와인 병을 땄는데, 연거푸 석 잔을 마시고 나서는 기억이 없었다.

"어제 은하 누님이 걱정 많이 하셨습니다."

"은하 씨가?"

지환은 가슴이 철렁해서 일영을 쳐다보았다.

"내가 취한 걸 은하 씨가 봤단 말이야?"

"예. 은하 누님이 부르러 오셔서 나가보니까 정원 벤치에 누워 계셨습니다."

맙소사, 하다가 가슴이 철렁했다. 혹시 내가 쓸데없는 소리를 한 건 아니겠지? 만약 내가 바로 그 서현우라는 말이라도 했다면!

지환이 황급히 물었다.

"혹시 별다른 말은 없었고? 이상한 낌새 같은 건?"

"그런 건 없었는데요."

지환은 가슴을 쓸어내렸다. 혹시라도 내가 현우라는 걸 은하가 알았다면 어떻게든 티가 났겠지.

"저, 형님. 늦었는데 출근 준비할까요?"

일영이 조심스럽게 물었다.

"회사는 나가서 뭘 하냐."

일할 의욕이라고는 티끌만큼도 남아 있지 않았다. 지환은 자조적으로 웃었다.

"…아무리 열심히 일해봐야 그냥 어깨고 깡패일 뿐인데."

♠ ♥ ♣

다음 날, 회사에서 녹화 준비를 하는 동안에도 은하는 내내 심란했다. 핼러윈 특집 때문에 평소와 다른 메이크업을 받고 의상을 갈아입는 동안에도 머릿속은 온통 어제 일뿐이었다. 무슨 일인지는 대충 짐작이 갔다. 또 누가 겉모습만 보고 깡패 취급을 한 거겠지. 덩어리들에게 업혀 들어가면서도 지환은 계속해서 중얼거렸다.

— 나 깡패 아니야. 아니란 말이야….

그 강인하고 무서워 보이는 사람이 그렇게 상처받은 얼굴을 할 줄은 꿈에도 몰랐다. '외강내유'라는 말에, 일영이 왜 우리 큰형님이 딱 그거라고 했는지 알 것 같았다. 깡패 생활이 싫어서 부하들데리고 나온 사람한테, 그래서 지금까지도 예전 조직원들에게 목숨을 위협당하고 있는 사람한테 대체 무슨 말을 한 거야! 생각할수록 화가 났다.

'대체 누구 짓이지?'

얼마 전, 길 잃은 아이의 엄마에게 유괴범 취급을 받았을 때도 그는 상처받은 기색도 없이 그저 당연하다는 식으로 말했다. 그랬던 사람이 이번에는 속상해서 술까지 먹은 걸 보면, 혹시 가까운 사람에게 들은 건 아니었을까. 누군지 알면 쫓아가서 한바탕 퍼부어주고 싶은데 알 도리가 없으니 속만 부글부글 끓었다.

안절부절못하던 은하는 결국 일영에게 전화를 했다.

"지환 씨는 좀 어때요?"

"조금 늦었지만 출근은 하셨습니다. 여전히 심기가 불편하신 것 같아서 눈치 보고 있는 중입니다."

"대체 무슨 일이 있었던 거예요?"

"저도 잘 모르겠습니다. 여쭤봐도 말씀을 안 해주셔서요."

일영이 속상한 듯이 말했다.

"그냥 그런 말씀은 하셨습니다. 아무리 열심히 일해봐야 어깨고 깡패일 뿐이라고요."

그가 어떤 표정으로 그 말을 했을까 생각하니 은하도 덩달아 속이 상했다.

"그럼 토요일 수업 때 봐요. 큰형님 잘 돌봐드리고요."

전화를 끊고 나서 은하는 씩씩거렸다.

"아니, 손 씻고 착하게 사는데 왜 어깨고 깡패라는 거야? 어깨 깡패긴 하지만…."

그러다 문득 가슴이 철렁했다. …잠깐만, 어디서 많이 들었던 말 같은데?

이어서 제 목소리가 떠올랐다.

— 어떻게 생각하긴요, 뭐. 그냥 사람이죠. 좀 무섭게 생기고… 어깨 깡패고, 그 정도?

은하는 눈을 크게 떴다. 만약에 지환이 내가 한 말을 우연히 듣고 오해한 거라면?

심장이 튀어나올 것처럼 뛰었다. 은하는 힐끗 시계를 올려다보왔다. 11시 50분, 곧 점심시간이다. 지환의 회사는 은하의 회사에서 걸어서 15분 정도 거리밖에 되지 않았다. 애초에 청소 아르바이트를 구할 때 회사와 집에서 가까운 곳으로 찾은 거였으니까. 뛰어가면 점심시간 전에 도착할 수 있을지도 모른다.

"감독님, 저 잠깐만 나갔다 올게요."

벌떡 일어나는 은하를 보고 카메라 감독이 놀라서 말했다.

"은하 씨, 어디 가? 곧 녹화 들어가는데!"

"금방 올게요!"

"은하 씨?"

하지만 은하는 들은 체도 않고 그대로 뛰쳐나갔다. 뒤에 남은 카메라 감독이 당혹스러운 듯이 중얼거렸다.

"아니, 저 꼴을 하고 밖에 나가면 어떡해?"

♤ ♥ ♧

속상함이 어느 정도 가시자 이번에는 비뚤어졌다.

"형님, 속은 괜찮으십니까? 해장국이라도 시켜드릴까요?"

눈치를 보며 신경 써주는 일영조차도 그저 귀찮기만 했다.

"됐다. 나는 나가서 먹고 올 테니까 너희들끼리 알아서 먹어."

사실은 밥 생각도 없지만, 점심까지 걸렀다가는 또 녀석들이 한바탕 걱정할 테니 일단 피하려는 생각이었다.

지환은 혼자서 터덜터덜 사무실을 나와 엘리베이터를 탔다. 잠시 후 엘리베이터가 아래층에 멈춰 서고 문이 열렸다. 마침 점심시간이라 사무실에서 나온 직장인들 한 무리가 올라타려다, 안에 있는 지환을 보고 움찔했다.

자신이 사람들 눈에 어떻게 보이는지 잘 알고 있는 지환은 평소에 남의 몇 배로 행동을 조심했다. 원래 같으면 얼른 구석으로 비켜서서 자리를 내주며 '타십시오' 하고 말했을 것이다. 하지만 오늘만은 그럴 기분이 들지 않았다. 착하게 살아서 뭐 한단 말인가, 어차피 뭘 하든 나는 깡패일 뿐인데.

지환은 팔짱을 낀 채 똑바로 앞을 쳐다보았다. 사람들이 감히 올라탈 엄두를 내지 못하고 주춤거리며 물러서는 걸 보고도 눈썹 하나 까딱하지 않았다.

회사를 나와서도 마찬가지였다. 맞은편에서 휴대폰을 들여다보며 걸어오다 어깨를 부딪친 사람을 지환은 한껏 노려봐주었다. 평소 같으면 상대가 놀랄까 봐 이쪽이 먼저 사과했을 테지만, 오늘은 그러기 싫었다. 어차피 나는 깡패니까!

"길을 걸을 땐 앞을 똑바로 봅시다, 좀."

상대가 10년은 수명이 줄어든 것 같은 표정으로 황급히 사과했다.

"죄, 죄송합니다!"

걸음아 날 살려라 하고 도망치는 걸 보니 기분이 더 최악이었다.

정처 없이 걷던 지환은 문득 걸음을 멈췄다. 점심시간의 직장인 무리를 뚫고, 엄청나게 눈에 띄는 복장을 한 사람 하나가 저만치서 이쪽을 향해 달려오고 있었던 것이다. 검은 망토에 역시 검은 드레스, 검은 고깔모자. 마녀였다.

문제는, 마녀는 마녀인데 아는 마녀다. 지환은 놀라서 걸음을 멈췄다.

"은하 씨?"

지환의 바로 앞까지 뛰어와서 멈춘 마녀가 가쁜 숨을 몰아쉬며 휴대폰을 내밀었다.

"저기, 이거요."

영문도 모르고 화면을 들여다본 지환의 눈이 다음 순간 커다래 졌다.

[국어사전-오픈사전]
어깨 깡패: 어깨가 넓은 남자를 비유적으로 이르는 말.

키 작은 마녀는 고개를 한껏 치켜들고 그의 얼굴을 똑바로 쳐다 보았다.

"지환 씨는 깡패가 아니에요. 착한 사람이에요."

확신에 찬 목소리. 순간 목 안 깊은 곳에서 뭔가 뜨거운 것이 치 밀어 올라서 지환은 아무 말도 할 수 없었다.

"저 그럼 갈게요."

등을 돌렸던 마녀가 몇 발짝도 못 가서 금세 걸음을 멈추고 도 로 지환을 돌아보았다.

"그리고요. 어…."

그녀는 조금 망설이더니 빠르게 말했다.

"…남자는 어깨가 넓은 게 멋있는 거 같아요."

그러더니 등을 돌려서 또 급하게 뛰어갔다. 망토 자락을 휘날리 며 저만치 멀어지는 마녀의 뒷모습을 보는 지환의 가슴속에서 무언가가 몽글몽글 부풀어 올랐다. 간지럽고, 달콤하고, 부드럽고, 왠지 모르게 눈물이 날 것 같은 무언가.

지환은 격렬한 충동에 휩싸였다.

'착한 사람이 되고 싶다.'

지금까지도 착하게 살려고 노력해왔지만, 더욱더 격렬하게 착해지고 싶다!

착한 일, 착한 일. 지환은 주위를 둘러보았다. 뭐가 없을까? 마침 길가에 '점심을 굶는 아이들을 도와주세요'라는 현수막이 걸린 모금 부스가 설치되어 있는 것이 눈에 들어왔다.

너 잘 걸렸다.

"잠시만 설문조사 좀 부탁드립니다."

행인들에게 모금을 독려하던 사람들이, 자신들을 향해 성큼성큼 다가오는 거대한 체격에 살벌한 인상의 사내를 보고 겁먹은 얼굴을 했다. 지갑 안에 든 수표부터 현금까지 몽땅 꺼내 모금함 안에 넣자 그들의 눈이 일제히 커졌다.

빈 지갑을 품에 넣고 돌아서며 지환은 활짝 웃었다. 눈부시게 파란 가을 하늘이, 깡패 소리를 들을 만큼 넓은 어깨 위로 따스하게 내려앉았다.

♠ ♥ ♣

— 남자는 어깨가 넓은 게 멋있는 거 같아요.

그렇게 말해놓고 은하는 왠지 그날 밤에 잠이 잘 오지 않았다.

'내가 너무 오버했나?'

하지만 그 순간에는 그렇게라도 말하지 않고는 견딜 수가 없었다. '어깨 깡패'의 진짜 뜻을 안 순간 지환은 진심으로 놀란 듯했다. 표정을 보자마자 알 수 있었다.

'아, 내가 했던 말 때문에 상처받았던 게 맞았구나.'

지환은 〈미니와 친구들〉의 팬이라고 했다. 선뜻 1억씩이나 줬던 걸 보면 팬도 이만저만한 팬이 아닐 거였다. 그런 자신에게 깡패×깡패라는 소리를 들었(다고 착각했)으니 얼마나 상처가 컸을까. 조금이라도 상한 마음을 어루만져주고 싶은 마음에, 그만 작업이라도 거는 것 같은 멘트가 나와버린 것이다. 뒤늦게 민망하기도 하고, 한편으론 살짝 걱정도 되었다.

'혹시 자기한테 관심이라도 있다고 오해하면 어떡하지?'

자신은 말하자면 연애 금치산자 같은 거였다. 평생 현우 이외의 사람을 마음에 품어본 적도 없지만, 설령 다른 사람을 좋아하게 된다 해도 연애는 할 수가 없다. 현우 오빠는 자신을 지키려다 생사를 모르게 됐는데, 무슨 염치로 저 혼자 하하 호호 연애질을 할 수 있을까. 그러니 최소한 현우를 찾아서 잘 살아 있다는 사실이라도 확인하기 전에는, 연애고 결혼이고 은하의 사전엔 있을 수 없었다.

즉 다시 강조하지만 '어깨 넓은 남자가 멋있는 거 같아요'라고 했던 건 절대 사심을 갖고 한 말이 아니다, 이거다.

'사심 따위가 있을 리가 있어? 나한텐 현우 오빠가 있는데.'

그렇게 생각하면서도 자꾸만 얼굴이 달아올랐다.

"아, 다음에 얼굴을 어떻게 보지?"

이불 속으로 쏙 숨어버리는 은하였다.

♤ ♥ ♧

퇴근 후 저녁 내내 큰형님께서는 휴대폰만 들여다보고 계셨다.

"어깨 넓어지는… 운동…."

뭔가를 계속 검색하며 중얼거리는 말을 듣고 덩어리들의 얼굴
은 사색이 되어 있었다. 큰형님 하면 어깨, 어깨 하면 큰형님 아니
겠는가. 그냥 있어도 미식축구의 숄더패드를 착용한 것 같으신 분
이 대체 왜?

아무리 봐도 이래저래 정상이 아니었다. 어젯밤에는 뭐가 그렇
게 속상하신지 술을 진탕 드셨다가, 오늘 오전에는 말도 못 붙일
정도로 저기압이셨다가, 점심때 밖에 나갔다 오시더니 또 언제 그
랬냐는 듯이 기분이 확 좋아져 있고. 지난번에 머리를 다친 후유
증이 또다시 나타나는 게 아닌가, 하고 걱정이 되어서 덩어리들은
안절부절못했다.

"철봉… 운동이… 최고…."

서로 눈치를 보다가 결국 일영이 총대를 메기로 했다.

"저, 형님. 갑자기 어깨 넓어지는 운동은 왜 찾으십니까?"

지환이 힐끗 쳐다보더니 되물었다.

"일영아, 넌 남자가 뭐라고 생각하냐?"

"예?"

일영이 미처 대답하기도 전에 큰형님은 딱 잘라 말했다.

"남자는 어깨다."

276

어안이 벙벙해진 덩어리들을 뒤로하고 큰형님은 자리를 박차고 일어났다.

"나 운동하러 내려간다."

♠ ♥ ♣

"어깨 깡패가 깡패 곱하기 2라는 뜻인 줄 알고 엄청 속상했나 봐."

억울하고 속상한 지환의 표정이 자꾸 떠올라서 은하는 삐져나오는 웃음을 참지 못했다.

"되게 귀엽지 않냐?"

그런 은하를 미호가 어이없는 눈으로 쳐다보았다.

"너 처음에 나한테 그 사람 얘기 어떻게 했는지 기억은 하냐?"

"뭐라고 했는데?"

되묻자 미호가 은하 흉내를 냈다.

"키가 190도 훨씬 넘어 보이고! 어깨는 무슨 미식축구 선수 같고! 눈은 이렇게, 쫙 찢어져 있고! 얼굴에는 칼자국까지 있어. 인상 완전 살벌하단 말이야. 이래 놓고 뭐, 귀엽다고?"

제가 했던 말에 가슴이 철렁해서, 은하는 황급히 반박했다.

"아냐, 첨에는 대충 봐서 그랬던 거지. 자세히 보면 착하게 생겼어. 눈이 엄청 맑단 말이야. 좋은 일도 많이 한대."

은하는 목마른 사슴의 공장에 갔을 때 주워들은 이야기를 신나게 주워섬겼다.

"정부에서 인증도 받은 사회적 기업이래. 직원들도 엄청 잘 챙기고…"

함께 냉동 창고에 갇혔던 얘기는 할까 말까 하다가 왠지 민망해서 살짝 넣어두었다. 뭐 사심이 있어서 안아준 것도 아니니까.

한참 팔짱을 끼고 듣던 미호가 불쑥 물었다.

"그나저나 너 현우 오빠는 어떻게 됐냐? 곧 만날 수 있을 것 같다더니."

"아, 맞다! 그 얘기를 깜빡했네."

며칠 전의 일이 떠올라서 은하는 대번에 흥분했다.

"나 얼마 전에 현우 오빠 찾은 줄 알고 완전 쇼했잖아!"

말이 나온 김에 그만 깜빡 속아서 약속 장소까지 나갔던 일을 미호에게 한바탕 일러바쳤다.

"그 사람, 생긴 건 어땠는데?"

뜻밖의 질문에 은하는 고개를 갸웃거렸다. 어떻게 생겼더라?

"그냥 뭐, 눈에 띄게 못생기진 않았던 거 같은데."

"대충 사람처럼만 생겼으면 한번 진지하게 만나봐도 괜찮지 않아? 검사님이고 네 팬이라며."

"내가 한 천 번은 말하지 않았나? 현우 오빠 찾을 때까진 연애 안 한다고."

"그런 거에 비해서는 그 목마른 사슴 대표님 얘기를 너무 신나게 하는 거 아니고?"

은하는 정색했다.

"뭐라는 거야. 그런 사이 아니거든?"

지환은 좋은 사람이다. 의외로 귀여운 데도 있고. 하지만 거기까지일 뿐, 그 이상으로 생각해본 적은 없었다. 무엇보다 자신에게는 현우가 있는데 다른 남자에게 관심을 가질 리가 없지 않은가.

"그래서, 아직도 현우 오빠 포기 안 했다고?"

"당연하지."

은하는 딱 잘라 말했다.

"그래, 꼭 찾아서 너랑 잘됐으면 좋겠다."

예전 같으면 '그놈의 현우 오빠' 하면서 혀를 차며 못마땅해했을 미호가 의외로 그렇게 말해서 오히려 은하가 놀랐다.

"웬일로 네가 응원을 다 해주냐?"

미호가 한숨을 쉬며 대꾸했다.

"이제 네 마음을 좀 알 것도 같아서."

"갑자기 무슨 바람이 불었는데?"

창밖 저 멀리를 아련한 눈빛으로 쳐다보며 미호는 중얼거렸다.

"어디 사는 누군지도 모르는 사람을 좋아하게 됐거든, 나도."

"무슨 일인데?"

끈질기게 물어도 미호는 땅이 꺼져라 한숨만 쉴 뿐 말해주지 않았다.

♤ ♥ ♧

미호와 헤어진 후, 은하는 큰맘 먹고 근처의 옷가게에 들러서 가을 분위기가 물씬 풍기는 예쁜 원피스를 한 벌 샀다. 다행히 덩어리들에게 받은 과외비 덕분에 약간은 여유가 생겼으니까.

로드숍에 가서 역시 가을에 어울린다는 말린 장미색 립스틱도 하나 골랐다. 가짜 현우 오빠를 만나던 날, 마땅한 옷도 없고 화장품도 없어서 대충 꾸미고 나가느라 무척 속이 상했었다. 최고로 예쁘게 하고 나가도 모자랄 마당에.

'가짜였기에 망정이지, 진짜였으면 어쩔 뻔했어?'

언제 현우 오빠를 만날지 모르니까 앞으론 좀 신경 써야겠다고 은하는 생각했다.

'일단 샀으니까 개시는 해야겠지?'

그래서 다음 과외가 있는 날, 은하는 새 원피스를 차려입고 예쁘게 화장을 하고 집을 나섰다. 거울에 비친 모습이 제가 봐도 그럴듯해 보여서 모처럼 자신감이 막 올라갔다.

"저 왔어요!"

초인종을 누르고 말하자 잠시 후 도어록이 해제되는 소리가 들렸다. 평소 같았으면 곧바로 덩어리들이 기다리고 있을 방으로 직행했을 테지만, 오늘은 잠시 망설이다가 2층에 있는 지환의 방으로 먼저 향했다. 지환 때문에 입은 건 절대 아니지만, 그래도 모처럼 옷도 예쁘게 입었으니까 먼저 그를 만나서 인사라도 하고 싶었다.

"지환 씨, 안에 계세요?"

가만히 노크해보았지만, 대답은 들려오지 않았다.

'에이 씨, 맨날 집에 없어.'

실망해서 터덜터덜 내려오다 계단에서 다른 덩어리를 마주쳤다.

"누님 오셨습니꺼!"

상대는 은하를 보고 얼른 허리를 굽혀 인사를 했다. 은하가 가르치는 덩어리들은 물론, 그 외의 덩어리들도 은하에게는 이렇게 깍듯했다.

"저, 혹시 큰형님 밖에 나가셨나요?"

"해임 방에 안 계십니꺼?"

"네, 안 계신 거 같아요."

"카믄 지하에서 운동하고 계실 낀데예."

"지하요?"

"예, 누님. 지하에 헬스장 있는데예, 요 메칠 무슨 바람이 불었는지 아예 거기서 사신다 아입니꺼."

그러면서 덩어리는 내려가는 계단을 가리켰다.

"고맙습니다."

무슨 집에 헬스장까지 있어, 하면서 은하는 계단을 내려가보았다. 지하실 문을 열어보니 안쪽은 정말로 러닝머신과 운동기구들이 놓여 있는 헬스장이었다.

'어디 있지?'

살짝 고개를 들이밀고 둘러보자 철봉에 매달려 있는 남자의 뒷모습이 보였다.

"서른둘, 서른셋….."

남자는 풀업*을 하고 있는 중이었다. 팔에 힘을 주어 몸을 철봉 위로 끌어올릴 때마다 전신의 근육들이 얇은 운동복 속에서 뚜렷하게 형태를 드러냈다. 굵은 팔뚝의 상완근과 넓은 어깨의 승모근. 나비의 날개처럼 유연하게 접혀졌다 펴지기를 되풀이하는 견갑골. 날렵한 허리와 탄탄하게 올라붙은 엉덩이, 굵은 허벅지까

• 턱걸이.

지. 모양만 부풀려진 관상용 근육 따위는 단 한 부위도 없는, 철저하게 지독한 훈련과 실전으로 다듬어진 강인한 몸이었다.

어쩌다 보니 은하는 저 사람에게 안겨도 보고 업혀도 보고, 심지어 어깨에 둘러메진 적까지 있다. 그러니까 온몸이 근육질이라는 건 이미 알고 있었다. 일단 촉감부터가 예사롭지 않았으니까. 하지만 이 정도일 줄은 상상도 못 했다. 늘 고집스러울 정도로 단단히 챙겨 입고 있는 슈트와 와이셔츠 아래에 저런 멋진 것들을 숨기고 있었을 줄이야.

비단 근육뿐 아니라 골격 자체가 이미 완벽한 형태였다. 떡 벌어진 어깨와 넓은 가슴, 잘록한 허리와 곧고 길게 뻗은 다리, 그리고 두꺼운 흉통!

어느덧 은하는 눈을 깜빡이는 것조차 잊은 채 바라보고 있었다. 그에게 안기고 업혔던 일을 떠올리자 뒤늦게 심장이 폭발할 것만 같았다. 어떻게 나는 저 가슴에 안겨서 아무렇지 않게 잠이 들고, 등이 포근하다면서 편하게 뺨을 기댈 수 있었을까?

"여든하나, 여든둘⋯."

지칠 만도 한데 남자는 좀처럼 움직임을 멈추지 않았다. 점점 거칠어져가는 숨소리에 은하의 심장도 덩달아 속도를 붙였다.

"아흔아홉, 백."

끈질기게 풀업을 되풀이하던 남자는 기어이 백 번을 채우고서야 드디어 땅으로 훌쩍 뛰어내렸다. 거대한 체격과 어울리지 않는, 깃털처럼 가벼운 몸놀림이었다.

옆에 던져두었던 수건으로 이마에 배어난 땀을 훔치며 돌아서

자 그제야 남자의 앞모습이 보였다. 운동을 멈추자 아까처럼 근육의 형태가 잘 보이지 않아 안타깝게 생각하던 중.

"휴우."

남자가 긴 한숨을 내쉬며 옷자락을 들어 올리더니 거추장스럽다는 듯이 그대로 벗어버렸다.

그림 같은 몸이 눈앞에 생생하게 드러나는 순간, 은하는 숨을 쉬는 것도 잊었다. 옷에 가려져 있을 때보다 백배는 아름다웠다. 매끈한 피부와 우람하게 부풀어 있는 대흉근, 가쁜 숨을 몰아쉴 때마다 선명하게 형태를 드러내는 복근.

'만져보고 싶어.'

그렇게 생각하는 자신을 깨닫고 은하는 퍼뜩 제정신으로 돌아왔다.

'내가 지금 무슨 생각을 하는 거야?'

얼굴에 불이 붙은 듯 확 뜨거워져서 그대로 등을 돌려 도망치듯 계단을 뛰어올랐다. 단 하나 다행인 것은, 지환은 은하가 자신을 보고 있는 것조차 끝내 알아채지 못했다는 거였다.

♠ ♥ ♣

'좀 넓어진 것 같은가?'

운동을 마치고 샤워를 하며 지환은 거울에 비친 제 어깨를 흡족하게 들여다보았다.

'이 정도면 누가 봐도 어깨 깡패 맞지, 암.'

그토록 상처받았던 단어가 이제 와서는 최고의 찬사처럼 느껴졌다. 요 며칠 지환은 회사에서 일하는 시간 빼고는 정신없이 운동에만 매달렸다.

— 남자는 어깨가 넓은 게 멋있는 거 같아요.

그 말을 떠올릴 때마다 새롭게 힘이 솟아나서 힘든 줄도 몰랐다.

샤워를 한 뒤 지환은 깨끗한 옷으로 갈아입고 밖으로 나갔다. 괜히 동생 녀석들이 봤다간 또 호들갑을 떨 게 뻔했기 때문에, 일부러 정원에서 은하를 기다리기로 한 것이다. 이제나저제나 기다린 끝에 건물을 나오는 은하의 모습이 저만치에 나타났다.

"은하 씨!"

반갑게 부르며 빠른 걸음으로 다가가자 은하가 흠칫 놀라며 걸음을 멈췄다.

"…지환 씨."

무슨 일일까, 오늘따라 그녀는 눈부시게 예뻤다. 그전에는 주로 귀여운 느낌의 옷들이었는데, 오늘은 처음 보는 갈색 원피스를 입고 있으니 평소보다 훨씬 차분하고 성숙해 보였다. 그뿐인가, 항상 엷은 핑크색이었던 입술도 오늘은 짙은 장밋빛이었다. 너무 예뻐서 쳐다보기조차 아까울 지경이었다.

"수업은 잘 끝나셨습니까?"

"네."

"그날 보니까 마녀 복장이 잘 어울리시더군요. 무척 예뻤습니다."

지환으로서는 큰 용기를 내서 한 말인데, 왠지 은하는 기뻐하는 기색도 없이 고개를 푹 숙인 채 대꾸했다.

"네."

"핼러윈 시즌이라서 입으셨나 봅니다."

"네."

무슨 말을 해도 돌아오는 대답은 그저 네, 한마디뿐. 하다못해 은하가 제 얼굴조차 제대로 쳐다보지 않는 것을 깨닫고 그제야 지환은 이상함을 느꼈다.

"은하 씨, 무슨 일 있으십니까?"

"아뇨, 아무 일도 없어요."

고개를 저을 뿐, 여전히 시선은 땅바닥을 향하고 있었다. 불안하기도 하고 걱정도 되어서, 어떻게든 눈을 마주 보고 얘기하고 싶어서, 결국 지환은 허리를 한껏 굽혀 그녀의 얼굴을 들여다보며 불렀다.

"은하 씨?"

간신히 시선이 마주친 순간, 은하는 화들짝 놀란 듯 황급히 눈을 돌리고는 중얼거렸다.

"저 그럼, 갈게요."

그러더니 지환의 옆을 지나쳐 뛰다시피 가버렸다.

♤ ♥ ♧

"만져보고 싶어요?"

상반신을 눈부시게 드러낸 지환이 물었다. 네, 하고 고개를 끄덕이자 허락이 떨어졌다.

"그럼 만져봐요."

이건 아니라고 은하는 생각했다. 좋아하지도 않는 남자의 몸을,

그저 끌린다고 제멋대로 더듬을 순 없지 않은가. 하지만 눈앞의 몸은 유혹 그 자체였다. 눈앞에 있는 당당하고 아름다운 근육의 감촉을 직접 느껴보고 싶어서 견딜 수가 없었다.

"어서, 괜찮다니까."

부드러운 목소리로 재촉을 받자 도저히 저항할 수가 없었다. 결국 은하는 유혹에 지고 말았다. 하느님, 저 그냥 이거 만지고 지옥 가겠습니다!

두근거리며 손을 뻗는 순간, 어디선가 서글픈 목소리가 들려왔다.

"은하야."

흠칫 놀라 고개를 들자 자신을 내려다보고 있는 것은 지환이 아닌 현우였다.

♠ ♥ ♣

벌떡 일어난 은하는 머리를 마구 헝클어뜨렸다.

"와, 미치겠다!"

벌써 사흘째 꿈만 꾸면 지환이 나타나는 것이다. 그것도 상반신 나체로! 그날, 지환이 운동하는 모습을 본 이후로 계속 이 모양이었다. 시도 때도 없이 자꾸만 떠오르는 것이다, 그때 본 그의 몸이. 남자 몸이 그렇게 아름다울 수 있다는 걸 처음으로 알았다.

덕분에 은하는 미처 모르고 있었던 제 취향을 깨달았다. 아, 내가 몸 좋은 남자를 좋아했구나!

그의 몸에 반했다는 사실 자체는 조금도 부끄럽지 않았다. 여자라면 누구라도 그럴 거라고 자신 있게 말할 수 있다. 본인이 잔근육을 좋아하는 줄 알고 있는 여자들도, 사실은 진짜 제대로 된 몸을 못 봐서 그런 거라고 은하는 생각했다. 잔근육 따위 개나 주라지, 대세는 큰 근육이다!

문제는 자꾸만 그를 떠올리는 데 다분히 성적인 의미가 내포되어 있다는 거였다. 그 단단하고 강한 몸에 가까이 닿고 싶은 마음이 자꾸만 들었다. 만져보고 싶고, 품에 안기고만 싶고. 머릿속에 이런 불순한 것들로 가득하니 당사자를 볼 낯이 없었다.

― 은하 씨!

지환이 반갑게 다가와서 이것저것 말을 거는데, 차마 눈조차 제대로 쳐다볼 수가 없어서 그만 도망치고 말았다.

'언제는 점심시간에 찾아와서 작업 멘트 같은 거 치더니, 되게 이상한 여자라고 생각했겠지.'

따지고 보면 이상한 여자가 아니라고 할 수도 없었다. 좋아하는 남자도 아닌데 이러고 있으니 이상한 여자 맞지, 뭐.

그렇다. 가장 최악인 것은 정작 좋아하는 남자는 따로 있다는 거였다. 즉 마음은 현우 오빠에게 있으면서 지환에게는 몸에만 끌리는 상황인데, 그런 자신이 은하는 이해도, 용서도 되지 않았다.

지환은 좋은 사람이다. 제가 힘들 때 여러 번 도와준 고마운 사람이기도 하다. 그런 사람을, 그저 멋진 몸을 갖고 있다는 이유로 멋대로 욕망의 대상으로 삼다니 이게 얼마나 큰 실례인가.

'정신 차려, 고은하!'

몇 번이나 스스로를 야단치며 생각하지 않으려고 했지만, 꿈에까지 나타나는 건 어쩔 수가 없었다. 은하는 결심했다.

'안 되겠다, 당분간 피해 다녀야지.'

♤ ♥ ♧

회사 복도에서 예나를 마주친 순간, 은하는 올 것이 왔구나 하고 생각했다.

"언니, 잠깐만."

역시나 예나는 할 말이 있는 것 같은 표정으로 다가왔다. 그렇지 않아도 마주치면 한 번은 물을 것 같아서 할 얘기를 미리 준비하고 있었다. 예나 집을 청소하던 날, 내가 지환을 부른 게 아니라고 똑똑히 말해두고 싶었다. 아무래도 일부러 망신을 주기 위해 그랬다고 생각할 것 같아서.

"저기, 그날은⋯."

하지만 예나는 은하의 말을 가로막더니 말했다.

"나 대표님한테 휴가 받아서 열흘 동안 유럽 여행 다녀올 거야. 생각 정리할 것도 있고 해서."

"어?"

예상했던 것과는 전혀 다른 화제에 은하는 조금 당황했다. 게다가 어디 여행을 가든 말든 서로 보고할 만한 사이도 아닌데 왜 이런 말을?

"나 없는 동안 장난감 안 나온다고. 영상 안 찍으니까. 유치하게 일부러 안 주는 거 아니란 말이야."

그제야 은하는 예나가 왜 이런 말을 하는지 이해했다.

"어⋯ 고마워, 미리 말해줘서."

"수고해, 그럼."

예나가 용건 끝났다는 듯이 그대로 가버리려 해서 은하는 흠칫 놀라 물었다.

"저기, 예나야. 그 사람하고 무슨 사이냐고 안 물어봐?"

전에는 그저 아무 사이 아니라고만 대답했었다. 하지만 이번에는 제대로 이야기해줄 생각이었다. 나는 아주 오래전부터 좋아하는 사람이 따로 있다고, 그러니까 지환과는 진짜로 아무 사이도 아니라고. 그래야 예나도 좀 마음이 편할 것 같았다.

예나는 픽 웃었다.

"뭐 하러 물어봐. 얼굴만 봐도 알겠던데."

뭘 알겠다는 걸까. 하지만 은하가 묻기도 전에 예나는 이미 돌아서서 가버렸다.

♠ ♥ ♣

"그럼 다음 시간에 봐요!"

수업이 끝나고, 은하는 방을 나와서 고양이처럼 살금살금 복도를 지났다. 지환과 마주치지 않고 집에 돌아갈 생각이었는데, 복도 모퉁이를 도는 순간, 그만 앞을 가로막혔다.

"수업은 끝나셨습니까?"

머리 위에서 들려오는 목소리에 심장이 발밑까지 뚝 떨어지는 느낌이 들었다.

"아, 네, 저기, 방금요."

너무 놀라서 은하는 목소리까지 떨렸다.

"그럼 오늘 저희 집에서 저녁식사하고 가시죠."

키 차이 때문에 고개를 들지 않으면 자연스럽게 그의 가슴께에 시선이 닿게 된다. 얇은 천에 밀착된 가슴 근육이 숨 쉴 때마다 오르락내리락하는 것이 적나라하게 보이는 바람에 도대체 눈을 어디다 둬야 할지 모르겠다. 결국 은하는 그의 실내용 슬리퍼와 눈을 맞추고 대답했다.

"아니에요. 저 일이 있어서 가봐야 해요."

알겠습니다, 하고 평소처럼 정중하게 물러날 줄 알았던 남자는 오늘따라 집요했다.

"무슨 일이 있으십니까?"

"네? 그게⋯."

미처 핑계를 생각해놓지 않아서 은하는 당황했다. 우물쭈물하고 있자 지환은 조심스럽게 물었다.

"혹시 제가 뭔가 실수한 거라도 있습니까?"

"⋯."

"그런 게 있다면 솔직히 말씀을 해주셨으면 좋겠습니다. 그러면 사과하고 고칠 테니까."

은하로서는 입이 열 개라도 할 말이 있을 리 없었다.

"⋯."

본의 아니게 묵비권을 행사하고 있자 지환은 무척이나 답답한 모양이었다.

"얼마 전에는 저한테 깡패 아니라고, 좋은 사람이라고 하셔놓고 갑자기 왜 이러시는 겁니까?"

말투가 점점 애원처럼 변해갔다.

"제가 뭔가 실수했다면, 고칠 기회라도 줄 수 없는 겁니까?"

은하는 겨우 입술만 움직여 말했다.

"지환 씨는 잘못한 거 없어요. 제 잘못이에요."

"그게 무슨 말입니까?"

은하는 또다시 입을 다물 수밖에 없었다.

"…."

결국 지환은 길게 한숨을 내쉬었다.

"마음 같아서는 사실대로 말씀해주실 때까지 제 방에다 가둬두고 싶습니다."

가슴이 철렁하는데 그가 조용히 말을 이었다.

"물론 그럴 수는 없지요. 저는 어디까지나 은하 씨에게는 '착한 사람'이고 싶으니까."

"…."

"그러니까 은하 씨가 끝내 말씀해주시지 않는다고 해도 제가 할 수 있는 일은 없습니다."

차분한 목소리에 괴로움이 깃들어 있었다.

"하지만 이대로 가시면 저는 내내 무척 괴로울 겁니다. 아마 잠을 잘 수도, 먹을 수도, 일을 할 수도 없을 것 같습니다."

결코 과장이 아니라는 것을 은하는 알았다. 어깨 깡패라는 자신의 말 한마디에 무척이나 상처받고 속상해서 술까지 먹었던 사람이다. 그런데 지금 똑바로 말해주지 않는다면 또 얼마나 힘들어할까. 당장 사실대로 말하라고 강요를 받는 것보다도 이 착한 사람이 자기 때문에 괴로워할 거라는 생각이 훨씬 더 힘들었다.

결국 은하는 입을 열 수밖에 없었다.

"어, 사실은… 제가요…."

말하자고 결심은 했지만, 뭐라고 표현해야 좋을지 알 수가 없었다.

"그러니까… 그게…."

이걸 어떻게 말해야 하나, 단어를 고르고 또 고르다 은하는 그만 지쳐버렸다.

에라, 모르겠다, 그냥 있는 그대로 얘기하자!

"제가요, 지환 씨 몸을 좋아하는 거 같아요."

순간 지환은 정지 화면이 되어버렸다. 이해할 수 없다는 듯이 바라보는 시선을 마주 쳐다보며 은하는 간절하게 말했다.

"그렇다고 오해는 하지 말아주셨으면 좋겠어요! 저한테는 현우 오빠밖에 없어요. 오빠 말고 다른 남자는 생각할 수조차 없다고요. 이해하시죠?"

"…."

"어쩌다가 지환 씨한테 안기기도 하고, 업히기도 하고…. 저는 지금껏 남자분이랑 그런 적이 한 번도 없었거든요. 그렇다 보니까…. 아, 그리고 저번에 운동하시는 걸 우연히 봤거든요. 그런데 몸이 너무 멋지고 예뻐서… 그래서 자꾸 생각나고, 또 안기고 싶기도 하고…."

횡설수설하면서 어찌어찌 말을 마치자 은하는 그만 눈물이 찔끔 났다. 부끄럽고 민망하고 미안하고, 한편으로는 억울했다. 사실 나는 여태 남자라곤 손도 못 잡아봤는데, 얼마나 밝히는 여자로 보일까. 아니, 사실은 밝히는 여자가 맞는지도 모르지만, 지환에게 그렇게 보이고 싶지는 않았다.

물론 '나는 좋아하는 남자가 따로 있고 너는 몸만 좋다'는 말을 대놓고 들은 사람의 기분이야 말할 필요도 없을 터였다.

"불쾌하게 만들어드려 정말 죄송해요."

입술을 깨물며 사과하자, 잠시 후 대답이 돌아왔다.

"전혀 불쾌하지 않습니다, 저는."

은하는 고개를 들었다. 지환의 입가에 은은하게 미소가 떠올라 있어서 깜짝 놀랐다.

"네?"

"몸이 됐든 뭐가 됐든, 어쨌든 은하 씨가 저한테 남자로서 매력을 느낀다는 거 아닙니까. 저는 무척 기쁩니다."

조용한 목소리였지만 은하는 깨달았다. 커다란 남자가 귓불까지 온통 새빨개져 있는 것을. 아, 이 사람은….

"혹시 저 좋아하세요?"

대답은 한 치의 망설임도 없이 돌아왔다.

"예."

지환은 가슴을 활짝 펴고 은하를 똑바로 바라보았다.

"저 같은 사람이 감히 은하 씨를 마음에 담아서 죄송합니다. 그러지 않으려고 저도 노력했지만, 결국은 제 마음을 이길 수가 없었습니다."

스스로에게 확인하듯 그는 다시 한번 또박또박 말했다.

"저는 은하 씨를 좋아합니다."

진심이라는 게 느껴져서 오히려 은하의 마음이 찌릿하게 아파왔다.

"하지만 저는… 지환 씨의 마음을 받아드릴 수가 없어요. 저한텐 현우 오빠가… 오빠 외에 다른 사람은 한 번도 생각해본 적 없어요."

더듬거리며 말하자 그는 조금 웃었다.

"상관없습니다."

말하고 나니 후련하다는 듯 목소리는 어느덧 확신에 차 있었다.

"그리고 저는 앞으로 은하 씨가 저를 바라보도록 힘껏 노력할 겁니다."

♠ ♥ ♣

― 하지만 저는… 지환 씨의 마음을 받아드릴 수가 없어요. 저한텐 현우 오빠가… 오빠 외에 다른 사람은 한 번도 생각해본 적 없어요.

은하는 죽을 만큼 미안한 모양이었지만 사실 지환은 별로 상처받지 않았다. 아니, 오히려 내심 기쁘기까지 했다. 어차피 그 서현우도 나 아닌가. 내가 그렇게까지 좋은가 싶어서 가슴이 뭉클한 나머지, 하마터면 내가 바로 네가 그렇게 좋아하는 그 현우 오빠라고 말해버릴 뻔했다.

결국 말하지 못한 것은 은하를 위해서였다. 지금쯤 오빠가 검사가 돼 있을까, 의사가 됐을까 하며 기대하고 있는 여자에게 기껏 전직 깡패가 되어 있는 모습을 보여서 실망시키고 싶지 않은 것도 사실이었다. 하지만 무엇보다 은하가 자기 때문에 지환이 인생을 망치게 됐다며 심하게 자책하게 될까 봐 그게 제일 걱정되었다.

끝내 말할 수는 없었지만, 결국 변하지 않는 사실은 자신이 바로 그 서현우라는 것이었다. 겉모습은 변했더라도 속이 그대로인 이상, 언젠가는 은하도 자신을 봐줄 거라는 확신이 들었다. 그 증거로 은하는 이미 자신에게 끌리고 있었다.

— 어쩌다가 지환 씨한테 안기기도 하고, 업히기도 하고…. 저는 지금껏 남자분이랑 그런 적이 한 번도 없었거든요. 그렇다 보니까…. 아, 그리고 저번에 운동하시는 걸 우연히 봤거든요. 그런데 몸이 너무 멋지고 예뻐서… 그래서 자꾸 생각나고, 또 안기고 싶기도 하고….

은하는 몰랐을 것이다. 그 말을 듣는 순간, 지환이 어떤 기분이었는지. 사실은 그대로 와락 껴안아버리고 싶은 걸 필사적으로 참느라 몰래 손을 내려 허벅지를 꼬집어야 했다.

당신의 몸이 멋지고 예뻐요, 자꾸만 생각나고 안기고 싶어져요, 라니, 이건 가능성이 있는 정도가 아니지 않나. 제 얼굴도 제대로 안 쳐다보고 피했던 게 싫어서가 아니라 좋아서, 수줍음을 타서 그랬던 거라는 걸 떠올리니 웃음이 절로 나왔다.

터질 것만 같은 가슴에 손을 얹으며 지환은 속으로 중얼거렸다. 좋아, 직진이다.

♤ ♥ ♧

— 저는 은하 씨를 좋아합니다.

조용하지만 확신에 차 있던 고백.

― 저 같은 사람이 감히 은하 씨를 마음에 담아서 죄송합니다. 그러지 않으려고 저도 노력했지만, 결국은 제 마음을 이길 수가 없었습니다.

떠올릴 때마다 심장이 제멋대로 날뛰어서 은하는 애써 생각했다.

'이런 고백을 받아본 게 처음이라서 그래.'

비록 여중, 여고, 여대 출신이긴 하지만, 전에도 호감을 표하는 남자는 간혹 있었다. 석사과정 때는 남자 동기나 과 조교가 그랬고, 최근에 현우 오빠인 줄 알고 만났던 그 무슨 검사님이란 남자도 그렇고.

하지만 지환처럼 진지하게, 눈을 똑바로 바라보며 좋아한다고 고백했던 사람은 아무도 없었다. 그래서일까, 차마 나 좋아하지 말라고 말을 못 했는데 그게 나중에 계속 후회되었다. 결코 지환이 싫어서는 아니다. 그는 좋은 사람이다. 좋아해주는 마음은 진심으로 고마웠다. 예나같이 예쁘고 능력 있는 여자도 있는데, 하필 가진 거 없고 인기도 없는 나를.

단지 은하는 지환이 가망 없는 일에 시간과 마음을 허비하는 게 싫었다. 자신이 현우 오빠를 두고 다른 사람을 좋아하게 될 리도 없지만, 만에 하나 그렇다 해도 연애는 꿈도 못 꿀 일이었다. 현우 오빠는 나를 지켜주려다 이제껏 생사를 모르게 됐는데 내가 어떻게?

― 그리고 저는 앞으로 은하 씨가 저를 바라보도록 힘껏 노력할 겁니다.

지환의 말을 곱씹다 처음으로 은하는 생각해보았다.

'혹시 현우 오빠가 없었더라면, 나는 지환 씨를 좋아하게 됐을까?'

선뜻 아니라는 대답이 나오지 않아서 문득 두려워졌다. 물론 엄연히 있는 사람을 없는 셈 치는 가정 따위 허무하기만 한 것이었다.

'다음에 만나면 꼭 확실하게 말하고 거절해야겠어.'

은하는 결심했다.

♤ ♥ ♧

고백을 받은 후 며칠 동안 머릿속이 온통 지환으로 가득 차 있어서 그만 간과한 문제가 있었으니, 바로 병원에 정기 공연을 가는 일이었다. 예나가 멀리 여행을 가버리는 바람에 촬영 후 나오는 장난감이 확 줄어들어서 평소의 반도 되지 않았다.

'아이들이 실망할 텐데.'

뒤늦게 깨닫고 가슴이 철렁했다. 은하가 장난감을 챙겨다 주는 아이들은, 단순히 팔이 부러졌다거나 다리를 삐었다거나 해서 잠시 입원한 경우가 아니었다. 일본에 암 치료를 받으러 간 서현이처럼 장기 입원을 하고 있는 아이들이다. 기약 없는 병원 생활을 견디고 있는 아이들에게, 낙이라고는 한 달에 한 번 찾아오는 미니 언니의 공연과 그때마다 가져오는 장난감들뿐인데.

은하는 한 달에 한 번씩은 그 아이들에게 산타가 되어주고 싶었다. 왜냐하면 그 아이들은 1년에 단 한 번 오는 산타를 몇 번이나 만날 수 있을지 모르니까. 어떻게든 아이들에게 줄 장난감은 마련하고 싶어서 은하는 일영에게 전화를 걸었다.

"저기, 일영 씨."

"예, 누님."

"제가 사정이 있어서요. 혹시….'

다음 과외비를 일주일만 일찍 주실 수 없을까요, 하고 말하려다 은하는 문득 말을 멈췄다. 그랬다간 분명히 일영이 지환에게 말할 게 아닌가. 누님이 돈이 급하신 것 같더라고. 그러면 지환은 어떻게든 나서서 도와주려 할 텐데, 그에게 또 신세를 지고 싶지 않았다. 마음도 받아주지 못하는데.

"누님?"

"아, 아무것도 아니에요. 그럼 다음 과외 시간에 봐요."

결국 은하는 용건을 말하지 못하고 전화를 끊고 말았다.

♤ ♥ ♧

"몇 개 안 되지만 이거라도 가져가, 은하 씨."

늘 도와주는 회사 실장님이 장난감을 모아주셨지만, 은하는 고민 끝에 아예 빈손으로 병원엘 갔다. 누구는 받고 누구는 못 받으면 더 실망할 것 같아서.

가벼워진 짐칸과 반대로 마음은 무겁기만 했다. 실망할 아이들을 생각하니 한숨만 나왔다.

'왜 오늘은 선물이 없어요?'

능력 없는 자신이 원망스럽기도 하고, 예나의 빈자리가 이렇게나 크구나, 하는 생각도 들었다.

— 나 없는 동안 장난감 안 나온다고. 영상 안 찍으니까. 유치하게 일부러 안 주는 거 아니란 말이야.

예나는 여행을 가기 전에 그렇게 말했다. 즉 자기가 일부러 장난감을 주지 않으면 은하가 곤란해질 거라는 걸 잘 알고 있으면서 지금까지 그렇게 하지 않았다는 뜻이다.

'그러고 보니까 한 번도 고맙다고 말을 못 했네.'

예나가 돌아오면 꼭 고맙다고 인사해야지, 하고 은하는 생각했다. 그리고 혹시 한 번쯤 병원에 같이 공연하러 가지 않겠냐고 물어보면 어떨까. 아이들이 미니 언니를 무척 좋아해주긴 하지만, 인기 있는 예나가 와주면 더 기뻐할지도 모르니까.

어찌 됐든 일단 오늘은 빈손이다. 시무룩한 채 병원에 도착하자 늘 그렇듯 이미 로비에 무대가 설치되어 있었다. 그런데 정작 무대 주위에 모여 있다가 은하를 보고 좋아해야 할 아이들이 단 한 명도 보이지 않았다. 곧 공연이 시작할 시간인데도.

'무슨 일이지?'

은하는 가슴이 철렁해서 병실로 올라가보았다. 마침 복도에 모여 있던 환자복 차림의 아이들 몇 명이 은하를 보고 반가운 환성을 질렀다.

"와, 미니 누나다!"

"미니 언니!"

아이들이 달려와서 은하를 둘러싸고 팔짝팔짝 뛰었다.

"미니 누나, 선물 고마워요!"

"응? 선물?"

그제야 아이들이 각자 커다란 장난감 상자를 안고 있는 것이 눈에 들어왔다.

"공룡전사 다이노스 진짜 갖고 싶었는데!"

"저는요, 프린세스 미나 받았어요!"

대체 이게 무슨 일이지?

어안이 벙벙해 있던 은하는 마침 병실에서 나오는 사람을 보고 깜짝 놀랐다. 초록색 펠트로 만든 모자에 초록색 튜닉, 짙은 갈색의 반바지. 마치 동화책에서 빠져나온 것 같은 복장을 하고 어깨에 커다란 자루를 둘러멘 남자는 바로 일영이었다.

"일영 씨? 여기서 뭐 하는….'

놀라서 물으려는데 여기저기 다른 병실에서도 자루를 둘러멘 거한들이 하나씩 나왔다.

빨주노초파남보 색깔만 다르고 모양은 똑같은 옷을 입고 있는 남자들은 모두 지환의 덩어리들이었다. 총 일곱 명이 복도에 일렬로 서더니 은하를 향해 일제히 고개를 숙였다.

"말씀하신 선물 배달 마쳤습니다, 미니 누님!"

마치 '놈들을 담가버리고 왔습니다, 형님!' 하는 듯한 말투였다.

놀라서 한참 입을 다물지 못하던 은하는 겨우 정신을 차려 맨 끝에 서 있는 막내 민규의 귓가에 속삭였다.

"저기, 이거 혹시 피터 팬이에요?"

민규는 당당하게 대답했다.

"일곱 난쟁입니다, 누님."

은하는 충격을 받았다. 이 덩치에 난쟁이라니, 이런 저세상 설정을 봤나!

"난쟁이래. 아하하!"

"난쟁이가 왜 이렇게 커요?"

아이들은 오히려 재미있다고 웃어댔다. 덩어리들은 대부분 덩치 크고 인상이 험상궂은 편이었지만, 우스꽝스러운 복장을 하고 있으니 오히려 그게 더 귀엽게 보였다. 그래서 아이들도 무서워하기는커녕 오히려 좋다고 매달렸다. 그 와중에 일영의 미모에 반한 아이도 있었다.

"엄마, 저기 초록 난쟁이 오빠 되게 예뻐."

대여섯 살쯤 되어 보이는 어린 여자아이가, 무척 부끄러운지 제 엄마 치마폭에 얼굴을 묻으며 하는 말이 일영의 귀에 들어왔다.

"어이, 꼬맹이."

아이에게 다가가더니 일영은 한껏 무서운 표정으로 말했다.

"남자한텐 예쁘다고 하는 거 아니야. 뭐라고 해야 하지?"

"머, 멋있어요."

"오케이, 좋았어."

그제야 일영은 손을 뻗어 아이의 머리를 쓱쓱 쓰다듬어주었다. 평소보다 훨씬 더 즐거워하는 아이들을 보자 은하도 기운이 막 솟아났다.

"자, 친구들! 선물도 받았으니까 우리 이제 신나게 놀아볼까요?"

"네!"

피리 부는 사나이처럼 은하는 뒤에 아이들을 줄줄이 달고 발걸음도 가볍게 계단을 내려갔다.

♠ ♥ ♣

다음 날, 은하는 과외 시간보다 조금 일찍 지환의 집에 도착했다.

"은하 씨."

수업 전에 먼저 지환을 만나 하고 싶은 얘기가 있어서였는데, 초인종을 누르자 문을 열어준 것이 마침 지환이었다.

"어제는 선물 보내주셔서 감사했어요."

정원에 있는 벤치에 나란히 앉아, 은하는 일단 감사 인사부터 했다. 큰형님 지시라고, 어제 일영이 귀띔해주었기 때문이다. 하기야 대표님 허락이 아니었다면 멀쩡한 직장인들인 덩어리들이 평일에 그렇게 병원에 올 수 없었겠지.

"아이들이 무척 기뻐했어요."

다행입니다, 하고 대답할 줄 알았는데 그는 은하를 쳐다보며 물었다.

"아이들 말고 은하 씨는 어땠습니까?"

"네? 저요?"

"저는 은하 씨를 위해서 한 거니까요. 은하 씨 기분이 어땠는지가 제겐 중요합니다."

뭐, 뭐야. 왜 이렇게 직구를 날리고 그래. 괜히 얼굴이 붉어져서 은하는 급히 시선을 돌렸다.

"무, 물론 저도 기뻤죠."

"그러면 저도 기쁩니다."

웃음기 띤 목소리에 얼굴이 보고 싶어졌다. 지금껏 은하는 단 한 번도 그가 웃는 걸 본 적이 없었다. 웃을 때는 어떤 얼굴이 되는지 무척 궁금했지만, 달아오른 뺨이 좀처럼 식지 않아서 그만 타이밍을 놓치고 말았다.

"일곱 난쟁이는 반응이 어땠습니까?"

"아, 그거 완전 대박이었어요. 덕분에 어제 공연도 분위기가 너무 좋았고요."

"다행입니다."

은하는 계속 궁금해서 견딜 수 없었던 것을 물었다.

"근데 제가 선물 준비 못 한 거 어떻게 아셨어요?"

"일영이가 그러더군요. 은하 씨한테 무슨 일이 있는 것 같은데, 뭔가 말씀을 하려다가는 못 하더라고 말입니다. 혹시 회사에 무슨 일이 있나 싶어서 연락해봤더니 실장님이라는 분이 말씀해주셨습니다. 이번 주에 병원으로 공연을 가야 하는데, 아이들한테 가져다줄 장난감이 모자라서 은하 씨가 걱정하더라고."

은하는 놀랐다. 일영에게 전화를 한 건 사실이지만, 아이들 장난감은커녕 돈 얘기도 안 꺼냈는데 이 사람은 이미 다 알아채고 준비해준 거구나.

그러고 보니 지환은 처음부터 그랬다. 돈이 필요한 걸 어떻게 알았는지 무려 1억이나 내고 찰흙 덩어리를 사주기도 하고, 길가에서 파는 머리띠에 눈을 못 떼는 걸 눈치채고 사다 주기도 했다. 생긴 것과는 정반대로 무척 다정하고 세심한 사람.

'아니, 생긴 것도 사실 그렇게까지 무섭지 않은 거 같은데….'

문득 굳게 결심하고 온 것이 떠올라서 은하는 정신을 차리고 정색을 했다.

"이번에 해주신 일은 무척 감사하지만, 저 때문이라면 다음부턴 이러지 않으셔도 돼요."

"어째서죠?"

"지금 쓸데없는 일에 시간 낭비하시는 거예요. 말했잖아요, 저한테는 현우 오빠밖에 없다고요."

은하는 간곡히 말했다.

"꼭 생명의 은인이라서, 오빠가 저를 지키기 위해 자기를 버렸기 때문이 아니에요. 그냥 저는 평생 오빠가 이상형이었다고요. 하루도 좋아하지 않은 적이 없어요. 다른 남자는 아예 남자로도 안 보인단 말이에요."

상처받을 줄 알았는데 지환은 의외로 강적이었다. 아무렇지 않은 표정으로, 심지어 진심으로 궁금하다는 듯이 되묻는 것이었다.

"대체 그 현우 오빠의 어디가 그렇게 좋습니까?"

"그냥 모든 게 다 좋아요. 얼굴도 좋고, 은하야, 하고 불러주는 목소리도 좋고, 피아노 잘 치는 것도 좋고, 키가 큰 것도, 운동 잘하는 것도, 물론 다정한 것도 좋고요."

역시 여기까지는 버티기 힘들었는지 지환은 고개를 푹 숙였다.

'어떡해, 상처받았나 봐.'

가슴이 따끔거렸지만, 은하는 이를 악물었다. 일단은 상처를 주더라도 어떻게든 포기하게 만드는 게 그를 위한 일일 테니까.

"저는 현우 오빠랑 약속도 했어요. 어른이 되면 오빠의 신부가 되겠다고요."

사실은 스스로도 말이 안 된다고 생각했지만, 일단은 지환을 단념하게 만드는 게 급선무라 여기고 은하는 계속해서 말했다.

"전 꼭 현우 오빠한테 시집갈 거예요. 그러니까 지환 씨가 아무리 절 좋아해도 소용 없….”

갑자기 고개를 푹 숙인 남자가 큭, 하는 소리를 내서 은하는 깜짝 놀랐다. 넓은 어깨가 심하게 들썩이고 있었다.

'우는 거야?'

가슴이 철렁하는 다음 순간, 웃음소리가 터져 나왔다.

“하하하하!”

지환은 고개를 들고 폭소를 터뜨렸다.

“왜 웃고 그래요?”

따지다 말고 은하는 문득 지환의 얼굴을 빤히 쳐다보았다. 처음으로 보는 그의 웃는 얼굴이 왠지 어디서 본 것 같은 느낌이 들었기 때문에.

'누구지? 어디서 본 거지?'

드디어 깨닫는 순간 심장이 내려앉았다. 지환의 웃는 얼굴은 현우를 꼭 닮아 있었다. 원래 매섭고 차가운 인상이 웃으니까 눈초리가 확 가늘어지면서 전혀 다른 이미지가 되는 것이다. 부드럽고 다정하고, 유쾌한 청년의 이미지.

“하하하!”

배를 잡고 폭소를 터뜨리는 지환의 얼굴을 은하는 눈을 크게 뜨고 쳐다보았다. 꼭 어른이 된 현우가 눈앞에 나타난 것만 같은 기분에 다른 생각들이 머릿속에서 다 날아갔다.

'현우 오빠…?'

은하가 마치 어른이 된 현우를 보고 있는 것 같은 착각에 빠져 있는 동안, 지환은 한참 웃다가 겨우 웃음을 멈췄다.

"웃어서 미안합니다."

웃음이 가시자 현우의 그림자도 사라지고, 은하도 꿈에서 깨어났다. 동시에 지환이 왜 웃었는지를 떠올리고 왈칵 서러워졌다.

"그래요. 많이 웃으세요."

사실 열 살 때 좋아했던 동네 오빠를 여태 좋아한다고, 그에게 시집가겠다고 하면 누구나 저렇게 웃는 게 정상이긴 할 것이다. 그래도 지환은 전후 사정을 다 들었으니까 이해해줄 거라고 생각했는데.

"어쩌면 현우 오빠도 웃을지 모르죠. '세상에, 너 지금까지도 날 좋아한단 말이야?' 하면서."

눈물이 날 것 같아서 은하는 벤치에서 일어났다.

"그럼 저 수업 들어가볼게요."

그러나 채 몇 걸음도 가기 전에 지환에게 붙잡혔다.

"현우 오빠는 무척 기뻐할 겁니다."

웃음기가 싹 가신 진지한 얼굴로 지환은 은하의 눈을 들여다보며 말했다.

"아직도 은하 씨가 자기를 잊지 못하고 있다는 걸 알면 무척 행복해할 거예요."

♤ ♥ ♧ ♠

'치, 자기가 현우 오빠 생각을 어떻게 안다고.'

입술을 삐죽이면서도, 지환의 마지막 말에 화가 스르르 풀려버린 것도 사실이었다.

'그나저나 생각보다 강적이네, 이 사람.'

대놓고 현우 오빠 좋다는 말을 그렇게 했는데도 상처를 받기는 커녕 웃기까지 하고.

'대체 어떻게 포기시키지?'

문제를 풀라고 해놓고 은하가 딴생각에 잠겨 있는 동안, 덩어리들은 오늘도 일관성 있게 저희들끼리의 딴소리에 여념이 없었다.

"난쟁이는 엄연히 일곱 명입니다, 형님."

"냅둬라, 조또 평생에 책이라곤 안 보는 새끼가 뭘 알겠냐."

"그건 신데렐라고, 이건 미니 누님이니까 난쟁이가 열두 명일 수도 있는 거 아닙니까!"

"왜 열두 명이야? 열한 명이지."

"큰형님까지 치면 열둘인데요?"

"미친놈아, 아무리 그래도 큰형님 덩치에 난쟁이가 될 말이냐?"

"민규 놈도 난쟁이 하는 판에 큰형님이라고 못 하실 거 있습니까?"

난쟁이는 일곱 명이라는 준엄한 사실 앞에, 그만 열한 명의 덩어리들 중 네 명은 탈락하고 말았던 것이다. 은하가 가르치는 네 명 중에서도 일영과 민규만 병원에 가서 아이들이랑 재미있게 놀고, 나머지 둘은 그대로 회사에 출근했으니 불만이 없을 수 없었다. 된다, 안 된다, 한바탕 격론 끝에 결국 덩어리들은 지혜로우신 은하 누님께 결정을 맡기기로 했다.

"누님! 난쟁이는 꼭 일곱 명이어야 합니까?"

한참 딴생각에 빠져 있던 은하는 움찔하며 고개를 들었다.

"네?"

"다음번에도 저희는 안 데려간다고 하지 않습니까!"

윤섭과 정근이 매우 억울하다는 듯한 표정을 하고, 반대로 일영과 민규는 당연하다는 듯한 얼굴이었다.

"이 형님들은 와꾸가 살벌해서 안 됩니다. 그렇죠, 누님?"

"가서 거울이나 보고 와, 새꺄. 일영이 형님 빼고는 다 도긴개긴이지 누가 누구 면상을 탓해?"

금방이라도 싸울 것같이 살벌한 분위기에 은하는 잠시 겁을 먹었지만, 덩어리들에게 이 정도는 늘 있는 일인 모양이었다. 언제 싸웠느냐는 듯이 금세 낄낄대며 잡담을 시작하는 거였다.

"그나저나 햐, 요즘은 애들 장난감이 겁나게 좋더라고요. 우리 어릴 땐 그런 장난감은 꿈도 못 꿔봤는데."

"그러게. 니미 장난감이 막 날라댕겨."

결국 은하는 한숨을 지으며 책을 덮었다.

"공부하기 싫으면 오늘은 우리 그냥 얘기나 할까요?"

덩어리들이 이때다, 하듯 눈을 반짝이며 합창을 했다.

"예, 누님!"

그렇지 않아도 전부터 한 번쯤 제대로 얘기를 듣고 싶었다. 대체 이 사람들은 어쩌다가 의무교육이 중학교까지인 대한민국에서 겨우 초등학교밖에 못 나온 건지.

"여러분의 어릴 때 이야기가 듣고 싶어요."

서로 눈치를 보다가 맨 처음 입을 연 것은 윤섭이었다.

"저는 뭐, 별거 없습니다. 부모는 모르고, 고아원에서 자라다가 중학교 1학년 때 학교에서 사고를 쳐 퇴학당했습니다."

"사고요?"

"반에서 돈이 없어졌는데 담임이 제가 고아라고 자꾸 저한테 뒤집어씌우길래 홧김에 한 대 때렸죠. 퇴학당한 뒤 나쁜 친구들이랑 어울려 다니다가 큰형님께서 정식으로 거둬주셔서 생활하게 됐습니다."

다음은 정근이 말했다.

"저는 어릴 때 부모님이 이혼하셔서 할머니 손에 자랐습니다. 할머니가 시장에서 장사해가며 저를 키워주셨는데, 동네 양아치 새끼들이 삥 뜯을 데가 없어서 자꾸 우리 할머니한테 뜯는 거예요. 한번은 학교 갔다 오다가 그 꼴을 보고 눈이 확 도는 바람에."

"어떻게 했는데요?"

"죽도록 맞으면서도 한 놈만 붙잡고 팼는데 그 새끼가 좀 잘못돼서 중3 때 소년원에 갔죠. 그사이에 할머니도 돌아가시고, 갈 데가 없어져서 이리저리 떠돌다가 스무 살에 조직 생활을 하게 됐습니다."

이번에는 막내 민규가 머리를 긁적이며 말했다.

"저는 우리 엄마가 재혼하셔서 새아버지가 생겼는데요. 엄마가 동생을 낳자 새아버지가 자꾸만 때려서 못 견디고 집을 나왔습니다. 그대로 거리를 떠돌다가 저도 큰형님께서 거둬주셔서 생활하게 됐습니다."

사연 하나하나가 충격이었다. 그래 봤자 다들 20대니까 자신과 비슷한 또래들인데 마치 다른 세상 얘기 같았다. 20~30년 전도 아니고, 도대체 어떻게 이런 일이 가능한가 싶을 정도였다.

주위에 다 비슷한 사람들이어서 그런가, 정작 당사자들은 이쯤이
야 대수롭지 않다는 듯한 얼굴이어서 은하는 그게 더 충격이었다.
비록 집안에서 제일 공부 못하는 죄로 미운 오리 새끼 취급을 받고
자라긴 했지만 그래도 나는 행운아였구나, 하는 생각도 들었다. 어
쨌든 가정이란 울타리 안에서 정상적인 교육을 받고 자랐으니까.

"뭐, 저희 같은 놈들 사연이야 다 비슷비슷하죠."

제 차례가 되자 일영은 그렇게만 말하고 입을 다물어버렸다. 얘
기하고 싶지 않은 것 같아서 은하도 더는 묻지 않았지만 대강 짐
작은 갔다. 앞의 이야기들보다 더하면 더했지, 덜한 이야기는 아
니겠구나, 하고.

"저, 그럼 큰형님은요? 어릴 때 어떻게 자랐어요?"

문득 지환에 대해 궁금해져서 물었지만, 덩어리들은 약속이라
도 한 것처럼 입을 딱 다물었다.

"괜찮으니까 말해봐요. 제가 안 이를게요. 네?"

살살 꼬드겼지만 어째서인지 죽어도 말하지 않을 기세였다.

"저희 중에서도 고생을 제일 많이 하신 분입니다, 큰형님은."

결국은 일영에게 그 한마디 들은 것이 전부였다.

'대체 어떻게 살아왔길래 저런 말이 나오는 거야?'

왠지 속상해져서 은하는 덩어리들 몰래 입술을 깨물었다.

♠ ♥ ♣

'저 녀석들이 공부 따위를 할 놈들이 아니다'라고 하셨던 큰형
님 말씀이 사실은 백번 옳았다.

은하 누님을 큰형님이랑 엮어주고 싶었던 것뿐, 덩어리들에게는 애초에 공부할 생각 따위 1그램도 없었다. 딱히 공부하기가 싫다기보다는 다른 세상 이야기라고들 생각하고 있었다. 어릴 때도 안 했던 공부를 지금 와서 하겠는가? 그러니 은하가 아무리 열심히 가르쳐도 건성이었고, 물론 앞으로도 마찬가지일 터였다.

물론 그런 속사정을 모르는 은하 누님은, 덩어리들의 과거사를 듣고 나서는 더욱더 교육시키고 싶은 의지로 불타는 모양이었다. 수업이 끝나고 난 후에 이러는 거였다.

"우리 마침 문제집 다 풀어가는데, 같이 서점에 가서 책 구경할래요? 제가 한 권씩 선물할게요!"

솔직히 책 같은 데 전혀 관심은 없었지만, 지엄하신 예비 형수님의 말씀을 거역할 수 없었기 때문에 덩어리들은 못 이기는 척 따라나섰다. 근처 서점에 가서 책을 고르기 시작했지만 역시 은하 혼자만 열심이었다.

"이거 어때요? 쉽고 재미있게 잘 나온 거 같은데."

대충 집히는 대로 한 권씩 고르고, 은하가 계산하는 동안 덩어리들은 서점 밖으로 나가서 머리를 맞대고 잠시 흡연 타임을 가졌다.

"어휴, 글자를 너무 많이 봤더니 그새 스트레스 겁나게 받았네."

"담배 땡겨 죽는 줄 알았습니다, 형님."

너구리를 잡듯 연기를 피우며 덩어리들은 앞날에 대해 걱정했다.

"근데 누님은 진짜로 우리를 검정고시 보게 만드실 모양인데, 어떡하나?"

"그 핑계로 모셔온 건데, 대충 하는 척이라도 해야 하지 않겠습니까?"

그때 어디선가 낄낄거리는 소리가 들렸다.

"야, 아까 그 깍두기들 봤냐?"

서점 옆에 있는 버스 정류장에서 교복을 입은 남학생 셋이 자기들끼리 지껄이고 있었다.

"잼민이들 보는 문제집 고르던데?"

"헐 대박, 그럼 초등학교도 못 나온 거?"

"미친, 겁나 빡대가리 오졌네."

"다 늙어서 공부 마려워졌나 봄."

낄낄대는 소리에 덩어리들의 얼굴이 일제히 굳어졌다. 원래가 건달이라는 건 자존심 빼면 시체인 인간들이다. 옛날 같았으면 묻지도 따지지도 않고 두들겨 팼을 테지만, 물론 지금은 다르다. 게다가 상대는 일반인에다 미성년자 아닌가.

'우리가 인생을 잘못 살았으니 저런 소릴 들어도 싸지 뭘.'

먼 산을 쳐다보며 억지로 씁쓸한 마음을 달래는데, 갑자기 은하의 목소리가 들려오는 바람에 덩어리들은 깜짝 놀랐다.

"잠깐 나랑 얘기 좀 할까?"

서점 봉투를 든 은하가 학생들에게 다가가 묻고 있었다.

"너희들 뭐 하는 애들이니?"

"예? 저희 고등학생인데요?"

영문을 모르는 학생들이 은하에게 대답했다.

"아, 고등학생. 그럼 공부는 잘하고?"

은하가 성적을 들먹이자 녀석들의 목소리에 경계심이 어렸다.

"그건 왜 묻는데요?"

"아니, 아까 그분들은 전문직이시거든. 근데 너희가 그분들 무시하는 거 보니까 공부 되게 잘하겠다 싶어서."

좀 찔리는지 서로 쳐다보다 개중 한 녀석이 배짱을 부리듯 말했다.

"네, 잘하는데 뭐요?"

"그래? 그럼 한번 보자."

은하는 다짜고짜 손을 뻗어 녀석이 마침 손에 들고 있던 문제집을 낚아챘다.

"뭐 하는 건데요?"

놀란 남학생들이 물었지만, 은하는 들은 체도 하지 않고 문제집을 펴서 들여다보더니 그중 한 문제를 가리켰다.

"이거 틀렸네?"

"뭔데요?"

"함수 $f(x)$는 $x=0$에서 연속이지만 미분 가능하지 않다는 조건이 잖아. 그러면 $x=0$에서 미분 가능하려면 (i)$x=0$에서 연속, (ii)$x=0$에서 미분계수가 정의돼야 하는 거지. 즉⋯."

듣고 있던 덩어리들은 생각했다. 아, 우리 형수님이 똑똑하다 못해 외계어를 다 하시는구나! 반대로 멍하니 듣고 있던 학생들의 얼굴은 점점 질려갔다. 대체 이 예쁘장하게 생긴 누나는 뭔데 이과 수학을 입으로 줄줄 풀지?

"자, 이렇게 $f(0)$의 값이 존재하므로 $g'(0)$의 값도 존재하는 거야. 따라서 $xf(x)$는 $x=0$에서 미분 가능한 거고."

한참 설명한 끝에 문제집을 돌려주고, 은하는 입을 헤벌리고 쳐다보는 남학생들을 향해 말했다.

"보아하니 너희들도 남 머리 탓할 주제들은 안 되는 거 같은데."

싸늘하기 그지없는 목소리였다.

"부모님한테 감사하고 열심히 공부해. 너희 같은 돌대가리들도 자식이라고 가르쳐서 대학 보내시려니 얼마나 허리가 휘어지시겠니?"

그제야 학생들이 욱한 얼굴을 했다.

"뭐라고요?"

"씨발, 처돌았나, 진짜."

분위기가 급 험악해지는 바람에 덩어리들은 잔뜩 긴장했다. 일찍이 큰형님도 입원시켜버린 누님이시다. 욱하는 성질에 손이라도 나갔다간 저 어린놈들은 이대로 인생 종 치는 수가 있지 않겠는가?

'말려야 하나?'

덩어리들이 안절부절못하고 있는 가운데, 은하는 녀석들을 똑바로 노려보며 입을 열었다.

"세상에는 나나 너희들처럼 운 좋게 부모 잘 만난 사람들만 있는 게 아니야."

조용한 목소리에 담긴 분노가 생생하게 전해져서 덩어리들은 침을 꿀꺽 삼켰다.

"교육을 받을 기회조차 갖지 못한 사람들도 있어. 머리가 나빠서도, 의지가 없어서도 아니라고. 그런 사람들이 늦게나마 배우고 싶어 하면 칭찬하고 도와줘야 하는 거야, 뒤에서 욕하는 게 아니라."

사실 조폭이라고 하면 으레 덩치가 클 거라고들 생각하는데, 물론 그런 사람들이 많긴 하지만 오히려 평균보다 왜소한 사람들도 드물지 않다. 그런 사람의 경우는 덩치가 아닌 기운으로 상대를 제압한다. 벌써 눈빛부터가 다른 것이다.

지금껏 덩어리들은 수없이 그런 케이스들을 보아왔지만, 은하 누님은 그중에서도 단연 독보적이었다. 그 대단하신 큰형님께서도, 누님이 눈만 부라려도 쪽도 못 쓰지 않으시던가?

"저 사람들한테 배울 기회가 있었다면, 너희만큼 못했을 것 같니?"

노려보는 눈빛에 실린 저 살기! 역시나 녀석들도 기가 질렸는지 주춤하며 뒤로 물러났다.

"미, 미친 여잔가 봐."

"야, 야, 상대하지 말고 가자."

그때 마침 도착한 버스에 도망치듯 올라타는 학생들의 뒷모습을 은하가 말없이 노려보았다. 버스가 떠나자 덩어리들은 일제히 딴청을 피우며 다가갔다.

"여기 계셨습니까, 누님?"

"아이, 한참 찾았잖습니까."

은하가 아무 일도 없었다는 듯 생글거리며 덩어리들을 돌아보았다.

"계산 다 했어요, 가요!"

♤ ♥ ♧

지환이 방에 있는데 별안간 문을 쾅쾅 두들기며 다급히 부르는 소리가 났다.

"큰형님, 큰형님!"

문을 열자 사색이 된 덩어리 하나가 서 있었다.

"큰일 났습니다!"

"무슨 일이야?"

가슴이 철렁해서 묻자 덩어리는 다짜고짜 외쳤다.

"미쳤습니다!"

"뭐? 누가?"

"와서 직접 보셔야 할 것 같습니다."

대체 이게 무슨 일인가 싶어 지환은 급히 따라서 내려가보았다. 거실에 들어서는 순간 눈앞에 펼쳐진 광경에 그는 제 눈을 의심했다.

덩어리들이 머리를 맞대고… 공부를 하고 있었다!

♤ ♥ ♧

지환이 잠자리에 들려고 옷을 갈아입는데 문득 노크 소리가 들렸다.

"형님, 죄송하지만 저 문제 하나만 좀 풀어주시면 안 되겠습니까?"

일영이었다.

"무슨 문제?"

일영이 등 뒤에 숨겼던 문제집을 머뭇머뭇 내밀었다. 초등학교 3, 4학년 수준의 문제였다.

"자 봐, 지연이가 사과를 스물네 개 가지고 있는데 그중 4분의 3

을 친구들에게 나누어주고 싶다고 하잖아. 그러면 먼저 24를 4로 나눠보면….”

종이에 사과 그림까지 그려가며 설명을 해준 끝에 겨우 일영을 이해시킬 수 있었다.

“아, 그럼 지연이는 다 친구들 주고 지는 달랑 여섯 개 가지게 되는 겁니까?”

“그렇지.”

“니미, 오지랖은. 감사합니다, 형님!”

일영은 얼굴이 환해져서 나갔다. 지환이 쓴웃음을 지으며 잠자리에 들려는데 또다시 노크 소리가 들렸다. 이번에는 막내 민규였다.

“큰형님 죄송한데 저 문제 하나만 좀 풀어주시면 안 되겠습니까?”

벌써 며칠째 이런 일이 매일같이 이어지고 있었다. 낮에 공장에서 열심히 일하고 퇴근 후 밤에는 또 자기들끼리 모여 앉아 머리 싸매고 공부를 하는 것이다.

— 뭐 새꺄, 공부해서 판사님 되려고?

다른 덩어리들이 놀려도 당사자들은 아랑곳없었다. 너는 놀려라, 나는 공부한다, 하는 듯한 기세로 공부에 매진하는 거였다.

시간이 지나자 놀림도 멎었다. 이들이 진심이라는 걸 알게 된 것이다. 은하가 가르치는 네 명은 이 집에 함께 사는 열두 명 중에서도 제일 가방끈이 짧은 녀석들이었다. 그런 녀석들이 땀을 뻘뻘 흘려가며 공부하는 모습은, 보는 사람의 가슴을 치는 무언가가 있었다.

얼마 안 가서 다른 덩어리들도 적극적으로 돕기 시작했다. 넷 중 누군가에게 설거지나 빨래 당번이 걸리면 자청해서 대신하는 것이었다.

— 됐으니까 넌 가서 문제나 하나 더 풀어, 인마.

— 제가 하겠습니다, 형님. 형님은 공부하십쇼.

녀석들이 공부하고 있는 방 앞을 지날 때는 다들 까치발을 들고 숨까지 죽이며 걸어 다녔다. 마치 집 안에 고3이 네 명 생긴 것 같은 분위기였다. 대체 은하가 무슨 마법을 부린 걸까. 하도 궁금해서 지환은 문제 풀어달라고 온 민규를 붙들고 물었다.

"도대체 무슨 일이 있었던 거냐?"

민규가 머뭇거리며 얘기를 시작했다.

"은하 누님께서 책 사주신다고 저희를 서점에 데려가셨는데 말입니다, 형님."

은하가 했다는 말을 듣자마자 지환은 녀석들의 마음을 이해할 수 있었다.

— 저 사람들한테 배울 기회가 있었다면, 너희만큼 못했을 것 같니?

모두들 워낙 밑바닥 인생을 살아온 사람들이다. 손을 씻은 지금도 늘 불신과 의심의 시선에 시달리는 게 익숙했다.

'그래 봤자 깡패 새끼지, 근본이 어딜 가나.'

아마 녀석들로서는 누군가가 자기에게 기대를 품고, 또 믿어주는 것 자체가 생전 처음 있는 일일 터였다. 역시나 한바탕 이야기한 끝에 민규는 비장하게 덧붙였다.

"은하 누님은 저희 같은 놈들도 할 수 있다고 믿어주시는데요. 절대 실망시켜드리고 싶지 않습니다."

민규가 나가고, 지환은 침대에 앉아 생각에 잠겼다. 열심히 공부하는 동생들을 보고 있으니 기특하기도 하고, 한편으론 무척 부러웠다. 나도 은하랑 공부하고 싶은데.

은하를 생각하니 자연스럽게 얼굴 가득 미소가 피어올랐다.

— 대체 그 현우 오빠의 어디가 그렇게 좋습니까?

그렇게 물었을 때, 은하는 대단히 진지한 얼굴로 대답했다.

— 그냥 모든 게 다 좋아요. 얼굴도 좋고, 은하야, 하고 불러주는 목소리도 좋고, 피아노 잘 치는 것도 좋고, 키가 큰 것도, 운동 잘하는 것도, 물론 다정한 것도 좋고요.

순간 광대가 폭발할 것만 같아서 황급히 고개를 숙였는데, 이어진 말에는 도저히 버틸 수가 없었다.

— 저는 현우 오빠랑 약속도 했어요. 어른이 되면 오빠의 신부가 되겠다고요. 그러니까 전 꼭 현우 오빠한테 시집갈 거예요.

어찌나 귀여운지, 은하가 화낼 걸 알면서도 도저히 웃음을 참을 수 없었다. 사실 지환은 어릴 때 그런 일이 있었다는 것도 까맣게 잊어버리고 있었는데, 은하가 말해서 기억이 났다. 참, 그런 일이 있었지.

— 은하가요, 형이랑 결혼하고 싶다는데요?

물론 진짜로 커서 은하와 결혼할 생각으로 한 약속은 아니었다. 동생처럼 귀여워하는 아이가 여기저기서 놀림을 받고 울상이 되어 있으니 안타까워서 편들어주고 싶었을 뿐. 하지만 지금은 상황이 다르다. 귀엽기만 했던 꼬마는 어느덧 어엿한 여자가 되어서 제 마음을 한 점 남김없이 몽땅 다 훔쳐가버렸다.

— 그러니까 전 꼭 현우 오빠한테 시집갈 거예요.

혼자 쿡쿡 웃으며, 지환은 입속으로 중얼거렸다.

"나중에 가서 딴소리하기 없기다, 너."

6

순결한 큰형님의
고뇌에 찬 밤

"큰형님, 보고서가 왔습니다."

"어, 이리 줘봐."

고은하에 대한 보고서를 읽던 고양희가 눈썹을 찌푸렸다.

"키즈 크리에이터가 뭐냐?"

"유튜브라고, 동영상 사이트에서 장난감을 가지고 노는 동영상을 찍어서 애들 보여주는 직업이 있습니다."

"아 그 여섯 살짜린가, 쪼끄만 게 건물주 됐다던 그거?"

뉴스에서 본 게 기억나서 말하자 부하가 대답했다.

"예, 형님."

"근데 이년은 나이 처먹고 왜 여태 그걸 하고 있어?"

"그게 꼭 애들만 하는 건 아닌가 봅니다, 형님."

"어디 한번 틀어봐."

부하가 노트북을 가지고 와서 영상을 재생시켰다.

─ 친구들, 안녕!

영상 속에서 예쁘장하게 생긴 여자가 생글거리며 양손을 흔들었다. 동시에 고양희 뒤에 서 있던 부하들이 식겁한 얼굴을 했다. 바로 예전에 저 여자의 최면술(?)에 당했던 자들이었다.

─ 오늘은 미니 언니가, 인형을 가지고 아주 재미있는 이야기를 들려 줄 거예요.

여자가 재잘대며 인형 두 개를 들어 보였다. 오른손에는 검은 양복을 입은 남자 인형, 왼손에는 귀여운 고양이 인형. 남자 인형이 왠지 낯이 익어서 고양희는 고개를 갸웃거렸다. 눈초리가 날카롭게 치켜올라가 있고, 뺨에 상처가 있는 게….
"야, 저거, 그놈 닮지 않았냐?"
부하가 대답하기도 전에 화면 속의 여자가 종알거렸다.

─ 옛날 어느 마을에, 지환이라는 아주 무섭게 생긴 친구가 살고 있었 어요.

"허!"
고양희가 헛웃음을 쳤다.

- 지환이는 얼굴은 무섭게 생겼지만 사실은 아주 예쁜 마음씨를 갖고 있었답니다.
- 하지만 사람들은 지환이의 무서운 얼굴만 보고 지레 겁을 먹고 피했어요.
- 그러던 어느 날, 무서운 악당! 양희가 나타나서 마을 사람들을 괴롭히기 시작했어요.

고양이 인형의 이름을 듣는 순간, 고양희의 얼굴에서 웃음기가 싹 가셨다.

"이런 미친년이…?"

♤ ♥ ♧ ♣

공연 일주일 후, 은하는 지난번에 공연을 갔던 병원의 원장에게서 전화를 받았다. 이번에 소아암센터를 건립하려고 하는데 기금 모금을 위한 홍보 모델이 되어줄 수 없느냐는 것이었다.

"따로 모델료는 드리지 못하지만, 대신 벽에 기부자들과 함께 이름을 새겨드리고 감사패를 전달할까 합니다. 어떻게 부탁을 드려도 되겠습니까?"

"그럼요, 좋은 일인데 당연히 해야죠."

흔쾌히 대답해놓고 은하는 망설이며 덧붙였다.

"그런데 저…, 사실 제가 인기 있는 유튜버가 아닌데 괜찮을까요?"

"무슨 말씀이십니까? 저희 병원에서는 최고의 인기 스타신데요."

"그럼 열심히 해보겠습니다."

"허허, 감사합니다."

"촬영 날짜는 언제쯤이 될까요? 제가 스케줄을 조정해야 해서요."

"따로 시간 내서 촬영하는 게 아니라, 평소처럼 공연하러 오시면 자연스럽게 아이들과 어울리는 모습을 찍어 홍보물을 제작할 예정입니다. 자세히는 저희 홍보팀에서 따로 연락을 드릴 겁니다."

"아, 네. 알겠습니다, 원장님."

"아무쪼록 잘 부탁드립니다. 일곱 난쟁이들한테도 잘 부탁드린다고 전해주십시오."

"네?"

은하는 당황했다.

"저기, 원장님. 그 일곱 난쟁이들은⋯."

어쩌다 한 번 온 것뿐이지 계속 함께 다니는 사람들이 아니라고 하려는데, 병원장이 계속해서 말했다.

"병실에 가면 아이들마다 미니 언니와 일곱 난쟁이 얘기뿐이더군요. 난쟁이 아저씨들을 어찌나 손꼽아 기다리는지요, 허허. 덕분에 아주 병동 분위기가 밝아졌습니다."

결국 은하는 차마 사실대로 말하지 못한 채 전화를 끊고 말았다.

'일곱 난쟁이들은 왜 안 왔어요?'

울상이 될 아이들의 얼굴을 상상하자 가슴이 철렁했다.

'어쩌지?'

은하는 고민했다. 2년 가까이 혼자서 공연하다 보니 어느 정도 한계가 온 것도 사실이었다. 이참에 아예 일곱 난쟁이들을 데리고 공연을 다니는 것도 좋을 것 같았다. 난쟁이들 본인이야 서로 가겠다고 싸울 정도니까 물론 기뻐할 테고.

문제는 이들이 엄연한 직장인이라는 거였다. 주말에는 병원에 방문객이 많아서인지, 병원 측에서 잡아주는 공연 날짜는 평일이 많았다. 병원 두 곳을 한 달에 한 번씩 가니까 한 달에 두 번은 회사를 빠져야 한다는 얘긴데. 결국은 대표인 지환에게 부탁할 수밖에 없겠다고 은하는 생각했다.

'좋은 일이니까 들어주지 않을까?'

쉬운 부탁은 아니지만 거절당할 것 같지는 않았다. 뭐든지 자신이 채 부탁하기도 전에 알아차리고 들어주는 게 그 사람 아닌가. 지환을 떠올리면 마음이 든든해졌다.

'나 좋아하는 것만 빼면 참 좋은 사람인데.'

그렇게 생각하며 은하는 지환의 집으로 향했다.

♤ ♥ ♧

수업을 시작하기 전에 은하는 지환의 방으로 올라갔다.

"은하 씨."

지난번에 분명히 딱 잘라 거절했는데, 지환은 차인 사람답지 않게 웃는 얼굴로 반갑게 은하를 맞이했다. 덕분에 얼굴을 보자마자 은하의 심장이 또다시 비명을 질렀다. 지난번에도 생각했지만, 이 사람은 웃을 때 현우 오빠를 정말 많이 닮았다.

"저기, 제가 부탁드릴 게 있어서요."

"말씀해보세요."

어딘가 달라진 말투에 은하는 약간의 위화감을 느꼈다. 똑같은 존댓말이지만 전에는 그저 한없이 정중하기만 했다면, 지금은 좀 더 부드럽고 편안하게 느껴지는 말투였다.

"제가 공연 다니는 병원에서 연락이 왔거든요. 왜 전에 지환 씨도 입원하셨던 그 병원 말이에요."

사정을 끝까지 듣고 난 지환이 확인하듯 물었다.

"그러니까 앞으로도 제 동생들이 은하 씨 공연에 같이 다녀줬으면 좋겠다는 얘깁니까?"

"가능하면요. 물론 장난감은 제가 준비할 테니까 신경 쓰지 않으셔도 되고요."

"뭐, 장난감 기부하는 거야 문제가 아닙니다만."

지환이 팔짱을 꼈다.

"한 달에 두 번씩이나 회사를 빠져야 한다니 그게 어려운 일이군요. 아무래도 일에 지장이 많이 가겠는데요."

완곡한 거절의 말에 얼굴이 확 달아올랐다. 왜 나는 그가, 내가 부탁하면 뭐든지 냉큼 들어줄 거라고 생각하고 있었을까. 뒤늦게 스스로가 한심해졌다. 딱 잘라서 나 좋아하지 말라고까지 말한 주제에 아쉬울 때는 또 멋대로 기대고 싶어 하고, 이런 뻔뻔한 일이 세상에 어디 있을까. 새삼스레 부끄러워서 얼굴조차 들 수가 없었다.

"죄송해요. 제가 너무 생각이 짧았어요. 말 꺼내는 게 아니었는데…. 그냥 잊어주세요."

도망치듯 나가려는데 그가 제지하듯 말했다.

"아직 제 얘기 안 끝났습니다."

걸음을 멈추고 쳐다보자 그가 말했다.

"제가 은하 씨 부탁을 들어드리면, 대신 은하 씨도 제 부탁을 들어주실 수 있겠습니까?"

"네? 저한테 뭘…."

나같이 아무것도 없는 사람에게 부탁이라니, 뭘까. 의아하게 생각하다 그가 자신을 좋아한다는 사실을 퍼뜩 떠올리고 은하는 얼굴을 굳혔다.

"뭐라고 하셔도 저는 지환 씨하고 사귈 수는 없어요."

좋아하지 않는 남자와 사귈 수도 없지만, 그를 위해서도 차마 못할 짓이라고 생각했다. 하지만 지환은 고개를 갸웃하더니 물었다.

"음, 제가 은하 씨한테 언제 사귀자고 했습니까?"

"네?"

"좋아한다고는 했지만, 그렇다고 사귀자는 말은 안 했던 것 같아서요."

이번에야말로 은하는 얼굴에 확 불이 붙는 것을 느꼈다. 난 도대체 무슨 김칫국을 마신 거야?

"…죄송해요."

차마 얼굴도 똑바로 못 보겠어서 고개를 푹 숙이고 있는데, 머리 위에서 쿡쿡 하고 소리 죽인 웃음소리가 들려왔다. 고개를 들자 한껏 가늘어진 눈과 마주쳐서 깜짝 놀랐다.

'뭐야, 지금 나 놀린 거야?'

여태껏 한없이 정중하고 진지하기만 했던 남자가 갑자기 왜 이럴까. 당황한 은하에게 그는 미소를 머금고 말했다.

"저야 물론 사귀고 싶지요, 받아만 주신다면."

"…."

"하지만 은하 씨에게는 현우 오빠밖에 없다는 사실도 아주 잘 알고 있어요. 그러니까 곤란하게 만들어드릴 생각은 없습니다."

자기 입으로 현우 오빠 운운하면서도 미소를 잃지 않고 있는 것이 대단한 점이었다.

"그럼 제가 뭘 해드리면 될까요?"

그제야 지환은 진지한 얼굴로 돌아가 대답했다.

"은하 씨한테 과외를 받고 싶습니다."

"지환 씨가요?"

"예. 저도 검정고시를 보고 싶어서요."

어려울 것 없지 않을까, 하고 은하는 생각했다. 네 명 가르치나, 다섯 명 가르치나 뭐 다를 게 그리 있을까.

"좋아요. 그럼 제가 다음에 올 때 문제집 한 권 더 사올 테니까 다른 사람들이랑 진도 맞춰서…."

"저는 중학교까지는 졸업을 해서요."

지환이 말을 가로챘다.

"녀석들하고는 따로 수업해야 할 겁니다."

그제야 은하는 당황했다.

"그러니까 단둘이 수업을 해야겠죠."

지환이 허리를 굽혀 은하와 눈높이를 맞추고 지그시 눈동자를 바라보는 순간, 특유의 민트 향기가 코끝에 닿았다.

"개인 과외, 해주시겠습니까?"

은하는 갈등했다. 이유는 모르겠지만 왠지 하지 말아야 할 것 같은 생각이 강하게 들었다. 하기 싫은 게 아니라, 하면 안 될 것 같다. 하지만….

'일곱 난쟁이는 왜 안 와요?'

실망할 아이들의 표정을 떠올리자 거절할 수가 없었다.

"그럼 지킬 건 지켜주세요."

동요하는 마음을 감추고 은하는 잘라 말했다.

"수업하는 동안은 어디까지나 선생님이랑 학생이에요. 그러니까 저한테 그, 좋아한다든가 사귀자든가, 그런 말씀 안 하시겠다고 약속할 수 있으세요?"

지환은 흔쾌히 대답했다.

"하지 않겠습니다, 저는."

뒤에 붙은 말이 묘하게 걸려서 은하는 물었다.

"그게 무슨 뜻이에요?"

"좋아한다든가 혹은 사귀자고 말하지 않겠다는 뜻입니다, 제 쪽에서는."

그제야 말뜻을 알아듣고 은하는 어이가 없었다.

"그럼 뭐, 설마하니 제가 지환 씨한테 좋아한다고 사귀자고 할까 봐요?"

"세상일은 모르는 거니까요."

지환은 빙긋 웃더니 되물었다.

"벌써 제 몸은 좋아한다고 말씀하시지 않았던가요?"

내가 미쳐!

"그, 그럼 일주일에 두 번, 동생분들 수업 끝나고 같이 공부하는 걸로 해요."

귀까지 확 뜨거워지는 바람에 은하는 고개를 숙이고 빠르게 말했다.

"수업 끝나고 다시 올게요."

서둘러 방을 뛰쳐나온 은하는 도망치듯 계단을 내려왔다. 복도 모퉁이에 겨우 숨어서 달아오른 뺨을 두 손으로 감싸고 떨리는 목소리로 중얼거렸다.

"뭐, 뭐야. 갑자기 왜 저래?"

♠ ♥ ♣

서점에 다녀온 이후 덩어리들의 수업 태도는 기적적으로 좋아졌다. 전처럼 수업 시간에 잡담은커녕 은하의 말 한 마디라도 놓칠까 두렵다는 듯한 기세로 공부하는 것이었다.

아무리 제때 교육을 받지 못한 사람들이라지만 어디까지나 지능 수준은 어엿한 성인이다. 일단 마음먹고 공부하기 시작하자 진도도 무섭게 빨라졌다. 올 때마다 문제집을 거의 반씩 풀어서 내놓는 바람에 일주일마다 새 책을 사야 할 지경이었다. 자기가 고등학생들이랑 한바탕 입씨름하는 장면을 덩어리들이 다 본 줄은 까맣게 모르는 은하는, 대체 무슨 바람이 불어서 이러는지 어안이 벙벙하기만 했다. 그저 많은 책들을 눈앞에서 보니 공부 욕심이 났으려니 하고 추측할 뿐.

어찌 됐든 가르치는 입장으로서는 무척 기쁜 일이었다. 괜히 처음부터 말했다간 흥분해서 모처럼 잡힌 수업 분위기를 해칠까 봐, 은하는 수업이 다 끝나고 나서야 얘기를 꺼냈다.

"아이들이 일곱 난쟁이를 무척 기다리고 있대요. 그래서 앞으로 여러분이 한 달에 두 번, 저랑 같이 정기 공연을 다녀주시면 어떨까 하는데 어떻게 생각하세요?"

생각대로 덩어리들은 무척 기뻐했다.

"사실, 공연 가는 날은 회사 빠져도 된다고 아까 대표님한테 허락도 받았어요."

일영과 민규는 만세를 부르고, 지난번에 못 갔던 나머지 둘은 불공평하다, 다시 뽑아야 한다며 또 한바탕 입씨름을 벌이기도 했다.

"그런데 큰형님께서 허락해주셨단 말입니까?"

"네. 대신 제가 대표님 과외 해드리기로 했어요. 여러분 수업 끝나고 나서 따로요."

은하가 책을 챙기며 하는 말에, 덩어리들은 침을 꿀꺽 삼켰다.

'단둘이 과외수업!'

"그럼 전 대표님 과외하러 갈게요. 공부 열심히들 하고, 다음 시간에 봐요."

은하가 방을 나가자마자 일영이 지시했다.

"당장 애들 집합시켜."

♤ ♥ ♧

첫 수업이라 아직 교재가 없었기 때문에 우선은 인터넷으로 문제지를 다운받아 프린트해서 어느 정도 수준인지 테스트를 해보았다. 테스트 결과에 은하는 놀라지 않을 수 없었다. 중학교까지만 졸업했다니까 공부를 놓은 지 거의 15년이 돼가는 사람인데, 놀랍게도 중학교 과정까지의 수학 공식과 해법을 완벽하게 기억하고 있었다.

'혹시 나처럼 수학만 유난히 잘하는 타입인가?'

처음엔 그렇게 생각했지만, 국어나 과학, 영어도 마찬가지였다. 국어의 경우에는 교과서도 많이 바뀌었을 텐데, 스무 문제 중에 단 한 문제도 틀리지 않았다. 즉 문제를 이해하고 푸는 능력 자체가 뛰어나다는 뜻이다. 이 정도면 학창시절에는 얼마나 공부를 잘했을지 충분히 짐작이 갔다.

— 큰형님은 저희 중에서도 고생을 제일 많이 하신 분입니다.

일영에게 들은 말도 있고 해서 웬만하면 과거사는 건드리고 싶지 않았지만, 묻지 않고는 견딜 수가 없었다.

"이렇게 공부를 잘하는데 대체 왜 중학교까지만 다닌 거예요?"

"글쎄요, 공부보다 싸움을 더 잘했나 봅니다."

지환은 그렇게 말하고 웃기만 했다. 웃는 순간 현우같이 느껴지는 바람에 또다시 심장이 덜컥 내려앉았지만, 물론 입 밖으로 내지는 않았다. 나를 좋아한다는 남자에게 내가 좋아하는 남자랑 닮았다니 얼마나 잔인한 말인가?

'대체 왜 이렇게 닮아 보이는 거야?'

아마도 지환이 웃을 때면 마치 딴사람처럼 부드럽고 다정한 얼굴이 되는 게 문제라고 은하는 생각했다. 제 안에 아주 옛날부터 존재하는 '다정한 남자=현우 오빠'라는 공식이, 그만 엉뚱한 결론을 도출해낸 것이다.

두 시간가량 테스트를 마치고 나니 벌써 밤 11시가 가까워져 있었다.

"오늘은 여기까지 해요. 다음 시간에는 제가 교재를 준비해올 테니까…."

말하는 순간, 바깥에서 갑자기 폭탄 터지는 것 같은 굉음이 났다. 쾅!

"꺅!"

은하는 반사적으로 볼펜을 집어 던지며 비명을 질렀다. 동시에 창밖에서 요란하게 비가 쏟아지는 소리가 들려 한 박자 늦게야 소리의 정체를 알았다. 아, 천둥소리였구나.

"죄송해요, 소리 질러서. 태풍이 온다더니 그건가 봐요."

저녁 무렵부터 서울이 태풍의 간접 영향권에 든다는 예보는 진작 보았다. 많은 비가 올 수 있다곤 했지만, 딱히 위험하다는 말은 없었기 때문에 굳이 수업을 미루지는 않았던 거다. 그래도 비 오는 소리가 예사롭지 않아 은하는 서둘러 책을 덮었다.

"그럼 다음 시간에 봐요."

"제가 댁까지 모셔다 드리겠습니다."

소파에서 일어나자 지환이 얼른 따라 일어섰다.

"괜찮아요. 저 혼자 갈 수 있…."

그 순간 또다시 천둥이 쳤다. 쾅! 이번에는 소리와 동시에 방 안이 캄캄해지는 바람에 심장이 멈출 뻔했다.

"전기가 나갔나 봅니다."

어둠 속에서 약간 당황한 듯한 지환의 목소리가 들려왔다.

"다시 들어올 때까지 잠깐 기다렸다가 나가시는 게 좋겠습니다."

"그래야겠어요."

괜히 이 어둠 속에서 집에 가겠다고 우기며 나갔다가 계단에서 구르기라도 하면 답이 없다고 생각하고, 은하는 순순히 도로 자리에 앉았다.

전기가 들어오기를 기다리며 앉아 있는데 바깥 상황은 갈수록 더 난리가 났다. 쏴아아, 우르릉, 쾅쾅, 번쩍! 은하는 점점 간이 콩알만 해지는 것을 느꼈다. 절로 비명이 터져 나올 것 같아서 소파에 놓여 있던 쿠션을 껴안고 간신히 버티는데, 문득 어둠 속에서 조용한 목소리가 들려왔다.

"혹시 괜찮으시면, 제가 안아드려도 될까요?"

"네?"

"그러면 좀 진정이 되실까 싶어서요."

솔직히 말하면 냉큼 안기고 싶었다. 냉동 창고에 갇혔을 때도 저 사람의 품에 안겨 있으니까 그렇게 안심이 되고 포근하지 않던가. 딱 이럴 때 안기기 알맞은 가슴이었다. 하지만…. 지환이 자신을 좋아한다는 사실을 떠올리고, 은하는 겨우 유혹을 뿌리쳤다.

"아니에요, 저 괜찮아요."

지환은 끈질겼다.

"전에 말하지 않았습니까? 저한테 자꾸만 안기고 싶다고."

이 순간, 어두워서 서로의 얼굴이 보이지 않는 것을 은하는 하늘에 감사했다. 얼굴이 확 달아오르는 게 느껴졌기 때문에.

"제, 제발 그거 좀 잊어주시면 안 될까요?"

"어쨌든 은하 씨도 저한테 안기는 게 싫은 건 아니지 않습니까."

"싫어서가 아니고, 그러면 안 될 것 같아서 그래요."

은하는 한숨을 쉬었다.

"지환 씨는 저 좋아하시잖아요. 마음을 받아드릴 수도 없는데, 비겁하게 이럴 때만 이용하고 싶지 않아…!"

말이 채 끝나기도 전에 또다시 쾅, 하고 천둥이 큰 소리로 울었다.

"으아아아아."

못 살겠다. 하마터면 심장이 멈출 뻔한 은하가 우는소리를 내는데 갑자기 몸이 둥실 떠올랐다. 지환이 은하를 가볍게 안아 올린 것이었다.

"지환 씨?"

그는 소파에 앉아서 은하를 자기 무릎에 앉히고 품에 꼭 안아주었다. 마치 냉동 창고에 갇혔을 때처럼.

"은하 씨는 조금도 비겁하지 않습니다."

어둠 속에서 부드러운 목소리가 들려왔다.

"비겁한 건 접니다. 이런 상황을 이용하고 있으니까요."

아니, 그렇지 않다는 걸 은하는 잘 알고 있었다. 이 사람은 내 마음을 편하게 해주고 싶은 거다, 자기가 나쁜 사람이 되어서라도.

"이러면 상처받지 않으세요?"

왠지 목이 메어 겨우 묻자 웃음기 어린 다정한 목소리가 되물었다.

"좋아하는 분을 안고 있는데 왜 상처를 받겠습니까?"

확신이 담긴 목소리에 기어이 눈물이 핑 돌았다. 몇 번이나 거절을 당해도 몇 번이든 자기 진심을 부딪쳐오는 사람.

"저는 지금 무척 행복합니다. 그러니까 미안해하지 않으셔도 됩니다."

은하가 최대한 불편하지 않게 고쳐 안고 지환은 가만히 그녀의 등을 토닥여주었다. 은하의 한쪽 뺨을 제 가슴에 붙여 귀를 막아주고, 나머지 한쪽 귀는 커다란 손으로 살짝 막아주면서. 그러고 있으니 간간이 울리는 천둥소리와 미친 듯이 쏟아지는 빗소리마저도 마치 백색소음처럼 들렸다. 넓고 따뜻한 품 안에서, 한 치 앞도 보이지 않는 어둠조차도 포근하게 느껴졌다.

왜 이 남자의 품 안에만 있으면 이렇게 마음이 편안한 걸까. 마치 원래 있어야 할 곳에 돌아오기라도 한 것처럼. 자꾸만 무거워지는 눈꺼풀을 억지로 들어 올리며 은하는 중얼거렸다.

"정전이… 되게 오래가네요."

목소리에 묻어나는 졸음을 느꼈는지, 어둠 속에서 부드러운 대답이 들려왔다.

"졸리면 그냥 이대로 주무셔도 됩니다. 제가 안고 있어드릴 테니까요."

그럴 순 없다고 생각했다. 예전에도 안긴 채로 잠드는 바람에 민폐를 끼쳤는데, 두 번이나 그럴 수는….

그러다 어느 순간, 의식이 끊겼다.

♤ ♥ ♧

상반신 나체의 지환이 유혹하듯 속삭였다.

— 만져봐요.

이번에는 이게 꿈이라는 걸 은하도 알았다. 어차피 꿈인데 망설일 필요 있나, 덥석 물어야지!

은하는 사양하지 않고 냉큼 손을 뻗었다. 보기 좋은 떡이 만지기에도 좋다(?)고 하더니 옛말 틀린 거 하나 없었다. 근육은 바위처럼 단단한데, 그 위를 덮고 있는 피부는 벨벳처럼 매끄럽고 보드라운 것이다. 빨려들어갈 것만 같은 황홀한 감촉에 은하는 잔뜩 도취되었다.

어차피 현실에서는 못하는 거, 꿈에서라도 실컷 계를 타자!

'우와 가슴이 나보다 더 커!'

압도적인 볼륨감의 흉근을 욕심껏 만져도 보고 눌러도 보고 더듬어도 보다가 그 아래의 복근에 호기심이 미쳤다. 잔뜩 화난 듯이 갈라져 있는 근육의 형태를 조심스레 손끝으로 덧그리며 내려가는데….

"저, 은하 씨. 자꾸만 아래로 내려가시면…."

어디선가 매우 곤란한 듯한 목소리가 들려왔다.

"그, 제가 싫어서가 아니라…."

에이, 가만히 좀 있어봐요, 어차피 꿈인데 뭘 이렇게 빼고 그래.

"으, 은하 씨?"

점점 목소리가 다급해져서 은하는 더욱더 즐거워졌다.

"일단 눈 좀 뜨십시오."

내가 눈을 왜 떠요, 뜨면 꿈 깨는데. 들은 체도 않고 복근을 더듬어 내려가는데 누가 어깨를 붙들고 강하게 불렀다.

"은하 씨!"

은하는 번쩍 눈을 떴다. 바로 눈앞에 지환의 얼굴이 보여서 순간적으로 꿈과 현실의 경계가 모호하게 느껴졌다.

'왜 꿈에서 깼는데 아직도 눈앞에 있지?'

혼란스러운 나머지 시선을 이리저리 돌리다 희뿌옇게 밝아진 유리창 너머에 송글송글 맺혀 있는 빗방울이 눈에 들어왔다.

'맞다, 비가 되게 많이 왔었지.'

기억이 꼬리에 꼬리를 물고 되살아났다. 천둥 번개가 무서워서 떨었더니 지환이 안아주었고, 따뜻한 품에 안겨 있으니 졸음이 쏟아지는 바람에 그만 깜빡 잠든 것까지. 미친 듯이 쏟아지던 빗소리도 어느덧 멎어 있고, 어슴푸레 밝아오는 바깥은 고요하기만 했다.

'아, 지환 씨가 아침까지 자기 침대에서 자게 해준 거구나.'

은하는 그제야 상황 파악을 마쳤다.

"고맙습니다. 덕분에 푹 잤어요."

"예."

당혹스러운 듯이 대답하는 얼굴이 왠지 조금 빨개져 있었다.

'안겨서 자느라 그런 꿈을 꿨나 봐.'

비록 꿈이었지만 참 은혜로웠다고, 은하는 진심으로 생각했다. 물론 당사자가 알았다간 기겁을 하겠지만. 아무리 꿈속이지만, 자기 몸을 멋대로 막 만졌다는 걸 알면 지환이 뭐라고 생각하겠는가?

은하는 지환에게 들리지 않게 아쉬운 한숨을 내쉬었다. 아직도 그 압도적인 가슴의 볼륨감과 탄탄하고 매끄러운 촉감이 손끝에 그대로 남아 있는 것만 같은… 게 아니라 진짜로 남아 있네? 흠칫 놀라 손가락을 살짝 꼼지락거려보았다. 따스한 피부 아래의 근육이 기다렸다는 듯이 탄력 있게 튀어 오르는 느낌에, 불길한 예감이 뇌리를 스쳤다.

…설마. 불안에 떨면서 시선을 내리자, 지환이 입고 있는 와이셔츠 속에 깊이 파묻혀 있는 손이 보였다. 바로 제 손이었다.

"…!"

은하는 눈앞이 캄캄해지는 것을 느꼈다.

♠ ♥ ♣

은하가 세상모르고 잠들어 있는 동안, 지환은 전혀 다른 밤을 보내고 있었다. 그야 사랑하는 여자가 품 안에 있는데 두 다리 쭉 뻗고 잘 수 있는 남자가 어디 있을까.

다행히 은하가 잠든 지 한 시간쯤 후 천둥 번개는 그치고, 전기도 다시 들어왔다. 지환은 머리맡의 조명등을 희미하게 켜놓고, 제 팔을 베고 잠든 은하의 얼굴을 물끄러미 바라보았다. 눈을 깜빡이는 순간조차 아까울 만큼 예쁘다.

이렇게 가까이서 한참을 보다 보니 깨달은 사실이 있었다. 은하가 평소 생각했던 이미지와는 많이 다르다는 거. 워낙 어릴 때 만난 사이라 그런 것도 있고, 직업 때문에 귀여운 옷을 입고 발랄하게 행동할 때가 많아서 막연히 좀 어리게만 생각하고 있었는데, 사실은 전혀 그렇지 않았다. 그의 품에 안겨 있는 것은 스물일곱 살의, 어디까지나 완벽하게 성숙한 여자였다.

가슴속에서 생소한 감정이 피어올랐다. 원래 품고 있었던 연심

보다도 더 격렬한 욕심이었다. 입 맞추고 싶고, 만지고 싶고, 내 것으로 만들고 싶다. 저도 모르게 입술을 훔칠 뻔하고 소스라쳐 제정신으로 돌아오기를 몇 번이나 했는지.

자신을 믿고 푹 잠들어 있는 여자에게 자꾸만 순수하지 못한 감정을 품게 되는 스스로를 꾸짖으며 지환은 억지로 눈을 감고 잠을 청했다. 물론 잠이 잘 올 리가 없었다. 이렇게 부드럽고, 향기롭고, 사랑스러운 것이 품 안에 있는데.

간신히 잠이 들었다가 금세 깨서 얼굴을 한참 들여다보고. 또 어렴풋이 선잠이 들었다가, 다시 눈이 뜨여서 또 한참을 바라보고. 수없이 같은 행동을 반복하다 지쳐서 겨우 진짜 잠이 든 것은 비도 거의 잦아들어가는 새벽 무렵이었다.

달콤한 잠에서 그를 끌고 나온 것은 맨살을 가만히 어루만지는 손길이었다. 처음에는 당연히 꿈속의 일이라고 생각했다. 제 침대에서 혼자 잠을 자고 있는데 누가 만질 리 없지 않은가. 꿈속의 일이라도 기분이 좋아서 좀 더 만져줬으면, 하고 생각하며 계속 자고 있는데 손길은 끈덕지게 몸을 어루만져왔다. 맨가슴을 부드럽게 쓰다듬고, 살며시 문지르고, 근육을 손끝으로 꾹꾹 누르고.

'잠깐, 이게 꿈 치고는 너무….'

잠이 조금씩 달아나기 시작한 뇌가 문득 한 가지 사실을 떠올렸다.

'참, 은하 씨가 옆에 있었지.'

그 순간 졸음이 한 방에 달아났다.

"…!"

번쩍 눈을 뜨자 역시나 은하가 제 와이셔츠 아래 손을 넣어서 가슴을 만지고 있었다.

자, 잠깐만. 이마에 식은땀이 배어났다. 지환은 여태 여자라고는 가까이해본 적이 없었다. 정신적으로도, 물론 육체적으로도. 평생 누구에게도 허락해본 적이 없는 은밀한 맨살을 거침없이 만지고 있는 것이다. 그것도 좋아하는 여자가!

제 가슴을 더듬고 있는 여자는 눈을 감은 채 입가에 어렴풋이 미소까지 띠고 있었다. 왜 이러고 있는지는 알 것 같았다. 그녀는 솔직하게 말했었다, 내 몸이 멋지다고. 만져보고 싶고 안기고 싶다고. 그러니까 꿈속에서 실컷 소원을 풀고 있는 모양인데, 문제는 본인은 꿈속이겠지만 이쪽은 어디까지나 현실에 있다는 거였다. 한참 전부터 점점 뜨거워지고 있던 몸이, 상대를 파악한 순간 제대로 반응했다.

'으윽.'

부드러운 손길이 예민해진 살갗 위를 스치는 감촉에, 하마터면 달콤한 신음을 흘릴 뻔하자 지환은 허겁지겁 손으로 제 입을 틀어막았다. 아무래도 깨워야 할 것 같은데, 솔직히 깨우고 싶지 않았다. 세상에 태어나서 이토록 황홀한 일은 처음이었다. 은하의 작은 손 아래서 지환은 이미 반쯤 천국을 헤매고 있었다.

아, 모르겠다. 자꾸만 새어 나오려는 소리를 죽이느라 필사적으로 손을 깨물며 버티고 있는데, 그것도 오래가지는 못했다. 손이 점점 아래로 내려가기 시작했기 때문에!

"저, 은하 씨. 자꾸만 아래로 내려가시면….."

저도 뒷일을 장담할 수가 없습니다. 당황해서 경고를 날렸는데도 은하는 거침이 없었다. 손끝으로 살며시 복근을 덧그리듯 만지는 바람에 눈앞에서 불꽃이 튀었다.

"그, 제가 싫어서가 아니라…."

좋긴 하지만 계속 내려갔다가는 자칫 놀라시는 수가 있습니다!

점점 내려가는 은하의 손 때문에 지환은 어쩔 줄을 몰랐다.

"으, 은하 씨?"

다급하게 불렀지만 은하는 여전히 꿈속인 모양이었다. 결국 지환은 은하의 어깨를 붙잡고 흔들어 깨웠다.

"은하 씨!"

♤ ♥ ♧

지환의 와이셔츠 속에 파고들어가 있는 제 손을 발견한 순간, 은하는 눈앞이 캄캄해지는 것을 느꼈다. 그러니까 꿈인 줄만 알고 실컷 만지고 주무르고 더듬은 것이 사실은 실제였던 것이다.

'아, 아니야. 이건 악몽일 거야.'

아무리 부정해봐도 제 손 아래의 뿌듯한 감촉은 어디까지나 현실이었다.

"아무래도 꿈을 꾸시는 것 같아서 일단 깨워는 드렸습니다만."

피해자가 민망한 듯 고개를 푹 숙이고 중얼거렸다.

은하가 숨도 못 쉰 채 정지 화면 상태가 되어 있는데, 갑자기 어디선가 우당탕! 하는 소리가 났다. 깜짝 놀라 쳐다보니 멀쩡했던 방문이 앞으로 쓰러져 있고, 그 위로 덩어리들이 우르르 넘어져 있었다.

몇 겹으로 겹쳐진 덩어리들이 굳어버린 은하와 지환을 향해 환하게 웃으며 합창을 했다.

"큰형님, 형수님, 좋은 아침입니다!"

♤ ♥ ♧

어젯밤, 수업을 마친 은하가 큰형님 방으로 올라가시고 나서 덩어리들은 전원 집합했다.

"과외라니, 대체 뭘 가르치고 뭘 배우는 걸까요?"

"이 자식아, 척 하면 삼천리지."

"젊은 남녀가, 어? 단둘이, 어? 방에서! 문 딱 걸어 잠그고, 어? 뭘 하겠냐?"

덩어리들은 일제히 달아오른 뺨을 감싸며 비명을 질렀다.

"어머나!"

"꺄아아아!"

얌전한 큰형님 부뚜막에 먼저 올라가신다더니! 하지만 덩어리 하나가 손을 들고 이의를 제기했다.

"큰형님께서 저번에 누님이랑 사귀는 거 아니라고 딱 잘라 말씀하시지 않았습니까?"

"그건 그러네?"

에이, 하고 덩어리들은 김샌 표정을 했다.

워낙 외모도 무력도 출중하신 큰형님은 옛날부터 여자들에게 인기 폭발이었다. 조직에서 운영하던 술집 아가씨들 중에는 지환이 눈길을 안 준다고 자살 소동까지 벌인 여자도 있었을 정도였다. 그런데도 큰형님은 그 많은 여자를 하나같이 돌 보듯 할 뿐이었다.

덩어리들 중 몇몇은 큰형님이 혹시 어디 문제가 있는 게 아닐까 하는 의견을 조심스럽게 제기한 적도 있었다. 일명 큰형님 고자 설. 물론 남자 중의 남자인 큰형님이 그럴 리 없다는 다수의 의견에 금세 밀리고 말았지만.

어쨌거나 한없이 순결한 우리 큰형님께서 사귀지도 않는 여자랑 뭐 그리 대단한 걸 하시겠는가?

"아무래도 큰형님께서는 지금 누님과 썸을 타시는 중인 것 같다."

여러 의견을 종합해본 일영이 결론을 내렸다.

"단순히 썸으로 끝나지 않도록 우리가 더욱더 가열차게 팍팍 밀어드릴 때다. 누구 좋은 생각 있는 사람?"

주위를 둘러보자 막내 민규가 손을 들었다.

"형님들, 오늘 일기예보 보셨습니까?"

"뭐 태풍 영향 어쩌고 그거?"

"낮부터 꾸물꾸물한 게 좀 있으면 비 올 것 같더만. 그게 뭐?"

민규의 이야기를 듣고 난 덩어리들의 얼굴에 화색이 떠올랐다.

"그러니까 타이밍을 봐서 두꺼비집을 확 내리자?"

"바로 그거죠."

감탄하던 일영이 문득 고개를 갸웃거렸다.

"근데 민규 이 새끼, 전부터 가만히 보면 이런 쪽으로 대가리가 존나게 잘 돌아간단 말이야?"

"그러게 말입니다, 형님. 저번에 냉동 창고 건도 민규 아이디어였잖습니까?"

덩어리들은 일제히 민규를 향해 도끼눈을 떴다.

"너 이 새끼, 혹시 우리 모르게 여자 만나냐?"

"아, 아닙니다!"

민규가 펄쩍 뛰었다.

"그럼 어떻게 그렇게 잘 알아? 연애라곤 못 해본 놈이."

"좋은 말로 할 때 불지 못해?"

형님들이 추궁하다 못해 뒤에서 껴안고 십자조르기까지 들어갔지만 민규는 끝내 입을 다물었다.

생각대로 밤늦게 비와 함께 천둥 번개가 치기 시작했고, 그 순간을 노려 덩어리들은 온 집 안의 전기를 나가게 만들었다. 그리고 누님은, 끝내 큰형님 방에서 나오지 않았다!

두 분이 어떻게 밤을 보냈을까. 궁금한 나머지 밤새 잠도 설친 덩어리들은, 이른 아침부터 몰려가서 큰형님 방문에 귀를 대고 엿들었다. 하지만 안에서는 좀처럼 아무 소리도 들려오지 않았다.

"아, 형님, 밀지 좀 마십쇼."

"옆으로 좀 가, 이 뚱땡이 새꺄."

저희들끼리 투닥거리다 그만 무게에 못 이겨 방문이 넘어지고만 그 순간, 덩어리들은 똑똑히 보았다. 침대 위에 함께 누워 있는 두 사람을. 발그레하게 물들어 있는 큰형님의 뺨을(참고로 덩어리들이 큰형님을 모신 이래 처음 보는 표정이었다). 그리고 큰형님의 와이셔츠 속으로 깊이 파고든 누님의 손을!

그렇다, 간밤에 드디어 역사는 이루어진 것이다.

"형수님, 어딜 그리 급히 가십니까?"

"아침 드시고 가십쇼, 형수님."

목덜미까지 새빨개져서는 대꾸 한마디 없이 걸음아 날 살려라 도망쳐버리는 은하의 뒷모습을 덩어리들은 흐뭇한 눈으로 바라보았다.

"아, 우리 형수님 상여자시네."

"그러게 말입니다. 간밤에도 뜨거우셨을 텐데 아침 댓바람부터 또, 워후."

"얘들아, 큰형님 아침 든든히 차려드려야겠다."

대문 밖에서 은하를 배웅하고 돌아온 덩어리들은 실실 웃으며 지환의 방으로 올라갔다. 이때가 아니면 언제 또 무서운 큰형님을 놀려 먹는단 말인가?

"형님, 즐거운 밤 보내셨습니까?"

새빨개져 도망가신 누님과는 달리, 큰형님께서는 옷을 갈아입으며 더없이 침착하게 대꾸하셨다.

"괜히 호들갑들 떨지 마라. 그냥 안고 잠만 잤으니까."

"예?"

큰형님이 멋쩍어 내숭을 떤다고 생각한 덩어리들은 웃었다.

"아이참, 형님도."

"농담도 차암."

하지만 공포스럽게도 큰형님은 따라 웃지 않았다.

"에이."

"…."

"에에이."

하늘을 우러러 한 점 부끄러움 없다는 듯 쳐다보는 큰형님의 눈빛에 그제야 덩어리들은 깨달았다. 거짓말이 아니라는 것을!

"두꺼비집 내린 거, 누구 머리에서 나온 생각이지?"

맙소사, 다 눈치채고 계셨어!

"저, 접니다."

민규가 머뭇머뭇 손을 들자 큰형님은 침착하게 지시했다.

"너는 오늘 출근하기 전에 PT 8번 100회 실시. 그리고 나머지는 50회 실시."

큰형님께서 씻으러 간 후, 덩어리들은 머리를 맞댔다.

"틀림없습니다, 형님."

"안고 그냥 밤새 잠만 잤다니, 그렇게밖에 볼 수가 없지 않습니까?"

예전에 잠시 제기되었다가 그대로 묻혀버렸던 소수 의견이 드디어 빛을 발하는 순간이었다. 큰형님이 고자라니!

일영이 침통하게 내뱉었다.

"니미, 이런 좆같은 상황이 있나."

이제는 큰형님을 누님과 이어드리는 게 문제가 아니었다. 장가를 보내봤자 남자 구실을 못 하면 그게 다 무슨 소용이란 말인가?

"이를 어쩌면 좋습니까?"

"어쩌긴 뭘 어째, 방법을 찾아야지."

불로장생의 영약을 찾기 위해 각지에 사람을 보냈다는 진시황 같은 표정으로 일영이 비장하게 말했다.

"산삼이든 녹용이든 좋다. 수단과 방법을 가리지 말고, 남자한테 좋다는 건 뭐든 다 구해오도록 해."

♤ ♥ ♧

"와, 미치겠다!"

아이템 회의 중에 갑자기 외치며 머리를 마구 헝클어뜨리는 은하를 사람들이 기겁한 눈으로 쳐다보았다.

"왜 그래, 은하 씨?"

"죄송합니다. 제가 오늘 머리를 안 감고 나오는 바람에 가려워가지고."

대충 둘러대고 다시 회의가 재개되었지만, 또다시 은하가 외치는 바람에 역시나 오래가지 못했다.

"우와, 진짜 미쳐버리겠네!"

결국 은하는 쫓겨나고 말았다.

"은하 씨, 오늘 대체 왜 그래? 정 집중 안 되면 내일 다시 하자."

회사에서 나온 은하는 엘리베이터를 탄 뒤 벽에 이마를 쿵쿵 박았다.

'그냥 죽을까?'

백번을 생각해도 돌아버릴 노릇이었다. 어쩌자고 그걸 만져, 만지기를!

— 저한테는 현우 오빠밖에 없어요. 오빠 말고 다른 남자는 생각할 수조차 없다고요.

— 수업하는 동안은 어디까지나 선생님이랑 학생이에요.

그런 소리를 지껄여놓은 주제에 나는 정작 무슨 짓을 했단 말인가? 그것도 호의로 안아준 사람에게! 술김에 사람을 때렸다고 해서 면죄부가 주어지지 않는 것처럼, 잠결에 그랬다고 해봤자 저지른 짓이 사라지지는 않을 터였다.

'막 화내면 어떡하지?'

별의별 생각이 다 들었다.

'그냥 한 대 때리고 깨끗이 잊어달라고 할까?'

'에이, 그래도 그 사람이 날 좋아하는데 설마 때리기까지 할까.'

그러다 가슴이 철렁 내려앉았다.

'잠깐. 때리지는 않을 테니까 대신 자기도 나를 만지겠다고 하면?'

하지만 은하는 금세 고개를 저었다.

'그럴 리가 있어? 애초에 나는 만질 것도 없는데.'

엘리베이터에서 내리며 은하는 결심했다. 진심 어린 사과와 함께 철저한 재발 방지를 약속하는 수밖에 없겠다고. 혹시 지환이 용서해주지 않는대도, 어쨌든 사과하는 데까지 해보는 수밖에.

어깨를 축 늘어뜨리고 터덜터덜 밖으로 나오는데 회사 앞에 커다란 검정 세단이 서 있었다. 어디서 많이 본 차다, 하고 생각하자마자 운전석 문이 열리고 거구의 남자가 가벼운 동작으로 내렸다.

다가오는 지환을 보고 은하는 그만 굳어버렸다. 아, 아까 아침에 있었던 일을 따지러 왔구나!

"혹시 회사 가시는 길입니까?"

지환은 왠지 서두르듯 물었다.

"아, 아뇨. 지금 아이템 회의 마치고 나오는 길인데요."

"마침 잘됐군요."

그러더니 다짜고짜 은하의 손목을 잡아끄는 것이 아닌가.

"지환 씨?"

놀란 은하를 차에 밀어넣은 지환이 문을 거칠게 닫자마자 돌아와서 운전석에 올라탔다.

"대체 무슨 일…."

은하의 말이 채 끝나기도 전에 그는 굶주린 듯 다급하게 은하의 가슴께를 향해 손을 뻗어왔다. 맙소사, 진짜 그건가 봐!

"아, 안 돼요!"

은하는 가슴을 양손으로 껴안으며 눈을 질끈 감고 외쳤다.

"저는 만질 것도 없다고요!"

"예?"

당황한 듯한 목소리에 실눈을 뜨자, 안전벨트를 매어주고 있는 지환의 손이 눈에 들어왔다.

"무슨 말씀이십니까?"

아, 안전벨트 매어주려던 거구나!

"아무것도 아니에요."

은하는 새빨개져서 얼른 고개를 저었다. 차를 출발시키며 지환이 말했다.

"죄송합니다. 마침 근처에 경찰차가 보여서 길가에 차를 오래 세워둘 수가 없어 일단 먼저 태웠습니다."

다행히 그의 목소리에서 화난 기색은 느껴지지 않아 은하는 일단 가슴을 쓸어내렸다.

"무슨 일이에요?"

지환이 설명했다.

"춘천 공장 직원 중에 한 명이 갑자기 잠수를 타는 바람에 집에 노모와 어린 딸 단둘이 남았습니다. 벌써 두 달 가까이 소식이 없어서, 가족들이 어떻게 지내고 있는지 좀 들여다볼까 합니다."

"아, 네. 그런데 그게 저하고 무슨 상관이 있는지…."

"아시다시피 제가 애들한테 그리 먹히는 얼굴이 아니라서요. 저를 보면 아이가 자칫 겁을 먹을 수 있으니 은하 씨가 같이 가주셨으면 합니다."

듣고 보니 어려운 일도 아니어서 은하는 흔쾌히 승낙했다.

"네, 저야 뭐. 마침 회의도 일찍 끝났고 하니까 괜찮아요."

사실은 끝난 게 아니라 중간에 쫓겨난 거지만.

"고맙습니다."

지환은 안심한 표정을 했다.

"늦지 않게 댁까지 도로 모셔다 드리겠습니다."

"그건 괜찮은데요. 저…."

아까 아침에는 미안했다고 말하려다가 은하는 입을 다물었다. 본인이 말을 안 하는데 괜히 내가 먼저 말을 꺼내서 분위기를 어색하게 만들 필요는 없지 않을까?

"근데 그 직원이란 분은 대체 어떻게 된 걸까요?"

"사실은 그 직원이 도박 전과 7범입니다. 그쪽에서는 아주 실력이 뛰어나기로 유명한 사람이라더군요."

지환은 자초지종을 설명해주었다. 두 번 다시 도박에 손대지 않겠다고 각서를 받고 입사시켜줬는데 1년 정도 성실하게 일하는 것 같더니 그만 석 달 치 월급을 가불 받아서는 어디론가 사라지고 말았다고.

"그럼 혹시 신체 포기 각서라는 게 그분 얘기예요?"

"그건 또 어떻게 아셨습니까?"

지환이 놀란 듯이 은하를 흘깃 쳐다보았다.

"전에 일영 씨랑 나누는 말씀을 얼핏 들었어요."

이제야 은하는 이해했다. 잡아다가 손목을 잘라버리라는 둥 했던 게 그거였구나. 물론 홧김에 한 말일 뿐이라는 것도 이제는 알겠다. 지환처럼 다정하고 마음 넓은 사람이 자르긴 누구 손목을 자르겠는가.

'정 자르려면 내 손목이 먼저 아니겠어?'

저 사람의 몸을 마구 더듬은 자기의 발칙한 손을 내려다보며 엉뚱한 생각을 하다 은하는 다시 물었다.

"그럼 실종신고는 한 건가요?"

"집에 전화는 간혹 온다고 합니다. 무사히 지내고 있으니 걱정 말라고요. 가족들이 있으니 돌아오게 해야 하긴 할 텐데, 돌아와도 어떻게 도박을 끊게 만들지 걱정입니다. 진짜로 손목을 잘라버릴 수도 없고."

한숨을 쉬는 지환에게 은하는 물었다.

"꼭 도박을 하러 간 거라고 볼 순 없잖아요?"

"음?"

"약속했잖아요, 딸을 위해서라도 도박 끊고 새사람이 되겠다고요. 그러니까 도박 말고 뭔가 다른 사정이 있는 게 아닐까요?"

그렇게는 생각해본 적이 없는지 지환은 놀란 얼굴을 하고 있다가 한참 만에야 말했다.

"사람이란… 그렇게 쉽게 변하지 않습니다."

하지만 은하는 그렇게 생각하지 않았다.

"지환 씨랑 동생분들도 변했잖아요?"

사람은 얼마든지 잘못을 고치고 달라질 수 있다고 은하는 믿었다. 그래서 지환의 공장에 갔을 때도, 직원들이 모두 전과자라는 이야기를 듣고도 하나도 무섭지 않았던 것이다.

"…"

지환은 뭔가 말하려다 입을 다무는 것 같았다.

얘기를 나누는 동안에 차는 서울을 벗어나서 기분 좋은 속도로 달리기 시작했다.

"와, 날씨 너무 좋다."

어느덧 완연한 가을빛으로 물들어가고 있는 들판과 산을 보며 은하는 감탄했다. 지환이 선루프를 살짝 열어주자 시원한 바람이 쏟아져 들어와서 한층 더 기분이 좋아졌다.

"덕분에 오랜만에 바깥바람도 쐬고 좋네요. 게다가 춘천도 가보고."

종알거리다 아, 하고 은하가 덧붙여 설명했다.

"제가 어릴 때 춘천에 살았던 적이 있거든요. 오래는 아니었지만요."

"…그렇군요."

지환은 그렇게만 대꾸했다. 미세하게 말끝이 떨리고 있었지만,

바깥 풍경을 보느라 신이 난 은하는 미처 알아채지 못했다.

♠ ♥ ♣

두 시간 정도 차를 달려 목적지에 도착했다.

낡은 대문 앞에 차를 세우고 들어가자 얼굴에 주름이 가득한 할머니가 어쩔 줄 몰라 하며 둘을 맞이했다.

"아이고, 사장님께서 이렇게 누추한 곳까지 와주시고."

"안녕하세요? 1학년 3반 정예인입니다."

올해 초등학교 1학년이라는 예인이는 무척이나 영리하고 예쁘게 생긴 아이였다. 지환을 보고도 전혀 겁을 먹지 않아서, 오히려 은하가 쓸데없이 따라왔나 싶어 머쓱해질 정도였다.

"예인이는 아저씨 무섭지 않아?"

지환이 눈높이를 맞추고 조심스럽게 묻자 예인이가 눈을 반짝였다.

"아빠가 대표님은 정말 좋은 사람이라고 했어요. 우리 아빠를 믿어주시고 일자리도 주셨다고, 고마운 분이라고요."

"그렇구나."

선물로 사온 케이크를 예인이가 맛있게 먹는 동안, 지환과 은하는 할머니와 이야기를 나누었다.

"최근에도 전화가 왔었습니까?"

"예, 사흘 전에요. 어디 있느냐고 물어도 대답은 않고, 저는 잘 지내고 있으니까 절대로 경찰에 신고는 하지 말라고 아주 신신당부를 하더라고요."

할머니가 눈물을 훔쳤다.

"집 나가기 전에 뭐라고 따로 말은 없었습니까?"

"돈 천만 원쯤 쥐여주고 나갔어요. 당분간 어디 좀 갔다 올 테니까 생활비 하고 있으라면서요."

은하와 지환은 서로 얼굴을 마주 보았다. 할머니는 까맣게 모르는 모양이었지만, 회사에서 가불 받아간 돈이 틀림없었다. 그러면 도박 밑천으로 쓰지는 않았다는 얘긴데.

"그것 봐요, 제가 도박이 아닐 수도 있다고 했죠?"

은하가 지환에게 소곤거린 말을 들었는지 예인이가 포크를 내려놓았다.

"아빠는 저하고 약속했어요. 다시는 절대로 카드 안 할 거라고요."

여태 씩씩했던 예인이가 처음으로 눈물을 글썽였다.

"그러니까 우리 아빠 도박하러 간 거 아니에요."

"그랬으면 좋겠구나."

지환이 예인이의 머리를 쓰다듬어주며 말했지만, 그 얼굴에 별로 자신은 없어 보였다.

"그 돈은 며칠도 안 돼 빚쟁이가 귀신같이 알고 와서 싹 털어 갔어요. 그놈이 옛날에 진 도박 빚이 워낙 여기저기 있어서…."

"그럼 생활은 어떻게 하고 계신 겁니까?"

"동네 밭일도 돕고 하면서 근근이 살죠, 뭐. 산 입에 거미줄 칠 수야 없으니까."

새까맣게 타고 마디가 굵어진 손을 내려다보며 할머니가 중얼거렸다. 손톱에 온통 흙 때가 끼여 있어서 은하는 코끝이 찡해졌다. 어떻게 도와드릴 수 없을까, 하고 생각하는데 지환이 말했다.

"다음 주부터 저희 공장에 출근하십시오. 힘든 작업은 아닐 테니 안심하시고요."

할머니는 어쩔 줄을 몰랐다.

"아니, 저희 아들놈이 무단결근 중인데 염치가 있지, 어떻게…"

"아드님이 돌아올 때까지만 대신 일하시는 거니까 부담 갖지 않으셔도 됩니다."

그렇게 말하고, 지환은 품에서 하얀 봉투를 꺼냈다.

"아유, 아니에요, 사장님! 저 같은 늙은이한테 일자리 주시는 것만 해도 감사한데, 어떻게."

"그냥 드리는 게 아닙니다. 마침 월급날이 얼마 안 남았었는데, 아드님이 그달 월급을 안 받아 갔어요."

태연하게 거짓말을 하는 지환을 보면서 은하는 생각했다. 상대가 미안해하지 않게, 부담스럽지 않도록 돕는 게 저 사람의 방식이구나. 죄송해서 어쩌면 좋으냐고 수없이 말하면서도 할머니는 얼굴이 활짝 피어 있었다. 아들이 돌아올 때까지 손녀와 살길이 막막했던 모양이었다.

"뭐든 어려운 점이 있으면 저한테 직접 전화해서 말씀하시면 됩니다."

지환은 할머니에게 명함을 드리고, 예인이에게도 용돈을 주면서 말했다.

"아저씨가 아빠 꼭 찾아서 집에 오시게 할 테니까 걱정 말고 있어. 할머니 말씀 잘 듣고."

은하도 전에 느꼈지만, 지환의 말에는 알 수 없는 무게가 있다. 이 사람이 그렇다고 하면 진짜로 그럴 것 같은 느낌이 드는 것이다.

"네, 삼촌!"

역시나 지환의 말에 마음이 놓였는지 아이도 훨씬 표정이 밝아 졌다.

"예인아, 잘 있어. 언니 채널이 뭐라고 했지?"

"〈미니와 친구들〉이요!"

"좋았어. 구독, 좋아요 누르는 거 잊지 말고! 그럼 또 놀러 올게!"

은하와 지환이 탄 차가 사라질 때까지 할머니와 손녀는 대문 앞에서 손을 흔들었다. 멀어지는 두 사람을 사이드미러로 쳐다보다 은하가 물었다.

"어떻게 할 생각이세요? 예인이 아빠."

"찾아봐야죠, 어떻게든. 딸과 어머니가 저렇게 기다리는데."

"정말 도박하러 갔을 거라고 생각하세요?"

지환은 생각에 잠긴 듯 대답이 없었다.

서울로 돌아가는 길에 은하는 왠지 아쉬운 기분이 들었다. 춘천은 은하가 어릴 적에 살았던 곳이다. 모처럼 추억이 묻어 있는 곳에 왔는데, 이대로 그냥 돌아가기가 못내 아쉬웠던 것이다. 서울에서 워낙 일찍 출발해 이제 겨우 점심때가 조금 지났을 뿐인데.

지환은 마치 그런 은하의 마음을 읽은 것 같은 소리를 했다.

"시간 괜찮으시면 바람 좀 쐬다가 올라가시겠습니까?"

"그래도 돼요?"

귀가 번쩍 뜨여 되묻자 지환이 웃었다.

"어디로 모실까요?"

"음….'

사실 가고 싶은 곳은 따로 있었지만, 거기 데려가 달라고 말하기가 미안해서 은하는 일단 다른 곳을 불렀다.

"저 소양호 보러 가고 싶어요."

"그러죠."

차는 시원스럽게 달려 소양호에 도착했다. 끝없이 펼쳐진 푸른 물을 내려다보며 상쾌한 바람을 맞자 답답했던 가슴이 탁 트이는 것 같았다.

"되게 좋네요. 진작 한번 와볼걸."

"어릴 때 와보고 처음이신가 봅니다."

은하는 웃었다.

"아뇨, 전 여기 와본 적 없어요."

"어릴 때 춘천에 사셨다고 하지 않았습니까?"

지환이 의아한 눈으로 쳐다보았다. 뭐라고 설명을 해야 할까. 잠시 생각하다 은하는 입을 열었다.

"저희 집이 저 빼곤 다들 공부를 엄청 잘하거든요. 아빠랑 엄마도 그렇고, 물론 언니랑 오빠도 어릴 때부터 다 전교 1등만 했어요."

아버지는 전직 판사, 오빠는 검사라는 말을 하면 혹시 지환이 놀랄까 봐 거기까지는 살짝 넣어두었다.

"그래서 부모님이 외출하시거나 가족 모임이 있을 땐 거의 언니랑 오빠만 데리고 나갔어요. 저는 집에 남아 공부하라면서요."

핑계는 공부하라는 거였지만, 어린 마음에도 은하는 느꼈다. 아,

부모님이 나를 창피해하시는구나. 차라리 내가 없었으면 하시는구나.

"그때 소양호 근처에 되게 맛있는 갈빗집이 있었나 봐요. 언니나 오빠가 1등을 하면 늘 소양호에 갈비 먹으러 가자고 부모님한테 조르더라고요."

가족들이 외식하러 나간 동안, 혼자 집에 남아서 가정부 아줌마가 차려놓은 식어빠진 저녁을 먹으며 은하는 생각했다.

'나도 1등 해서 다음에는 꼭 엄마 아빠랑 갈비 먹으러 가고 싶어.'

하지만 한 번도 그 소원이 이루어진 적은 없었다.

"저만 빼고 다 같이 나가서 소양호 구경하고 저녁까지 먹고 들어오는데, 옷에서 막 갈비 냄새가 나잖아요. 그게 어찌나 맛있게 느껴지던지."

외출했다 집에 돌아온 가족들에게서 똑같이 풍기던 냄새. 즐거움의 냄새, 행복의 냄새. 너는 우리 가족이 아니야, 하고 말하는 것 같던 그 냄새. 울려고 한 얘기는 아닌데, 그 냄새가 생생하게 떠오르는 순간 눈시울이 확 뜨거워지는 바람에 은하는 황급히 파란 하늘을 올려다보았다.

"와, 근데 어제 비 온 후라서 그런가, 날씨 되게 좋다. 그죠?"

대답이 없던 지환이 한참 후에야 중얼거리듯 조용히 입을 열었다.

"…은하 씨."

"네?"

"오늘 아침에 있었던 일 말입니다."

거기까지만 듣고도 이미 은하는 얼굴에 불이 붙는 것만 같았다.

어쩐지 그냥 넘어간다 했지!

"아, 저기, 그건요, 제가 꿈인 줄 알고 그만….."

허둥거리며 변명을 하는데 지환이 말했다.

"죄송합니다."

은하는 놀라서 그를 쳐다보았다. 아니, 왜 자기가 사과를 해?

"사실 저는 진작부터 깨어 있었습니다. 그러니까 은하 씨를 깨웠어야 했는데, 그러고 싶지 않았습니다."

은하를 바라보며 지환은 조용히 말했다.

"저한테 어떤 감정이 있어서가 아니라는 거, 그냥 꿈을 꾸고 계신 것뿐이라는 건 처음부터 알고 있었습니다. 알면서도 은하 씨가 저를 만져주시는 게 좋아서, 그러고 있으니까 꼭 사랑하는 사이 같아서… 깨우고 싶지 않았습니다."

커다란 남자가 은하를 향해 고개를 깊이 숙였다.

"비겁한 짓을 했습니다. 제 잘못입니다."

은하는 도대체 뭐라고 대답해야 할지 알 수가 없었다. 이 사람은 모든 걸 다 자기 잘못으로 돌린다. 명백한 내 잘못마저도.

할 말이 생각나지 않아서 아무 말도 못 하고 있는데 지환이 성큼 다가섰다.

"그리고 한 번만 더 비겁해지겠습니다."

가슴이 두근, 하는 순간에는 이미 그의 품 안이었다.

"받아달라고 하는 말은 아닙니다. 받아주실 거라고도 생각하지 않습니다."

"….."

"단지 앞으로는 은하 씨가 소양호를, 어떤 사람한테서 이 말을 들은 곳으로 기억하셨으면 좋겠습니다."

은하를 꼭 껴안으며 지환은 말했다.

"당신을 사랑합니다."

♤ ♥ ♧

"당신을 사랑합니다."

자칫 부담스럽게 만들 수 있다는 생각은 들었지만 도저히 말하지 않고는 견딜 수가 없었다.

은하는 아무 말도 하지 않았지만, 그를 밀어내지도 않았다. 그냥 얌전히 안겨 있어주는 것만으로도 지환은 무척 기뻤다. 싫다고만 하지 않으면 가능성은 있는 거라고, 그렇게 믿고 싶었다.

얼마나 그렇게 안고 있었을까. 품 안의 여자가 한참 만에야 불쑥 중얼거렸다.

"저 배고파요."

지환은 귀가 번쩍 뜨여 얼른 은하를 떼어놓고 얼굴을 들여다보았다.

"사람을 여기까지 데려왔으면 밥은 사주셔야 할 거 아녜요?"

살짝 투정이 섞인 말투에 지환의 마음이 갓 구운 빵처럼 부풀어 올랐다.

"뭐 드시고 싶으신 거라도 있습니까?"

"갈비 먹고 싶어요. 이왕이면 소였으면 좋겠는데…."

말해놓고 너무 과했나 싶었는지 슬쩍 눈치를 보는 여자가 귀여워서 지환은 도로 확 껴안아버리고 싶은 것을 억지로 참았다. 왜 여태 몰라, 네가 먹고 싶다고만 하면 나는 소 백 마리라도 잡아줄 수 있는데.

들뜨는 마음을 꼭꼭 눌러 숨기고, 지환은 애써 침착한 목소리를 꾸며냈다.

"가시죠."

♠ ♥ ♣

'몰랐는데, 내가 참 나쁜 여자네.'

마음을 받아줄 것도 아니면서 이 커다란 남자가 내 말이라면 뭐든지 다 들어주는 게 왜 이렇게 좋은지. 왜 저도 모르게 자꾸만 응석을 부리고 기대게 되는지. 사실은 나쁜 짓이라는 걸 알고 있으면서도, 그럴 때마다 지환이 너무 기쁜 얼굴을 하니까 그만 멋대로 굴어도 되는 것처럼 느껴지는 것이다.

이것 봐, 배고프다는 말 한 마디에 저렇게 신이 났잖아.

"가시죠."

얼른 주머니를 더듬어 차에 시동을 거는 지환을 보고 은하는 속으로 한숨을 쉬었다.

"마침 여기서 멀지 않은 곳에 저희가 납품하는 식당이 있습니다."

지환이 데려가준 식당의 고기는 눈이 휘둥그레지도록 맛있었다.

"귀한 손님을 모시고 왔으니 잘 부탁드립니다."

지환의 말에 식당 사장님이 더 신경을 써준 것 같았다.

혼자 사는 사람들이 대부분 그렇듯, 은하도 집에서 쫓겨난 이후로는 고기를 먹을 일이 별로 없었다. 가끔 회사에서 회식을 할 때도 기껏해야 삼겹살 정도지, 소고기는 더더욱 먹을 일이 없었다. 반쯤 정신줄을 놓고 먹다가 은하는 뒤늦게 깨달았다. 자신이 먹는 동안 지환은 계속 굽기만 하고 있다는 사실을.

어머, 내 정신 좀 봐! 공장 아저씨 아줌마들이 이 광경을 봤다면 우리 대표님한테 고기 굽게 만들었다며 단체로 눈을 부라렸을 거다.

"이제 제가 구울 테니까 지환 씨도 좀 드세요."

집게로 손을 뻗었지만 지환은 얼른 손을 피했다.

"아닙니다. 은하 씨가 이런 걸 어떻게."

"아니, 저는 뭐 고기 좀 구우면 안 되나요?"

"숯불이 무척 뜨겁습니다. 괜히 굽다가 데기라도 하시면 큰일입니다."

"지환 씨가 데면 어쩌려고요?"

"저는 괜찮지만 은하 씨는 안 됩니다."

그는 딱 잘라 말했다.

이 사람과 함께 있으면 늘 이런 느낌을 받는다. 진짜로 자신이 더없이 귀하고 소중한 사람이 된 것 같은 느낌. 집에서는 평생 천덕꾸러기였던 자신이, 지금도 한낱 무명 크리에이터일 뿐인 자신이, 이 사람 곁에만 있으면 꼭 대통령 따님보다도 더 귀한 사람이 된 것 같은 느낌이 드는 것이다.

배가 부르니까 기분이 확 좋아졌다.

"우리 산책 좀 하다 갈래요?"

"좋지요."

무슨 말을 하든 지환이 순순히 따라주는 것이 한층 더 은하의 기분을 들뜨게 했다.

식당에서 나와 한적한 시골길을 둘이 걸었다. 날씨는 좋고, 바람은 선선하고, 황금빛으로 무르익어가는 들판과 울긋불긋하게 물든 나무에서는 가을 냄새가 났다.

"데려와주셔서 감사해요. 덕분에 맛있는 거 먹고 좋은 풍경도 보고 참 좋네요."

"아니, 같이 와주셔서 제가 감사하지요."

은하의 곁에서 지환이 천천히 걸음을 옮기며 대답했다.

"은하 씨 아니었으면 일영이 녀석이나 데려와야 했을 텐데. 이렇게 좋은 날 시커먼 사내자식 둘이 다니다 보면 가끔 신세 처량해서요."

"시커멓다뇨. 솔직히 일영 씨가 저보다 더 예쁘지 않아요?"

웃으며 말하자 지환이 문득 걸음을 멈췄다.

"혹시나 싶어 드리는 말씀입니다만, 녀석 앞에서는 예쁘다는 말은 안 하시는 게 좋습니다."

자못 진지한 표정에 떠오르는 것이 있었다. 병원에서 아이가 일영을 가리키며 저 오빠 예쁘다고 했더니, 굳이 가서 '멋있다'는 말로 고쳐주고 오던 거.

"그리고 보니까 일영 씨는 예쁘다는 말을 싫어하는 거 같던데. 왜 그러는 거예요?"

지환은 잠시 머뭇거리다 대답했다.

"…뭐, 남잔데 자꾸 예쁘다고 하면 기분이 좋지는 않겠지요."

단순히 그런 것 치고는 꽤 싫어하던데, 하고 생각하고 있는데 지환이 불쑥 물었다.

"그나저나 마음에는 드셨습니까?"

"뭐가 말이에요?"

"아침에 만지셨던 거 말입니다."

어디까지나 평온한 말투여서 잠시 뭐 말하는 거지, 하던 은하는 한 박자 늦게 말뜻을 깨닫고 하마터면 사레가 들 뻔했다.

"그, 그건 갑자기 왜 물으세요?"

"제 입장에서는 자다가 갑자기 당한 일인데 감상 정도는 들을 자격이 있는 거 아닙니까."

지환이 한없이 진지한 얼굴로 대꾸했다.

"저, 저도 잠결이어서요! 저기, 기억이 잘 아, 안 나는데요?"

"아, 그렇습니까."

고개를 끄덕인 남자가 아무렇지도 않게 폭탄을 던졌다.

"그럼 다시 한번 만져보시죠."

"네?"

"그러면 어땠는지 기억이 날 거 아닙니까?"

지환이 진지한 표정 그대로 와이셔츠 단추를 풀기 시작하는 바람에 은하는 펄쩍 뛰었다.

"아니에요! 기억나요! 나요, 난다고요!"

새처럼 마구 파닥거리자 그제야 지환이 단추를 풀던 손을 멈추고 물었다.

"어땠습니까?"

"아, 그게, 저기… 그러니까….'

은하는 새빨개진 얼굴로 고개를 푹 숙이고 말했다.

"…좋더라고요."

그냥 죽을까, 생각하고 있는데 머리 위에서 웃음소리가 들려왔다.

"하하하."

지환이 재미있다는 듯이 웃고 있었다. 그제야 놀림을 당했다는 걸 깨닫고 은하는 한껏 그를 노려보았다.

"이제 집에 갈래요."

돌아서서 발을 쿵쿵거리며 걷자 지환이 얼른 뒤를 따라왔다.

방금까지 곁에서 바람을 막아주고 있던 남자가 없어지자 바람이 새삼 싸늘하게 느껴졌다. 낮에는 햇살이 뜨거워서 덥지만 해가 좀 기울어지기 시작하면 금세 기온이 뚝 떨어지는 것이다. 몸서리를 치며 걷는데, 갑자기 뒤에서 껴안는 바람에 은하는 깜짝 놀랐다.

"뭐예요, 이거?"

"추워 보이셔서 안아드리고 있습니다만."

당당하기 그지없는 대답에 어이가 없어졌다.

"이제 허락도 안 받고 이러시기예요?"

"은하 씨는 저한테 안기는 거 좋아하시고, 저는 안아드리고 싶고. 그런데 안지 말아야 할 이유가 있습니까?"

뭐라고 반박할 길이 없는 논리다. 솔직히 말해서 좋은 것도 사실이었다. 벌써 몇 번을 안겼더니 이제는 여기가 딱 내 자리 같고 그렇다.

따스한 품, 상쾌한 민트 향기. 머리로는 이러면 안 된다는 걸 알고 있는데, 밀어내기는커녕 더 폭 안기고만 싶어지는 자신이 한심해서 은하는 일부러 부루퉁한 목소리를 냈다.

"지금 저 꼬시려고 이러는 거죠?"

지환이 시침을 뚝 떼고 대꾸했다.

"어쩔 수 없지 않습니까? 은하 씨가 제 몸은 마음에 드신다니까 이렇게라도 해봐야죠."

"대체 몇 번을 말해요? 저한테는…."

"현우 오빠가 있죠."

지환이 선수를 치는 바람에 은하는 결국 픽 웃어버렸다.

스킨십이라는 게 참 무섭다. 사귀는 사이도 아니고, 오히려 계속 거절하고 있는 상대인데도 이렇게 안고 있으니까 무척 가까워진 것 같은 느낌이 드는 것이다.

"근데요, 혹시 민트 향수 같은 거 쓰세요?"

예전부터 느끼곤 했다. 이 사람에게 안기거나 가까이 있으면 늘 은은한 민트 향기가 났다.

"로션 냄새일 겁니다."

"로션이요?"

"예. 근육통 같은 데 바르는 치료용 로션 있지 않습니까?"

"운동을 심하게 하셔서 그런가 봐요. 저번에 보니까 턱걸이를 막 백 개씩 하시던데."

"꼭 그런 건 아니고, 오래된 습관 같은 겁니다. 몸이 아플 때도 바르고, 마음이 아플 때도 바르고."

지환의 목소리에 진한 그리움 같은 것이 묻어나서 가슴이 철렁했다.

'아니, 왜 내가 가슴이 철렁하고 그래?'

은하는 최대한 아무렇지 않은 척하며 물었다.

"뭐, 전에 만나던 여자분이 선물해준 거라든가, 그런 건가 봐요?"

말투로 보아 분명 그런 쪽이다 싶었는데, 의외로 돌아온 대답은 단호했다.

"만나던 여자 같은 거 없습니다만."

"네?"

"연애를 해본 적이 없어서요."

은하는 진짜로 놀라 돌아서서 그의 얼굴을 올려다보았다.

"그럼 모태 솔로란 말이에요?"

"은하 씨도 마찬가지면서 그런 눈으로 볼 건 없지 않습니까?"

"저야 현우 오빠 때문에 그런 거지만, 지환 씨는 그럴 이유가 없잖아요?"

좀처럼 믿을 수가 없었다. 지환같이 멋있는 사람이 서른이 되도록 연애를 해본 적이 없다니.

"별로 누구를 좋아할 수 있는 상황이 아니었으니까요."

지환이 어깨를 으쓱했다.

"저도 살벌한 놈이지만, 주위에 전직 깡패 놈들이 우글거리는데 그걸 견뎌줄 여자가 어디 있겠습니까?"

아니, 그럼 나는 왜 좋아해? 조금 어이가 없어져서 은하는 되물었다.

"그럼 뭐 저는 여자도 아니란 말이에요?"

지환이 가만히 은하의 얼굴을 내려다보며 장난스럽게 말했다.

"은하 씨라면 깡패 백 명이 있어도 무서워하지 않으실 것 같은데요?"

웃음기가 담뿍 어린 눈초리가 또 영락없이 현우 오빠 같아 보였다. 얼굴이 확 뜨거워져서 은하는 허둥지둥 돌아섰다.

"해도 지는데 슬슬 집에 가요."

자기가 먼저 가자고 해놓고, 정작 차에 타자 은하는 못내 아쉬워지는 게 있었다. 결국은 출발하기 직전에 하루 종일 망설였던 말을 꺼내고 말았다.

"저, 마지막으로 잠깐 어디 좀 들렀다 가면 안 될까요? 여기서 별로 멀지 않거든요."

"그러죠."

지환이 흔쾌히 내비게이션에 손을 가져갔다.

"××초등학교라고 치면 나올 거예요."

손가락이 흠칫 멈췄다.

"…지나가다 본 것 같습니다."

그는 주소도 입력하지 않은 채 차를 출발시켰다.

잠시 후 학교에 도착한 둘은 교문 앞에 차를 세우고 안으로 들어갔다. 아이들은 모두 집에 간 후인지 노을이 비추는 운동장은 온통 고요하기만 했다. 어릴 때는 몰랐는데 지금 보니까 건물도 운동장도 엄청 작다. 학교가 작아진 게 아니라 내가 자란 거겠지만.

기억 속 그대로인 학교 건물과 많이 달라진 놀이터, 그때는 없었던 나무들. 과거와 현재가 교차하는 풍경을 둘러보며 은하는 중얼거렸다.

"어릴 때 전학을 많이 다녔어요. 아빠가 여기저기로 자주 옮겨 다니셨거든요."

판사인 아버지는 주기적으로 다른 법원으로 발령을 받았다.

"그래서 그 학교가 저 학교인 것 같기도 하고, 저 학교가 그 학교인 것 같기도 하고… 엄청 헷갈리는데 유일하게 기억에 또렷이 남는 게 이 학교예요."

왜냐하면 이 학교에서 현우를 만났으니까. 지환의 기분을 배려해서 거기까진 말하지 않았는데, 오히려 말을 꺼낸 것은 그였다.

"현우 오빠가 이 학교에 있었군요."

은하는 한숨을 지었다.

"그 말, 일부러 안 한 건데."

"괜찮으니까 편하게 말씀하셔도 됩니다. 저도 현우 오빠 얘기 듣고 싶으니까."

"저, 혹시 좀 특이한 취미 있으세요? 일부러 상처받는 걸 즐긴다든가."

의심스럽게 쳐다보자 지환이 천연덕스럽게 대꾸했다.

"은하 씨 이상형에 대해서 알아야 저한테도 좀 승산이 있을 거 아닙니까?"

땅거미가 깔리기 시작한 운동장을 둘이서 나란히 걸었다.

"저기가 오빠네 반 교실이었거든요. 그래서 저쪽 근처에서 체육 수업 하고 그랬었어요."

친구들과 어울려 공을 차고 있는 현우의 모습이 지금도 눈에 선했다.

"후문 쪽에 오빠랑 같이 다녔던 학원이 있었는데 아직도 있는지 모르겠네요."

"가볼까요?"

학교 후문 바로 앞에 있는 작은 상가는 그대로였지만, 1층에 있던 학원은 흔적도 없이 사라지고 그 자리에는 피자집이 들어서 있었다.

"저쪽에 공사장이 있었거든요, 모래가 많이 쌓인."

이제는 번듯한 3층짜리 건물이 세워져 있는 곳을 가리키며 은하는 말했다.

"한번은 저기서 오빠랑 놀다가 그만 학원 수업을 빼먹은 적이 있어요."

정신을 차려보니 어느덧 상가 앞 계단에 나란히 앉아 오랫동안 가슴속에 묻어놓았던 일을 낱낱이 털어놓고 있었다. 지금도 가끔씩 꿈에 나오는 그 일을.

"…여름이었는데도 오빠는 그다음 날 긴팔을 입고 왔어요."

목이 메어서 은하는 띄엄띄엄 말했다.

"집에 가서 맞았던 거예요, 엄마한테."

그때 제 잘못이라고 말하지 못했던 것이 후회스러워 가슴이 미어질 것만 같았다.

"오빠는 그렇게 저를 지켜줬는데, 저는…."

끝내 오빠를 지키지 못했다. 그때도, 그리고 마지막까지도.

참았던 눈물이 기어이 흘러넘치는 순간.

"은하야."

부드럽게 제 이름을 부르는 목소리에 은하는 숨을 멈췄다. 지난 17년 동안 수천수만 번을 떠올렸던, 지금도 꿈속에서 종종 듣는 저 말투. 떨면서 눈을 들자 현우가 눈앞에 있었다.

"난 괜찮아."

오빠, 하고 떨리는 목소리로 부르려는 순간.

"…현우 오빠라면 분명 그렇게 말했을 겁니다."

방금 전과는 완전히 달라진 말투에 은하는 퍼뜩 현실로 돌아왔다. 눈앞에 있는 것은 현우가 아니라 지환이었다.

"매를 맞았어도 현우 오빠는 무척 기뻤을 거예요. 은하 씨를 지켜줄 수 있어서."

"정말요? 정말로… 오빠는 그렇게 생각했을까요?"

떨면서 묻자 지환은 힘주어 고개를 끄덕였다.

"그럼."

왜 늘 이 사람이 말하면, 정말로 그럴 것만 같은 기분이 드는 걸까. 잠시 멎었던 눈물이 또다시 걷잡을 수 없이 흘러내렸다.

지환이 은하를 마주 보고 손을 뻗었다. 커다랗고 따뜻한 두 손이 부드럽게 뺨을 감싸오는 순간, 달콤한 기대에 심장이 떨렸다. 은하는 자연스럽게 눈을 감았다. 하지만 아무리 기다려도 입술은 닿아오지 않고, 대신에 눈가에 부드러운 손길이 느껴졌다. 지환이 은하의 뺨을 감싼 채 엄지손가락으로 눈물을 훔쳐내며 속삭였다.

"그러니까 다시는 이렇게 울고 그러지 말아요. 현우 오빠가 알면 속상해할 테니까."

♤ ♥ ♧

종일 여기저기 돌아다니느라 피곤했는지 서울로 돌아오는 내
내 은하는 잠이 들어 있었다. 잠든 은하의 얼굴을 힐끔힐끔 바라
보며 지환은 옛일을 떠올렸다.

본인은 까맣게 잊어버린 모양이지만, 사실 저를 감싸줬던 건 은
하가 먼저였다. 지환이 시험을 망쳐서 어머니에게 무척 심하게 매
를 맞았던 때의 일이다.

"이걸 시험이라고 본 거니? 응? 너도 네 아비같이 깡패 새끼 될
래?"

자기 분에 못 이겨서 회초리로 아무 데나 닥치는 대로 후려갈기
는 통에, 온몸에 징그러운 매 자국이 남아버렸다. 어쩔 수 없이 다
음 날은 긴팔을 입고 학교에 갔다. 물론 선생님도, 친구들도 지환
이 맞았다는 사실은 까맣게 몰랐다.

"오빠, 이거."

수업을 마치고 학원에 가자 은하가 머뭇거리며 하얀 로션 병 같
은 것을 내밀었다.

"아픈 데 바르는 거래."

"이걸 왜 나한테 주니?"

"오빠 아프잖아."

금세 울 것같이 시무룩해진 은하의 표정을 보고, 지환은 놀랐
다. 이 아이는 내가 집에서 매를 맞는다는 사실을 알고 있는 것이
다. 아무에게도 들키지 않은 줄 알았는데.

"이런 거 갖고 나오면 엄마한테 혼나지 않아?"

은하의 어머니가 무척 엄하다는 걸 알고 있기에 걱정스러워 물었더니 은하는 헤헤 웃었다.

"엄마 거 아니야. 우리 오빠 거야."

은하의 오빠인 세훈은 지환과 같은 학년이라 가끔 학교에서 보곤 했다. 동생인 은하가 오빠, 하고 불러도 못 들은 척 가버리는 게 아주 재수가 없는 자식이어서 지환도 몇 번이나 녀석을 무시해줬다. 무슨 영문인지 몰라 슬슬 눈치를 보는 게 왠지 통쾌했다.

"너희 오빠 건데 몰래 나한테 가져다줘도 되는 거야?"

은하는 살짝 콧잔등을 찌푸리더니 단호하게 말했다.

"난 현우 오빠가 더 좋은걸."

친오빠보다 자신이 더 좋다는 말에 웃음이 절로 나왔다. 나한테 이런 여동생이 있으면 엄청 예뻐해줄 텐데. 지환은 다시 한번 은하의 오빠를 멍청이라고 생각했다.

"고마워, 은하야."

그날 집에 돌아와서 로션을 발라보고 지환은 깜짝 놀랐다. 근육통과 타박상에 쓰는 거라고 쓰여 있으니 용도는 틀리지 않은 것 같은데, 강한 박하 향의 로션을 바르는 순간 불에 덴 듯이 화끈거렸던 것이다.

그래도 은하가 준 거니까, 하고 지환은 꾹 참고 발랐다. 몸보다도 마음에 난 상처가 먼저 낫는 것 같은 기분이었다. 그래도 세상에 내 걱정을 해주는 사람이 한 명은 있구나, 혼자가 아니구나, 하는 기분이 들어서. 나중에 은하가 혼나게 됐을 때 지환이 망설임

없이 나설 수 있었던 것도 그래서였다. 제 아픔을 알고 어루만져 준 유일한 사람이 바로 은하였으니까.

그때부터 몸이 아플 때뿐 아니라 마음이 아플 때도 으레 그 로션을 바르게 됐던 것이다.

— 저를 보면 아이가 자칫 겁을 먹을 수 있으니 은하 씨가 같이 가주셨으면 합니다.

역시 본인은 모르겠지만 사실은 핑계에 가까웠다. 그런 이유라면 예뻐서 아이들이 좋아하는 일영을 데리고 가도 됐을걸, 일부러 은하에게 같이 가달라고 했던 건 반쯤은 데이트 신청이었다.

다행히도 오늘 데이트는 성공적이었던 것 같다. 이제는 허락 없이 안아도 화를 안 내는 은하를 보고 지환은 확신했다. 머지않아 그녀가 나한테 와줄 거라고. 가만히 있어도 자꾸만 피식피식 웃음이 나오는 바람에 차라리 은하가 잠들어 있는 게 다행이라는 생각이 들었다. 지금쯤 얼마나 자기 얼굴이 바보 같아 보일까 싶어서.

조금이라도 더 같이 있고 싶은 마음을 싣고, 차는 거북이처럼 느릿하게 서울로 향했다.

♤ ♥ ♧

"은하 씨, 댁에 다 왔습니다."

지환의 목소리에 은하는 그제야 잠에서 깬 척하며 기지개를 켰다.

"죄송해요. 그만 세상모르고 자버렸네요."

"피곤하셨나 봅니다. 종일 이리저리 끌고 다녀서 죄송합니다."

"아녜요. 저도 오랜만에 바람 쐬고 좋았는데요."

"다행입니다."

지환이 웃었다. 웃는 얼굴을 보지 않으려고 은하는 일부러 시선을 돌렸다.

"오늘 무척 즐거웠습니다. 푹 쉬시고, 다음 수업 시간에 뵙겠습니다."

지환의 차가 저만치 사라지고 나서야 은하는 긴 한숨을 내쉬었다. 사실 은하는 줄곧 깨어 있었다. 혼란스러운 나머지 대체 그를 어떻게 대해야 할지 알 수가 없어서 잠든 척하고 있었을 뿐. 아까 그가 키스하려는 줄로 착각했을 때 자신이 했던 행동을 은하는 믿을 수가 없었다. 그 순간 그가 입 맞춰주기를 진심으로 기대했다. 현우도 누구도 아닌, 바로 지환과 키스하고 싶었다!

"미쳤나 봐…."

은하는 얼굴을 감싸고 나직이 중얼거렸다.

7

내가 세상에서
제일 좋아하는 사람

"나는 진짜 나쁜 년이야."

같은 말을 계속 반복하자 기어이 미호가 분통을 터뜨렸다.

"그러니까 대체 뭐냐고! 뭐 사람이라도 죽였냐?"

소주잔을 단숨에 비우고, 은하는 기어들어가는 목소리로 중얼거렸다.

"있잖아, 내가 그 사람한테 끌리는 거 같아."

"목마른 사슴 대표님? 사귀면 되지, 뭐가 문젠데? 그 사람도 너 좋아한다며."

"나한텐 현우 오빠가 있잖아."

"아 제발 좀, 그놈의 현우 오빠 타령 언제까지 할래?"

"넌 몰라서 그래. 오빠는 나 때문에…."

"너 때문에 뭐? 이제 무슨 사연인지 그만 얘기 좀 해주면 안 되냐?"

여태 지환 외에는 누구에게도 하지 않은 얘기지만, 가슴이 터질 것 같아서 도저히 말하지 않고는 견딜 수가 없었다. 은하는 처음으로 미호에게 현우에 대한 이야기를 털어놓았다.

"있잖아, 어렸을 때 내가 춘천에 살았던 적이 있는데…."

얘기를 끝까지 듣고 나서 미호는 심각한 표정으로 물었다.

"그래서 지금까지 생사도 모른다고?"

"몰라. 그게 마지막이었으니까. 그냥 어디선가 잘 살고 있을 거라고 믿고 있을 뿐이야."

은하는 매달리듯 물었다.

"너 같으면 마음 편히 남자 만나고 연애하고, 그럴 수 있겠어?"

미호가 제 잔을 홀짝 비워버리고 중얼거렸다.

"…양심상 나 같아도 힘들겠다."

"그것 봐!"

가장 친한 친구가 제 마음에 동조해주자 은하는 그만 눈물이 왈칵 났다.

"그래도 죽었는지 살았는지도 모르는 사람 때문에 평생 혼자 살 순 없잖아. 이만하면 너도 오래 기다렸는데, 슬슬 마음 가는 대로 할 때도 되지 않았냐?"

은하는 괴롭게 고개를 저었다.

"잘 모르겠어, 내가 그 사람을 좋아하는 건지 뭔지도."

나는 지환을 좋아하는 걸까, 아니면 단순히 그가 현우 오빠와 닮았기 때문에 끌리는 걸까. 정말 닮아서 닮아 보이는 걸까, 아니면 좋아하니까 자꾸 닮아 보이는 걸까. 그렇다면 내가 좋아하는 건 여전히 현우 오빠인 걸까, 아니면 지환일까. 아무리 생각해도 제 마음을 똑바로 알 수가 없어서 괴롭고, 두 남자에게 다 미안했다.

괴로운 마음을 잠시라도 잊고 싶어서 은하는 죽어라 달렸고, 그 결과 음주 시작 두 시간 만에 완전히 백팔번뇌에서 벗어나 해탈의 경지에 이를 수 있었다. 미칠 지경이 된 것은 여전히 속세에 남아 있는 자였다.

"야, 은하야! 죽으면 안 돼! 나 네 오피스텔 어딘지도 모른단 말이야!"

테이블에 이마를 박고 기절한 은하를 보며 미호는 발을 동동 굴렀다.

"미치겠네. 얘를 어쩌지?"

일단 은하 집은 모르니 데려갈 수가 없다. 자기 집에 데려가려고 해도 우선 택시라도 타야 할 텐데, 가뜩이나 택시 잡기 힘든 시간에 완전히 기절해버린 애까지 데리고 나갈 엄두가 나지 않았다.

에라, 모르겠다. 고민 끝에 미호는 은하가 테이블에 올려둔 휴대폰을 뒤졌다.

'그 남자 이름이 서지환이라고 했지?'

전화번호를 찾아서 통화 버튼을 누르자 잠시 후 중저음의 목소리가 반가운 듯이 전화를 받았다.

"은하 씨? 이 시간에 웬일이십니까?"

"안녕하세요. 저 은하 친구 구미호라고 하는데요."

"예?"

남자가 조금 당황한 목소리를 냈다.

"같이 술 먹다가 은하가 그만 정신줄을 놔버렸어요. 저 혼자선 도저히 수습이 안 돼서 그러는데….'

말이 채 끝나기도 전에 남자는 물었다.

"거기가 어딥니까?"

위치를 말하자 곧바로 대답이 돌아왔다.

"제가 지금 바로 가겠습니다."

그로부터 채 20분도 안 되어 도착한 남자를 보고 미호는 심장이 멈출 뻔했다.

— 완전 조폭이라니까!

처음에 은하가 했던 말이 한 방에 이해되었다. 과장법이라고는 1도 사용하지 않은, 철저히 사실에 입각한 설명이었던 것이다.

"처음 뵙겠습니다. 서지환입니다."

"구, 구미호예요. 바, 밤늦게 연락드려서 죄송합니다."

잔뜩 쫄아서 공손히 눈을 깔고 말하자 지환이 정중하게 대답했다.

"아닙니다. 오히려 연락 주셔서 감사합니다."

지환은 조심스럽게 다가가서 은하의 어깨를 흔들어 깨웠다.

"은하 씨. 은하 씨? 서지환입니다."

그러나 완전히 시체 상태가 된 은하는 대답은커녕 끙, 소리조차 내지 않았다.

"은하네 집, 어딘지 아시죠?"

집에 데려다줬다는 말을 들은 적이 있어서 묻자 지환이 되물었다.

"댁은 알지만 현관 비밀번호를 모릅니다. 혹시 미호 씨는 알고 계십니까?"

"저도 몰라요."

은하를 가볍게 안아 들면서 지환이 말했다.

"그럼 우선 저희 집으로 모시겠습니다."

미호는 가슴이 철렁했다. 잠깐만, 이래도 되는 거야? 나쁜 사람이 아니라는 건 알겠지만, 그래도 술 취한 친구를 남자가 데려가는데 가만히 보고만 있을 수가 없었다. 하다못해 애인도 아닌데. 아무래도 불안해서 미호는 은하를 안아 들고 나가는 지환을 따라 나섰다.

"혹시 저도 같이 가면 안 될까요? 이 시간에 택시 잡기가 힘들어서요."

차마 대놓고 은하가 걱정돼서, 라고는 말할 수 없어서 핑계를 댔다.

"예, 그렇게 하시죠."

다행히 지환이 순순히 허락해주어서 미호는 은하(의 시체)와 함께 지환의 차에 타고 그의 집으로 향하게 되었다.

♠ ♥ ♣

— 수단과 방법을 가리지 말고, 남자한테 좋다는 건 뭐든 다 구해오도록 해.

일영의 명령이 떨어진 지 며칠 만에 덩어리 중 한 명으로부터 좋은 약을 구했다는 희소식이 전해졌다. 마침 큰형님께서 오밤중에 전화를 받고 어디론가 급히 나가신 틈을 타 덩어리들은 한데 모였다.

덩어리 중 하나가 자랑스럽게 금빛 보자기에 싼 상자를 내놓았다. 안에서 나온 것은 평범한 티백처럼 생긴 작은 봉투들이었다.

"이것이 바로 그 유우명헌! 아랍으 하렘에서 전해져 내려오는 거시기 비방으로 제조된 것인디, 죽은 시체도 벌떡! 일으켜 세워 부는 기적의 영약이랍니다."

"버, 벌떡?"

"그라지요. 쩌어그 광주에 사는 올해 칠순의 최 모 영감은 이눔을 먹고 거시기 늦둥이를 봤답니다."

약장수 같은 설명에 몇몇이 이의를 제기했다.

"근데 무슨 아랍 비방으로 제조된 약에서 한약 냄새가 나냐?"

"원산지도 없고, 원재료도 하나도 안 쓰여 있고."

"어디서 속아 산 거 아닙니까, 형님?"

약을 사온 덩어리가 펄쩍 뛰었다.

"워메 느자구 읎는 넘이 씨부리는 것 좀 보소?"

옥신각신하는 동생들을 보고 일영이 정리하듯 말했다.

"이건 안 되겠다. 아무리 일이 중하기로서니 어떻게 큰형님께 이런 수상한 걸 먹일 수가 있겠냐?"

"아따, 성님도 참! 요런 약이 다 거시기한 것이제, 뭐 그럼 식약처에서 정식 인증이라도 받아와야 쓴당가요잉?"

하지만 일영은 못내 내키지 않았다.

"괜히 부작용이라도 생기면 어쩔 거야?"

"그라믄 성님께서 임상 실험을 해보시덩가요."

"뭐, 인마?"

"고로코롬 큰성님이 걱정되시면 직접 하나 드셔보면 알 것이 아니냐, 이 말씀입니다."

일영은 고민했다. 솔직히 정체도 알 수 없는 물건을 덥석 먹자니 살짝 겁이 나지 않는 바는 아니었지만, 여기까지 와서 못 하겠다고 하기에는 남자의 체면이 용서하지 않았다.

"니미 이게 뭐라고 못 먹어, 남자가."

그렇게 일영은 임상 실험 대상이 되고 말았다.

5분, 10분. 약을 먹고 시간이 지나도 아무 변화도 일어나지 않았다.

"영약은 니미, 얼어 뒤질."

자신만만했던 덩어리는 결국 일영에게 뒤통수를 호되게 맞고 말았다.

"이상허다, 이럴 리가 없는디…?"

"닥쳐 이 쪼다 새끼야. 어디서 사기나 처맞고, 으휴."

그나저나 우리 큰형님을 도대체 어쩐단 말인가? 방으로 돌아온 일영은 큰형님 앞날 걱정에 한숨을 폭폭 쉬었다.

몸이 뭔가 이상하다는 것을 느낀 것은 그로부터 한 시간쯤 후였다. 자려고 누웠는데 갑자기 몸이 후끈 달아오르기 시작하는 것이 아닌가.

'뭐, 뭐야, 이건?'

억지로 잠을 청했지만 잠은 안 오고, 대신에 야한 생각들만 자꾸 떠올랐다.

'제기랄, 그 약이 진짜네.'

애국가도 불러보고 구구단도 외어봤지만 소용이 없었다. 물론 사람이니까 가끔 욕구가 들 때는 있지만 이건 정도가 완전히 비

정상적이었다. 여자라면 누구든 상관없을 것 같았다. 누구든 눈앞에만 있다면 무작정 안고, 키스하고, 그리고 뜨겁게…! 스스로도 당황스러워서 어떻게든 가라앉혀야겠다는 생각이 들었다.

'찬물에 샤워라도 해야겠다.'

집 안에 있는 거라곤 온통 냄새 나는 사내놈들뿐인 게 다행이라 생각하며 방에서 나오는 순간. 웬 여자와 복도에서 딱 마주치는 바람에 일영은 하마터면 놀라서 고함을 지를 뻔했다.

자기도 놀랐는지 눈이 커다래져서는 이쪽을 쳐다보던 여자가, 잠시 후 무슨 생각을 했는지 먼저 인사를 했다.

"저, 안녕하세요."

조심스레 다가오는 상대에게서 달콤한 향기가 물씬 풍겼다. 순간 제 안의 남자가 격렬하게 반응하는 것을 느끼고, 일영은 펄쩍 뛰며 뒷걸음질을 쳤다.

"가, 가, 가까이 오지 마쇼."

♤ ♥ ♧

은하를 안아다 침대에 조심스럽게 눕혀놓고, 지환은 미호를 향해 고개를 숙였다.

"2층 오른쪽 마지막 방이 제 방입니다. 혹시 필요하신 게 있거든 불러주시면 됩니다."

"네, 고맙습니다."

"저희는 아침 일찍 출근합니다. 두 분이 일어나시면 댁에 모셔다 드릴 수 있게 비서를 남겨두고 갈 테니 푹 주무셔도 됩니다."

모자라는 베개까지 옆방에서 손수 챙겨주고 나서야 지환은 방을 나갔다.

"엄청 다정하네. 그렇게 안 생겨서는."

지환이 나가고 나서 미호는 중얼거렸다. 은하가 왜 자꾸만 끌린다고 하는지 알 것 같았다.

"나중에 크게 쏴라, 너."

죽은 듯이 자고 있는 은하를 흘겨봐주고 나란히 침대에 누웠다가 미호는 얼마 못 가서 일어나 방을 나왔다. 목이 말라서 물을 마시러 나온 거였는데, 좀처럼 주방을 찾을 수가 없었다.

"아니, 서울 시내에 무슨 이렇게 큰 집이 다 있어?"

집 안에서 길을 잃고 미호는 어이가 없었다. 무슨 육가공회사 사장이라더니 집이 완전히 재벌 수준 아닌가. 어쩐지 아까 타고 온 차도 엄청 좋더라니. 은하네 집도 원래 부자라고는 했지만 딱 봐도 이 사람은 클래스가 다르다.

"고은하야, 고은하야, 현우 오빠고 뭐고 이 남자 딱 잡아라."

주방을 찾아 두리번거리며 미호는 속으로 중얼거렸다. 은하가 걱정돼서 여기까지 따라오긴 했지만, 천하에 쓸데없는 걱정이었다는 걸 금세 알게 되었다. 안아다가 차에 태우고, 손수 안전벨트를 채워주고, 조심스럽게 침대에 내려놓는 행동 하나하나에서 이 남자가 얼마나 은하를 소중히 여기고 있는지 느껴졌다. 게다가 살벌하게 생겼어도 은하 눈에는 귀여워 보인다니까 된 거 아니겠는가?

"에이 씨, 부러운 계집애."

친구가 좋은 사람을 만나게 된 건 기쁜 일이지만 한편으로는 부

러웠다. 어디 사는 누군지도 모르는 남자에게 첫눈에 반해가지고
는 매일 그 남자 생각만 하고 있는 자기 신세가 처량해서. 미호의
첫 커트 손님. 껄렁한 말투에 예쁜 얼굴을 한 그 손님이 도저히 잊
히지 않는 거였다.

"아니, 도대체 이 집은 주방이 어디 있는 거야?"

어둑어둑한 집 안을 한참 헤매고 있는데, 문득 방문이 열리는
바람에 미호는 깜짝 놀라 걸음을 멈췄다. 늘씬한 키의 남자가 약
간 비틀거리며 안에서 나왔다.

'이 집에 옛날 조직 시절 부하들이 같이 산다더니 그중 하나인
가 보다.'

은하가 해줬던 얘기가 떠올라서 겁을 먹고 얼른 돌아서려는 순
간 남자의 얼굴이 눈에 들어왔다.

'응?'

굳은 채로 이쪽을 빤히 쳐다보고 있는 미모의 남자. 헛것을 봤
나 싶어서 몇 번이나 눈을 비비고 다시 보아도 분명 꿈에 그리던
그 얼굴이었다.

세상에 이런 우연이 또 있을까. 심장이 튀어나올 것처럼 뛰었
다. 미호는 침을 꿀꺽 삼키고 다가갔다.

"저, 안녕하세요."

그러나 웬일인지 남자는 흠칫 놀라며 뒷걸음질을 쳤다.

"가, 가, 가까이 오지 마쇼."

온몸에서 경계심이 뿜어져 나오는 게 느껴져서 살짝 상처받을
뻔했지만, 미호는 금세 마음을 고쳐먹었다. 그야 오밤중에 웬 모

르는 여자가 집 안에 있으니 누구라도 저러겠지.

"저 이상한 사람 아니에요. 전에 머리 해드렸던 헤어 디자이너인데 기억 안 나세요?"

얼른 제 신분을 밝히자 남자도 그제야 아, 하면서 알아보는 눈치였다.

"그 머리 깎는 선생?"

그 와중에 선생이라고 불러줘서 미호는 내심 감격했다. 아직 정식 디자이너도 아니고, 원장이니 실장이니 하는 직함도 없다 보니 아가씨, 혹은 이봐요, 하고 불리기가 일쑤인데. 말투는 험해도 막돼먹은 사람은 아니구나, 하는 생각이 들었다.

"은하 아시죠? 고은하요. 제가 은하 친군데요, 얘가 저랑 술 먹다 죽는 바람에 이 집 주인분께서 이리로 데려와주셨거든요. 얼떨결에 저도 따라왔어요."

"아, 누님 친구."

그제야 알았다는 듯이 남자가 고개를 끄덕였다. 다행히 콧등에 났던 상처는 단순히 생채기 정도였는지 흔적조차 보이지 않아서 미호는 일단 안심했다. 본인이 괜찮다고 해도 저 예쁜 얼굴에 흉터가 남았다면 스스로 용서가 안 됐을 테니까.

눈물이 날 정도로 반갑고 기뻐서, 미호는 설레는 마음을 애써 감추며 다가갔다.

"그땐 정말 감사했어요."

하지만 남자는 제가 누군지, 왜 여기 있는지 밝혔는데도 여전히 질겁을 하며 뒷걸음쳤다.

"가, 가까이 오지 말라니까?"

그제야 미호는 남자가 어딘가 이상하다는 것을 깨달았다. 열에 들뜬 것같이 얼굴이 달아올라 있고, 숨도 무척 가쁘게 쉬고 있는 것이다.

"어디 아프세요?"

걱정이 되어서 손을 뻗어 이마를 짚어보는 순간. 남자가 갑자기 확 끌어안는 바람에 미호는 심장이 멈출 뻔했다.

'설마 이 사람도 날?'

달콤한 설렘에 그만 눈앞이 아찔해지는데, 남자가 중얼거렸다.

"도, 도망가요."

"네?"

말은 그렇게 하면서도 남자는 더욱더 세차게 껴안아왔다. 행동과 말이 정반대다.

"내가 지금, 좀 수상한 약을 먹는 바람에 정상이 아니라… 위험하단 말요."

불덩이같이 달아올라 있는 몸, 갈구하듯 강하게 껴안아오는 팔. 거칠고 뜨거운 숨결이 귓가에 닿는 순간 미호는 본능적으로 깨달았다. 약이니 뭐니 무슨 소린지는 잘 모르겠지만, 이 사람이 지금 어떤 상태인지는 확실히 알겠다.

잠시 후, 남자는 결심한 듯 크게 숨을 들이쉬더니 이를 악물고 미호를 떼어놓았다.

"미안합니다. 사과는 나중에 제대로 할 테니까… 일단 어디로든 빨리 좀 가죠."

하지만 미호는 도망갈 생각이 없었다.

"사실은 제가 그쪽한테 첫눈에 반했거든요."

얼굴을 똑바로 바라보며 말하자 남자의 눈이 놀란 듯이 커졌다.

"근데 이름도 모르고 연락처도 몰라서 제발 한 번만 더 만나게 해달라고 매일 하늘에 기도했어요."

원래 성격이 적극적인 편이기는 했지만, 이제 겨우 두 번째 만난 남자에게 고백하는 건 미호에게도 쉬운 일은 아니었다. 하지만 술기운을 빌려 미호는 용기를 냈다.

"그러니까 뭘 하셔도 괜찮아요. 저도 원해요."

원나이트도 하는 세상인데, 좋아하는 남자한테 안기기로서니 그게 뭐. 이쪽은 이미 결심을 했는데 오히려 남자가 당황해서 어쩔 줄을 몰랐다. 눈을 어디다 둬야 할지 모르겠다는 듯 필사적으로 시선을 피하며 말하는 것이었다.

"그, 그렇게 막살고 그러면 안 돼요, 어?"

내가 그렇게 헤픈 여자로 보였나 싶어서 또 상처받을 뻔한 순간 남자가 중얼거렸다.

"멀쩡한 아가씨가 뭐가 부족해서 나 같은 놈이랑…. 부모님이 알면 울어요."

절대로 안 될 일이라는 듯 고개까지 젓는 모습에 미호는 심장이 뜨끈해지는 것을 느꼈다. 어떡해, 이러면 더 좋아지잖아.

"괜찮아요, 전."

성큼 다가서자 남자가 기겁을 해서 물러섰다.

"이, 이봐요, 선생. 글쎄, 이러면 안 된다니까?"

"저는 이러고 싶어요."

미호가 한 걸음, 한 걸음 다가갈 때마다 남자가 움찔거리며 뒷걸음질을 쳤다. 그렇게 복도에서 방 안으로 들어가, 드디어 침대에 가로막혀 남자가 더 이상 뒷걸음질을 치지 못하게 된 순간.

"안아주세요."

미호는 그의 목에 매달리듯 품에 안겨들었다. 일부러 체중을 한껏 실어서 안기는 바람에 남자가 순간적으로 균형을 잃었다.

"어어!"

결국 비틀거리다 둘이 나란히 침대에 쓰러지고 말았다. 뜨겁고 단단한 남자의 몸의 감촉을 온몸으로 느낀 순간, 남자가 씹어뱉듯 중얼거렸다.

"젠장, 이러지 말랬잖아."

목소리에서 묻어나는 노골적인 욕망에 미호의 심장이 비명을 질렀다. 첫눈에 반한 남자가 자신을 이토록 원하고 있는데 어떻게 설레지 않을 수가 있을까.

'진도가 좀 많이 빠르긴 하지만, 몸부터 시작하는 사랑이란 것도 있으니까.'

곧 시작될 폭풍 같은 키스를 기다리며 눈을 질끈 감는데, 어디선가 우둑 하는 소리와 동시에 낮은 신음이 울렸다.

"…큭."

깜짝 놀라 눈을 떠보니 남자의 팔뚝에 선명한 잇자국과 함께 새빨간 피가 배어나와 있었다. 남자가 자기 팔뚝을 힘껏 깨문 것이었다.

"무슨 짓이에요?"

"남자가 돼서 약 따위에 휘둘려 헛짓할 순 없지 않습니까. 그것도 나 같은 놈을 좋아한다는 여자한테."

피가 배어나는 팔뚝 그대로 미호를 마주 안으며, 일영은 이를 악물고 말했다.

"어디 맘대로 해보쇼. 나는 죽어도 허튼 짓거리 안 할 거니까."

♤ ♥ ♧

제 방으로 돌아와서도 지환은 금세 잠이 오지 않았다. 은하가 무슨 일로 저렇게 술을 많이 마셨을까. 뭐 속상한 일이라도 있었던 걸까. 속은 괜찮을까, 혹시 자다가 토하는 건 아닐까. 이 생각 저 생각에 뒤척거리다 지환은 결국 도로 일어나서 숙취해소제를 챙겨 들고 은하와 미호가 있는 방으로 갔다.

"미호 씨?"

방문을 살짝 노크하며 불렀지만 대답은 들려오지 않았다. 잠들었나 보다, 생각하고 돌아서려는데.

"흑…!"

안에서 흐느끼는 소리가 들려와 지환은 흠칫 놀랐다. 누군가가 안에서 서럽게 울고 있었다. 그게 은하라는 사실을 깨달은 순간 가슴이 내려앉았다. 지환은 어쩔 줄을 몰랐다. 은하가 울고 있는데 모른 체할 수도 없고. 그렇다고 여자 둘이서 자고 있는 방에 멋대로 들어갈 수도 없고.

"미호 씨? 주무십니까?"

문밖에서 몇 번이나 불렀는데도 대답이 돌아오지 않아서 속이 바짝 타들어갔다. 친구가 저렇게 서러이 울고 있는데 옆에서 태평하게 잠만 잘 일인가!

결국 지환은 참지 못하고 살짝 방문을 열었다. 미호는 어디로 갔는지 보이지 않고, 어슴푸레한 조명이 밝혀진 침대 위에는 은하 혼자 누워 있었다.

"은하 씨."

지환은 황급히 다가가 은하의 얼굴을 들여다보았다. 역시나 예쁜 얼굴이 눈물범벅이 되어 있어서 심장이 멎는 것 같았다. 눈을 감은 채여서 나쁜 꿈이라도 꾸나 보다, 생각하고 흔들어 깨우려는 순간.

"현우 오빠….."

은하가 울먹이며 잠꼬대처럼 중얼거렸다.

"제발 부탁이야. 빨리 나타나줘."

지환은 온몸이 얼어붙는 것만 같았다. 가능성이 있다고 생각했는데, 조금씩 내게 와주고 있다고 생각했는데, 그녀는 꿈속에서도 오로지 현우 오빠만 찾고 있었다.

이제야 지환은 확실히 깨달았다. 서현우는 서현우일 뿐, 자신이 아니라는 걸.

"나 진짜 너무 힘들단 말이야….."

지환은 뒷걸음질을 쳐서 도망치듯 방을 나왔다.

♤ ♥ ♧

까딱하면 진짜 짐승으로 돌변해버릴 것 같아서, 에라 모르겠다 싫어 팔뚝을 콱 깨물어버린 게 효과가 있었다. 지독한 통증에 흥분이 조금씩 가라앉기 시작한 것이다. 한계까지 달아올랐던 몸이 서서히 식는 것이 느껴졌다.

"죄송해요. 저 때문에…."

어쩔 줄 몰라 하며 울먹이는 목소리가 이성을 되찾는 속도를 부채질했다.

"저는 그냥, 죽을 때까지 못 만날 줄 알았는데, 이렇게 생각지도 못하게 만나게 돼서… 너무 좋아서 그랬던 건데… 정말 죄송해요."

아까는 막무가내로 안겨오길래 무척 대담한 아가씨라고 생각했는데, 별일 아닌 일로 겁을 먹고 우는 걸 보니 꼭 그렇지만도 않은 것 같았다.

"이까짓 거 별로 아프지도 않으니까 울 필요 없어요."

안쓰러워서 일영은 툭 내뱉듯 말했다.

"하지만 피가 나는데…."

"일하다 보면 실수로 칼로 배때기도 쑤시는데, 뭘."

일영은 몸을 일으켜 서랍에서 구급상자를 꺼내왔다. 고기 다루는 일이라는 게 늘 크고 작은 상처에 시달리기 마련이어서 집에 늘 상비약과 붕대 따위를 갖춰두고 있었다. 상처에 대충 소독약을 붓고 나서 붕대를 감으려 했지만 한쪽 팔로만 하자니 쉽지 않았다. 저만치 떨어져서 죄지은 사람처럼 눈치를 보고 있던 여자가 얼른 다가와 손을 내밀었다.

"제가 해드릴게요."

잔뜩 긴장한 듯 파르르 떨리는 손길에 기억이 났다. 그때도 이 여자는 이렇게 바짝 긴장한 채로 내 머리를 잘랐다. 떨고 있는 것이 안쓰러워서 실수했을 때 저도 모르게 나서서 감싸줬던 것이다.

"주일영이요."

"저는 구미호라고 해요."

미호는 공들여 감은 붕대 위에 반창고를 붙여 마무리해주었다. 약상자에서 항생제를 꺼내 삼키고 나서 일영은 미호를 마주 보았다.

"누님 친구라니까 한 가지만 좀 물읍시다. 우리 큰형님이랑 누님이랑 대체 어떻게 돼가는 건지 혹시 압니까?"

"저, 그게…."

뭔가 알고는 있지만 말하기를 망설이는 눈치였다.

"단도직입적으로 말하죠. 우리는 은하 누님을 형수님으로 모시고 싶습니다."

미호가 깜짝 놀란 눈으로 일영을 쳐다보았다.

"그런데 도대체 두 분 사이가 정확히 어떤 건지 알 수가 없어서요."

"죄송해요. 저도 은하 일은 잘 모르겠어요."

미호는 좀처럼 입을 열려고 하지 않았다.

"모르면 어쩔 수 없지, 뭐 죄송할 것까지야."

캄캄하기만 한 창밖을 바라보며, 일영은 땅이 꺼져라 한숨을 내쉬었다.

"똥차가 좀 빠져줘야 뒤차가 가든지 말든지 할 텐데…. 뭘 알아야 중간에서 돕든가 말든가 하지, 제기랄 거…."

옆에서 다급한 목소리가 들려왔다.

"대표님한테는 얘기 안 하시겠다고 약속할 수 있어요?"

이제 보니 꽤 순진하다, 이 아가씨. 일영은 웃음을 꾹 참고 엄숙하게 고개를 끄덕였다.

"물론이죠."

그제야 미호는 입을 열었다.

"대표님은 벌써 은하를 좋아한다고 고백했대요. 은하도 대표님한테 많이 끌리나 봐요."

니미, 이 양반들, 내가 그럴 줄 알았다니까! 기쁜 나머지 하마터면 욕설이 튀어나올 뻔한 그 순간, 미호가 이어서 말했다.

"그런데 은하는 대표님하고 사귈 수는 없대요."

일영은 눈을 둥그렇게 떴다.

"아니, 서로 좋아한다면서 그게 무슨 개 풀 뜯어 먹는 소리요?"

"은하가 어릴 때 조포… 나쁜 사람들을 만나서 죽을 뻔한 적이 있대요. 그때 친하게 지내던 오빠가 은하를 지켜주려고 대신 나서는 바람에 그만 생사를 모르게 됐다네요. 그래서 은하는 여태 그 오빠를 찾고 있어요, 17년째."

물론 은하 누님의 과거사 따위야 일영이 알 바 아니었다.

"그래서 그 오빤지 개뼈다귀인지가 우리 큰형님이랑 무슨 상관이라는 거요?"

"제가 보기엔 그 서현우 씨를 찾기 전까진 아무래도 은하가 대표님이랑 사귀긴 힘들 것 같아요."

일영은 제 귀를 의심했다.

"서현우?"

분명 큰형님의 어릴 적 이름이 현우라고 했던 것 같은데….

"네, 은하가 찾는 오빠 이름이에요."

미호가 한숨을 내쉬며 말했다.

설마, 했다가 일영은 금세 고개를 저었다.

'별로 특이한 이름도 아닌데 그냥 우연이겠지.'

하지만 뒤이어 떠오르는 게 있었다. 큰형님께서는 처음부터 은하 누님의 이름을 알고 계셨다.

— 그 여자 이름. 고은하.

— 털끝 하나라도 건드리면 죽는 줄 알아라. 찾거든 내가 뵙고 싶어 한다고 전하고 정중하게 모셔와.

그때는 누님이 킬러고, 실력이 대단해서 정중히 모셔오라는 건 줄만 알았는데, 만약에 그게 아니었다면? 1억을 마련해준 것도, 세 번 만나자고 제안했던 것도, 스카우트를 위해서가 아니라 누님과 어린 시절에 알던 사이이기 때문이었다면?

일영은 침을 꿀꺽 삼키고 물었다.

"혹시 그때 은하 누님이 살던 동네가 어디랍니까?"

잠시 고개를 갸웃거리던 미호가 대답했다.

"아 맞다, 춘천이라고 했어요."

심장이 튀어나올 듯이 뛰기 시작하는 것을 애서 감추고, 일영은 바싹 다가앉았다.

"그 얘기 좀 더 자세히 해줄 수 있습니까?"

♤ ♥ ♧

아침에 눈을 뜬 은하는 낯선 방에 누워 있는 걸 보고 깜짝 놀랐다. 창밖으로 잘 가꾸어진 정원이 내다보이는 것으로 보아 지환의 집인데, 대체 왜 여기서 자고 있는 건지 알 수가 없었다.

'대체 어제 무슨 일이 있었던 거지?'

미호랑 술 먹으면서 하소연한 것까지는 기억이 나는데 그 뒤가 완전히 새까맣다. 머리맡에 놓여 있는 휴대폰을 보자 미호에게서 메시지가 와 있었다.

– 눈뜨면 전화해라.

전화를 걸자 미호는 금세 받았다.

"일어났냐?"

"어, 방금. 어제 어떻게 된 거야?"

"너 술 먹고 완전 뻗었잖아. 뻗은 애 데리고 택시 잡을 엄두가 안 나서, 네 휴대폰 뒤져 그 목마른 사슴 대표님한테 전화했지. 당장 달려오더라."

그럴 거라고 대충 짐작은 했기 때문에 은하는 놀라지 않았다.

"지환 씨 보니까 어땠어? 무섭지 않았어?"

첫인상이 궁금해서 물었더니, 갑자기 미호의 목소리가 심각해졌다.

"너 평생 후회하지 말고 그 남자 딱 잡아라."

"그렇게 괜찮아 보였어?"

은하는 약간 의아했다. 지환이 좋은 사람인 건 사실이지만, 인상이 워낙 살벌해서 첫눈에 그걸 알아보긴 쉽지 않은 일인데.

"널 엄청 예뻐하더라. 침대에 눕힐 때도 어찌나 조심스러운지, 옆에서 보고 아주 배 아파 죽을 뻔했거든?"

얼굴이 달아오르다, 침대라는 말에 은하는 한 박자 늦게 깜짝 놀랐다.

"뭐야, 너도 여기까지 왔었어?"

"그럼 어떻게 술 먹고 죽은 애 혼자 보내냐? 남자만 열두 명 사는 집에."

미호가 말도 안 된다는 듯이 말했다.

"나도 따라가서 네 옆에서 잤어. 출근해야 하니까 아침에 일찍 일어나 나온 거지."

물론 지환과 덩어리들은 전혀 위험한 사람들이 아니지만, 미호가 친구로서 걱정해준 마음은 알 것 같았다.

"고마워, 미호야. 내가 민폐 끼쳤네."

미호가 잠시 망설이다 물었다.

"근데 있잖아. 그 왜… 대표님 비서 같은 사람. 그 사람 몇 살이야?"

"아, 일영 씨?"

그러고 보니 나이를 물은 적이 없다. 몇 살이지?

"글쎄, 모르겠네. 나한테 누님이라고 하니까 우리보단 어릴 텐데."

"넌 가르치는 학생 나이도 모르냐?"

미호가 투덜거렸다.

"근데 일영 씨도 봤어? 엄청 예쁘지, 그치?"

당연히 호들갑을 떨며 맞장구를 칠 줄 알았는데, 미호는 중얼거렸다.

"완전 상남자더라, 그 사람."

은하는 미호가 주어를 착각한 거라고 생각했다. 그래서 '지환 씨 말고 일영 씨 말이야' 하고 정정해주려는데, 미호가 서둘러 말했다.

"나 가봐야겠다, 나중에 또 얘기해!"

전화를 끊고 은하는 일어나서 밖으로 나왔다. 1층으로 내려가자 거실에 있던 일영이 고개를 숙였다.

"일어나셨습니까, 누님."

"일영 씨, 근데 다들 어디 갔어요?"

"진작 출근들 했습니다. 저는 형님께서 누님 일어나시거든 댁에 모셔다 드리라고 하셔서 대기하고 있었던 중입니다."

세심한 마음 씀씀이에 양심이 찔리듯 아파왔다.

"속은 좀 어떠십니까? 북엇국 있으니 한술 뜨시고 가셔도 됩니다."

"괜찮아요. 저 오늘 아이템 회의 있어서 얼른 집에 가서 준비하고 회사 가야 해요."

"그럼 바로 가시죠. 모셔다 드리겠습니다."

은하는 일영이 운전하는 차에 타고 집으로 향했다. 운전하던 일영이 불쑥 말을 꺼냈다.

"저, 누님. 외람되지만 한 가지만 여쭙겠습니다."

지환에 대한 얘기인 줄 알고 은하는 바짝 긴장했다. 큰형님이랑 무슨 사이냐고 묻는다든가, 혹은 예전처럼 어떻게 생각하느냐고 물으면 할 말이 없었다. 마음은 끌리지만 사귈 수는 없다, 라고 대답할 순 없지 않은가.

"뭔데요?"

조마조마해하며 물었는데 질문은 예상을 한참 뛰어넘는 것이었다.

"혹시 사람 담가보신 적 있습니까?"

"네에에에?"

너무 황당해서 절로 목소리가 커졌다. 이 사람이 농담을 하나 싶었지만 일영의 얼굴은 어디까지나 진지했다.

"그럼 가꾸목이나 사시미칼이나, 그런 건 좀 다룰 줄 아십니까?"

"만져본 적도 없거든요!"

"잘 알겠습니다."

"대체 그런 건 왜 묻는 거예요?"

기가 막혀서 되물었지만 일영은 끝내 입을 다물었다.

"아무것도 아닙니다."

♤ ♥ ♧

"안녕하세요, 저 서현이 엄마예요."

아이템 회의를 마치고 나오는 길에 일본에서 국제전화가 왔다.

"네, 서현이 어머님! 서현이는 어떻게 지내고 있나요?"

"다행히 치료 적합 판정을 받아서 치료를 받을 수 있게 되었어요."

희망이 생겼기 때문인지, 늘 울어서 잠겨 있던 목소리가 처음으로 밝게 들렸다.

"정말 다행이네요!"

눈시울이 뜨거워졌다. 그 후 은하도 이것저것 찾아보았는데, 치료 성과는 나중 문제고 일단 그 치료를 받는 것 자체가 쉽지 않다고 했다. 전문가들이 철저히 심의하여 기준에 맞는 환자만 치료하는 것이다. 거절당하는 환자가 훨씬 많다고 들어서 마음을 졸이고 있었는데, 다행히 서현이가 치료를 받을 수 있게 되었다고 하니 일단은 무척 기뻤다.

"정말 다행이에요, 어머님. 우리 서현이 꼭 나을 거예요!"

은하가 울먹이며 말하자 서현이 엄마가 대답했다.

"그런데 처음에 생각했던 것보다 비용이 훨씬 더 많이 드네요."

1억도 지환이 도와줘서 겨우 마련한 건데, 또 어디서 돈을 구하나. 눈앞이 캄캄해지는 순간, 서현이 엄마가 계속해서 말했다.

"회사에서 3천만 원씩이나 보내주신 덕분에 아무 문제 없이 치료받게 되었어요. 정말 뭐라고 감사를 드려야 할지…."

"네? 저희 회사 말씀이세요?"

은하는 당황했다.

"네. 자선 경매 수익금이라고 하시더라고요."

설명을 들어도 석연치 않았다. 분명히 자선 경매에서 나온 돈은, 지환이 직접 준 1억을 제외하면 천만 원 남짓이라고 들었는데 그게 어떻게 3천만 원이 됐지?

"정말 고맙습니다. 이 은혜는 꼭 갚을게요."

서현이 엄마는 몇 번이나 고맙다는 말을 되풀이했다. 전화를 끊은 뒤 은하는 잠시 망설이다 실장에게 가서 자초지종을 물었다.

"아, 그거? 2천만 원은 예나 씨가 자기 돈으로 보탠 거야."

"예나가요?"

놀라는 은하에게 실장이 말했다.

"응, 자기도 좀 알아봤는데 그 치료 받으려면 1억 가지곤 모자랄 거라면서 주던데?"

♠ ♥ ♣

저녁식사가 끝나자마자 일영은 어제 소위 영약을 가져온 덩어리를 끌고 아무도 없는 방으로 가서 다짜고짜 머리를 쥐어박았다.

"효과가 있으셨죠, 잉?"

뭐라고 말하기도 전에 덩어리는 헤벌쭉 웃었다.

"니미, 망할 놈아, 멀쩡한 여자 신세 망칠 뻔했잖아!"

다시 생각해도 등골에 식은땀이 흘렀다. 은하 누님 친구한테, 그것도 나 같은 놈을 좋다고 해준 고마운 여자한테 허튼짓을 할 뻔하지 않았는가.

"너도 먹어봤냐?"

옆구리를 쿡 찌르며 덩어리가 펄쩍 뛰었다.

"워메, 성님은 뭔 말씀을 고로코롬 하신다요? 저가 몇 살인디 벌써 그런 것이 필요하겠어요?"

"이 자식이, 누군 필요해서 먹었냐?"

일영이 눈을 부라렸다.

"그게 효과가 있는지 어떻게 알고 그렇게 큰소리를 뻥뻥 쳤냐고, 먹어보지도 않고."

덩어리는 먼 하늘을 바라보며 슬프게 뇌까렸다.

"광주에 사는 올해 칠순의 최 영감이 바로 우리 아버지여요."

일영은 할 말을 잃었다.

"…열심히 벌어라, 동생 뒷바라지해야지."

사슴처럼 슬픈 눈을 하는 덩어리의 어깨를 툭툭 쳐주고, 일영은 지환의 방으로 올라갔다. 웬일인지 오늘 하루 종일 말이 없으시다 했더니 역시나 저녁도 거르고 방에 틀어박혀 계셨다.

"형님, 잠깐 들어가겠습니다."

노크를 하고 방에 들어가자 지환은 의자에 앉아 책을 보고 있었다. 틈만 나면 혼자 독서하기를 좋아하시는 형님이지만, 오늘은 왠지 책을 펼쳐놓은 채 다른 생각을 하고 있는 것처럼 보였다.

"무슨 일이야?"

지환이 책에서 눈조차 떼지 않은 채 물었다.

일영은 거두절미하고 본론부터 말했다.

"은하 누님이 17년째 형님 찾고 있는 거, 혹시 알고 계십니까?"

지환은 한참 동안이나 대답이 없었다. 표정에는 별반 변화가 없었지만, 책장을 넘기던 손이 계속 멈춰 있어서 무척 놀랐다는 것을 알 수 있었다.

"…넌 어떻게 알았어?"

역시 알고 계셨구나. 일영은 한숨을 내쉬었다.

"어제 은하 누님과 함께 오셨던 친구분이 말씀해주셨습니다."

"은하한테는 입 다물고 있어."

그렇게만 말하고 얘기를 끝내려는 지환에게 일영은 매달리듯 말했다.

"누님께서 무척 괴로워하시는 모양인데, 사실대로 얘기를 해야 하지 않겠습니까?"

지환은 심상하게 대꾸했다.

"은하는 내가 검사나 의사 같은 전문직이 됐을 거라고 생각하고 있다."

"검사건 의사건 그게 뭐 그리 중요합니까. 어쨌든지 우리도 지금은 손 씻고 떳떳하게 살고 있으면 된 거 아닙니까?"

안타까운 목소리에 그제야 지환이 책을 내려놓고 일영을 똑바로 바라보았다.

"내 인생은 그날, 그 순간 완전히 바뀌었어."

조용한 목소리에서 괴로움이 묻어났다.

"내가 바로 그 서현우라는 걸 알면 그 애는 내 인생을 망친 게 자기라고 생각할 거야. 그때부턴 평생 나를 책임지려고 들겠지. 나한테 아무 감정 없더라도, 혹 내가 가라고 해도 절대 내 곁에서 떠나지 않을 거야."

일영은 저도 모르게 목소리를 높였다.

"니미, 그럼 땡큐 아닙니까? 곁에 콱 붙들어두시면 되죠!"

"근데 말이다, 일영아."

격앙된 일영에게 지환은 조용히 말했다.

"내가 은하한테서 받고 싶은 건 죄책감이나 동정심이 아니야."

"형님…."

"은하가 서지환을 사랑하지 않는데, 내가 서현우라고 밝히는 게 무슨 의미가 있지?"

일영은 지환의 마음을 이해했다. 하기야 네가 찾는 그 사람이 바로 나라고 제일 말하고 싶은 건 큰형님 본인일 텐데. 이해는 하겠지만 답답한 것도 사실이었다. 형님은 자기가 바로 그 사람이라고 말할 수 없고, 누님은 그 사람을 찾기 전에는 형님에게 마음을 열 수가 없다니 이런 뫼비우스의띠 같은 일이 어디 있을까.

'대체 이 일을 어떻게 풀어야 하지?'

안타까운 나머지 입술을 깨물다, 문득 어떤 생각이 섬광처럼 머리를 스치고 지나갔다.

'정말 그래도 되는 걸까?'

일영은 망설였다. 주제를 한참 넘은 짓이다. 하지만 이 이상의 방법도 생각나지 않았다.

"심기 어지럽혀 드려 죄송합니다, 형님. 제 생각이 짧았습니다."

고개를 깊이 숙였을 때는 이미 속으로 결심하고 있었다.

"알았으면 됐다. 은하한테는 아무 말 말고."

"예, 형님."

지환이 화제를 바꿨다.

"그나저나 잠수 탄 직원 찾아보라고 한 건 어떻게 됐어?"

"내일 흥신소 직원을 만나서 자료 주고 의뢰하기로 했습니다, 형님."

"어머님도 그렇지만 어린 딸이 무척 기다리고 있으니 반드시 찾아야 한다고 전해."

"알겠습니다, 형님."

지시를 마치고 나서 지환은 방을 나갔다.

"난 운동하고 오겠다."

방에 혼자 남은 일영은 심호흡을 하고 지환의 책상 서랍을 열었다.

'분명히 여기 있었던 것 같은데.'

안쪽에 손을 집어넣어 찾자 생각한 것이 만져졌다. 서랍 깊숙이에서 나온 것은 낡은 액자였다. 오래된 사진 속에서 환하게 웃고 있는 소년의 얼굴을 일영은 복잡한 마음으로 바라보았다.

♤ ♥ ♧

덩어리들과 지환의 과외가 있는 날. 자연스럽게 화장대 앞에 앉아서 립스틱을 고르려다 은하는 멈칫했다. 원래는 녹화할 때나 병원에 공연하러 가는 날이 아니면 으레 맨얼굴로 다녔는데, 언젠가부터 지환의 집에 갈 때는 공들여 화장을 하는 게 습관이 됐다. 얼마 전까지만 해도 분명히 단 하나밖에 없던 립스틱이 어느덧 제법 여러 개가 되어 있어서 마음이 한층 더 어지러웠다.

'언제 이렇게 많이 샀지?'

저도 모르는 사이에 엉뚱한 곳으로 훌쩍 흘러가버린 제 마음 같아서 은하는 얼른 화장대에서 일어났다.

'예뻐 보여서 뭐 할 거야. 사귈 것도 아닌데.'

화장을 포기하고 머리를 질끈 묶는데 전화가 울렸다. 모르는 번호였다.

"여보세요."

"실례지만 고은하 씨 핸드폰 맞습니까?"

들려온 것은 젊은 남자의 목소리였다.

"네, 맞는데요. 어디시죠?"

"저, 서현우라고 하는 사람인데요."

순간 은하의 시간이 멈췄다. 조용한 가운데 제 심장 소리만 귓가에 크게 울렸다. 은하가 한참 동안이나 아무 말도 못하고 있자 상대가 조바심을 내듯 다시 말했다.

"혹시 기억 안 나니? 어릴 때 춘천에서 같은 학교 다녔던 현우 오빠야."

♤ ♥ ♧

조용한 카페 안에 밝은색의 재킷을 걸친 호리호리한 몸집의 젊은 남자가 들어서서 안을 두리번거렸다. 은하와 눈이 마주친 순간, 남자의 얼굴에 반가운 미소가 번졌다.

남자가 은하의 맞은편에 앉으며 말했다.

"은하야. …이렇게 불러도 되려나?"

만나면 눈물부터 왈칵 날 줄 알았는데.

'대체 어디 있다가 이제 나타난 거야?'

와락 껴안고 울면서 투정도 부려보고 싶었는데.

실제로는 눈물도, 투정을 부릴 생각도 나지 않았다. 그저 난생처음 보는 사람처럼 서먹하기만 할 뿐.

"진짜로… 현우 오빠예요?"

하다못해 말도 어릴 때처럼 편하게 나오지 않아서 은하는 어색하게 말을 높였다.

"자."

남자가 지갑에서 자기 명함을 꺼내 건넸다. '아이사랑 소아과'

라는 귀여운 느낌의 로고와 함께 또박또박 이름이 쓰여 있었다.

소아과 전문의 서현우

은하는 명함을 한참 들여다보았다. 그토록 수천수만 번을 되뇌었던 이름 세 글자가 지금 이 순간, 그렇게 생소하게 보일 수가 없었다.

"우리 아기가 네 살이거든."

순간 심장이 발밑으로 뚝 떨어지는 느낌이 들었다.

"가끔씩 유튜브에서 영상을 보여주는데, 크리에이터 얼굴이 어디서 많이 본 것 같잖아. 혹시나 싶어서 회사에 연락해 물어봤더니 네 본명이 고은하라고 하더라. 이름 듣는 순간 어찌나 반갑던지, 전화번호 물어봐서 바로 연락했지."

남자는 은하의 얼굴을 찬찬히 들여다보더니 미소를 지었다.

"이렇게 보니까 하나도 안 변했네. 어릴 때 그대로다, 은하 넌."

그렇게 말하는 남자에게서 은하도 어릴 적 현우의 모습을 찾으려 노력했다. 기본적으로 키가 크고 마른 체형인 것은 비슷하다. 부드러운 미소와 온화한 느낌도 어렴풋이 닮은 것 같긴 한데, 좀처럼 이 남자가 현우라는 실감은 들지 않았다.

현우는 이렇게 무르기만 한 모범생 느낌은 아니었다. 은하에게는 늘 다정했지만 한편으로는 날카롭고 단호한 면도 있었던 것 같은데… 눈매도 조금 더 위로 치켜올라가 있었던 것 같은데….

"오빠. 혹시 그날, 기억해요?"

"아, 우리 같이 빈 창고에서 술래잡기하고 놀다가 조폭들이랑 마주쳤던 날 말이지?"

시험 삼아 물은 말을 남자는 정확히 알아들었다.

"끌려가서 엄청 혼났지. 그래도 어린애라 그랬는지, 오늘 들은 일에 대해서 함부로 입 놀리면 죽여버리겠다고 협박만 하고 해치지는 않더라고."

"그러면 왜 갑자기 사라진 거예요?"

"집에 가서 어머니한테 말씀드렸더니 기겁을 하시더라. 언제 마음이 바뀌어서 죽이러 올지 모른다고 말이야. 어머니가 옛날에 조직폭력배한테 단단히 혼이 난 적이 있으셨나 봐."

그 말에 기억나는 게 있었다.

— 우리 현우는 장래 검사가 될 거니까, 그렇게 아시고 잘 지도해주세요.

그의 어머니가 학원 원장에게 단호하게 말하던 이유를 이제야 알 것 같았다. 더는 의심할 여지도 없었다. 이 사람이 바로 자신이 17년간 찾던 현우 오빠다.

"그날 밤에 야반도주를 하듯 급하게 이사하느라 너한테 작별인사도 못 했네. 미안하다. 걱정 많이 했지?"

현우가 은하의 표정을 살폈다.

걱정을 한 정도가 아니다. 그 후로 자신은 이제껏 그 누구에게도 마음을 열지 못하고, 사랑할 엄두도 내지 못하고…. 마음을 감추고 은하는 웃었다.

"이렇게 잘 지내고 계셔서 다행이에요. 의사까지 되시고."

"은하 너도 좋아 보여서 다행이다. 그래, 넌 어릴 때 엄청 공부 잘했던 것 같은데 어쩌다가 크리에이터가 된 거야?"

오빠를 찾으려고요.

"어쩌다 보니 그렇게 됐네요. 저 어릴 때부터 혼자 떠들면서 노는 거 좋아했잖아요."

"맞아, 그랬지."

현우가 재미있다는 듯이 웃었다.

"부모님은 잘 계시고? 언니랑 오빠는?"

저도 잘 몰라요. 벌써 2년 가까이 연락이 없거든요.

"다들 잘 지내고 있어요."

문득 현우가 장난스러운 표정을 했다.

"그래, 남자친구는 있고?"

마음속에 온통 오빠뿐이어서 여태 아무도 만나지 못했어요.

"아직 없어요."

"아니, 왜? 이렇게 예쁜 아가씨가 됐는데."

"그러게요. 요즘 남자들이 영 보는 눈이 없나 봐요."

"하하하."

영혼 없는 대화를 몇 마디 더 나누다, 현우가 문득 시계를 보더니 미안한 얼굴을 했다.

"아, 벌써 시간이 이렇게 됐네. 미안하다, 은하야, 내가 자리를 오래 비울 수가 없어서."

"아니에요, 저도 일이 있어서 슬슬 들어가봐야 했어요."

"그래? 그럼 오늘은 이만 일어나는 걸로 하고, 내가 다음에 또 연락할게. 앞으로도 가끔 연락하고 지내자."

웃으며 하는 말이 어디까지나 인사치레에 불과하다는 것을 은하는 느꼈다. 현우가 제게 연락해올 일은 없을 거였다. 물론 은하가 연락할 일도 없을 것이다.

그러니까, 이게 마지막.

"반가웠어요, 오빠."

은하는 자리에서 일어나 현우를 향해 손을 내밀었다.

"그래, 은하야. 나도 무척 반가웠어."

마주 잡아오는 손은 따뜻하게도 차갑게도 느껴지지 않았다. 그저 완벽한 타인의 느낌일 뿐.

"집이 어느 쪽이야? 데려다줄까?"

"아니에요. 저도 차 갖고 왔어요. 들어가세요, 오빠."

카페 앞에서 현우와 헤어진 뒤 은하는 무작정 걷기 시작했다. 지난번에 현우인 줄 알고 검사라는 사람을 만났을 때와는 달리, 이번에는 눈물도 나지 않았다. 슬프지도, 그렇다고 후련하지도 않았다. 그냥 가슴에 커다란 구멍이 뻥 뚫린 것 같은 느낌만 들 뿐.

한층 싸늘해진 늦가을 바람이 은하를 그대로 뚫고 지나가 길가의 가로수에 매달린 마른 나뭇잎을 사정없이 흔들었다. 간신히 매달려 있던 이파리들이 힘없이 우수수 떨어지는 것을 바라보며 은하는 깨달았다. 현우를 찾는 것이 제 삶의 가장 큰 숙제인 동시에 한편으로는 살아가게 해주는 힘이었다는 걸. 열 살 때부터의 삶의 목표가 사라진 순간, 은하는 어떻게 살아야 할지조차 알 수가 없었다.

마침 걸려온 전화를 은하는 반쯤 정신이 나간 채로 받았다. 일영이었다.

"수업 시간이 지났는데 안 오셔서 전화드렸습니다, 누님."

그제야 은하는 오늘이 과외가 있는 날이었다는 걸 떠올렸다. 분명히 나가려고 준비하던 중이었는데, 현우의 전화를 받자마자 까맣게 잊어버렸다.

"미안해요, 일영 씨. 제가 그만 수업하는 날인 걸 깜빡했네요. 혹시 내일 같은 시간에 해도 될까요?"

"저희는 괜찮습니다. 그런데 누님, 혹시 무슨 일 있으신 건 아닙니까?"

은하는 애써 태연한 목소리를 꾸며냈다.

"별일 아니니 걱정 마세요. 지환 씨한테도 내일 수업하자고, 죄송하다고 전해주시고요."

"예, 누님. 알겠습니다."

전화를 끊고 나서도 은하는 한참을 그냥 발길 닿는 대로 걷기만 했다. 어디로 가야 할지, 뭘 해야 할지, 아무것도 알 수가 없었다.

다리가 아픈 줄도 모르고 그렇게 몇 시간이나 걸었을까. 문득 발에 뭔가가 탁 걸리는 바람에 은하는 크게 나동그라지고 말았다. 인도에 설치되어 있던 차량 진입 방지용 기둥에 걸려 넘어진 것이다.

"아야…."

너무 아파서 눈물이 찔끔 났다. 다행히 입고 있던 청바지가 두꺼워서 피가 나지는 않았지만, 만져보니 타박상을 입어 무릎과 정강이 부근이 벌써 부어오르기 시작하고 있었다. 그제야 정신이 돌아온 은하는 길바닥에 주저앉은 채 주위를 둘러보았다. 이미 밤중이 된 지는 오래고, 거리의 휘황한 네온사인은 온통 낯설고, 다리는 너무 아파서 일어날 엄두도 나지 않았다.

곤란한 상황이 되자 자동으로 떠오르는 것은 다름 아닌 지환이었다.

'전화만 하면 금세 달려와줄 텐데.'

그렇게 생각하는 자신을 깨닫고 은하는 당황했다. 벼룩도 낯짝이 있지, 이렇게 뻔뻔할 수는 없다. 바로 얼마 전까지도 '저한테는 현우 오빠가 있어요' 하고 밀어낸 주제에, 그 현우 오빠와 잘못되고 나자마자 지환을 떠올리고 있다니. 비겁한 스스로가 부끄러웠다.

여기가 어디인지도 알 수가 없어서 은하는 일단 지나가던 택시를 잡아탔다. 분명 현우를 만난 것은 집 근처의 카페에서였는데, 집까지 택시로 20분이 넘게 걸려서 헛웃음이 났다. 대체 얼마나 걸었던 거야.

오피스텔 앞에서 내려 절뚝거리며 안으로 들어가려는데 제 이름을 부르는 소리가 들렸다.

"은하 씨!"

돌아보니 지환이 뛰다시피 급하게 다가오고 있었다. 갑자기 수업을 취소했다고 하니 뭔가 이상한 낌새를 채고 달려온 모양이었다.

"전화를 왜 이렇게 안 받아요."

초조한 목소리에서 안절부절못하고 기다린 기색이 역력해 그만 코끝이 찡해졌다. 이 와중에도 지환의 얼굴을 보니 그나마 숨이 쉬어지는 자신이 우스웠다.

"걷는 건 또 왜 그렇습니까? 어디 다쳤어요?"

"괜찮아요. 그냥 넘어져서 그래요."

일단 은하를 부축해서 오피스텔 앞 화단에 앉히고, 지환은 걱정
스럽게 은하의 표정을 살폈다.

"무슨 일이 있었던 겁니까?"

"저 오늘 현우 오빠 만났어요."

"예?"

"현우 오빠가 제 채널을 보고 연락해왔거든요. 그래서 아까 낮
에 만났어요, 근처에서."

영문을 모르겠다는 듯 그는 당황한 눈으로 은하를 쳐다보았다.

"소아과 의사가 됐더라고요. 결혼해서 벌써 아이가 네 살이래요."

"…"

"저는 사실 되게 여러 가지로 상상을 했었거든요. 혹시 대머리
가 된 건 아닐까, 키가 크다가 말아서 지금은 나보다 작은 거 아닐
까, 취업에 실패해서 백수로 살고 있는 건 아닐까. 별별 생각 다 했
는데 훈훈한 의사 선생님이 돼 있더라고요. 딱 봐도 애들이 엄청
좋아할 상?"

은하는 웃었다.

"멀쩡하게 잘살고 있어서, 저 때문에 인생 망친 거 아니어서 너
무 다행이에요. 혹시 그랬다면 엄청 속상했을 텐데."

한참 후에야 지환이 떨리는 목소리를 냈다.

"확실히 서현우 씨가 맞습니까? 혹시 동명이인이라든가… 그

런 건 아닙니까?"

"그날 일도 똑똑히 기억하더라고요. 조폭들이 입 잘못 놀렸다간 죽여버리겠다고 협박하는 바람에 무서워서 그날 밤 도망치듯 이사 간 거래요."

지환은 충격을 받은 듯 입을 다물었다.

"저는 어른이 된 오빠를 보면 첫눈에 운명처럼 사랑에 빠질 거라고 생각했거든요. 왜냐면 저는 그때부터 지금까지 계속 좋아하고 있었으니까요. 그런데 실제로 만나보니까 그게 아니더라고요."

"…."

"제가 좋아했던 건 어릴 때의 그 현우 오빠였나 봐요. 분명히 오빠가 맞는데 눈앞에 있어도 되게 서먹하고, 꼭 생판 모르는 사람 같고…."

은하는 어깨를 으쓱했다.

"잠깐 이야기하고 헤어졌어요. 다시는 연락 안 할 것 같아요."

지환은 끝내 아무 말도 하지 않았다. 그저 묵묵히 옆에 앉아 있을 뿐, 위로의 말 한마디가 없어서 오히려 은하가 조금 서운해질 정도였다.

'이럴 때 안아주면 나도 좀 넘어갈지 모르는데, 바보.'

둔한 남자를 속으로 살짝 탓하다가 은하는 금세 양심 없는 자신을 꾸짖었다.

♠ ♥ ♧

집에 돌아오자마자 지환은 일영을 방으로 불렀다.

"네 짓이냐?"

그렇게만 말했는데도 일영은 금세 알아들었다.

"잘못했습니다, 형님."

맙소사, 역시. 지환은 눈을 감아버렸다.

"대체 무슨 짓을 한 거야."

각오하고 있었는지 일영은 변명 한마디 없이 술술 불었다.

"형님의 옛날 사진을 가져다가 흥신소에 부탁했습니다. 사진이랑 비슷한 인상의 젊은 남자를 수배해달라고요."

"그래서, 가짜 서현우를 만들어서 은하와 만나게 했다?"

"예."

일영이 고개를 숙였다.

"어떻게 속인 거야?"

"은하 누님 친구분한테 들은 형님과의 사연을 적어주고, 그대로 말하라고 했습니다."

기가 찰 노릇이었다.

"대체 왜 이런 짓을 한 거냐."

"형님께서는 은하 누님께 사실대로 말을 못 하시고, 은하 누님은 형님을 찾기 전까지는 연애를 못 하실 분입니다. 아무리 생각해도 이게 최선이었습니다."

일영이 고개를 깊이 숙였다.

"죽여주십시오, 형님."

일영은 단단히 벌 받을 각오를 한 모양이었지만, 지환은 그럴 기분이 들지 않았다. 녀석 나름대로는 자신을 위한다고 벌인 일인 것도 알겠고, 무엇보다 이미 벌어진 일은 어떻게 수습할 수도 없었기 때문이다. 방법이라면 내가 진짜 서현우라고 밝히는 수밖에 없는데, 아까 은하가 뭐라고 했던가.

— 멀쩡하게 잘살고 있어서, 저 때문에 인생 망친 거 아니어서 너무 다행이에요. 혹시 그랬다면 엄청 속상했을 텐데.

즉 이미 엎질러진 물이었다. 이제 와서 사실을 말해봐야 긁어 부스럼일 뿐.

"됐다, 그만두자."

"형님?"

"나가봐."

당황한 표정을 하는 일영을 내보내고, 지환은 소파에 털썩 앉아 머리를 감쌌다.

'은하야, 대체 내가 어떻게 하면 좋겠니?'

♤ ♥ ♧

하늘이 무너져도 맡은 일은 해내야 하는 게 어른의 힘든 점이다. 하다못해 17년간의 삶의 목표가 송두리째 사라져버린 다음 날에조차도. 처음으로 은하는 카메라 앞에서 노는 것이 힘들다고 느꼈다.

겨우겨우 녹화를 끝내고 났지만, 저녁에는 또 어제 빼먹은 수업을 하러 가야 했다.

'어제 통화할 때 일주만 쉬자고 할 걸 그랬다.'

뒤늦게 후회했지만 어제도 수업을 무단 펑크 내놓고 오늘도 또 전화해서 미루자고 하기는 은하 안에 있는 모범생의 DNA가 용서하지 않았다. 결국 은하는 내키지 않는 발걸음을 옮겨 지환의 집으로 향했다.

어제 된통 넘어지는 바람에 다친 다리가 아침에 보니 시퍼렇게 피멍이 들어 있었다. 아프기도 얼마나 아픈지, 걸을 때마다 절뚝거리게 되었다. 덩어리들 앞에선 필사적으로 아무 일 없는 척했지만 아무래도 평소와는 다른 모양이었다.

"누님, 뭐 안 좋은 일이라도 있으십니까?"

덩어리들이 수업 내내 걱정스럽게 은하의 표정을 살피는 걸 보면.

"일은요. 어제 길 가다 넘어진 데가 너무 아파서 그래요."

은하는 스커트를 걷어서 시퍼렇게 멍든 정강이까지 보여주며 아무렇지 않은 척했다.

"이것 봐요, 피멍 들었죠?"

겨우 수업을 마쳤을 때는 이미 밤 9시가 넘어 있었다. 이어서 지환과 수업하기 위해 천천히 계단을 올라가면서 은하는 조금 긴장했다. 뒤에 찬찬히 생각해보니까 나는 심란하지만, 지환의 입장에서 보면 이보다 좋은 일이 없을 터였다. 요즘 은하에게 적극적으로 제 마음을 표현해오던 남자다.

'현우 오빠를 찾았으니까 이젠 저한테 기회를 주실 수 없겠습니까?'

얼굴을 보자마자 이럴 것 같아서 약간 겁이 났다. 지환에 대한 감정이 어떤 건지도 확실치 않지만, 무엇보다 지금 당장은 다른 생각을 할 엄두가 나지 않는데.

"지환 씨, 저예요."

노크를 하자 지환이 문을 열어주었다.

"수학 교재 새로 사왔어요. 저번에 풀던 건 수준에 안 맞는 것 같아서요."

일부러 발랄하게 말하며 늘 공부하던 책상으로 향하려는데 팔을 붙잡혔다.

"지환 씨?"

지환은 은하의 팔을 끌어다 의자에 앉혔다.

"왜 그래요?"

놀라는 은하 앞에 지환이 대답 대신 한쪽 무릎을 꿇었다. 남자가 여자 앞에 무릎을 꿇는 상황에서 상상할 수 있는 것은 단 하나뿐이었다. 프러포즈! 은하는 어쩔 줄을 몰랐다.

"저기, 지환 씨. 저는 아직…."

아직은 다른 생각을 할 마음의 여유가 없다고 말하려는데, 지환이 불쑥 손을 뻗어 은하의 스커트 자락을 무릎까지 걷어붙였다. 화들짝 놀라는 순간, 피멍이 든 은하의 무릎을 본 지환이 이맛살을 찌푸렸다.

"이 지경이 됐는데 어떻게 참고 걸었습니까."

그가 하얀 로션 병을 열자 금세 강한 민트 냄새가 풍겼다. 늘 그에게서 나던 것과 같은 냄새. 지환이 단순히 타박상 치료용 로션을 발라주려고 했던 것뿐이라는 걸 깨닫고, 은하는 그만 목덜미까지 새빨개졌다.

'뭐야, 나 또 김칫국 마신 거야?'

지환은 손바닥에 짜낸 로션을 다친 무릎 위에 조심스럽게 발랐다. 처음에는 차가운 감촉에 몸서리가 절로 쳐졌지만, 따뜻한 손길에 금세 진정이 되었다.

그는 로션이 잘 스며들도록 천천히 은하의 살갗 위를 어루만졌다. 어디까지나 치료를 목적으로 한 정중하고도 조심스러운 손길이라서일까. 맨살을 직접 만지고 있는데도 부끄럽거나 민망한 느낌은 전혀 없었다. 오히려 부드러운 손길에 지친 마음이 조금씩 편안해져갔다. 알싸한 박하 냄새에 답답했던 가슴이 뻥 뚫리는 것 같기도 했다. 그가 마음이 아플 때도 이 로션을 바른다고 했던 말을 이해할 것 같았다.

묵묵히 은하에게 로션을 발라주던 지환이 불쑥 말했다.

"괜찮습니다."

은하는 영문을 몰라 눈을 깜빡였다.

"살다 보면 여러 가지 목표를 세우게 되죠. 올해는 다이어트를 해야겠다, 담배를 끊어야겠다, 영어를 배워야겠다, 어느 대학에 가야겠다… 뭐 그런, 크고 작은 것들."

읊조리듯 차분한 말투였다.

"생각한 그대로 이루어지기도 하고, 열심히 했는데 실패하기도 하고, 좀 하다가 그만둬버리기도 하지요. 이것도 그냥, 그런 수많은 목표들 중 하나일 뿐입니다."

그제야 알아듣고 은하는 가슴이 철렁했다.

"금세 또 다른 목표가 생기고, 그걸 향해 열심히 뛰기도 하고, 그러다 이루어지기도 하고, 또 포기하기도 하고… 그렇게 될 겁니다."

상처를 조심스럽게 어루만지며 지환은 다시 한번 힘주어 말했다.

"다 괜찮아질 겁니다."

은하는 알았다. 지금 자신이 어떤 상태에 있는지를, 이 사람이 완전히 이해하고 있다는 걸.

"왜 그렇게 내 마음을 잘 아는 거예요?"

목소리가 심하게 떨렸다. 정작 현우를 만난 어제도 울지 않았는데, 왜 이제 와서 눈물이 나는 걸까.

"늘 은하 씨 생각을 하고 있으니까요."

지환이 시선을 들어 은하의 눈을 마주 보았다.

"밥 먹고 생각하고, 밥 안 먹고도 생각하고. 아침에 일어나서도 생각하고, 밤에 잠들기 전에도 생각하고, 자면서도 생각합니다."

"…"

"그래도 17년 동안 그리워하던 사람을 하루아침에 잃은 심정이 어떨지, 다 짐작하기는 힘들군요."

차분한 눈동자에 진심으로 안타까운 빛이 어려 있었다. 백 마디 위로보다도, 그 눈빛이 다친 마음에 깊이 스며들었다.

마지막까지 아픈 곳에 로션을 꼼꼼하게 발라주고 나서 지환은 몸을 일으켰다.

"제 수업은 괜찮으니 오늘은 일찍 들어가셔서 푹 쉬시는 게 좋겠습니다. 댁까지 모셔다 드리지요."

♤ ♥ ♧

"은하 누님은 킬러가 아니시다."

일영이 선언하듯 말하자 덩어리들의 눈이 휘둥그레졌다.

"예?"

일영은 자초지종을 설명했다.

"그러니까 큰형님은 누님의 실력을 보고 스카우트하려고 했던
게 아니라, 그냥 어릴 때 알던 사이인 것뿐이야."

그제야 막내 민규가 억울한 듯이 목소리를 높였다.

"그것 보십쇼! 제가 뭐랬습니까? 글쎄, 큰형님이 처음부터 누님
만나러 나갈 때마다 옷을 30분씩 고르시는 게 영 수상하다고 하
지 않았습니까?"

진실을 알고 나서도 덩어리들의 은하에 대한 마음은 조금도 변
하지 않았다.

"그럼 그냥 연약한 여자가 야옹이파 놈들 열 명이랑 붙었다는
거 아닙니까?"

"깡다구 장난 아니네!"

"진짜로 형수님감 맞네예."

덩어리들이 새삼 감탄하는데, 민규가 불쑥 말했다.

"근데 형님들, 누님께서 어제 뭔가 되게 우울해 보이지 않았습
니까?"

민규의 말에 함께 수업을 받는 정근과 윤섭이 맞장구를 쳤다.

"그러게. 기분이 되게 저기압이신 거 같더라."

"웃을 때도 입가가 완전 굳어 있고."

애써 아무렇지 않은 척했지만 둔한 덩어리들마저 눈치챌 정도
였다. 혹시 큰형님 때문인가 했지만 어젯밤에도 큰형님께서 직접

누님을 집에 데려다주시던 걸로 봐서는 그건 아닌 것 같은데.

"어떻게 해야 누님 기분이 좀 좋아질까요?"

머리를 맞댄 결과, 덩어리들은 은하 누님께 헌정 공연을 하기로 의견을 모았다.

"난쟁이 복장하고 춤을 추면 누님도 좋아하시지 않을까?"

"좋은 생각입니다, 형님."

저희들끼리 굿 아이디어라고 손뼉을 치고 있는데 민규만 영 석연치 않은 표정을 했다.

"누님이 애도 아니고, 이런 걸로 과연 힘이 나실까요?"

"그럼 뭘 하자고?"

"이것도 나쁘진 않지만, 뭐랄까 좀 부족한 기분이…."

그때, 켜둔 채로 있던 TV에서 흘러나오는 아나운서의 목소리가 문득 귀에 꽂혔다.

– 근육질의 멋진 남성들이 셔츠를 찢고, 춤을 춥니다. 여성들을 위한
  뮤지컬의 한 장면입니다.

덩어리들의 고개가 약속이나 한 듯이 TV를 향해 돌아갔다. 청바지에 흰 티셔츠를 입은 근육질의 미남들이 무대 위에서 격렬하게 춤을 추다가 일제히 옷을 찢어버리는 순간. 여성 관객들이 일제히 넋이 나간 듯 입을 딱 벌리고 무대를 응시하는 표정이 카메라에 잡혔다.

덩어리들은 동시에 외쳤다.

"저거다!"

♤ ♥ ♧

― 다 괜찮아질 겁니다.

지환의 말을 듣고 나니 비로소 정리가 되는 기분이었다.

그래, 어차피 언제든 찾아야 할 사람 아니었던가. 사십, 오십에 찾았으면 곤란할 뻔했는데 겨우 스물일곱에 찾았으니 얼마나 다행인가. 현우 오빠를 찾았다고 여기서 인생 끝나는 것도 아니고, 또 다른 목표를 세워 열심히 살면 그만이지. 그 사실을 일깨워준 지환이 은하는 무척이나 고마웠다. 그가 아니었다면 한참은 더 방황할 뻔했는데.

생각이 어느 정도 정리가 되고 나자 이제는 그동안 현우 때문에 피해왔던 문제에 정면으로 맞닥뜨리게 되었다. 이제야말로 지환과의 관계를 진지하게 생각해야 할 때였다. 자신이 그에게 끌리고 있다는 건 이미 깨닫고 있었다. 문제는 이 감정이 과연 어떤 건지 정의를 내리기가 쉽지 않았다.

이미 어른이 된 현우 오빠를 만난 후에도 이런 생각을 하는 게 스스로도 어이가 없지만, 지환은 오히려 현우보다도 더 현우 같은 사람이었다. 다정하고, 사려 깊고, 가끔씩은 유쾌하고. 그래서인지 심지어 외모도 기억 속의 현우 오빠와 닮아 보일 때가 종종 있어서 불안했다. 어쩌면 나는 지환 씨가 좋은 게 아니라, 단순히 현우의 그림자에 끌리는 것뿐인 게 아닐까.

아무리 제 마음을 들여다보아도 이 감정을 확실히 알 수가 없었다.

'서현우 씨와는 끝났으니 이제 저를 봐주실 수 있겠습니까?'

지환이 그렇게 재촉하지 않는 것이 오히려 은하를 더 초조하게 만들었다. 내 상황을 배려해서 말을 꺼내지 않을 뿐, 속으로는 무척 기다리고 있을 텐데.

그다음 과외가 있는 날, 지환의 집에 도착해서 언제나처럼 초인종을 누르자 대문이 열렸다. 정원으로 들어서는데 어디선가 경쾌한 동요가 들려왔다. 뭔가 싶어 쳐다보자 덩어리들 전원이 다 나와 있었다. 그것도 난쟁이 복장을 한 채로.

"왜 다들 나와 있는 거예요? 그 옷차림은 또 뭐고요?"

놀라서 묻자 초록 난쟁이 복장을 한 일영이 대답했다.

"누님을 위해서 저희가 특별 공연을 준비했습니다."

알록달록한 난쟁이 옷을 입은 덩어리들 열한 명이 나란히 서서 율동을 시작했다.

"딩동댕 초인종 소리에 얼른 문을 열었더니 그토록 기다리던 누님이 문 앞에 서 계셨죠."♬♪

무슨 영문인지는 모르겠지만, 덩치들이 허리에 손을 착 얹고 무릎을 까딱거리며 율동을 하는 걸 보니 절로 엄마 미소가 떠올랐다.

아, 귀여워!

"무슨 일이 생겼나요. 무슨 걱정 있나요. 마음대로 안 되는 일 오늘 있었나요. 누님 힘내세요. 우리가 있잖아요. 누님 힘내세요. 우리가 있어요. 힘내세요."♪♬♪

그제야 은하는 왜 덩어리들이 이걸 준비했는지 깨달았다. 지난번 수업 때 우울해 있는 은하를 보고, 덩어리들이 무슨 일 있냐며 계속 걱정을 했었다.

'날 위로해주려는 거구나.'

감동한 나머지 눈물까지 찔끔 나는데, 갑자기 노래가 뚝 끊기더니 음악이 바뀌었다. 동요와는 전혀 다른, 뭔가 끈적끈적한 느낌의 음악.

'갑자기 분위기 뭐야?'

은하가 당황하는데, 덩어리들 몇이 우르르 옆으로 빠지고 네 명만 남았다. 무슨 기준으로 뽑혔는지 모를 네 명은 음악에 맞춰 요염하게 골반을 흔들다가 동시에 입고 있던 상의를 훌렁 벗어 던졌다.

귀여운 난쟁이 옷 안에서 나온 것은 얇디얇은 하얀 티셔츠.

'이거 너무 야한 거 아냐?'

이렇게 생각하는 순간 옆에서 다른 덩어리가 양동이로 물을 퍼부었다. 촥! 하얀 티셔츠가 물에 젖어 착 달라붙자 근육질의 탄탄한 몸매가 적나라하게 드러났다. 그제야 은하는 네 명을 선발한 기준을 깨달았다. 아, 몸 좋은 사람들만 뽑은 거구나!

눈을 어디다 둬야 할지 모르고 있는 가운데 노래는 점점 절정으로 치닫고, 덩어리들은 기어이 젖은 티셔츠를 찢기 시작했다.

'어머, 어떡해!'

살색이 보이자마자 황급히 눈을 가리긴 했는데 이 죽일 놈의 호기심이 발목을 잡았다. 민망해서 차마 못 보겠는데 자꾸만 보고 싶은 이 마음은 뭔가요! 어쩔 줄 모르다 은하는 자신과 타협했다.

'나 보라고 힘들게 준비한 건데 눈 가리고 있으면 되겠어? 암,

예의가 아니지.'

결국은 손가락 사이로 실눈을 뜨고 살짝 훔쳐보는데….

"동작 그만."

어디선가 들려온 살벌한 목소리에 공연이 중단되었다.

시선을 돌려보니 지환이 버티고 서 있었다. 은하는 처음으로 깨
달았다. 아, 큰형님이 눈을 '부랄이시면' 저승사자 같다는 게 바로
이거구나!

덩어리들은 그대로 사색이 되어 굳어 있었다.

"저기, 지환 씨. 동생분들이 제가 우울해 보여서 위로해주려고
그랬던 건데…."

어떻게든 실드를 쳐주려고 했지만 씨알도 먹히지 않았다. 은하
의 말이 채 끝나기도 전에 지환의 명령이 떨어졌다.

"전원 푸시업, 스쿼트, 런지 각 100회 실시 후 나와서 오리걸음
스무 바퀴."

워낙 살벌하게 생긴 사람이 마치 얼음 조각 뚝뚝 떨어지듯 냉정
한 목소리로 말을 하니 은하도 겁이 나서 더 말릴 수가 없었다.

"예, 형님."

결국 덩어리들은 팔려 가는 송아지 같은 눈으로 지하 헬스장으
로 내려갔다.

"오늘은 제 수업부터 먼저 하시죠."

지환은 싸늘하게 말하자마자 등을 돌려 집 안으로 들어갔다. 은
하는 잔뜩 긴장한 채 그의 뒤를 따랐다. 자신에게는 늘 다정하기
만 했던 지환이 이렇게 매섭게 구는 건 처음이어서 당황스러웠다.

"지환 씨?"

불러도 지환은 돌아보지 않았다.

수업을 시작하고 나서도 마찬가지였다. 내내 은하를 거들떠보지도 않고, 말 한 마디 없이 계속 문제만 풀고 있는 것이다. 어색한 공기가 견디기 힘들어서 은하는 결국 조심스럽게 물었다.

"저기, 왜 화가 나신 거예요?"

하지만 지환은 입을 꾹 다문 채였다.

"말해주세요, 네? 알아야 제가 사과를 하죠."

몇 번이나 조른 끝에야 겨우 그는 입을 열었다.

"아까는 무척 즐거워 보이시더군요."

원망스러운 듯한 말투였다.

"그럴 수 있죠. 은하 씨는 원래 몸 좋은 남자를 좋아하시니까."

전에 지환이 말한 적이 있었다.

— 몸이 됐든 뭐가 됐든, 어쨌든 은하 씨가 저한테 남자로서 매력을 느낀다는 거 아닙니까. 저는 무척 기쁩니다.

그걸 자기 희망처럼 삼고 있던 사람인데, 아까 덩어리들을 넋놓고 보고 있는 자신을 발견하고 얼마나 서운했을까. 뒤늦게 깨달은 은하는 미안해서 어쩔 줄을 몰랐다.

"제가 잘못했어요, 지환 씨. 화 푸세요, 네?"

"좋아하는 걸 본 게 잘못은 아니지요."

쉽게 마음을 풀 기세가 아니어서 은하는 안절부절못했다. 변명 같지만 덩어리들을 본 거하고 지환을 본 건 분명 다르다. 지환의 벗은 몸을 봤을 때는 가슴이 너무 뛰어서 숨 쉬는 것도 깜빡 잊어버렸었다. 반면에 덩어리들을 볼 때는 그냥 '우와, 근육 좀 봐!' 이 정도 느낌이었다고 할까. 무엇보다 지환에게는 저 넓고 단단해 보이는 가슴에 안기고 싶다는 충동이 강하게 들었지만, 덩어리들에겐 전혀 그런 기분이 들지 않았다.

하지만 이 차이점을 어떻게 설명해야 할지 잘 알 수가 없었다. 한다 해도 그 전에 먼저 얼굴이 불타서 없어져버리고 말겠지.

'어쩌지?'

퍼뜩 든 생각에 은하는 얼른 방을 둘러보았다. 지환이 즐겨 쓰는 타박상 치료용 로션 병이 선반 위에 놓여 있는 것이 눈에 들어왔다.

"이거요."

은하는 냉큼 로션을 가져와서 책상 위에 올려놓았다.

"마음이 아플 때 이게 정말로 효과가 있더라고요. 이번엔 제가 발라드릴 테니까 화 푸세요, 네?"

그가 이 로션을 바르며 위로해준 것처럼 은하도 그렇게 해주고 싶은 마음이었다.

잠시 은하를 빤히 쳐다보다 지환은 고개를 끄덕였다.

"좋습니다."

거절당하지 않아서 다행이다. 속으로 안도의 한숨을 쉬며 은하는 로션 병을 열었다.

"어디에 바를⋯."

고개를 들며 묻다가 그만 눈이 튀어나올 뻔했다. 지환이 와이셔츠 단추를 풀어헤치고 있지 않은가!

"왜, 왜, 왜 그러세요?"

허둥거리며 묻자 그는 계속해서 단추를 풀며 대꾸했다.

"은하 씨가 무릎을 다치셔서 제가 무릎에 발라드렸죠."

잠시 후, 커튼처럼 벌어진 앞섶 사이로 당당한 남자의 몸이 눈부시게 드러났다.

"그러면 마음이 아플 땐 어디겠습니까?"

가슴이 철렁하는 순간, 지환이 은하의 손목을 잡아서 제 가슴에 갖다 대었다.

♤ ♥ ♧

"누님 힘내세요. 우리가 있잖아요."♬ ♪

정원에서 들려오는 노랫소리에 뭔가 싶어 나가봤다가 지환은 충격을 받았다. 율동을 하는 덩어리들을, 귀여워 죽겠다는 듯 엄마 미소를 짓고 바라보는 은하의 표정에 걷잡을 수 없이 질투가 났다. 나는 한 번도 저런 눈으로 봐준 적 없으면서!

'나쁜 놈들, 저런 거 할 거면 나도 좀 끼워주지.'

속으로 동생들을 탓하고 있는데, 잠시 후 벌어진 일에는 정말로 열이 확 오르고 말았다. 누구는 그런 식으로 위로해줄 줄 몰라서 안 했는 줄 아나? '현우 오빠' 때문에 속상해 있을 은하의 마음을 헤아려서 하다못해 껴안고 위로해주고 싶은 것도 꾹 참은 건데. 이놈들이 감히 은하 앞에서 웃통을 까다니!

어쩔 줄 몰라 하면서도 결국은 손가락 사이로 보고 있는 은하의 표정이 지환을 한층 더 화나게 했다. 동그래진 눈동자, 발그레하게 물든 뺨, 한껏 치켜올라가 있는 입꼬리! 이 여자가, 몸 좋은 남자면 그냥 아무나 다 좋다 이건가. 언제는 내 몸이 예쁘고 멋지다고, 자꾸 안기고 싶다고 해놓고! 동생들도 밉고 은하도 미웠다. 지환은 완전히 비뚤어져버렸다.

"은하 씨가 무릎을 다치셔서 제가 무릎에 발라드렸죠."

그러니까 어디까지나 오기가 나서 한 말이었다.

"그러면 마음이 아플 땐 어디겠습니까?"

은하의 손목을 잡아다 제 가슴에 갖다 댄 순간, 그녀가 놀라서 움찔하는 것을 느끼고서야 겨우 정신이 번쩍 들었다. 아, 내가 너무 나갔구나. 이건 뺨을 맞아도 할 말 없겠다고 각오하고 있는데 은하가 중얼거렸다.

"…눈, 감아주세요."

지환은 제 귀를 의심했다. 손목을 잡힌 채 은하는 시선을 돌리며 중얼거렸다.

"그러면 할게요."

제멋대로 날뛰기 시작하는 심장을 느끼며 지환은 눈을 감았다.

♠ ♥ ♣

은하는 심호흡을 하고 손바닥 위에 로션을 충분히 짜냈다. 전에 그가 발라주었을 때 차가운 로션이 처음 피부에 닿자 소름이 돋았던 게 기억났다. 그래서 먼저 충분히 비벼 따뜻하게 만든 후 조심스럽게 가슴께에 손을 가져갔다.

은하의 손이 드러난 살갗에 닿는 순간 지환이 소리 없이 몸서리를 쳤다.

은하는 조심조심 그의 가슴에 로션을 바르기 시작했다. 멋지게 발달된 대흉근은, 주먹으로 세게 쳐도 끄떡도 없을 것같이 생긴 주제에 터무니없이 민감했다.

늘 무표정했던, 혹은 다정했던 얼굴에 처음 보는 표정이 떠오르기 시작했다. 어쩔 줄 모르겠다는 듯이 잔뜩 흐트러진 얼굴, 점점 가빠지는 숨결. 다름 아닌 자신이 그렇게 만들고 있다고 생각하자 은하의 심장이 크게 요동쳤다.

어느덧 은하는 원래의 목적도 잊어버렸다. 그가 해주었던 것처럼 위로하듯 어루만지며 미안하다고 사과할 생각이었는데. 그보다는 눈을 감고 있는 남자의 표정에, 그가 보이는 반응에 오롯이 집중하게 된 것이다.

커다란 강아지처럼 순순히 몸을 맡기고 있는 남자는 은하의 손길 하나하나에 열렬하게 반응했다. 살며시 살갗 위를 어루만지면 입술 사이로 달콤한 한숨이 흘러나왔다.

"…하아."

좀 더 힘을 주어 문지르면 참기 힘들다는 듯 입술을 깨물며 이마를 찡그렸다. 이따금씩 남자다운 목울대가 꿀꺽, 하고 울리는 것이 은하의 가슴을 뜨겁게 했다. 좀 더, 좀 더 격렬한 반응이 보고 싶어졌다.

손이 점점 밑으로 내려가는데도 지환은 제지하지 않았다. 오히려 재촉하듯 후우, 하고 깊은숨을 내쉬며 턱을 뒤로 젖히고 몸을 은하 쪽으로 더욱더 내밀어오는 것이었다. 제발 어떻게 좀 해달라는 듯이.

그가 숨을 한껏 들이마시자 아름다운 복근의 모양이 선명하게 드러났다. 깊이 팬 골짜기를 따라서 손끝으로 그리듯 살며시 더듬자 감은 속눈썹이 파르르 떨렸다.

은하는 지금껏 남자를 사귀어본 적이 없었다. 지환을 만나기 이전에는 남자와 스킨십은커녕 손을 잡아본 적도 없다. 기억하는 것이 어린 시절의 모습이어서일까, 하다못해 그토록 오래 마음에 품어온 현우를 상대로도 키스하는 상상조차 해본 적이 없었다. 그런데 지환의 몸을 만지고 있는 이 순간, 태어나서 상상조차도 해본 적 없는 대담한 짓을 하고 싶어지는 것이었다.

더, 더 느끼게 하고 싶다. 이 커다란 남자가 내 손길에 좋아 미치는 걸 보고 싶다.

그 생각에만 열중해 있던 은하는 한순간 벼락을 맞은 것처럼 깨달았다. 이건 위로도, 사과도 아니다. 자신은 이 사람을 말 그대로 갖고 놀고 있을 뿐이다. 진심으로 사랑한다고 말해주고, 자기를 봐줄 때까지 기다리겠다고 해준 남자를!

황홀한 느낌은 깨지고, 대신에 지독한 죄책감이 은하를 덮쳤다. 은하는 불에 덴 것처럼 얼른 손을 거뒀다.

"…동생분들이 기다리겠어요."

빠르게 말하고 일어서려는데 손목을 붙잡혔다.

"저는 괜찮습니다."

은하의 손목을 꽉 붙잡고 지환은 말했다.

"은하 씨가 원하는 대로 얼마든지 제게 하셔도 됩니다."

방금까지의 유희의 열기에 취해서일까. 평소보다 한껏 낮아진 목소리는 유혹하는 것처럼도, 한편으로는 애원하는 것처럼도 들렸다.

은하는 귓불까지 확 뜨거워지는 것을 느꼈다. 이 남자는 방금 자신이 한 짓의 의미를 정확히 알고 있었다. 자신이 그를 성적으로 장난감처럼 다루었다는 걸 들킨 부끄러움보다도, 그걸 알면서도 제 몸을 기꺼이 내주려는 남자의 마음이 더 아프게 다가왔다.

"제가 지환 씨 갖고 노는 거면 어쩌려고 그러세요?"

날카로운 목소리에도 은하를 바라보는 오롯한 눈빛은 조금도 흔들리지 않았다.

"저는 상관없습니다. 어차피 제 몸도, 마음도 은하 씨 거니까요."

그런 지환에게 또다시 누군가의 모습이 겹쳐져서 은하는 입술을 깨물었다. 내 머리가 어떻게 돼버린 게 아닐까. 아니면 현우 오빠를 잃은 충격이 너무 커서 엉뚱한 사람을 대용품으로 삼으려는 걸까. 이제는 웃지 않을 때도 자꾸만 지환이 현우처럼 보이는 거였다. 오히려 진짜 현우보다도 더!

안 되겠다, 하고 은하는 생각했다. 스스로도 대체 이게 뭔지 확신할 수 없는 마음으로 더는 이 사람을 대하면 안 될 것 같았다. 최소한 결론이 나올 때까지는.

"있잖아요, 우리 당분간 얼굴 보지 말아볼래요?"

지환은 사형선고라도 받은 사람 같은 표정을 했다.

은하는 호소하듯 말했다.

"생각할 시간이 필요해서 그래요."

차마 당신이 자꾸만 현우 오빠처럼 보인다고, 그래서 좀 떨어져서 생각할 시간이 필요하다고 말할 수는 없었다.

"부탁드릴게요. 생각이 정리될 때까지만, 제 눈에 보이지 말아주세요."

단순히 '만나지 말자'가 아니라 '눈에 보이지 말아달라'는 표현을 쓴 것은, 말 그대로 한동안은 얼굴을 보지 말아야 정상적인 판단을 할 수 있을 것 같아서였다. 물론 상대에게는 한층 더 큰 충격일 터였다. 한참 은하를 바라보던 지환이 힘들게 입을 뗐다.

"언제까지 기다리면 되겠습니까?"

간신히 쥐어짜낸 기색이 역력한 목소리에서 알 수 있었다. 싫다고, 나는 계속 만나고 싶은데 왜 그래야 하느냐고 우기고 싶은 마음을 억누르느라 그가 얼마나 애쓰고 있는지를.

"생각이 정리되면 제가 연락드릴게요."

"…알겠습니다."

지환은 마치 목이 졸린 사람 같은 얼굴을 하고 있었다.

"저는 언제까지든 기다리고 있겠습니다."

차마 눈을 마주 볼 용기가 없어서 은하는 도망치듯 그의 방을 나왔다.

♤ ♥ ♧

영업이 끝난 후 혼자 미용실에 남아서 청소를 하던 미호는 잠시 빗자루를 멈추고 한숨을 쉬었다.

— 사실은 제가 그쪽한테 첫눈에 반했거든요.

분명히 고백을 했는데 일영이란 남자는 가타부타 대답이 없었다.

— 우리 큰형님이랑 누님이랑 대체 어떻게 돼가는 건지 혹시 압니까?

엉뚱한 얘기에만 관심이 있을 뿐. 그때는 제가 미안한 짓을 했으니 차마 대답을 바랄 정신도 없었는데, 나중에 생각해보니 은근히 서운했다.

'사람이 고백을 했으면 좋다 싫다, 대답 정도는 해야 하는 거 아냐?'

상대를 원망하고 있는 자신을 깨닫고 미호는 스스로를 꾸짖었다.

'대답이 없으면 당연히 싫다는 뜻이지, 꼭 확인사살까지 당하고 싶냐?'

모르는 건 아니다. 알면서도 마음을 접을 수가 없을 뿐.

— 남자가 돼서 약 따위에 휘둘려 헛짓할 순 없지 않습니까. 그것도 나 같은 놈을 좋아한다는 여자한테.

그때 미호는 알았다. 저보다 더 예쁜 얼굴을 한 이 남자가 진짜로 남자 중의 남자라는 걸.

— 어디 맘대로 해보쇼. 나는 죽어도 허튼 짓거리 안 할 거니까.

자신에게 고백한 여자에 대한 예의를 지키느라 팔뚝까지 물어뜯는 남자의 기백에 얼마나 심장이 떨렸는지 모른다. 처음 만났을 때 10만큼 반했다면, 두 번째 만나고 나서는 100만큼 좋아져버렸다. 일영을 떠올리며 설레어하다 미호는 또다시 땅이 꺼져라 한숨을 내쉬었다.

'그러면 뭐 해. 그 사람은 나한테 관심도 없는걸.'

시무룩한 채 미호는 청소를 마쳤다. 마지막으로 묵직한 쓰레기 봉투를 낑낑대며 힘겹게 들고 나오는데, 누군가가 미호의 손에서 봉투를 빼앗아 들었다.

"어머!"

흠칫 놀라 올려다본 미호는 상대를 보고 제 눈을 의심했다.

"이건 어디다 갖다 버리는 거요?"

일영이 물었다.

"저, 저기 전봇대 밑에…."

미호가 두 손으로도 겨우 들었던 무거운 쓰레기봉투를 일영은 한 손으로 가볍게 들어서 버리고 왔다. 저렇게 예쁜 얼굴을 한 사람의 대체 어디서 저런 힘이 나오는 걸까. 그런 생각만으로도 대책 없이 설렜다.

봉투를 버리고 돌아온 일영이 미호와 마주 섰다.

"나중에 생각해보니까 그때 내가 해야 할 말을 미처 못 한 거 같아서."

너무 긴장한 나머지 미호는 이러다 심장이 터져버리는 게 아닐까 하는 생각이 들었다.

"나 같은 놈을 좋아해주는 건 고마운데, 나는 선생하고 사귈 수가 없어요. 미안합니다."

순간 나락으로 끝없이 떨어지는 것 같은 느낌이 들었다.

"아니에요. 저 혼자 멋대로 좋아한 건데요, 뭐. 불편하게 해드려서 오히려 제가 죄송해요."

울고 싶은 걸 꾹 참고 미호는 애써 웃어 보였다. 하지만 억지웃음을 알아챘는지 일영은 안쓰러운 눈으로 미호를 바라보았다.

"우리가 뭐 하던 놈들인지는 알고 있죠?"

"네, 은하한테 들었어요."

"큰형님께서는 우리를 돌보시느라 여태 연애고 결혼이고 꿈도 못 꾸고 계시는 분이요. 그런데 동생이 돼서 어떻게 먼저 여자를 만납니까, 낯짝이 있지."

문득 미호는 일영의 말에 숨은 속뜻을 알아차렸다. 나오려던 눈물이 쏙 들어갔다.

"그럼 큰형님이 연애하시게 되면요?"

용기 내어 묻자 남자의 예쁜 눈초리가 부드럽게 휘어졌다.

"그때 가서도 선생이 여전히 나한테 마음이 있거든 다시 이야기합시다."

그러니까 이건, 그린라이트 맞지?

"네."

미호는 발그레해진 얼굴로 고개를 끄덕였다.

"그럼 또 봅시다."

일영은 가볍게 고개를 숙여 보이고는 돌아섰다. 멀어지는 남자의 뒷모습을 보면서 미호는 튀어나올 것 같은 심장을 진정시키느라 가슴 깊이 숨을 들이마셨다.

을씨년스러운 늦가을의 밤공기마저 그렇게 달콤할 수가 없었다.

♠ ♥ ♣

은하가 시간을 달라고 부탁한 지 일주일이 지났다. 약속대로 지환은 그날부터 보이지 않았다. 은하가 덩어리들의 과외를 하러 가도 그림자조차 보이지 않았고, 물론 찾아와서 인사를 하지도 않았다.

얼굴을 마주하고 있으면 자꾸만 지환이 현우처럼 보여서 머릿속이 뒤죽박죽이 되니까 당분간은 만나지 않은 채로 찬찬히 제 마음을 들여다보고 싶었다. 내가 좋아하는 게 서현우의 그림자인지, 아니면 서지환이라는 사람 자체인지.

하지만 얼굴을 보지 않는다고 당장 생각이 정리되는 것은 아니었다. 오히려 만나지 못하자 꿈에까지 나타났다. 꿈속에서는 제 이기적인 속마음이 뻔뻔할 정도로 드러나서, 어느덧 현우와 지환이 한 사람이 되어 있었다. 현우인지 지환인지, 혹은 둘 다인지 알 수 없는 남자의 품에 안겨 뜨겁게 사랑하는 꿈을 꾼 다음 날 아침, 은하는 심한 자괴감에 빠졌다.

서지환은 사랑받을 자격이 있는 사람이다. 그런 사람을 누군가의 대용품으로, 심지어 욕망의 대상으로 삼고 있는 자신이 쓰레기처럼 느껴졌다.

덩어리들의 과외를 하러 가는 날. 집에서 나와 하늘을 올려다보니 온통 잿빛인 데다 불어오는 바람의 세기도 심상치 않아서 아침에 본 일기예보가 떠올랐다. 올해 가을 들어 벌써 몇 번째의 태풍이 또 온다던가. 가뜩이나 스산한 날씨인데, 한술 더 떠서 바람은 쉬익 쉬익, 하면서 기분 나쁜 울음소리를 냈다.

'참 기분도 상쾌해 죽겠는데 뺨까지 때려주는구나.'

여기서 비까지 내리면 더 우울해질 것 같아서 은하는 걸음을 서둘렀다. 버스에서 내렸을 때는 이러다 날아가는 거 아닐까 무서울

정도로 바람이 거세어져 있었다. 마치 공기를 칼로 베어내는 것
같은 날카로운 바람 소리에 잔뜩 겁을 먹고 걸음을 서둘렀는데
그러다 그만 은하는 넘어지고 말았다. 마침 지환의 집 정원을 지
나는 길이었다. 전에 넘어져서 멍든 자리를 또다시 부딪치는 바람
에 눈앞에 별이 보였다.

"아야…."

무릎이 남아날 새가 없구나. 눈물이 나도록 아파서 잠시 그 자
리에 서 있는데, 어디선가 제 이름을 부르는 소리가 들리는 것 같
았다.

"은하 씨!"

올려다보자 2층 창문이 활짝 열려 있고, 지환이 이쪽을 바라보
고 있었다. 그가 손짓하며 뭐라고 외치는 것 같았지만 바람 소리
에 가로막혀 제대로 들리지 않았다.

"뭐라고요? 잘 안 들려요!"

마주 외치자 갑자기 지환이 표범처럼 날렵하게 창틀 위로 올라
섰다. 망설이지도 않고 2층에서 훌쩍 뛰어내리는 바람에 은하는
기겁했다.

"지환 씨!"

묵직하게 착지한 남자는 비틀거릴 새도 없이 몸을 일으키더니
전속력으로 은하를 향해 달려왔다.

"대체 무슨 일…."

눈이 휘둥그레져서 묻는 은하를 안고, 지환은 다짜고짜 몸을 날
렸다. 뒤이어 어디선가 끼익, 하는 소리에 이어 쿵! 하는 둔탁한

소리가 났다.

"윽…!"

지환이 고통스러운 듯이 신음했다. 심장이 철렁했지만 지환의 커다란 몸이 시야를 온통 가리고 있어서 대체 무슨 일이 벌어진 건지 알 수가 없었다.

"지환 씨?"

어떻게든 빠져나오려고 안간힘을 쓰는데 다급한 고함 소리가 들려왔다.

"큰형님이 나무에 깔리셨다!"

그제야 은하는 어떻게 된 일인지 깨달았다. 정원의 나무가 강풍에 쓰러지는 것을 보고, 지환이 달려와서 제 몸으로 막아준 것이다.

금세 덩어리들이 우르르 몰려왔다.

"큰형님! 괜찮으십니까?"

덩어리들이 두 사람을 덮친 나무를 치워줄 때까지 지환은 은하를 온몸으로 감싸고 있었다. 자유로워지자마자 은하는 황급히 일어나서 지환의 몸을 살폈다.

"괜찮아요? 다치지 않았어요?"

지환은 고개를 푹 숙인 채 대답했다.

"저는 괜찮습니다."

쓰러진 나무는 꽤 굵어 보였다. 아무리 건장한 남자라 해도 저런 게 몸 위로 덮쳤는데 괜찮을 리가 있을까.

"어디 좀 봐요."

초조한 나머지 손을 뻗자 지환이 화들짝 놀라며 얼른 물러섰다.

"정말로 괜찮습니다."

심지어 등까지 돌려 외면하는 바람에 은하는 울화통이 치밀었다. 내가 당분간 만나지 말자고 해서 자기도 화가 나 이러는 걸까. 심정이야 이해하지만 지금은 그런 게 문제가 아닐 텐데!

"그럼."

인사를 하는 둥 마는 둥 하고 돌아서는 지환을, 은하는 얼른 따라가며 불렀다.

"잠깐 나 좀 봐요."

하지만 지환은 걸음을 멈추기는커녕 오히려 더 빨리 걷기 시작했다. 결국 은하는 뛰어서 그의 앞을 가로막았다.

"나 좀 보라니까요."

순간 지환이 황급히 두 손으로 제 얼굴을 감쌌다.

"왜 그래요, 대체?"

이해할 수 없는 태도에 소리를 버럭 지르자 그제야 그가 떨리는 목소리로 말했다.

"은하 씨가 제 얼굴을 보기 싫다고 하셔서…."

은하는 심장이 뚝 떨어지는 것만 같았다.

"얼굴 보여서 죄송합니다."

조그맣게 중얼거리고, 지환은 도망치듯 건물로 들어갔다.

♤ ♥ ♧

그날은 그대로 일영이 운전하는 차를 타고 집으로 돌아왔다.

— 그러잖아도 위태위태했었는데, 올가을에 태풍이 유난히 많

이 온 바람에 이런 사달이 나고 말았습니다. 진작 뽑아서 치워버릴걸. 아무튼 놀라게 해드려 죄송합니다.

하얗게 질려 있는 은하가 불쌍했는지 일영은 위로해주려고 애를 썼다.

— 큰형님은 걱정하실 거 없습니다. 그까짓 걸로는 끄떡도 안 하실 분입니다.

하지만 은하는 생각할수록 마음이 아팠다. 그동안 안 보여서 아예 방에 틀어박혀 있는 줄 알았는데, 그게 아니라 멀리서 바라보고 있었다는 뜻이 아닌가. 그러니까 자신이 위험해지자마자 바로 달려와줄 수 있었겠지. 내가 이런 사랑을 받을 자격이 있을까, 하는 생각이 들었다. 자기 마음도 잘 몰라서 그를 괴롭게 만드는 나 따위가.

괴로운 마음에 은하는 미호를 불러냈다. 지난번에 같이 술 먹다 죽은 전적이 있기에 이번에는 카페에서 만났다.

"나 현우 오빠 찾았어."

미호가 튀어나올 것 같은 눈을 했다.

"대박. 진짜로? 어떻게?"

"내 채널 보고 연락했더라고. 그래서 그날 바로 약속 잡아서 만났는데…."

은하는 자초지종을 모두 이야기했다.

"…그렇게 헤어졌어. 다시 만날 일은 없을 거 같아."

위로해줄 줄 알았는데, 얘기가 끝나자마자 미호가 꺼낸 첫마디는 이랬다.

"잘됐다. 그러면 이제 마음 편하게 목마른 사슴 대표님이랑 사귀도록 하자."

그게 그렇게 쉬운 문제면 내가 이렇게 고민도 안 하지. 은하는 씁쓸하게 대꾸했다.

"지하철이냐, 이 남자 보내고 저 남자로 바로 환승하게."

미호가 펄쩍 뛰었다.

"야, 까놓고 그런 남자를 어디 가서 또 만나냐? 잘생겼지, 키 크지, 몸 좋지, 돈 많지, 너라면 껌뻑 죽지! 괜히 놓친 후에 땅 치고 울지 말고 빨리 꽉 잡으라고."

"생각하는 중이야."

"아, 생각은 뭔 생각을 해? 그냥 닥치고 사귀면 되지!"

하도 난리를 치니 은하도 어이가 없었다.

"내가 지환 씨랑 사귀는 게 너랑 무슨 상관인데?"

"상관이 왜 없어. 친군데! 다 널 위해서 하는 말이니까 그냥 빨리 사귀라고, 응?"

은하의 말을 들으려고도 않고, 미호는 막무가내로 빨리 사귀라고 들들 볶아댔다. 결국 진짜 고민은 말하지도 못한 채 헤어지고 말았다.

물론 미호 말대로 지금 당장 사귈 수도 있다. 하지만 만약에 무턱대고 사귀기 시작했는데, 나중에 깨닫고 보니 내가 좋아한 건 현우지 지환이 아니었다면. 단순히 현우의 그림자에 끌리는 것뿐이었다면, 그럼 지환이 받을 상처는?

지환은 분명히 자기는 그래도 상관없다고 하겠지만 은하는 괜찾지 않았다. 섣불리 시작했다가 누구보다 다정한 마음을 가진 그 사람에게 상처를 주고 싶지 않았다.

아무리 깊게 숨을 내쉬어봐도 답답한 가슴은 조금도 나아지지 않고, 끝없이 막막하기만 했다.

♤ ♥ ♧

녹화를 마치고 스튜디오를 나오는 은하를 예나가 불러세웠다.

"언니."

"어, 예나야. 여행은 잘 갔다 왔어?"

"돌아온 지 꽤 됐는데 언니랑 마주칠 일이 없었네. 잠깐 얘기 좀 할 수 있어?"

빈 회의실에 들어가 마주 앉자마자 예나는 선언하듯 말했다.

"나 서지환 씨 좋아해."

은하는 숨을 멈췄다.

"그 사람이 언니 좋아하는 건 얼굴만 봐도 알겠더라. 나 싫다는 사람 나도 잊어버리자 싶어서 정리하러 여행까지 다녀왔는데도 도저히 포기가 안 돼."

예나는 더없이 진지한 얼굴을 하고 있었다.

"난 벌써 3년 전부터 그 사람 좋아했거든."

은하는 놀랐다. 혹시 첫눈에 반했던 건가 생각했는데 3년 전부터라니.

"대체 어떻게 아는 사인데?"

"그건 언니가 알 거 없고. 그래서 언니는 그 사람 어떻게 생각해?"

지환을 좋아한다고 딱 잘라 말할 수 있는 예나가 진심으로 부럽게 느껴졌다.

"잘 모르겠어, 나도."

잠시 망설이다 은하는 솔직히 말했다.

"좋은 사람이잖아. 나도 끌려. 그런데…."

"그런데 뭐?"

살다 보면 참 희한한 일이 다 생긴다. 제일 친한 친구인 미호에게도 못 했던 말을 예나에게 하고 있다니.

"그 사람이… 내가 오랫동안 좋아했던 사람이랑 많이 닮았어. 단순히 그래서 끌리는 건지, 아니면 진짜 그 사람이 좋은 건지를 모르겠어."

은하는 제 마음속의 괴로움을 토해냈다.

"그 사람은 내 마음이 확실해질 때까지 기다려주고 있는데, 정작 나는 결론을 내릴 수가 없어."

물론 예나가 고민 상담 따위를 받아줄 리 없었다. 기대도 안 했지만.

"진짜 못됐다, 언니."

예나는 날카롭게 은하를 비난했다.

"싫으면 싫다, 좋으면 좋다, 확실히 할 것이지 왜 사람을 희망고문 하고 그래?"

아니라고도 할 수 없어서 은하는 고개를 숙였다.

"어쨌든 알았어, 그럼."

얘기 끝났다는 듯이 예나는 자리를 박차고 일어났다.

446

"나는 내 방식대로 할게."

♤ ♥ ♧

지환은 후회스럽기만 했다. 은하 입장에서는 그토록 오랫동안 마음에 담아왔던 '현우 오빠'를 잃은 지 얼마 되지도 않은 상황인데. 그러니까 그녀가 마음을 정리할 때까지 조용히 기다리자고 생각했는데, 그만 깜빡 잊고 제 마음을 막무가내로 밀어붙이고 말았다.

— 저는 상관없습니다. 어차피 제 몸도, 마음도 은하 씨 거니까요.

얼마나 부담스러웠을까, 내가. 은하가 당분간 눈에 보이지 말아 달라고까지 말한 것도 무리가 아니라는 생각이 들었다. 그녀가 원한다면 지환은 얼마든지 기다릴 수 있었다. 단지 은하가 생각을 끝낸 후의 일이 두려웠다. 역시 나는 안 되겠다고, 다시는 만나지 말자고 한다면? 상상만 해도 눈앞이 캄캄해지는 기분이었다.

'그렇게 밀어붙이지 말았어야 했는데.'

사무실 창밖에 펼쳐진 잿빛 하늘을 바라보며 싸늘한 유리에 이마를 기댄 채 한숨만 내쉬고 있는데, 일영이 들어왔다.

"내일이 공연입니다, 형님."

동생들이 은하와 공연 준비를 하고 있다는 얘기는 전부터 듣고 있었다. 무척 가보고 싶었지만, 은하가 당분간 얼굴 보이지 말라고 했으니 억지로 참고 있던 차였다.

"그래, 잘하고들 와라."

애써 아무렇지 않은 척 대꾸하는데, 일영은 엉뚱한 말을 했다.

"숨어서 보실 수 있게 자리를 마련해놓을 테니 공연 시작 전에 좀 일찍 오시면 좋겠습니다."

일영이 제 마음을 꿰뚫어보고 있다는 걸 깨닫고 얼굴이 확 뜨거워졌다. 하지만….

"…몇 시부터지?"

결국은 유혹에 지고 말았다.

♠ ♥ ♣

심란한 가운데 덩어리들과 함께하는 첫 정식 공연 날짜가 다가왔다. 공연 제목은 '백설공주와 열한 명의 난쟁이'. 일곱 난쟁이 자리를 두고 자기들끼리 치고받고 싸우는 걸 보다 못해 은하가 다 같이 하자고 결정한 것이었다.

— 누님, 혹시 형님하고 무슨 일 있으십니까? 요즘 수업도 안 하시는 거 같아서요.

덩어리들이 눈치를 보며 물을 때마다 은하는 딱 잡아뗐다.

— 제가 요즘 일이 바빠서요. 지환 씨는 제가 안 가르쳐도 잘하시니까 당분간만 쉬기로 했어요.

덩어리들과의 첫 공연이라 별생각 없이 너도 오겠느냐고 물었더니, 미호는 왠지 무척 좋아하며 펄쩍 뛰었다.

— 당근 보러 가야지, 완전 가야지! 꽃다발 사 들고 갈게!

공연 당일 오전, 은하는 일영과 함께 아이들에게 나눠줄 장난감을 사러 갔다.

"어서 오십시오!"

점장이 직접 나와 일영에게 인사를 해서 은하는 조금 놀랐다.

"여기 자주 오시나 봐요?"

"큰형님께서 아이들을 무척 좋아하셔서요."

일영이 대답했다.

"저희 공장마다 직원 자녀들이 다니는 어린이집이 있습니다. 어린이날이나 크리스마스, 혹은 한 달에 한 번 있는 생일파티 같은 때가 되면 큰형님께서 아이들 선물을 하나하나 직접 고르십니다."

은하는 전에 지환과 함께 있다가 길 잃은 아이와 마주쳤던 때를 떠올렸다. 어쩐지 어린이용 애니메이션에 등장하는 캐릭터 이름까지 정확히 알더라니, 그래서였구나.

"정작 선물은 제가 나눠주고, 형님께선 늘 멀찍이 떨어져서 애들 노는 것만 보십니다. 큰형님을 보면 무섭다고 우는 아이들이 있어서요."

은하는 가슴이 찌르르해지는 것을 느꼈다.

"내일 형님도 공연 보러 오실 겁니다."

장난감 상자를 카트에 던져 넣으며 일영은 말했다.

"형님하고 무슨 일이 있으신 건지 모르겠지만, 아무쪼록 멀리서 바라보는 것까지 못 하게 하지는 말아주십시오."

♤ ♥ ♧

은하와 일영을 비롯한 덩어리들은 공연 시작 한 시간 전에 병원에 도착했다. 덩어리들이 휴게실로 안내되어 옷을 갈아입는 동안, 은하는 살짝 빠져나왔다. 왠지 지환이 미리 와 있을 것 같은 생각이 들어서였다.

얼마 전에 지환이 자기 얼굴을 필사적으로 가리려 했던 사건 이후, 은하도 많이 생각했다. 결론은 그냥 솔직하게 제 고민을 말하는 게 차라리 낫겠다는 거였다.

당신이 자꾸만 현우와 닮아 보여서, 그래서 얼굴을 보면 정상적으로 생각할 수가 없어서 당분간 보지 말자고 했던 거다. 결코 당신이 싫어서가 아니다. 그렇게 솔직히 말하고, 이 마음이 뭔지 확실해질 때까지 조금만 더 기다려달라고 부탁할 생각이었다. 그러면 지환도 조금은 편해지지 않을까.

밖으로 나오자 역시나 벤치에 덩그러니 앉아 있는 커다란 남자의 뒷모습이 보였다. 지환이 눈을 가늘게 뜨고 미소를 지으며 저만치 가을 햇살 아래서 뛰노는 아이들을 조용히 바라보고 있었다.

"지환 씨."

다가가서 부르자 넓은 어깨가 움찔하고 튀어 올랐다. 은하를 본 지환은 마치 도둑질하다 걸린 아이 같은 얼굴을 했다.

"오해하지 마십시오. 절대 은하 씨를 보러 온 게 아닙니다. 그냥, 저도 병원에 기부를 해서요. 초대를 받았습니다. 소아암센터 건립 중이라고 해서 한번 둘러볼 겸…."

당황해서 정신없이 변명을 주워섬기는 남자를 보고 가슴 한구석이 또다시 아파왔다. 먼발치에서 몰래 나를 살짝 보고 갈 셈이었겠지. 이렇게 멀리서 아이들을 지켜보는 것처럼.

거짓말이라는 걸 알면서도 은하는 모른 척해주었다.

"마침 잘됐네요. 오신 김에 이따 공연 보고 가세요. 동생분들도 좋아할 거예요."

"그래도 됩니까?"

그것만으로도 지환은 무척 기쁜 듯한 얼굴을 해서 은하는 또 한 번 양심의 가책을 느꼈다.

"그럼 전 이만 준비하러 가볼게요."

"아, 예."

돌아서서 가는데, 어디선가 어린아이의 고함 소리가 들려왔다.

"이 악당 녀석!"

은하는 걸음을 멈췄다. 돌아보자 열 명가량 되는 아이들이 지환을 향해 다가가고 있었다.

"저번에 그렇게 혼나고도 또 미니 누나를 괴롭히러 나타나다니!"

"용서하지 않겠다!"

당황하는 지환을 아이들이 빙 둘러쌌다. 아무리 아이들이지만 열 명이 넘으니 어쩔 수가 없는 모양이었다. 결국 지환은 뒷걸음 질을 치다 막다른 곳까지 몰리고 말았다. 어쩔 줄 몰라 하다 결국 제 몸을 감싸듯 웅크려버린 남자에게 아이들은 신이 나서 마구 주먹을 날리고 발길질을 했다.

"에잇, 에잇!"

"당장 사라져라, 악당아!"

전에도 분명히 똑같은 장면을 보았는데, 그때와는 전혀 다른 기분이었다. 주먹 하나, 발길질 하나가 마치 자신이 얻어맞는 것처럼 생생하게 아팠다. 저 사람이 자기들을 얼마나 사랑스러운 눈으로 보고 있었는데. 자칫 무서워할까 봐, 놀라게 할까 봐, 가까이 가지도 못하고 그저 먼발치에서 바라만 봤을 뿐인데.

은하는 가슴속에서 무언가가 굉음을 내며 폭발하는 것을 느꼈다. 마음보다 다리가 먼저 움직이고 있었다.

"악당 아니야!"

달려가서 힘껏 팔을 벌려 커다란 몸을 감싸안고 은하는 외쳤다.

"세상에서 제일 착한 사람이야. 때리지 마!"

그래, 이 사람은.

세상에서 제일 착한 사람, 세상에서 제일 다정한 사람.

아니, 그것만으로는 모자라다. 그리고 또, 그리고 또….

"내가 세상에서 제일 좋아하는 사람이란 말이야!"

겨우 깨달은 제 마음을 외치는 순간, 눈물이 왈칵 흘러내렸다.

8

숲속에서
단둘이

당황해서 뒷걸음질 치다 그만 코너에 몰려버렸다. 지환은 일단 웅크리고 앉아 쏟아지는 매질을 견뎠다. 그래 봤자 아이들 주먹이라 크게 아프지는 않았지만 은하가 봤을까 봐 죽고 싶을 정도로 부끄러웠다. 부디 은하가 이미 병원 안으로 들어갔기를 빌고 있는데, 문득 누군가가 제 등에 팔을 둘러 꽉 감싸안는 것이 느껴졌다.

"악당 아니야!"

은하의 목소리였다.

"세상에서 제일 착한 사람이야. 때리지 마!"

울음 섞인 목소리가 이어서 외쳤다.

"내가 세상에서 제일 좋아하는 사람이란 말이야!"

지환은 제 귀를 의심했다. 내가 잘못 들었겠거니, 하고 있는데 은하가 또다시 소리쳤다.

"너희 다 미워할 거야!"

좋아하는 미니 언니가 미워하겠다고 하자 아이들도 충격을 받은 모양이었다. 저희 딴에는 미니 언니를 지키겠다고 한 일이니까.

"으아앙!"

아이들이 울음을 터뜨리고, 은하도 지지 않고 큰 소리로 울었다. 지환은 놀라서 몸을 일으켜 얼른 은하를 껴안았다. 일단 안기부터 해놓고, 최근에 은하가 제 얼굴조차 보기 싫어했던 게 뒤늦게 떠올라서 가슴이 철렁했는데 정작 은하는 뿌리치지도, 도망치지도 않았다. 오히려 기다렸다는 듯이 품으로 더 파고드는 거였다.

"은하 씨…?"

이게 꿈인지 현실인지도 알 수가 없었다. 아무래도 꿈을 꾸고 있는 것 같은데, 품 안의 감촉은 너무나 현실적이어서 혼란스러웠다.

아이들이 대성통곡하는 소리에 놀란 부모들이 하나둘씩 뛰어오기 시작했다.

"무슨 일이니? 응?"

"누가 그랬어?"

엄마 아빠들이 각자 제 아이를 붙들고 묻는 소리에 가슴이 철렁했다. 이럴 때는 으레 내가 범인으로 몰리기 마련이니까. 역시나 여기저기서 지환을 향해 의심하는 눈빛이 날아왔지만, 이번에도 은하는 그 꼴을 가만두고 보지 못했다.

"왜 그런 눈으로 사람을 쳐다보고 그래요? 이 사람이 대체 뭘 어쨌다고요!"

눈물범벅이 된 눈으로 상대를 노려보며 펄펄 뛰는 거였다. 늘 아이들 문병을 와서 천사처럼 방긋방긋 웃어주던 미니 언니가 울며불며 소리를 치니 당황한 것은 부모들이었다.

"은하 씨?"

지환이 말려도 은하는 아랑곳하지 않았다.

"당장 이 사람한테 사과하세요!"

그녀는 키즈 크리에이터인데, 이러면 안 될 것 같은데. 어쩔 줄 몰라 하는데 누군가가 지환을 불렀다. 초록 난쟁이 복장을 한 일영이었다.

"큰형님! 누님 모시고 얼른 가십쇼."

하지만 공연은? 하고 쳐다보자 일영이 다시 말했다.

"뒷일은 제가 책임질 테니 걱정 말고 가십쇼."

어쨌든 일단은 이 자리를 피하는 게 맞을 것 같았다.

"빨리 사과하시라고요!"

여전히 펄펄 뛰고 있는 은하를 번쩍 안아 들어 어깨에 메고, 지환은 주차장을 향해 뛰었다.

"가만히 안 둘 거야!"

어깨에 메듯 번쩍 들어 안고 주차장까지 데리고 오는 동안에도 은하는 계속 울면서 외쳤다.

"다시는 아무도 못 건드리게 할 거야!"

작은 몸이 부들부들 떨리고 있었다. 일단 진정부터 시켜야 할 것 같아서 지환은 무작정 품에 안고 달렸다.

"저는 괜찮습니다, 은하 씨. 아무렇지도 않아요."

꼭 껴안고 등을 토닥이며 계속해서 말하자 한참 만에야 울음이 겨우 잦아들었다.

대체 이게 무슨 상황인지 지환은 도대체 알 수가 없었다. 갑자기 은하가 왜 이러는지도, 아까부터 계속 무슨 말을 하는지도 모르겠다. 좀 진정이 된 것 같아서 조심스럽게 품에서 떼어놓자, 울어서 새빨갛게 부은 눈이 원망스러운 듯이 지환을 노려보았다.

"왜 아무 말도 안 해요?"

아, 이번엔 내가 혼날 차롄가?

"죄송합니다."

지환은 무작정 사과부터 했다. 뭐가 뭔지 모르겠지만 그녀가 화가 났다면 자기 잘못이겠거니 싶어서.

하지만 은하는 여전히 화를 냈다.

"그게 아니잖아요!"

"예? 그럼 무슨⋯."

"좋아한다고 말했잖아요. 그럼 뭐라고 대답을 해줘야 할 거 아녜요?"

지환은 멍해졌다. 그럼 아까 내가 잘못 들은 게 아니란 말이야?

"그게 저한테⋯ 하신 말씀입니까?"

"당연하죠!"

겨우 멈췄던 눈물이 또다시 그렁그렁해지는 게 보였다.

"제가 고백했잖아요. 그런데 왜 대답 안 해줘요?"

"알고 계시지 않습니까. 제 마음은, 한참 전부터⋯."

더듬거리며 대답하다 눈시울이 왈칵 뜨거워지는 바람에 지환은 당황했다. 나까지 울면 안 되는데.

"…사랑합니다."

목이 메어 한참 만에야 간신히 중얼거린 말에, 그제야 은하는 눈물 어린 눈으로 마주 웃어주었다.

"저도 사랑해요."

지환은 진심으로 생각했다. 이게 꿈이라면 깨는 순간 차라리 죽어버리겠다. 그는 은하를 껴안고 정신없이 머리를 쓰다듬고 등을 어루만졌다.

"은하 씨… 은하 씨."

자칫 꿈일까 봐, 품 안의 은하가 한순간 연기처럼 사라져버릴까 봐 무서워서 본능적으로 확인하려는 행동이었다. 꿈이 아니라는 걸 확실히 해준 것은 엉뚱하게도 어디선가 들려온 목소리였다.

"엄마, 저기 좀 봐!"

"쉿, 애들은 저런 거 보는 거 아니야!"

얼굴이 확 뜨거워져서 지환은 그제야 현실로 돌아왔다.

"저 어디든 좀 데려가주실래요?"

언제 그렇게 울고불고 난리를 피웠냐는 듯이 얌전해진 은하가 부끄러운지 살며시 속삭였다.

"우리 둘만 있을 수 있는 데로 말이에요."

"가시죠."

문득 좋은 생각이 떠올라서 지환은 당장 은하를 차에 태웠다.

♠ ♥ ♣

"누님은 큰형님께서 데려가셨다."

일영의 말을 들은 덩어리들은 어쩔 줄을 몰랐다.

"예?"

"그럼 공연은 어떡하고요?"

일영이 비장하게 말했다.

"우리끼리 해야지."

하지만 난감하기는 마찬가지였다.

"아니, 형님, 백설공주가 없는데 공연을 어떻게 합니까?"

난쟁이 몇 명이야 없어도 그만이지만, 백설공주 없이 백설공주 공연을 어떻게 한단 말인가! 모두가 당황해하는 순간, 일영이 난쟁이 의상을 벗어 던졌다.

"…내가 한다."

백설공주 드레스를 입고 가발을 쓰고, 간호사에게 빌린 립스틱을 바른 일영이 무대에 오르는 순간 여기저기서 감탄사가 터져나왔다.

"어머 세상에, 여자보다 더 예뻐!"

여기저기서 부모들이 수군대는 소리가 들려와 몇 번이나 성질이 울컥 치밀어 올랐지만 일영은 꾹 참고 천연덕스럽게 공주님 연기를 했다. 큰형님을 장가보내기 위해서라면 이쯤이야 참아야지.

열렬한 호응에 신이 난 난쟁이들은 원래 대본에도 없던 애드리브를 쳐댔다.

"근데 백설공주, 얼굴은 예쁜데 왜 이렇게 팔뚝이 굵어?"

"어이쿠, 알통 보소."

"혹시 다리에 털도 있는 거 아냐?"

이놈들이? 일영은 방긋 웃으며 유튜브에서 보았던 은하 누님의 말투를 흉내 냈다.

"어머, 난쟁이들아, 그런 말을 하면 안 돼. 예쁘고 고운 말을 써야지."

평소 일영의 말버릇을 잘 아는 덩어리들이 어이없어했다. 어쨌든 아이들도, 부모들도 모두 즐거워해서 다행이었는데 문제는 공연이 거의 끝날 때쯤 벌어졌다. 관객들 안에 엉뚱한 사람이 끼어 있는 게 아닌가. 눈이 휘둥그레져서 이쪽을 보고 있는 미호와 시선이 마주친 순간, 일영은 망했다고 생각했다.

공연이 끝나고, 난쟁이들이 선물 상자를 아이들에게 나눠주는 동안 일영은 혼자서 슬쩍 빠져나왔다. 아이들이 보지 못하게 멀찍이 나와서 담배를 피워 물며 나직이 욕설을 내뱉었다.

"니미."

하필 이럴 때 미호가 보러 와 있을 건 뭐란 말인가.

예전에 딱 한 번, 일영이 진심으로 좋아했던 여자가 있었다. 차였을 때는 그냥 내가 가방끈도 짧고 전직 깡패라 어쩔 수 없으려니 생각했는데, 나중에 진짜 이유를 알게 되었다.

— 너무 예쁘게 생기니까 오히려 재수 없더라고요. 남자로 보이지도 않고.

열심히 운동해서 몸도 키워보았지만, 타고난 늘씬한 체형과 예쁜 얼굴은 도저히 어떻게 할 수가 없었다. 그 후로는 내 인생에 여자란 없겠구나, 포기하고 있었는데 뜻밖에 미호가 좋아한다고 고백해준 것이다.

'큰형님같이 남자다운 분도 계신데 나 같은 놈이라니, 거 취향도 독특하네.'

그렇게 생각하면서도 솔직히 기뻤다. 이쪽도 첫눈에 반한 건 아니지만, 대담하면서도 한편으론 순진한 게 매력 있다고 생각했다. 그래서 큰형님 연애 사업이 성공하고 나면 한번 진지하게 만나보고 싶었는데, 이 꼴을 보인 이상 다 물 건너가지 않았는가.

'젠장, 버린 것도 모자라서 면상까지 계집애처럼 낳아줄 건 뭐야.'

담배 연기를 길게 내뱉으며 속으로 어머니를 원망하고 있는데, 등 뒤에서 조심스레 부르는 목소리가 들렸다.

"저, 안녕하세요."

일영은 하마터면 심장이 멈출 뻔했다. 얼른 담배를 비벼 끄자 미호가 다시 말했다.

"공연 잘 봤어요."

여태 드레스 차림인 제 꼴에 그만 죽고 싶어졌다. 옷이나 좀 갈아입고 나올걸. 그나마 가발이라도 벗고 나온 게 다행이다, 생각하면서 일영은 손등으로 립스틱을 쓱쓱 문질러 지우며 퉁명스레 쏘아붙였다.

"봤으면 집에나 가지, 뭐 하러 따라옵니까?"

제발 좀 가줬으면 하는데 남의 속도 모르고 미호는 다가와서 공주 드레스의 퍼프 소매 아래 드러난 일영의 팔뚝을 들여다보았다. 전에 자신이 깨물었던 자리였다.

"흉터 남으면 어떡해요."

속상한 듯한 목소리에 그만 말투가 확 날카로워졌다.

"이러고 있다고 내가 여자같이 보여요? 사내새끼가 그까짓 흉터가 뭐라고."

일영은 말하자마자 제 혀를 깨물고 싶어졌다. 걱정해줘서 고맙다고, 난 괜찮다고 해도 될 것을 왜 이따위로밖에 말하지 못할까, 나란 놈은.

"여자같이 보이지 않아요, 전혀."

험악한 말투에 놀라서 도망갈 줄 알았는데, 미호는 무서워하지도 않고 순순히 말했다.

"일영 씨는 제가 지금껏 본 남자 중에 제일 남자답고 멋진 분인걸요."

살면서 예쁘다, 잘생겼다, 그런 말은 귀가 닳도록 들어왔지만 남자답다는 말을 들은 것은 태어나 처음이었다. 왠지 울컥해서 대답은커녕 돌아보지도 못하고 있자 미호가 말했다.

"그럼 저 갈게요. 다음에 또 봬요."

한참 후 뒤돌아보자 미호는 없고 꽃다발만 수줍게 놓여 있었다.

일영은 꽃다발을 주워 들었다. 가만히 숨을 들이쉬자 생전 처음 느껴보는 것 같은 달콤한 향기가 가슴속 깊이 스며들었다.

♤ ♥ ♧

고속도로를 빠져나와 국도를 달리다 지방도로까지 접어드는 내내, 은하는 어디로 가는 거냐고 한마디도 묻지 않았다. 그저 얌전히 창밖을 바라보고만 있을 뿐. 말도 없이 이렇게 멀리 데려가고 있으니 불안할 만도 한데 전혀 그런 기색이 없어서 오히려 지환이 초조함을 느꼈다.

한참을 달리는 사이에 어느덧 비포장도로로까지 들어섰다. 울퉁불퉁한 길마저도 점점 좁아지던 어느 순간, 지환은 길옆의 작은 공터에 차를 세웠다.

"여기서부터는 차로 들어갈 수가 없습니다."

차에서 내린 은하는 온통 산과 들 외에는 아무것도 없는 시골 풍경을 신기한 듯이 돌아보았다.

"여기가 어디예요?"

"저희 춘천 공장 근처입니다."

지환은 저만치 산 아래 펼쳐진 울창한 숲 쪽을 가리켰다.

"저 숲 안쪽에, 춘천 공장에 일이 몰릴 때 가끔 저희가 내려와서 며칠씩 자고 가는 집이 있습니다."

반경 10킬로미터 내에 사람이 사는 집이라고는 한 채도 없는 데다 도로 사정도 나빠서 아무도 얼씬하지 않는 곳이었다.

"별장 같은 건가 봐요?"

은하는 금세 눈을 반짝였다.

"비슷한 겁니다."

숲속으로 들어가자 두 사람이 어깨를 맞대고 걸어야 겨우 지나갈 수 있는 좁은 길이 나타났다. 양옆과 머리 위까지 나무가 울창하게 우거져서 마치 터널 같은 길을 나란히 걷고 있으니 진짜로 둘만의 세계로 들어가는 듯한 기분이 들었다. 빨갛게 물든 낙엽이 온통 깔려 있는 길을 내려다보며 은하가 중얼거렸다.

"꼭 레드카펫 걷는 거 같아요."

잠시 후 길이 끝나고 야트막한 계곡이 앞을 가로막았다. 계곡 위에 놓인 작은 나무다리 저편에 통나무집이 보이자 은하는 어머나, 하고 작게 탄성을 질렀다.

"저기예요?"

순수한 설렘이 가득한 목소리에 오히려 정신이 번쩍 들었다. 이 여자는 지금 내가 여기까지 자기를 데려온 의미를 전혀 모르고 있는 것 같다. 지환이 다리 앞에서 걸음을 뚝 멈추자 은하가 의아하게 쳐다보았다.

"왜 그러세요?"

"이 다리를 건너는 순간, 은하 씨와 제 사이도 돌이킬 수 없어지는 겁니다."

그제야 은하는 놀란 얼굴을 했다.

"그러니까 은하 씨에게 마지막으로 기회를 드리겠습니다."

지환은 내키지 않는 목소리를 겨우 쥐어짜냈다.

"지금 돌아가겠다고 하시면, 도로 서울로 모셔다 드리고 오늘 일에 대해서는 언급도, 원망도 하지 않겠습니다. 그냥… 짧은 꿈을 꿨다고 생각하도록 하지요."

은하가 겁을 먹고 진짜로 돌아가겠다고 할까 봐 속으론 무척 겁이 났지만, 지환은 꾹 참고 계속 말했다. 최소한 선택할 기회는 주어야 하지 않겠는가.

"하지만 이 다리를 건너고 나면, 이제 무슨 일이 있어도 놓지 않을 겁니다. 설령 은하 씨가 제가 싫어졌다고 하셔도 보내드리지 않을 겁니다."

심각하게 한 말인데 결과는 어이가 없었다.

"우리 빨리 가봐요."

은하는 단 1초도 생각하지 않고 냉큼 지환의 손을 잡아끌더니 다리를 건넜다. 내 말을 귓등으로 들었구나 싶어서 지환은 무척 답답했다. 아니, 내가 그래도 전직이 조직의 보스인데. 나 같은 놈이 경고를 하는데 왜 이렇게 겁이 없어?

"은하 씨, 저는 장난으로 말한 게…."

정색을 하고 말했지만 역시 은하는 들은 체도 않고 주위를 둘러보더니 마당 구석의 장작 패는 곳에 놓여 있던 손도끼를 가져왔다. 뭘 하려고 저러나 하는데 갑자기 은하가 다리를 연결한 굵은 밧줄을 도끼로 내리쳤다.

"에잇!"

채 말릴 겨를도 없이 밧줄 하나가 뚝 끊어졌다.

"은하 씨?"

제 눈을 의심하는 사이에 은하는 다시 도끼를 휘둘러 나머지 한 개마저 끊어버렸다. 돌아갈 길을 없애버리고 난 여자가 그제야 가쁜 숨을 내쉬며 지환을 돌아보았다.

"방금 뭐라고 했죠?"

♤ ♥ ♧

"이 다리를 건너고 나면, 이제 무슨 일이 있어도 놓지 않을 겁니다. 설령 은하 씨가 제가 싫어졌다고 하셔도 보내드리지 않을 겁니다."

정색하고 말하는 지환을 보며 은하는 생각했다. 이러면 내가 겁먹고 도망칠 거라고 생각하는 걸까, 이 사람은. 정작 자기가 제일 두려운 눈을 하고 있는 주제에. 뭐라고 말해줘야 이 덩치만 커다란 겁쟁이가 알아들을까, 생각하다 제일 이해하기 쉬운 방법을 선택했다.

"에잇!"

도끼로 다리를 끊어버리고 나서 돌아보자 지환이 충격을 받은 듯 멍하니 쳐다보고 있었다.

얼이 빠져 있는 지환에게 다가가서 은하는 딱 잘라 말했다.

"누가 놓아주기나 한대요?"

허리에 팔을 두르고, 넓은 가슴에 얼굴을 묻고 중얼거렸다.

"지환 씨 이제 내 거예요. 아무 데도 못 가."

아련하게 나는 민트 향기에 새삼 신기했다. 분명히 그 로션은 코를 찌르듯 자극적이어서 별로 좋은 냄새는 아닌데, 이 사람의 체취와 섞이면 청량하고 기분 좋은 향기가 되는 것이다.

'내가 이 사람을 좋아해서 그런가 봐.'

은하는 새삼스럽게 생각했다. 좋아하니까 자꾸 안기고 싶었고, 좋아하니까 안기면 기분이 좋았던 건데 왜 그 쉬운 걸 이제껏 깨닫지 못했을까. 둔하디둔한 자신을 탓하며 따뜻한 가슴에 뺨을 기대고 있자, 잠시 후 지환이 조심스럽게 은하의 등에 팔을 둘렀다.

"이게 꿈인지 뭔지 모르겠습니다."

진짜로 꿈을 꾸는 듯 얼떨떨한 목소리에 웃음이 났다. 한참 만에야 지환은 아쉬운 듯이 은하를 놓아주었다.

"들어가보시죠."

숲속에 지어진 통나무집은 겉으로 봐서는 옛날 시골집처럼 생겼는데, 안에 들어가보니 TV와 냉장고는 물론이고 주방에 인덕션까지 설치된 완전 현대식이었다. 넓은 방이 여러 개 있고 청소도 잘되어 있었다.

사실 마음 내키는 대로 밧줄부터 끊어놓고 나니 뒤늦게 굶어 죽으면 어쩌지, 하고 겁이 좀 났었는데 주방에 가보자 금세 천하에 쓸데없는 걱정이었다는 걸 알게 되었다. 찬장 안에는 통조림과 라면이 꽉 차 있고, 쌀도 몇 포대나 있었다. 커다란 냉동고에는 고기가 가득 들어차 있고, 하다못해 뒤켠에는 땅에다 김칫독도 여러 개 묻어뒀다고 지환이 말해주었다.

"뭐가 이렇게 많아요?"

"올 때마다 잔뜩 싣고 와서 채워놓습니다. 녀석들이 어마어마하게 먹어대는데, 근처에 가게라곤 없으니 자칫 모자라면 사러 가기도 곤란하니까요."

지환이 아무렇지 않게 말했다.

"저희는 라면 한 번 끓이면 오십 개씩입니다."

은하는 혀를 내둘렀다.

"동생분들 먹방 찍으면 떼돈 벌겠어요."

어쨌든 여기서 며칠을 머물더라도 굶어 죽을 걱정은 없는 셈이다. 한결 편안해진 마음으로 은하는 지환과 함께 나와서 이번에는 별장 주위를 둘러보았다. 넓은 마당 앞쪽으로 계곡이 흐르고, 뒤로는 울창한 숲이 펼쳐져 있었다.

온 천지에 가득한 나무 냄새를 즐기며 마당을 둘러보는데 어디선가 툭, 하고 뭔가가 묵직하게 떨어지는 소리가 났다. 귀를 기울이자 또 들려왔다. 툭, 툭, 툭.

"이게 무슨 소리예요?"

"지붕에 밤 떨어지는 소립니다."

올려다보니 정말로 커다란 밤나무가 지붕 위로 가지를 뻗고 있었다.

"저 군밤 엄청 좋아하는데. 지붕 위에 떨어진 건 못 줍겠죠?"

아쉽게 말하자 지환이 별장 뒤의 숲을 가리켰다.

"저 숲에도 밤나무가 많이 있습니다만."

"정말요? 우리 얼른 가봐요!"

은하는 신이 나서 지환의 손을 잡아끌었다.

진짜로 찾아오는 사람이라곤 없는 곳인 모양이다. 일부러 밤송이를 깔 필요조차 없을 정도로, 잘 익어 쫙 벌어진 밤송이에서 저절로 튀어나온 알밤이 여기저기 떨어져 있었다. 예쁘게 생긴 알밤을 하나씩 주워 모으다가 담을 곳이 없어서 두리번거리자 지환이 자기 겉옷을 벗어 펼쳐주었다.

"그런데 은하 씨."

허리를 굽혀 밤을 주워 올리며 지환이 물었다.

"대체 언제부터 저를 좋아하셨습니까?"

아직도 믿기 힘들다는 듯한 말투였다.

"음…."

좋아하기 시작한 건 언제부터라고 딱 집어서 말할 수 없지만,

처음으로 남자로 느꼈던 순간은 똑똑히 기억이 난다.

"저한테 세 번 만나달라고 하셨을 때요. 왜 첫 번째 만나서 야옹머니에 갔었잖아요?"

"그랬죠."

"그때 야옹이파 사람들이 들어오니까 지환 씨가 얼른 저부터 끌어다 등 뒤에 숨겨주셨거든요. 그날 집에 와서도 자꾸 그게 생각나더라고요. 아마 그때부터 끌렸던 거 같아요."

당시에는 '어디 남자가 없어서 조폭 보스를!' 하면서 자기 머리를 마구 쥐어박긴 했지만.

"지환 씨는 언제부터였는데요?"

지환이 잠시 생각하다 입을 열었다.

"아마 저도 그때부터였던 것 같습니다. 그때 구해준 여자분이 복리로 이자가 붙으면 얼마가 되느냐고 캐물어서, 제가 우물쭈물하고 있으니까 은하 씨가 대신 대답해주셨죠."

은하는 짐짓 입술을 내밀었다.

"뭐예요, 수학 잘하는 여자가 이상형이었어요?"

"아니, 누가 그렇게 저 대신 싸워줬던 게 생전 처음이어서요."

그때가 떠오르는지 지환이 미소를 지었다.

"그 후로도 은하 씨가 저 때문에 여러 번 화를 내주셨죠. 길 잃은 아이를 찾아줄 때 그 어머니한테도 그랬고, 오늘도 그랬고."

기쁜 듯한 목소리에 은하는 가슴이 뭉클해졌다. 지환은 그때도, 오늘도 자기는 괜찮다면서 말렸지만, 역시 속으로는 상처받고 있었던 거다.

"맞아요."

은하는 잘라 말했다.

"이젠 아무도 지환 씨 못 건드리게 할 거예요, 제가."

"그럼 저는 은하 씨 등 뒤에 꼭꼭 숨어 있어야겠군요."

활짝 웃는 얼굴을 은하는 넋을 잃고 바라보았다. 역시나 웃을 때면 영락없이 기억 속의 현우 오빠와 닮아 보였지만, 더 이상 혼란스럽지는 않았다. 왜 이렇게 닮아 보이는 건지 이제는 알 것 같으니까.

♤ ♥ ♧

둘이서 주운 밤을 한 보따리 싸서 별장으로 돌아오는 길에 은하는 무척이나 즐거워 보였다.

"아까 보니까 장작 패는 곳도 있던데. 불 피워서 밤 구워 먹어도 돼요?"

"물론입니다. 제가 구워 드리지요."

"와!"

은하가 기뻐하며 팔짱을 끼는 바람에 지환은 그만 심장이 터져 버릴 것만 같았다. 어떻게 이렇게까지 행복할 수가 있을까. 태어나서 이렇게 행복한 순간이 또 있었을까. 낙엽이 깔린 숲길이 마치 구름 위처럼 느껴졌다.

"지환 씨는 어쩜 그래요?"

오후의 햇살이 비추는 숲을 천천히 걷다가 은하가 문득 종알거렸다. 혹시 뭐가 서운했나 싶어 조금 긴장했는데 다행히도 그게 아니었다.

"제가 뭐라고 말하든지 다 들어주잖아요. 늘 '좋습니다, 그렇게 하지요, 물론입니다' 이러고."

지환의 말투를 흉내 내고, 은하는 신기하다는 듯이 그를 올려다보았다.

"어쩜 그렇게 단 한 번도 싫다고 하는 법이 없어요?"

잠시 생각해보다가 지환은 대답했다.

"헤어지자고 하시면 그건 싫다고 할 겁니다."

"안 할 거거든요?"

은하가 눈을 흘기고는 그의 팔에 더욱더 매달려왔다.

"이렇게 착 달라붙어서 절대로 안 떨어질 거예요."

덕분에 아까부터 계속 물을까 말까 망설였던 것을 물을 용기가 났다.

"그동안 왜 저를 피하셨던 겁니까?"

은하가 찔끔하며 지환의 눈치를 보았다.

"꼭 말해야 해요?"

"화내지 않겠습니다."

"화내는 건 괜찮은데, 상처받으실까 봐 그래요."

지환은 빙긋 웃었다.

"상처받으면 또 로션 발라주시면 되지 않습니까?"

금세 얼굴이 빨개져서 눈을 흘기는 게 사랑스러워 이대로 입을 맞춰버릴까 어쩔까, 살짝 고민하고 있는데 은하가 중얼거렸다.

"자꾸만… 지환 씨가 현우 오빠랑 닮아 보였어요."

지환의 얼굴에서 미소가 가셨다.

"그래서 한동안 속으로 되게 고민했어요. 이게 진짜로 지환 씨한테 끌리는 건지, 아니면 그냥 오빠랑 닮아서 그런 건지 확신할 수가 없었거든요. 생각이 정리될 때까지 얼굴 보지 말자고 했던 것도 그래서예요."

심장이 마구 두방망이질했다. 은하는 전혀 눈치채지 못하고 있다고 생각했는데, 사실은 닮아 보여서 고민까지 하고 있었다니.

"근데 이젠 알 것 같아요. 제가 지환 씨를 좋아하게 돼서 자꾸만 닮아 보였나 봐요. 어쨌든 저는 평생 이상형이 현우 오빠였잖아요."

은하가 슬그머니 지환의 눈치를 보았다.

"화내지 마세요. 이제는 정말로 지환 씨밖에 없으니까요."

"화나지 않았습니다."

진심이었다. 어차피 내가 그 서현우인데, 나에게서 내 모습이 보였다는데 화낼 이유가 없지 않은가. 오히려 그런 생각이 들었다.

'지금이 사실대로 말할 기회가 아닐까?'

전에는 그녀가 서지환을 좋아하지 않는 이상 내가 바로 그 서현우라고 말할 수가 없었다. 하지만 이제는 그녀가 나를 좋아하게 됐으니까 사실대로 밝혀도 되지 않을까.

"저, 은하 씨."

지환이 침을 꿀꺽 삼키고 말을 꺼내려는데, 은하가 중얼거렸다.

"현우 오빠를 찾고 나니까 처음엔 되게 허무하고 막막했지만, 지금은 다행이라고 생각해요. 이제 빚진 거 없이 마음 편히 지환 씨랑 만날 수 있게 됐잖아요."

빛. 그 한 글자에 지환은 깜빡 잊고 있던 사실을 떠올렸다. 내가 진짜 서현우라는 걸 알면, 은하는 겨우 벗어버렸다고 생각했던 마음의 빛을 다시 지게 되겠구나.

'나 때문에 오빠가 아버지한테 끌려가서 조폭이 됐단 말이에요?'

눈물이 글썽한 은하의 표정을 상상하자 정신이 번쩍 들었다. 괜히 쓸데없는 소리를 해서 괴롭게 만들 필요가 있을까. 사랑받으면 그걸로 됐지, 거기에 죄책감이나 동정심 따위를 더 얹을 필요가 있을까?

"근데 지환 씨, 아까 무슨 말 하려고 하지 않았어요?"

결국 하려던 말을 꿀꺽 삼키고, 지환은 은하를 끌어안았다.

"사랑한다고 말하고 싶었습니다."

♤ ♥ ♧

사실 계곡의 깊이는 기껏해야 은하의 키 정도밖에 안 돼서, 지환의 힘을 빌리면 어떻게든 건널 수는 있을 정도였다. 하지만 다리를 끊어버린 게 실제로 효과가 있었다. 진짜로 둘만의 세상에 있는 것 같은 기분이 드는 것이다.

'우리 여기서 자고 가는 거예요?'

'언제쯤 서울로 올라갈까요?'

'지환 씨, 출근 안 해도 되는 거예요?'

'은하 씨는 회사에 언제 가셔야 합니까?'

충분히 오갈 법도 한 대화가 한 마디도 나오지 않았다. 일부러 피하고 있는 게 아니라 둘 다 진짜로 까맣게 잊고 있었다. 회사도,

일도, 은하의 꼬마 친구들도, 하다못해 집에서 기다리고 있을 덩어리들조차 머릿속에 없었다. 그저 이 숲속의 통나무집만이, 곁에 있는 서로만이 세상의 전부인 것처럼 느껴졌다.

아직 5시도 채 안 됐는데 늦가을의 해는 벌써부터 뉘엿뉘엿 지기 시작했다.

"저녁은 어떻게 할까요?"

장작을 팰 나무를 한 아름 안아 오며 지환이 물었다.

"저 이상하게 밥 생각이 없어요. 지환 씨는요?"

멀리 오느라 점심도 걸렀으니까 분명히 배고플 때도 됐는데, 지환의 곁에 있으니까 자꾸만 마음이 들떠서 밥 생각 따위는 들지도 않는 거였다.

"저도 배가 고프지 않군요."

지환도 마찬가지인 모양이었다.

"그럼 우리 그냥 저녁 대신 군밤 먹어요."

"그렇게 하지요."

지환은 안에서 두꺼운 옷을 가져와 은하의 어깨에 걸쳐준 다음 와이셔츠 소매를 걷어붙이고 도끼를 들었다. 장작을 패기 시작하는 지환을, 조금 떨어져서 턱을 괴고 바라보다 은하는 뼈저리게 이해했다. 돌쇠에게 쌀밥을 주고 싶었던 마님의 심정을! 단순히 도끼를 들어 올렸다가 내리치는 동작 하나에, 팔에 있는 크고 작은 근육들이 각자 제 역할대로 바쁘게 움직이는 것이 확연하게 보였다.

'사람 몸에 저렇게 다양한 근육들이 있었구나.'

언젠가 인터넷에서 의대생의 노트라는 걸 본 적이 있다. 거기엔 전신의 근육 이름을 하나하나 써놓은 해부도가 그려져 있었는데, 저런 몸이라면 굳이 해부 안 하고도 충분히 설명할 수 있을 것 같았다. 여기는 삼각근, 이건 상완근, 여기가 이두근, 해가면서.

황홀하게 바라보며 만져보고 싶다, 하다가 문득 정신이 들었다.

'아니, 만지고 싶으면 그냥 만지면 되는 거 아냐?'

엄연히 이제는 서로 사랑하는 사이 아닌가. 게다가 은하가 무슨 말을 해도 그는 싫다고 하는 법이 없으니까.

"팔 좀 만져봐도 돼요?"

쪼르르 달려가서 말하자 역시나 지환은 순순히 도끼를 내려놓고 제 팔을 내주었다.

"그러시죠."

와아, 하면서 신기한 거라도 되듯 조심조심 팔을 만지자 지환이 미소를 지었다.

"은하 씨 거니까 얼마든지 원하실 때 마음껏 만지셔도 됩니다."

터치 프리패스를 받은 은하는 마구 들떴다. 그 멋진 가슴을 앞으론 내 마음대로 만져볼 수 있다니! 냉큼 만지고 싶었지만, 아직 해도 다 안 져서 역시나 민망했다.

'이따가 밤에 만져야지.'

속으로 큰 그림을 그리며 아쉽게 그의 팔에서 손을 떼는데, 지환에게 손목을 붙잡혔다.

"그런데 은하 씨."

"네?"

"언제까지 이렇게 은하 씨만 만지실 겁니까?"

지환은 아무렇지도 않게 말했다.

"이제 슬슬 제가 만질 차례도 된 것 같은데요."

듣자마자 얼굴이 확 뜨거워졌다.

"저, 저는 만질 것도 없어요!"

허둥거리며 말하자 지환이 팔짱을 끼더니 새삼스레 은하를 바라보며 으음, 하는 소리를 냈다.

"아닌 것 같은데."

생소한 눈빛에 은하는 놀라서 얼른 집 안으로 도망쳤다.

"저 밥 씻어 올게요!"

문을 쾅 닫고 심호흡을 하며 콩닥거리는 가슴을 진정시켰다.

"하아, 하아."

물론 제 손으로 밧줄까지 끊어놓았을 때는 마음속 어디엔가 그런 각오도 없었던 건 아니다. 여기서 나는 그의 것이 되고 그는 내 것이 되겠구나, 어렴풋이 생각은 했다. 하지만 정작 지환이 노골적으로 욕망을 드러내자 당황하지 않을 수가 없었다. 지금까지 그는 언제나 은하가 하는 대로 착하게 몸을 맡기고 있었을 뿐이지, 자기 쪽에서 은하를 만진다든가 어떻게 하려 한 적이 없었다. 안아줄 때도 어디까지나 '은하 씨가 좋아하시니까'였을 뿐.

그런데 방금 그 눈빛은 뭔가! 뭐랄까, 마치 맛있는 먹이를 눈앞에 둔 맹수의 그것과도 같은 눈빛이었다. 당황하긴 했지만 한편으로 무척 설레는 것도 사실이었다. 무엇보다 그가 자신을 여자로 본다는 게 기뻤다. 부끄럽기도 하고 긴장도 되지만, 그보다도 원하는 마음이 훨씬 더 컸다.

'좋아, 오늘 밤이다!'

은하는 결심했다.

'잠깐, 속옷을 뭐 입고 왔더라?'

제대로 위아래 세트로 입고 온 것까지 확인하고는 안도의 한숨을 내쉬었다. 은하가 마음을 정리하고 나가자 지환이 이미 모닥불을 피워놓고 있었다.

"불이 금세 붙었네요?"

"동생들하고 올 때마다 하는 일이어서요."

모닥불 앞에 작은 의자를 갖다 놓고, 지환이 그 위에 담요를 깔아주었다. 해가 지니까 급격히 기온이 떨어져서 따뜻한 불가에 앉아 있는 게 그렇게 좋을 수가 없었다. 그저 나란히 앉아서 얘기만 해도 즐거웠다. 지환이 칼집을 낸 밤을 구워서 손수 껍질까지 벗겨줬지만, 마음이 들떠서 그 좋아하는 군밤도 먹는 둥 마는 둥 했다.

"있잖아요, 혹시 대학 갈 생각 없으세요?"

"예?"

"지환 씨 공부 잘하는데 달랑 고등학교 검정고시만 보고 끝내기는 아까워서 그래요. 사실 저는 수학 하나만 유난히 잘하고 나머진 그저 그랬는데, 지환 씨는 전 과목 다 잘하잖아요. 진짜로 한국대도 가능성이 있을 것 같은데."

지환은 고개를 갸웃거리며 되물었다.

"제가 이제 와서 대학 가봤자 뭐 좋을 게 있겠습니까?"

하긴 그러네, 하고 은하는 생각했다. 명문대 나와서도 취업하기 힘든 요즘 세상에, 이 사람은 벌써 큰 회사 사장님인데 학벌 따위가 무슨 의미가 있을까.

"그건 그러네요."

지환이 불쑥 물었다.

"혹시 제가 한국대 가면, 은하 씨가 제 소원 하나 들어주시는 겁니까?"

"네?"

"그런 거면 한번 가보지요."

대한민국 최고 학부를 무슨 옆 동네라도 되는 것처럼 말하는데도 전혀 허세처럼 느껴지지 않았다. 저도 모르게 멋있다, 하고 생각하다 은하는 뒤늦게 흠칫 놀랐다.

"무슨 소원인데요?"

경계에 찬 눈초리로 쳐다보자 지환이 귓가에 속삭였다.

"…말하면, 선불로 먼저 들어주시는 겁니까?"

유혹하듯 한껏 낮아진 목소리에 심장이 떨렸다.

"부, 붙고 나서 말씀하세요!"

저도 모르게 쏘아붙이듯 말해놓고 가슴이 철렁했다. 싫어서 그런 거 아닌데, 갑자기 그런 말 하니까 두근거려서 그런 건데. 사실은 한국대 합격 같은 조건 따위 걸지 않아도, 벌써 오늘 밤에 그에게 안기려고 결심했는데.

상처받지 않았을까, 하고 눈치를 보았지만, 다행히도 지환은 어깨를 으쓱하며 웃었다.

"그럼 한국대를 목표로 한번 열심히 해보죠."

목표라는 말에 문득 떠오르는 게 있었다.

"저 있잖아요, 인생의 목표를 다시 세우기로 했어요."

타닥타닥, 모닥불이 소리 내며 타들어가는 것을 바라보던 은하가 말했다.

"저번에 지환 씨가 말해줬잖아요. 또 새로운 목표가 생길 거고, 그 목표를 향해서 살게 될 거라고 말이에요. 그래서 나한테 또 무슨 목표가 있을까, 하고 많이 생각하고 결정했어요."

"뭡니까?"

"인기 크리에이터가 될 거예요. 일단 소소하게 구독자 십만 정도만?"

여태 채 이만도 안 되는 주제에 십만 운운하기가 민망해서 일부러 웃으며 말했지만, 정작 지환은 웃지 않았다.

"백만도 할 수 있습니다, 은하 씨는."

진지한 목소리에 기운이 나서 은하도 좀 더 솔직해질 수 있었다.

"유명해져서 가족들한테도 인정받고 싶어요."

비록 집 나온 지 2년이 되도록 연락조차 없는 매정한 가족들이지만, 그렇다고 은하 쪽에서도 미련이 끊어지는 것은 아니었다. 지금도 부모님은, 언니와 오빠는, 어떻게들 지내고 있는지 늘 궁금했다. 명절이나 가족들의 생일이라도 되면 혹시 연락이 올까 싶어서 며칠 전부터 전화벨만 울려도 깜짝깜짝 놀랐고, 역시나 그냥 지나가고 나면 또 며칠 동안 우울했다.

"저희 가족이 뭐랄까… 소위 말하는 엘리트 집안? 그런 거예요. 저 하나만 한국여대 나왔고 나머진 다들 한국대 나왔거든요. 아빠는 판사 하시다 지금은 변호사 개업하셨고, 엄마는 교수시고요. 언니는 의사고 오빠는 현직 검사고, 친척들은⋯."

전에는 혹시 지환이 놀랄까 봐 여기까지는 말하지 않았지만, 이제는 다 털어놓고 싶었다. 다행히 지환은 별로 놀란 기색 없이 조용히 듣고 있었다.

"그러니 박사과정 때려치우고 유튜버 하겠다고 집 나와서는, 정작 인기도 없는 제가 얼마나 한심해 보이겠어요. 2년째 아무도 연락이 없어요."

은하는 매달리듯 지환을 쳐다보았다.

"비록 부모님이 원하신 일은 아니지만, 지금 하고 있는 일에서 성공하면 가족들도 인정해주지 않을까요?"

모닥불에 장작을 던져넣으며 지환은 조심스럽게 말했다.

"가족들이 인정하든 하지 않든, 저는 은하 씨가 충분히 좋은 크리에이터라고 생각합니다."

굳이 인정받으려고 할 필요가 있겠느냐는 뜻이었다. 은하는 한숨을 내쉬었다.

"저는 어릴 때부터 한 번도 부모님한테 칭찬을 받은 적이 없거든요. 한 번쯤은 저도 자랑스러운 자식, 자랑스러운 동생이 돼보고 싶어요."

미운 오리 새끼의 심정이란 게 그랬다. 다른 오리들에게 같은 무리 취급을 받지 못한다고 해서 그래 나도 너희 필요 없어, 하고 쿨하게 돌아설 수 있는 게 아니었다. 그럴수록 어떻게든 어엿한 무리의 일원으로 인정받고 싶어지는 것이다. 스스로도 못났다 생각하면서도.

고맙게도 지환은 은하를 못났다 하지 않고 격려해주었다.

"은하 씨라면 할 수 있을 겁니다."

새삼스레 주변을 휘 둘러보고 은하는 물었다.

"여기, 지환 씨 아버님이 쓰시던 별장이죠?"

"예."

그럴 거라고 생각했다. 지환의 집이나 여기나 현대식으로 잘 꾸며져 있으면서도 어딘가 일관된 취향이 엿보였던 것이다. 거기는 복도에 수사슴 머리가 걸려 있고, 여기는 거실에 호랑이 가죽이 깔려 있고.

"지환 씨 가족 얘기도 듣고 싶어요."

그동안은 궁금해도 차마 묻지 못했지만, 이제는 정말로 마주 보는 사이가 되었으니까 그에 대해서 더 많이 알고 싶었다. 지환은 생각에 잠긴 듯 한참 동안 말이 없었다. 끈기 있게 기다린 끝에 그가 드디어 입을 열었다.

"제 어머니는 원래 부잣집 딸이었습니다. 그런데 스무 살 때 어쩌다 깡패 두목인 아버지를 만나서 사랑에 빠지는 바람에 인생이 백팔십도 바뀌었죠."

마치 영화 속의 사랑 이야기 같다고 생각했지만, 역시나 이어진 이야기는 영화와는 달랐다.

"오래가지는 못했습니다. 어머니는 저를 임신한 채로 도망쳐서, 아버지 눈을 피해 지방에 자리 잡은 뒤 혼자 아이를 낳아 키우셨죠."

"어머니께서 무척 힘드셨겠어요."

지환이 고개를 끄덕였다.

"저를 낳으셨을 때 겨우 스물한 살이었으니까요. 반대를 무릅쓰고 한 결혼이라, 외가에서도 절연을 당해서 도움받을 데도 없었으니 고생이 크셨지요. 버리지 않고 키워주신 건 고맙지만, 저한테 스트레스를 푸시는 일도 많았던 건 사실입니다."

잔잔한 목소리에 가슴이 철렁했다.

"어머니는 늘 제가 아버지처럼 될까 봐 무서워했습니다. 조금이라도 아버지와 닮은 점이 보이면 치를 떨며 화를 내셨어요. 닮을 게 따로 있지, 깡패를 닮느냐면서요."

어느덧 사그라들기 시작하는 불을 나무 막대기로 뒤집으며 지환은 말을 이었다.

"원래 태어나기를 근육이 잘 붙고 잘 크는 몸인데, 어머니는 그걸 가장 못 견뎌 하셨어요. 그래서 저녁은 으레 굶을 때가 많았습니다. 특히 고기는 거의 못 먹었죠."

언젠가 그와 나눴던 대화가 떠올랐다.

― 지환 씨는 왜 육가공 사업을 하게 되신 거예요?

― 돈은 못 벌어도 최소한 고기는 많이 먹을 수 있을 것 같아서요.

― 고기 되게 좋아하시나 봐요?

― 어릴 때 못 먹어서 그런가 봅니다.

그때는 어린 시절 집이 가난했었나 보다, 하고 생각했는데 그게 아니라 어머니가 일부러 굶긴 거였다니. 은하는 마음이 아파서 어쩔 줄을 몰랐다. 어떻게든 위로해주고 싶은데, 뭐라고 말해야 할지 알 수가 없었다.

"그러다가 중학교 때 아버지한테 가게 됐는데, 이번에는 아버지가 어머니를 닮았다고 싫어하시는 겁니다. 사내새끼가 마음이 약해 빠졌다면서요."

"…"

"마음은 어머니를 닮고 몸은 아버지를 닮는 바람에 두 분에게 다 미움을 받았지요."

고개를 숙인 지환이 쓰게 웃었다.

"이래저래 저는 사랑받을 팔자는 아니었나 봅니다."

은하는 자리에서 일어났다.

"저는 그런 지환 씨가 좋아요."

그의 앞으로 가서 시선을 맞추고, 다시 한번 힘주어 말했다.

"몸은 크고 강하고, 마음은 다정하고 사랑스러운 지환 씨가 좋아요."

깜짝 놀라 숨을 멈추는 지환의 입술에 은하는 눈을 꼭 감고 제 입술을 갖다 댔다. 부끄러워서 심장이 터질 것만 같았지만 꾹 참았다. 부디 이 마음이 그에게 전해졌으면 좋겠다는 생각으로.

처음에는 놀란 듯 눈을 크게 뜬 채 굳어 있던 지환이 잠시 후 입술을 열어 마주 입 맞추며 은하를 꼭 껴안았다. 서툴렀던 입맞춤은 금세 모닥불만큼이나 뜨거워졌다. 굶주린 듯이 키스해오는 지환의 목에 은하는 정신없이 매달렸다.

부끄러움이나 망설임, 혹은 두려움 따위는 모두 잊었다. 이 외롭고 사랑스러운 사람에게 내가 기쁨이 될 수 있다면, 뭐든 하겠다. 처음에는 그런 순수한 마음뿐이었지만, 점점 뜨거워지는 입맞춤에 서서히 은하에게도 다른 욕망이 일어났다.

갖고 싶다, 이 사람을. 거추장스러운 천 따위 사이에 두지 않고, 이 아름답고 강한 몸을 직접 피부로 느끼고 싶다. 어차피 진작 결심한 것, 더는 기다릴 필요가 없었다.

"방으로 들어가요, 우리."

언제나 그녀의 말에 순종하는 남자는 이번에도 말이 떨어지자마자 은하를 번쩍 들어 안았다. 방으로 들어가서 그가 침대에 조심스레 내려놓아주자마자 다시 목을 껴안고 입을 맞추려 하는데….

"은하 씨, 잠깐만."

왠지 지환 쪽에서 입술을 피했다.

"오해하지 말고 들어주셨으면 좋겠습니다."

가쁜 숨을 몰아쉬며 그는 이마를 맞댄 채 은하의 눈을 바라보았다. 검은 눈동자 안에서 불타고 있는 정염이 들여다보여서 초조해졌다. 대체 여기까지 와서 무슨 말이 더 필요한 걸까.

"저는 진심으로 은하 씨를 원합니다. 하지만…."

망설이는 듯한 말투에 뒷말이 예상되어 은하는 얼굴을 굳혔다.

"제가 언제 지켜달라고 했어요?"

"그런 게 아닙니다. 그저 제가 아직은…."

곤란한 듯이 말끝을 흐리다 지환은 한숨을 쉬고 말했다.

"이유는 묻지 마시고, 조금만 기다려주실 수 없겠습니까?"

잔뜩 달아올랐던 몸이 삽시간에 싸늘하게 식는 것 같은 느낌이 들었다. 여자가 처음으로 사랑을 나눌 상대를 선택할 때 신중하듯, 물론 남자도 그러지 말라는 법은 없다. 설마 이 사람은 내게 확신이 없는 걸까?

은하가 얼굴을 굳히자 지환이 초조한 얼굴을 했다.

"결코 은하 씨를 사랑하지 않아서가 아닙니다."

그래도 표정이 나아지지 않자 그는 급히 은하의 손을 잡아다가 제 가슴에 갖다 댔다.

"원하시면 제 가슴을 갈라보셔도 좋습니다. 아마 은하 씨밖에 나오지 않을 테니까요."

두근, 두근, 두근. 심장이 튀어나올 기세로 뛰고 있는 것이 느껴져서 상했던 마음이 스르르 풀렸다.

"끔찍한 소리 하지 마세요."

은하는 짐짓 눈을 흘기며 손을 뗐다. 뭔지는 모르겠지만 어쨌든 그가 나를 사랑하는 마음만 확실하다면 그걸로 됐다. 은하가 생각할 시간이 필요하다고 했을 때, 그는 이유 따위 묻지 않았다. 언제까지든 기다리겠다고 말해주었을 뿐. 지환 같은 사람이 이렇게 말할 때는 그럴 만한 이유가 있는 거겠지, 하고 생각하며 은하는 웃어 보였다.

"기다릴게요. 지환 씨가 준비될 때까지 말이에요."

그제야 지환은 안도한 표정이 되었다.

"고맙습니다."

그러면 일단 큰형님의 순결은 고이 지켜드리는 걸로. 결론을 내고 나자 괜히 어색하고 부끄러워졌다.

"그럼 주무세요. 내일 아침에 봐요."

얼른 일어나서 방을 나가려는데, 지환이 어딜 가느냐는 듯 등 뒤에서 끌어안았다.

"지환 씨?"

은하는 당황했다.

"방금 저더러 기다려달라고 하셨잖아요?"

"그랬습니다만."

낮은 목소리가 귓가에 속삭였다.

"…은하 씨를 즐겁게 해드릴 수는 있지요."

가슴이 철렁하는데, 지환이 문득 진지한 목소리를 냈다.

"거절할 기회를 드리겠습니다."

의외로 교활한 데가 있는 남자였다. 어차피 거절하지 못할 걸 알고 있으면서, 일부러 이렇게 묻는 의도가 훤히 들여다보였다. 대답하면 그걸 빌미로 자기 품에 꽁꽁 묶어둘 셈인 거다.

"이번에는 잘 생각하고 대답하시는 게 좋을 겁니다."

참 답이 없는 건, 그 뻔히 들여다보이는 욕심에 대책 없이 설렌 다는 거였다.

"한번 시작하면 멈추지 않을 거니까요."

말로는 어디까지나 정중하게 유혹해왔다.

"…제가 즐겁게 해드려도 되겠습니까?"

은하는 복잡한 감정에 휩싸였다. 이미 지환과는 상당히 진한 스킨십이 있었지만, 따지고 보면 이쪽에서 일방적으로 만진 것뿐인데. 그의 '즐겁게 해주겠다'는 말은 명백히 그 반대를 의미하고 있었다. 지금껏 한 번도 해본 적이 없는 일을 하자니 더럭 겁부터 났다. 하지만 한편으로는 설레기도, 호기심이 들기도 했다.

알고 싶다, 이 남자가 즐겁게 해준다는 말의 의미는 뭔지. 결국 은하는 유혹에 넘어가고 말았다.

"…네."

조그맣게 중얼거리자마자 기다렸다는 듯이 귓불에 부드러운 것이 와 닿았다. 순간 온몸이 짜릿해지면서 은하는 저도 모르게 몸을 한껏 움츠렸다.

"아!"

이게 애들 장난이 아니구나, 하고 뒤늦게 깨달았다. 귓불을 부드럽게 빨던 입술이 서서히 목덜미를 따라 내려가자 그만 조급해졌다.

"자, 잠깐만요."

분명 생전 처음 경험하는 느낌이긴 한데, 이게 좋은 건지 싫은 건지 잘 모르겠다. 어쩔 줄을 모르겠어서 일단 입술을 피하려고 발버둥을 쳤지만, 뒤에서 껴안고 있는 굵은 팔은 꿈쩍도 하지 않았다.

"아까 말씀드렸을 텐데요?"

쇄골에 가볍게 입을 맞추면서 옷 아래로 커다랗고 따뜻한 손이 조심스럽게 파고들었다.

"일단 시작하면 멈추지 않을 거라고."

말랑하고 탄력 있는 맨살을 살며시 움켜쥐는 손에 몸이 활처럼 휘었다.

"누가 그랬죠? 만질 게 없다고."

황홀한 듯한 목소리가 속삭였다.

"아시겠습니까?"

연약한 살결을 어루만지는 부드러운 손길과는 달리, 나머지 한쪽 팔은 그녀가 도망치지 못하도록 한층 더 세게 껴안아왔다.

"은하 씨가 이런 식으로 저를 만져주실 때, 제가 어떤 기분이었는지."

그때의 지환의 표정을 떠올리자 가슴속 심지에 불이 확 붙는 것 같은 느낌이 들었다. 입술을 깨물고, 턱을 한껏 뒤로 젖히고, 고통인지 쾌락인지 모를 것을 억지로 견디고 있는 것 같던 얼굴. 제발 어떻게 좀 해달라고 호소하는 것 같은 눈빛. 단연코 은하가 세상에 태어나서 본 모든 것들 중에 가장 유혹적인 것이었다.

혹시 나도 지금 그런 표정일까.

"지금 은하 씨가 어떤 얼굴을 하고 계실지 죽도록 궁금하지만, 오늘은 참아드리겠습니다."

"…"

"그런 얼굴을 보이는 게 얼마나 부끄러운지 저도 아니까요."

그제야 은하는 깨달았다. 이렇게 뒤에서 안은 채로 있는 것이, 그가 일부러 배려해준 결과라는 것을.

지환은 은하를 꼼짝도 못 하게 제 품에 붙들어놓은 채로 오랫동안 어루만졌다. 처음에는 좋은 건지 싫은 건지도 모르겠고, 그저 미칠 것만 같았던 감각이 시간이 지날수록 점점 한쪽으로 기울어져갔다. 아, 좋은 거구나. 드디어 결론이 내려진 순간, 입에서 터무니없는 소리가 새어 나왔다.

"아아!"

스스로도 당황스러워서 은하는 황급히 이를 악물었다.

"소리 내요. 듣기 좋습니다."

그가 부추겼다. 고개를 저으며 억지로 견디자 이래도, 하듯이 손길이 점점 대담해졌다. 결국 은하는 울먹이며 고개를 뒤로 돌렸다.

"지환 씨."

다정한 남자는 눈치 빠르게 입을 맞춰주었다. 기다리고 있었다는 듯이 벌어진 입안으로 자신을 한껏 밀어넣고, 달콤한 꿀과 함께 흘러나오는 소리까지 욕심껏 빨아 삼켰다.

부드럽게 입술을 빨리고, 안쪽의 연약한 살점이 핥아진다. 동시에 아래에서는 말랑한 살갗을 어루만지는 느낌에 은하의 눈꼬리에 눈물이 맺혔다. 격렬한 키스에 숨이 넘어갈 지경이 되어, 입술을 떼고 가쁜 숨을 몰아쉬자 지환이 은하의 입가에 자기 팔뚝을 갖다 대주었다.

"참기 힘들면 깨물어도 됩니다."

팔을 내주고 나자 나머지 한쪽 손이 더 바빠졌다. 은하는 이제 서 있기조차 힘들어졌다. 자꾸만 무릎이 꺾이자, 결국 지환이 은하를 안아 들고 침대에 앉았다. 그는 은하를 자기 무릎에 앉히고 하던 일을 계속했다.

등에 맞닿은 단단하고 뜨거운 가슴. 제 몸을 떠받치고 있는 팽팽하게 긴장한 허벅지. 온몸이 밀착되자 알 수 있었다. 이 사람도 완전히 뜨거워져 있다는 걸.

하지만 지환은 제 몸 상태 따위는 아랑곳없이 오로지 은하를 즐겹게 해주는 데만 열중했다. 무릎에 앉자 자연스럽게 벌어진 허벅지 안으로 손이 파고들었다. 지금까지보다 훨씬 더 강렬한 자극에 견디지 못하고 단단한 팔뚝을 이로 깨물자 등 뒤에서 지환이 작게 신음했다.

"…아!"

분명히 아팠을 텐데, 그는 오히려 더 해달라고 재촉하듯 더욱더 팔을 들이댔다. 처음에는 그가 다칠까 봐 자제했지만 곧 그런 배려 따위 할 여유조차 날아가버렸다. 마디가 굵고 투박한 주제에 터무니없이 섬세한 손가락은 만져주기를 바라는 부분을 번번이 미묘하게 빗나가서 애를 태웠다.

이 남자는 대체 이런 걸 어디서 배운 걸까. 연애는 해본 적도 없다면서.

'제발요, 그러지 말아요.'

자칫하면 애원해버릴 것 같아서 은하는 정신없이 그의 팔을 깨물며 버텼다. 세게 물어뜯을수록 이상하게도 남자는 더 기뻐하는 것 같았다.

"으읏."

깨물 때마다 낮은 신음 소리가 귓가에 들려와 흥분을 한층 더 부채질했다. 좋은데, 너무 좋은데 이게 어디까지 갈지 알 수 없어서 무섭다. 저도 모르게 그의 팔에서 도망치려 하자, 갑자기 어루만지던 손길이 뚝 멈췄다.

"그만할까요?"

아까는 절대 그만두지 않겠다더니, 이제 와서 묻는 게 얄미워서 그만 울고 싶어졌다.

"싫으시면 여기서 그만두겠습니다."

진짜로 손을 거두려는 기세에 결국 은하는 울먹이며 그를 붙들었다.

"계속… 해주세요."

육체적인 쾌락도 좋지만, 그보다도 사랑받는 기분을 계속 느끼고 싶었다. 이 커다란 남자가 자기 욕심은 꾹 눌러 참으며, 오로지 저만 예뻐해주고 있는 이 순간이 너무 행복했다.

"분부대로 하지요."

다시 시작된 유희는 한층 더 짙고 달콤했다. 미쳐버릴 것 같아 그의 무릎 위에서 몸부림치듯 몸을 비틀자, 지환이 한 팔로 꼭 껴안아주면서 속삭였다.

"더 느끼셔도 됩니다."

재촉하듯 속삭이는 낮은 목소리가 그녀를 한계까지 몰아붙였다.

"울어도, 소리쳐도 되니까 마음껏 좋아하세요."

결국 은하는 그의 품 안에서 목이 쉴 때까지 소리 내어 울어버렸다.

♤ ♥ ♧

아침에 먼저 눈을 뜬 은하는 잠든 지환의 얼굴을 한참 들여다보았다. 느린 숨소리를 내며 평화롭게 자고 있는 남자의 얼굴은 티끌만큼도 살벌해 보이지 않았다. 외모를 제대로 감상할 수 없게 만드는 요인이 사라지니 순수하게 미모에 감탄할 수 있었다.

'어쩜 이렇게 예쁘게 생겼을까?'

하다못해 뺨에 그어진 흉터마저 가슴이 시리도록 사랑스러웠다. 당장이라도 흉터에 입 맞추고 싶은 걸, 자칫 깨울까 봐 꾹 참고 들여다보기만 하다 은하는 문득 생각했다.

'상처는 어쩌다 생긴 걸까.'

알고 싶다, 이 사람의 모든 것을. 듣고 싶고, 어루만져주고 싶고, 사랑해주고 싶다.

사실은 어제도 그런 마음에 안기고 싶었던 건데 정작 이 사람은 자기 욕심 따위는 꾹 참고 그저 나만…. 어젯밤의 일을 떠올리다 은하는 그만 새빨개졌다. 사랑하는 사람과의 은밀한 유희가 그렇게 좋은 건 줄 미처 몰랐다. 생각만 해도 몸이 화끈 달아오르는 게, 뭔가 새로운 세계에 눈을 떠버린 기분이었다.

'이따 일어나면 또…?'

달콤한 기대에 혼자 두근거리다 다른 데 생각이 미쳤다.

'아니지. 이번엔 나도 뭔가 해줘야 하는 게 아닐까?'

그가 기다려달라고 말하기는 했지만, 어젯밤 애무의 농도로 봐서는 그냥 끝까지만 가지 말자는 뜻인 것 같았다. 즉 최후의 선만 넘지 않으면 된다, 이 소린데.

'근데 뭘 어떻게 해줘야 하는 거지?'

해본 적도 없는 일들을 이것저것 상상하고 있는데 갑자기 지환이 눈을 번쩍 뜨는 바람에 은하는 하마터면 심장이 멈출 뻔했다. 너무 당황해서 그만 마음에도 없는 생트집을 잡아버렸다.

"연애 안 해봤다는 거, 거짓말이죠?"

지환의 입장에서는 날벼락이나 다름없었다. 그는 놀라서 얼른 몸을 일으켜 앉았다.

"저는 하늘에 맹세코 은하 씨 이외의 여자를 좋아한 적이 없습니다."

당황스럽고 억울한 나머지 목소리가 다 떨렸다. 오해를 풀기는 커녕 은하는 한층 더 놀랐다는 듯이 눈을 둥그렇게 떴다.

"그럼 좋아하지도 않는 여자랑 잠만 잤단 말이에요?"

억울해서 미치고 팔짝 뛸 지경이었다. 은하가 잠결에 제 가슴을 막 더듬어오기 전까지는 평생 누가 만진 적조차 없는, 순결하기 그지없는 몸이었는데 무슨 소리를! 지환은 정색을 했다.

"좋아한 여자도, 제 몸을 만지도록 허락한 여자도 평생 은하 씨 뿐입니다."

그래도 못 믿겠다는 듯이 한참을 쳐다보다, 은하는 톡 쏘아붙이듯 물었다.

"그럼 어떻게 그렇게 잘하는데요?"

아, 그런 뜻인가. 목덜미까지 확 뜨거워지는 게 느껴졌지만, 어쨌든 해명은 해야겠다는 생각이 들었다. 어떻게 말해야 좋을까, 잠시 고민하다 지환은 입을 열었다.

"예습을… 좀 했습니다."

"예습이요?"

"예. 은하 씨가 저를 만져주셨던 게 무척 기분이 좋아서, 언젠가 혹시 보답해드릴 날이 있을까 싶어서요. 그런데 괜히 제가 서툴러서 실망시켜 드리면 안 될 것 같아서…."

예습하는 데 모종의 시청각 교재를 동원했다는 얘기까지는 굳이 하지 않았다. 왜냐하면 은하도 다 알아듣고 새빨개져 있었으니까!

한참 침묵이 흐른 끝에 그녀가 빠르게 중얼거렸다.

"오해해서 죄송해요."

지환은 도망치듯 침대에서 내려가려는 은하를 잽싸게 낚아채서 품 안에 가두었다. 어딜 도망가?

"예습한 건 어제 보여드렸으니까, 이제 복습할 차례지요."

"꺅!"

방어하듯 몸을 동그랗게 마는 그녀를, 차곡차곡 잘 펴서 제 몸 아래 고이 눕히며 으르렁거렸다.

"공부 잘하셨으니까 아시지 않습니까? 예습, 복습의 중요성."

감히 나의 순결을 의심한 죄, 몸에다 물을 테다.

"괘, 괜찮아요! 지금도 충분히 모범생이세요!"

"저는 더 잘하고 싶습니다."

새빨개진 은하가 품에서 빠져나오려고 발버둥을 쳤지만, 지환에게는 코웃음이 나올 정도였다. 작은 어깨를 꽉 붙잡고 입을 맞추려는데, 하필이면 그때 머리맡에 놓아둔 휴대폰이 울렸다. 그냥 무시하고 키스했지만 망할 전화벨은 끈질기게도 계속 울렸다. 결국 은하가 입술을 떼고 부끄러운 듯 중얼거렸다.

"전화, 받으셔야 할 것 같아요."

젠장, 누구든지 간에 반드시 죽일 테다. 속으로 욕설을 퍼부으며 지환은 몸을 일으켜 전화를 받았다.

"형님."

하필 일영이었다.

"용건만 말해라."

이를 악물고 말하자 일영은 금세 분위기 파악을 한 모양이었다.

"방해할 생각은 없고, 제가 딱 한 가지만 여쭙고 끊겠습니다."

지환은 금방이라도 뚜껑이 열릴 것 같았다. 이미 방해는 했다, 이놈아!

"뭔데?"

"은하 누님이랑 사귀시는 겁니까?"

지환은 잠시 말문이 막혔다. 사귀자는 말도 안 했고 대답도 못 들었는데 제멋대로 대답해버리면 안 될 것 같아서, 일단 휴대폰을 떼고 은하에게 물었다.

"저, 은하 씨. 혹시 우리 지금, 사귀는 겁니까?"

은하가 대답 대신 갑자기 노려보는 바람에 그만 헷갈렸다. 사귀는 건 아닌가? 하고 생각하는데….

"그렇게 저한테 이런 짓 저런 짓 다 해놓고."

한껏 낮아진 목소리에 가슴이 철렁했다.

"이제 와서 사귀는 거냐고요?"

아, 사귀는 거구나! 지환은 황급히 휴대폰에 대고 말했다.

"사귀는 거 맞다는데?"

"예?"

당황한 목소리가 되물었지만 이미 지환은 일영 따위 안중에도 없었다.

"끊어, 이 자식아."

휴대폰을 내던지고, 지환은 황급히 발을 쿵쿵거리며 거실로 나가버린 은하의 뒤를 쫓아 나갔다.

"은하 씨!"

잔뜩 화가 난 은하를 달래느라 지환은 한참이나 진땀을 뺐다.

♠ ♥ ♣

통통통. 새하얀 도마 위에 김치를 올려놓고 써는 칼 솜씨가 예사롭지 않았다. 커다란 몸에 앞치마를 두르고 아침식사를 준비하는 지환의 뒷모습을 식탁에 앉아서 바라보며 은하는 생각했다. 저 남자는 대체 못하는 게 뭘까?

싸움도 잘하지, 진학을 안 했을 뿐 공부도 잘하지, 요리도 잘하지, 그리고 또…. 간밤의 일이 떠올라서 얼굴이 확 붉어졌다.

'끝까지도 안 갔는데 그 정도면, 진짜 끝까지 가면 기분이 어떨까?'

어느덧 혼자 두근거리며 상상의 나래를 펼치고 있는데….

"…넣어드릴까요?"

문득 지환이 돌아보며 묻는 바람에 은하는 앉은 자리에서 펄쩍 뛰었다. 은하가 너무 기겁하자 지환이 어리둥절한 표정을 했다.

"김치찌개에 참치 넣는 게 그렇게 싫으십니까?"

은하는 식은땀을 흘리며 대답했다.

"아니요! 참치! 좋아하죠! 완전!"

잠시 후 식탁에 음식이 다 차려졌다. 참치 통조림을 넣은 김치찌개, 통조림 햄구이, 김 그리고 새하얀 쌀밥.

"있는 재료가 통조림뿐이라 죄송합니다."

자기가 만들어놓고도 지환은 사과를 했다.

"어떠십니까?"

"엄청 맛있어요."

맛있게 먹으면서 은하는 조금 아쉽게 덧붙였다.

"고기가 있으면 더 좋았을 텐데요."

"냉동고에 고기는 많이 있습니다만… 냉동육은 싫으십니까?"

지환이 물었지만 은하는 생각에 잠겨 있느라 듣지도 못했다. 사실 자기가 먹고 싶은 것보다도 지환에게 먹이고 싶어서였다. 장작에 구우면 엄청 맛있을 텐데, 이 사람이 맛있게 먹는 걸 보고 싶은데. 하지만 근처에 마트는커녕 구멍가게 하나 없어 보이는 데다 다리마저 끊어놓았으니 그림의 떡일 뿐이었다.

세상에 몸이 크는 게 싫어서 한창 자랄 나이의 아들에게 풀만 먹이다니, 대체 지환 씨의 어머니란 사람은…. 얼굴도 본 적 없는 그의 어머니를 원망하다, 은하는 생각을 고쳐먹었다.

'앞으로 내가 많이 먹여주면 되지, 뭐.'

어제 밤늦게까지 사랑을 나눈 여파인지, 아침밥을 먹고 나니까 또 졸렸다. 숟가락을 놓자마자 꾸벅꾸벅 졸기 시작하는 은하를 지환이 가볍게 안아 들고 침대로 데려갔다.

"피곤하실 테니 좀 더 주무십시오."

조심스럽게 침대에 내려놓으며 하는 말에 안심하고 눈을 감는데, 갑자기 몸 위로 묵직하게 무게가 실리는 바람에 그만 졸음이 확 달아났다.

"자라면서요?"

화들짝 놀라서 입술을 피하며 묻자, 지환이 키스해왔다.

"자기 전에."

이미 반쯤 낮아진 목소리가 유혹하듯 속삭였다.

"…복습은 해야지요."

깜짝 놀라는 은하를 꼭 껴안으며 지환은 입을 맞췄다. 놀란 토끼처럼 굳어 있던 그녀가 잠시 후 눈을 스르르 감으며 마주 안아오는 바람에 기뻐서 가슴이 술렁였다. 용기를 얻어 블라우스 단추를 살짝 풀어내자 목덜미에 어제 자신이 남긴 흔적이 점점이 보였다. 새하얀 눈 위에 붉은 꽃잎이 떨어진 것 같은 흔적 하나하나에 지환은 복습하듯 입술을 가져갔다.

"어제 여기를 제일 좋아하셨던 것 같은데요."

민감하기 그지없는 몸이었다. 단지 입술이 닿았을 뿐인데 금세 숨을 멈추며 입술을 꼭 깨무는 그녀였다. 괜한 승부욕이 발동해서 지환은 짓궂게 속삭였다.

"그렇게 참기만 하시면 어디가 좋은지 모르지 않습니까?"

그래도 은하는 고집스레 참았다. 꼭 다문 바람에 빨갛게 물든 입술이 너무 맛있어 보여서, 지환은 참지 못하고 다시금 은하의 입술을 덮쳤다. 하지만 이번에는 은하가 순순히 입술을 내주지 않고 피했다. 내가 너무 짓궂게 굴었나 싶어서 가슴이 철렁하는데….

"이러는 거 괴롭지 않으세요?"

은하가 안타까운 듯이 물었다.

"저는 좋지만… 지환 씨는 계속 참고 있잖아요."

지환은 내심 안도의 한숨을 내쉬었다. 티끌만큼도 이 여자의

눈 밖에 나고 싶지 않다. 꿈에 그리던 것을 겨우 손에 넣은 마음은
이토록 조심스러웠다.

"솔직히 괴롭긴 합니다."

"그런데요?"

지환은 빙긋 웃으며 대꾸했다.

"아시다시피 저는 일부러 괴로운 걸 즐기는 취미가 있어서요."

사실 왜 괴롭지 않을까. 어제도 그대로 침대에 쓰러뜨려 제 것
으로 만들고 싶은 충동을 몇 번이나 참았는지 모른다. 그렇게 해
도 그녀가 밀어내지 않을 거라는 걸 알기 때문에 더 힘들었다. 하
지만 결국 끝까지 참은 것은 결심한 바가 있기 때문이었다.

"대신 오늘은 얼굴, 봐도 되겠습니까?"

귓가에 대고 살짝 조르자 은하는 부끄러워하면서도 착하게 눈을
감았다. 금세 황홀함에 물들어가는 예쁜 얼굴을 바라보며, 지환은
그녀를 기쁘게 하는 데 열중했다. 사랑하는 여자가 쾌락에 못 이겨
제 품 안에서 울먹이는 소리처럼 달콤한 것이 세상에 또 있을까.
비록 몸은 괴로웠지만, 마음만은 한껏 충족된 기분이었다.

♤ ♥ ♧

은하가 지쳐서 낮잠에 빠진 사이, 지환은 살짝 집을 빠져나와
숲으로 향했다. 먹잇감을 노리는 맹수처럼 계곡을 향해 흐르는 시
냇가의 수풀 속에 몸을 웅크린 채 무언가를 기다리기 시작했다.
기약 없이 길어지는 기다림 사이로 잡념이 파고들었다.

'잘 자고 있으려나.'

은하를 떠올리자마자 날카로웠던 집중력은 이내 흐트러지고, 가슴이 몽글몽글 부풀어 올랐다. 그런 자신이 새삼스럽게 신기했다. 이렇게 부드럽고, 간지럽고, 달콤한 감정을 내가 품을 수 있을 줄은 몰랐다. 원래 없었거나, 혹 있었더라도 이미 오래전에 잃어버린 줄 알았는데. 은하는 그가 평생 가져본 모든 것 중에 제일 귀하고 아름다운 것이었다. 이게 혹시 꿈이 아닌가, 계속 몰래 허벅지를 꼬집어볼 정도로.

― 세상에서 제일 착한 사람이야. 때리지 마!

은하가 뭔가 속고 있다는 생각도 들었다. 사실 자신은 그녀가 생각하는 것처럼 착한 사람도, 무른 놈도 아닌데.

물론 은하가 넘어와준 이상 절대 놔줄 생각은 없었다. 은하는 그저 지금 이 순간의 감정에만 취해 있어서 앞날에 대한 생각 따윈 못 하고 있는 모양이지만, 이미 지환은 그녀와의 미래를 구체적으로 그리고 있었다. 끝까지 마지막 선만은 지키고 있는 것도 그래서였다.

…은하의 가족들. 한국대가 아니라 한국여대를 나왔다고 은하를 이방인 취급하는 그 가족이, 그리 호락호락 자신을 은하의 짝으로 받아들여줄 것 같지 않았다. 차라리 은하가 가족에게서 정을 떼면 간단한 문제일 텐데 그렇지도 못했다.

― 한 번쯤은 저도 자랑스러운 자식, 자랑스러운 동생이 돼보고 싶어요.

그녀는 아직도 가족을 사랑하고, 그들에게 인정받고 싶어 하고 있다. 그렇다면 자신도 그 가족의 기준에 맞춰야 했다.

― 그럼 한국대를 목표로 한번 열심히 해보죠.

어제저녁에 한 말을 은하는 농담으로 알아들었는지 모르겠지만 지환은 진심이었다. 은하의 가족이 학벌을 그렇게 중요시한다면 일단 대학부터 가겠다. 필요하다면 의사든 변호사든 뭐든 돼주겠다. 그래도 깡패 새끼라서 안 되겠다고 하면 돈으로 처발라서라도 인정받겠다.

다행히도 돈과 명예는 마치 일란성쌍둥이 같은 것이었다. 명예욕이 강한 사람일수록 돈에도 욕심이 많은 법이다. 거꾸로 돈이 많으면 명예욕이 생기는 것처럼. 양쪽 다 욕심이 없는 경우는 있어도, 둘 중 한 가지에만 욕심이 있는 사람을 지환은 지금껏 살면서 본 적이 없었다.

생판 남인 어린아이의 치료비를 구하기 위해 백방으로 뛰던 은하 같은 여자가 그런 속물들과 피를 나눴다는 사실이 잘 믿기지 않았지만, 어쨌든 지환에게는 유리한 점이었다. 돈이야 썩어날 정도로 있으니까.

과거 부잣집 딸이었던 어머니가 아버지와 결혼할 때, 외조부가 화를 냈던 까닭이 바로 임신한 상태로 허락을 받으러 왔기 때문이라고 들었다. 근본 없는 깡패 놈이라 어쩔 수 없다면서. 제가 뭘 하든 그녀의 부모님이 쉽게 받아줄 리야 만무하겠지만, 허락을 받기 전까지 은하와 선을 넘지 않았다는 걸 알면 정상참작의 여지가 조금은 있지 않을까. 물론 지환도 오래 참을 자신은 없었다.

'딱 1년이다.'

올해 수학능력시험은 이미 늦었으니, 내년에 수능을 볼 생각이었다. 검정고시 핑계로 은하에게 과외를 받고 있기는 하지만, 사실 지환은 벌써 한참 전에 고등학교 졸업 자격을 얻은 상태였다. 조직을 해체한 바로 다음 해에 검정고시를 보았으니까.

다행히 어릴 때부터 공부는 잘했고, 지금도 어느 정도 자신이 있었다. 무슨 일이 있어도 내년 말에는 한국대학교 합격증을 들고 은하의 부모님께 인사를 드리러 가자고 지환은 결심했다. 그들이 평생 본 적도 없을 만한 엄청난 지참금과 함께.

어쨌든 지금 당장은 눈앞의 일이 중요하다. 지환은 애써 잡념을 떨치고 정신을 집중했다.

몇 시간을 기다렸을까. 해가 점점 기울어져 시냇가에 그늘이 짙어지자, 드디어 노렸던 놈이 저만치 산에서 어슬렁어슬렁 내려오는 것이 보였다.

지환의 눈빛이 날카로워졌다.

♤ ♥ ♧

기절하듯 잠이 들었다가 다시 눈을 떴을 때는 한결 몸이 가뿐해져 있었다. 시계를 보고 은하는 깜짝 놀랐다. 세상에, 그새 세 시간이나 잤단 말이야?

"지환 씨."

거실로 나가며 불렀는데 대답이 들려오지 않았다. 창밖을 내다봐도 역시 지환의 모습은 보이지 않았다.

'어딜 간 거지?'

문득 떠오르는 게 있어서 심장이 멎는 기분이 들었다. 혹시 내

가 잠든 사이에 무슨 일이 있어서 계곡을 내려가다 사고라도 난

게 아닐까?

은하는 황급히 밖으로 뛰쳐나갔다.

"지환 씨? 지환 씨!"

정신없이 외쳐 부르는데, 등 뒤에서 목소리가 들렸다.

"일어나셨습니까?"

숲 쪽에서 지환이 천천히 이쪽을 향해 걸어오고 있었다. 은하는

얼른 달려가서 와락 그의 허리를 껴안았다.

"어딜 갔다 온 거예요? 사고라도 난 줄 알았잖아요."

목소리가 벌벌 떨렸다. 잠깐 보이지 않았을 뿐인데, 그에게 사

고가 났을지도 모른다는 상상만으로도 죽을 것만 같았다. 어느새

이 사람은 이렇게 커진 걸까, 나에게.

은하의 불안이 전해졌는지 지환은 어쩔 줄 몰라 하며 그저 사과

만 되풀이했다.

"놀라게 해서 죄송합니다. 제 잘못입니다. 미리 말씀을 드리고

갔어야 하는데."

한참 꼭 껴안고 있자 겨우 떨림이 진정되었다.

"이제 괜찮아요."

팔을 풀고 물러선 은하는 그제야 물었다.

"대체 어디 갔다 온 거예요?"

"멧돼지를 잡을까 해서 갔었습니다."

"뭐라고요?"

"어제 숲에서 같이 밤을 주울 때 멧돼지 발자국을 봤거든요."

지환이 미안한 듯이 말했다.

"멧돼지를 찾기는 했는데…. 하필 어린 새끼들을 데리고 있어서 차마 잡을 수가 없었습니다."

은하는 입을 다물지 못했다. 아니, 총도 없이 맨손으로 때려잡으려고 했단 말이야?

"대신 이따 저녁에 냉동고에 있는 고기라도 구워드리겠습니다. 잘 해동하면 맛이 없지는 않을 겁니다."

그는 달래듯이 말했다. 별로 먹고 싶다는 생각도 안 했는데 왜 그러지, 하고 고개를 갸우뚱하다 은하는 흠칫 놀랐다. 그러고 보니 아침에 내가 고기가 있었으면 좋겠다고 말했잖아?

"설마 제가 고기 먹고 싶다고 해서 그랬어요?"

"예."

커다란 남자가 순하게 고개를 끄덕였다.

"은하 씨가 소고기를 좋아하시는 건 알지만, 근처에 소가 없어서 어쩔 수 없었습니다."

소가 있었으면 소를 잡으러 갔을 것 같은 말투에 등골이 오싹했다. 자칫 멧돼지를 잡으러 갔다가 다치기라도 했다면.

"왜 그런 짓을 해요, 위험하게!"

은하가 목소리를 높이자 지환은 움찔해서 변명하듯 말했다.

"은하 씨가 고기 먹고 싶다고 하셔서…."

"아무리 그래도 그렇죠! 내가 죽으라면 죽을 거예요?"

"예."

홧김에 내뱉은 말에 진심 어린 대답이 돌아왔다.

"저는 은하 씨 말이라면 뭐든 다 할 겁니다. 헤어지자는 것만 아니면."

울컥해서 은하는 또다시 그를 와락 껴안았다.

"제발 좀 소중하게 다뤄주세요, 네?"

은하의 머리를 가만히 쓰다듬으며 지환은 고분고분 대답했다.

"예, 제가 앞으로 더 잘하겠습니다."

"저 말고, 지환 씨요."

답답해서 한층 더 울고 싶어졌다. 이 이상 뭘 더 어떻게 잘하겠다는 거야.

"저한테 정말 소중한 사람이란 말이에요. 털끝 하나라도 다치거나 위험해지는 거 싫어요."

넓은 가슴에 얼굴을 묻고 은하는 울먹였다.

"만약에 멧돼지한테 물리기라도 했으면 제 마음이 어땠겠어요?"

이쯤 하면 알아들을 줄 알았는데, 둔한 남자는 엉뚱하게 핀트가 엇나간 대답으로 은하를 달래려고만 들었다.

"걱정하지 않으셔도 됩니다. 그까짓 멧돼지 따위가 저를 다치게 하지는 못합니다."

그런 문제가 아니잖아! 답답한 나머지 은하는 눈앞의 단단한 가슴을 쿡 찔렀다.

"제 거라고 그랬죠? 이거."

그는 말했었다. 자기의 몸도, 마음도 모두 은하의 것이라고.

"물론입니다."

"그럼 내 거에 멋대로 흠집 내지 말아요, 화낼 거니까."

504

워낙 싸움을 잘하는 사람이라서일까. 지환은 뺨의 흉터 외에는 상처가 없었다. 전에도 벗은 가슴을 몇 번이나 봤지만, 험하게 살아온 남자의 몸치고는 이상할 정도로 칼자국 하나 없이 매끄럽기만 했다. 얼마나 다행인지 몰랐다. 이 아름다운 몸에, 베인 자국이라도 남았으면 엄청 속상할 뻔했는데.

"알았어요?"

엄포를 놓듯 다그치자 겨우 원했던 대답이 돌아왔다.

"…앞으로는 조심하도록 하겠습니다."

왠지 목소리가 떨리고 있었다.

♤ ♥ ♧

미용실 청소까지 마치고 저녁 늦게 퇴근하면서 미호는 휴대폰을 꺼내 확인했다.

– 너 대체 뭐 하는데 계속 전화 안 받는 거야?

역시나 낮에 은하에게 보냈던 메시지 옆의 1이란 숫자는 사라지지 않고 그대로였다. 공연 보러 오라고 초대해놓고, 정작 어제 공연에서 은하는 쏙 빠지고 없었다. 그 뒤로 아예 연락 두절이 돼버린 것이다. 무슨 일 있느냐고 메신저로 말을 걸어도 확인도 안 하고, 휴대폰도 계속 꺼져 있고.

'대체 얘는 어디서 뭘 하고 있길래 이렇게 연락이 안 되는 거야?'

부쩍 쌀쌀해진 날씨에 목을 잔뜩 움츠리고 역을 향해 걸음을 재촉하는데, 30대 정도로 보이는 웬 남자들 세 명이 미호의 앞을 가로막았다.

"이쁜 언니가 어딜 그렇게 급하게 가시나?"

"분위기 좋은 데 가서 한잔 어때?"

느물대는 남자들에게서 역한 술 냄새가 풍겼다. 미호는 놀란 가슴을 애써 감추며 침착하게 대꾸했다.

"죄송한데 제가 바빠서요."

얼른 피해서 가려 했지만, 남자들이 또다시 앞을 가로막았다.

"거 왜 튕기고 그러실까, 더 매력 있게."

"왜 이러세요?"

잔뜩 겁을 먹고 뒷걸음질을 치다 무언가에 부딪혔다.

"여자분이 싫다고 하지 않습니까."

등 뒤에서 들려온 것은 귀에 익은 목소리.

"불금인데 괜히 서로 기분 상하지 말고 가던 길들 가시죠."

돌아보자 언제 왔는지, 일영이 사내들을 타이르듯 정중하게 말하고 있었다.

"일영 씨!"

반갑고 안심한 나머지 미호는 왈칵 눈물이 날 뻔했다.

일영이 얼굴은 예쁘게 생겼어도 어디까지나 몸은 남자다. 목마른 사슴 대표님이 대놓고 우람한 근육질이라면, 일영은 늘씬하고 날렵한 잔근육 스타일이었다. 게다가 전직이 조폭 보스의 오른팔 아닌가? 그러니까 술 취한 남자 셋쯤이야 가볍게….

"뭐야, 이 새낀?"

일영이 퍽 하고 맥없이 얻어맞는 바람에 미호는 제 눈을 의심했다.

"이러지 마시고 말로 하시죠."

주먹으로 얼굴을 얻어맞고도 반격은커녕 화도 안 내고, 침착하게 상대를 말리는 걸 보고 미호는 그만 어이가 없어졌다. 물론 말로 하자고 해서 상대가 들을 리 없었다.

"좋은 주먹 놔두고 왜 말로 해?"

"뭔데 끼어들어, 이 새끼야."

남자들이 돌아가며 한 대씩 일영을 때리기 시작했다.

"그만해요!"

보다 못해 미호가 끼어들어 가로막으려 했지만, 그 와중에도 일영이 그녀의 팔을 붙잡고 제 뒤로 숨겼다.

"선생은 나서지 말아요."

미호는 속이 터져 죽을 것만 같았다. 아니, 얻어맞고 있는 주제에 누굴 걱정해? 평소에 그렇게 남자다웠던 사람이 오늘따라 이상하게 저자세인 것도 울화가 치밀었다. 아무리 상대가 셋이라도 그렇지, 왜 저렇게 비굴할 정도로 맞고만 있는 걸까. 질 때 지더라도 주먹이라도 한 번 날려볼 것이지!

상대가 조금도 저항하지 않자 남자들도 그만 김이 샌 모양이었다.

"기생오라비처럼 생긴 새끼가 얼굴값을 하네."

"남자 망신시키지 말고 확 떼어버려라, 새꺄."

조롱이 쏟아지는데 자존심도 안 상하는지 일영은 고개만 숙였다.

"실례가 많았습니다. 들어들 가시죠."

"오늘은 형님들이 이쯤에서 봐줄 테니까 앞으로 부천 잔나비파

떴다, 하면 저 멀리 돌아서 다녀라, 응?"

개중 한 놈이 뻐기듯 하는 말에 그제야 일영이 흠칫 놀라며 되물었다.

"뭐, 건달이라고?"

"그래, 인마, 그 유명한 부천의 맹구가 바로 우리 형님이시다."

상대가 으스대며 말했다. 그러자 피가 흐르는 입가를 손등으로 쓱 문질러 닦은 일영이 허리를 펴면서 중얼거렸다.

"그러면 그렇다고 진작 말씀을 하시지."

"알았으면 당장 꺼…."

놈은 끝까지 말하지 못했다. 중간에 턱이 돌아갔기 때문에!

"이 새끼가?"

나머지 둘이 놀라서 한꺼번에 일영에게 달려들었지만 역시나 같은 신세가 되었다.

"어이쿠!"

"으악!"

순식간에 세 놈이 비명을 지르며 사이좋게 땅바닥에 나뒹굴었다. 동작이 너무 빨라서 미호는 무슨 일이 벌어졌는지도 잘 알 수 없었다.

주먹을 문지르며 일영이 투덜거렸다.

"깡패면 깡패답게 몸 좀 키워라, 멸치 새끼들아. 니미, 난 또 선량한 시민인 줄 알았네."

조금 전까지 극히 정중했던 것과는 정반대의 말투였다.

"빨리들 안 꺼져? 콱 그냥."

일영이 을러메듯 주먹을 들어 보이자 녀석들이 기다시피 겨우 일어나서 걸음아 날 살려라 하고 도망쳤다. 미호는 황급히 다가가 일영의 얼굴을 살폈다.

"괜찮으세요?"

세 명에게 맞았으니 물론 괜찮을 리가 없었다. 입가는 터져서 피가 흐르고, 광대뼈 부근은 벌써 부어오르는 게 멍이 들 것 같았다. 처음에는 콧등, 그다음에는 팔뚝, 이번에는 또 얼굴이다. 대체 몇 번이나 이 사람이 다치는 걸 봐야 하는 걸까, 그것도 나 때문에.

아까 일영이 왜 그렇게 저자세였는지 이제 알 것 같았다. 일반 인하고는 싸우지 않는 모양인데, 상대를 때릴 수도 없는 상황에서 성질대로 대들었다가는 괜히 자기까지 다치게 할까 봐 참은 거겠지. 다친 것보다도 이 남자가 저 때문에 자존심까지 꺾은 것이 미호는 더 속이 상했다. 나 때문에 이 사람은 벌써 몇 번이나….

"좋아한다고 했던 거 취소할게요."

미호는 울먹이며 말했다.

"그러니까 우리 다신 보지 말아요. 이렇게 찾아오지도 마시고요."

다친 얼굴만 봐도 가슴이 찢어지는 것 같다. 더 이상 그가 다치는 걸 보느니 차라리 만나지 않는 편이 나을 것 같았다.

"그새 마음이 변한 거요?"

남자는 초조한 얼굴을 했다.

"압니다. 내가 가방끈도 짧고, 말도 예쁘게 못 하고, 생긴 것도 기생오라비 같고…."

더듬더듬 말하다 일영은 미호의 손목을 붙잡았다.

"저기, 그래도 한 번만 좀 다시 좋아해주면 안 됩니까? 내가 목숨 걸고 잘해줄 테니까."

매달리는 듯한 목소리에 가슴이 찡하게 아파왔다.

"제발 그 목숨 좀 걸지 마시라고요."

미호는 울면서 대답했다.

"목숨 걸지 말고요, 그냥 평범하게, 조금만 잘해주시면 안 돼요?"

그제야 미호의 말뜻을 깨달은 일영이 빙그레 웃었다.

"어쩌나, 나는 많이 잘해주고 싶은데."

울먹이는 미호를 가만히 안고, 그는 서투르게 등을 토닥거렸다.

"울지 말아요, 이제 안 다치게 조심할 테니까. 어?"

♤ ♥ ♧

냉동육이라는 게 아무래도 냉장육보다는 맛이 떨어지기 마련이다. 하지만 육가공회사 대표는 겉멋으로 하는 게 아니라는 걸 은하는 알게 되었다.

숯불에 구운 고기 한 점을 입안에 넣는 순간, 은하는 숨을 멈췄다. 단순히 소금과 후추를 뿌려서 구운 것뿐인데 평소 먹던 냉장육보다도 훨씬 맛있잖아?

"와, 이거 진짜 냉동육 맞아요?"

지환이 숯불 위에 고기를 얹으며 대답했다.

"해동 기술이 그만큼 중요합니다. 그래서 저희 공장도 해동 시설에 투자를 많이 했습니다."

원래 고기가 있었으면 좋겠다고 했던 건 사실 지환에게 먹이고 싶어서였는데, 어느덧 은하가 정신없이 먹고 있었다.

"많이 드십시오. 자, 이것도."

은하가 먹는 것만 봐도 배부르다는 듯 지환이 행복한 얼굴을 하는 바람에 더 열심히 먹었다. 문제는 해동한 고기의 양이 너무 많다는 거였다.

"이거 둘이서는 도저히 다 못 먹겠는데요?"

"고기가 덩어리째라 어쩔 수가 없었습니다."

"그럼 다시 얼려야 하나요?"

"해동한 고기는 다시 얼리면 못쓰게 됩니다."

"그럼 남은 건요? 아까워서 어떡하죠?"

"집에 가져가서 녀석들더러 처리하라고 해야죠."

지환이 웃었다. 덩어리들을 떠올리자 은하는 절로 미소가 지어졌다.

"동생분들이 엄청 귀여워요. 덩치는 커다래서."

은하의 말을 듣고 지환은 생각했다. 그렇지 않아도 전부터 한 번쯤 이야기하고 싶었는데, 지금이 기회인 것 같았다.

"말씀은 감사하지만 귀엽게만 볼 게 아닙니다. 저도 그렇고, 녀석들도 여태 나쁜 일을 많이 했습니다."

"알고 있어요."

말투로 봐서는 전혀 아는 게 아닌 것 같아서 지환은 일부러 진지한 목소리를 냈다.

"많은 사람이 저희 때문에 다치고 인생을 망쳤습니다."

그나마 자신이 조직의 실세가 된 후에는 불법적인 사업은 최대한 지양하기는 했다. 하지만 그전까지는 선량한 사람들이 희생되는 걸 그냥 두고 볼 수밖에 없었다.

"그럴 수밖에 없었잖아요. 얘기 들어보니까 어릴 때부터 다들….."

"그게 면죄부가 되지는 않습니다."

지환은 끝까지 듣기도 전에 말을 잘랐다. 어차피 누구보다 제가 잘 아는 이야기였기 때문에.

"어릴 때부터 불우한 환경이었어도 범죄를 저지르거나 나쁜 길로 빠지지 않고 올바르게 살려고 노력하는 사람들도 얼마든지 있습니다. 환경 탓에 그랬다고 말하면 선량한 사람들에게 실례겠지요."

분명 나쁜 길로 빠진 데는 각자 이유가 있지만 그걸 변명으로 삼고 싶지는 않았다. 아버지의 강요와 협박으로 인해 조직 생활을 하게 된 자신조차 여태 그래 본 적이 없다. 어떤 이유가 있든 죄는 죄일 뿐이다.

"최소한 지환 씨는 그렇지 않잖아요. 아버지 때문에 조직에 들어가게 된 거 아니에요?"

역시나 은하도 짐작하고 있는 모양이었다.

"제가 원했던 길이 아닌 것은 사실입니다. 하지만 그렇다고 제가 조직 내에서 한 일이 없어지거나 정당화되는 것은 아닙니다."

지환은 딱 잘라 말했다.

"손을 씻은 것도 더 이상 죄를 저지르지 않기 위해서이지, 속죄한다고 이미 저지른 죄가 사라질 거라고 생각해서가 아닙니다."

은하는 안타까운 눈으로 지환을 보았다.

"지금은 좋은 일도 많이 하고 있잖아요. 왜 그렇게 자신한테 가혹하게 굴어요."

"사람이란 그리 쉽게 변하는 게 아닙니다. 정신 똑바로 차리고 있지 않으면 언제 다시 나쁜 길로 빠질지 모릅니다."

"저는 그렇게 생각하지 않아요."

은하는 처음으로 지환의 말에 또박또박 반박했다.

"믿어주는 사람이 있으면, 사람은 변할 수 있어요."

불독파를 해산시킬 때, 뒤에 남은 고양희가 비웃었었다.

— 멍청한 놈. 그래 봤자 근본이 깡패 새끼들인데, 손 씻는다고 그게 언제까지 갈 것 같으냐?

욱하면서도 지환 역시 그 말이 틀렸다고 반박할 수 없었다. 그래서 지금껏 자신도, 동생들도 치열하게 과거와 싸우며 살아오고 있었다. 고양희의 말대로 되지 않기 위해서.

"동생분들도 다시는 나쁜 일을 하지 않을 거예요. 믿어주는 지환 씨가 있으니까요."

"제가 녀석들을 믿는다고요?"

그게 아닌데, 하고 지환은 생각했다. 믿지 못하니까 아직도 데리고 살면서 군대처럼 행동을 엄격히 통제하고 있는 게 아닌가.

은하는 되물었다.

"믿지 못하면 이렇게 집 비우고 밖에 나와 있겠어요? 큰형님 없다고 사람 때리고, 돈 뜯고 그러면 어쩌려고요?"

지환은 움찔했다. 하긴 제가 없다고 해서 녀석들이 그런 짓을 할 거라고는 생각되지 않았다.

"그것 봐요. 지환 씨는 동생들을 못 믿는 게 아니라, 그냥 걱정해주는 거예요."

그런 걸까. 속으로는 나도 녀석들을 믿고 있는 걸까.

"직원분들도 마찬가지예요. 대표인 지환 씨가 믿어주니까 다시 나쁜 길로 빠지지 않는 거예요."

은하의 말대로, 가불 후 잠수를 탄 도박쟁이 외에는 입사 후 다시 범죄를 저지른 사람은 이제껏 단 한 명도 없기는 했다. 회사 내 규상 입사 후 또다시 범죄를 저지르면 해고 처리하게 되어 있으니까, 단순히 좋은 일자리를 잃을까 봐 조심하는 거라고만 생각했는데. 그게 아니라 내가 믿어주기 때문이라고?

"예인이가 했던 말, 기억하세요?"

은하가 물었다.

"대표님이 자기를 믿어주시고 일자리도 주셨다고, 고마운 분이라고 아빠가 말했다고 했죠."

"그랬지요."

"보세요, 예인이 아빠는 절대로 다시 도박하러 간 게 아닐 거예요. 사랑하는 딸도, 대표님도 믿어주시는데 그럴 리가 있겠어요?"

확신에 찬 목소리였지만 지환은 아무래도 동조하기 힘들었다. 그에게는 그렇게 보였다. 은하는 부잣집 딸로 태어나서 세상의 더럽고 추악한 것 따위는 모르고 자라온 사람이니까 이렇게 순진하게 사람을 믿을 수 있는 거라고. 사람이란 그렇게 쉽게 변하지 않는다. 솔직히 지환은 그 직원이 사라진 데 도박 외의 다른 가능성은 생각할 수가 없었다.

"죄송합니다. 저는… 잘 모르겠습니다."

은하가 웃었다.

"두고 보세요, 알게 될 테니까."

♤ ♥ ♧

불 가에 앉아서 지환과 이런저런 이야기를 나누다 보니 어느덧 밤이 깊어 있었다.

어제는 어찌어찌 참았는데, 이틀째가 되니 은하는 샤워가 절실해졌다. 무엇보다 옷에 고기 냄새와 불 냄새 등이 배어버려 얼른 씻고 깨끗한 옷으로 갈아입고 싶었다. 지환이 어제와 다른 옷을 입고 있는 걸 보니 이 집에도 여벌 옷은 있는 것 같아서 물었다.

"좀 씻고 싶은데, 혹시 제가 입을 만한 옷은 없을까요?"

다행히도 지환은 고개를 끄덕였다.

"예, 욕실 앞에 갈아입을 옷을 갖다 놓겠습니다."

마음 놓고 느긋하게 목욕을 하고 나오자 문 앞에 옷이 놓여 있었다. 남성용 와이셔츠인 것을 보고 은하는 살짝 얼굴을 붉혔다.

'이 사람이, 은근히 야한 거 좋아하네?'

남자친구의 와이셔츠를 원피스처럼 걸친 섹시한 룩을 상상했는데, 정작 입어보니 현실은 전혀 달랐다.

"이게 뭐야?"

커도 어느 정도 커야 섹시할 텐데, 이건 완전히 아빠 옷을 훔쳐 입은 아이 같지 않은가. 아무래도 사이즈로 보아 지환의 와이셔츠인 것 같았다. 그새 자기도 목욕을 했는지, 샤워 가운 차림으로 다른 방에서 나오는 지환을 보고 은하는 소매를 펄럭이며 물었다.

"아니, 지환 씨 옷밖에 없었어요?"

"은하 씨에게 딴 놈 옷을 입힐 순 없지 않습니까?"

다가온 지환이 눈을 가늘게 뜨고 은하를 바라보았다.

"무척 예쁜데요."

그러더니 은하의 손을 잡고 침실로 이끌었다.

"자, 그럼 수업하러 가지요."

"무슨 수업이요?"

지환은 천연덕스럽게 말했다.

"어제 공부한 건 오늘 아침에 복습까지 다 했으니까, 새로 진도
를 나가야 하지 않겠습니까?"

은하는 새빨개져서 그의 넓은 등을 주먹으로 때렸다.

"윽!"

지환이 고통스러운 신음을 흘리는 바람에 오히려 은하가 깜짝
놀랐다. 별로 세게 안 때렸는데?

"왜 그래요? "

놀라서 묻다가 문득 떠오르는 게 있었다. 태풍 때문에 바람이
세게 불던 날, 그는 자기 몸을 던져 은하를 감싸주었다.

"혹시 나무 쓰러질 때 다친 거예요?"

"그냥 멍이 좀 든 것뿐입니다."

"좀 봐요."

달려들어 샤워 가운 자락을 젖히고 등을 보려 했지만, 지환이
은하의 두 팔을 꽉 붙잡고 버티는 바람에 쉽지 않았다. 그야 힘으
론 이길 수가 없으니까.

"왜 못 보게 해요? 가슴은 잘만 보여주면서."

눈을 흘기자 지환이 되물었다.

"은하 씨는 그나마도 안 보여주시지 않습니까?"

"그, 그거야 부끄러워서 그러죠!"

금세 얼굴이 새빨개진 은하에게 지환이 어이없다는 듯이 말했다.

"설마 저는 안 부끄러울 거라고 생각하시는 겁니까?"

완벽한 논리에 은하는 그만 말문이 막혀버렸다.

"그래서, 끝내 등은 안 보여주겠다고요?"

"저도 좀 신비감이 있어야 할 거 아닙니까."

지환이 시치미를 뚝 떼고 대답했다.

"은하 씨부터 먼저 보여주시면 생각해보지요."

샤워 가운을 한층 단단히 여민 지환이 갑자기 은하를 번쩍 안아드는 바람에 은하는 놀라서 다리를 버둥거렸다.

"글쎄, 저는 볼 것도 없다니까요?"

"만져보니까 아니던데…. 일단 보고 다시 얘기하죠."

"꺅!"

♠ ♥ ♣

아침에 먼저 눈을 뜬 건 이번에도 은하였다. 깊이 잠든 지환의 얼굴을 바라보면서 은하는 어젯밤 일을 떠올리고 혼자 얼굴을 붉혔다. 말은 금방이라도 옷을 다 벗길 것처럼 짓궂게 해놓고, 은하가 부끄러워하자 지환은 끝내 강요하지 않았다.

'그럼, 다음에.'

다정하게 속삭이면서 입 맞춰주었을 뿐.

보여준 게 없으니 지환의 등도 끝내 보지 못했다. 나중에 몰래 훔쳐봐야지, 하고 결심하면서 은하는 잠든 지환의 이마에 살짝 입을 맞추고 살금살금 방에서 나왔다.

차가운 아침 공기에 섞인 나무 냄새를 즐기며, 은하는 천천히 조용한 마당을 거닐었다. 이제 겨우 이틀 있었을 뿐인데, 여기서 지환과 함께 보낸 시간 외의 다른 삶이 마치 아무 의미도 없는 것처럼 느껴졌다. 여기서 지환과 둘이 평생 살고 싶다는 생각도 들었다. 바깥세상과 아예 교류를 끊은 채 단둘이서 살아도 행복할 것 같은데. 고기 먹고 싶다는 말에 멧돼지까지 잡으러 가는 남자 곁에 있으면 굶을 걱정은 없지 않을까.

물론 그냥 상상일 뿐 언제까지 여기 있을 수도 없는 노릇이었다. 그에게도, 물론 자신에게도 일이 있으니까.

'늦어도 내일쯤은 돌아가야겠지?'

서운한 마음을 억누르고, 은하는 제 손으로 끊어버린 다리가 있는 계곡 근처로 갔다. 지환에게 목말을 태워달래서 건너야 하나, 하고 생각하며 아래를 내려다보는 순간.

"꺄악!"

은하의 입에서 비명이 터져 나왔다.

9

의심과
거짓말

은하의 비명을 듣자마자 지환은 잠에서 깨어 황급히 뛰쳐나갔다.

"무슨 일입니까?"

"저기…."

새하얗게 질린 은하가 떨리는 손으로 계곡을 가리켰다. 웬만한 일에는 안색 하나 변하지 않는 지환도 내려다보고는 놀랄 수밖에 없었다. 계곡 아래에 웬 사람이 쓰러져 있지 않은가.

"주, 죽은 걸까요?"

"확인해보겠습니다. 은하 씨는 여기 계십시오."

가볍게 계곡 아래로 뛰어내린 지환은 쓰러져 있는 사람의 얼굴을 보고 심장이 멎는 것 같은 기분을 느꼈다. 죽은 듯이 눈을 감고 있는 사람은 바로 잠적했던 도박 전과 7범의 춘천 공장 직원이었다. 한눈에 알아보지 못했을 만큼 형편없이 야윈 얼굴은, 심지어 여기저기 멍들고 부어터져 있었다.

지환은 놀란 가슴을 애써 진정시키며 귀를 가져가 호흡을 확인해보았다. 다행히도 미약하게나마 숨을 쉬고 있는 것이 느껴졌다. 대체 언제부터 여기 있었던 걸까. 찬 공기에 방치된 몸이 온통 싸늘하게 얼어붙어 있었다.

"은하 씨, 구급차….""

말하는데 벌써 은하가 전화에 대고 얘기하는 소리가 들려왔다.

"여보세요, 119죠?"

지환은 옷으로 상대의 몸을 감싸주며 불렀다.

"재철 씨, 나 서지환입니다. 정신 좀 차려봐요."

몇 번이나 부른 끝에 파르르 떨리던 눈꺼풀이 힘겹게 떠졌다. 실핏줄까지 터져서 온통 빨갛게 된 눈을 보고 지환은 분노가 치미는 것을 느꼈다. 대체 어떤 인간들이 사람을 이 지경까지 때렸을까.

지환을 알아봤는지, 그 처참한 눈에 희미하게 반가운 빛이 어렸다.

"정신이 좀 들어요? 나 알아보겠습니까?"

퉁퉁 부어오른 입술이 희미하게 움직이며 뭐라고 말하는 것 같았다.

"예?"

하지만 재철은 금세 도로 눈을 감고 축 늘어졌다.

♤ ♥ ♧

구급차가 재철을 병원으로 실어 가고, 지환과 은하도 계곡 밑에 세워뒀던 차를 타고 뒤를 따랐다. 전신에 골절상과 타박상을 입었고, 심한 영양실조가 의심된다고 의사는 진단했다. 그나마 불행 중 다행으로 장기는 다치지 않았으니 생명에 지장은 없겠지만, 당분간 입원해서 상태를 지켜봐야 하겠다고.

"대체 어쩌다 이렇게 된 겁니까?"

의사는 몇 번이나 의심스러운 눈으로 지환을 쳐다보았지만, 지환이 자기 회사 직원이니 최선의 치료를 다해달라고 부탁하자 겨우 의심을 푸는 것처럼 보였다.

"차마 예인이한테 전화를 못 하겠어요."

병실 복도 의자에 앉아 은하가 어두운 얼굴로 중얼거렸다.

"아빠가 저렇게 된 걸 보면 아이가 얼마나 슬퍼하겠어요?"

지환도 동의했다.

"집에는 조금 상태가 나아지면 연락하는 게 좋을 것 같습니다."

"대체 누가 사람을 저렇게까지 만들어놓은 걸까요?"

지환은 무겁게 중얼거렸다.

"…짐작이 가는 바가 있기는 합니다만."

"뭔데요?"

그때 간호사가 와서 말했다.

"보호자님, 환자분 정신 드셨어요."

지환과 은하는 동시에 의자에서 벌떡 일어났다.

"환자 상태가 좋지 않으니 너무 긴 얘기는 하지 말아주세요."

두 사람은 주의를 받고 병실로 들어갔다.

"대표님."

온몸에 붕대를 감은 재철이 그 몸으로 일어나 앉으려고 해서 지환이 얼른 말렸다.

"상처가 심합니다. 그냥 누워 계십시오."

"심려 끼쳐드려 죄송합니다, 대표님."

재철이 누운 채로 힘겹게 말했다.

"대체 어떻게 된 겁니까?"

"조직폭력배한테 붙들려 있었습니다. 대표님께서도 아시겠지만, 야옹이파라는 놈들이…."

"야옹이파요?"

은하는 놀라서 목소리를 높였지만, 어느 정도 짐작하고 있었던 지환은 놀라지 않았다. 그 별장은 옛날에 아버지가 지은 것이다. 일부러 인적이 아예 없는 곳에 지었기 때문에, 거기에 별장이 있다는 걸 알고 있는 사람이라곤 예전 불독파 조직원들뿐이었다. 그러니까 야옹이파의 짓이 아닐까, 하고 생각은 하고 있었다.

"야옹이파가 예인이 아버님을 왜 잡아가요?"

은하가 묻자 재철은 부끄러운 듯 대답했다.

"불법 카지노를 개장하는데, 거기서 카지노 측 선수로 일해달라는 거였습니다."

그제야 지환은 일의 전말을 깨달았다. 불독파 시절부터 고양희는 도박 사업에 진출해야 한다고 강력하게 주장했었다. 지환이 결사적으로 반대하는 바람에 부딪친 것만도 한두 번이 아니었다. 야옹이파가 된 이후에는 온라인 도박장을 여러 번 차렸는데, 지환이 해커를 고용해서 사이트를 박살 내는 바람에 번번이 말아먹은 전적이 있다. 그러다 드디어 진짜 도박장을 차리게 된 것이다.

"억만금을 줘도 안 하겠다고 버티니까 별짓을 다 합디다. 염전에도 보냈다가, 새우잡이 배에도 태웠다가, 산에다 갖다 묻는 시늉을 했다가…. 나중에는 가둬놓고 무작정 굶기면서 패는데, 그대로 죽는 줄만 알았습니다."

지환은 울컥했다. 재철이 잠적한 지 벌써 석 달이 다 되어간다. 그동안 재철은 지옥 같은 시간을 버티고 있었는데, 그것도 모르고 어딘가에서 도박을 하고 있을 거라고만 생각한 자신이 미웠다.

"진짜로 죽을 수도 있었습니다. 그놈들이 어떤 놈들인데, 도박이든 뭐든 시키는 대로 했어야지요!"

저도 모르게 목소리가 커졌다. 도박에 다시 손대지 않겠다는 결심도 좋지만, 목숨보다 중한 것은 없지 않은가. 하지만 재철은 눈을 둥그렇게 떴다.

"우리 예인이하고 두 번 다시 도박 안 하겠다고 약속했는걸요. 대표님하고도 맹세를 했는데 어떻게 그 짓을 또 하겠습니까."

재철은 바싹 마른 두 손을 내려다보았다.

"차라리 죽으면 죽었지, 다시는 카드를 쥐고 싶지 않았습니다."

목이 콱 메어와서 지환은 겨우 중얼거렸다.

"…미안합니다."

믿지 못한 것에 대한 사과였다. 만난 적도 없는 은하는 도박이 아닐 거라고 확신했는데, 정작 재철이 그동안 성실하게 일해온 것을 두 눈으로 지켜보고도 자신은 끝내 믿지 못했다.

"아닙니다. 이건 대표님하고는 일절 상관없는 일입니다. 다 제가 잘못 산 탓이죠."

재철이 힘겹게 손을 들어 내저었다.

"경찰에 실종신고가 들어가면 큰일이니까 놈들이 가족하고는 가끔 통화를 하게 해줬거든요. 대표님께서 직접 저희 집까지 오셔서 보살펴주셨다고 어머니께 들었습니다. 저 대신 어머니를 공장에 취직시켜서 월급도 주시고 그랬다고요."

지환을 바라보는 눈빛이 새삼 감사에 물들었다.

"그나마 예인이하고 어머니가 무사한 것도 다 대표님 덕분입니다. 놈들끼리 얘기하는 걸 들었는데, 가족을 건드렸다간 대표님이 저희들 짓이라는 걸 알게 될 텐데, 그러면 골치 아파져서 안 된다고 하더라고요."

지환은 조용히 이를 악물었다. 이 지경이 되어서도 가족들이 무사한 것에 감사하고 있는 이 선량한 사람을, 그놈들은…!

가슴속에서 살기가 끓어올랐다. 그대로 갚아주고 싶었다. 놈들을 잡아다가 갈기갈기 찢어버리고 싶었다. 진심으로 놈들의 피를 보고 싶어 하는 자신을 문득 깨달은 순간, 지환은 얼음을 뒤집어쓴 것 같은 한기를 느꼈다.

♤ ♥ ♧

서울로 올라가는 길. 한참 침묵이 이어진 끝에 은하가 중얼거렸다.

"죽이려고 한 걸까요?"

"아마 그럴 겁니다."

핸들을 잡은 지환이 무거운 입술을 뗐다.

"일부러 인적이 없는 곳까지 데려와서 버린 걸 보면 벌써 죽은 줄 알고 버렸든지, 아니면 곧 죽을 거라 생각하고 버려둔 거겠지요. 우리가 마침 거기 와 있을 줄은 몰랐을 테니까요."

"그럼 자칫 우리도 위험했을 수 있는 거였네요?"

은하의 목소리가 떨리는 것을 알아채고 지환은 얼른 그녀를 안심시켰다.

"그랬더라도 은하 씨는 제가 지켜드렸을 겁니다."

말은 그렇게 했지만 사실 속으로는 자신이 없었다. 방심한 상태에서 곁에 은하까지 있는데 녀석들이 불시에 들이닥쳤더라면 어떻게 됐을지 장담할 수 없었다. 결국 은하가 다리를 끊어놓은 덕분에 위기를 면한 셈이었다.

"정말 나쁜 인간들이에요. 도박 끊고 새 인생 살겠다는 사람을 강제로 잡아가서 저 지경을 만들어놓다니…!"

뒤늦게 경찰이 떠올라서 은하는 급히 말했다.

"맞다, 이거 경찰에 신고해야 하는 거 아닌가요?"

"그래 봤자 똘마니 한둘이나 잡혀 들어가겠지요. 정작 고양희에게는 아무 타격도 없습니다."

"그렇다고 가만히 있을 순 없잖아요?"

지환은 잘라 말했다.

"제가 알아서 하겠습니다."

♤ ♥ ♧

지환은 은하가 사는 오피스텔 앞까지 차로 데려다주었다. 내리려는 은하를 몇 번이나 붙잡고 키스를 되풀이한 끝에 그는 못내 아쉬운 듯이 중얼거렸다.

"그럼 또 뵙겠습니다."

은하가 어이없는 점은 차에서 내리자마자 곧바로 보고 싶어 죽을 지경이 됐다는 것이다. 2박 3일 동안 쭉 같이 있었는데도! TV를 보면서도, 샤워를 하면서도, 식사를 하면서도 온통 다 건성이고 오로지 지환에 대해서만 생각하고 있는 자신을 깨닫고 은하는 그만 질려버렸다. 전화해서 목소리라도 듣고 싶은 생각이 굴뚝같았지만 억지로 참았다. 너무 집착하는 것처럼 보일까 봐서였다. 줄곧 같이 있어놓고 헤어지자마자 또 전화라니, 피곤한 여자라고 생각할까 봐.

은하는 연애를 해본 적이 없지만, 주위에서 연애하는 친구들에게 얘기는 수없이 들었다. 상대를 좋아해도 마음을 너무 다 보여주면 안 된다고, 그러면 남자는 질려서 도망간다고. 그래서 금방이라도 그의 전화번호를 찾아 통화 버튼을 누르고 싶은 걸 꾹꾹 눌러 참았다. 혹시나 그가 전화해주지 않을까, 하고 밤늦게까지 기다렸지만 끝내 전화는 오지 않았고, 결국 은하는 서운한 마음을 안고 잠이 들었다.

다행인 것은 바로 다음 날이 마침 과외가 있는 날이라는 거였다. 은하는 장장 한 시간 동안 화장을 하고 나서 제일 예쁜 옷을 골라 입고 두근대는 마음으로 집을 나섰다.

"형수님!"

은하를 맞이하는 덩어리들은 입이 귀까지 찢어져 있었다.

"아니, 우리 형수님이 이렇게 미인이셨던가요?"

"다른 여자가 들어오는 줄 알았습니다, 형수님."

"그렇게 부르지 마요."

놀려대는 덩어리들을, 은하는 얼굴이 빨개져서 흘겨보았다.

"아니, 큰형님이랑 사귀시는데 당연히 형수님이라고 하지, 그럼 뭐라고 하겠습니까?"

"그냥 전처럼 불러주세요."

그때 마침 위층에서 지환이 내려왔다. 얼굴을 보는 순간 심장이 비명을 지르는 동시에 얼굴이 확 달아올랐다. 뭐야, 어제도 분명히 봤는데 왜 저렇게 잘생겼지? 어깨는 또 왜 저렇게 넓은 거지?

이쪽은 심장이 뛰어 죽겠는데, 정작 지환은 침착하기 그지없었다.

"오셨습니까."

특별히 반가운 기색도 없이 평소처럼 정중하게 고개를 숙이는 바람에 은하는 엉겁결에 마주 인사했다.

"아, 네. 안녕하세요."

"수업 열심히 하십시오. 그럼 이따 뵙겠습니다."

그러더니 제 갈 길 가버리는 게 아닌가! 덕분에 큰형님을 놀려 먹으려고 잔뜩 벼르고 있었던 덩어리들은 그만 김이 팍 새고 말았다. 은하도 마찬가지였다.

'내가 꿈을 꿨나?'

멍하니 서 있으려니 오히려 덩어리들이 눈치를 보며 위로를 했다.

"속상해하지 마십쇼, 누님. 큰형님께서 워낙 무뚝뚝하신 분이라 그렇습니다."

"솔직히 저희도 정떨어질 때가 한두 번이 아닙니다."

"맞습니다. 웃지도 않으시고 맨날 찬바람 쌩쌩 불고."

아닌데, 하고 은하는 생각했다. 함께 지낸 이틀 동안 세상에 그렇게 다정하고 로맨틱한 사람이 없었는데, 이게 무슨 일이지?

잠시 후 방에 들어가서 수업을 시작했지만 오늘만은 덩어리들도, 은하도 수업에 잘 집중이 되지 않았다.

"그나저나 누님, 이틀 동안 큰형님이랑 별장에서 단둘이 계셨다면서요?"

"네."

저희들끼리 눈빛을 교환하더니, 일영이 비장하게 물었다.

"누님, 이건 정말로 사심을 갖고 여쭤보는 게 아니니 오해 말아주셨으면 합니다."

"뭔데요?"

"큰형님이랑 어디까지 가셨습니까?"

은하는 하마터면 마시던 녹차를 뿜을 뻔했다.

"아니, 어떻게 그런 걸 대놓고…."

하지만 일영은 왠지 더없이 진지했다.

"중요한 문젭니다."

"저기, 음… 어… 그게…."

대체 이걸 어떻게 말로 설명을 한단 말인가. 차마 대답을 못 하고 있자 민규가 끼어들었다.

"누님, 그러면 이렇게 여쭙겠습니다. 왜 옛말에 하룻밤을 자도 만리장성을 쌓는다고 하지 않습니까?"

"그, 그렇죠."

"그 만리장성의 건축 진행도가 어느 정도 됩니까?"

은하는 생각해보았다. 일단 끝까지 안 갔으니까 만 리는 아니고⋯. 좋긴 좋았는데 나만 좋게 해준 거니까 5천 리라고 하기에도 부족한 거 같고⋯.

"저어, 음⋯ 그럼⋯ 한 3천 리 정도?"

얼굴이 새빨개져서 힘들게 말하자 덩어리들의 얼굴이 사색이 되었다. 갑자기 막내가 덥석 손을 잡아오는 바람에 은하는 깜짝 놀랐다.

"누님, 저희가 어떻게든 해결하겠습니다."

"네?"

"제발 우리 큰형님을 버리지 말아주십쇼!"

덩어리들이 매달리듯 간절하게 바라보는 바람에 은하는 고개를 갸웃거렸다.

"그럴 생각 없는데요?"

"약속하신 겁니다."

다짐을 받아내고 나서야 덩어리들은 좀 안심하는 것 같았다.

수업을 마치고 나서 은하는 지환을 가르치러 위층으로 향했다. 덩어리들의 시선에 뒤통수가 따가운 것을 느끼며 노크를 하자 지환이 문을 열어주었다.

"들어오시죠."

역시 좀 전과 같은, 담백하고도 침착한 말투에 은하는 가슴이 철렁했다. 혹시 하룻밤 사이에 마음이 바뀐 걸까. 돌아와서 머리를 식히고 잘 생각해보니까 이게 아니구나, 싶었다든가.

하지만 문이 닫힌 다음 순간, 모든 잡념이 한 방에 날아가버렸다. 지환이 다짜고짜 껴안고 키스해왔기 때문에! 시작부터 격렬한 입맞춤에 은하는 숨도 제대로 쉴 수가 없었다. 거의 숨이 넘어갈 지경이 되어서야 겨우 지환이 입술을 떼었다. 언제 그렇게 침착하게 굴었느냐는 듯 열띤 눈동자가 은하를 바라보았다.

"보고 싶어서 죽는 줄 알았습니다."

마음이 놓인 나머지 은하는 눈물까지 핑 돌았다.

"아까는 왜 그렇게 데면데면하게 굴었어요?"

투정을 부리듯 주먹으로 단단한 가슴을 때리자 지환이 미안한 얼굴을 했다.

"동생 녀석들이 죄다 솔로인데, 제가 명색이 형이 돼가지고 너무 좋아하는 모습을 보일 수가 없었습니다."

얘기를 들으니 지환의 입장도 이해가 갔다. 게다가 이 사람은 어디까지나 카리스마 작렬하는 큰형님 아니신가.

"서운하셨다면 죄송합니다. 절대 본의는 아니었습니다."

은하를 꼭 껴안고, 커다란 남자는 폭풍 같은 고백을 쏟아냈다.

"사실은 어제도 헤어지자마자 너무 보고 싶어서 견딜 수가 없었습니다. 전화해서 목소리라도 듣고 싶었는데, 은하 씨도 피곤하실 테니 쉬어야 할 것 같고…. 계속 같이 있었는데 금세 또 전화하면 너무 귀찮게 해드리는 것 같아서 차마 못 했습니다."

은하의 마음이 부풀어 올랐다. 우리 둘 다 같은 생각을 하고 있었구나.

"저도 지환 씨 목소리 엄청 듣고 싶었어요."

은하는 수줍게 말했다.

"앞으론 참지 마세요. 저도 참지 않고 전화할게요."

지환이 숨을 크게 들이쉬더니 또다시 키스했다. 이번에는 입을 맞추면서 슬그머니 손이 올라왔다. 옷 안으로 살짝 들어온 커다란 손이 유혹하듯 부드럽게 맨살을 어루만지는 바람에 은하는 금세 숨이 가빠지고 말았다.

"이러면… 안 되잖아요, 공부해야 하는데."

"지금 하고 있지 않습니까, 복습."

입으론 안 된다고 말하면서도 도저히 저항할 수가 없었다.

"이렇게 해드리는 걸 좋아하셨던 거 같은데, 맞습니까?"

어쩜 이렇게 목소리마저 섹시할 수가 있을까, 이 사람은.

어느덧 은하는 지환이 하는 대로 몸을 맡기고 있었다. 자칫 소리라도 새어 나갈까, 입술을 깨물며 아찔한 기분에 한껏 빠져 있는데, 지환은 무슨 생각을 했는지 한순간 결심한 듯 은하를 품에서 떼어놓고는 길게 심호흡을 했다.

"그래도 역시 공부는 해야겠지요."

흐트러진 옷을 단정하게 가다듬어주고, 지환은 마지막으로 아쉬운 듯 짧게 입을 맞췄다.

"그럼, 오늘도 잘 부탁드립니다."

은근히 서운해지는 마음을 감추며 은하는 지환과 책상에 마주 앉았다. 교재를 펼치려는데 지환이 제지하더니 다른 책을 꺼냈다.

"오늘부터는 이걸로 부탁드립니다."

검정고시용 쉬운 교재가 아니라 진짜 고등학생들이 쓰는 수능

대비용 수학 교재였다.

"다른 과목은 제가 알아서 할 수 있으니까 은하 씨는 수학만 좀 도와주십시오."

"그러죠, 뭐. 근데 이건 너무 어렵지 않겠어요?"

교재를 넘겨보며 묻자 지환이 대답했다.

"한국대에 가려면 이 정도는 풀 수 있어야겠죠."

"진짜로 가려고요?"

은하는 놀랐다. 별장에서도 같은 말을 했지만, 그땐 농담이라고만 생각했는데.

"아니, 지환 씨가 한국대에 가서 뭐 하시려고요?"

"배워서 남 주는 법 없다고 하지 않습니까."

지환은 웃기만 했다.

♤ ♥ ♧

새로 개장한 카지노로 향하는 길. 고양희는 자꾸만 삐져나오는 웃음을 참을 수가 없었다. 한 달 전에 문을 연 카지노는 불독파 시절부터 고양희의 숙원사업이었다. 겉으로 보기엔 그냥 서울 외곽에 버려진 낡은 창고 같지만, 안쪽은 마치 라스베이거스의 축소판처럼 휘황찬란하게 꾸며놓았다.

진짜 카지노와 똑같이 만든 시설과 서비스 덕에 개장하자마자 대박이 났다. 전국의 도박꾼들 사이에 빠르게 입소문이 퍼진 덕분에, 철저하게 손님을 가려 받는데도 벌써부터 수십억의 판돈이 오가고 있었다. 그러니 도박장을 떠올리면 자다가도 웃음이 나지 않을 수 있나. 이제 옛 불독파의 명성을 되찾는 것이다!

시설뿐만 아니라, 카지노 측에 서서 일해줄 고수들을 초빙하는 데도 무척 신경을 썼다. 개중에서도 실력파 한 명이 하필이면 서지환이 경영하는 회사에서 일하고 있는 바람에 한동안 골이 아팠다.

— 다시는 카드를 만지지 않겠다고 대표님과 약속했습니다.

죽기 직전까지 맞으면서도 끝까지 버티던 놈을 생각하니 어이가 없었다.

'서지환, 그 자식은 대체….'

새삼 지환의 존재가 손톱 밑의 거스러미처럼 느껴졌다. 이제 와서 사회적 기업이니 뭐니 하면서 건방을 떠는데, 고양희가 보기에는 천하에 쓸데없는 짓들일 뿐이었다. 그래 봤자 근본이 깡패 새끼들인데.

반평생 조직 생활을 하면서 고양희는 손을 씻고 새 삶을 살겠다는 놈들을 수없이 봐왔다. 그중에 진짜로 선량한 시민이 되는 경우는 극히 드물었다. 설령 본인이 진심이더라도 사회가 호락호락 받아주지를 않는다. 한번 범죄를 저지른 사람은 영원히 범죄자 취급을 당할 뿐. 그러니 얼마간 착하게 사는 시늉을 하다가도 결국엔 다시 옛 생활로 돌아오게 되는 것이다. 게다가 서지환 그 녀석은 현역 시절에 누구보다 잔인했던 놈 아닌가.

'그런 놈이 손을 씻어? 픽이나.'

지환을 떠올리고 불쾌해진 기분을, 고양희는 얼른 카지노를 떠올리며 환기시켰다.

'오늘은 매출이 얼마가 나왔으려나?'

곧 눈앞에 놓일 현금다발을 떠올리며 싱글벙글하는데, 문득 타고 가던 차가 거칠게 급정거했다.

"뭐야?"

불쾌함을 고스란히 드러내자 앞에서 운전하던 부하가 당황한 목소리를 냈다.

"혀, 형님!"

뭔가 하고 차창을 열어 내다보니 바로 앞에 커다란 검은 차가 서 있고, 검정 코트를 입은 거대한 체격의 남자가 다른 사내들을 데리고 차에서 내리고 있었다.

가까이 다가온 지환이 입을 열었다.

"오랜만입니다, 야옹이 형님."

형식상 존댓말이기는 했지만 조금도 정중하게 들리지 않았다. 물론 옛 별명으로 불리는 것도 오랜만이었다. 지금은 고양희도 어디까지나 조직의 보스, 큰형님이니까.

고양희는 차에서 내려 지환과 마주 섰다.

"어 그래, 오랜만이다. 네가 여기까지 웬일이냐?"

"형님이 저희 회사 직원을 손봐주셨던데요."

고양희는 가슴이 철렁했다. 이놈이 그걸 어떻게 알았지? 서지환이 알아차릴까 봐 일부러 가족은 건드리지 않았고, 죽이고 나면 뒤처리도 깔끔하게 하라고 일러두었는데. 속으로 부하들을 향해 멍청한 놈들, 하고 이를 갈면서 고양희는 유들유들하게 대꾸했다.

"현우야, 네가 뭔가 오해를 한 것 같은데."

일부러 옛날 이름으로 부르자 지환이 그제야 얼굴을 굳혔다.

"흰둥이, 기억하나?"

"아, 그 개새끼?"

물론 기억하고 있다. 고양희가 제 주인에게 다가갈 때마다 바짓자락을 물고 늘어지던, 조그만 털 뭉치처럼 생긴 강아지. 발로 걸어차서 죽였을 때의 소년의 처참한 표정도.

"당신이 그 강아지를 죽인 순간, 현우도 죽었어."

온몸에서 뿜어져 나오는 살기에 잔인하고 대담한 고양희마저도 오싹함을 느꼈다. 한참 후에야 지환은 침착함을 되찾았다.

"이번에는 이 정도로 끝내지만, 다음에 또 내 사람을 건드리면 더 큰 걸 잃게 될 겁니다."

"이 정도라니?"

지환이 대답 대신 어깨를 으쓱했다. 고양희가 불길한 예감을 느낀 바로 그 순간, 어디선가 요란한 사이렌 소리가 들려왔다. 놀라서 쳐다보자 저만치서 경찰차 여러 대가 줄지어 달려가고 있었다. 바로 카지노가 있는 방향으로.

엄청난 돈을 들인 평생의 숙원사업이 눈앞에서 물거품이 되는 순간이었다. 고양희는 으스러져라 주먹을 쥐었다. 지금 당장 서지환 저놈을 때려죽이고 싶은 심정이었지만, 무력으로는 도저히 이길 수가 없다.

"당분간 바빠지시겠네요. 그럼, 고생하십시오."

돌아서는 지환에게 고양희는 이를 악물고 말했다.

"모범 시민 놀이, 재미있냐?"

지환의 걸음이 멎었다.

"그래 봤자 너는 불독 형님의 아들이야. 태어날 때부터 건달의 피를 갖고 태어났다, 이 말이다."

"…."

"가끔씩은 피를 보고 싶어서 근질거릴 텐데, 내 말이 틀렸나?"

지환은 부정하지 않았다. 고양희의 얼굴에 득의양양한 미소가 떠올랐다. 대답이 없는 지환의 등 뒤에 대고, 고양희는 독사처럼 씩씩거렸다.

"건실한 사업가 행세도 슬슬 물리거든 오너라. 내 후계자로 키워주마."

♤ ♥ ♧

단순히 검정고시 준비가 아니라 대입이 되니까 문제의 난도가 한참 올라갔다. 다행히도 지환은 워낙 공부를 잘하는 사람답게 어렵지 않게 적응하고 있었다. 오랜만에 문제다운 문제를 풀어보게 되어서 은하도 신이 났다.

"보세요. yz 평면에 평행한 벡터는 x 성분이 0인 벡터고, $(0, b, c)$와 같이 표현할 수 있는 거예요. 그러면…."

모처럼 열강을 하고 나니 목이 다 쉴 지경이었다.

"문제 풀고 계세요. 저 물 좀 마시고 올게요."

은하가 방을 나와서 주방으로 향하는데, 문득 침통한 목소리가 들려왔다.

"또 고기냐."

일영이었다.

"열흘은 더 먹어야 할 것 같습니다."

"이렇게는 도저히 못 살겠습니다, 형님."

뭔가 하고 보니까 주방의 대형 식탁에 덩어리들이 둘러앉아 있고, 왠지 다들 침울한 얼굴을 하고 있는 거였다.

"왜들 그래요?"

호기심이 일어 다가가서 묻자 덩어리들이 울상을 했다.

"형수님!"

전에 은하가 지환과 함께 냉동 창고에 갇힌 사건이 있었는데, 그날 이후 덩어리들은 여태 아침저녁으로 고기만 먹고 있다는 거였다.

"그날 해동실에 있던 고기를 다 집으로 가져왔지 뭡니까?"

"너희가 저지른 일이니 너희가 책임지라고 하시는 바람에요."

"이제 고기만 봐도 토가 나올 것 같습니다."

덩어리들이 몸서리를 쳤다.

하기야 그게 벌써 언제 일인데, 그때부터 매일 고기만 먹었다니 지겨울 수밖에.

"삼시 세끼 고기로 먹어 조진 끝에 이제 겨우 끝이 보인다 했더니, 니미, 고기가 또 왔지 뭡니까?"

일영이 이를 갈았다.

"고기 해방 기념으로 떡볶이 재료도 준비해놨는데 다 소용없게 됐습니다."

그 고기란 것은 지환이 별장에서 해동했던 냉동육이다. 사연을 알고 있는 은하는 그만 미안해졌다. 내가 고기 먹고 싶다고 하는 바람에 엉뚱한 사람들한테 불똥이 튀었구나.

"떡볶이 재료, 아직 있는 거죠?"

"예, 있습니다만."

"제가 만들어볼게요. 그러면 큰형님도 안 된다고는 못 하실 거예요."

요리에 그다지 자신 있는 편은 아니었지만, 다행히 떡볶이라면 집에서 몇 번인가 만들어본 적이 있었다. 대한독립이라도 맞이한 듯 덩어리들이 자리를 박차고 일어나 외쳤다.

"만세!"

은하는 앞치마를 두르고 팔을 걷어붙였다. 장정 열두 명이 사는 집이라 요리 도구들도 대형으로 잘 갖춰져 있었다. 덩어리들도 일사불란하게 움직였다. 양념을 꺼내 늘어놓고, 채소와 어묵을 썰고, 물을 끓이고, 떡을 씻고. 어찌나 분업이 착착 잘되는지 실제로 은하가 한 것이라고는 겨우 맛을 낸 정도였다.

20분도 채 안 걸려서 커다란 들통 한가득 떡볶이가 만들어졌다. 대파와 마늘을 듬뿍 넣고, 물엿도 넣고, 마법의 가루도 살짝 넣고. 물엿만으로는 아무래도 단맛이 모자라서, 마지막으로 설탕을 한 국자 듬뿍 퍼 넣고 나자 윤기가 좔좔 흐르는 떡볶이가 완성되었다.

"잘 먹겠습니다, 형수님!"

모두들 식탁에 둘러앉았다. 기대에 찬 시선 속에 제일 먼저 일영이 떡볶이 한 개를 집어 입에 넣는 순간, 표정이 굳어졌다.

"왜요? 별로예요?"

깜짝 놀라 묻자 일영이 고개를 저었다.

"아닙니다. 열두 명이 처먹다 열세 명이 뒤져도 모를 거 같습니다."

과격한 칭찬에 웃음이 나왔다.

"그럼 드시고 계세요. 저는 지환 씨 불러올게요."

일영이 황급히 말했다.

"큰형님은 떡볶이 별로 안 좋아하십니다!"

"네? 그래도 제가 만든 건데 지환 씨도 맛은 봐야…."

"얘들아, 뭐 하나? 빨리 먹지 않고."

"예, 형님!"

덩어리들이 신이 나서 젓가락을 들었다. 방금까지 집이 떠나가라 떠들던 사람들이 정작 먹기 시작하자 약속이나 한 것처럼 입을 다물었다.

침묵의 떡볶이 먹방을 보며 은하는 생각했다. 이 집은 밥 먹을 때 얘기 안 하는 게 규칙인가 봐?

2층으로 올라가자 지환이 아직도 문제를 풀고 있었다.

"지환 씨, 우리 내려가서 떡볶이 먹어요."

"떡볶이라니요?"

"제가 만들었어요. 마침 주방에 재료가 있길래요."

그렇게만 말했는데도 지환은 덩어리들이 졸랐다는 것을 눈치 챈 모양이었다.

"이 녀석들이."

역시나 생각했던 대로 못마땅한 얼굴을 하면서도 은하가 만들었다는 말에 지환은 끝내 뭐라고 탓하지는 않았다.

"이 문제까지만 풀고 내려가요."

잠시 후 주방에 내려가자 들통 가득했던 떡볶이가 깨끗이 사라지고 없어서 은하는 깜짝 놀랐다.

"세상에, 벌써 다 먹은 거예요?"

"내 것도 안 남겨놓고 다 먹었단 말이야?"

지환이 어이없어하며 마지막 한 개 남아 있던 민규의 떡볶이를 집었다.

"제 겁니다, 형님!"

민규가 화들짝 놀라 빼앗으려 했지만, 지환은 눈빛으로 제압했다. 떡볶이를 입에 넣은 순간, 침착하고 냉정했던 지환의 표정이 한순간 미세하게 흔들렸다.

"…."

덩어리들과 지환의 사이에 말 없는 시선이 오갔다.

"어때요?"

떡볶이를 꿀꺽 삼키고 나서 지환은 대답했다.

"…무척 맛있습니다."

왠지 목소리가 가라앉아 있었다.

♠ ♥ ♣ ♧

지환과 은하가 나가고 난 후, 덩어리들은 앞을 다투어 정수기로 달려갔다. 각자 배가 터지도록 물을 들이켜고 나서야 겨우 살 것 같은 표정을 지었다.

"니미, 죽는 줄 알았네."

그 지겨운 고기를 한 방에 그립게 만드는 충격적인 맛이었다.

일영이 젖은 입술을 훔치며 다짐하듯 말했다.

"혹시 누님이 큰형님께 시집오시거든, 절대 주방에는 못 들어오시게 하자."

♠ ♥ ♣

덩어리들에게 작별 인사를 하고 집에서 나오자 지환이 얼른 은하의 뒤를 따라 나왔다.

"모셔다 드리겠습니다."

천천히 걸음을 옮기며 은하가 물었다.

"예인이 아빠는 좀 어때요?"

"잘 먹고 잘 쉬니까 회복이 빠른 모양입니다. 오늘 낮에도 통화했는데 목소리가 밝더군요."

"다행이네요. 빨리 좋아져야 예인이랑 어머님도 만날 수 있을 텐데요."

"그게, 벌써 오늘 만났답니다. 가족들에게는 교통사고를 당했다고 얘기한 모양입니다."

"예인이가 아빠 만나서 무척 좋아했겠어요."

은하는 '우리 아빠 도박하러 간 거 아니에요' 하고 잘라 말하던 예인이를 떠올렸다. 그 믿음이 깨지지 않아서 얼마나 다행인지.

문득 깨닫고 보니 정작 집에는 안 가고 둘이서 정원을 하염없이 빙빙 돌고 있었다. 떨어지고 싶지 않은 마음이 무의식중에 일치한 모양이다.

"근데 저 집에는 언제 데려다주세요?"

먼저 깨달은 은하가 웃으며 묻자 지환이 그제야 아, 하는 표정을 했다.

"죄송합니다. 그만 깜빡했습니다."

"괜찮아요. 뭐 집에 가봐야 기다리는 사람도 없는데."

은하는 지환의 손목을 끌고 정원에 있는 벤치에 가서 앉았다.

"조금만 더 있다가 갈게요."

그것만으로도 지환은 무척 행복한 얼굴을 했다.

벤치에 앉자 새삼 정원의 풍경이 눈에 들어왔다. 얼마 전까지만해도 울긋불긋하게 물들어 무척 예뻤던 나무들이 눈에 띄게 앙상해져 있어서 이제 겨울이구나, 하는 생각이 들었다. 날씨도 부쩍 추워져서, 두껍게 입는다고 입었는데도 자꾸만 어깨가 움츠러들었다. 은하가 어깨를 움츠리는 걸 보자 지환은 얼른 점퍼를 벗었다.

"지환 씨도 춥잖아요."

은하가 말했지만, 지환은 들은 체도 않고 그녀에게 자기 옷을 걸쳐주었다.

"저는 하나도 춥지 않습니다."

그냥 평범한 점퍼일 뿐인데 워낙 체격 차이가 크다 보니 폭 감싸이는 듯한 기분이 들었다. 분명히 추운데, 마음은 하나도 춥지 않은 건 어째서일까. 즐거운 마음에 앉은 채로 발을 까딱거리고 있는데 지환이 불쑥 물었다.

"은하 씨는 어떻게 아셨던 겁니까?"

"뭘요?"

"예인이 아빠요, 처음부터 도박이 아닐 거라고 말씀하셨지 않습

542

니까. 만난 적도 없으면서 어떻게 믿을 수 있었는지 궁금합니다."

"음…."

은하는 잠시 생각하다 대답했다.

"저희 아빠가 판사였잖아요. 재판 방청하러 법원에 자주 갔었어요. 처음에는 학교 숙제 때문에 친구들이랑 견학 갔었는데, 보다 보니까 재미있어서 나중엔 혼자서도 가끔 취미 삼아 갔죠."

지환은 새삼 은하가 저와는 참 다른 환경에서 살아왔구나, 하고 생각했다. 그 역시 재판을 몇 번이나 봤고 심지어 피고인으로 법정에 서본 적도 있지만, 좋아서 간 적은 한 번도 없었다. 생각만 해도 기분이 나빠지는 곳인데, 그걸 취미로 보러 다녔다니.

"근데 자주 보다 보니까 단골들이 있는 거예요. 판사 앞에서 다신 안 그러겠다고 싹싹 비는 건 다들 마찬가진데, 몇 번이나 다시 오는 사람들이 있고, 한 번 오고 나서는 다신 안 오는 사람들도 있더라고요."

"…."

"차이가 뭘까 궁금했는데 몇 년 지켜보고 알았죠."

은하는 어깨를 으쓱하고 말했다.

"친구라든가, 가족이라든가, 연인이라든가. 아무튼 재판 끝나고 나서 고생했다, 이제 죗값 치르고 앞으로 착하게 살면 된다고 위로하고 격려해주는 사람이 있는 경우는 거의 다시 안 오더라고요."

지환은 그제야 알았다.

― 믿어주는 사람이 있으면, 사람은 변할 수 있어요.

그게 온실 속 화초처럼 자란 여자가, 세상 물정 모르고 순진하게 한 소리가 아니었다는 것을. 나름대로 오랜 시간 지켜보고 나서 내린 결론이었던 것이다.

"그래서 생각했어요. 죄를 지으면 당연히 벌은 받아야겠지만, 결국 그 사람을 변화시키는 건 벌이 아니라 믿어주는 거구나, 하고요."

문득 팔자에도 없는 공부를 머리 싸매고 하는 동생들이 떠올랐다. 은하의 말 한마디에 마치 다른 사람이 된 것처럼 구는 녀석들.

— 은하 누님은 저희 같은 놈들도 할 수 있다고 믿어주시는데요. 절대 실망시켜드리고 싶지 않습니다.

그럴까. 믿음이라는 건 정말로 사람을 변화시킬 수 있는 것일까.

"만약에… 믿었는데, 상대가 그 믿음을 저버리면 어떻게 합니까?"

"그럼 또 믿어주면 되지요."

수많은 생각 끝에 나왔을 대답을, 마치 방금 떠오른 것처럼 가볍게 말하고 은하는 웃었다.

"믿고, 또 믿어주다 보면 언젠가는 변할 테니까요."

며칠 전 고양희가 했던 말이 떠올랐다.

— 그래 봤자 너는 불독 형님의 아들이야. 태어날 때부터 건달의 피를 갖고 태어났다, 이 말이다.

등 뒤에서 들려온 말에 제 밑바닥을 들킨 것 같은 기분이 들었다.

— 가끔씩은 피를 보고 싶어서 근질거릴 텐데, 내 말이 틀렸나?

부정할 수가 없었다. 만신창이가 된 재철에게서 야옹이파의 짓이라는 말을 듣는 순간, 지환은 흉폭할 정도의 살기가 치미는 것을 느꼈다. 진심으로 피를 보고 싶었다. 그들이 고통에 비명을 지르며 뒹구는 소리를 듣고 싶었다. 그 짓이 치가 떨리도록 싫었는데, 그래서 손을 씻었는데도!

"저 같은 사람도 변할 수 있겠습니까?"

떨리는 목소리로 묻자 은하가 눈을 동그랗게 떴다.

"지환 씨는 제가 지금까지 본 사람 중에 제일 착한 사람인데요?"

"사람을 잘못 보신 겁니다."

착한 사람이라니, 세상에서 자신과 가장 어울리지 않는 수식어였다.

"저는 지금도….."

자신의 가장 어둡고 추악한 부분을 사랑하는 여자에게 드러내기란 무척 괴로운 일이었다. 지환은 자꾸만 기어들어가는 목소리를 겨우 짜냈다.

"지금도 누군가를 죽이고 싶을 때가 있습니다."

은하는 고개를 살짝 갸웃거리더니 물었다.

"누굴 그렇게 죽이고 싶었는데요?"

"…고양희."

고양희에 대한 증오는 아주 오래된 것이었다. 지환이 막 아버지에게 오게 됐을 무렵, 은하와 닮아서 무척 예뻐했던 강아지를 그자가 발로 차서 죽여버렸을 때부터.

"생각 같아서는 제 손으로 갈기갈기 찢어 죽이고 싶습니다."

끔찍한 말에도 은하는 전혀 놀라지 않고 되물었다.

"그래서, 죽였어요?"

"그럴 리가 있겠습니까?"

마음 같아서는 그러고 싶었지만, 물론 그럴 수는 없었기에 대신 놈이 애지중지하는 카지노를 박살 내주었다. 카지노의 위치를 찾아내고 증거를 잡아서 경찰에 신고한 것이다.

"지환 씨만 그런 거 아니에요."

은하는 아무렇지 않게 대꾸했다.

"다른 사람들도 다들 살다 보면 진심으로 살기가 치밀 때가 있어요. 마음속에서야 누군들 못 죽이겠어요?"

"…"

"하지만 그걸 실제로 하지 않는 게 보통 사람인 거예요. 지환 씨도 그렇게 했잖아요. 그러면 정상이에요."

물론 누구에게나 죽이고 싶도록 미운 사람이 있을 수 있다. 하지만 다른 사람들이 상상하는 것과 자신이 하는 것은 전혀 다르다고 지환은 생각했다.

"저는 다릅니다. 저는 지금껏 나쁜 짓을 수없이…."

지환은 끝까지 말하지 못했다. 은하의 입술에 입이 막혀버렸기 때문에.

"지환 씨는 좋은 사람이에요."

잠시 후, 은하는 입술을 떼고 지환의 눈을 바라보며 말했다.

"저는 믿어요."

순수한 애정과 믿음에 찬 눈동자를 들여다보며 지환은 강렬한 충동에 휩싸였다. 좋은 사람이 되고 싶은 충동.

지금껏 지환은 단 한 번도 자신이 좋은 사람이라고 생각해본 적이 없었다. 이런저런 '좋은 일'들을 하고 있긴 하지만, 단순히 조금이라도 과거를 속죄하고 싶은 마음에서 하는 것뿐이지 감히 좋은 사람이 된 양 행세하고 싶어서가 아니었다. 피로 얼룩진 손으로 뭘 하든, 진짜로 새사람이 될 수 있으리라고는 생각하지 않았다.

— 그래 봤자 근본이 깡패 새끼들인데, 손 씻는다고 그게 언제까지 갈 것 같으냐?

그 점에서는 고양희와 생각이 일치한다고 할 수 있겠다. 그래서 최대한 일반 사람들과는 엮이지 않고, 자신과 똑같이 피비린내 나는 놈들이랑만 어울려서, 더 이상 죄를 저지르지 않게 애쓰면서, 있는 듯 없는 듯 조용히 살다가 가려고 했었는데.

이 순간, 처음으로 진짜 '좋은 사람'이 될 수 있을 것 같은 기분이 들었다. 이 여자가 믿어준다면, 곁에만 있어준다면.

벅찬 마음으로 지환은 은하에게 입술을 가져갔다.

♠ ♥ ♣

정원의 벤치에 나란히 앉아 이야기하는 지환과 은하를, 집 안의 거실에서 커다란 유리창을 통해 덩어리들이 흥미진진하게 내다보고 있었다.

"저러다 형수님 감기 걸리시겠네."

"왜 멀쩡한 집 놔두고 밖에서들 저래. 원 얼어 죽겠네."

"한창 뜨거울 때 아닙니까."

한마디씩 종알거리던 덩어리들의 눈이 한순간 튀어나올 듯 커졌다.

"어머나!"

"꺄아!"

일영이 급하게 옆에 있던 민규의 눈을 가렸다.

"에비, 애들은 보는 거 아냐."

♠ ♥ ♣

11월 말이 되자 하루가 다르게 날이 추워졌다. 집에서 나와 가슴 깊이 찬 공기를 들이마시자 아련하게 겨울 냄새가 났다.

'그러고 보니까 며칠만 있으면 12월이네?'

크리스마스를 떠올리자 기분이 둥실 떠올랐다. 집에서 쫓겨나 작은 오피스텔에서 혼자 살고 있는 은하에게 명절이나 기념일은 오히려 쓸쓸하기만 한 날이었다. 하지만 올해는 다를 거였다. 지환과 덩어리들이 있으니까.

'다 같이 크리스마스트리도 만들고, 선물도 준비하고, 떠들썩하게 파티도 하고….'

얼마나 즐거울까. 벌써부터 캐럴이 귓가에 들려오는 기분이었다. 은하가 춤추는 듯한 걸음으로 버스 정류장으로 향하는데 코트 주머니에서 진동이 느껴졌다. 손을 호호 불면서 휴대폰을 꺼내 확인한 은하의 얼굴에 환한 미소가 번졌다.

– 이따 저녁에 뭐 하십니까?

지환에게서 온 메시지였다.

- 저 오늘 장난감 둘러보러 가요. 오후 늦게 들어올 건데 저녁 같이
  먹을래요?

답을 보내자마자 확인하더니 3초도 안 되어 바로 대답이 도착
했다.

- 예.

메시지를 보내놓고 휴대폰만 들여다보고 있었구나. 은하는 웃
음을 참으며 다시 메시지를 보냈다.

- 그럼 이따 퇴근하고 저 데리러 와주세요.
- 예.

참 이상하다. 돌아온 것은 그저 '예'라는 한 글자뿐인데, 꼭 그
글자에서 표정이 보이는 것 같았다. 얼마나 기쁜 얼굴로 예, 라고
쓰고 있었는지 알 것 같았다. 갑자기 장난기가 발동해서 은하는
짐짓 서운한 듯이 메시지를 보냈다.

- 근데 지환 씨 너무 무뚝뚝한 거 아니에요? 예, 예만 하고.

확인은 금세 했는데, 당황했는지 이번에는 대답이 바로 돌아오
지 않았다. 1분 넘게 기다려도 답이 없어서 내가 괜히 놀렸나, 하

는 생각이 들 무렵 다시 메시지가 왔다.

— 미안합니다♥

뒤에 붙은 빨간 하트를 보고, 은하는 그만 빵 터져버렸다. 어떻게 하면 무뚝뚝하게 보이지 않을까, 하고 고심 끝에 그 커다란 손으로 서툴게 하트를 찾아서 붙였을 지환의 모습이 눈에 선했다. 세상에 어쩌면 사람이 이렇게 귀여울 수가 있을까!

하트를 들여다보며 쿡쿡 웃고 있는데, 문득 그늘이 지는 게 느껴졌다. 뭐지, 하고 고개를 들어보니 험상궂게 생긴 덩치 둘이 은하 앞에 서 있었다. 딱 인상이 그쪽인데, 지환의 덩어리들은 아니고. 덩어리들은 아닌데, 이상하게 어디서 본 것 같은 기분은 들고. 어디서 봤더라, 하고 생각하다 은하는 가슴이 철렁했다.

'야옹이파!'

둘 중에 한 명이 입을 열었다.

"고은하 씨, 잠깐 저희랑 같이 좀 가시죠."

얼핏 듣기에는 정중한 말투였지만, 어디까지나 권유가 아닌 강제였다. 지환이나 덩어리들은 이때껏 단 한 번도 그녀에게 이런 식의 말투를 쓴 적이 없었다. 덕분에 한참 잊고 있었던 조폭 공포증이 스멀스멀 일어나기 시작했다.

"누구시죠?"

은하는 떨지 않으려고 애쓰며 물었다.

"저희 사장님께서 뵙고 싶다고 하십니다."

"그러니까 그 사장님이 누구신데요?"

"일단 가서 얘기하시죠."

남자들이 양쪽에서 은하의 팔을 붙잡았다.

"이거 놓지 못…!"

뿌리치며 소리를 지르려던 순간, 귓가에 섬뜩한 속삭임이 들려왔다.

"왜, 또 반짝반짝 하려고?"

"…!"

"닥치고 따라와. 확 그냥 담가버리기 전에."

결국 은하는 차에 태워지고 말았다.

♠ ♥ ♣

은하를 태운 차는 한참을 달려 서울을 빠져나갔다. 도착한 곳은 한적한 외곽에 있는 허름한 창고 같은 곳이었다.

아무도 없는 안쪽은, 불은 꺼져 있었지만 무척 화려하게 꾸며져 있었다. 카드 게임에 쓰이는 푸른색 테이블이 군데군데 놓여 있었고, 슬롯머신 같은 기계도 보였다. 빨간 양탄자가 깔려 있는 바닥에는 동그란 플라스틱 칩 같은 것들이 아무렇게나 굴러다니고 있었다. 지환이 경찰에 신고해서 야옹이파가 운영하는 불법 카지노를 털어줬다는 얘기는 진작 들었다.

'여기가 그 불법 카지노인 모양이구나.'

은하는 심장이 마구 벌렁거렸다. 대체 이 사람들은 나를 여기까지 끌고 온 걸까.

'카지노가 경찰에 적발됐으면, 지금쯤 야옹이파 보스도 유치장에 있어야 하는 거 아냐?'

그렇다면 나를 부른 사장님이라는 건 누굴까, 하고 생각하는데, 등 뒤에서 갑자기 목소리가 들렸다.

"안녕, 친구들! 미니 언니예요."

은하가 늘 하는 멘트를 남자가 간드러진 목소리로 흉내 내고 있었다.

"…이렇게 하는 거 맞나?"

이어서 남자가 원래의 목소리로 돌아온 순간, 채 머리가 인식하기도 전에 몸이 먼저 얼어붙었다. 이 목소리는….

— 여기 누구 있니? 좋은 말로 할 때 나오면 아저씨가 혼내지 않을게.

17년 전 그날, 현우 오빠와 창고에서 술래잡기를 할 때 들었던 목소리. 여태 가끔씩 꿈에 나타나는 목소리. 얼핏 상냥한 것 같으면서도 뱀처럼 쉭쉭거리는 듯해서, 한 번 들으면 잊을 수가 없는 목소리. 바로 그 목소리가 은하의 등 뒤에서 들려왔다.

"만나서 반갑네, 고은하 양. 나 고양희일세."

은하는 천천히 뒤를 돌아보았다. 겨우 170센티미터가 될까 말까 한 키에 왜소한 체격의 사내가 얄팍한 입술에 웃음을 띠고 이쪽을 바라보고 있었다.

바로 저 사람이었던 것이다. 장장 17년간 은하를 죄책감으로 괴롭게 만든 장본인이. 그 오랜 세월 동안의 기다림과 가끔씩 숨도 못 쉬게 만들던 막막함, 그리고 어른이 된 현우를 만나고 난 후의 허무함마저도 따지고 보면 모두 이 사람 때문이 아니었던가.

분노가 치밀어 오른 나머지 어느덧 두려움도 잊어버린 은하에게 고양희가 다가와서 손을 내밀었다.

"그래, 우리 지환이랑 만나고 있다지?"

마치 지환의 삼촌이라도 되는 것처럼 친근한 말투였다.

"마침 나랑 종씨구먼. 혹시 어디 고 씨인가?"

손을 마주 잡는 대신 은하는 상대를 똑바로 바라보며 말했다.

"어디 쥐새끼가 있는 모양인데."

고양희가 어리둥절한 얼굴로 주위를 둘러보았다.

"음? 그럴 리가."

아랑곳하지 않고 은하는 계속해서 말했다.

"뭘 어째, 찾아서 처리해야지."

영문을 모르겠다는 듯이 고양희가 은하를 멀뚱히 쳐다보았다.

"여기 누구 있니?"

꿈에도 잊을 수 없는 말을, 은하는 연극의 대사를 읊듯 한 마디씩 천천히 되뇌었다.

"좋은 말로 할 때 나오면 아저씨가 혼내지 않을게."

고양희가 그제야 흠칫하며 놀란 얼굴을 했다. 제 입으로 했던 말이 이제야 기억난 것이다.

"기억하죠? 이 말."

하지만 고양희는 시치미를 딱 뗐다.

"글쎄, 도통 무슨 소린지 모르겠는데."

"나이를 먹어서 깜빡깜빡하시나 봐요. 자기 입으로 한 말도 기억을 못 하는 걸 보니.”

차갑게 말하자 고양희의 뒤에 서 있던 덩치들이 눈을 부라렸다.

“이 미친년이?”

당장이라도 한 대 칠 듯이 성큼 다가오는 덩치들을 향해 은하는 날카롭게 말했다.

“내 뒷조사는 안 했나 봐요?”

싸늘한 목소리에 덩치들이 움찔했다.

“우리 아빠는 전직 판사 출신 변호사고, 오빠는 현직 검사예요. 이름도 말해줄까요? 검색해보면 바로 나올 텐데.”

수많은 재판을 참관한 은하는 잘 알고 있었다. 이런 종류의 사람들이 세상에서 제일 무서워하는 게 판검사라는 걸. 역시나 덩치들은 말을 듣자마자 식겁한 얼굴을 했다. 고양희도 의외였는지, 새삼 은하를 빤히 쳐다보다가는 손을 들어 보였다.

“놔둬라.”

덩치들이 물러나자 은하는 입을 열었다.

“정 기억이 안 나시면 제가 얘기하죠. 17년 전, 춘천의 ○○초등학교 근처에 있는 낡은 창고에서 초등학생 남자아이랑 여자아이가 둘이 술래잡기를 하고 있었어요.”

“그래서?”

“한창 놀고 있는데 무서운 조폭 아저씨들이 들어와서 위험한 얘기를 했죠. 둘은 무서워서 꼭꼭 숨어 있었는데, 그만 여자아이가 재채기를 하는 바람에 들켜버렸어요.”

“허어.”

"조폭 아저씨들은 놀라서 두리번거리며 아이들을 찾기 시작했죠. 아까 자기들이 했던 얘기가 자칫 밖으로 새어 나가기라도 하면 큰일이니까."

그때의 공포가 생생하게 되살아나서 은하는 이를 악물고 겨우 말을 이었다.

"숨은 곳을 들키기 직전에 남자아이는 여자아이라도 살리기 위해 자청해서 무서운 조폭 아저씨들 앞으로 나갔어요. …자칫 죽을 수도 있다는 걸 알면서도 말이죠."

흥미진진한 얼굴로 듣던 고양희가 툭 하고 말했다.

"그러면 그 남자아이는 결국 큰 봉변을 당했겠군그래? 그 무서운 조폭 아저씨들한테 끌려가서 자기도 조폭이 됐다든가 말이야."

마치 정말 모른다는 듯한 말투에 은하는 조소했다.

"쓰레기 같은 조폭 아저씨들한테도 그나마 일말의 양심은 있었던 모양이에요."

"뭐?"

"그 남자아이를 해치지 않고 그냥 집에 보내줬거든요."

고양희가 은하의 얼굴을 물끄러미 들여다보았다. 마치 거짓말인지, 아닌지 살펴보려는 것 같은 눈빛이었다.

"그럴 리가 없는데?"

한참 만에야 고양희가 입을 열었다.

"…서현우는 내 손으로 죽였거든."

새빨간 거짓말에 은하는 치를 떨었다. 세상에 어떻게 이렇게 악랄한 인간이 있을 수가 있을까. 만약 내가 이미 현우 오빠를 만나지 않았다면, 자칫 이 말에 속아 남은 평생을 괴로워하면서 살 뻔하지 않았는가.

"당신이 현우 오빠를 죽였다면, 그럼 내가 경찰에 신고해도 되겠네요?"

"신고한다고, 나를?"

고양희가 되물었다.

"서현우를 죽인 혐의로 말이지?"

다음 순간, 그는 폭소를 터뜨렸다.

"아하하하하!"

자못 유쾌한 듯한 웃음소리에서 느껴지는 섬뜩함에 절로 몸서리가 쳐졌다. 일견 왜소하고 평범해 보이는 이 남자가 어떻게 조직의 보스가 됐는지 알 것 같았다.

한참 후에야 웃음을 그친 고양희가 말했다.

"어디 가서 말해봐, 경찰이 뭐라고 하는지. 아주 재미있어할 거 같은데?"

자못 기대된다는 표정에 은하는 참지 못하고 쏘아붙였다.

"물론 재미있어하겠죠. 죽었다고 신고가 들어온 사람이 어엿한 의사 선생님이 돼서 잘 살고 있다는 걸 알면 말이에요."

"의사?"

고양희는 또다시 알쏭달쏭한 표정을 했다.

"이봐. 다시 말하지만, 서현우는 내가 죽였어."

웃음기가 싹 가신 얼굴로 고양희는 섬뜩한 말을 되풀이했다.

"못 믿겠으면 지환이한테 가서 물어보든가."

갑자기 지환의 이름이 나오는 바람에 은하는 움찔했다.

"뭐라고요?"

"현우는 내가 죽였고, 지환이도 그걸 잘 알고 있단 말이야."

이게 무슨 소린가.

'현우 오빠랑 지환 씨가 상관이 있다고?'

은하가 멍해 있는데, 고양희가 불쑥 말했다.

"그럼, 바쁠 텐데 이만 돌아가보지."

은하는 흠칫 놀랐다. 멀쩡한 사람을 납치해다가 굶기고 때려서 반죽음을 만들어놓았던 놈들이다. 여기까지 끌고 왔을 때는 분명 자신도 곱게 돌아가기는 글렀다고 생각했는데. 아까 아빠와 오빠를 들먹인 것도 일부러였다. 제 가족사항을 알면, 뒷일이 무서워서라도 섣불리 해치지는 못할 듯싶어서.

그런데 정말로 아무 짓도 안 하고 그냥 보내주겠다고?

"가서 지환이 녀석한테 얘기 좀 잘해줘요. 혹시 내가 실례한 게 있더라도 마음에 두지 말고, 응?"

의심스럽게 쳐다보자 고양희가 다정한 얼굴로 은하의 어깨를 툭툭 쳤다.

"이래 봬도 내가 삼촌이나 다름없는 사람인데, 녀석이 워낙 성질이 불같아서 원. 얼마 전에는 뭘 오해했는지, 글쎄 내 업장을 신고해 이 모양을 만들었지 뭐야?"

불 꺼진 카지노를 둘러보며 고양희는 씁쓸하게 입맛을 다셨다.

"현역 시절에도 그렇게 한번 눈 뒤집혔다 하면 여러 사람 병신 만들더니, 쯧쯧."

혼잣말처럼 중얼거리며 고개를 젓던 고양희가 이윽고 부하들에게 명령했다.

"애들아, 어서 고은하 양 댁에 모셔다 드려라."

♠ ♥ ♣

놈들은 아까 은하를 납치했던 집 앞까지 도로 데려다주었다. 은하가 아버지와 오빠를 들먹여서인지 처음보다는 훨씬 부드러운 태도였다.

집 안에 들어와 현관문이 잠기는 소리를 듣자마자 긴장이 탁 풀린 은하는 그 자리에 털썩 주저앉아버렸다. 어찌나 몸이 부들부들 떨리는지, 걷지도 못하고 무릎걸음으로 기다시피 해서 겨우 침대에 쓰러지듯 누울 수 있었다. 죽다 살아난 것 같은 기분이었다.

이불을 뒤집어쓰고 덜덜 떨다가 겨우 공포가 조금 가시고 나자, 이번에는 머릿속이 온통 뒤죽박죽이 되었다. 멀쩡히 잘 살아 있는 현우 오빠가 죽었다니, 심지어 지환도 그걸 알고 있다니.

당연히 헛소리라고 생각은 했다. 하지만 거짓말이라고 하기에는, 상대가 무척이나 자신만만했던 것이 마음에 걸렸다.

— 못 믿겠으면 지환이한테 가서 물어보든가.

말마따나 지환에게 한마디만 물어보면 금세 알 수 있는 일인데도, 고양희는 그렇게 말했다.

'설마 지환 씨가 나한테 뭔가를 숨기고 있는 걸까?'

저도 모르게 의구심이 들자 은하는 얼른 자신을 꾸짖었다.

'아니, 그럴 리 없어.'

지환이 나를 속이다니, 상상조차 할 수 없었다. 만약 그가 현우에 대해 뭔가를 알고 있었다면 자신에게 얘기하지 않았을 리 없다.

'그런 인간쓰레기가 하는 말 따위에 흔들려서 지환 씨를 의심하는 거야, 지금? 무엇보다 현우 오빠는 멀쩡히 잘 살아 있는데.'

애써 마음을 가다듬는데, 마침 휴대폰이 울렸다. 액정에 뜨는 이름을 보고 은하는 한순간 제 눈을 의심했다. 어머니였다.

쫓겨나듯 집을 나온 지 2년 만에 처음 오는 전화였다. 혹시 집안에 무슨 일이라도 생긴 건가, 더럭 겁이 나서 목소리가 떨렸다.

"네, 엄마, 은하예요. 잘 지내세요?"

어머니는 대꾸도 없이 다짜고짜 용건부터 말했다.

"이번 주 일요일이 아빠 생신이야. 집에 와서 저녁 먹어라."

은하는 제 귀를 의심했다.

"네? 정말로 저 집에 가도 돼요?"

식구들 생일은 물론 명절에도 오란 소리가 없어서 강제 고아 신세였는데, 갑자기 무슨 바람이 분 걸까.

"언니랑 오빠도 온다고 했어. 그러니까 늦지 말고 저녁때 오도록 해."

"네, 엄마."

"그럼 그날 보자."

어머니는 용건 이외의 말은 한마디도 하지 않고 금세 전화를 끊었다.

은하는 한참이나 얼떨떨했다. 집을 나온 후 처음으로 부모님 쪽에서 먼저 손을 내밀어온 것이다. 자식 이기는 부모 없다는데, 우리 부모님도 그런 것일까. 이제는 내 일을 인정해줄 마음이 드신 것일까. 마침 딱 심란해 있을 때 전화가 오는 바람에 별로 반갑게 받지 못한 것 같아서 뒤늦게 마음이 쓰였다.

'하필 이럴 때 전화하실 건 뭐람.'

오랜만의 통화인데 혹시 어머니가 섭섭하지는 않으셨을까. 평소 같았으면 기뻐서 팔짝팔짝 뛰었겠지만, 지금은 아무래도 그럴 기분은 나지 않았다.

저녁에 만난 지환이 멋진 한식집에 데려가주었지만, 커다란 상 가득 차려진 맛있는 음식을 보고도 전혀 식욕이 일지 않았다.

"와, 여기 되게 맛있네요."

애써 괜찮은 척 웃어 보였지만, 가슴이 콱 막힌 것 같아서 도저히 밥이 먹히지 않았다. 생선살도 발라주고, 밥숟가락 위에 고기도 얹어주면서 어떻게든 먹이려던 지환도 결국은 이상한 낌새를 알아챈 모양이었다.

"은하 씨, 어디 안 좋으십니까?"

사실대로 말해야 한다고 생각했다.

'저 낮에 야옹이파 사람들한테 붙들려가서 고양희 만나고 왔어요. 그 사람이 이런 헛소리를 하던데, 우습죠?'

하지만 어째서인지 입이 딱 붙어버린 것처럼 말이 나오지 않았다. 영문을 모르는 지환은 안절부절못했다.

"혹시 뭐 안 좋은 일이라도 있었던 겁니까?"

어쩔 수 없이 은하는 둘러댔다.

"실은 아까 엄마한테 전화가 왔었어요. 아빠 생신이니까 주말에 저녁 먹으러 오라고요."

지환의 젓가락이 허공에서 멈췄다. 한참 만에야 그는 중얼거렸다.

"잘됐군요. 오랜만에 가족분들하고 즐거운 시간 보내고 오셨으면 좋겠습니다."

♤ ♥ ♧

식사를 마치고 나서 지환이 집까지 데려다주었다.

"은하 씨."

집 앞에서 헤어지기 직전에 문득 그는 은하를 불러 세웠다.

"네?"

"제가 한 가지만 부탁해도 됩니까?"

왠지 진지한 목소리였다.

"뭔데요?"

되묻자 지환이 팔을 뻗어 은하를 껴안았다.

"혹시 무슨 일이 있더라도 저를 버리지 말아주십시오."

마치 사라질까 두려워하듯 은하를 으스러져라 안으며 그는 중얼거렸다.

"저는 이제 은하 씨 없이는 살 수가 없습니다."

매달리듯 간절한 목소리였다. 예전 같았으면 가슴이 찡했을 텐데, 은하는 도리어 가슴 한구석이 싸늘해지는 것을 느꼈다. 이 사람은 갑자기 왜 이런 말을 하는 걸까. 설마 나한테 버림받을 만한 짓이라도 했다는 걸까?

─ 못 믿겠으면 지환이한테 가서 물어보든가.

고양희의 말이 또다시 뇌리를 스쳤다.

"왜 갑자기 그런 소리를 해요, 무섭게."

애써 웃으며 얼버무리듯 대답해서 지환을 보내고, 은하는 집에 들어왔다. 한참 동안 생각하다 마음을 정하고, 옷장을 열었다. 지난가을에 입었던 얇은 소재의 겉옷을 찾아내 주머니에 손을 넣자 찾으려던 물건이 금세 만져졌다.

소아과 전문의 서현우

현우에게서 받았던 명함을 은하는 물끄러미 들여다보았다. 다시 연락할 일은 없을 거라고 생각하면서도 차마 버릴 수가 없어서 주머니에 넣은 채 그대로 두었던 것이다.

영문을 알 수 없는 고양희의 말. 뜬금없이 이별을 두려워하고 있는 지환. 아무래도 확인하지 않고는 이 찜찜함을 떨쳐낼 수 없을 것만 같았다.

은하는 심호흡을 하고, 명함에 쓰여 있는 번호로 전화를 걸었다. 신호가 몇 번 가고 난 후, 상대가 전화를 받았다.

"여보세요."

전에 들었던 것과는 전혀 다른, 느릿하고 껄렁한 말투에 약간의 위화감이 느껴졌다.

"현우 오빠?"

"뭐요?"

상대가 마치 그게 누구냐는 듯이 되묻는 바람에 은하는 당황했다. 그새 전화번호가 바뀌었나?

"저, 고은하라고 하는데요. 혹시 서현우 씨 전화번호 아닌가요?"

그제야 상대가 허둥거리며 대답했다.

"어, 그, 그래! 은하야. 웬일로 전화를 다 했어?"

은하는 안도의 한숨을 쉬고 물었다.

"오빠, 혹시 내일 시간 괜찮으면 저 좀 잠깐 볼 수 있어요?"

"어?"

현우는 눈에 띄게 당황한 목소리를 냈다.

"저기, 미안한데 은하야. 내가 요즘 많이 바빠서."

역시나 오빠는 나를 다시 만날 생각이 없구나. 전에 만났을 때 이미 눈치챈 바였지만, 새삼 가슴속에 찬바람이 불었다.

"중요한 일이라서 그래요. 잠깐이면 돼요. 시간 많이 안 뺏을게요."

매달리듯 몇 번이나 말한 후에야 현우는 겨우 승낙했다. 대신 일이 바쁘니까 자기가 있는 쪽으로 와달라고.

"그래, 그럼 내일 거기서 보자."

전화를 끊고 나서 은하는 길게 한숨을 내쉬었다. 대체 뭐가 어떻게 된 건지 모르겠지만, 일단 내일 현우와 만나서 얘기해보면 답이 나오겠지. 그렇게 생각하면서도 스스로를 잘 이해할 수 없었다. 차라리 현우에게 물어볼지언정 왜 가까이 있는 지환에게는 차마 물을 수가 없는 건지.

♠ ♥ ♣

다음 날, 은하는 현우가 일하는 병원 근처의 커피숍에서 그를 만났다.

"시간 내줘서 고마워요, 오빠."

"어, 내가 일하다가 잠깐 나온 거라서. 얼른 다시 들어가봐야 해."

현우는 자리에 앉자마자 서둘렀다.

"무슨 일인데 그래?"

왠지 불안한 표정이었다.

"저기, 오빠. 혹시 서지환 씨라고 아시는지…."

채 말을 맺기도 전에 누군가가 현우의 등을 툭 쳤다.

"야, 김중현!"

놀라서 고개를 들자 웬 낯선 남자가 현우를 향해 반갑게 말을 걸고 있었다.

"너 가게는 어쩌고 여기서 뭐 하냐?"

김중현이라니? 은하가 제 귀를 의심하는데, 낯선 남자는 은하를 힐끗 보더니 의미심장한 미소를 지으며 현우를 놀려댔다.

"뭐야, 너 언제 여친 생겼냐? 얼, 이쁜데?"

분명 유부남이라고 했는데, 여친은 또 뭘까. 은하는 뭔가 크게 잘못됐다는 것을 느꼈다.

"야, 너 일단 가. 나중에 얘기해."

현우가 당황한 듯이 남자에게 말했지만 남자는 막무가내였다.

"뭘 일단 가, 새꺄. 안녕하세요, 제수씨. 전 중현이네 가게 옆에서 장사하는 친굽니다."

은하에게 친근하게 인사까지 하는 거였다.

"야, 좀 가라고, 인마!"

현우가 등을 떠밀어 쫓아내다시피 해서 겨우 남자를 커피숍 밖으로 내보냈다. 잠시 후 친구를 쫓아낸 현우가 돌아와 맞은편에 앉았다. '망했다'고 쓰여 있는 것 같은 현우의 표정을 보고 은하는 확신했다. 이 사람은 가짜다.

"현우 오빠, 아니죠?"

역시나 상대는 곤란한 얼굴로 입을 다물었다. 심장이 튀어나올 듯이 뛰었다.

"대체 왜 현우 오빠 흉내를 내신 거예요? 오빠 얘긴 어디서 들은 거고요?"

이 사람은 현우와 자신이 언제, 어디서, 어떻게 헤어졌는지 정확히 알고 있었다. 아예 현우와 관계가 없는 사람이라고 할 수는 없는 것이다.

은하는 사정했다.

"제발 사실대로 말씀해주세요. 저한테는 정말 중요한 일이에요."

하지만 남자는 좀처럼 입을 열려고 하지 않았다.

"김중현 씨라고 하셨죠?"

"…"

"저는 열 살 때부터 지금까지 현우 오빠를 찾아 헤맸어요. 김중현 씨가 사실을 말씀해주시지 않으면 저는 앞으로 또 평생을 의문을 품은 채로 살아가야 해요."

"…"

"제발요, 이렇게 부탁드려요."

결국 현우, 아니 현우를 사칭한 남자는 긴 한숨을 내쉬었다.

"오늘 나눈 얘기, 절대 비밀로 해줄 수 있어요?"

이미 현우 행세는 포기했는지 말투마저 바뀌어 있었다.

"아무한테도 말하지 않을게요. 맹세해요."

다짐을 받은 후에야 남자는 겨우 입을 열었다.

"제가 원래 연기자 지망생이었는데요. 지금은 가게 운영하면서 가끔씩 시간 날 때 가족 대행 알바를 나갑니다. 사연이 있는 사람들이 있어서요."

"그런데요?"

"이번에는 어떤 사람인 척해달라는 의뢰를 받았습니다. 고은하 씨라는 분과의 어릴 적 사연을 적어주고, 그대로 말하라고 하더군요."

은하는 심장이 멎는 것 같은 기분을 느꼈다. 그 이야기를 아는 사람은 당사자인 현우를 제외하면 절친인 미호와 지환 둘뿐이었다. 자신이 그 둘에게만 얘기했으니까. 그렇다면….

"의뢰한 사람이 누군지는 아시고요?"

떨리는 목소리로 묻자 남자가 고개를 갸웃거렸다.

"글쎄요, 저도 브로커를 통해서 소개받은 거라서요. 무슨 회사이름으로 입금되긴 했는데… 뭐였더라?"

한참 고개를 갸웃거리던 남자가 생각났다는 듯이 말했다.

"아, 목마른 사슴이었습니다."

은하는 눈앞이 캄캄해지는 것을 느꼈다.

10

남자답게

"아니, 형님. 그년을 그냥 돌려보내셨다면서요?"

부두목이 물었다.

"서지환이 미쳐 날뛰는 꼴을 보시겠다더니 어떻게 된 겁니까?"

얼마 전, 서지환이 경찰에 신고하는 바람에 잘나가던 카지노는 하루아침에 폐쇄되고 말았다. 그나마 불행 중 다행인 것은 어째서 인지 검찰 수사가 미적지근했다는 것이다. 덕분에 그냥 조직의 중 간급 간부 두셋만 들어가고, 카지노를 닫는 정도로 마무리할 수 있었다.

물론 카지노가 날아간 것만으로도 야옹이파는 충분히 초상집 분위기였다. 들어간 돈도 돈이지만, 카지노를 발판으로 옛 불독파 의 명성을 다시 찾으려 했던 고양희는 이만저만 실망한 게 아니 었다. 고양희는 이를 갈며 복수를 계획했다. 놈이 자신의 소중한 걸 망쳐놓았으니, 응당 놈도 뭔가 잃어야 하지 않겠는가.

그래서 떠올린 것이 전부터 예의 주시하고 있던 그 여자, 고은하였다. 처음부터 무슨 관계인가 했는데 역시나 지환과 깊은 사이라지 않은가. 그 살벌한 놈이 요즘은 싱글벙글 웃고 다닌다는 것이, 몰래 염탐한 부하들의 보고였다. 그래서 고은하를 일부러 카지노까지 데려온 거였다. 카지노와 함께 불태워 순장시켜주겠다, 하는 생각이었는데….

"알고 보니까 그년이 좀 골치 아픈 집안이더라고."

고양희가 아쉽게 입맛을 다셨다.

— 우리 아빠는 전직 판사 출신 변호사고, 오빠는 현직 검사예요.

이름을 알려줄 테니 당장 검색해보라고 말하는 것이 결코 임기응변으로 지어낸 말 같지는 않아서 생각을 바꿀 수밖에 없었다. 판검사 집안 딸을 해쳤다간 자칫 야옹이파는 멸망이다.

"대신에 재밌는 걸 알게 됐지."

놀랍게도 고은하는 지환과 어릴 때부터 알던 사이였다. 더욱더 놀라운 사실은, 그녀가 여태 지환이 바로 그 현우라는 것을 모르고 있다는 거였다. 서현우는 의사가 돼서 잘 살고 있다고 은하가 자신 있게 말하는 순간, 고양희는 지환이 그녀에게 거짓말을 했다는 걸 눈치챘다.

이해할 수가 없었다. 왜 자기가 현우라고 말을 안 한 거지? 심지어 여자가 저렇게까지 확신하는 걸 보면, 가짜라도 만들어서 보여준 모양인데…. 그 순간 고양희의 머릿속에 기발한 생각이 떠올랐다.

'놈에게 속았다는 걸 알면, 어떨까?'

물론 고은하가 서지환에게 왜 자기를 속였느냐고 대놓고 물었다가 그가 바로 현우라는 사실을 알게 되면, 오히려 전보다 더 뜨거운 사이가 될 게 틀림없었다. 그렇게 되면 재미없으니까, 살짝 독약을 뿌려두었다.

— 현우는 내가 죽였고, 지환이도 그걸 잘 알고 있단 말이야.

절대 지환에게 물을 수 없도록.

역시나 그렇게 말한 순간, 고은하의 표정에 떠오른 것은 불안감이었다. 고양희는 확신할 수 있었다. 고은하는 절대로 서지환에게 서현우에 대해서 묻지 못할 것이다. 묻지 못한 채 마음속에서 점점 두려움과 의심을 키워갈 것이다. 글쎄, 그런 연애가 얼마나 갈 수 있을까?

"대체 그년한테 뭐라고 하신 겁니까?"

부두목이 흥미진진한 얼굴을 했다.

"난 사실대로 말해줬을 뿐이야."

서지환 본인이 했던 말에서 힌트를 얻은 거였다.

— 당신이 그 강아지를 죽인 순간, 현우도 죽었어.

그러니까 서현우는 진짜 자신이 죽였다. 즉 거짓말을 한 것도 아닌 셈이다.

"예?"

의아해하는 부두목을 향해 고양희는 장담했다.

"두고 봐. 조만간 놈이 미쳐버리는 꼴을 볼 수 있을 테니까."

어쩌면 고은하를 불태워 죽이는 것보다도 오히려 이쪽이 더 나은 방법일지 몰랐다. 불태워 죽이면 녀석이 보복하러 올 테지만,

이 방법은 우리 쪽은 아무 리스크도 없이 서지환이 미치는 꼴만 구경하면 되는 거 아닌가.

"뭐, 어차피 못 올라갈 나무였으니까."

자기 집안에 대한 고은하의 말이 사실이라는 건 직후에 부하를 시켜 확인했다.

"나무가 높아도 어느 정도지 언감생심 판사님 댁 따님이라니, 쯧쯧. 하여튼 제 아비를 닮아가지고."

짐짓 고개를 저으며 혀를 찼지만 내심은 앞으로의 일이 기대되어 견딜 수 없을 지경이었다. 그렇게 물불 안 가릴 정도로 사랑하는 여자라면, 그만큼 아픔도 클 테니까.

♤ ♥ ♧

은하와 서로 사랑하는 사이가 된 후, 지환은 하루하루 마치 구름 위를 걷는 기분이었다. 세상에 어떻게 이렇게 행복할 수가 있을까, 하고 생각했다. 가만히 있어도 자꾸만 웃음이 나고, 가슴이 너무 벅차서 하루에도 몇 번씩 일부러 심호흡을 해야 했다.

하지만 오늘만은 가슴에 돌덩이를 얹은 듯 묵직함이 느껴져서 아침부터 계속 한숨을 내쉬고 있었다. 어제저녁에 만난 은하는 마치 어딘가에 영혼을 놓고 온 사람 같았다.

— 실은 아까 엄마한테 전화가 왔었어요. 아빠 생신이니까 주말에 저녁 먹으러 오라고요.

이유를 듣는 순간, 지환은 막연히 두려워했던 것이 실체가 되어 눈앞에 닥쳐오는 것을 느꼈다. 혹시 가족들에게 내 얘기를 할 생각에 저렇게 우울해하고 있는 게 아닐까. 아무래도 그런 것만 같았다. 집 나온 후 가족들에게서 한 번도 연락이 없다고 서운해하던 여자가, 정작 집에 오라는 소리를 듣고도 기뻐하기는커녕 시무룩해 있지 않던가.

별의별 생각이 다 들었다. 드디어 은하도 우리의 앞날에 대해 심각하게 생각하게 된 게 아닐까. 그 끝에 혹시, 아무것도 없다고 생각하게 된다면…? 두려운 나머지 어떻게든 확인받고 싶어서 유치하다는 걸 알면서도 말할 수밖에 없었다.

— 혹시 무슨 일이 있더라도 저를 버리지 말아주십시오.

예전 같았으면 은하는 대번에 시원스레 대답해줬을 것이다.

'내가 지환 씨를 왜 버려요? 절대 안 놔줄 건데.'

하지만 어제 그녀는 얼버무리는 것처럼 이렇게만 말할 뿐이었다.

— 왜 갑자기 그런 소리를 해요, 무섭게.

평소와는 확연히 다른 은하의 태도가 계속해서 지환을 괴롭히고 있었다.

오늘도 그렇다. 아침에 잘 잤느냐고 메시지를 보냈더니 '네' 하는 한 글자짜리 대답이 왔을 뿐, 점심시간이 훌쩍 지나도록 아무 연락이 없는 것이다. 평소 같으면 벌써 메시지로 오늘은 날이 되게 춥네요, 지환 씨 점심 뭐 먹을 거예요, 나 보고 싶지 않아요, 하면서 몇 번은 재잘거렸을 여자가.

미칠 것 같은 심정으로 울리지 않는 휴대폰만 바라보고 있는데, 일영이 들어와서 말했다.

"형님, 강예나 씨라는 분이 오셨는데요."

지환은 이맛살을 찌푸렸다. 기분도 바닥인데 반갑지 않은 손님까지 오다니. 돌아가라고 할까 하다가, 혹시 은하와 관계된 일일지도 모른다고 생각하고 마음을 바꿔 먹었다.

"들어오라고 해."

책상에서 일어나 손님 접대용 소파에 앉자 잠시 후 예나가 들어와서 마주 앉았다.

"오랜만이네요."

지난번의 수줍은 태도와는 많이 달랐다.

— 예나도 사실 그렇게 나쁜 애는 아니에요.

자기 집 청소까지 시킨 여자를, 어째서인지 은하는 그리 싫어하지 않는 것 같았다. 그래서인지 지환도 지난번만큼 상대가 밉살스러워 보이지는 않았다.

"용건이 뭡니까?"

"3년 전부터 서지환 씨를 좋아했어요, 저."

다짜고짜 고백이 날아와서 지환도 조금은 움찔했다.

"안됐지만 저는 좋아하는 사람이 있습니다."

대놓고 말했는데도 예나는 상처받은 기색이 전혀 없었다.

"알고 있어요. 서지환 씨가 은하 언니 좋아하는 거."

"알면서 이렇게 찾아와 고백하는 거, 반칙 아닌가?"

"둘이 사귀는 것도 아닌데 왜 반칙이에요?"

지환은 픽 웃고 대꾸했다.

"소식이 느리시군요. 얼마 전부터 사귀고 있는데."

역시나 몰랐던 건지, 예나의 얼굴빛이 미세하게 흔들렸다. 하지만 예나는 금세 평온한 표정으로 돌아가서 말했다.

"지금 당장 받아달라는 거 아니에요. 은하 언니하고 정리될 때까지 기다릴 수 있어요."

마치 금세 끝날 거라고 확신하는 듯한 말투였다. 가슴이 철렁하는 것을 애써 감추고, 지환은 침착한 얼굴을 꾸며냈다.

"왜 내가 은하 씨하고 헤어질 거라고 생각합니까?"

"아시잖아요? 은하 언니랑은 미래가 없다는 거."

예나는 지환의 눈을 똑바로 쳐다보았다.

"그 대단한 집안에서 서지환 씨를 받아줄 거라고 생각하세요?"

확인사살을 당하는 것 같은 기분이었다. 제삼자가 보기에도 역시 우리는 가망이 없는 사이인 걸까.

하지만 돌이키기에는 이미 늦었다. 은하가 다리를 끊어버릴 때, 자신도 이미 돌아갈 길 따위는 없어져버린 것이다.

"할 수 있는 일은 다 해볼 겁니다."

무릎이라도 꿇을 것이다. 인정받기 위해서라면 세상이라도 다 갖다 바칠 것이다. 그래도 안 되면, 힘으로라도 빼앗아 올 테다.

"잘됐으면 좋겠네요. 그런데 혹시 안 되면…."

예나는 제 명함을 꺼내 탁자에 놓았다.

"연락 주세요."

당황해서 멀거니 쳐다보자 예나가 다시 말했다.

"제가 은하 언니 대신 서지환 씨 곁에 있어드릴게요."

지환은 차갑게 얼굴을 굳혔다.

"은하 씨가 아니면 의미가 없습니다."

딱 잘라 거절했는데도 예나는 조금도 상처받은 기색이 없었다. 자리에서 일어난 예나가 진지한 시선으로 지환을 바라보았다.

"저는 언제까지든 기다리고 있을 테니까요."

어디서 들은 소리 같다고 생각하다 떠올랐다.

— 저는 언제까지든 기다리고 있겠습니다.

은하가 당분간 얼굴 보지 말자고 했을 때, 자신이 했던 말과 같았다. 그 말을 할 때의 절박한 심정이 떠올라서 잠시 멍하니 앉아 있었다. 그러다 예나가 두고 간 명함이 뒤늦게 눈에 띄었다.

지환은 급히 명함을 집어 들고 일어섰다. 혹시 만에 하나 은하와 잘못되더라도 연락할 일은 없을 테니까 돌려줄 셈이었다. 사무실에서 나오는데 엘리베이터 쪽의 벽 모퉁이 저편에서 심호흡과 함께 혼잣말 소리가 들려왔다.

"잘했어, 강예나."

아까 그토록 당당했던 것과는 딴판으로 형편없이 떨리는 목소리였다.

"떨지 않고, 울지도 않고, 할 말만 딱 잘했어."

지환은 조용히 돌아섰다. 그것밖에는 해줄 수 있는 게 없었다.

♤ ♥ ♧

가짜 현우와 헤어져 나오는 길에 은하는 무릎이 덜덜 떨렸다.

— 현우는 내가 죽였고, 지환이도 그걸 잘 알고 있단 말이야.

고양희의 말이 옳았다. 모두 지환이 꾸며낸 연극이었고, 진짜 현우는 그때 죽은 거였다. 17년간의 기다림도, 희망도 다 헛된 것이었다. 검사를 꿈꾸던 다정한 소년은 자신을 지켜주려다가 덧없이 죽었다. 쥐도 새도 모르게, 슬퍼해주는 사람 하나 없이….

— 은하야.

현우의 웃는 얼굴이 떠오르자 목 안 깊숙한 곳에서 뜨거운 것이 치밀어 올랐다.

"미안해, 오빠."

은하는 길 가운데 털썩 주저앉아 목 놓아 울었다.

"미안해, 정말 미안해…."

♠ ♥ ♧

은하는 집에 틀어박혔다. 현우가 죽었다는 사실을 알게 된 충격만큼이나 자신을 속인 지환에 대한 배신감도 컸다.

— 못 믿겠으면 지환이한테 가서 물어보든가.

고양희가 그토록 자신 있게 말했던 이유가 있었다. 결국 모두 지환이 꾸민 짓이었던 것이다.

— 저한테는 현우 오빠밖에 없어요. 오빠 말고 다른 남자는 생각할 수조차 없다고요.

나를 포기시키기 위해서 가짜 현우를 만들어 보여준 것이다. 자기가 꾸민 일인 주제에, 시치미를 딱 떼고 힘들어하는 나를 위로해줬던 거다.

— 다 괜찮아질 겁니다.

현우가 죽었다는 것을 알고 있었으면서!

처음 지환에게 현우와의 얘기를 다 털어놓았을 때, 은하는 매달리듯 물었었다.

— 그렇죠? 현우 오빠, 죽지 않았겠죠?

— 예.

그 한 마디에 희망을 품었던 게 생각나서 허탈한 웃음이 나왔다.

— 어디선가 씩씩하게 잘 살아 있을 거예요. 그때 말했던 대로 검사님이 됐을 수도 있고요. 아니면 판사나 변호사… 의사가 됐을 수도 있고요.

뻔히 죽은 사람을 가지고 이것저것 상상하는 내가 얼마나 우스워 보였을까.

거기까지는 그래, 그럴 수도 있다. 내가 충격을 받을까 봐 걱정돼서 하얀 거짓말을 한 거라고 이해할 수 있다. 하지만 그 후에 가짜 현우를 만들어 내세운 것은 도저히 용서할 수가 없었다. 그건 정말로 현우를 포기시켜서 자기를 보게 하려는 의도였던 거 아닌가. 모든 일이 확실해진 지금도 은하는 좀처럼 믿을 수가 없었다. 대체 그 다정하고 착해 보이는 사람의 어디에 그런 교활함이 숨어 있었던 걸까.

결국 자신은 지환이 꾸민 일에 속아 넘어가서 그에게 푹 빠져 있었다. 현우 오빠는 나 때문에 죽었는데, 아무것도 모르고 연애질이나 하며 행복해하고 있었다. 그 부분이 은하를 가장 괴롭게 했다.

도저히 얼굴을 볼 자신이 없어서 은하는 며칠 동안 지환의 연락을 피했다. 연말이라 많이 바쁘다는 핑계로 덩어리들의 과외도 패스했다. 회사에 부탁해서 휴가도 받았다. 안 된다고 할 줄 알았는데, 대표는 선뜻 한 달이나 휴가를 주었다.

"그래? 몸이 안 좋으면 쉬어야지. 천천히 푹 쉬고 와."

그러면 2주 이상 영상 업로드가 끊기게 되는 셈이지만, 아무래도 카메라 앞에서 웃을 엄두가 나지 않았다. 이런 기분으로 억지로 웃는 건 꼬마 친구들에게도 예의가 아닐 테니까.

집 안에만 틀어박혀 있은 지 며칠이 지났을 때 지환에게서 전화가 왔다.

"은하 씨, 잠깐만 나와줄 수 있겠습니까?"

말투로 보아 이미 집 앞에 와 있는 것 같아서 가슴이 철렁했다. 지금은 얼굴을 보고 싶지 않은데.

"죄송해요, 지환 씨. 제가 몸이 좀 안 좋아서요."

하지만 지환은 왠지 고집을 부렸다.

"잠깐이면 됩니다. 시간 많이 빼앗지 않겠습니다."

결국 은하는 내키지 않는 발걸음을 이끌고 내려갈 수밖에 없었다.

"은하 씨."

지환은 오피스텔 입구 바로 앞에서 기다리고 있었다. 며칠 만에 얼굴을 보니 이 와중에도 더럭 반가워지는 자신이 한심해서 은하는 입술을 깨물었다.

"이것만 드리고 가려고 왔습니다."

지환은 커다란 쇼핑백을 내밀었다.

"이게 뭐예요?"

"옷하고 구두를 좀 샀습니다. 내일 오랜만에 부모님 뵙는 건데 예쁘게 하고 가시고 싶을 것 같아서요."

은하는 깜짝 놀랐다. 그러고 보니 아버지 생신을 까맣게 잊고 있었다.

"백화점 직원의 도움을 받아서 고르긴 했는데 마음에 드실지 모르겠습니다."

전 같았으면 무척 감동했겠지만, 지금은 그냥 불편하고 껄끄럽기만 했다. 거절하고 싶었지만 실랑이하고 싶은 기분도 아니어서 은하는 순순히 쇼핑백을 받아 들었다. 지금은 그저 빨리 가주었으면 하는 게 솔직한 심정이었다.

"고마워요, 잘 입을게요."

"그럼 저는 가보겠습니다. 몸 안 좋은데 바깥바람 쐬지 마시고 얼른 들어가십시오."

아쉬움이 가득한 얼굴로 지환은 고개를 숙였다. 은하가 몰래 안도의 한숨을 내쉬며 돌아서는데 지환이 불러 세웠다.

"…은하 씨."

"네?"

돌아보자 지환이 힘주어 말했다.

"혹 가족분들이 뭐라고 하더라도 상처받지 마십시오. 누가 뭐라고 해도 은하 씨는 멋진 사람입니다."

진심 어린 눈빛에 순간 목이 콱 메어서 은하는 당황했다.

"고마워요."

황급히 중얼거리고 돌아섰다. 굳이 돌아보지 않아도 눈에 선했다. 아쉬운 눈으로 내 뒷모습을 하염없이 바라보고 있을 남자의 표정이.

눈물이 핑 돌면서 문득 그런 생각이 들었다. 그냥 모른 척해버릴까. 지환이 현우를 죽인 것도 아니지 않은가. 거짓말을 한 것도, 대역을 세운 것도, 그냥 내가 언제까지나 마음 아파할까 봐 그랬다고 생각하면 이해할 수 있는 문제 아닌가. 그러니까 그냥 고양희의 말 따위, 듣지 않은 걸로 해버리면….

마음속에서 또 다른 자신이 호통을 쳤다.

'넌 양심도 없어? 현우 오빠는 너 때문에 죽었는데!'

나만 좋아하는 사람과 행복해져도 되는 걸까. 그럴 수 있을까, 내가.

은하는 피가 나도록 입술을 깨물었다.

♠ ♥ ♣

은하가 집에 돌아오는 것은 꼬박 2년 만의 일이었다. 정확히 말하면 잠자코 박사과정 밟을래, 이 집에서 나갈래, 하는 아버지의 호통에 대답 대신 트렁크에 옷가지를 싸서 나와버린 후로는 처음이었다.

"아빠, 저 왔어요."

"그래, 왔구나."

2년 만에 돌아온 막내딸을 보고도 아버지는 크게 반가워하는 기색이 없었다.

"손 씻고 와서 상 차리는 것 좀 도우렴. 마침 오늘 아줌마가 시댁 제사라고 휴가를 갔구나."

대신에 주방에서 나온 어머니가 재촉했다.

"네, 엄마."

손을 씻고 나와서 주방으로 향하는 길에 은하는 슬쩍 제 방을 들여다보았다. 자신이 쓰던 가구와 물건들은 하나도 없고, 드레스룸으로 사용하고 있는 걸 보자 입맛이 씁쓸했다.

'아예 내 방까지 없애버리셨구나.'

그래도 은하는 서운해하지 않으려 애썼다.

'독립해서 나간 자식 방을 그대로 둘 필요는 없잖아.'

어머니를 도와서 상을 차리고 있자 오빠인 세훈이 도착했다.

"왔구나."

얘기를 미리 들었는지, 세훈은 은하가 와 있는 것을 보고도 놀라지 않았다.

오늘 은하는 미리 결심하고 온 바가 있었다. 오랜만에 가족과 만나는 날이니까, 아버지 생신이기도 하니까, 다른 일들은 일단 잊어버리고 밝은 모습을 보이자고.

"오랜만이야, 검사님. 나쁜 사람들은 많이 잡고 있고?"

하지만 세훈은 은하의 농담을 받아주지 않았다.

"집에서까지 일 얘기 꺼내지 말자. 피곤하다."

그대로 식탁으로 가서 앉아버리는 오빠를 보며 은하는 어머니에게 물었다.

"근데 언니는요?"

갈비찜을 가득 담아서 세훈의 앞에 놓고, 대신에 시금치나물을 은하 쪽으로 밀어놓으며 어머니가 대답했다.

"급하게 수술이 잡혀서 못 온다고 연락 왔어."

오빠도 그렇지만, 언니 역시 그리 살가운 성격은 못 되었다. 막

냇동생인 은하가 집을 나갔는데도 지금껏 연락이 없긴 마찬가지였다. 그래도 오랜만에 얼굴 한번 보나 했더니, 못 온다니까 조금은 서운한 기분이 들었다.

이윽고 언니를 뺀 가족 네 명이 식탁에 둘러앉았다.

"생신 축하드려요, 아빠."

은하는 예쁘게 포장한 선물을 꺼내 아버지에게 드렸다. 아버지가 즐겨 입는 골프 브랜드의 스웨터였다. 무려 40만 원이나 했지만, 2년 만에 드리는 선물이라 생각하고 무리를 했다.

"고맙다."

아버지는 대꾸만 하고 선물을 뜯어보지도 않은 채 그대로 식탁 밑에 내려놓았다.

"참, 세훈아. 은하한테 뭐 할 말 있다고 하지 않았니?"

어머니가 말했다.

"아, 그거요."

세훈이 젓가락을 내려놓더니 맞은편에 앉은 은하를 쳐다보았다.

"은하 널 만나보고 싶다는 사람이 있어."

"응? 누구?"

"동료 검사야. 나하고는 연수원 동기고. 네 팬이시란다."

그 말에 문득 떠오르는 게 있었다. 전에 현우 오빠인 줄 알고 만났던 Justice라는 닉네임의 남자. 그 후로 한 번도 은하의 채널에 댓글을 남기지 않아서 그만 까맣게 잊고 있었다. 이름이 뭐였더라… 잠시 생각한 끝에 떠올랐다.

"혹시 장태현 검사라는 분?"

"맞아. 전에도 한 번 만났다면서?"

"응."

"그래, 어땠니? 장 검사."

어머니의 질문에 슬그머니 불길한 예감이 들었다.

"그냥 어쩌다 잠깐 만난 거라서 몇 마디 얘기 안 해봤어요."

역시나 불길한 예감은 틀리는 법이 없었다.

"장 검사가 널 마음에 둔 모양이야. 만나서 잘해보렴."

이건 초장에 싹을 잘라야 할 것 같아서 은하는 단호한 얼굴을 했다.

"저 아직 남자 만날 생각 없어요, 엄마."

"얘가 뭐라는 거야?"

어머니가 당치도 않다는 듯이 눈을 둥그렇게 떴다.

"연수원에서 차석까지 한 수재야. 아버지는 현직 검사장이고, 큰아버지는 대법관을 지내신 분이셔. 박사도 못 딴 너한테 얼마나 과분한 상대인 줄이나 알아?"

은하는 이제야 깨달았다. 어쩐지 웬일로 생일이라고 불러줬다 했더니, 다 이유가 있었던 것이다. 실망감을 참으며 은하는 애써 좋게 말하려 했다.

"그분 스펙이 좋은 건 알겠지만 당분간은 일에 집중하고 싶고, 또…."

어머니는 기가 막힌다는 듯이 코웃음을 쳤다.

"누가 들으면 엄청나게 대단한 일이라도 하는 줄 알겠다."

"엄마."

"아휴, 시끄럽고. 만나자고 할 때 얌전히 입 다물고 나가. 그러지 않아도 네 스펙으로 변변한 혼처나 들어올까 싶어서 결혼정보회사에라도 등록을 시켜야 하나, 하고 있던 중인데 그쪽에서 먼저 너한테 관심을 가져줬다니 얼마나 고맙니?"

"엄마 말씀이 옳다."

이번에는 아버지가 점잖게 말했다.

"여자가 결혼 전에 얼굴 팔리는 것도 자칫 흠 잡힐 수 있는 일이야. 쓸데없는 짓은 그쯤 해두고 슬슬 시집갈 생각을 해야지."

비록 인기는 없지만, 은하가 나름대로 신념을 가지고 즐겁게 해오던 일을 아버지는 아무렇지도 않게 부정했다. 아무 가치도 없는 쓰레기인 것처럼.

"저한텐 소중한 일이에요. 함부로 무시하지 마세요."

얼굴을 굳히고 말했지만, 아버지는 도리어 코웃음을 쳤다.

"입에 풀칠도 못 해서 여태 아르바이트 전전하는 주제에 잘도 그런 말이 나오는구나."

은하는 놀랐다. 2년 동안 연락도 없었는데 그걸 알고 계셨다니.

"최소한 어디 가서 직업이라고 말을 하려면 생계는 꾸려야 하지 않겠냐?"

비아냥거리던 아버지가 곧이어 얼굴을 싸늘하게 굳혔다.

"오냐오냐 투정 받아주는 것도 여기까지다. 당장 정리하고 엄마 말씀대로 해."

저도 모르게 몸이 떨렸다. 상대의 기분이나 마음 따위는 부정해버리고 독단적으로 결론을 내버리는 말투. 어릴 때부터 수도 없이 은하를 좌절하게 만들었던 판사님 특유의 말투.

은하는 충동적으로 말했다.

"저 만나는 사람 있어요."

"뭐?"

어머니는 깜짝 놀란 얼굴을 하고, 아버지는 안경을 고쳐 쓰며 다가앉았다.

"뭐 하는 사람이니?"

"학교는 어디 나왔고?"

직업은 그렇다 쳐도, 당장 출신 학교부터 묻는 게 너무 부모님 다워서 헛웃음이 났다.

"예전에는 조직 생활을 했었대요. 지금은 손 씻고 육가공회사를 운영하고 있고요. 정부에서 사회적 기업 인증도 받은 좋은 회사예 요."

머리로 생각하기도 전에 입에서 말이 줄줄 쏟아져 나왔다. 부모 님 앞에서 지환의 얘기를 하는 것이 조금도 부끄럽지 않은 자신 이 신기했다.

"중학교까진 졸업했대요. 내년 봄에 고등학교 검정고시를 보겠 다고 해서 제가 가르치고 있어요."

지금 내가 뭘 들었나, 하는 표정을 짓는 부모님을 보니 더욱더 감추기 싫었다.

"좋은 사람이에요. 저를 많이 좋아해주고요."

한참 만에야 아버지가 도저히 믿기 힘들다는 듯이 물었다.

"그 조직 생활이라는 게, 설마 내가 생각하는 그 조직은 아니겠지?"

"맞아요, 그 조직."

다음 순간, 아버지가 주먹으로 식탁을 쾅 하고 내리쳤다. 그 서슬에 그만 국그릇이 튀어 오르며 미역국이 상 위에 쏟아졌다.

"미쳐도 곱게 미쳐야지!"

얼굴이 시뻘게진 아버지가 부들부들 떨며 삿대질을 했다.

"전직 뭐? 중졸? 아비 얼굴에 똥칠을 해도 유분수지!"

어머니가 어쩔 줄 모르고 은하를 재촉했다.

"뭐 하니? 어서 잘못했다고 말씀드려!"

"아뇨, 저 잘못한 거 없어요."

은하는 이를 악물고 말했다.

"좋아하는 사람하고 연애하는 게 잘못은 아니잖아요. 검사님이 저한테 호감이 있다고 하면 그냥 어머나 영광이에요, 하고 달려나가야 하는 거예요?"

"버릇없이 무슨 짓이야? 엄마 아버지도 다 너 생각해서 말씀하시는 건데!"

덩달아 호통을 치는 세훈을, 은하는 감정 없는 시선으로 바라보았다. 어릴 때부터 늘 백 점만 맞았던 오빠. 은하가 시험에서 한두 문제라도 틀려서 오면, 무시와 경멸의 눈빛으로 쳐다보던 오빠. 평생 숙제 한 번 도와준 적 없었던, 우리 오빠.

"아무리 막내라도 그렇지, 어떻게 이렇게 철이 없어?"

머리꼭지로 피가 몰리는 기분이었다. 내가 언제 이 집에서 막내 대접을 받아본 적이나 있었나. 언제 한 번 막내답게 귀여워해주고, 관대하게 봐준 적이 있다고 저런 소리를 하는 걸까.

"저 이만 가볼게요."

여기 더 있어봤자 좋을 것 없겠다 싶어 일어나서 나가려는데, 아버지가 노성을 터뜨렸다.

"어디서 감히 그따위 버러지를 우리 집안에 들이려고 해? 내 눈에 흙이 들어가기 전에는 어림도 없다!"

버러지라는 말이 은하의 발목을 잡았다.

"그 사람은 벌레가 아니에요!"

은하는 마주 외쳤다.

"누구보다, 판사보다, 교수보다, 검사보다 훨씬 더 훌륭한 사람이라고요!"

참았던 눈물이 흘러내리고 은하는 비로소 깨달았다. 비록 지환이 자신을 속였어도 여전히 그를 사랑한다는 것을. 고양희의 말따위가 이 사랑을 깨트리지는 못한다는 것을. 눈물 때문에 앞이 잘 보이지 않았다. 그래서 은하는 처음엔 자신이 뭐에 맞았는지도 몰랐다. 이마에 뭔가가 퍽 하고 부딪치는 느낌과 함께 격통이 느껴져서 내려다보자 숟가락이 발치에 나뒹굴고 있었다. 이마를 만져보자 손끝에 피가 묻어났다.

"썩 내 눈앞에서 꺼지지 못해!"

아버지가 고함을 질렀다.

"너 이리 나와."

벌떡 일어난 세훈이 은하의 팔을 잡아 강제로 끌어냈다.

"잘하는 짓이다, 아버지 생신날!"

쫓겨나다시피 집에서 나온 은하는 울면서 택시를 잡아탔다.

"성북동으로 가주세요."

이마에서 피를 흘리는 여자가 울며 행선지를 말하자 택시 기사가 기겁한 얼굴을 했다. 그것조차 아랑곳하지 않을 정도로 은하의 가슴속은 오로지 지환으로 가득 차 있었다. 죽은 현우에게는 미안하지만, 도저히 안 되겠다고 은하는 생각했다. 차라리 가족을 포기하더라도 지환은 포기할 수가 없었다.

— 내 눈에 흙이 들어가기 전에는 어림도 없다!

아버지의 태도로 보아 절대로 지환을 받아들이지 않을 게 뻔했다. 즉 지환과 함께하려면 가족과도 평생 연을 끊게 될 가능성이 컸다. 옛날에 지환의 어머니가 그랬듯이. 하지만 은하는 이미 그것조차도 무섭지 않았다. 그 사람 곁에 있을 수만 있다면 뭐든 다 감당할 수 있을 것 같았다.

마침 저녁시간이라 길이 막혀서 차가 너무 느릿느릿 움직이는 바람에 속이 탔다. 내려서 뛰어가기라도 하고 싶은 심정이었다. 시간이 오래 걸린 바람에 겨우 지환의 집 앞에 도착했을 무렵에는 눈물도 잦아들어 있었다. 그가 보면 놀랄까 봐, 은하는 얼른 앞머리를 내려 상처를 감추며 택시에서 내렸다.

만나자마자 꼭 껴안고 사랑한다고 말해야지. 이젠 정말 당신밖에 없다고 말해야지. 그러면 그가 따뜻하게 안아주면서 말해주겠지. 자기 옆에 있으면 다 괜찮아질 거라고.

빨리 그 넓은 품에 안기고 싶어서 몸이 달았다. 두근대는 마음으로 초인종을 누르려는 순간, 휴대폰이 울렸다. 아까 저녁식사 자리에 없었던 언니에게서 온 전화였다. 잠시 망설이다 은하는 전화를 받았다. 2년 만에 통화하는 동생에게 언니는 잘 지냈느냐는 말 한마디 없이 다짜고짜 물었다.

"너 아까 집에서 아빠한테 한바탕 대들었다며?"

"오빠가 그래?"

은하는 일부러 차갑게 되물었다. 아무리 생각해도 자신은 잘못한 것도, 사과할 것도 없었다. 그러니까 언니가 야단치거나 잔소리를 시작하면 당장 끊어버릴 작정이었다. 하지만 언니의 입에선 생각지도 못한 말이 나왔다.

"아빠가 많이 아프셔."

"뭐?"

"나랑 세훈이는 너도 자식이니까 알아야 하지 않겠냐고 했는데, 엄마랑 아빠가 나가 있는 너한테까지 걱정시킬 필요 있겠느냐고 하셔서 여태 얘기하지 않았던 거야."

휴대폰을 든 손이 벌벌 떨리기 시작했다.

"아빠가 많이 안 좋으신 거야? 무슨 병인데, 응?"

불안한 마음으로 묻자 언니는 냉정하게 대꾸했다.

"말해도 넌 몰라. 어쨌거나 상당히 진행된 상태라는 것만 알아둬. 생명이 위험할 수도 있는 상황이야."

의사인 언니가 이렇게 말할 정도면 정말 심각하다는 뜻인데. 은하는 충격에 휩싸였다. 그것도 모르고 나는 아까 무슨 짓을 한 걸까. 아픈 아버지 앞에서 울고, 소리를 지르고….

"제발 부탁이다, 은하야. 그 남자랑은 정리하고, 장 검사란 사람이랑 만나는 척이라도 해. 하다못해 아빠 좋아지실 때까지만이라도, 응?"

언니는 간곡하게 부탁했다.

"스트레스 관리가 절대적으로 중요한 병이야. 자칫 진짜로 큰일 치를 수 있다고."

다섯 살 위의 언니 역시 은하에게 냉정하기는 오빠와 다를 바가 없었다. 터울이 더 져서인지, 오히려 오빠보다 어려운 게 언니였다. 자매지만 크면서 같이 놀아본 적이 거의 없는 언니는 더욱이 은하에게 이렇게 간곡하게 뭔가를 부탁한 적도 처음이었다. 그만큼 아버지의 병이 위중하다는 의미라고밖에 생각되지 않았다.

"너 설마하니 아빠 잘못되는 거 보고 싶은 건 아니지?"

언니는 몇 번이나 신신당부하고 나서야 전화를 끊었다.

"그럼 믿는다."

여전히 초인종 위에 놓여 있던 은하의 손가락이 힘없이 떨어졌다.

♠ ♥ ♣

은하가 본가에 가는 날, 지환은 하루 종일 안절부절못했다. 갔다 왔을 시간이 지났는데도 은하에게서는 아무 연락이 없었다. 기다리다 못해 전화도 해봤지만 계속 꺼져 있어서, 걱정이 되어 미칠 것 같았다. 부모님에게 또 상처되는 말을 듣고 돌아와서 울고 있는 건 아닐까. 찾아가볼까도 생각했지만, 요즘 눈에 띄게 서먹해진 은하의 태도를 떠올리자 차마 그럴 엄두가 나지 않았다.

다행히 은하는 다음 날 제시간에 맞춰 과외 수업을 하러 왔다. 그런데 그녀를 본 순간 지환은 심장이 멈추는 것 같은 기분을 느꼈다.

"어떻게 된 겁니까?"

예쁜 이마에 이틀 전까지도 없었던 상처가 나 있지 않은가.

"그냥 실수로 좀 긁혔어요. 별거 아니에요."

그녀는 대수롭지 않게 말했고, 실제로도 약간 파인 정도로 보이긴 했지만, 지환은 마음이 편하지 않았다. 오랜만에 집에 갔는데 왜 상처가 생겨서 돌아왔을까, 생각하다 가슴이 철렁했다.

'혹시 나와 상관있는 일인가?'

먼저 덩어리들의 수업부터 마치고 온 은하는, 지환과 공부하는 내내 단 한 번도 웃지 않았다. 그저 진짜 과외 선생이 된 것처럼 문제만 풀 뿐. 조금이라도 기분을 풀어주고 싶은 마음에 지환은 용기를 내어 말했다.

"로션 발라드릴까요?"

위로해주고 싶다는 뜻이라는 걸 그녀도 모를 리 없었다. 하지만 은하는 힘없이 픽 웃으며 되물었다.

"그런다고 뭐가 나아지나요?"

그 말에 지환은 확실히 깨달았다.

'나 때문에 문제가 있었던 게 맞구나.'

만약 또 은하의 직업 때문에 부모님과 갈등이 있었던 거라면 그녀가 이럴 이유가 없다. 자기가 먼저 위로받고 싶어 했겠지. 이러는 걸 보면 분명 나 때문이 틀림없다. 아마도 자신과 사귄다는 얘기를 꺼냈다가 부모님의 역정을 산 게 아닐까, 생각되었지만 지환은 차마 그런 거냐고 물어볼 수가 없었다.

"그럼 다음으로 넘어갈게요. 이 문제는…."

더 이상 제 눈조차 쳐다보지 않는 여자에게.

♤ ♥ ♧

그때부터 은하와의 관계는 급속도로 멀어졌다. 어느덧 서로 통화를 하는 일도, 메시지를 보내는 일도 없어졌다. 만나는 것도 오로지 일주일에 두 번 있는 수업시간뿐. 그나마도 덩어리들의 수업 때문에 와서는, 왔으니까 어쩔 수 없이 지환도 가르친다는 식이었다. 수업을 하는 동안에도 그녀는 가르치기만 할 뿐 사적인 말은 단 한 마디도 하지 않았다.

바로 얼마 전까지 은하와 안고, 입 맞추고, 사랑한다고 속삭였던 것이 마치 꿈속의 일인 것만 같았다. 이제는 키스는커녕 손을 잡을 용기도 나지 않았다. 잡았다가는 펄쩍 뛰면서 뿌리칠 것만 같아서.

은하가 점점 멀어져가는 것을 뻔히 느끼면서도 지환은 할 수 있는 것이 없었다. 그저 속으로 발만 동동 구를 뿐.

새삼스럽게 지환은 제 인생이 저주스러웠다. 왜 나는 그런 부모 밑에서 태어나 이렇게 자란 것일까. 나도 어릴 때는 공부를 잘했는데, 평범한 부모 밑에서만 태어났어도 깡패 따위가 아니라 의료인이나 법조인 같은 전문직이 됐을 수도 있는데. 그랬다면 은하의 가족들도 나를 받아들였을 텐데. 하지만 이미 정해진 사실에 가정 따위 해봐야 아무 의미도 없는 것이었다.

언젠가부터 은하는 할 말이 있는 것처럼 지환을 불렀다가는 몇 번이나 고개를 젓곤 했다.

"지환 씨."

"예?"

"…아니에요."

은하가 하려다 삼켜버린 말이 뭔지 지환은 뻔히 알 수 있었다. 헤어지고 싶다는 거겠지. 은하가 이토록 괴로워하는 걸 보니 짐작이 갔다. 아마도 가족과 자신 중에 선택해야 하는 상황인 게 아닐까.

아무리 서운한 점이 있었다 해도 그녀에게는 낳아서 키워준 부모님이다. 친부모를 버리길 바라는 게 뻔뻔한 일이라는 걸 알면서도 여전히 지환은 은하가 자신을 선택해주기를 바랐다. 그녀가 몇 번이나 헤어지자는 말을 꺼내려다가도 결국 말하지 못하는 그 망설임의 이유가 죄책감이나 미안함이 아닌 사랑이기만을 바랐다.

나를 선택해준다면, 그래만 준다면 내가 평생 목숨 걸고 사랑할 텐데. 어차피 그 가족은 은하를 사랑해준 적도 없지 않은가. 그까짓 속물 같은 가족들보다 내가 백배 천배 행복하게 해주면 되는 것 아닌가.

하지만 정작 은하는 제 곁에 있어도 전혀 행복해 보이지 않았다. 얼굴을 볼 때마다 하루하루 더 슬프고 괴로워만 보일 뿐. 언제 헤어지자는 말이 나올까, 마치 사형선고를 기다리는 것 같은 나날 속에서 지환은 필사적으로 아무것도 눈치채지 못한 척을 계속했다. 비겁하다고 생각하면서도 그것밖에 할 수 있는 것이 없었다.

♠ ♥ ♣

경기도 쪽 공장에 일이 많이 밀려서 일영은 덩어리들과 함께 그

곳으로 출근하고, 지환 혼자서만 사무실로 간 날이었다. 입맛이 없어서 점심도 거르고 일하는데 오후 늦게 민규에게서 전화가 왔다.

"큰형님, 일영이 형님이…!"

작업하다가 그만 칼로 배를 찌르는 실수를 했다는 거였다. 떨리는 민규의 목소리에서 예삿일이 아니라는 것을 짐작할 수 있었다.

워낙 이 분야가 상처를 달고 사는 직업이긴 하다. 가볍게 베이는 일이야 늘 있고, 중상을 입거나 심지어 목숨이 위험한 경우도 가끔 있었다. 하지만 일영은 화끈한 성격과 달리 일할 때는 꽤 신중해서 지금껏 크게 다친 적은 한 번도 없었다.

"뭐? 거기가 어디야?"

지환은 놀라서 당장 병원으로 달려갔다. 도착하자마자 차를 대강 세우고 뛰어들어가려는데, 마침 일영이 다른 덩어리들의 부축을 받고 병원에서 나오고 있었다.

"큰형님."

지환을 본 일영이 민망한 얼굴을 했다.

"형님께는 연락드리지 말라고 했는데…. 죄송합니다, 형님."

"괜찮으냐? 상처는 어때?"

"꿰매고 나오는 길입니다. 심려 끼쳐드려 면목이 없습니다."

어찌 됐든 금세 나온 걸 보니 중상은 아닌 모양이었다.

"조심하지 그랬어!"

한숨 돌린 지환은 그제야 일영을 꾸짖었다.

"그러게 일할 때는 정신 똑바로 차려야지. 요즘 정신이 딴 데 팔려 있더니, 내 이럴 줄 알았다."

일영은 얼마 전부터 은하의 친구와 사귀고 있다고 했다. 분명 작업 중에 엉뚱한 생각을 하다 저지른 일이라고밖에 생각되지 않았다.

"피도 흘렸을 텐데, 링거라도 좀 맞으면서 푹 쉬지, 왜 벌써 나왔어?"

"괜찮습니다, 형님. 정말 별거 아닙니다."

옆에서 부축하고 있던 민규가 울컥한 표정으로 끼어들었다.

"거짓말입니다, 형님!"

"주둥이 닥치지 못해?"

일영이 즉시 눈을 부라렸다. 하지만 어지간히 답답했는지 민규는 들은 체도 않고 줄줄 일러바쳤다.

"다행히 내장은 안 다쳤지만, 상처가 깊어서 며칠 입원해야 한다고 의사가 그랬습니다. 그런데 일영이 형님이 남자가 이 정도 긁힌 거 가지고 무슨 입원을 하느냐면서 고집을 부려서 나온 겁니다."

지환은 어이가 없었다. 남자병이 아무리 심하기로서니 의사가 입원하라는데 그걸 마다해?

"가자."

팔을 붙잡고 도로 병원으로 끌고 들어가려는데, 일영이 곤란한 얼굴로 버텼다.

"안 됩니다, 형님."

이쯤 되자 지환도 이상한 낌새를 눈치채지 않을 수 없었다. 제 말이라면 거역하는 법이 없는 녀석이 이렇게까지 고집을 부리는 데는 분명 뭔가 이유가 있는 것이다.

"대체 무슨 일이야?"

험악한 표정으로 다그치자 일영이 겨우 실토했다.

"…저녁때 미호 만나기로 했습니다."

지환은 할 말을 잃었다.

"이 미친놈아. 아무리 좋아도 그렇지, 여자를 만나겠다고 목숨을 걸어?"

하도 어이가 없어서 화도 못 낼 지경이었다. 그야 자신에게도 사랑하는 여자가 있으니까 보고 싶은 심정은 이해하지만, 이건 너무 무모하지 않은가.

"그게 아니고, 형님."

일영이 멋쩍은 얼굴로 머리를 긁적였다.

"제가 최근 들어 벌써 몇 번이나 다치는 바람에 미호가 많이 울었습니다. 근데 또 크게 다친 걸 알면 엄청 속상해할 겁니다."

순간 지환은 뒤통수를 한 대 얻어맞은 것 같은 느낌을 받았다. 이 녀석은… 마음이 약한 자신과 달리, 남자다운 성격이라는 건 예전부터 잘 알고 있었다. 하지만 이 순간만큼 일영이 진짜 남자라고 느낀 적은 없었다. 사랑하는 여자의 마음을 아프지 않게 하기 위해서, 자신이 아픈 것쯤은 감수하고 있지 않은가.

"그러니까 한 번만 눈감아주십쇼, 형님. 최대한 조심하겠습니다."

결국 일영은 그 몸으로 미호를 만나러 갔다. 비틀거리며 차에 타는 일영의 뒷모습을 보면서 지환은 스스로에게 물었다.

…그런데 나는 지금, 어쩌고 있지?

♠ ♥ ♣

요즘 미호는 행복에 푹 빠져 있었다.

"얼어 죽고 싶어서 환장을 했나, 옷이 이게 뭐요?"

보자마자 면박을 주면서도 일영은 얼른 자기 옷을 벗어서 미호에게 입혀주었다.

"다음번에 또 이렇게 얇게 입고 나오면 도로 집에 들여보낼 테니까 그렇게 아쇼."

말은 통명스럽게 하면서도 사실은 한없이 다정한, 한 살 위의 이 남자가 너무 좋았다. 오늘은 일영이 감기 기운 때문에 몸이 별로 안 좋다고 해서 그냥 카페에만 틀어박혀 있었지만, 그냥 마주 앉아서 얘기만 해도 시간 가는 줄 모르게 즐거웠다.

"있잖아요, 요즘 은하가 엄청 이상해요. 연락도 잘 안 되고, 가끔 통화해도 세상 다 산 애 같고. 혹시 무슨 일인지 아세요?"

문득 은하 생각이 나서 묻자 일영이 고개를 갸웃거렸다.

"그러고 보니 큰형님도 요즘 뭔가 이상하신데. 툭하면 한숨을 쉬시고…."

"혹시 둘이 싸운 걸까요?"

덜컥 불안해져서 미호는 일영의 눈치를 보았다.

"있잖아요, 오빠."

"예?"

"혹시 은하가 대표님이랑 헤어지면 우리도 헤어져야 하는 거예요?"

처음부터 일영은 말했었다. 큰형님이 솔로이신데 자기가 먼저 연애할 수는 없다고. 그러니까 큰형님 연애가 잘못되면 자칫 우리도 덩달아 잘못되는 거 아닐까, 하는 게 미호의 걱정이었다.

역시나 일영은 고민에 빠진 듯 중얼거렸다.

"남자가 의리가 있지, 그게 맞긴 한 거 같은데…."

미호는 왈칵 서운해졌다. 나 따위는 큰형님 연애 사정에 따라 언제든 정리할 수 있는 존재라는 걸까.

'그렇게 큰형님이 좋으면 큰형님이랑 사귀든가요.'

유치한 소리가 목구멍까지 올라오는 걸 꾹 참고 미호는 일어섰다.

"저 먼저 들어가볼게요, 오빠."

"미호 씨?"

일영이 당황해서 불렀지만 미호는 돌아보지 않았다.

커피숍을 나와 역을 향해 걷다가, 눈물이 날 것 같아서 잠시 걸음을 멈추고 밤하늘을 올려다보았다. 내가 먼저 좋아한 거니까, 내가 더 좋아하니까 어쩔 수 없다고 생각하면서도 자꾸만 속이 상했다. 겨우 눈물을 참고 다시 걸음을 옮기려는데, 팔을 붙들렸다.

"니미, 의리 그딴 거 그냥 개나 주라고 하죠. 난 도저히 못 하겠으니까."

돌아보자 일영이 가쁜 숨을 몰아쉬며 말했다.

"헤어지지 맙시다, 우리."

하마터면 눈물이 날 뻔했다.

"오빠!"

기뻐서 와락 품에 안기자 일영이 신음 소리를 냈다.

"윽!"

고통의 기색이 역력한 소리에 미호는 깜짝 놀랐다.

"왜 그래요? 또 어디 다쳤어요?"

품에서 빠져나와 몸을 살피려는데, 일영이 황급히 물러섰다.

"아, 아무것도 아뇨."

당황한 표정을 보고 알 수 있었다. 어딘가 다친 게 틀림없다.

"뭔데 그래요, 네? 많이 다친 거예요?"

"글쎄, 아무것도 아니라니까?"

한참 실랑이 끝에 결국 미호는 그의 옷자락을 들추는 데 성공했다. 배 쪽에 드레싱이 되어 있고, 심지어 붕대가 빨갛게 물들어 있는 것을 보고 제 눈을 의심했다.

"젠장."

일영이 포기한 듯 눈을 감고 한숨을 내쉬었다.

"이게 뭐예요? 누구랑 싸웠어요?"

"싸우다니요!"

일영이 펄쩍 뛰었다.

"공장에 일이 밀려가지고, 오랜만에 칼 잡았다가 그만 실수한 거요. 거짓말 같으면 우리 큰형님께 여쭤보든가!"

말투로 보아 거짓말은 아닌 것 같은데. 왜 다쳤다고 말을 안 했느냐고 화를 내려다 미호는 입술을 깨물었다. 뻔하지 뭐, 내가 속 상해할까 봐 그랬겠지. 자세히 들여다보니 오늘 다친 곳 말고도 상처가 한두 개가 아니었다. 복근이 예쁘게 잡혀 있는 배 여기저기에 찔리고 베인 흉터가 남아 있어서 미호는 눈물을 글썽였다.

"많이 아팠죠?"

울먹이며 오래된 흉터를 조심스럽게 어루만지자 당황한 기색이 역력한 목소리로 일영이 말했다.

"저기, 자꾸 그렇게 더듬고 그러면… 나도 사내새끼인데."

미호는 옷자락을 내려주고 일영의 품에 다시 안겼다.

"해요, 우리."

"뭐, 뭐요?"

"자자고요. 저 오빠랑 자고 싶어요."

울먹이면서 말하자 남자가 놀라 펄쩍 뛰며 미호를 떼어놓았다.

"이, 이봐요. 제발 그런 말 좀…!"

"왜 안 되는데요?"

그만 울컥해서 미호는 일영을 노려보았다.

"저번엔 약 먹어서 그런 거라고 참은 거잖아요. 이번엔 약도 안 먹었으면서 왜 그래요?"

일영이 당황스러운 듯이 미호를 바라보았다.

"오빤 제가 여자로 안 보이는 거죠? 그렇죠?"

"…."

"됐어요."

입술을 깨물고 돌아서려는 순간, 손목을 붙잡혔다.

"후회 안 할 수 있어요?"

미호가 고개를 끄덕이자마자 일영은 그녀의 손목을 잡은 채 그대로 가장 가까이에 있는 호텔로 향했다.

"여기 제일 비싼 방 주쇼."

♤ ♥ ♧

은하는 매일매일이 한숨뿐이었다.

분명히 지환을 사랑하는데, 헤어질 생각만 해도 가슴이 미어질 것 같은데, 아무리 생각해도 다른 방법이 떠오르지 않았다. 현우도 현우지만 아버지 생각을 하면 미칠 것만 같았다. 현우는 이미 이 세상 사람이 아니라고 하지만 아버지까지 보낼 수는 없지 않은가.

이제야 은하는 아버지 입장에서도 생각해보게 되었다. 평생을 법조인으로 살아오신 분인데, 막내딸이 전직 조직폭력단 보스와 사귄다는 게 얼마나 감당하기 힘든 일일까.

— 스트레스 관리가 절대적으로 중요한 병이야. 자칫 진짜로 큰일 치를 수 있다고.

언니의 경고가 머릿속을 떠나지 않았다.

이런 상황이니 지환을 만나도 도저히 웃을 수가 없었다. 지환도 은하가 이상하다는 낌새를 알아챘는지 전처럼 스킨십을 하지도, 짓궂게 농담을 하지도 않았다. 수업 때 보는 것 외에는 따로 만나자고 하지도 않았고, 연락을 해오지도 않았다. 그저 안타까운 눈으로 바라만 볼 뿐.

하루하루 괴로운 나날을 보내다 은하는 깨달았다. 이런 식으로 계속 만나봐야 자신도, 지환도 행복할 수가 없다는 것을. 그러니까 헤어지는 길밖에는 없겠다고 생각은 했지만, 정작 이별을 고하는 것은 쉽지 않았다.

— 마음은 어머니를 닮고 몸은 아버지를 닮는 바람에 두 분에게

다 미움을 받았지요. 이래저래 저는 사랑받을 팔자는 아니었나 봅니다.

지환이 쓸쓸하게 웃으며 말했을 때, 은하는 결심했었다. 그가 지금까지 받지 못한 만큼, 아니 그 이상으로 내가 사랑해주겠다고. 앞으로는 내가 지켜주겠다고도 말했었다.

— 이젠 아무도 지환 씨 못 건드리게 할 거예요, 제가.

그때, 그 가을빛 가득하던 숲속에서 지환은 얼마나 기쁜 듯이 웃었던가.

— 그럼 저는 은하 씨 등 뒤에 꼭꼭 숨어 있어야겠군요.

그래 놓고 어떻게 헤어지자고 말할 수가 있을까. 제 손으로 다리까지 끊어가면서 큰소리를 뻥뻥 친 주제에. 헤어지자고 말하면 지환이 순순히 받아들일지도 의문이었다. 시작할 때 그가 말하지 않았었나. 이제는 싫다고 해도 놔주지 않을 거라고.

아니, 사실은 다 핑계다. 무엇보다 가장 중요한 건 제 마음의 문제였다. 현우는 저 때문에 목숨을 잃었는데도, 심지어 아버지의 병이 위중하다는데도, 스스로가 뻔뻔스럽게 느껴질 정도로 지환과 헤어지기 싫었다. 결국 내일 말하자, 다음에 만났을 때 말하자, 하고 자꾸만 미루면서 하루하루가 지나가고 있었다.

그러던 어느 날, 지환이 말했다.

"은하 씨, 혹시 내일 시간 있으십니까?"

"왜요?"

"같이 영화 보러 갈까 해서요. 일영이가 얼마 전에 미호 씨하고 영화를 같이 봤는데, 그게 무척 재미있었다는군요."

은하도 최근에 미호가 일영과 사귄다는 말을 들었다. 예전 같았으면 놀라며 축하해주었겠지만, 지금은 솔직히 다른 사람의 연애 따위에 관심을 가질 여력이 없었다. 오히려 언제 지환과 헤어질지 모르는데 하필 내 친구가 그의 비서와 엮였나 싶어서 골치만 더 아팠다.

"괜찮으시면 시간 내주시겠습니까?"

이 마당에 영화나 보고 있을 기분이 아니어서 거절하려는데, 지환이 덧붙였다.

"은하 씨하고 한 번도 제대로 데이트를 못 해본 것 같아서요."

듣고 보니 그랬다. 어쩌다 보니 같이 영화 보고 식사하는 평범한 데이트 한 번 해본 적이 없다. 헤어질 때 헤어지더라도, 한 번쯤은 그런 추억을 남기는 것도 괜찮지 않을까. 그렇게 생각하고 은하는 고개를 끄덕였다.

"그래요, 그럼."

♤ ♥ ♧

다음 날, 지환과 함께 영화를 보고 나오면서 은하는 조금 후회했다. 역시 거절할 걸 그랬다, 하고. 요즘 계속 박스오피스 1위 중이라는 영화인데도 내용이 전혀 눈에 들어오지 않았다. 그야 머릿속에 다른 생각이 꽉 차 있으니 영화가 재미있을 리가.

그 후에 이어진 저녁식사도 마찬가지였다. 모처럼 지환이 좋은 레스토랑에 데려가주었지만, 맛이라곤 느껴지지 않았다. 그저 모래알을 씹는 것 같을 뿐. 조용하고도 어색한 식사를 겨우 마치고 나와서 지환이 말했다.

"오늘 함께 있어주셔서 감사합니다."

그제야 은하는 약간 죄책감을 느꼈다. 말 그대로 함께 있기만 했을 뿐, 아무것도 한 게 없는데 고맙다는 말을 듣다니.

"사실은 오늘이 제 생일입니다."

이어지는 말에 깜짝 놀랐다.

"네?"

뒤늦게 민망했다. 이 사람은 그냥 오랜만에 부모님 만난다는 날에 맞춰 옷이랑 구두까지 선물해줬었는데 정작 나는 그의 생일인 줄도 몰랐구나.

"진작 생일이라고 말하지 그랬어요? 그랬으면 뭐라도 준비했을 텐데."

일부러 나쁜 사람으로 만드는 것 같아서 오히려 짜증이 났다. 그렇지 않아도 나쁜데, 이 이상 얼마나 더 나쁜 사람이 되라는 거야, 나더러. 하지만 지환은 고개를 저었다.

"은하 씨한테 받고 싶은 게 따로 있어서요."

"뭔데요?"

"생일선물이라고 생각하고, 제 소원 한 가지만 들어주실 수 있겠습니까?"

예전 같으면 뭐든지 들어줄 테니까 말하라고 했을 테지만 지금은 차마 그럴 수가 없었다. 왠지 무슨 말을 할지 알 것 같아서 심장이 불안하게 뛰었다. 혹시나 헤어지지만 말아달라고, 자기를 버리지 말라고 하면 어떻게 하지.

"뭔데요?"

불안에 떨며 묻자 지환이 은하를 마주 보았다. 시선이 마주치는 순간 이게 아닌데, 하는 생각이 들었다. 매달리듯 애처로운 눈빛을 하고 있을 줄 알았는데 정반대로 그의 눈동자는 차분하게 가라앉아 있었다.

"…헤어져주십시오."

전혀 예상하지 못했던 말에, 은하는 잠시 제가 무슨 말을 들은 건지 알 수가 없었다.

"지환 씨…?"

"아무리 생각해도 은하 씨와 저는 너무 많이 다릅니다. 은하 씨를 진심으로 좋아하는 건 사실이지만, 미래를 꿈꾸기는 힘들 것 같다는 생각이 듭니다."

"…."

"죄송합니다. 뒤돌아보지 않겠다고 말해놓고 이렇게 돼서."

지환은 진심으로 미안한 얼굴을 하고 있었다.

"제가 그만, 제 감정에만 치우쳐서 너무 섣불리 생각했던 것 같습니다. 시작하기 전에 더 깊이 고민했어야 했는데."

그제야 은하는 알았다. 이 사람은 지금, 내가 하고 싶은 말을 대신 해주고 있는 것이다. 내가 해야 할 사과가 그의 입에서 나오고 있었다.

"다 제 잘못입니다."

커다란 남자가 고개를 깊이 숙였다.

이 사람은 늘 이랬다. 은하가 잘못한 것을 가지고, 지환은 늘 자기가 대신 뒤집어쓰곤 했다. 천둥 번개가 치는 걸 이용해서 안아준 자기가 나쁘다고. 은하가 잠결에 제 몸을 만지는 걸 알면서도 깨우지 않은 자기가 잘못한 거라고. 그리고 마지막 순간까지도….

"…차라리 화를 내요."

눈물이 걷잡을 수 없이 쏟아졌다. 다 알고 있었구나, 이 사람은. 내가 헤어지고 싶어 하는 거 알면서 곁에 있기가 얼마나 괴로웠을까.

"이럴 거면 왜 시작했느냐고, 이제 와서 이러면 어쩌라는 거냐고, 차라리 나한테 화를 내란 말이에요."

가슴이 터질 것만 같았다. 왜 늘 자기가 나쁜 사람이 되는 걸까, 이 사람은.

"왜 화를 내겠습니까?"

지환이 손을 뻗어 은하의 눈물을 엄지손가락으로 살짝 닦아주었다.

"저는 은하 씨 덕분에 무척 행복했는데요."

그는 미소를 짓고 있었다.

"은하 씨가 저를 사랑해주셨던 지난 한 달이, 저한테는 태어나서 제일 행복한 나날이었습니다."

눈앞이 흐려져 더 이상 그가 어떤 표정을 하고 있는지도 보이지 않았다.

"꼭 꿈을 꾸고 있는 것만 같았습니다."

그저 목소리만 들려올 뿐.

"…그리고 꿈이라는 건 언젠가는 깨기 마련이니까요."

차분한 말투에 한층 더 가슴이 미어졌다. 이렇게 담담하게 말할 수 있을 때까지 이 사람은 혼자서 얼마나 많이 아팠을까.

"울지 마십시오."

닦아도 닦아도 끝없이 흘러내리는 눈물을, 안타까운 듯 제 손으로 훔쳐주던 지환이 한참 후 작게 한숨을 내쉬고 손을 거두었다.

"그동안 고마웠습니다. 저는 잊지 않겠습니다."

저는, 이라는 말이 더 아팠다. 그러면 나는 잊으라는 말인가. 자기는 잊지 않을 테니까, 나는 다 잊어버리고 웃으면서 살라는 뜻인가. 금세라도 오열이 터져 나올 것 같아서 은하는 손으로 제 입을 틀어막았다.

울어도 저 사람이 울어야 하는데. 울 자격도 없는데, 나는.

알면서도 눈물이 멈추지 않았다.

"오늘은 댁에 모셔다 드리지 못할 것 같습니다."

혹시 자기 마음이 변할까 두려워하듯 그는 마지막 말을 빠르게 중얼거렸다.

"조심해서 들어가십시오, 은하 씨."

등을 돌린 남자가 반대편을 향해 걸어갔다. 커다란 뒷모습이 조금씩 멀어져갔다.

길을 가던 사람들이, 맞은편에서 오는 지환을 보고 화들짝 놀라 얼른 양쪽으로 피했다. 지금까지도 몇 번이나 보았던 그 광경이 새삼스럽게 은하의 가슴을 갈기갈기 찢어놓았다.

저 사람의 인생에 과연 좋은 게 하나라도 있었을까. 어릴 때는 어머니에게 학대받고, 조금 자라서는 아버지에게 매를 맞으며 일찍부터 깡패로 키워진 사람. 보는 사람마다 저렇게 겁을 먹고 슬슬 피하는 사람. 그토록 좋아하는 아이들에게마저 악당이라고 매 맞고 손가락질당하는 사람.

좋아한다고 말해도 한참을 믿기 힘들어했던, 헤어지자는 말만 아니면 뭐든 다 들어주겠다던, 내가 사랑해주기 전에는 그 누구에게도 사랑받지 못했던 사람.

'우리 헤어지지 말아요, 네?'

지금이라도 뛰어가서 울며 붙잡고 싶은 것을 은하는 입술에 피가 나도록 깨물며 버텼다. 헤어지지 않을 방법이 없는데, 그래 봐야 결국은 저 사람에게 더 큰 상처를 줄 뿐이다.

지환의 뒷모습이 점점 작아져 인파 속으로 사라질 때까지 은하는 눈도 깜빡이지 않고 바라보았다.

♠ ♥ ♣

"조심해서 들어가십시오, 은하 씨."

울고 있는 은하를 두고 돌아서는 마음은 의외로 평온했다.

— 이럴 거면 왜 시작했느냐고, 이제 와서 이러면 어쩌라는 거냐고, 차라리 나한테 화를 내란 말이에요.

은하는 진심으로 미안한 모양이었지만 지환은 정말로 그녀가 원망스럽지 않았다. 얼마나 고마운가. 세상에 그 많은 남자 중에 고르고 골라 나 같은 놈을 사랑해주었는데.

아까도 그녀의 눈빛에 뻔히 쓰여 있었다. 헤어지기 싫다고, 붙잡고 싶다고. 그것만으로도 지환은 충분히 기뻤다. 아, 정말로 내가 싫어서 헤어지려고 했던 게 아니구나. 앞으로도 그 눈빛을 가슴에 새기고 추억을 떠올리며 살아갈 수 있을 것 같았다. 그 옛날 나를 진심으로 사랑해준 누군가가 있었다고.

자신이 바로 서현우라는 걸 은하에게 끝까지 말하지 않았던 게 얼마나 다행인지 몰랐다. 알았다면 그녀는 훨씬 더 괴로워했을 테니까.

문득 이마에 차가운 무언가가 떨어져서 올려다보니 하늘에서 하얀 눈송이들이 팔랑팔랑 춤추듯 떨어지고 있었다.

'첫눈이구나.'

열여섯 살 때였던가, 내리는 첫눈을 올려다보며 마음속으로 소원을 빌었던 기억이 난다. 나도 살면서 한 번쯤은 누군가에게 진심으로 사랑받아보고 싶다고. 소원이 이루어졌다는 것을 깨닫고 지환은 소리 없이 웃었다.

내리는 첫눈을 보며 두 번째 소원을 빌었다.

…부디 그녀가 너무 많이 울지 않기를.

(2권에서 계속)